南方有嘉木

王旭烽　著

浙江文艺出版社

茶人三部曲　—第一部—

图书在版编目(CIP)数据

南方有嘉木 / 王旭烽著. —杭州：浙江文艺出版社，2020.1（2025.8重印）

ISBN 978-7-5339-5840-4

Ⅰ.①南…　Ⅱ.①王…　Ⅲ.①长篇小说—中国—当代　Ⅳ.①I247.5

中国版本图书馆CIP数据核字（2019）第212519号

责任编辑　冯静芳　丁　辉
装帧设计　观止堂_未氓
责任印制　张丽敏

南方有嘉木

王旭烽 著

出版　浙江文艺出版社
地址　杭州市环城北路177号
邮编　310003
网址　www.zjwycbs.cn
经销　浙江省新华书店集团有限公司
制版　杭州天一图文制作有限公司
印刷　杭州富春印务有限公司
开本　880毫米×1230毫米　1/32
印张　19.75
字数　442千
插页　5
版次　2020年1月第1版
印次　2025年8月第10次印刷
书号　ISBN 978-7-5339-5840-4
定价　76.00元

序

公元1793年，东方中国，一位被称为乾隆的皇帝已在位五十八年。9月，是他八十三岁诞辰，万寿无疆的颂歌，在他的王土与庙堂响彻云霄。

此前整整一年，西方大英帝国以祝寿为名，派遣由前驻俄大使马嘎尔尼率领的外交使团出使中国，以图真正意义上的近代首次东西方大帝国相会。

使团全部费用，由东印度公司承担。

公元1600年成立的英国东印度公司，于1664年把从中国进口的一筒两磅两盎司的茶叶，作为贵重礼品献给英王——英国直接进口中国茶叶的历史自此开始。

一百余年以后的1785年，英国进口华茶已达一千零五十磅。

英国文学家迪斯拉利评之曰：茶颇似真理的发现，始则被怀疑……最后乃获胜利。

东方神秘绿叶在英伦三岛的传奇，启发了东印度公司的思路。这是一个既拥有军队又贩卖茶叶的公司，它一手握着剑，一手拿着账簿。此时，它产生了一种两全其美的梦想，将华茶移植殖民地印度。

正是这种关于茶的梦想，把东印度公司和马嘎尔尼送上了同一条驶向大清王朝国土的舰船。

1792年9月8日,东印度公司给马氏获取中国茶叶种植情报的训令说:经常从中国输入的或公司最为熟知的物品是茶叶、棉织品、丝织品,其中,以第一项最为重要。茶叶的数量和价值都非常之大,倘能在印度领土内栽植这种茶叶,那是最好不过的了……

马嘎尔尼的外交使命,一开始就因为纠结于双膝还是单膝向中国皇帝下跪而失败。但华茶为他弥补了一切,把优质树苗引入印度,光这一项也就不枉此行了,而且,在下个世纪,这次出使的费用将被百倍地偿还。

离开北京南下返国的途中,马嘎尔尼使团由北京至杭州,复由陆路经浙江、江西、广州。在浙江和江西的交界之处,他们得到了茶树的标本。

1793年12月23日,马嘎尔尼在中国广州向东印度公司报告说:

> 总督(即新任两广总督长麟)本人度量很是宽宏,断不是鸡肠狗肚之小官可比。承蒙他的允准,我找到了一些茶树,这就是我现在所拥有的几种幼树和几种适宜于种植的种子。
>
> 我也和公司想法一致,如果能在我们领土之内的某些地方种植这种植物而不是求助于中国境内,而且还能种得枝叶茂盛,这才能符合我们的愿望。我所得到的数种正在生长的植物,如果能精心培育,将来必定茂盛;放眼将来,喜不自禁。

1794年2月，马嘎尔尼给孟加拉总督素尔去信说：

> ……有精通农业者认为兰普尔地区的土壤适宜于植茶。所幸的是，现任两广总督(长麟)利用赴任之便，同我遍历浙江省，引我通过茶区，慷慨地让我挑选几棵茶树之最良品种。我已经特地命令将之栽入适当的箱子内，且以土培之，使其不致枯萎。

中国浙赣交界处藏之于深山的瑞草，从此来到南亚次大陆恒河流域的加尔各答落户生根。

法兰西学院院士佩雷菲特于1989年出版的《停滞的帝国》一书，专门提及了华茶最早进入印度的情况。他说："加尔各答植物园向印度所有的苗圃送去了使团挖来的中国树苗的后代。1823年，在阿萨姆邦发现了一棵野生茶树，于是把这两个品种进行杂交。但可以说当今相当一部分'印度茶叶'来自马嘎尔尼挖来的中国茶树苗。"

可以说，没有二百多年前从那艘随马嘎尔尼出使中国的"豺狼"号舰船上运载去的华茶，便没有今日作为世界上最大茶叶出口国的那个印度。

天朝中国向西方投之以桃时，并未想要他们报之以李。但一种植物的芬芳还是引来了另一种植物的迷香。两种植物各从东方和西方出发，开始了它们近代史上的独特的远征。1813年至1833年，中国的茶叶和英国的鸦片的贸易量是一比四。清帝国在毒品泛滥中动摇了。

茶是郁绿的，温和的，平静的，优雅而乐生的；罂粟花是多彩的，热烈的，奔放的，迷乱而破坏的。茶往西方去的同时，鸦片向东方迅跑而来。东方和西方的诗人们则怀着完全对立的心绪描绘着这舶来之物。当英国的华尔勒歌唱着“软滑、醒脑、开心，像女人的柔舌在走动着的饮料”时，中国杭州的龚自珍则写道：“鬼灯队队散秋萤，落魄参军泪眼荧。何不专城花县去？春眠寒食未曾醒。”——为什么不到广东花县去做长官？那里是鸦片进口地，可以贪食不起，大过烟瘾，连禁烟火的寒食节亦在所不顾了呢。

其时，天津、上海、杭州、福州、厦门、广州等地，都成了著名的茶叶集散之地。1842年大清帝国签订《南京条约》五口通商之后，快剪船载着华茶，便全方位地驶向太平洋和大西洋。

和这个庞大的东方民族完全一样，在经历了两千年闭关自守、唯我独尊的生活之后，华茶的下一个大时代开始了。

目录

第一章 001
第二章 012
第三章 023
第四章 036
第五章 053
第六章 071
第七章 089
第八章 103
第九章 123
第十章 137
第十一章 156
第十二章 174

第十三章 186
第十四章 206
第十五章 224
第十六章 245
第十七章 267
第十八章 284
第十九章 305
第二十章 322
第二十一章 343
第二十二章 361
第二十三章 383
第二十四章 404

第二十五章 429
第二十六章 448
第二十七章 467
第二十八章 486
第二十九章 513
第三十章 543
第三十一章 577
尾声 615

第一章

浙西茶苗在遥远的南亚次大陆迅速繁殖之际，它的故乡对它的行踪几乎一无所知。19世纪中叶，这个清帝国的富庶省份，正在一场大战乱之中。

东南一隅的浙江，本来有着性情温和的岁节和湿润多情的雨季。缥缈的雾气在清晨与傍晚缭绕省城杭州的三面峰峦，那里是小叶种灌木茶林生长的最舒适的温床。

愤怒的拜信上帝教的中国南方的农民们，聚集为太平军，头上裹着红巾，被称为“长毛”，占据了这个茶商云集的集散之地。

同治三年，岁在甲子，春三月三十日，驻扎杭州的太平军弹尽粮绝，在死守两年零三个月之后，终于在夜半时分，撤出武林门，退向德清。

次日，余杭相继失守，清军入城。

马嘎尔尼和长毛都不会对位居杭州城羊坝头忘忧茶庄的杭老板产生实质性的影响。这个同样也染上了芙蓉瘾的中年男人，继承了杭氏家族绵延不绝的茶之产业，有忘忧茶庄一座、忘忧楼府数进。涌金门的忘忧茶楼一幢，昔因抽大烟之故，易手他人。

沉醉在烟气中的杭老板，和与他共读过同一私塾的郊外三家村小地主林秀才，均为乐天知命之人。他们有着自己的生存方式，对朝廷和国家都缺乏必要的热情。官府也罢，长毛也罢，首先不要影响他们发财致富，其次不要影响他们婚丧嫁娶。说实话，长毛对忘忧茶庄倒也不薄，发给它“店凭”，准它开业经营，茶庄所在地，又是太平军划出的买卖街，长毛也要喝茶的，茶庄生意倒也兴旺。

至于三家村小地主林秀才经营的几十亩藕田，夏来都开荷花，秋去都生藕节，天道有常，无须过问。倒是女儿一年年大了，等着嫁到城里去，是件要事。

恰在那样一个林秀才女儿待嫁的夜晚，杭老板发现他那失去母亲的十八岁的独生儿子杭九斋，躺在榻席上，点着了山西产的太谷烟灯，并把翡翠嘴的烟枪对了上去。

一股迷香，扑上鼻间。杭老板心里一声叫苦：不好！

杭、林两家儿女完婚之事被推上首要议事日程。

浙江的茶树正在加尔各答茁壮成长；太平军已经退出杭州；新知府薛时雨走马上任，并坐在轿中口占《入杭州城》诗一首。与此同时，杭老板和林秀才两家终成姻亲。

新郎杭九斋和新娘林藕初对这桩亲事，骨子里都持反对态度。在女方，是因为听说杭氏父子都抽上了大烟，但没有婆婆压制的宽松环境又多少抵消了这一短处。在男方，是因为父亲以禁止他吸烟为成亲条件，但成亲后茶庄将由他掌管，亦使他终于心平气和。

他们便都伪装得木讷，按照传统，由着七亲八眷摆布。

与此同时，一队清兵正在清河坊的街巷里，穷凶极恶地追捕一个顽强抵抗的长毛将士。

长毛身手不凡，脸上蒙块黑布，露两只眼睛，身轻如燕，体态矫健，嗖嗖嗖几下蹿上人家的屋檐，在那斜耸的瓦脊上一溜箭步，瓦片竟不碎一块。市民出来抬头见着，心里头叫好，也有把那“好”字从嘴上叫了出来的。屋下清兵便大怒，一个个地也想上房，爬不了半截却又摔将下来，便更怒，叫喊着追逐过去。

跑过几道巷子，便听到一溜高墙后面，有人吹吹打打，已是浓暮时分。那边，忘忧楼府中，正在大办喜事。

从拜天地的厅堂至洞房，要经过一个天井花园。被七大姑八大姨拨得头晕目眩的新郎杭九斋，正昏头昏脑地用大红绸缎带子牵着比他大了三岁的新娘子林藕初往洞房走。说时迟，那时快，从天上掉下来一个人，狠狠擦过院中那株大玉兰花树，然后一个跟头，便闷闷地砸在了新娘子身上。新娘子一声“啊呀”，便踉跄倒地。

时运，就这样措手不及，把新娘子林藕初推到人前亮相。

林藕初一个翻身爬起，一把揭掉盖在头上的红头巾，又把那人一下子托起，旁边那些人才嗡声四起：“长毛！长毛！从墙那边翻过来的。”

此时，大门口，清兵已冲将进来了。

杭九斋凑过来一看，面孔煞白，抬头第一次瞪着新娘子：“怎么办？”

从此以后，一生他都问媳妇“怎么办”了。

小地主的女儿林藕初，毕竟是在乡间的风吹日晒中受过锻炼的，二话不说，拖起那人就往洞房里走。七手八脚拖到洞房床前，新娘子把大红袍子三两下脱了就披在他身上，头上一块头巾盖住，一把将他按在床沿。那人坐不住，摇摇晃晃要倒，新娘子腾地跳上床，拉过一叠被子顶住他腰。那人又往前倒，新娘子手指新郎："你，过来！"新郎手足无措："你是说我？"话音未落，已被一把拖住拉到床沿，与那人并肩坐下，那人立即扎进新郎怀中，新郎连忙一把搂住，看上去两人便像一对迫不及待的鸳鸯。

众人这才惊醒过来，七嘴八舌。不知有谁尖叫一声："要杀头的！"新娘子面孔惨白，涂脂抹粉也没用，声色俱厉，喝道："谁说出去一个字，大家都杀头。"立刻把那尖叫者闷了回去。

就在这个时候，清兵进了院子，大家都吓傻了，也没人上去照应。那头儿在院中喊："人呢，这家说话的主人呢？"

还是傧相中杭九斋的朋友郎中赵岐黄胆大，出了洞房，作了揖，开口便说："人倒是有，都在洞房里呢，长官您看要不要点一点？"

头儿在门口晃了晃，竟然没进门，只在外面说："冲了二位新人的喜事，失礼了。在下也是奉了上司的命，抓那长毛贼头，刚才分明见他往这里奔来的。"

"会不会是往后面河里去了？"林藕初躲在人堆里说。那人听了，果然就信，说了一声"对不住"，便带着那队士兵退出院子。

这边刚刚松了口气，只听扑通一声，真正的新娘子又翻倒了。赵大夫上去一看，说："不要紧，是吓的，一会儿就醒。"手忙脚乱一阵子，新娘子醒来，哇的一下哭出了声："妈呀，我可不知道后门有没有河啊！"

长毛吴茶清，半夜从杭九斋、林藕初新房的小厢房中醒来，双眼一片红光光的模糊，不知身在何处。摸一摸颈下，有枕，是在床上。一个翻身跳下床，脚步便踉跄起来，他心里暗叫一声："不好，看不见了！"

他记得他最初的念头是要走，但一个嗓音略尖的男人的声音阻止了他。后来他知道他是新郎官，他按在他肩上的手细瘦，透出惊惧。

"你不能走！要杀头的！"他用那种大人恐吓小孩不成反而把自己先吓坏了的声调，阻止这位意外来客。吴茶清摆摆手，意思是不怕，新郎官更急："是我们要杀头的！"吴茶清愣了一下，才明白，说："换身衣裳不连累你们。"

新郎官杭九斋没辙了，就叫他的媳妇："喂，你过来，他要走！"

原来听说新媳妇大他三岁，他是有些不满的，父亲告诉他，女大三抱金砖，他还内心反抗，什么金砖银砖，我才不要砖。这才刚入了洞房，他就知道金砖的重要性了。

把长毛安顿在洞房的偏房里，倒是公公杭老板的主意。他们也实在想不出万一清兵再回来时还有什么地方会不被搜查。新娘子胆大包天的行为已经镇住了所有的人，吓得林秀才躲进了灶下不敢出来，亲朋好友均作鸟兽散。杭老板清醒过来倒也是个有良心的人，想杭州城里收留长毛的也不止一个两个，便干脆把这从天而降的人塞到新娘子眼皮底下窝藏，明日再移到后厢房的阁楼上去。

听说长毛要走，新娘子过来了。吴茶清迷迷糊糊地看不清，只听窸窸窣窣，一团柔和的红光近了，定在他眼前，他还嗅到了一股奇怪的香气，使他想起夏天。他听到那团红光说话了："你要走？"

声音有些尖脆,有些逼人。他点点头,再一次试图站起来,他肩膀上便接触到了一阵柔劲,温和但有力量。

"你不准走!"那声音继续着,"你跳进我家院子,砸在我身上,我把你救了。官兵来查,没查到。或许就在外守着抓你。抓着你,还得抓救你的人。你杀头,我杀头,他,也得杀头!"林藕初用手指一指杭九斋,杭九斋就轻轻一颤。

"我们才入的洞房,还没来得及做人,你就要我们去死,有这样图报救命之恩的吗?"

吴茶清听完这话,一闷,倒下头,便又昏了过去。

那一年林藕初二十一岁,算是养在家里的老姑娘了。因为母亲早亡,早早地担当了家务,知道怎样做人。

成亲并不使她慌张,倒是突然冒出来的长毛使她乱了心思。她想过许多话要以后再和丈夫说的,但一切都被打乱了。吴茶清从墙外跳进来之后,林藕初突然想说什么就说什么了。

她叮叮当当地卸了一头花钗,坐在床沿上,等着丈夫过来。

夜深人静,红烛儿高照。杭九斋心乱如麻,他的烟瘾犯了,开始打哈欠流鼻涕。

林藕初说让他来歇着时,杭九斋吓了一跳。"不不不不不,"他说,"你睡你睡,我还有事。"

新娘子说:"实在犯了烟瘾难受,你就抽一口吧。"

杭九斋很害怕也很激动,"不不不不不!"他哆嗦着嘴唇说,哆嗦着手脚,便去找那山西太谷烟灯。

下面那段话杭九斋根本就没上心,但林藕初却说得明明白白:"当初嫁过来时,我爹和你爹说好的,你若不抽大烟,茶庄钥匙就归你挂;你若还抽大烟,钥匙就归我了。”

“归你就归你。”新郎毫不犹豫地说,立刻将挂在腰上那串沉甸甸的铜钥匙扔了过去。

偏房里那长毛一声呻吟,把这对新人吓了一跳。俄顷,万籁俱寂,一对新人各得其所。新媳妇林藕初怀揣着一串梦寐以求的钥匙,美美地入了芙蓉帐;小丈夫杭九斋吸足了烟,眼前,浮现出水晶阁里小莲那张含苞欲放的脸。

吴茶清在杭家后厢房阁楼里躺了七天七夜。其间有杭家世交郎中赵岐黄先生来过几回,切脉看舌,说是不碍事。城里的搜捕亦已停息,吴茶清想,他该走了。

夜里,他悄悄下楼,脚步比猫还轻。他在阁楼上看得见这是个五进的大院,他看见花园假山,长的甬道,高的山墙。他看见后院之外的小河,他还看见了天井里那些硕大无比的大水缸。

真是一个又大又旧的院子,但吴茶清依旧不曾轻举妄动。他没有再遇见过这个大院的主人,他的眼睛也始终模模糊糊,什么也看不清。突一日,他早晨起来,感到神清目朗,便信步走到院中,七转八折,见一处边门。边门又未上锁,他顺手把门闩一拉,门开了,竟是一宽敞的场院,七七八八晒满了竹匾,还有不少石灰缸,斜着置放,一少妇正在指挥着下人,用干净抹布擦拭着石灰缸。那少妇转眼看见了他,愣了一下,吴茶清也愣了一下。

她径直走了过来,对他说:“你能看见东西了?”

他点点头。他瘦削,面色苍白,稀稀的胡子长出来了,阳光一照,金黄色的。他的眼皮薄薄,鼻翼也是薄的,连嘴唇也是薄薄的,他看上去像一把薄剑，透着寒气。他穿着一袭杭老板派人送去的浅色杭纺长衫，外面罩一件黑旧缎子背心，便也像一个不苟言笑的私塾先生了。

他的鼻翼像蜻蜓翅膀颤抖起来，在空气中捕捉什么。他眼中的亮点一闪即逝，他的声音很轻，像蒙着天鹅绒，很好听。

他答非所问："开茶庄的？"

她有些惊异："你家也开茶庄？"

"从前给茶庄当伙计。"一口标准的徽州口音。

林藕初一身碎花布衫，站在阳光下，一口白牙。她用那好看的白牙红唇说话，她说："我家从前卖藕粉，现在我要吃茶叶饭了。"

吴茶清记得他当时不想再和新娘子多说些什么，多说不好。他便问她家的男人在哪里，而她则撇撇嘴，"他呀，"她做了个抽大烟的姿势，"他喜欢这个，和他爹一样。"

她好像对他毫无顾忌："你帮我把石灰缸搬到屋里去，正贮茶呢。"

吴茶清摇摇头："得用火把缸烤一烤，我来。"

"我去告诉爹。"新媳妇有些喜出望外，便去禀报。一会儿，杭老板来了，开口便问："你吃过茶叶饭？"

吴茶清用手拎起一包石灰，说："这个不行，都吃进那么些水，还有缸，太潮。"

杭老板知道是遇见行家了，便作揖："依先生所见？"

吴茶清伸出两个手指头："给我两个人。"

一个月内，吴茶清烘烤了所有的石灰缸，运来最新鲜的石灰，小心地用纱布袋包成一袋袋，后场茶叶拼配精选了，就到他手里分门别类贮藏。新媳妇忙前忙后的,给他当着下手。

一个月之后的那个夜里,杭家父子在客厅里再次会见了吴茶清。

他们一头一个,躺在烟榻上正抽大烟,见吴茶清进来,连忙欠身让座,吴茶清用手一摇,便坐在偏席。杭九斋亲自上了一杯茶,说:“吴先生,你尝尝?”

吴茶清尝了一口,皱起眉头,他没尝过这样的茶,有枣香。杭老板就很得意,说:“那是我用祁门红茶拌了红枣,吸足甜气,再筛出,重新炒制的。过了芙蓉瘾,喝此道茶,最是好味觉。”

吴茶清推开了那杯红枣茶,站起身作了个揖,说:“谢救命之恩,自此告辞了。”

慌得那父子俩立刻爬起拦住吴茶清退路,说:“英雄,你走不得!识时务者为俊杰,太平军早就被打散了,你还能到哪里去寻你们自家人?没听说‘洞中方数日,世上已千年’?这几个月你蜗居在此,哪里知道天下成了什么光景!陈玉成已死,李秀成也早已离了浙江,这会儿,怕不是已经到了天京。千里迢迢,你一个人又怎样去找?不妨在此做个帮手,也不枉我们冒了死罪救你一场,请三思。”

吴茶清不吭声,再作一揖,便出了门,留下那面面相觑的父子。

在后院的玉兰树下遇见新娘子林藕初,已是黑夜时分。吴茶清见了她就有些发怔,他已换上了旧时的衣裳,头上缠起了黑布巾。在夜里,这个人更薄了,像是摇身一闪便会无影无踪的侠客。

“你不要走,吴先生。”

“我叫吴茶清。”

“你看钥匙！”林藕初把一串重重的钥匙提到他眼前，明明灭灭晃着，细细碎碎地响，“他们抽大烟，不管这个家，推给我了。他们把好好的茶楼都卖给杀猪的万隆兴。吴茶清，你不要走，你帮我！”

吴茶清摇摇头，说：“我是长毛。”

“长毛好，有胆，敢造反。”

是初夏的风了，玉兰树的大叶子刮不动。黑夜重得很，黑夜框在高墙之中，风吹不动。

“吴茶清你不要走，你帮我，杭家要倒了，就剩这个大架子，从前的管家也跑了，账房也跑了，都到别的茶庄吃饭去了。”

吴茶清摇摇头：“倒就倒吧，天朝都要保不住，要倒。”

“那你怎么还去？去送死？”

吴茶清想了想，竟然露出笑意：“去送死吧。”

“我不让你去送死，我把大门二门全上了锁，我看你往哪里跑？”林藕初一只手抓住玉兰树枝，使劲地晃着，她生气了。

吴茶清又怔了一下，他们便有些尴尬地沉默了下来。

黑夜就更重了，玉兰树叶落在林藕初手里，也很重了。

两个人的呼吸也很重了。

吴茶清说：“告辞了。”

“你还要走？”

吴茶清的呼吸淡了下去。

“你怎么走？你没钥匙。”

“怎么来的，怎么走。”

吴茶清把手中包裹扎到了背后，望着黑暗中高大的玉兰树，突然的一阵风,吹上了枝头。待林藕初再定睛望时,那人已悄然立于墙头,林藕初只来得及喊上两个字:“回来!”那人便没了踪影。她伸出的双手,抓住了一阵风,被弹开的玉兰树枝便摇晃个不停了。

数年之后的一个秋日,人们对长毛造反的事情已经淡漠下来。一日,从忘忧茶庄正门进来一位客商模样的男人。伙计上前打招呼,问他要什么茶,那客商倒也不说话,只问:“老板呢?”

伙计问:“你是问老板还是老板娘?”

“一样。”

“老板外面逛去了,老板娘在后场看着呢。”

那客商便去了后场。见一个大场子,大铺板上各各坐着正在精致拼配的女工。那女人走来走去地正张罗着,头上还戴着白孝,一身月白色。吴茶清又听到了自己的呼吸声,像那个玉兰树下之夜。

屋子里,茶香扑鼻,是标准的龙井。看得出来,初秋的茶,已经开始收购了。

女人堆中猛地站出了一个男人,大家都好奇地抬起头。老板娘也是有所察觉了,她的眼睛一亮,一下子就认出了他。

“回来了。”她淡淡地说。

第二章

吴茶清，徽州人。

徽州府统辖六县，和杭州交通方便，出来做生意的人就多，其中尤以歙县人为最。歙县分东、南、西、北四乡。地少人多，南乡最苦，男人便跑得远远的，去上海、南京、杭州一带挣钱养家糊口，故南乡多剩有女人儿童，鲜有男子。这个传统，也有一二百年了。

徽州人做生意有句行话，叫作“周漆吴茶潘酱园”。一是说徽州做生意的人大多姓周、姓吴、姓潘，二是说他们大多做的是漆、茶、酱生意。杭州人做茶庄茶号老板的，倒也不乏其人，但在老板手下做伙计的却几乎都是徽州人，尤其是歙县人。徽帮茶人，就这样在杭州自成了一族。

这些异乡茶人，做伙计的日子长了，有了些积蓄，做老板的也就有了。其中还有做成大老板的，比如开设在羊坝头忘忧茶庄附近的方正大茶叶店主方冠三，就是徽州人，乾泰昌茶行做学徒出身，后来自己开店，成了杭州茶界佼佼者。从徽州穷乡僻壤出来的小学徒，到腰缠万贯的大老板，这部发家史，说起来，也不知有多少故事呢。

吴茶清，却是和他的同乡人完全异样的。在忘忧茶庄，做了数十年掌柜，兼着忘忧楼府的管家，从不归家，这就叫人奇了。原来杭州一般茶庄,对徽州伙计有这么个规矩,叫“三年两头归,一归三个月”。去时还可带足三个月的工钱。像清河坊的翁隆盛茶庄,伙计有时还会带来同乡及亲戚朋友,老板免费提供食宿,有时甚至长达几年。老板女大王说:“徽州人从家乡出来,锅没带,所以饭是要管的,但求职就不管了。”

然而吴茶清却孑然一身,非但没有乡党聚会,甚至没有妻儿老小团聚。一年到头盘在店府中,前前后后,仔细照料,几乎无懈可击。杭九斋也曾张罗着想给他娶个老婆,续个香火,被他沉默寡言的脸来回晃了一下,便不敢再提。晚上熄灯前,便对他的媳妇林藕初说:“你看这个吴茶清,究竟是怎么了,莫非得了病,近不得女人?”

林藕初一边对着镜子卸她头上那些首饰,一边说:“你以为是你,整日介胡闹,没病也折腾出病来!没见人家茶清,烟酒不沾,更别提鸦片!店堂里清清爽爽,伙计吃饭过菜,不准吃鲞,不准吃葱蒜,顾客进来,香香的一股扑鼻茶气。我们祖上也晓得‘茶性易染’这一说的,哪里有他防得这般紧……”

“吔吔吔,我舀了一瓢,你倒搬出一大缸水来,那么多的话!我是说他不讨老婆是不是有毛病,看你扯到哪里去了?什么不吃葱蒜不吃鲞……”

林藕初摘了首饰,一头黑发就瀑布般泻了下来,走到床沿边坐下,就着烛光,粉面桃红,对她那躺在床上脸孔铁青的丈夫说:“我见他每日早上练着八卦拳,夜里院中还操剑习武,不像是有毛病的人。”

“那是。”杭九斋有些悻然,似乎觉得老婆把外人夸得太过分了,便接口说,“人家什么人,长毛手里造过反的,李秀成手下做过将的……”

林藕初一跺脚板,轻声喝道:“呸!闭嘴!你再敢提‘长毛’这两个字?”

杭九斋也知道自己是多嘴了,这话可是泄漏不得的。再说茶庄全靠老板娘和茶清撑着,不得不低头,但低了头,又难受,便歪斜着嘴眼说:“到底是救过人家一命的,从此便护着了,怎么也不护着我一点儿?我倒是不明白了,究竟谁是你男人啊?”

一番酸话把林藕初说得柳眉倒挂,星眼怒睁:“杭九斋你说话讲不讲良心?茶庄是你死活要我接手,打躬作揖要茶清撑面子的!你甩手掌柜一个,十天半个月见不着个人影,难得回来,哈欠连天,还哪里有心思与我……”她想说“亲热”两个字,到底说不出口咽进肚里,“我嫁过来七八年了,也没开怀。是谁的毛病?不信你把大烟戒了试试,免得我里外不是人,担着个断香火的罪名。呜呜……”说着,便哭了起来。

杭九斋一见他这厉害老婆哭闹起来,知道自己话又说过头了。自己老婆的心思,他是晓得的,嘴上不说,心里怨他没用。他却以为,倒不是自己真的没用,只是都用到青楼里去了,倒把忘忧楼府只当作了个钱庄和客栈。既然如此,还吃人家什么干醋呢?罢罢罢,不淘这贼气了,还是哄着女人高兴了事,便一口气吹灭了灯,把自家老婆拉进被窝里,一夜温存不提。明天一早,还要伸手讨钱呢。

林藕初和吴茶清联手振兴杭氏家业的日子,亦是近代中国茶业史上最辉煌的时代。高峰过后,便是深渊般的低谷了。

19世纪下半叶是中国茶叶和英国鸦片相互抗争的岁月。明清茶事,由鼎盛走向终极,古老、优雅、乐生的山中瑞草,竟是在殖民的狂潮中被世界裹着,又在痛苦中走向近代了。

日薄西山的清廷,为了平衡鸦片侵入的贸易逆差,抵制白银外流,曾大力推进农业,扩大丝茶出口,并先后与中东、南亚、西欧、东欧、北非、西亚等地区的三十多个国家建立华茶贸易关系,出口创收约占全国各类商品出口总额的一半。

鸦片战争又强掣了以手工业谋生的中国各行业的劳作轨迹。簇拥在广州的从事出口茶叶生意的商人们,套上厚厚的毛衣,或铁路,或水路,蜿蜒北上,会合于十里洋场的上海滩。

杭州距上海一百九十八公里,浙、皖、闽、赣四省的茶叶,从钱塘江顺流而下,于杭州集散。海上商埠,多赖此天时地利。这个极为美丽的城市,便也成为茶行、茶庄和茶商云集的地方。

杭九斋糊里糊涂加入茶漆会馆的时代,杭州的茶叶店,数起来,也有三四十家了。稍后出了名的,有拱宸桥吴振泰茶叶店老板——长子吴耀庭,有闹市羊坝头方正大店主方冠三兄弟的矮子方仲鳌,有盐桥大街方福寿、官巷口可大茶叶店主——白脸朱文彬,还有清河坊翁隆盛女店主——女大王翁夫人。

赖此天时地利,忘忧茶庄夹在群雄之中,竟也形成鼎盛的气候,并欲向高峰做一冲刺了。

可惜了杭九斋竟也是个风花雪月之辈,终日泡在秦楼娃馆,会馆的事情,多由他的掌柜徽州人吴茶清出面。吴茶清后面,则有杭夫人林藕初支持。有时杭老板芙蓉瘾足,在荒唐至极钱财两空后,也知道回他的忘忧楼府来点个卯。杭夫人林藕初一边在她的闺中工作台——花梨雕螭纹翘头案叮叮当当数她的银圆,一边乜斜着眼便问:"杭老板,晓得新近茶漆会馆有什么新规定吗?"

杭老板身心满足后反而奴颜婢膝,蹑手蹑脚走过来,两只黄焦焦的手就摸住林藕初的肩胛,心里却想,到底是比水晶阁里挂头牌的小莲要枯燥寡淡得多了,嘴里却抹着蜜糖一般地讨好说:"我的嫡嫡亲的好夫人,见了你男人,还只管数那千人摸万人揣的银圆干什么,看把你操心成什么样了?待我先松上一松你的喷喷香的筋骨……"

话音未落,两只手早就被林藕初一巴掌拂去,嘴里就骂开了:

"还不闭上你那张骚古董儿臭嘴,你当老娘这里是开窑子的?把你日间对婊子的腔调搬到家里来了!什么嫡嫡亲的好夫人?怎么十天半个月照不见个影子?"

"娘子,息怒,息怒,小生这厢赔礼了。"

杭九斋早就熟悉了这套程序,便油盐不进,波澜不惊。

"你倒是甩手掌柜做惯了。这么大一爿店,扔给我,自家出去鬼混。我不数这千人摸万人揣的银子,谁来数?你有心思数?你数那些千人摸万人揣的婊子还数不过来呢!"

杭九斋心里有数,只管甜甜蜜蜜重新凑上去,搂住夫人的脖子,左边亲一下,右边亲一下。林藕初便半推半就地骂道:"寻死啊,外面风流还不够,还有趣到家里来了!"虽如此骂着,声音却是一声比一声低了。

杭九斋便涎着脸问:"好姐姐,你倒是告诉我,会馆有什么新规矩啊?”

“我怎么晓得?不是规定了女人不准管店堂的事吗?”

“那倒也不是一概而论的,”杭九斋便一脸的认真和崇拜,“古时也有花木兰,武则天还当皇帝呢。”

杭九斋摸透了林藕初的心思,晓得他的这个老婆喜欢权力,喜欢插手男人做的事情,喜欢由她说了算,还喜欢人家崇拜她。好嘛,你要什么,我给你什么,只要你给我银子上烟馆就行。

林藕初果然就有几分喜悦起来,薄薄的嘴唇便松开了,露出一口洁白的糯牙。

“你竟不知道,新开茶叶店,必须隔开八家店面吗?”

“这个倒是听茶清说起过的,我家又不开新店,记这个干什么?”杭九斋就端起了夫人那个瘦削的下巴,痴迷地盯着她的嘴,说,“多日不见你这一口白牙,你且张嘴,让我瞧瞧。”

林藕初脸红了起来,却是气出来的,恨恨地推开丈夫那双拈花惹草的手,骂道:“败家子,我家不开店,人家就不开店了吗?人家商店都开到我家招牌下了,你还有花花心肠数老婆牙口……”

杭九斋这才清醒过来,惊慌失措地问:“在哪里,我怎么没瞧见?”

林藕初看她的风流丈夫真的害怕了,松了心弦,说:“等你看见,我们这份人家就好倒灶了。”

杭九斋依旧惊慌,说:“你和茶清商量怎么办了吗?从前妈活着的时候,倒是晓得怎么办的。”

林藕初便不耐烦:“妈呀妈的,忘忧茶庄没你妈不是照样做生意,哪里一样不比她活着的时候市面撑得大?”

“是是是，”杭九斋只管点头，“只是茶店开到家门口，到底讨厌，总得有个好主意才是。”

林藕初这才笑了，骄傲且娇媚地瞟了丈夫一眼：“看你急得这个样子！你现在再到门口去看看。”

杭九斋便转身要往外走，走了几步，被女人唤住：“冤家，你给我回来！”

杭九斋迷迷瞪瞪地茫然地回过头来，看着女人。这神情，正是迷倒许多女人的致命所在，林藕初也在劫难逃。少妇的心肠便水一样柔软化去了，声音便也成了另一个女人的声音，仿佛她刚从郊外的三家村抬来做新娘的时候了。

“看你急出这一头的冷汗。”林藕初用自己的绣花帕子给丈夫细细拭了汗去，又道，“我刚才是吓你呢！那店铺是临安来的人开的，刚入行，不懂得规矩。我差茶清和会馆的会长说了，会长发了话，前日便挪开了。”

九斋听罢此言，一头坐在床沿上，摸着心口，说：“好姐姐，你怎么如此吓我？这会儿心还在跳呢。”

林藕初用尖尖手指戳着他脑袋笑着说：“你也太经不起吓了。这么大个茶庄，几代经营下来，什么风雨没有见过？祖宗都如同你一样，这碗茶叶饭也不用吃，老早阴沟里翻船倒灶了。”

杭九斋握住夫人的手说：“你到我家几年，不晓得这碗饭的艰辛。你看杭家三代单传，哪一代不是早早就归了西！现在是轮到我了。”

“你胡说什么？”唬得林藕初一把蒙住丈夫的嘴。丈夫却自顾自说，眼中竟掉出泪来：“我这是恨我自己，抽上了大烟，想戒又戒不掉。我是活不长了,心里苦,就到人堆里去撒疯。姐姐妹妹的一大串围着我,还不是看中我口袋里的银子?人家哪里晓得,这银子,是我家娘子起五更熬半夜撑着脸面由我花的呀!"

说着,抱着林藕初的肩膀,一头扎在她怀里,呜呜咽咽,便哭开了。

那天夜里,小别胜新婚,两情缱绻,自然是不用说的。杭九斋百无一用之人,对女人却偏是情有独钟,精耕细作,不胜柔情。枕上,林藕初酣畅之余,不忘谆谆教导,无非是杭州茶庄中又有几家崛起;又有什么新招数;忘忧茶庄又应该有怎样的套路去对付;明年的茶到哪里去购,到哪里去销,等等。杭九斋拥在温柔乡里,嘴里嗯嗯地应着,枕边的风这只耳朵吹进那只耳朵吹出,全当夫人白说。最后听得不耐烦了,索性便拿舌头堵了女人的嘴。这一招最灵,女人便再也不吭声了,由那不晓事的男人胡作非为。男人呢,刚才还掉过一大串忏悔的眼泪,此刻一边手忙脚乱,一边又不无遗憾地想:到底是深闺里的女人,竟然一点声响也没有了,人家水晶阁里挂头牌的小莲,可是不会在这种时候甘于寂寞的。这么想着,恍然就以为身处水晶阁,情急欲盛起来。可怜的女人林藕初,哪里晓得这么多的潜意识,闭目承受,两眼一抹黑,还以为丈夫真正回心转意了呢。

一大早,林藕初悄悄起了床,看丈夫还酣睡着,便梳洗干净,吃了一碗莲子汤,到前厅堂前。每日此时,吴茶清必在此等候。

那一日,吴茶清交代完一应事务之后,却犹疑不走。林藕初看出,便问:"有什么事就快说,昨儿老板回来了。"

听杭夫人开了口,吴茶清才说:"正要说老板的事情,夫人听不听？”

“说吧，这里也没有外人。”林藕初心就抖了起来。

“昨日柜台里少了收进的款子，我细细地问过了，说是老板偷偷拿的，让伙计见着了。”

林藕初一听，面孔煞白，站起来又坐下。吴茶清站了一会儿，说：“我走了。”

林藕初挥挥手，自己便也往后园折回去，心里七只猫八只鼠乱窜，急急冲入房内——哪里还有这冤家的影子！

花梨雕螭纹翘头案上的那堆银圆，和她的丈夫一样，无影无踪。

林藕初呆呆看着床上的绿云红浪，半晌，号叫了一声，双手一用劲，把那床陪嫁的丝绸大红被面，唰的一声，扯成了两半。

林藕初扑向吴茶清怀抱时完全没有经过深思熟虑，否则她不会选择后场这样一个又大又公开的地方。

她和他跑到后场仓库里去，原来只是为了查看旧年的茶筛，今年还要添置多少。她并没有想到她会隔着茶筛的细孔看到那个男人的后背，他们当时正在木架子上一只只抽查翻看着，几乎没有说话。这样的事情本来不必他们躬亲，但他们还是躬亲了，这就是天意，也就是命。因此林藕初事先没有预谋，事间没有羞愧，事后也没有后悔。这是黄昏的南方，天光暧昧，灰尘干净地浮在空中；这又是个无人知晓的地方，三十岁的少妇无意间把茶筛竖了起来，便窥见了被筛孔粉碎的月白色的背，伸展，弯曲，不像是长在人身上的；它单独地存在于茶筛后，又像一把伸弹自如的剑，使人想入非非、胆大妄为。茶筛掉下来了,女人脑子一片空白,猛烈地从后面扑过去,一把抱住了男人的后腰。这说明女人是杭氏家族的外来人,杭氏家族没有人具备她的爆发力,这种力度以后会通过血液遗传下去,虽然此刻她一无所有。男人的腰一下子僵直了,两只手还搭在木架上,背脊便像筛子一样细细抖动起来。但男人是不回头的,咬紧了牙关,把眼睛也闭上了,不回头。

女人轻声地吼了起来:"给我一个儿子,我只要你给我一个儿子。"

男人不再发抖了,依旧不回头,说:"我有过两个儿子。"

女人心一凉,身体软了,但没有松手。

"连他们的妈一起,都叫曾国藩的兵杀了。"

女人这才彻底地松弛了,懒懒地就跪在了男人的脚下,双手还抱着那双腿。

小窗开在很高的地方,光线虚虚浮浮地飘送而来,月白色的柔韧的背,化开成模糊一片。

女人的眼泪落了下来,低着头,后颈上毛茸茸的,露出了细细的发茸。男人愣了,兀然一跺脚说:"我不能给你儿子!"

女人呆坐了很久,空气黯淡了。她突然跳了起来,狠狠地在男人肩膀上咬了一口,扭头就走。男人在她就要跨出门槛的刹那,咣当一声关了门。

他们被一大堆倒了的木架和茶筛埋葬在下面。男人薄薄的鼻翼在激烈地贪婪地颤抖着,他闻到了很浓的茶叶的香味,压盖在他们身上的茶筛在激烈的筛抖中滑了下去,而女人那在被情欲裹挟着的暴风骤雨中的呻吟却升浮了起来。那是一种无法克制的祈祷。男人闭着眼睛,咬住了女人的唇,但也就因而吞下了女人喉口喷来的愿望:儿子……儿子……

他愣了一下,背上冒出了冷汗,空虚和疲乏便泛了上来。

一年以后,林藕初有了过门十多年才生下的唯一的儿子,杭九斋为他取名为逸,字天醉。吃满月酒的时候,赵岐黄也来了,拱着手祝贺时,杭九斋还说:"我该贺你啊,岐黄兄,两个月前你不是也添一丁男,怎么也不通个音信?"

赵岐黄说:"我那是老四,比不得你这是个老大,金贵得多了。"

老四姓赵名尘,字寄客,长天醉两月,小哥俩此刻都还趴在母亲的怀抱里呢。

林藕初下床了,抱着孩子坐在天井的玉兰树旁,看见吴茶清过来,便把孩子托竖起来。

吴茶清只瞥了这孩子一眼,头就别开了。

"我有儿子了。"林藕初很满意,赞叹自己。

"再过几年,把忘忧茶楼赎回来吧。"吴茶清回过头说。

林藕初一愣,眼睛就热了,把头埋进孩子的包裹里,孩子却哭了。

第三章

有关杭氏家族的溯源，并不如赵钱孙李这等大姓一般繁复沉浮。“杭”通“航”，便有了渡船的意思。《诗经·卫风·河广》篇，即有“谁谓河广？一苇杭之”之句；汉代许慎《说文》也说：“杭者，方舟也。”

传说天地洪荒之初，大禹自父亲鲧之腹中坠地，即在神州疏导江海湖川。治了水，又请各路诸侯到会稽山一聚。一路水行，来到吴越怀山襄陵之地，便舍杭登陆。从此浙江东北的这块被后人称为人间天堂的地方，便有了一个“杭”字。

至于“杭”作为姓氏，据《通志·氏族略》记载，宋时便有了。然它和八百年后开茶庄的杭氏家族究竟有什么关系，却不得而知。忘忧茶庄杭姓家族的人只知道他们的祖宗原来在吴兴，杭州连带那新生儿杭逸，已经四代。上两代前，本姓中的杭州人，倒是出过一个大名人杭世骏，字大宗，号堇浦。生于康熙三十五年(1696)，雍正二年(1724)的举人，乾隆刚登基(1736)就举博学鸿词科，授翰林院编修，受命校勘《十三经》《二十四史》。八年后，他四十八岁，却进言乾隆说：我朝一统久矣，朝廷用人，不该再有民族偏见。说这话本来是要杀头的，乾隆认为他是个江南狂生，开恩把他放归了故里。又过了十来年，乾隆南巡杭州，召见杭世骏，问：“你靠什么为生?”杭世骏说:“摆旧货摊。”又问:“什么叫摆旧货摊?”又答:“把破铜烂铁买进来再卖出去。”皇帝就大笑了,把残忍演绎成一段潇洒佳话,手书“买卖破铜烂铁”六字赐之。几年后乾隆又来了,又召见了杭世骏,问:“你的性情改了吗?”答曰:“臣老矣,不能改也。”又问:“何以老而不死?”杭世骏也微笑了,把不屈演绎成一种幽默机锋:“我还要活着歌颂升平啊!”

杭氏家族的人们,对这位同宗同姓的狂生却保留着既敬且防的小市民心态。一个世纪来,他们一直记得和传播这样一个非正式段子:皇帝来到了杭州,问左右:“杭世骏还没有死吗?”而当天夜里,杭世骏也就死了。这个传闻中的隐秘的谋杀和血腥味儿,使得开茶庄的杭老板们只敢老老实实做生意,不愿胡思乱想议论国事。他们骨子里也是佩服这位本家的,但他们自甘凡夫俗胎,断断不肯去做杭世骏这样的特立独行犯上的狂生。为了暗示这样一种人生态度和处世方式,一个英明的祖宗,便把茶庄正式命名为“忘忧茶庄”。其中内含的思想也很简单:茶,素来也是被人称为“忘忧草”的。曹操青梅煮酒论英雄,尚伤感而吟“何以解忧,唯有杜康”,何况我草民百姓乎!自然便可以是“何以忘忧,唯有茶荈”了。

杭天醉从小就知道,他家世代做的茶叶生意。有时,父亲会逐句教他这样的茶谣:

> 茱萸出芳树颠,鲤鱼出洛水泉。
> 白盐出河东,美豉出鲁渊。
> 姜桂茶荈出巴蜀,椒橘木兰出高山。
> 蓼苏出沟渠,精稗出中田。

……

父亲会耐心地告诉他："记住，'姜桂茶荈出巴蜀'。我们今日吃的茶，全是古巴蜀出来的。"

杭天醉便点点头说："我知道的。"

"你怎么知道？"父亲有些惊奇。

"陆子的《茶经》里说的呀！"杭天醉便回答，"茶清伯要我把《茶经》背下来的：'茶者，南方之嘉木也。一尺、二尺乃至数十尺，其巴山峡川，有两人合抱者……'"

父亲便有些安慰亦有些悻然，不甘心地问："茶清伯还教你什么？"

杭天醉歪着头想了一下，说："还有，早先，茶是念'荼'的。所以叫'烹荼净具，武阳买荼'。"

"还有呢？"杭九斋长眼睛睁大了，"他跟你说了王褒吗？跟你说了《僮约》了吗？跟你说了这'烹荼净具，武阳买荼'的来历吗？"

杭天醉不知道父亲为什么顶了真，为什么较上了劲，他便惶恐地摇着头说："没有，没有……"

父亲松了口气，脸上浮出了笑容。父亲颀长的身材，穿一件熟罗的长衫，外套一件一字襟马甲，手上拿着把洒金画牡丹团扇，便一五一十地给儿子开了讲。一位两千年前本与杭氏家族了无瓜葛的书生，便被父亲杭九斋的牡丹团扇，一扇一扇，翩然而至于儿子杭天醉的眼前。

大约两千年前，中国西汉宣帝神爵年间，有一个风流儒生，名叫王褒，字子渊，四川资中人氏，前往成都。

其时，王褒尚未成为以后的谏议大夫，寄居在成都安志里——他亡友的家中。

亡友有妻，名唤杨惠，青春年少，红颜薄命。而子渊好酒，焉知其不好色乎？一来二往，便与那小寡妇有了私情。

做了女主人情人的王书生，从此有了半个主人的自豪与权力，使唤起杨惠那个叫便了的家童，便也如同使唤自己的书童一般了。

而那个名唤便了的家童，为什么竟如此讨厌资中儒生王子渊呢？每次王褒指使他去打酒，他就嘟嘟囔囔满心满眼地不耐烦。是因为他与从前的男主人主仆甚洽，还是因为他有他的道德标准，以为书生的行为有伤风化不能苟同；抑或诚如他自己以为的，他的职责范围仅仅是看守寡妇丈夫的墓地而非替寡妇情人打酒？

冲突是在所难免的。他终于拒绝替儒生王子渊打酒了。他甚至索性跑到亡故的主人坟上去大哭了，且哭且诉："当初主人把我买来，只是让我看家，并不是要我为其他什么野男人酤酒的呀！"尚未入朝做官的王褒气得要死又不能公开惩罚他，只好怀恨在心。但仇恨入心里是要发芽的，后备的谏议大夫尚未开始向皇帝提意见，便首先向情人发难了。

情人一听便生了气，认为丢了脸面，说："这个便了，身价一万五千钱，我把他卖给你算了，看他还敢不敢不给你酤酒。"

王褒说："好啊。我正愁缺个家童呢，我这就写张契约吧。"

这份被称之为《僮约》的契约，虽然是文件不是诗歌，但王褒还是写得洋洋洒洒，从晨到夜，从春到冬，从家事杂务到田间耕作，从执戈巡守到收租纳税，从个人起居饮食到对待邻居，从手中编织到市上贩卖，百般苦役，细细规定，倘不听话，鞭打百下。

两千年前风流且不免残忍的书生，万万没有想到，他为中国茶业和中国茶文化史，留下了最早、最可靠的文字史料。

后来的茶人们在读王褒的《僮约》时，肯定不会遗漏下那两句话，一句叫“烹茶净具”，另一句叫“武阳买茶”。

武阳，便是中国历史上第一个被文字记载的买卖茶叶的市场。彼时，千山万水外东海之滨的杭州龙井山中，那奇异的香草尚未萌发，专卖龙井茶的忘忧茶庄更属子虚乌有。

秦汉统一之后，茶的重心方开始向中国的东部和南部转移并渐次传播开来。公元265年至317年这段西晋时代，西至河南的洛阳，东至江苏的江都，茶已成为一种零售饮料，于集市上出现。

伟大的盛唐，把生活中的一切推向高潮，故在茶业中，有“茶兴于唐而盛于宋”之说。浮梁茶，卖到了关西和山东；蕲州茶、鄂州茶和至德茶，卖到了陈、蔡以北，幽、并以南；衡山茶卖到了潇湘至五岭，甚至远及交趾；福建的建州茶卖到了江苏扬州和淮安；而歙州茶、婺州茶，则被商贾所贩，数千里不绝于道路，只上梁州、宋州、幽州及并州。

一个名叫封演的盛唐文人，写了一部《封氏闻见记》，说：“茶自江淮而来，舟车相继，所在山积，色额甚多。”这又怎能不让我们悠然想起那个江州司马白居易的《琵琶行》：“门前冷落鞍马稀，老大嫁作商人妇。商人重利轻别离，前月浮梁买茶去。去来江口守空船，绕船月明江水寒……”

一千一百年以后的杭州忘忧茶庄的准老板杭天醉，每念此诗便拍案叫绝，叫绝之后又捶胸顿足："这个老板，怎么就这样'浮梁买茶去'了？把个千古妙人独独地扔在船中，无怪白乐天要斥之'重利轻别离'。罪过罪过！"

每每及此，他的莫逆兄弟赵寄客就微微一笑，说："天醉，不是昨夜读《红楼》又读疯魔了吧？你只管上你的浮梁买茶，没有哪个琵琶女会来替你独守空船的。"

"此话怎讲？"天醉便睁开那双蒙眬梦眼，问道。

赵寄客侃侃而道："光绪二十一年三月二十三日，中日甲午战争，中国失败，签订《马关条约》，杭州列为增开商埠之一，杭州划定日本租界地。九月，勘定拱宸桥日租界界址。二十二年八月，杭州正式开埠，拱宸桥日本租界开始使用。宝石山东麓石塔儿头设立日本驻杭领事馆……"

杭天醉打断赵寄客的话头："小弟有一事不解，我论的是白居易，你如何搬出日本人来了？"

赵寄客便冷笑："君请看，今日之京杭运河，拱宸桥下，琵琶女独守空船，等的哪里还是江州司马，分明是倭寇浪人。痴蠢如君者，竟还唱'门前冷落鞍马稀'！"

"照你说来，我须得唱'商女不知亡国恨，隔江犹唱后庭花'才对了？"杭天醉恨恨地问道。

"正是。"

杭天醉甩着袖子便走，嘴里喊着："罢了罢了，偌大一个世界，再没有我一个清净地方。"

他便出了门，可不是像贾宝玉那样当了和尚。他上了涌金门三雅园，听钱顺堂的《白蛇传》去了。

白居易《琵琶行》中的浮梁，在今日江西景德镇；江口，乃九江的长江口。茶商把妻子一人留在九江船上，自己则带着伙计到景德镇去收购茶叶。由此可知浮梁不愧为唐代东南最大的茶叶集散地，更可推论，中唐晚唐，茶便开始徜徉在长江的中游和下游了。

我们又可知，六朝时代，茶开始了伟大的远征，而后它在被架在马背上走向雪山草地的同时，也被僧侣们负在肩背上，带往寒冷的北方。它又被盛入精美的器具，在宫廷达官贵人们的手中相互传递。封演真实地记录道："（唐代开元以来）起自邹、齐、沧、棣，渐至京邑，城市多开店铺，煎茶卖之。"中国南方的嘉木，就这样在使者和商人们的转运下，走向了北方和中国无茶的城乡。

与此同时，中国南方的茶区茶市，那美丽如缎带、细密如青丝的南方的河流两岸，茶埠便也如雨后春笋般地发展起来了。唐代诗人杜牧这样歌唱道：

倚溪侵岭多高树，夸酒书旗有小楼。
惊起鸳鸯岂无恨，一双飞去却回头。

水口，乃吴兴郡顾渚茶山汇入太湖河道口的出水口。中唐时，一片荒原。晚唐，到顾渚采办贡茶和买卖茶叶的船只都停泊在这里，酒楼茶肆的固定草市由此形成。一千多年以后的杭天醉在继承了他的忘忧茶庄时，只知道他的祖先来自吴兴，可没有想到在杜牧"惊起鸳鸯"的时代，他的先人是哪一位制茶的山民和哪一位茶肆的歌女。“……尧市人稀紫笋多。紫笋青芽谁得识……”茶圣陆羽和他的密友释皎然，在顾渚山下浪迹时，去过尧市，识别过那里的紫笋青芽吗？唉，这都是关于茶的悠悠往事了啊！

绿水棹云月，洞庭归路长。
春桥悬酒幔，夜栅集茶樯。

许浑，这个并不算太出名的唐代诗人，在他的《送人归吴兴》中，多么细致地描写出了黑夜中那些密集的贩茶船啊！从苏州的太湖洞庭山到吴兴，一路上，又有多少这样“春桥悬酒幔”的茶埠呢？

在茶商丢下妻儿、舟宿茶埠的那些晚上，并不仅仅只有浪漫的歌女和醉人的酒夜。“月黑杀人夜，风高放火天”，出没于长江两岸的强盗——江贼们，在酒酣人睡之后，向商旅们袭击了。这些江贼，可都是一些私茶贩子啊，他们把各种财物洗劫一空后即将南渡，入山换取茶叶。因为四方的茶商将都市的财物运往山中换茶，因此那山中的村妇牧童尽着华丽的服装，官吏见了不惊，路人见了不问。盗贼混迹其间，乘机做了手脚，换了茶来，再到茶庄卖掉，出得门去，便是干干净净的平民百姓了。关于这一点，又有什么可以讳莫如深的呢？杭天醉后来明媒正娶的妻子沈绿爱便坦荡而自豪地宣布：“我家祖上是江贼。”杭少爷听了十二分反感，说：“如今的人真正是黑白不分了，做了强盗，也可以拿来壮壮声色，堕落，堕落！”

沈绿爱清脆地一笑，说：“要说堕落，是你祖上开的头啊。你那祖宗开的黑店，专门收购我家祖宗的黑茶，如此水涨船高，共同发财,才有今日的你我,你连这个福荫都不知晓,竟要数典忘祖了吗?”把个杭天醉气得浑身打战,手里一只粉底过枝攀花茶盏也失手打落,碎成数瓣,来来回回只说出两个字:“胡说!胡说!”

沈绿爱可是面不改色心不跳,把茶盏亲自扫了,又泡上了一杯龙井新茶,说:“我怎么敢胡说,这些全在我家族谱上明明白白地写着的。杭、沈二家通好世交,原来就是从这杀人放火开始的。这不是前世报应了,把我们两个死冤家对头绑在一起活受罪了吗?”嘴里笑嘻嘻地说,眼中的泪,便盈上来了。

从唐代太湖边江贼繁衍而来的杭氏家族,到杭九斋、杭天醉这两代,恰好经历的是一个顶峰和低谷。糊里糊涂的杭九斋那几年突然过上了好日子,从杭州郊区山客处收来的龙井,远远地销到了广东,从平水收来的珠茶运至上海,便发往了英国。一切都被精明而有野心的老板娘抓住了。她和忠心耿耿的吴茶清一唱一和,维持住了忘忧茶庄的残局,不再向破产方向倾斜。至于继承和发展忘忧茶庄的远大事业,那是杭九斋时代以后的事了。即便如此,他活着时,女人那层出不穷的计谋,亦使丈夫知道,忘忧茶庄,实际上只有吴茶清一个人可以左右这女人了。

以亏本买卖小包装茶来招揽生意,本是老板娘出的主意,当然,这个主意也不是凭空想出来的。1874年,位于距离忘忧茶庄二里路远的大井巷,红顶商人胡雪岩的胡庆余堂开张营业。开张前夕,编印《胡庆余堂雪记丸散全集》,分送各界。穿号衣的锣鼓队,在水陆码头到处散发“胡氏辟瘟丹”“诸葛行军散”,刚从三家村娘家回来的林藕初,还被人在怀里塞了几盒。从那以后,她就萌生了以小包装茶来招揽生意的念头。

丈夫对她的任何变革，都是不反对也不支持的，只要能挣钱就行。丈夫对妇女也不歧视，以为妇女的聪明才智得以体现，是一件好事。反对她那样做的，倒是忠心耿耿的吴茶清，他听了老板娘的建议，捻着稀稀的胡子，半晌，说："不妥。"

"怎的不妥？"林藕初有些吃惊，从前，吴茶清提出银圆上敲印茶庄记以证真伪，置茶的大甏用火烤，龙井茶只收春茶，林藕初可是都点头的。

"身逢乱世，以守为上，满街八旗官兵，几个奉公守法？我们又无红顶保佑，万一有人贪小便宜，在这方面大做文章，吃亏的还不是店家？"

杭九斋一听有可能惹乱子，立刻就表示反对："茶清所言极是。吃茶叶饭，要吃得清闲自在，才是道理。标新立异，大张旗鼓，反显生意人的俗。杭某人，平生就为脱不了这个'俗'字而痛心疾首，如何自己又往这红尘俗海中跳，岂不是搬起石头砸自己的脚……"

杭九斋只管自己滔滔不绝地扯了开去，来了兴致，竟也煞不住。林藕初拿眼睛瞪着吴茶清，再不说一句话；吴茶清脸上则平淡如水，好像他什么也不曾听见一般。

仿效胡雪岩的建议被搁浅了，但冬天还未过去的时候，吴茶清便去了郊外的翁家山和落晖坞。林藕初说："进山还早吧，离清明还有一个多月呢。"

吴茶清说，要早在别人前头。

果然,他购来了杭州城里最早上市的龙井本山茶。忘忧茶庄门口的轿子开始排起了队。

吴茶清干干净净一声不吭地坐在大厅一角里,身穿竹布长衫。梨花木镶嵌的大理石台桌,足有三张八仙桌那么大。杭九斋很得意,逢人就说:“你看看这张台面如何?杭州城里数得着的吧。”

茶枪们围着桌子评茶,说:“好茶!好茶!今年九斋兄抢了先。”

又有人说:“我喝忘忧茶庄的龙井,怎么竟比别家的更有一番软新?这叶面里头也绝无冬雪痕迹,不知有何妙法?透露一二,斗茶时也好有个说法。”

杭九斋竖着指头:“老兄这‘软新’二字用得绝妙,恰好就和那‘硬新’二字作了对。茶树经了一冬熬煎,难免皮硬面枯,初绽新芽只把那陈味顶了出来,自然硬新。非若弃了那经了冬日的芽头,专收那春日里新萌的,才是正宗。少则少矣,精则精矣,妙则妙矣。”

万隆兴咸肉店的老板万福良的酒糟红鼻头黯淡了下去,嗓门便高亢起来,他说话时,忘忧茶庄的厅堂里轰隆轰隆地发响:“小杭老板真正是有心人,又是字画又是台桌又是明前龙井,老杭老板若有小杭老板这番抱负,忘忧茶楼如今也成不了隆兴茶馆。哈哈哈哈,我倒是运道好,碰到老杭老板手里,没有杭夫人跟茶清这两扇翅膀,运道好运道好……”

万老板原本是带着小茶童吴升来买新茶的,倒也没有要刺激杭九斋的意思。但他一个杀猪的发了财,鼻子又红又大,气焉能不粗!说话没遮没挡,冲口而出。不知杭九斋脾气再好,究竟自家茶楼招牌摘下来换成人家的，当时满肚子的辛酸，发酵到今天，也早已是一股子恶气。心里上火，又碍着众人的面，不好发作，也想不出发作方法，正一时尴尬，万老板不知趣又说："老弟，我且多买点茶去放在我那个茶馆上，也算是买你一个面子。你这'软新'，价格也太辣手，卖不出去，统统归我万隆兴了。"

人多势利，晓得万屠夫两个外甥，一在衙门一在码头，一为恶吏一为地痞，动弹不得，干咳着便要走人。杭九斋生气，便唰啦唰啦地卷他那些刚刚摊开了要供人欣赏的字画。

小茶童吴升踮着脚捧着一杯盖碗茶，两只眼睛骨碌碌地紧张地乱转着，闯到了杭九斋的手下。他那张小方脸上布满的白白的湿癣都紧张得成了红色，脖子本来并不短，一吓就缩了回去。他的小肩膀也是方方的，此刻奇怪地耸起，拖着破鞋的小脚也始终踮着。把茶往桌上放时，他的手一抖，茶水晃了出来，湿了杭九斋的画。

泼湿的那一幅，乃是仿赵孟頫的《斗茶图》。图是仿的，便谈不上值钱，但却是杭九斋亲手仿画的，花了不少日子，便值钱了。杭九斋打狗看主人，把吴升好一顿恶骂："瞎了眼的小叫花子，你以为这是杀猪场吗？由着你们野狗一般乱窜！你知你泼了什么？把你这样的人卖了一百个也不值我手里的一张画，哪里窜出来的讨饭坯，也配得上这样的厅堂！"

万福良万屠夫再蠢也听出话中的恶意。他先是一愣，继而是一大巴掌，把吴升抽得像一只陀螺，笔直旋进坐在角落里一声不吭的吴茶清怀中。

吴茶清一把搂住的那个吴升，是个吓得浑身颤抖、眼泪直流的八岁的吴升。吴茶清二话不说拉着孩子走进内堂，万福良发了一阵呆,一甩袖子就出了外堂。杭九斋站在大台桌前木住了,他这辈子还真的没有这样骂过下人。

一生气,他的烟瘾便要发作,轻轻一跺脚,他也要走人。吴茶清拉着换了一身新的吴升出来,说:"这孩子跟我同姓,是我老乡。在隆兴茶馆跑堂,我把他送回去。"

杭九斋有些尴尬,从口袋里掏出两个银圆,伸到小孩眼前。吴升把头低下了,侧了过去,不看任何人。这个过程并不长,他把头果断地别了过来,小心翼翼地取过那两块银圆。他的手又小又细,看上去像两团小乱麻。他模仿着大人,用一口小白牙去咬银圆的边,又笨拙地弹着它,放到耳边去听。眼睛又黑又亮,聚精会神。杭九斋笑了,说:"你看看忘忧茶庄的印。我们这里不出假货,小东西门槛倒蛮精的。"

吴茶清没有反应,只是看着小老乡。吴升终于对两块银圆验明了正身,小手一松,滑进衣兜。

吴茶清的手便也松了。吴升却快乐地仰着脸,充满信心地说:"阿爷,你把我送回去呀!"

他的半边脸肿得老高,两只眼睛就一大一小了,嘴巴也歪了下去。吴茶清叹了口气,又拉住了他的手。

杭九斋也长叹了一口气,好了,事情总算过去了。他逃难一样依依不舍地看看厅堂,看来他对再来应付买客又失去兴趣。那边一堆字画还横横竖竖睡在台桌上,他拣了几张真迹往腋下一夹,对伙计说:"把那些挂起来,不许挂歪了,全是我画的呢!"然后,便落荒而去也。

第四章

杭氏家族第四代单传杭天醉，幼时便呈现出了某种与他祖上偏离的气质。单薄的身体，单薄的眼皮，长睫毛的眼睛像母亲，蒙眬的眼神像父亲，但没有一个人敢说他瘦削的身材更像谁。

一种古怪而极端的性格控制住了这个苍白的孩子，把他从他先辈温良平庸的杭氏家族阵营中分裂了出去。他有时不爱说话，有时则夸夸其谈，对他不喜欢的事物采取千方百计的激烈的逃避，对他喜欢的东西则一意孤行地追求。

尤其令母亲林藕初伤心透顶的是这个孩子对她一生厚望的辜负。她尤其不能明白这孩子对吴茶清的内心的疏离。这种疏离最终导致他一头扎进了父亲杭九斋的怀抱。

一开始他对母亲的反抗仅仅体现在逃避晨练上。他不明白为什么要把他半夜三更提起来送到后花园，由管家茶清伯手把手教拳术。他讨厌在湿漉漉的草地上打坐、架腿。为此，他开始千方百计地寻找借口在父亲的单床上睡觉。母亲揍他屁股时会对他叫喊：“你知道你以后要做什么人？”她用打他屁股的手在周围画了一圈：“你知道这全是你的吗？”

母亲这样说话时几乎咬牙切齿，露出一口白牙，又多又细，晃得杭天醉头上的青筋全暴了出来，小薄鼻孔一张一翕。他的无力的小拳头捏紧了,小薄脚板急促地踩着地板:“我不要我不要我不要!”

管家吴茶清一声不吭,站在母子俩背后。杭天醉后脑勺飞快地凉了下去,他似乎用他的后脑勺看见了那个瘦削的山羊胡子。他老是教他打坐,一动不动地坐着,连胡子也不动。杭天醉一个转身向他扑去,喊道:“你走开! 我讨厌!”

山羊胡子一动也不动,撼山易,撼山羊胡子难。杭天醉一跃而起要去抓那把胡子,他的双手立刻被死死捏住了。这是他第一次领教,他几乎可以说是立刻就感受到了这个大人的内在力量。他对他那么用力,毫不谦让与怜悯。他的黄眼珠里清清楚楚地映出了杭天醉气愤的脸。杭天醉叫着跳着,但母亲不松口,那人也不松手。看来那人是决心要制服他了。

杭天醉终于哭了。山羊胡子腾出一只手,擦着他的眼泪,问:“哭什么?”

“痛。”

“知道痛了?”

“知道了。”

“不想练功?”

“不想。”

“不想就不练。”

那人把手松了,杭天醉就倒在他脚下。

他妈失望地喊:“我真不明白,这孩子不像我,偏去像那个不像样的爹!”

杭天醉坐在地上,盯着山羊胡子。吴茶清双手掸掸袖口,说:

“随他去吧。”

山羊胡子走了。杭天醉不明白，为什么看着他的背影，自己很委屈；为什么他觉得那个人应该对他更好些。

杭天醉十岁那年做的另一件一意孤行的事，乃是他管自收下了一个亲信——翁家山人撮着。

撮着那一年已经二十岁了，在城里干了十年杂役。劈柴、担水、抬轿、上门板，依旧有着一副农民的心肠。一双牛眼睛清澈木讷，明亮笨拙。牙齿向外龅出去一片，一看就知道是常年吃六谷番薯的后遗症。手并非太宽厚，却是精悍灵活，骨节有力，手指甚至细长，幸亏黝黑而裂缝累累，才与有闲阶级作出本质区别。

撮着与天醉的第一次相遇富有诗意。

那是一个春天的上午，无所事事的撮着从散了的人市中走出来，他已经第十次被主人回报掉了。那时候他所呈现在城里人面前的还是一张笨脸。他身上足以使人信任的气质——比如严肃，不滑头滑脑，不乱嚼舌头，不胡思乱想，不嫖不赌，却又能对主人的嫖赌守口如瓶，并且吃苦耐劳，不要求加工资，凡此种种，尚无机会呈现。此刻，他有些茫然，不知下一顿饭在哪里吃，但他也并不着急，他就坐在巷口，顺手抓了把烂稻草心不在焉地搓着。他身上穿着那件烂土布棉袄，光着的胸膛黑红一片，像冬天里踩过荸荠的烂田。他的腰上扎着一根烂草绳。

降落在他身上的事件却又美又清洁。一只风筝，挂在他靠着的又高又大的白杨树下了。

一个少爷——撮着凭直觉就能感觉得到这是一个小少爷，在深深窄窄的巷子里倒走着,拉扯着线,但风筝却不动了。

这件事情很简单。一个流浪汉与一个少爷对峙了一会儿,流浪汉放下手里的烂稻草就上了树。风筝是蝴蝶状的,撮着手一撩,蝴蝶飞了。但是流浪汉和少爷却没有再分开。少爷拉扯着风筝,风筝一会儿就往下栽,撮着就弯腰去帮他捡起来,两只手托起举在头上。撮着抬起头,便看到两边又灰又高的风火墙夹出的一细长条城里的蓝天。他再一低头,又看到了前面拉扯着白洋线倒着走的小小身影,浅色的衣裤,套着酱色的小背心。这不知从什么地方来的陌生的异样的孩子使撮着怔了一怔,一句话不知道怎样就出了口:"少爷我跟你。"

少爷很高兴,因为蝴蝶飞起来了。少爷雀跃着,说:"你跟我好了,我反正大起来是当老板的。我们家里的人都跟我说过了,我一生出来,就是要当老板的,我要吃一辈子茶叶饭呢!"

撮着就跑上去了,两只手盖着少爷细瘦清白的小手。手指之间,是松松紧紧的线儿。风筝越飞越高了,撮着看见城里的女人站在楼台上看呢。有一个清脆的莺声在空气中震颤:"正月鹞,二月鹞,三月放个断线鹞。"少爷单薄的肩膀便也激动地颤抖起来,有些贫血的小脸已涌上了红潮,额上渗出了薄亮亮的汗水,发根更潮湿了一片。少爷的耳根,在春天的阳光下,薄薄的,红红的,几乎透明的,撮着想起了他翁家山老家的小兔子。

"好看吧?"少爷痴迷地看着天空,手微妙地一动一动,"大蝴蝶在天上舒来展去,像什么?"少爷问撮着,撮着想不出来。"告诉你,记牢,像在天一样大的秋千上荡来荡去的姐姐啊!"

哦!撮着吃了一惊——天上的女人啊!撮着认真地看了少爷

一眼,却只看见了在急促颤抖的很长的睫毛。他想起了翁家山的蜻蜓,蜻蜓的翅膀。从前,撮着是从来也不会怀念兔子和蜻蜓的,他突然一把抓住少爷的手,连线儿一起僵住。他没头没脑地倾诉:“我是没有爹娘的,三岁死光屋里人,吃百家饭长大的,二亩山地种茶,让叔伯兄弟骗去了。我是没爹娘教训的,少爷我跟着你!”

少爷被撮着这样一捏住,浑身不舒服。他自然不能明白连撮着自己也弄不懂的这种突然袭来的热血沸腾。少爷说:“走,找我妈去。”

杭夫人看见撮着时,和城里所有的老板一样对他并不满意。撮着太脏了,太木了。杭夫人是那种心里有标准男人形象的女人,撮着与她心里的尺度风马牛不相及。

“他叫什么名字?”杭夫人问儿子。

“你叫什么名字?”他问流浪汉。

“名字不问就带进来!”母亲喉咙就响了。

“我要我要,我要他!”儿子喊。

“我叫撮着。”撮着诚惶诚恐。

“奇怪,倒是这辈子没听说过。”

少年便放下风筝,两只手做撮的动作,斜着眼睛:“是这样撮啊撮啊把你撮出来的吗?”

“勿是的,勿是的,”撮着觉得少爷理解得不对,有必要作出重新解释,“是姆妈在屋里头生我,阿爸在门槛上搓稻草绳,三把稻草搓完,我在里头哭了,阿爸问:‘男的女的?’姆妈说:‘带把的。’阿爸就高兴,说:‘托稻草绳的福,我撮着一个儿子,就叫“撮着”吧。’”

少爷联想力显然很丰富，立刻掉头问母亲："妈，你生我的时候，阿爸在撮什么？"

杭夫人林藕初的目光闪烁了一下，看撮着时便有些湿润温和，撮着也就不那么毛糙肮脏了。她的儿子并不知道他的问题为什么会使母亲心有所动。如果他一出生就有记忆的话，他也仅仅晓得父亲的那一夜住在水晶阁小莲的房中，接生婆是山羊胡子亲手驾着马车接来的。第二天上午父亲回来时大喜过望，而母亲亦没有表现出委曲求全的神情。她的头上扎着毛巾，有气无力地对丈夫说："儿子。"

撮着显然是在一种难得的温情闪逝中被杭夫人留下了。她把管家叫来时已经做了决定，所以她的咨询亦很简单："你看是把他摆到店里还是后院？"

吴茶清低垂的眼帘不动，声音移向少爷："你说呢？"

"跟我跟我，跟我玩。"少爷说。

吴茶清盯着少爷，盯得天醉头低了下去，再盯撮着。刚才的一丝温情，便被吴茶清盯没了。

"你会什么？"

撮着来回地换着自己的脚跟，说："抬轿子。"

"抬轿子也算本事？"林藕初一挥手，"你给我省省了吧。"

撮着脸红了，头颈上青筋就要暴出来，说："花轿也会抬的！"

"你抬什么？轿领班？"

"轿领班我不抬的。轿领班走在前头，四面八方迎我，人称'远天广地'，吃不消的。"

"那你抬什么，轿二吗？"天醉好奇地问。

“轿二我不抬的。背后就是新人,真叫‘不敢放屁’。”

说得连板着面孔的吴茶清都微微一笑,接口说:“轿四你自然又是不抬的,走路像写八字,当心‘转弯勿及’。看来你倒是抬轿三的料了。”

撮着便极其认真地点头,“正是正是。面前轿子遮蔽,不见南北东西,就像开张瞎子,一片‘昏天黑地’。”

说得天醉母子大笑,说:“你便只是个‘昏天黑地’了。”

撮着不知这有什么好笑的,又不得不陪着讪讪笑,嗨嗨、嗨嗨的,憨得发傻。吴茶清才说:“我们这里,轿子是没得给你抬了,弄辆黄包车给你拉拉,好不好?”

林藕初听了摇手,吴茶清一开口就堵了她的话:“老板剩下的这辆车,放着也是闲得烂掉,卖卖也没人要。都当西洋景,没人肯拉。天醉骑马太小,坐轿子不免娇惯,不如乘着黄包车出入。”

“还不都是九斋活着时生出来的怪风头,你到街上看看,有几个人在拉这种东洋车?”林藕初说。

“我拉,我拉。”撮着立刻表态,“少爷你坐,我这就拉你钱塘门去逛一圈。”

原来晚清时,杭州的主要代步工具依旧是轿、马、船。马者,多在湖滨至灵隐大道上通行,为游观者用,出借的大多是北方汉子;船常为那些外地来杭客人用,若带有行李,在河港交叉的城里乘船,最为简便。忘忧楼府的后花园外就通河港。至于轿,不用说的,当时依旧是主要代步工具。倒是这宽不过一米、长不过两米、高又不过半米的人力车,因是东洋人最早在街头拉过,杭人称为“东洋车”。杭九斋看了新鲜,做了一辆招摇过市。人家戳戳点点,他倒蛮得意忘形，还邀了秦楼娃女挤在一辆车上，掀着车帘，东张西望。拉车的原是个轿夫，大红花轿也抬过，蓝呢官轿也抬过，“远天广地”的轿领班也当过。从前的轿班弟兄见他拉着这么个东西在街上跑，都朝他龇牙咧嘴笑，他觉得丢人，死活不肯拉了。杭九斋很不理解，对他的儿子杭天醉说：“从前四个人抬一个人，现在一个人拉两个人，还轻松，还快，为啥人人笑我？莫非东洋人乘得，我们就乘不得？”

杭天醉完全同意其父意见，他自己也是黄包车的热烈拥护者，不期父亲一死，这车塞在后院也没人再用了，现在有了茶清伯撑腰，不愁日后没得乘车兜风快活。

撮着便拉天醉外头逛了一圈回来，林藕初再见撮着时着实吓了一跳，出去时鼻子是鼻子眼睛是眼睛，回来时一张面孔糊里塌拉，青是青紫是紫。杭天醉激动得话都说不清楚，结结巴巴地让人听了半天才明白，撮着拉着车和抬轿的比谁快，那两人的轿比不过他一人拉的车。轿夫火了，当脸给他一拳。

“谁叫你去比那快慢的？”林藕初生气地说。撮着不响。茶清指着杭天醉说：“不是他还有哪个？”撮着连忙接口：“我没还手我没还手。”吴茶清看了他好一会儿，叹口气，指着少爷对林藕初说：“留下吧，跟他。”

比起凌厉的母亲，父亲使杭天醉更为喜欢，他常跟着父亲到湖上去。

明清以后，江南一带的商贾喜欢与达官贵人决一高低。先还只在私邸、茶楼、书院、寺庙、游艺上比试，渐渐这些气象便从湖畔到了湖上，彩舟画舫，逐鹿西子，穿梭往返，眼花缭乱。

你想，那杭天醉的爹杭九斋，怎么舍得放弃这么个追欢逐月的大好机会？银子哗哗地倒出去，便制了一艘书画船，内陈香炉、茶具、竹榻、笔墨纸砚，与那杭城的士绅名流品茗吟诗，笙歌唱答，此乐何极。

最妙的是，船上又设有一床，可躺可坐。夜浮于水，明月如洗，水天一碧，环视天地，悄然无声，只有青山浓翠欲滴。此时舟则活，舟则幻，舟则意东而东，意西而西。杭九斋叹道："叩舷浩歌，心神飞越，曾不知天之高，地之下，不知老之将至，悠然乐而忘世矣。"遂名他的船为"不负此舟"。

杭天醉喜欢"不负此舟"，喜欢父亲逐句教他的歌谣：

今夕何夕兮，搴舟中流。
今日何日兮，得与王子同舟。
蒙羞被好兮，不訾诟耻。
心几烦而不绝兮，得知王子！
山有木兮木有枝，心悦君兮君不知。

杭天醉不太听得懂这歌谣的意思。父亲说那是很久以前的越人船夫摇着船在波水间唱的歌。杭天醉便摸一摸父亲苍白的手，认真地说："我们就是船夫。"

父亲便有一种千古之音的感动，摸一摸儿子的脑袋，眼眶便湿润了。

有时，他们会在湖上遇见赵岐黄先生和他的四公子赵尘(赵寄客)。他们自己动手划船,那划子轻轻尖尖的,比"不负此舟"可是要小得多了。

赵寄客一见杭天醉便大叫一声:"'浪里白条'来也!"然后一个猛子扎入水中,像一条黑鲤鱼乱翻乱扑。他的父亲只在船上藏着两手,有心无心地看着他。

"来呀,来呀,有胆量的下来呀!"

旧年夏天,也是被赵寄客这样叫着,杭天醉趁父亲不备,脱得如赤膊鸡,阳光下皮肤白里透青,眼睛一闭咕噜咕噜沉到底,却上不来了。只见一团黑发水下乱转,寄客一把抓住头发要往水上提,自己两只脚倒被拖了下去。幸亏还有岐黄先生,一边一个,拎出水面,统统趴在船帮上往外吐水。杭天醉吓得面无人色,其实他水进得并不多。赵寄客边吐边结结巴巴地说:"我弄错了,我应该一拳头……呸呸……把你打昏,呸呸……再把你捞上来。"

杭天醉口水鼻涕眼泪一起往外流:"我、我、我难受……原来……死是这样的……"

两个大人看着这对死里逃生的小兄弟在互吐衷肠,便互相作个揖,杭九斋说:"让他们结为金兰吧,日后天醉要靠寄客的。"

岐黄先生说:"还不如说日后要给天醉添乱呢。"转身对两个孩子说:"风雨同舟,生死与共,你们今日可是对着大好湖山起了誓的。"

两人便在船头拜了兄弟。船上无酒,清茶两盏,相互就碰了碰。黑孩子说:"兄弟,日后有水难,我要打昏你的,记牢。"

白孩子说:"不不不要打,我再也不、不、不……下水了。"

杭天醉不敢再接受赵寄客的邀请下水，但他和父亲却常邀赵氏父子去茶馆听戏。

从湖上登岸，船儿被系在湖边柳树下，杭九斋磨磨蹭蹭的，便要往他昔日的忘忧茶楼上走。

茶楼位于钱王祠旁，不大不小，楼下手谈，楼上口谈；楼下下棋评鸟，楼上听戏说书。朱红雕花的门剥落了，杭天醉听见父亲说"可惜可惜"；走上磨光的红漆地板时油渍渍的，父亲嘀咕说"到底是杀猪人家"；登楼梯时"吱咕吱咕"响，父亲说"败落了败落了"；小茶童吴升邋里邋遢地从楼下提了一把大茶壶上去，看见他们就粗着嗓门喊"让开让开泡着不是我……"，父亲吼一声"没爹娘教训就是没爹娘教训……"；前前后后总有人朝父亲和岐黄先生躬身作揖。肉包子、油墩儿、炸年糕、千张、馄饨、瓜子、香榧、小核桃、花生米、臭豆腐……包围着赵尘与杭逸。赵尘就专吃肉包子、炸年糕，额方鼻直口大，一头的油黑鬈发，像只小黑狮子；杭逸是喜欢吃香榧和小核桃的，轻轻一咬，裂成两半，取一断口细细刮皮。赵尘等不及了，一口一个灰乎乎吃得满嘴黑末，天醉费工夫剥白了一粒，便给救命恩人："给你。"

吃这些玩意儿时，他们坐在楼上靠湖一面的廊栏前。父亲说从前一色的紫砂壶，俞国良的也有，惠孟臣的也有；从前一色的青花盖碗，茶船上描龙画凤，梅兰竹菊；从前一色的琴棋字画，唐伯虎的、文徵明的；从前啊从前……唉，唉，罢了……杭天醉便晓得，父亲要开始和对面水晶阁里的小莲眉来眼去了。

水晶阁是浅绿的，小莲是粉红的。小莲的眉目从一墙之隔传来，一股股的脂粉味。小莲与父亲调笑时，夹着鸟啼声、卖花声、棋子落地声、谈笑声、隐隐约约的哭声与骂声。小莲说:“九斋爷啊,胆子真大呀,小少爷都敢带来呀。”父亲说:“小少爷他还敢给你沏一杯香喷喷的龙井茶呢。”小莲就说:“不敢当不敢当,我们青楼女子,哪里配享这种福气?小少爷不嫌弃我,尝尝我刚才剥的松子仁儿……”一块香绢包着松仁,抛绣球似的扔在天醉的脸上。众人都笑了,天醉又羞又恼,心里一团的诱惑,把手绢儿扔给寄客:“你吃吧。”

寄客说:“我吃就我吃。”打开来要吃。天醉又急了,说:“一人一半,一人一半!”

寄客把手绢又扔给他,说:“我才不吃这种东西,又吃不饱。”

赵岐黄叹了口气说:“早年间这里说书的人多,如今也都移到城里头去了。”

吴升就提着茶壶叫:“段家生,段家生,红衫儿,红衫儿,你爹呢?”

话音响着,段家生就上来了。

段家生四十出头,手里拨了一把弦子,再无他物,看上去一脸病容,骨瘦如柴,听说从前是走红过的,只因抽鸦片,抽倒了牌子,才从昆剧戏班子里被撵出来,改唱杭滩,无非是混口饭吃,混口烟抽罢了。刚才他赊得几个钱,过了一会儿烟瘾,见有人点戏,便抖擞精神。上了那戏台子,一声昆腔叫板:“吓,果然好一派江景也!”下面,有人便从小莲隔墙扔松仁的桃色调笑中回转过来,大叫一声“好”,便击起了掌。

段家生听人叫好,定睛一看,是忘忧茶庄老板杭九斋。知他是个懂戏的,便心头一热,为知音的鼓励而长了三分精神,顿时气运

丹田,声如裂帛,卖力唱将起来:

> 大江东去浪千层,乘西风,驾这小舟一叶。
> 才离了九重龙凤阙,早来到千丈虎狼穴。
> 大丈夫心烈,觑着这单刀会,一似那赛村社。
> ……

唱到此,段家生周身血气上来,喷出一腔道白:

> 你看这壁厢天连着水,那壁厢水连着山。俺想二十年前,隔江斗智,曹兵八十三万人马,屯于赤壁之间,其时但见兵马之声,不见山水之形,到今日里啊……

段家生看今日听客会大捧场,抖擞着精神,放开嗓子,亮亮地唱道:

> ……依旧的水涌山叠,好一个年少的周郎,恁在何处也?不觉的灰飞烟灭。可怜黄盖暗伤嗟,破曹的樯橹恰又早一时绝。只这鏖兵江水犹然热,好教俺心惨切!……

"好大的水啊……"

赵寄客站了起来,做了那关羽的手下周仓,目光唰唰地亮了起来。寄客最喜欢听《水浒》《三国》,不像天醉,什么都喜欢。听得赵尘这一声"好大的水啊"时,杭逸也激动了,也跟着喊了一声:"好大的水啊……"

一茶楼的人屏声静气,听到此,同声喝了一个彩。赵尘、杭逸便很是得意,连段家生也很是得意了,只管沉浸在自己的英雄气短当中,几乎要声泪俱下地道:

"周仓,这不是水,这是二十年来流不尽的英雄泪!"

一曲昆腔,唱得众人一时竟说不出话来,只听到楼下一层的鸟儿重新叽叽喳喳响起。

吴升小茶童踩着地板火上房一样往楼下喊:"红衫儿,你还不快给我死上来?"众人被这小不点儿老三老四的话吓了一跳的同时,一团小红火又旧又脏,从楼梯口跳了上来。她麻利地连翻了几个跟头,做了几个江湖上人的拙劣的杂技动作。她飞起一脚打叶子时,却把自己的破鞋子踢飞了出去,直直打在杭天醉脸上。杭天醉尖叫一声。那黄毛丫头愣住了,立刻吓得浑身发抖,跪下就打自己的脸:"我不是故意的,我不是故意的,师傅你饶了我……"

师傅不饶她,师傅指望着她来几个高难度的讨钱动作呢,没想到她把财神给打回去了。师傅拾起那破鞋子啪啪往女孩脸上甩,嘴里便是一连串和刚才唱《单刀会》截然不同的脏话。寄客一下冲了过去,喝道:"张飞来也……"

段家生止了手说:"小少爷想打亲自打便是,这破庙里捡来的累赘实在恼煞我了。"

"我不打她,我也不准你打她。"

"她是我养的,断了我财路,我打她,天经地义!"

"路见不平,拔刀相助。"赵寄客用的全是戏曲语言,"天醉兄弟,还不给我速速上场!"

“吾来也。”杭天醉急忙响应，慌里慌张上来扶起红衫儿到角落里。小姑娘一头垂发，眼睛长得像柳后的星，吓得还止不住地抖。天醉不知怎样安慰她，便把刚才小莲扔给他的松仁儿，一粒粒往那叫红衫儿的小姑娘嘴里塞，一边还哄着：“你吃，你吃，喷香的！”

小姑娘牙齿抖着，松仁进了嘴唇又抖搂出来，止不住地打着哭嗝。

赵、杭两位大先生便也生了气，一边掏钱一边数落段家生：“你这位先生也太过分了，想要钱跟我们要便是，冲孩子撒什么气，看把她吓成什么样子，平日里不知怎么个打骂法呢！”

吸鸦片的人见了钱什么放不下，脸上立刻就堆了笑，“是是是”地应付着。

小吴升提着那只红衫儿甩出去的小破鞋子，气得脖子直往回缩。他看见那两个锦衣绣裤的男孩子围着红衫儿转，自己不敢上去，感到又一次遭到奇耻大辱。上一回他恨上了忘忧茶庄的老板，这一回他恨上了少爷。

同时他也恨红衫儿，这一干人扬长而去时，他看着他们前脚走出，后脚便冲进灶间找红衫儿。他像柯落帽风一样在后堂里乱窜，果然看见红衫儿坐在门槛上，细细数那些小松仁儿，数数，笑笑，脸上挂着泪，嘴角有小酒窝了，见了吴升，说：“阿升，松仁要不要吃？”吴升二话没说一个跟头把她推下门槛，松仁撒了一地。吴升小脸暴怒着，用烂鞋跟踩着那些松仁儿入泥，嘴里呼哧呼哧冒气，嗨嗨嗨地使着劲。红衫儿复又大哭，惊动了躺在灶边小屋里吸大烟的段家生。他拖着鞋跟出来，见吴升打红衫儿，便来气。红衫儿是他养的，自己打得别人打不得，况且出手的又是个安徽小讨饭，便一把拎起来，啪啪两巴掌，扔出老远。

这下轮到吴升哭了，哭得伤心。红鼻头万老板来茶馆走走，见这个小茶童哭得蹊跷，上去问，吴升哭诉说：“段家生打我！”

“哪个段家生？”

“这里唱戏的。”

万老板又粗又直，倒也爽快，大吼一声：“段家生！”

段家生躲在偏房，晓得躲不过，硬着头皮出来。

“你是段家生？”

“是，万老板你听……”

“滚！”

“万老板我求……”

“滚！”

段家生只好滚了，滚前想想懊丧，重新把红衫儿打得鬼哭狼嚎。

红衫儿背着小鼓儿一瘸一瘸离开茶楼时，吴升向她伸出一双黑乎乎的脏手，掌心里放着几粒同样黑乎乎的脏松仁。

吴升哭了，说：“喏，我从地上捡来的，赔你。”

红衫儿没理他，低着头，一声不吭走了。

第二天上午，有车夫用黄包车把天醉拉到茶楼，一路上他紧紧抱着那个小洋铁罐头，里面盛满了好吃的点心、饼干、糖果和芝麻糕。车夫说：“少爷，你心好，只是天下可怜人太多了。”杭天醉却绘声绘色地叙述：“她噼噼啪啪翻着跟头，嘭，跳得老高，咚，鞋子飞到我脸上。她本事真大，也真可怜，她吃松仁，吃进去吐出来，吃进去吐出来……”

他这么兴奋地说着,激动地停在茶楼门口,被吴升看到了。他根本不让那少爷上楼,他在门口叫着:“她不在,她走掉了,你找不到她的。呸!她才不会跟你好呢!”

杭天醉不明白吴升为什么恨他,他睁大眼睛,吃惊地问:“你是谁?我不认识你,你干吗要呸我?”

第五章

杭九斋的故交在前来吊丧的灵堂里，见着少爷杭天醉，没有一个不在心里头嘀咕——再过二十年又是一个杭九斋。

那是说杭家父子的神态：颀长的脖子，略塌的肩，长眼睛上的蜻蜓翅膀一样匆促闪动的睫毛，细挺的鼻梁和不免有些过于精细的嘴唇，紧抿时略带扭曲的神经质和松开时的万般风情。万隆兴咸肉店的老板万福良送上丧缎后退下来，便对着赵岐黄先生说："岐黄兄，这父子俩都长得瘦削阴气，怕不是吃茶叶饭吃的吧。像我这样日日老酒红烧肉，阳气足，哪里有这种男人女相的样子。不如劝劝老板娘，不做茶叶生意，杭家或许还可兴旺发达起来呢。"

中医赵岐黄连头都没有转一下，心里头着实不想与这杀猪出身的酒糟鼻子搭腔，却又忍不住想讥讽他几句，便正色道："此言差矣，三百六十行，哪有一行是专门来害人性命的，尤其是茶，头一条是中药里的宝贝。神农尝百草，日遇七十二毒，得茶而解之。后来一时找不到茶，才被那断肠草化了肚子。你怎么张冠李戴，把罪名加到这救世良药头上去了？"

万福良有些悻然。他原想趁人衰落摆摆阔气，没想到赵岐黄最见不得这种暴发户嘴脸，尤其容不得这号人与自己称兄道弟。赵岐黄一向以为，杭九斋的染上烟瘾，和这些人日夜鬼混分不开，近墨者黑嘛。好在万福良虽俗不可耐，但却没有刀笔吏的尖酸刻薄，甚至还有几分愚笨裹挟在生意人的精明之间，便又不知事理地问道：“赵先生，小弟有一事不解，杭家也算是正派人家，怎么就代代单传，人丁终不兴旺呢？若说抽大烟，我和九斋也算是一路里的货，一甏里的醋……”

赵岐黄摆摆手，恶心泛泛，不让万福良再说下去。

赵岐黄世代医家，见过大千世界种种奇魔怪症。杭九斋生前有时也到赵家的悬壶堂来。他总是坐都坐不住，一边在堂前来回转着圈，一边诉苦：“心里头闷，闷啊，哪里有心思顾及茶庄的生意，没意思，做人没意思……”

赵岐黄劝他少抽一些鸦片，茶清和藕初撑着这份家业不易。

杭九斋听了就笑，说：“是啊，还不如我早早地死，留下他们想干什么就干什么呢！”

赵岐黄听了这话中有话，心中暗惊，不好再搭腔，杭九斋却一本正经地笑着说：“岐黄兄你给我做个证人，日后茶清死在我后头，棺材要从我家正门抬出去。”

“这是什么话？”

“唉，当我不是个明白人。忘忧茶庄，日后要靠茶清撑，成也在他手里，败也在他手里了。”

杭九斋到底还是芙蓉瘾足后死在水晶阁小莲的床上了。世人都说他纵欲过度虚脱而死，他便成了西门庆，而小莲则成了潘金莲。老鸨一害怕，连赎身钱也不要了，便把小莲推出了妓院门。忘忧茶庄从此在杭州城声名微妙，不知道还要费多少周折才能翻身。

此时赵岐黄插上一束香，退了下来，对万福良说：“万老板，被你一提醒，我倒想了起来。吃哪碗饭，受哪样罪，倒也是有点道理的。杭家几代做茶叶生意，山客、水客都做过，也是辛苦过头，硬撑出这么一爿店来，底气都浮上来抽尽了事。如今兔死狐悲，你万老板虽然依旧是芙蓉烟抽抽，老酒喝喝，红烧肉吃吃。不是我咒你，你若有这一天，两只手一定要有红布包住扎牢，到了那里，才能骗过从前被你杀的畜生，它们当你的手断了，才肯放过你呢！”

说着，赵岐黄径直上了他的轿子，扬长而去了。万福良又气愤又迷茫，不知这赵岐黄是天性尖酸还是有意损他。这个中医大夫，绍兴人氏，祖宗是当师爷出了名的，后来改行医，杭州城里也是鼎鼎大名，随之出名的，就是他的那张利嘴，损谁谁倒霉，又不敢得罪他。赵岐黄医道高明，专治疑难杂症，得罪了他，怕他不给你好好治病，他真做得出来。万福良只得委委屈屈地看看轿子的背影，嘟哝着说：“这还用你老人家指点吗？杭州杀生的，哪个不晓得归天时手包红布嘴里塞铜板的老规矩，偏你多嘴，叫你老铁头，你倒还真到处甩起来。娘卖屄！呸！”最后这句骂人话，说得极轻，也不忘四处偷觑一下，便撞着了怔怔注视着他的杭天醉。

这孩子也是邪门，虽然披麻戴孝，但倚在门廊上，依旧一副恍然若梦的样子，仿佛身边的事情与他无甚关系。

“天醉，你看谁啊？”万老板小心地问道。

“看你万伯伯。”天醉清醒地回答。

“看我什么？”

“看你死了会是怎么样的。”天醉说，“和我父亲一样吗？”

“闭嘴！”万福良一边吐着唾沫，一边往回退，“晦气，晦气！”

“万伯伯不是也抽鸦片吗？”天醉极有逻辑地推理说。

"快吐口水,快吐口水!"万福良惊慌失措地又跺脚又吐唾沫,像是要替代这无忌的童口,把这不祥的谶言消灭一般。他心急慌忙地爬上他的二人轿,跌煞绊倒地逃离忘忧楼府,还来得及听见那孩子的声音:"万伯伯,你啥时候把茶楼还给我们啊,我等着红衫儿来唱戏呢。"

谁都没有注意到这个孩子的心灵裂变。大雨滂沱雷电轰鸣的夜半,杭天醉时常会在梦中惊醒,对着忽被刺眼闪电照亮穿透,忽又陷入深渊一般黑暗的窗子,发出不可理解的绝望喊叫,但他的母亲及其家人,均被他那外在的魔魇表象迷惑住了。忘忧楼府内外贴满了诸如"天皇皇,地皇皇,我家有个夜哭郎"之类的咒语,郎中们川流不息地为这个越来越瘦的杭家独生子号脉开药。杭天醉很老实地伸出舌苔来给大人们展览的时候,谁都不知道他咽进肚子里的是什么东西。这种藏匿和保留着个人隐私的心态仿佛与生俱来,与另一种貌似张狂的外向的性格冲撞着,竟然使他得了一场大病。

病得最为严重的日子里,发生了一件奇怪的事。所有的男人夜里都不能进入他的房间,因为只要看到他们的背影,他就会坐起来,直着眼睛和嗓门喊叫;他也不能听见下雨和打雷的声音,有一点点这样的声音,他就会掀开被子拖着鞋跟往外冲,嘴里就梦呓似的念:"去看看,去看看……"

林藕初抱着她的心肝儿子,眼泪汪汪地问:"你要去看什么?命根子,你看到什么了……"

杭天醉轻手轻脚地在房间里走,模仿着窥探的神情,用帐子遮住了半张脸，说：“一个人，坐在天井里，夜里漆黑，落着大雨，天上雷公，哗啦啦，忽闪亮了，照到这个人背脊，这个人背脊，这个人背脊……”杭天醉大叫一声，吓得就半昏过去。天上，隐隐约约又有雷走过。那年夏天，雷雨特别多。

林藕初在大客厅里给祖宗上香，大厅里寂无一人，祝香受潮，怎么也点不着。林藕初焦虑地叹气：“作孽啊。”便觉一双眼睛闪电般亮了过来，一下子把她击中了。吴茶清站着，离她很远，几乎就在边门上，手里提着一只灯笼。

“作孽啊。”林藕初又说。吴茶清几步上前去点香，手有些抖。林藕初的声音也抖，在昏暗的大厅里嘈嘈切切：“快，快点，快点点着它……”

吴茶清擦了几根洋火，香头冒了一阵潮烟，便又熄了。林藕初看了看吴茶清，脸色惊变，失声叫道：“你不是……”

下面的话还没说出，她的嘴便被吴茶清用手一把捂住。

“——我是！我不是谁是！”他的目光里，射来了一股逼人之气。

林藕初用颤抖的手指着那些灵牌：“我是说，你，你，你不是杭家人，你不能点香……”

“我不是杭家人，我才配点香！”吴茶清用力一擦，一束火柴红了，香头冒了一阵烟，着了起来，一股香气夹着潮气扑鼻而来，他们俩屏住了的那口心气，也松吐了出来，混杂在其中了。

林藕初这才悲从中来，怨愤地对吴茶清说：“茶清……鬼惹着我儿子了，我儿子看见鬼了……”

“我是鬼！”吴茶清说，声音因为疲倦而发闷，“我是鬼！”

“你不要乱讲。”林藕初吓了一跳，举着香就给祖宗磕头，“祖宗啊，保佑我儿子过这一关，家门香火有续，菩萨保佑，菩萨保佑……”

一阵阴风来，好吹不吹，恰恰就吹倒了杭九斋的灵牌。吴茶清站着站着，便簌簌簌地抖了起来。

林藕初也跟着簌簌簌抖，那两只扶住香台面的手，指甲长长的，震着了台面，滴滴滴地响，很细微，很吓人。

天色一下子黑暗下来，仿佛有不解的魂灵要乘虚而入。两颗惴惴的心，一颗沉下去了，一颗浮在上面，昏暗中默默相视着，无言以对。

然后便是一个惊天动地的炸雷，像耳光一样劈在两个人脸上，脸就扭曲着，亮了。

杭九斋死于水晶阁小莲花床的前夜，先就被一场雷暴雨所击中。

雷雨之前他如困兽一般，已在屋里盘桓良久。他拿不到茶庄的银圆，茶清吩咐一个子儿也不给。他偷偷地卖了一些首饰，很快便被鸦片烊光。此刻他倒是又捧着了一只从明朝留下的铜手炉，嘉兴人张鸣岐的手艺。杭九斋喜欢炉盖刻工的精而不巧，线条重复交叉，端庄古朴，质胜于文，一直舍不得卖掉。如今也顾不着了，揣出去，或许还能卖几个钱。只要能够挨过今日，明日如何他不管。

林藕初铁石心肠，反锁了房门，自己坐在客房，啪嗒啪嗒地在银圆上按印子,银圆叮叮咚咚,一会儿便集了一堆。

杭九斋先是求,后是哭,哭了以后,看看毫无反应,便发了怒,一边骂着,一边用手去摇那门框。这手无缚鸡之力的人,哪里摇得动,一气把换钱的宝贝朝玻璃窗砸了出去,砸得地上一片碎玻璃。

天上的雷也似是要配合着他,发起威来,轰隆隆一声,哗啦啦一片,像是天窗砸破了玻璃,人间撒了一地的玻璃碴子。

这玻璃碴子,也是撒到了杭九斋心里头了,又痛楚又难受,他便开始诅咒那不该诅咒的。

"我咒你这吃里扒外的臭娘们不得好死,攥着我杭家门里的银子你想一股脑儿都捧给那千刀万剐的长毛!你当我眼睛生在头顶心,看不到你这外来的狐狸精打的什么鬼算盘。唉,我就是要抽,抽大烟,杭家抽败了也败在了自家手里,也比明修栈道暗度陈仓要强。狐狸精,你开不开门,你要遭报应,我要叫天醉来了,天醉,天醉,儿子,儿子……"

林藕初咣当一声开了门,见着这个人不人鬼不鬼的男人,一阵的恶心,哗啦啦扔过去一把银圆,回道:"你儿子儿子叫个死尸!你这种人哪里配生儿子?抽你的大烟去吧,杭家门到你手里,不断子绝孙才叫怪呢!"

男人的眼睛唰地亮了,不知是听了女人的话,还是看到女人扔来的银圆。

许多年以来,女人记忆中的最后的活着的丈夫,就是那用长衫兜着银圆,水鬼一样走出庭院的背影。

杭天醉最后看到他的父亲那一夜,正在蒙蒙眬眬欲睡非睡之间,在他的一生中的这个夜晚似乎始终是一场暧昧的梦魇。他好像记得父亲捧起了他的脑袋,嘴里翻来覆去说:“是我的,是我的,是杭家的,是忘忧茶庄的。”又好像听到另一种声音在喊:“天杀的,你这天杀的,雷不劈死了你,我也要劈死你的。不相信,来,来啊,来啊……”

杭天醉记得那时他曾睁开过眼睛,可是他始终无法确证这个浑身湿透、手里拿了一把雪亮刀子挥来舞去在空中乱抓的男人,究竟是不是他的父亲。那男人披头散发、面孔铁青、脚步踉跄,朝他慢慢转过头来,身后一片漆黑。再一片闪亮时,杭天醉看见父亲朝他猛一挥刀,失声惊叫:“你不是……”

杭天醉猛地捂住了被子,接下去,他似乎就沉入了混沌深渊。他再把头探出去时,屋里什么也没有了,静悄悄,漆黑一片,雷声和雨声统统没有了。

至于他如何又在滂沱大雨中来到天井,在天井里看见一个穿竹布长衫的背影坐着,一动不动,任电闪雷鸣,他是一点也想不起来了。但他却异常清晰地记得闪电时照亮的那个男人的肩膀,还有他的盘在脖子上的头发。正是这个只有背影的男人,挟着黑暗和雷雨,不祥和罪孽,防不胜防地进入了杭天醉的梦境,使他越来越恐惧地模糊地意识到这个人可能是谁。他对此却守口如瓶,仿佛藏匿的恐惧里还有自己的一份隐秘,而他对这种恐惧又是无能为力一般。

吴茶清于大雷雨滂沱之中,端坐小阁楼。背对着门,面对窗外高空时不时被惊雷照亮的狰狞的乌云,它们在天空狂奔乱吼的声音,吴茶清以为只有他能够听见。在夜深人寂时独对苍天已成了吴茶清的习惯。深夜案几上的那杯黄山毛峰茶,他是从来不喝的,那是他的祭物。世界之大,祭坛之小,忍受之漫长,吴茶清不可告人地被安置在了这个忘忧茶庄的阁楼上。他看见水淋淋的杭九斋进来之时,手里提着一把雪亮的匕首,心里一阵跳荡,浑身上下就是一阵阵死到临头的轻松了。

然后他睁开了眼睛,看着杭九斋费劲地发着狠,想把刀插在桌子上。那刀却吃不深木头,歪歪斜斜,死皮赖脸地就滑倒在台面上。

一片的漆黑中,闪电诡秘地时隐时亮,杭九斋是一个夜游鬼魂。

"吴茶清你不是人,你、你、你是畜生!"杭九斋气喘吁吁地骂道。

吴茶清坐着,一动也不动,头微微低着。这样一个引颈受戮的架势,杭九斋一点也没看出来。

"我今天便是来杀了你的!"他威胁地又举起刀,在吴茶清眼前一阵乱晃,"你还有什么话要说?"

吴茶清从心底里叹了口气:"要杀就快杀吧,哪里有什么话好说的。"

杭九斋咣啷当一下扔了匕首,额角虚汗一下子冒了出来:"你、你、你给我说清楚,天醉到底是谁的?"

吴茶清也站了起来,紧了一紧腰带,问:"杭老板何故杀我?我又何故认罪?明知故问,又何故耽误了男儿血性?"

杭九斋愣住了。实际上他从前并不清楚林藕初和吴茶清究竟有什么关系,发展到什么地步。直到现在他也无法接受天醉本不姓杭这个事实。他自己都说不清楚,他拿着一把匕首,究竟是来证实什么的。现在他手里抓了这样一件凶器,杀又杀不下手,放又放不开。看着眼前这个仇人,想恨又恨不起来。半晌,一跺脚:“滚——”

吴茶清从杭九斋手里摘了那刀子过来,说:“我也不用你亲自动手了,我自己来吧!”他大吼一声,刀尖就往心尖上送,哪里想到杭九斋一下子魂飞魄散,扑通跪倒在地,一把抱住吴茶清的脚:

“茶清,茶清,忘忧茶庄一百多年的老牌子,全靠你了!”

茶清看看脚底下那男人,哈哈哈地笑了起来,匕首咣当扔在桌上。他总算晓得,忘忧茶庄这个单传,是只有他来继香火的原因了。

半夜里大雨哗啦啦地下,吴茶清恨杭九斋不杀他了:“九斋,想好了,要杀我还来得及。今朝夜里我是想死的,明朝不想死了再来搅,你要吃误伤的。”

“我不杀你,我要你在这里做牛做马做到死,将来一日归西,要用十人抬棺从前门送出去。”杭九斋喘着气从地上爬起来,眼角便射出泪线。他明白,吴茶清是株老茶树,盘根错节,扎在忘忧茶庄的基石中了。但他又实在咽不下这口气,他委屈,捶胸顿足,跌跌撞撞走进雨夜,走出茶庄,走向涌金门水晶阁小莲的烟榻,他边走边哭:“我恨啊……我恨啊……祖上为什么要给我这个茶庄。我养养养不起,扔扔扔不掉,什么忘忧?真正弄煞我了呀……”

吴茶清在天井里让天水冲刷一夜之后,天放明,晴空万里。人们从水晶阁小莲的床上抬回了奄奄一息的杭九斋。没有人知道,其人之死尚有嫖妓之外的原因。

岐黄先生曰:“心病还须心药医。天醉之症,既然来自梦中,不妨仍以梦治之。杭州郊外三台山于谦于公祠墓旁有祈兆所,不妨让天醉住上一夜,托梦于公,让他指点了那个背影是谁,也就好对症下药了。”

林藕初听了心宽了几分,说:“我也听说过,读书人考科举的,都相信于谦公保佑,求神托梦最灵的。”说着便用眼睛询问吴茶清。吴茶清不语,林藕初又发话:“茶清,你陪一趟可好?”

吴茶清沉吟片刻,说:“子不语怪力乱神。”

林藕初不懂什么叫“子不语怪力乱神”,但听出来吴茶清不甚赞同祈梦。倒是岐黄先生不以为然,说:“茶清此言谬矣,于公怎能算‘怪力乱神’?西子一湖甲天下,皆为灵秀之气结山水,原有着一派正气在其中为之主宰,方能又酝酿生出正人来。正人之气若郁郁不散,又能隐隐约约勾发征兆,启人心智,开人蒙昧。”

林藕初也说:“于公必是正气所聚的。听说他生时杭州三年桃李不开花,死时西湖水全干,想必是个天人。不妨让天醉沾点光吧。”

赵岐黄见吴茶清仍不语,倒想起九斋生前对他暗示过的那些话了。他心里冷笑,嘴上却客气,说:“这样吧,我原来就要带着寄客去祈一梦的,顺便把天醉带上就是。寄客这孩子,乱是乱一点,阳气倒是足,冲冲天醉的阴气也是件好事。这就算我当郎中大夫开的一张药方吧。”

话说到这个份上,大家也就没有异议了。林藕初心细,见吴茶清有些默然,却不知这是为什么。

马蹄嘚嘚地响着,赵寄客坐在马车中他的好朋友杭天醉身旁,看得见前面父亲骑在马上的身影。马尾巴左甩右甩,枣红色的臀部在太阳下面金光闪闪,他心里痒痒地要喊。看了看身旁那个纸一样苍白的正在微笑的天醉,揉了揉肚子,说:“去过三台山吗?”

“没有。”天醉摇摇头,因为惊喜于户外的风光而口出怨言,“我妈不让我出门。”

“你这病,到外面逛一圈,不用吃药就好了。”赵寄客又说,“你看这些山,南屏山、北高峰、南高峰、玉皇山、凤凰山、天竺山、宝石山,我全爬遍了。”

“我爹活着时爱带我去西湖。”

“那你就是智者了。仁者爱山,智者爱水。我是仁者,于谦也是仁者,我们都爱山。你听过他那首《石灰吟》吗?‘千锤万凿出深山,烈火焚烧若等闲。粉骨碎身浑不怕,要留清白在人间!’”

“这首《石灰吟》倒是听过的,我爹说那和‘清风两袖朝天去,免得闾阎话短长’一样,都是用来说忠孝礼义的道理的。我爹倒是叫我背过于谦的另一首诗:‘涌金门外柳如烟,西子湖头水拍天。玉腕罗裙双荡桨,鸳鸯飞近采莲船。’”

“你爹是小儿女,你也是小儿女。”赵寄客拍拍天醉肩膀,天醉脸便红了,问:“那你是什么?”

“我是大王,我是山大王!”赵寄客眼睛眯了起来,“我今夜必得要向于公祈梦,或者当个大将军,骑在马上,如关羽、张飞、赵子龙一般地威风;或者当个山中的侠客,路见不平,拔刀——哇——杀了蟊贼!”

赵寄客就用一只手指代了那剑,笔直向天醉肚子戳去,天醉吃惊地先是一挺肚子,然后一下子缩了回去,就笑了起来。寄客也笑了,嗓门又大又响。

“哈哈哈哈!”杭天醉也尖声地笑了起来,且累得气喘吁吁。寄客听得高兴地随声附和。氤氤氲氲的湖上,薄雾似谜,声音与声音就在其中追逐来去。前面赵岐黄回过头来斥道:“寄客,你狂什么?秋光明净,正待屏心静气赏观,闹得满湖皆是你磨牙,知道‘辜负’二字的分量吗?”

寄客这才收了狂态,不吭声了。两个小小少年专心致志地赏起了南山风光。

杭州三面云山一面城,从前有“天目山垂两乳长,龙飞凤舞到钱塘”之语,说的是山脉起源于天目,雄健有双峰插云,奇特有飞来峰,险峻如琅珰岭,开旷又如玉皇江湖飞云。毕竟江南秀山丽水,与北国大相径庭,雅致精巧多秀丽,且崇山深谷,回肠百结,缭绕不绝,明暗阴影纷幻多端,是为幽深。山又兼有四时之色:春淡怡,如笑;夏苍翠,如滴;秋明净,如妆;冬惨淡,如睡。

此时恰为金风送爽之晨,桐叶新黄,柿叶初红,松柏旧绿,乌桕乍紫。马车向前奔去,群山扑面而来,玉树临风,叮叮当当,如仙人佩珰鸣响。南山一带,秋思惹人;啾啾鸟鸣,飒飒林涛,有声有色,一派大喜悦。天醉久不出城,心里阴郁结气一吐为快,顿时消化在这山光水色之中,心儿便如鼓满了风的船帆,胀得胸口隐隐发疼。西湖明镜一片已闪逝而过,马车进了山坳,有杂树参天:枫、桂、栗、樟和皂荚;又有无名树细高多曲折,色泽光怪陆离。偶尔几株银杏,错落山中,一身明亮,令天醉耳目一新。又见那阳光劈山射来,齐齐斩映了山树,照亮的树冠晶莹透彻,光明欢乐,笑语欢歌,幽暗的下方树干则藏入山谷,敛而不发,默听绕膝泉水幽咽。

天醉看了感动,眼泪就流了出来。叫寄客看了纳闷,问:“怎么啦,不舒服吗?”

天醉哽咽着嗓子,使劲儿地摇头。他认为寄客是不能理解他的,他是不可能有这种感动的。

“你不用怕。今晚做一梦,让于公告诉你谁是那个背对你的人。明日我知道了,当场翻他转来。你信不信?”

“我去翻过他的。”天醉发白细腻的手死死捏住了寄客的腕子,“他的背上,血淋淋的,渗出来了,血淋淋的……你不要跟任何人说,我本来不想说的。我翻他不过来。”

“是真的?”寄客的呼吸也粗起来了,“真的背上出血了?”

“是做梦呢。不过我也弄不清楚是不是真的了,这么亮的天空、这么多的树,我真不晓得我有没有做过这样的梦了……”

在祈兆所住了一夜,两个孩子睡在一张床上,竟然谁也没有梦见他们想梦见的事情。赵寄客只说他继续了白天的旅途:“我在马车上坐着,马车飞快飞快向山下直冲,树啊花啊只往我脸上触,后来我坐到马背上去,马就一直向前奔,向前奔,一跳,跳过于公的坟头了,你说怪不怪?”

“我是梦见我在楼梯口了,有个人红衣裳,往上翻跟头,翻上来又滚下去,翻上来又滚下去……”

“那不是隆兴茶馆的红衫儿吗?啊哈——天醉你梦见女人

了!”寄客就大惊小怪地叫了起来,“吔吔吔……真当是没出息啊!”

赵岐黄过来喝住了他的小儿子,告诉这个癫癫狂狂大大咧咧的小毛孩,昨夜他梦见于公指点他,说寄客命里注定还是当郎中。寄客一听,大眼睛一瞪,眼泪就流出来:“我不当郎中我不当郎中,我不喜欢当郎中!”

“你懂什么?‘知了叫石板跳,乌花郎中坐八轿。’我看你也只配了做乌花郎中,好歹还混口饭吃。你当你这样疯疯魔魔的有出路啊?我看你三百六十行还没一行够有资格做的,做个孙悟空造玉皇大帝的反倒还配,可惜我这里不是花果山!”

父亲这样夹头夹脑的一顿训,顿时便把寄客训得愣住了。

杭天醉从来也没有看见过这么多的一片一片的茶园。从山上泻下来,浓绿得稠凝了,就成了僵在山坡上的绿色瀑布,东一道西一道,挂得满山都是。有的地方,栽得松一些,一大朵一大朵,像沉甸甸的绿花;长在平地上的茶树,斜斜地一溜半躺的,倒像是一把把撑开的绿色阳伞。但杭天醉已经无法再饱尝这秀色了。跟着赵寄客出逃的后果首先是强烈的刺激,其次是极度的疲乏,现在,当夕阳西下之时,莫名的恐惧开始升腾上来。他一生全部加起来的路,恐怕也没有今日走的那么多。一开始从三台山出发他就歪歪斜斜,上气不接下气,此刻他和寄客已经走了大半天,甚至已经翻过了人迹罕见的十里琅珰岭,他竟然还没有倒下去瘫掉,这是他自己也难以想象的奇迹。他不时地蹲下身子去喝那山中泉水,站起来时眼中饱含着泪水,眼前一花,不见了他的领袖、他的煽动者赵寄客,就吓得哭腔哭调喊:“寄客你在哪里?寄客,呜呜呜,寄客你快来接我!"

过一会儿,杭天醉以为自己精神就要崩溃的时候,寄客出现了,他把手里用树枝做的拐杖伸给他,嘴里说着:"就要到了,就要到了。下了山就是天竺寺,法镜寺后面就是三生石。我跟二哥、三哥来过好多次。我爹也来过的。在这里睡一觉,来生、今生和前生的事情,统统晓得了。我要做个不当郎中的梦。我可不喜欢闻那些中药味。"

手里握着了可以连接住寄客的拐杖,天醉虽然累得两眼迷糊,但还是欣慰多了,便问:"你爹和我妈找不到我们,不是要急死了吗?"

"不会的,不会的。我们就在三生石边睡一夜,我跟于公祠旁小孩说好了,夜里再告诉我爹。我也要让他急急,谁叫他做这样的梦的!"

"你真的以为是你爹梦见于公了吗?他难道不会故意哄哄你吗?"

"真的喏!"赵寄客叫了一声,站住了,"我怎么没想到?"

"大人有时候是很不好猜的。他们和我们相信的完全不一样。你怎么停住了?到了吗?这就是三生石。这就是?这里不是给观音娘娘做生日的地方吗?前面下天竺,有鱼篮观音,我妈带我来烧过香的,原来后面就是三生石。你看它像是个什么?这里有谁题的诗,天快黑了,我都要看不清楚了。你等等,让我来读给你听:三生石上旧精魂,赏月临风不要论。惭愧情人远相访,此身……此身虽异性长存。什么意思,嗯,寄客?你看这里还有一首:身前身后事茫茫,欲话因缘恐断肠。吴越山川……寻已遍……

却回、却回、烟……烟棹……上……瞿……塘……"

寄客一边抱着一堆干草,一边跌跌撞撞找地方铺,一屁股坐了下来,说:"我也说不清楚,反正是个和尚死了,过了好多年变成一个放牛的,回来见他的老朋友,就在这个地方……"他拍拍身后的三生石,回头一看,"真没用,倒下就睡,睡着了。喏,给你。三生石保佑我不做乌花郎中。"说着便把一捧干草夹头夹脑扔在了呼呼大睡的杭天醉身上,自己也就倒头睡去了。

杭天醉恍惚意识到他坐在睡着了的赵寄客身旁,头上身上挂着干稻草。周围亮晶晶的,月光像水银,在他身边流过去流过来。他看见他的四周乱石如枪,枪头上闪闪发光,还看见藤葛如麻缭绕在树上。但那藤葛和树冠,全都泛着厚厚的白光。山草在地上匍匐着,又软又密,它们像是白蜡做的一样。他顺手拿下粘在身上的一根干草,干草变成了银条。他回头看看靠着的石头,状如圆盆,大似卧床,石一端的隆起部位有四五个杯口大小的圆洞,洞洞相连,玲珑剔透。他想起来了,这就是三生石。奇怪的是,它也变成了银白色,还发着清幽的毫光。他用手轻轻叩了一下,他听到了冰凉的玉击的声音。

他不敢相信自己到了一个什么样的琉璃世界,莫非他们成仙了,到月亮里的广寒宫中去了?他想低头叫醒寄客,定睛一看,差一点惊呼——寄客裹在干草丛中,早就成了一个玉雕的人儿。

接着,他闻到一股无法言传的清幽迷香,是桂香,还是茶香,还是荷香?他不知道。他往天空一抬头,天空像一片望不到边的大冰块,月亮像一朵玉莲花,发着一尘不染的灵光。哑静,哑静,有噼噼啪啪的极细的珠玑从天上掉下来，打在他身上。他恍恍惚惚地站了起来，在晶晶亮的空气中游来游去。他舒服极了，惬意极了。他飘飘欲仙，香气四溢，在冰光玉毫中展开双臂，走来走去。万籁俱寂，只此一人，他不孤独，不害怕，他自由极了。

然后，他又看见了他。他就坐在他前面不远处的白银草丛中。他和从前一样，背对着他，肩膀瘦削地泛着青光，盘绕在肩上的辫子像一条玉带。他悄无声息地站住了，他看见他的背渗出了玉液一样的东西，又稠又亮，凝聚成一块，像一面镜子。他好奇，亲切，无碍，他飘浮了过去，那个背影回过头来——是他！他想把他看得仔细一些。他还想对他好。他跪了下来，凑近他的脸。他看见他的两只眼睛玉光一闪，便有两行眼泪从白晃晃的面颊上流淌下来了。

第六章

杭州知府林启在蒲场巷普慈寺设求是书院之际，离19世纪的百年终结，只有三载春秋了。书院厅堂中，这位福建籍的维新人士，一边对着那三十名杭州精英训话——居今日而图治，以培养人才为第一义；居今日而育才，以讲求实学为第一义——一边不无欣慰之意地想：大清国变法，或可有期有望了！

杭逸飘飘然地立在三十名学子之间，细高，脖长，唇红齿白，眉清目秀。一身漂白杭纺长衫，外套一件隐纹万字黑色缎背心，外面别出心裁披一件黑色丝绒披风。一根辫子又黑又亮，晃晃悠悠不时摆动。他身旁立着的青年比他略矮一些，宽肩阔眉，肤色略黑，越发显得一口白牙。他是一身的短打模样，站如青松，油黑发辫略鬈。他略仰的下巴，给人一种傲慢的感觉，两只手背在背后，双腿叉开，绑了裤腿，双脚呈外八字形，仿佛掌持利器，随时可出手。不用说，是赵尘。

那日，林藕初甚为喜悦，摆了几桌酒席，庆贺儿子入学。酒宴上没有吴茶清，他去绍兴平水收购珠茶了。天醉有些失落，说："我这一读书，家里的担子，又得你们挑下去了，头绪又那么多，依我看，出口的珠茶生意就不要做了。"

杭夫人挥一挥手说："瞎说什么，不挣外国人的银子，茶楼能有钱赎回来吗？"

忘忧茶庄这十年的发展，一是传统的龙井内销茶，其次便是这绍兴平水珠茶的出口了。

绍兴平水，唐代便是个有了名的茶市，茶酒均在此交易。平水珠茶，也唯平水方有，团得滚圆，活像一粒粒墨绿色珠子，英人译名Gunpowder Green Tea，绿色弹药之意。喝来，棱棱有金石之气，杀口得很。

珠茶最初出口时被译为Hgson——贡熙，意为专门进贡康熙皇帝的茶叶。18世纪中期在伦敦市场上每磅售价高达十先令六便士。

忘忧茶庄做出口珠茶生意，要通过上海的怡和洋行。前十来年生意好做，全省据说最高年输出二十万担，过了浙江茶叶出口的半数。这两年走下坡路了，吴茶清内要对付茶庄事务，外要对付洋商，两头辛苦。筋骨虽好，岁月究竟不饶人，眼见着疏黄的山羊胡子变花白了。

那日夜里，天醉兴奋，站在书房外院落中，嗅那初降的春夜之气，便看见有纸糊灯笼从圆洞门游来，憧憧烛光中映一"杭"字。

天醉筋骨一紧，这还是父亲在世时一时雅兴定做的一批灯笼，不用红黑墨色写字，专用绿漆，使唤的年代久了，渐渐破损。唯有管家吴茶清的那一盏，小心侍候着，竟也成了他本人的一道风景。

吴茶清每夜经天醉书房的院落，往后院的老板娘住处，商议一日经营，已是杭九斋死后多年的规矩。原来茶界有规矩，女人不得上店堂应酬轧台面，林藕初虽感诸多不便，也是不敢破此行规的，每日的行情，便得赖茶清通报。

忘忧茶庄，前店后场，场后又有侧门，本可直通老板娘去处，但茶清偏要每日往杭天醉处一绕。杭天醉何等明白之人，那夜在月下见了吴茶清，叫一声茶清伯，说："今日月光甚洁，茶清伯何必再点灯笼？"

吴茶清看着少爷，慢悠悠捻一把山羊胡子说："还是点着好。"

杭天醉背着手，去看养在石槽子里的几尾金鱼，又说："以后茶清伯找我母亲，直接从边门进去便是了，不必绕这么大的弯子。伯伯年纪大了，腿脚不方便，眼睛又不太好……"

杭天醉说这番话时，眼睛一直也不好意思朝吴茶清看。吴茶清脚定在那里，一只手拎着灯笼，另一只手捻着山羊胡子，半晌，说："还是绕一绕好。"

吴茶清转身要走，天醉冒上来一阵冲动，他的背影总让天醉心潮难平。

"我考上求是书院了。"天醉说。

吴茶清回过头来，朝他看一眼，就停住了脚步。

"读了书，你要做什么？"声音轻轻过来，把杭天醉吓了一跳，他的眼睛一下抬了上来，吃惊地盯着茶清伯。

"我还没想过。没……想、想好。"他结结巴巴地回答，"总之，国家是要、要变法，要改良的……"

风紧，早春发枯的竹叶瑟瑟地响，月儿躲进了云层，黑了天，烛光模糊，照得到方寸几尺。天醉觉得，茶清伯伯几乎是完全隐到黑暗中去了。声音便从黑暗中袭来，说："读了书，要做什么，想好。"

他走了，身影飘忽，像一只暗夜里的老猫。杭天醉长长地舒了一口气。

母亲林藕初从石灰甏里取出今年最好的明前茶，让天醉亲自送到赵岐黄家——不是这老铁头盯住杭天醉，哪里会有考入书院的那一天。

天醉把那一罐明前龙井双手捧到赵岐黄的红木案头上时，赵先生抚案感慨："到底是这样的人家，行事不流于俗，小小一罐龙井，胜过那大堆小包的人参木耳。"

天醉垂着双手，略低头，说："母亲交代我告诉您，此茶是撮着专从狮峰山收来的'软新'，老先生不妨尝尝。"

赵岐黄长叹一声，道："难为你母亲这番苦心，'软新'这个牌子，也只有忘忧茶庄在做，今日送来的，可是极品中的极品了。"

"母亲说了，杭州的龙井，狮、龙、云、虎，狮是最绝的，要送，自然是送狮字号的。"

赵寄客正从园中练了棍棒回来，恰恰听了杭天醉这番理论，便拿腰间束着的带子拭着汗，笑说："天醉，我看你也不必再去读那经史之学、孔孟之道了，径直就继承了忘忧茶庄多省事，迟早你还是要当那老板的。"

"蠢货！你懂什么？以为这茶是随便喝得的？"赵先生捻着花白长须，教导着说，"陆子《茶经》中如何评说的——茶之为用，味至寒，为饮最宜。精行俭德之人，若热渴、凝闷、脑疼、目涩、四肢烦、百节不舒，聊四五啜，与醍醐、甘露抗衡也。"

赵寄客却是不那么以为然："陆羽，中唐一隐士耳。精行俭德，亦无非自在山中,于世毕竟无所大补的。"

天醉便驳斥朋友:"如你所说,这世间就不要那高风亮节、不甘同流合污的高士了?"

赵寄客大笑:"什么高士?翩然一只云中鹤,飞来飞去宰相家罢了。不见生灵涂炭,只图明哲保身,又要日后清名,赵寄客一生不为也。"

赵老先生便皱起眉头喝道:"少年狂妄如此,将来一事无成。"

"非少年狂妄,实乃少年壮志。我今当着这天地间第一绝品的龙井茶预言,二十年之内,天下必大乱——"

"胡说八道!"赵岐黄拍起桌子来,"大乱对国对民有什么好处?"

"天下之势,分久必合,合久必分,大乱方能大治,大治方能开盛世之和平——"

"寄客兄,想来您是唯恐天下不乱了?"天醉笑问。

"正是。"赵寄客倒爽气。

赵岐黄连连摇头,痛心疾首地对杭天醉说:"我一生,就坏在嘴上,不料几个儿子中就偏寄客承了我这秉性。岂不知无论乱世治世,书生狂言,都必遭大祸。倘不及早防心防口,灭顶之灾速速临头矣。"

天醉一看,这父子两个真的拗起口来,连忙打圆场说:"不管世道如何变幻,白云也罢,苍狗也罢,茶还是要喝,病还是要治,忘忧茶庄和悬壶堂还是废不了,这就叫万变不离其宗吧。"

"兄弟你倒乐天,"赵寄客可不给天醉打圆场,偏往死里杀口,"真的天下大乱起来,忘忧茶庄和悬壶堂的牌子,还不晓得往哪里挂呢!”

天醉一边给寄客使眼色,一边说:“既然说得如此凄惶,倒也不妨今朝有酒今朝醉了。先尝尝这罐茶,放下那些治世之理,以后评说吧。”一边便要去开那只四方瓷罐的盖子。

赵岐黄见这只青花缠枝牡丹纹的茶罐,造型大气,稳重精美,其上牡丹俯仰向背,聚散飘逸,一看就是件贵重的古董,便说:“看这图案似与不似的意蕴,怕是前朝的器物吧?”

天醉一听便眉飞色舞起来,算是说到心坎子里了,这才真正打开了话匣子,说:“正是元朝的遗物,老先生真是慧眼,元朝青花装饰,最妙之处,便在这似与不似之间……”

赵寄客手里拿着本《龚定盦文集》,凑过身来,左看右观那青花瓷罐,说:“妙在何处?我怎么只看见那么几朵牡丹花,并无振聋发聩、耳目一新之感呢?”

天醉越发得意,全然听不出赵寄客的讥讽,或者说他对这年长两月的大兄的讥讽早就刀枪不入无动于衷,只管兴致勃勃地阐述自己的高论:“妙者,细微之处之精神也。如龚自珍‘九州生气恃风雷’一般,便无可称妙。你细细看这牡丹,或绿叶拥簇,孤花独放;或侧转反顾,羞羞答答;或妖娆端庄,大大方方。果然如舒元舆《牡丹赋》所咏:向者如迎,背者如诀,坼者如语,含者如咽,俯者如愁,仰者如悦,袅者如舞,侧者如跌,亚者如醉,曲者如折……或飙然如招,或俨然如思,或带风如吟,或泫露如悲……”

他摇头晃脑地闭着眼睛,只管抒发自己的感情,直到发现听者鸦雀无声,才睁眼,见赵氏父子都有些异样地盯着他,便问:“怎么,我说得不对?”

寄客说:“你这是请我们品茶,还是请我们品茶罐?”

天醉说:“痴人,连我家撮着都晓得,品茶者,品水也、器也、境也、心也。宋人尚有‘五不点茶’:水不清,不点;器不精,不点……罢罢罢,我说这个,你哪里晓得,不提也罢了。”

赵岐黄坐在太师椅上,凝神注视着这位老友的遗孤。这父子两个做人,要算是父亲荒唐多了。如今儿子入了求是学院,也算是家道振兴,否极泰来。但这父子俩,依旧有命运相袭之处。美则美矣,忧则忧矣。赵老先生心生感慨,长叹一声,仿佛这锦心绣口的美少年,韶华易逝,绚烂易灭一般。

那么,他自己的小儿子赵寄客呢?唉,心凶命硬,必遭飞来横祸。这一对少年,还不知今后如何在世道上奔走呢!想到此,不由咳嗽数声,说:“寄客,天醉性情中人,你长他两月,入学之后,要多多照应他。”

“父亲所言极是。”赵寄客亲昵地拍拍杭天醉的肩膀,“有我杭州城里大名鼎鼎的赵四公子在,尽管放心。”

赵岐黄却说:“又吐狂言。我只是担心你,自以为可保护天醉,不知柔能克刚,或者哪一天,是要天醉护你的性命呢!”

杭天醉果然性情中人,顿时便被这父子俩的一番话激动得热泪盈眶,不能自已,说:“若是哪一天我有机会来庇护寄客兄,便是造化了。实话告诉老先生,这个世道间,我最崇拜的便是寄客兄这样有英雄豪杰之气的人物,祛邪扶正,拯民水火。天醉不才,救世无能为力,幸亏有寄客兄这样的国之栋梁……”

赵老先生连连摇手:“此言过了过了。要说栋梁,将来或有一日,你们都是……”

“……天醉是必定成不了栋梁的，”杭天醉摊摊手，“天醉有幸成为梁栋雕镌之画，此生足矣。”

说到此，他拿起茶罐，一使劲，拧开了蜡封的罐盖，一股喷香的茶气扑鼻而来。就近站着的赵寄客，顿时像是被一道咒语突然镇住了一样，半晌说不出话来。

“如何？”杭天醉从那自哀自怜的感伤中回来，笑问赵寄客。

此时，满座竟都被这说不清道不明的奇草之香弥漫了。杭天醉便匆匆地去关窗门，一边嚷道：“快快关了门窗，千万不要让这真香泛淡开去。”

赵老先生也把鼻子凑近茶罐，不由得感慨说：“我喝了一世茶，今日方才喝到了绝顶，这竟是老夫有生以来从未闻到过的天上人间第一香了。”

门窗封闭之后，屋中自然便暗淡了许多。在幽暗的天光中，泛着稳重庄严而又精致的乌光的明代桌椅，此刻一扶手、一桌面、一靠背，便都隐隐地退到深处去了，唯有墙上悬挂着的由赵家祖上传下的条幅还泛着昏黄的旧光，上面“悬壶济世”四个字，看上去也模模糊糊了。那一老二少，便悄然坐在其下，被这氤氲的天地真气所感动迷醉，竟如摄了魂魄一般，说不出一句话来。

“是什么香？兰花香？豆花香？怎么还有一股乳气，好闻，好闻！”赵寄客使劲翕动鼻翼，说，“无怪国破家亡之后，张宗子喝不到茶了，便到茶铺门口去闻茶香。我原来以为是这明末遗老遗少的迂腐，今日才知茶香如此勾人，说不定哪一日，我也会去找个地方，专闻那茶香呢！”

这便是今天杭天醉听到的赵寄客所说的最柔情的一句话了。

虽然赵寄客依旧是用开玩笑的口气说出来的,但杭天醉还是记住了。

他们三个,重新开了窗子之后,赵老先生取出两只粉彩盖碗茶盏,小心地用勺取出一些茶叶,见那龙井扁扁的,略阔,周边呈糙米色,赞叹道:“毕竟是忘忧茶庄的龙井,真正地道。但凡周围各县打着龙井牌子卖的茶,哪有这样的成色?”

“老先生不愧是行家,外头来人,不知真伪,以为那碧绿、纤细的便是龙井,不知真龙井片子反而是带些黄色且又稍宽的。”

赵寄客见杭天醉要用仆人刚送来的热水烫茶盏,便道:“天醉,我得了你的前朝遗物,也拿件宝贝出来送给你,也算是一物换一物吧。”

赵先生和天醉不免纳闷:此人一向喜新厌旧,南人北相,夹枪带棒,全无花前月下的闲情逸致,能够拿出什么宝贝来呢?天醉便问道:“你若送我龚定盦诗文,我是不要的,我家书柜中有。”

“这件宝贝,你若不要,我在杭州城里倒爬三圈。”

说话间,赵寄客三步并作两步跳入园中,把刚才习武时置放在石条凳上的一只紫砂壶拎来,掀了盖子,使劲把茶叶渣甩了出去,然后拎回屋中,说:“来得早不如来得巧,你算是碰上了,看看这是什么款?”他一下子把壶身倒了过来,露出壶底。

赵先生和杭天醉一见,异口同声道:“曼生壶!宝贝宝贝,怎么让你捡着这件好东西了?”

果然,壶底有“阿曼陀室”印记。天醉一疑,说:“怕不会是赝品吧?”

赵寄客冷笑一声，说："你再看看那壶把下的款！"

果然，有"彭年"二字扳脚印，天醉这才真正信了，却又不好意思要，转手捧给赵岐黄。他知道，杭人眼中，谁家藏了一把曼生壶，谁家的门第都会高贵起来。

曼生，实为钱塘人士陈鸿寿(1768—1822)之号。"西泠八家"为丁敬、蒋仁、黄易、奚冈、陈豫钟、陈鸿寿、赵之琛、钱松，他们集聚杭州，共创篆刻中浙派风格，曼生占一席之地，可谓金石大家。其人在溧阳知县任上，结识宜兴制壶名手杨彭年兄妹，造型十八种，撰拟题铭，名家设计，手书写之，匠人制之，世称"曼生十八式"。

赵寄客得的这把壶，是一把方壶，色泽梨皮，壶身上刻着："内清明，外直方，吾与尔偕藏。"

天醉眼直直地馋着那壶，嘴里却谦让着："不敢当，不敢当，这礼确实太重了。"

赵岐黄两只老手来回摩挲着壶身，说："哪里哪里，这壶配你那只青花四方罐，倒还相值。"

看得出来，这老先生一向慷慨，此刻也不得不忍痛才能割爱。他盯着壶却问儿子："寄客，我怎么竟不知道，你有这样的东西？"

赵寄客却不以为然地说："我哪里有这样的宝贝。是昨日去白云庵习武，在南屏山下见一旗人，丧魂落魄，斯文扫地。见着我，偷偷拿出这把壶来，说是世传的，又不知好坏，不敢在城里卖，怕丢了颜面。他只要二十两银子。我给他三十两，唉，只怕今日他就扔到大烟上去了。当时我就想，不妨买来，送给天醉老弟，强似流落在这些败家子手里。父亲若喜欢，我下次再买一把便是。"

天醉轻呼起来："你当这是买白菜，今天一把，明天一捆。你昨日三十两买来，明日三百两都无处去觅呢！”

赵寄客轻轻一笑：“身外之物，何足挂齿。你于这些雕虫小技太痴迷了，才把它看得重如泰山。”

赵先生却听出这几句话来，似有所指，便豁然一笑曰：“寄客所言极是。物归其主，就好比良马有伯乐，璞璧有卞和。这曼生壶，由天醉来藏，想来是最合适不过了。”

天醉听罢此言，便再也耐不住性情装君子了，双手谦和而又坚定地从赵先生手中拿过壶来，小心放到盆中，用一壶开水细细冲洗，又取出干净手绢，小心擦着，一边操作，一边还埋怨赵寄客：

“寄客兄你好大的胆，竟把这等千古名壶夹枪带棒地放在习武场上，一个闪失，看你如何交代？”

赵寄客却不理他那一套，径自把壶取出来回甩了几下，放在桌上，一勺新茶下去，便道：“你不要再给我玩物丧志了。一杯茶，吃到现在，还没上口呢！”

杭天醉纵然再向往父亲杭九斋曾经引他进入的逍遥天地，他也不愿、也不可能成为杭九斋第二了。花间品茶的时代，一去不复返了。

甲午战后，朝野震撼。维新人士以为，非变法不足以救亡图存。而救亡图存，则从教育始——中学为体，西学为用，一时汇为学界新潮。杭天醉和赵寄客的伯乐——杭州知府林启，恰恰便是在此时，由衢调杭，这个相当于杭州市长的行政长官，短短三年，开办并担任了三所学府的“校长”——它们分别是浙江蚕学馆、养正书塾，还有，便是这求是书院了。

与杭、赵二子前后入学者，多有当世称为经天纬地之栋梁才子：如中国共产党创始人陈独秀，1898年入学，1901年遭清廷追捕而离去；如林尹民，黄花岗七十二烈士之一；如周承炎，辛亥革命时浙江光复总司令；如何燮侯，北大校长；如蒋百里，保定军官学校校长、国民党陆军大学校长；如许寿裳，文学家；如邵飘萍，中国早期新闻家……

林启办学，实为变法，并不想革命。在世时，曾为孤山补植梅树百株，庚子年春诗云："为我名山留一席，看人宦海渡云帆。"卒后，果然葬于孤山。却不曾想到，他看到的，首先倒不是官场中的宦海沉浮，而是他选拔的学子所掀起的改造中国的苍黄风暴了。

百日维新失败，时值八月，退学者甚众，林藕初把独生儿子关在家里，连求带哄，定要他退学，边哭边说："小祖宗，太后是反得的吗？一天到晚就变法变法，好像皇帝头上就没人似的了。现在好了，头跌落了，你也好安耽了！回来学做生意。知府那头，我去打点回复了事。"

一边就让撮着称了几斤上好的明前茶，叫了轿子，便要出门。

杭天醉，19世纪末中国最后一代文人，被革命的浪漫激情正搅得热血沸腾，最听不得"做生意"三字。见母亲真的要出门，便大声在锁着的屋子里威吓："妈，你若去林知府那里退学，我立刻就在这里一头撞死！"

气得林藕初坐在轿子里，走又走不得，下又下不来，连声骂道："你这短命活祖宗，你要我倒拜转跪下来求你不成？平日里读书三天打鱼两天晒网，前日有人不耐读，被除了名，你还说除得好，大家方便,还说了要随了他去,怎么现在个个都退学了,你却不随?”

杭天醉就在屋子里跳脚:“谁说个个都退学了?谁说个个都退学了?沉舟侧畔千帆过,病树前头万木春。我们就是那千帆,就是那万木!中国不维新变法,就是千疮百孔之沉舟,就是半死不活之病树。我说维新变法还不够,须革命一场,驱逐鞑虏,恢复中华——”

吓得林藕初惨叫一声:“我的活祖宗,你是要杭家满门抄斩啊!我不去了不去了,求求你小太爷,你快点给我闭上祸嘴,免得千刀万剐,菜市口杀头,作孽啊!”

忘忧茶庄的老板娘要哭,又不敢,怕惊动更多人,生出是非。所幸庭院深深,连忙叫了撮着去关大门,撮着走了几步,又回转来,说:“铁头来了。”撮着爱叫寄客铁头,还以为他是个天生的惹是生非的坯子。林藕初心里便叫苦不迭。这个赵寄客着了魔似的,整天在天醉面前聒噪不已,弄得她这个宝贝独生子连杯热茶都不再有心思喝。碍着赵老先生面子,又不好撕破脸皮去得罪。正不知如何是好,那活冤家又在屋里头叫:“寄客兄,寄客兄,你看我妈把我家忘忧楼府弄成个牢狱之地,要把我像谭嗣同一样押到衙门里去呢!”

林藕初一听,气得叮叮当当从腰间夹袄上拉下钥匙,一把扔给心急慌忙走来的赵寄客,说:“我是管不了你了,叫你寄客兄管着你吧!”

说着,就坐在园中那丛方竹旁的石鼓凳上掉眼泪。

那赵寄客,也是个不知老小的贼大胆,手一扬,潇潇洒洒接了钥匙,说:“伯母只管放心,有我赵寄客在,天醉进不了菜市口。”说完,径直去开了房门。

杭天醉正在屋里急得火烧上房,见赵寄客来了,一盆子水浇下似的,却反而不急了,转身就躺在他专门从母亲屋里搬来的美人榻上,伸直了两条长腿,长叹了一声:“哎,这次,怕是完了。”

“叹什么气,还不到你哭的时候呢!”寄客一把端起那只曼生壶,对着壶嘴一阵猛吸。杭天醉想夺过来,嫌他弄脏了壶口,又一想这本来就是他的,欠起的身子,又倒下了。

“听说书院扩充学员的诏命收回了,监院本先借垫的建筑设备一干费用,六千余元,都不知到哪里去筹集了呢!”

“瞎操心,林大人什么样的品行,会看着自己创办的书院于水火而不顾?”

“林大人怕是此刻自顾不暇了吧。”

“也好,让这些‘保皇派’头脑清醒清醒。”赵寄客双手握拳,搁于膝上,腰板笔挺,坐在太师椅上,“大清国本来就该土崩瓦解了,还只管相信那一个两个皇帝做甚?”

杭天醉激动了一番,现在有些疲倦了,便蒙着双眼,用余光看着房梁,道:“寄客,我们怕不是空佬佬一场。人家是乱哄哄你方唱罢我登场,我们这般天地间芥子一样的微尘,参与不参与,又能左右什么大局呢?”

见杭天醉又把那副颓唐嘴脸搬出来,赵寄客急忙把手一指:“打住,我最听不得你说这些混充老庄又梦不到蝴蝶的酸话。我来,也不是听你这番理论的,你可听说今日城中的一大新闻?”

杭天醉一听,立刻就跳起来,睁大那两只醉眼,问:“什么新闻?今儿个我被妈锁了这整整的大半日,心里寡淡,正要弄些消息来刺激刺激,你快说来我听!”

赵寄客便拉了杭天醉出门:“走,上三雅园喝茶去,那帮老茶客,可是专门等着忘忧茶庄的少东家读《申报》呢。”

“什么时候了,还有心思读报?”

“大丈夫嘛,去留肝胆两昆仑,天崩地裂也不改色,该干什么,还干什么。到茶楼读报,是励志社同人共商定的,你想破例吗?”

“小弟不敢。”天醉急忙揖手,“我拘了这半日,正好放风。只是你又何必用什么新闻来勾我呢?”

“真有新闻。三雅园来了个唱杭滩的,《三国》唱得到门,姓段,你不想去见识?”

天醉一听,眉眼顿时就化开来,连声说:“去!去去!莫不是我们小时候的那个姓段的先生把红衫儿带回来了?这么好的事情,怎么不早点告诉我?”

赵寄客连连摇头,说:“你啊,公子哥儿一个,到底也只有拿公子哥儿的办法对付。我这是噱你呢。看你诚不诚心,哪里有什么段先生?”

“去看看去看看,万一碰上呢!”

天醉三步并作两步,跳出门去,急得他妈在后面跟着问:“小祖宗你又要死到哪里去?”

“这不是到衙门里去投案自首吗?”天醉故意气他母亲。

“撮着,去,跟牢!”林藕初命令道,又带着哭腔,对赵寄客说,“寄客,你也是个宝贝,千万别在外面闯祸啊。你爹一把年纪,你娘前日还来我这里滴眼泪呢。”

赵寄客赶紧捂着耳根往外走,他平生最听不得的,就是这婆婆妈妈的废话了。

那一天，赵寄客要把杭天醉拖去的三雅园，是杭州清末民初时著名的茶馆，就在今日的柳浪闻莺，离从前的忘忧茶楼也差不了几步。因这几年由忘忧茶楼改换门庭的隆兴茶馆江河日下，败落少有人问津，三雅园便崛起取而代之了。店主王阿毛牛皮得很，汉族青年，旗营官兵，携笼提鸟，专爱来此处雅集。赵寄客等一干学子也就乘机把这里当作了一个“聚众闹事”的窝。

中国的茶馆，也可称得是世界一绝了。它是沙龙，也是交易所；是饭店，也是鸟会；是戏园子，也是法庭；是革命场，也是闲散地；是信息交流中心，也是刚刚起步的小作家的书房；是小报记者的花边世界，也是包打听和侦探的耳目；是流氓的战场，也是情人的约会处，更是穷人的当铺。至于那江南茶馆，一向以杭州为中心的杭嘉湖平原为最。一市秋茶说岳王，亦可见茶事中人心向背。当初求是书院成立励志社，讨论的无非是读书立论写诗作画等一干书生常做之事，到茶楼去读报讨论时事，首倡，还是杭天醉。他一时心血来潮出了这么个主意，当时便有人笑道：“天醉兄真是维新、生意两不误，上茶楼读报，又灵了市面，又卖了茶，何乐而不为呢？”

原来这三雅园也专卖忘忧茶庄的茶，和杭家素有生意往来。杭天醉便红了脸，说：“这可不是我创的新，原是有典可查的。《杭州府志》记载：明嘉靖二十一年(1542)三月，有姓李者，忽开茶坊，饮客云集，获得甚厚，远近效之。旬月之间开五十余所。今则全市大小茶坊八百余所，各茶坊均有说书人，所说皆《水浒》《三国》《岳传》

《施公案》罢了。”

众人见杭天醉认了真,便纷纷笑着来打圆场:“天醉兄何必掉书袋子,杭州人喝茶论事,又不是从你开始。我们哪一个不是从小就看着过来的?”

此话倒真是不假,偌大一个中国,杭州亦算是个茶事隆盛之地。南宋时,便有人道是“四时卖奇茶异汤,冬月添卖七宝擂茶”。那时杭州的茶坊多且精致漂亮。文人墨客、贵族子弟往来于此,茶坊里还挂着名人的字画。如此说来,求是书院的才子们亦不必以师出无名为憾,原本宋朝的读书人,就是这么干的。不过那时的老祖宗还在茶坊里嫖娼,那茶楼和妓院便兼而有之。这一点,求是书院学子却是立下规矩断断不能干的,谁若在读报的同时胆敢和青楼女子调笑,立刻开除。赵寄客再三再四将此条嘱咐天醉,把个天醉气得面孔煞白,说:“你这哪里还把我当读书人,分明把我当作嫖客了事。”

赵寄客笑着说:“我看你就是个风流情种,不预先和你约法三章,保不定栽在哪个姑娘怀里头呢!”

杭天醉又气得直跺脚,双唇乱颤:“那‘风流’二字,可与下流相提并论吗?你们看我,何曾与哪一个妓女明铺暗盖过?”

“这个,谁知道呢?又不会拿到《花间日报》去登新闻。”又有人笑道,却被赵寄客连忙止住,说:“你们可不能冤了天醉,天醉清清白白,从未越轨的。”

众人又是一阵调笑,这才商议以抽签方式推定每星期日由谁上茶楼读报。杭天醉先还兴趣盎然,被众人又是做生意又是寻女人地调侃了一通,便扫下兴来。他本来就是个想入非非的即兴的人,真要一步一个脚印去做了,就会生出许多厌倦来。想要打退堂鼓,嘴里呢喃着还没找到借口,便被赵寄客封了嘴:“你可不要再给我生出什么是非来。主意是你出的,你死活也得参加,我横竖和你一个小组给你壮胆当保镖便是了。”

“什么保镖,分明是我的牢头禁子罢了。”

杭天醉笑了起来。有赵寄客陪着上茶楼,他就不愁没趣了。

第七章

20世纪初元，岁在庚子，闰于八月，清帝德宗——爱新觉罗·载湉登基已经第二十六个年头。

时值春夏之交，北京，义和团起义；八国联军再掠圆明园；慈禧太后偕光绪一行，先赐死珍妃，后出逃皇宫，经怀来、宣化、大同、太原，亡命西安。

与此同时，七十一岁的杭州人氏，户部左侍郎兼尚书王文韶，并未意识到时世扔给他的那只绣球会如此凄惶。七月二十一日，慈禧召见王公大臣五次，最后仅剩王文韶、刚毅、赵舒翘三人。“最是仓皇离帝京，垂泪对老臣”，慈禧离京时，身边哪里还有几个大臣护驾，倒是无轿可雇的王文韶父子，徒步三日，于怀来追上主子，肿跛的双膝一软，便涕泗纵横。西太后见满朝文武各作鸟兽散，独此江南老夫追踪而来，百感交集，遂解随身佩戴的玉中之玉——胚胎一块，恩赐于他。这位大清王朝，也是中国两千年封建王朝的最后一任大学士，就这样狼狈而又痛楚地载入史册。

与此同时，恰是王文韶的故乡，人称天堂的江南杭州，一群秘密的反清志士结党而起，与香港孙中山的兴中会遥相呼应，成立浙会，东渡日本，图谋造反。又有一些不想造反更想挣钱的商人办厂开矿，经营实业，以期富强。五年前，庞元济和丁丙集资三十万元，在拱宸桥如意里创办世经缫丝厂;五年后,尽管京城在杀人放火,杭州有个叫庄诵先的人,还是凑了七万银两,设办了利用面粉厂。再过一年,杭州的第一张白话报刊——《杭州白话报》,便要问世了。

与此同时,当北方义和团闹得沸沸扬扬之际,遍布杭州城的大小茶馆也都忙得不亦乐乎。市民们议论的一个焦点,便是那个名叫王文韶的杭州人的命运。

三雅园这些日子,戏也无人唱,棋也无人下了。靠墙的那副残局摆了多日,竟连那白子上也沾了灰,有人偶尔路过,摆一个棋子,手指便黑了。牛皮阿毛很高兴,七星火炉通红,铜茶壶日日擦得铿亮,嗤嗤地此起彼伏,冒着白汽。隆兴茶馆与他处隔不了几步,茶博士吴升常常跑过来透露一点消息,见了面就伸大拇指:"老板,你这里日日人涌起涌倒,都在听什么大书?"

"托八国联军的福,赵四公子同杭家少东家,天天在讲朝廷里的大头天话呢!"

阿毛对这位精明机灵的小伙计很是看重,吴升有一副天生乖巧的奴才相,那双滴溜乱转的眼睛,一看就晓得,生来是为察言观色而长的,便问:"你那里呢?"

"红鼻头眼看着要撑不下去了。"吴升做了个不屑的动作,"做茶馆生意,吃油炒饭的人,他哪里是你的对手?等着看他倒台吧!"

阿毛便顺手给他几个铜板:"你有数哦,听说他得了绝症,要卖楼,你有数。"

"阿毛老板你说什么话,我会没数吗?要不是给你盯着,我不是老早上你这里来跑堂了吗?我这样的人,到三雅园混碗饭吃,老板你还肯要吧?”

“年纪轻轻,头脑煞灵。你做到哪个份上,我自然也回报到哪个份上,这点你还不清爽?听说吴茶清也在打你们这家茶楼的主意,他是想要物归原主了!”

“哦,这我倒真没听见过。”吴升那双黑白分明的大眼睛犹疑了一下,牛皮阿毛就大笑起来,“你和茶清是老乡,安徽会馆里常常见面的,当我不晓得?我跟你说,你还嫩着呢,两头讨好,两头伸巴掌,小心两头脱空。”

阿毛到楼上去听赵四公子讲时事去了,他并不把吴升放在眼里。

那些日子,杭天醉在家里坐不住,动不动就往外跑,林藕初命撮着死盯着他。这位郊区翁家山茶农出身的伙计年过三十,已娶妻生子,不知秦汉,无论魏晋。义和团造反了吗?造反吧。八国联军打进紫禁城了吗?打吧。老佛爷逃了吗?逃吧。明年的茶叶要歉收了吗?噢,撮着就会从他那张夜里当床板的柜面上一跃而起——勿来事,勿来事。他见少爷这样无心读书,到处乱跑,甚为担心,便说:“少爷你不是上了求是书院吗?太太说了,那就是考上状元了,出来抵上一个县官呢。”

“这算什么。寄客兄都退了学,每日在白云庵里习武练功,他父亲原来指望他继承家业,悬壶济世,现在,算是逐出家门了。”天醉叹口气,倒在身旁那张美人榻上,“人人都骂他不肖子孙,自甘堕落。我看他倒是个有志气的,敢做敢当,不怕冒天下之大不韪。”

撮着闷了一会儿,说:“人各有志嘛!”

杭天醉一下子从榻上跳了起来:“还是我们撮着,算个英雄知己。寄客家世代名医,到他手里,尚可弃之如敝屣。我却不行,这个家,这个茶庄,哪里容得了我动弹半步?唉唉,苦闷啊苦闷啊,弄得我都要发疯了。”

撮着便很认真地说:“少爷,不是我多嘴,你这个疯病真的是要好好治一治的。你是四代的单传,哪里好跟人家赵公子比?赵公子家有兄弟四五个呢!莫要说去白云庵,哪怕去月亮上,有谁管得了?你却是不一样的,你走到哪里,肩膀上都扛着一个忘忧茶庄呢。”

一听这话,天醉就开始跺脚发起魔怔来了:“还不给我闭上嘴巴出去,连你也这样教训起我来。我偏就是想上月亮看看嫦娥的模样,你们又想怎的?整天茶庄茶庄的,莫非想拿茶庄逼死我不成?”说罢,便把桌上那些文房四宝呼啦啦一推,那副精致的鼻翼神经质地抽动了一下,便抽身往外走,走了几步又回来,往抽屉里翻银两。撮着看着他的少爷,知道他又要甩开他跑出去闲逛了,这哪里还像个读书人,像个少东家啊!

那段时间,赵寄客最露辩机,牛皮阿毛便成了他的陪衬。

“据我看来,眼下朝廷是分成了三股势力。”赵寄客当仁不让地捧着天醉给他送上来的那把方壶,里面是热腾腾的龙井茶,一大群男人或倚或坐,都等着听他的高论。那些平日里唱堂会的艺人,此刻都让了主角的地位,反倒成了观众。

“一派,主张重用义和团,扶清灭洋,以端王载漪、大学士刚毅、大学士徐桐、尚书崇绮、戴勋、徐承煜为主;一派主张剿办义和团,以吏部侍郎许景澄、太常寺卿袁昶、内阁学士联元——还有,便是我们杭州人户部尚书王文韶为主了。在这样两派之间的中立者,便自然形成了第三派。"

趁赵寄客喝一口茶的同时,牛皮阿毛插嘴说:"听说义和团有一个口号,要取得一龙二虎的头,来祭洪钧老祖和梨山老母呢!"

"此话怎讲?"一个名叫周至德的城守都司问。

"一龙,是指光绪。二虎,一只是李鸿章,另一只,便是王文韶了。"

杭天醉也插嘴道:"这个王文韶,真是命大。听说他在朝廷中以头叩地有声,上奏说:中国自甲午以后,兵单财尽,今遍与各国启衅,众寡强弱,显然不侔,将何以善其后,愿太后三思。"

"那太后又如何说?"另有一个岁贡叫崔大谋的,也急急问道。

牛皮阿毛又插嘴:"太后倒不开口,站在太后后面的端王载漪却说——杀此老奴。"

周至德一拍桌子,说:"该杀! 该杀! 丢死杭州人的脸面。"

"为洋人谋,还当开除杭州人的族籍,方才解恨呢!"那个叫崔大谋的,也接口说。

此时,另有一个站着举着鸟笼的八旗子弟,名唤那云青的,外号云中雕,正是万福良的外甥。因前日和周、崔两个斗鸟,不料他那只八哥竟被两个汉人的比了下去,心里正窝着火,便唱反调说:"汉人就是贱,好不容易大清国看中个大学士,竟还要杀了他,一般地都做奴才方满意。"

那周至德行伍出身,也是个火爆性子,拍着桌子说:"你懂什么? 把你那八哥调教出模样,再来说话!"

崔大谋也不甘示弱，说："汉人说高低贵贱，只看忠孝节义，不看正旗镶旗。卖国求荣者，无论是谁，贱！"

那云青便扔了鸟笼，口中嚷嚷道："你这汉贼，你竟敢骂我云中雕贱！我今日倒要与你比试比试，分出个高下来！"

说完，直撸袖子。杭天醉最见不得这种破落八旗子弟的破脚骨相，便用嘴嘘着，往外挥手："去去，什么时候，谁有闲心听你嚼舌？"

那云青见又多出一个汉人来帮腔，更加气愤，指着他们几个说："骑驴看唱本，咱们走着瞧！"

其余那些人一边奚落云中雕，一边却又连连催问赵寄客，王文韶的命怎么又被保了下来。赵寄客说："是洋人救了他的。御前会议第二天，慈禧太后就把袁昶、许景澄杀了。过了几天，又把徐用仪、立山、联元杀了。接下去该杀王文韶、荣禄了，不料八国联军已到皇城根儿，慈禧想杀，也来不及了。"

他们这才满足，杭州人王文韶总算有了下落。至于其他的人，杀不杀的，人们倒也无所谓。

"这个王文韶，弄得不好，又要和前几年一样回籍养亲了。听说钱塘门外有王庄，养老用的。"

"什么养亲！前几年在杭州，娘、儿子、媳妇都差不多时候死了，他自家大病一场，耳朵都聋掉了呢！"有人便反驳。

牛皮阿毛最喜欢挖人家脚底板，此时让小二给每人壶中新沏了水，说："你当当官的都是好货？这个王文韶，从小就是不要好的坯子。家里东西都赌光才瞌晄醒转来。想不到一把年纪了，还要跟着皇上赤脚逃到西安去，亏得慈禧不晓得他从小的烂疮疤，还赏他一块贴身戴的宝玉呢!"

又有人问赵寄客、杭天醉:"二位读书人,照你们看来,朝廷和洋人,究竟谁占得过谁的威风呢?"

赵寄客站了起来,心里觉得民众实在是太愚昧了,直到今天,还那么把朝廷当回事情,便冷笑一声,说:"皇上不是还在西安吗?北京城都进不去,还说得上谁占谁的威风吗?"

杭天醉也跟着站了起来,手里捧着那把须臾不离身的曼生壶,走到门口,转过身来,高深莫测地叹口气:"大清国,唉……"

众人便眼巴巴看着这两个书生扬长而去。他们一时也闹不明白,这个"大清国,唉……"后面到底该接一句"你也太不争气了",还是该接"你该完蛋了"。

时局一天一个样地变幻着,杭州人却照样日出而作日落而息地过他们的小日子。浙江巡抚刘树棠加入各国领事签订的《东南互保章程》同盟,这一来,三雅园的茶客,每天议论的话题,便也顺着风向逆转了。

庚子到辛丑年间的冬季,对杭州人王文韶而言,是受命于危急存亡之际的冬天。彼时,载漪和刚毅,已经因开罪洋人而失宠;陪西太后往西安的军机大臣、刑部尚书赵舒翘也被判斩监候。唯王文韶,升体仁阁大学士,清廷所有一切对内对外事情,都交由王文韶一人处理。

牛皮阿毛从挖杭州老乡的脚底板转而为老乡脸上贴金。他照样喜欢给那些提着鸟笼前来闲聊吃茶的人亲自沏茶,照样以为别人都不晓得他说的那些旧闻:"你不要说,哎,这个王文韶,真正还是个奇人！赌博赌得家里活脱精光，他大哭一场，几张害人骨牌，统统扔到西湖里。十六岁开始用功读书，二十三岁就中了进士，在户部衙门里，听说是个大名鼎鼎的人物呢。”

云中雕那云青，也抖了起来。手里依旧托举着他那只八哥笼子，一边啧啧地往里喂食，一边得意扬扬地对众人说：“前日我家兄从西安回来，告诉我赵舒翘被赐死的事儿，那才叫命硬呢。”

一群老茶枪听说又有杀人事情可听，便兴奋得眼睛发光，道：“快说来我们听听！”

云中雕却卖起关子来，说：“听我能讲出什么子丑寅卯来，叫那姓周的姓崔的说呀！”

便有人说：“云大爷有所不知，这二人前日被官府抓起来，竟不知犯了什么案呢。”

云中雕方冷笑说：“此二人平日里说三道四，如此猖狂，竟也有犯案一事？”

牛皮阿毛便道：“这个怎的说好？你方才提的那个赵舒翘，上年西太后还命他往各国洋人处献殷勤，怎么今年就把他赐死了呢？”

云中雕鼻头里哼了一声，道：“正是这个赵舒翘竟不晓事，说了声‘臣望浅’便罢了。你想这世上，哪有奴才驳主子的事，何况又是臣子驳老佛爷，赐他死，还是对他的体恤呢。只可惜他竟领不了这番情，先是吞金子，几阵呕吐后便没事了，又服鸩酒，依旧不死。没奈何，只好自己唤了家人，用黄表纸浸蘸了烧酒，层层捂了七窍，熬到黄昏，方气绝而闷死。”

众人听了，都道奇怪，还没见过这样弄不死的人。正品着茶津津有味地议论,砰的一声,只听有人拍桌子,众人一看,依旧是赵、杭这两个读书人,板着面孔,扬长而去。众人都不明白,什么地方又开罪了他们。

说话间,又数日过去。此时,知府林启早在年前病逝。只听说庚子年后,办学之议又起,书院拟改称“浙江省求是大学堂”。那一段时间,赵寄客很少和杭天醉一起,只和一干人整日里忙忙碌碌,操心着他们去年成立的那个“浙会”。杭天醉也知道他们这是在反清,要他参加,他说:“反清我也赞成,要我加入什么会,我却是不干的。我平生有二怕:一怕经济文章,二怕杀人放火——”

赵寄客便喝住了他:“你这就是强词夺理!何时见革命就是杀人放火了?”

“你看那义和团,还不是杀人放火?”

“杀洋人,又当别论。”

“我不管洋人国人,杀人就是罪孽。偏是那第一个杀人的,把事情做到了绝处。后来的人仿而效之,弄得天下大乱。”

赵寄客摆摆手,便不再与他理论此事,回去与他那些同志说:“你们趁了早,不要对天醉抱什么希望。他这人,捞不起的面条,扶不起的阿斗!”

同志中便有人问:“这么一个没用的人,你还和他交什么兄弟?”

赵寄客便笑着说:“尺有所短,寸有所长。于革命他或无可用,于做人交友,天醉却是最最可靠的。他日当了忘忧茶庄庄主,少不得从他那里搜刮银子资助革命呢。”

说得众人都大笑起来。

赵寄客不来，杭天醉便闷在家中，哪里也无趣。那日晌午，赵寄客却匆匆跑来说："想告诉你个事情，说出来又怕你吓一跳！"

"有什么好吓的，谭嗣同在北京杀头，我都没吓一跳呢！还能怎样？大不了再杀头就是。"杭天醉躺在榻上，脚上盖一狗皮褥子，懒洋洋地说。

"正是杀头，前日城守都司周至德、岁贡崔大谋一案你听说了吗？"

杭天醉听此言，这才真正吃一惊，连忙起身到窗外探一探头，见母亲不在，才回转身，小声说："这周、崔等十几个人，和你我父亲可都是世交，我妈听了此事又要活撞活颠逼我退学了事。怎么，不是说冤狱吗？莫非也要杀头？"

赵寄客盯着杭天醉那张变了的脸色，说："不是也要杀头，是已经杀头！"

杭天醉声音也走了调，问："什么时候，在哪里？"

"今日午时三刻，旗营城下。"

"那不就是你刚才来我这里之前吗？"杭天醉惊声问。

"我亲眼目睹。"

杭天醉跌坐在榻前，半晌才说："这些人，原本都是规矩官绅，康梁变法之后，西安方有戕官杀教之变，与远隔千里的杭州，又有何干？真是天大的冤枉！天大的冤枉！"这么说着，便起身，匆匆换了一身素衣白袍，又换了一双镶边黑布鞋说："寄客兄，陪我去城下祭奠一番吧。"

两人刚要走，杭天醉又回来到橱下茶叶甏里，小心用桃花纸包了一撮红茶、一撮绿茶，轻轻荡匀了，包好，揣在怀里，说："天醉布衣素士，无他物祭告，只有带上你了。"

两人遂匆匆走出羊坝头，往湖滨旗下营走去。

"楼阁斜阳一抹烟，萧辚车马路平平。泥炉土铚荒凉甚，剩有残砖旧纪年。"

顺治五年，公元1648年，清军入关进杭，立马吴山。三秋桂子，十里荷花，从此换了颜色。杭人忠于前朝者甚多，赴横河桥死者，日数百人，河流为之壅塞。为此，清廷择杭州城西隅，圈地千亩，筑城驻军。高丈九尺，西倚旧时城墙，濒湖为堑，东面至今日的中山中路，北抵钱塘门，南达涌金门。城头阔，可并行两匹马，又有延龄、迎紫、平海、拱宸、承乾五门。那一日，午时三刻的杀头，便应当是在承乾门外了。

待赵寄客引着杭天醉匆匆到刑场时，地上血迹犹在，那杀人的刽子手，看杀人热闹的市民及被戮者的尸体，却都已经荡然无存了。

恰是初冬薄暮时分，城门尚未关闭，湖上有瘆人寒风袭来。夕阳西下，天色铅灰，城下旗兵返回岗哨之中，龟缩不敢再出。偌大城墙下，唯赵、杭二人及一个蹲在墙根拎着一篮福建干果的小男孩。

一见血，杭天醉别过头，就闭上眼睛，只听赵寄客低声咆哮："睁开眼睛，看看今日中国，哪里不是冤魂遍野，屈鬼满地？鞑虏入主中华三百年，血债要用血来还。不把这清政府彻底推翻，今日含冤饮刃之事，明日必定重演。”

杭天醉闭上眼睛，双手合掌，抵于胸前，额头微低，口中喃喃有词。俄顷，有密密泪水从他颤抖不息的睫毛间涌出，他也不去理睬，竟任其流淌。赵寄客守在杭天醉旁边，听他诵着即兴的祭文：

> 辛丑冬季午时三刻，君等十数人在此城墙下饮恨黄泉。可叹我竟不能最后送你们一程。即刻赶来，人死命丧，看客四散，刽子手已收起利刃。湖上悲风呜咽，落日愁惨，不忍目睹。我到哪里再去凭吊你们的魂魄？唯有地上碧血，向生民哭诉冤情了。
>
> 你们都是一些守本分的规矩人，并无欺君犯上之罪，何以遭此惨劫！莫非草菅人命、杀人如麻的末世，真的来到了？真是唇亡齿寒、兔死狐悲。我这样一个全然不知如何在世道上谋生的人，如何去面对这样恐惧的阴影？除了闭上我的眼睛，深深地为你们的亡灵诵经超度之外，只能用这清洁的山中瑞草来覆盖住这天日昭昭之下的鲜红的人血了。呜呼尚飨。

口中喃喃言罢，依旧闭着双眼，摸摸索索地从怀里取出那包红绿参半的茶叶，打开后，手指撮了一簇，就悄悄然、呜呜咽咽地撒落在那血地上，且被晚风刮扫，翻了几片后，那绿色的茶叶，竟也被血染红，不祥而悲凉地贴在沙土地上了。

杭天醉慢慢睁开眼睛，往地上茫然扫去，突然打一个寒噤，一步踉跄，就跌倒在旁边凝神思考着的赵寄客身上。

见杭天醉这副样子，赵寄客连忙说：“回去吧，这里也不是说话的地方。”

杭天醉迟迟疑疑地转过身去，问：“我好像听到了什么声音……”

赵寄客也站住了，侧耳听了一会：“是风吹树叶的声音吧。”

“是琴声。”那个一直蹲在城墙根的小男孩，此时却开了口。

“你怎么知道？”赵寄客问。

“我不正在听吗？”那小孩站了起来，“我常来这里听的。”

“是谁在弹琴？”

“湖上，一个老和尚。”小孩指指城墙外湖面。

“你怎么知道？”

“我常听的。”小男孩有些骄傲。看上去虽然衣衫破旧，却缝补得干干净净，惹人生怜。

赵寄客顺手给了他一枚铜板。杭天醉也摸起自己的口袋，不料他刚才换了一身长衫，竟把钱都留在家中了。他想了想，便把怀里揣着剩的那包茶叶统统放入孩子的大干果篮子，说：“这是最清洁的好东西，送给你了。小弟弟，快回家吧。天快黑了，你父母要着急的。”

小男孩却两手拿两把干果，硬塞进了两位大哥哥的手里，道了一声“再见”，还鞠了个躬，这才连蹦带跳地远去。

杭天醉和赵寄客两个，望着那小孩远去的背影，好一会也不说话。俄顷，赵寄客上上下下地打量了杭天醉一番，那目光中，竟生出从未有过的气势。杭天醉陡然一惊，连忙避开目光。

湖边老柳树下，果然荡一小舟，有舟子一人，老衲一人。膝上桐琴一展，半闭僧眼，正凝神操琴，琴韵低回，音色幽怨，音流凝涩。此时此刻，芳草凄迷，斜阳昏淡，湖上风紧。杭天醉听此乐，复大恸，眼中又觉一片模糊，说："寄客，这不是孤山脚下照胆台方丈大休法师吗？这么一位浙派大琴家，此时此刻在此地弹《思贤操》，莫不是叹世道不再有贤人，遂使人命草菅？佛门这等悲戚，真正是要愧煞我等红尘中人了。"

寄客却另有见解，大声说："我倒不觉法师在此，仅仅蓄意为烘染悲戚之气。孔子皇皇汲汲于征途，默然哀思颜渊，这是一层。然君子忧道，方是此曲本来精神。"

话音与琴音俱寂。那船上的大休法师望了这岸上的两位青年一眼，挥了挥手，小船便荡漾而去。

两位青年拱手相送，情真意切高声道："谢法师一曲清音，法师能否为弟子留一偈语呢？"

法师果然开了口，缓缓道："不二真言。"

杭天醉、赵寄客两个，眼睁睁地看着小船驶向湖心。杭天醉困惑地对着湖面，自问自忖："不二真言，是说琴声已经表达了禅意，语言便是多余的吗？"

赵寄客驳斥："不，法师是告诉我们，君子忧道便是真言，又何须他再重复！"他一把抓住杭天醉的肩头，"天醉，告诉你也不要紧，我已打算去日本国了！你敢不敢与我同行？"

杭天醉长久地望着湖面，叹了口气，说："我也就'不二真言'了吧。"

第八章

立夏那一日，撮着起了一个大早，没发现少爷有什么异常举动，便换了身干净衣裳，到老板娘那里去报到。老板娘亲自下厨视察去了，撮着赶紧又追到厨房，见老板娘还站在磅秤上称人，一屋子人围着，等着过秤。

原来杭人竟有此俗，立夏日称人，以试一年之肥瘠。老板娘从秤上下来，叹了一声："又瘦了。"边上下人便说："夫人年年立夏都要瘦一圈的。吃茶叶饭的人，忙就忙在清明谷雨，越忙越发，若是不忙不瘦，便是不好了。"

这话说得林藕初心里很受用，便问厨子："东西都置办齐了吗？"

厨子便一件件指给老板娘看："这是三烧——烧饼、烧鹅、烧酒；这是五腊——黄鱼、腊肉、咸蛋、海蛳，还有腊狗。"

林藕初说："备上荠菜花，每人发上小块腊狗，多了也分不过来，家里有小孩的，吃了免疰夏。"

厨子又指着案桌上樱桃、梅子、鲥鱼、蚕豆、苋菜、黄豆笋、玫瑰花、乌饭糕、莴苣笋，一一给老板娘看了，林藕初见三烧、五腊、九时新全都备齐，这才放心。正要走，抬头便见了撮着，正纳闷撮着怎么不跟着少爷，撮着却说了："夫人，今日少爷跟赵公子要去游湖，我要不要跟着?”

“少爷让你跟吗?”

“他说今日是五郎八保上吴山的日子,放我一日假,城隍山上拜菩萨去。”

林藕初拍了下前额,说:“看我忙昏了,竟把这个日子忘记,按说立夏老规矩,是要歇息一日的。”

杭人的五郎,谓打米郎、剃头郎、倒马郎、皮郎、典当郎;八保,即酒保、面保、茶保、饭保、地保、像像保(阴阳生)、马保、奶保(中人)。

伙计们都知道,说忘了老规矩,那是老板娘做给他们看的,这女人心细如发,哪里真会忘记,只是不想按老规矩办罢了。好在她待人不薄,加班的钱还会算双倍的,倒不如不休息更好。偏这木头脑子的撮着多嘴,不接翎子,还想上山拜菩萨,呆是呆到骨头里了。

果然,林藕初吩咐下人,端来那九时新的樱桃、梅子,又用上好青瓷茶杯,亲手泡洗了,冲了沸水,浅浅的大半杯,上面用贝勺抛了明前的龙井。那龙井片子底下受了热气,一阵豆奶花香扑鼻而来,载沉载浮,如钉子般竖起,满屋子弥漫的茶气,好闻。

林藕初双手捧杯,一一送到伙计手里,一边说:“十分的水,冲了七分,剩得三分人情。各位辛苦了。”

送到撮着手中,又说:“今日撮着就替各位上吴山了。店里人手紧,今年生意好,茶叶这个东西,一日也耽搁不得的。”

正说着,吴茶清无声无息地便走了进来,朝众人身后一站,众人只觉后脑勺凉飕飕的,赶紧告辞了出去,各就各位。

老板娘林藕初见身边无人了,便轻轻一声,唤住吴茶清。

“茶清，留步。”

吴茶清转过身来，说：“请七家茶啊。”

林藕初淡淡一笑：“这是请下人的。你的，我晚上请。”

吴茶清没有吭声，背对着老板娘，顿了一下，便走了。

杭天醉这头支开了撮着，便三心二意地等待起他的同谋赵寄客。春光已暮，百花开尽，杭天醉与赵寄客筹备了一个冬春的“亡命”计划，东渡日本，终将成为事实。今日立夏，明晨，他就要离开这个家了。说是杭、赵两人的事情，其实杭天醉就没操过多少心。他最大的动作，就是打开箱子，对他的朋友兄长说：“随便你挑，你看什么能换钱就只管拿去。”然后有空没空，提着个洒水壶，在书房前的花丛中伺候。晴窗晓帘，歌叫于市——白兰花儿……杭少爷一个翻身下榻，身轻如燕，便冲出后院，直奔那卖花的去了。

赵寄客拿着天醉的金银细软，便去筹划他的革命，出刊物，制炸药，联络同志，上蹿下跳。花了杭老弟的钱，还时不时地教训他：“就你这副样子，风吹跌倒，放屁头晕，还不快给我强身健体，只管摆弄那些花花草草干什么？莫非还想把它们搬到日本去？”

杭天醉睁开他那双醉眼，说：“就是因为搬不去，我才爱惜它们呀。”故而，行前一天，赵寄客细细问他，还有什么需记挂的，他说：“别的倒也没有什么了，实在就是记挂个西湖吧。”如此这般，二人就决定，临行前谁也不再拜见，就拜见了个西湖。

见寄客未至，杭天醉便在窗前案下平铺了富春宣纸，又将一支上好狼毫笔用墨蘸饱了，沉吟片刻，便龙飞凤舞起来。

录的恰是一首诗，方挥洒到得意处，赵寄客到了。杭天醉煞不

住手,只管舞下去,赵寄客便在他身后念道:

一带云峰望却无,六桥烟树隐模糊。
夕阳楼阁林藏寺,芳草汀洲水满湖。
苏相堤横苍径远,逋仙宅旁碧山孤。
画图云是西湖景,曾到西湖是画图。

赵寄客念罢此诗,面带疑问,突大愤,一把就抓起这墨迹未干的宣纸,三两下,揉成一团,双手沾得黑乎乎一片,顺手一扔,投进纸篓,嘴里便喝道:"你这人怎么越活越糊涂!不知道这是谁嘴里吐出的屁诗吗?"

杭天醉也气得跳脚,说:"就算是严嵩这个奸贼写的又怎么样?狗嘴里吐象牙,也是偶然会有的。因人废诗废书,偏就是你们这等过激党人干的好事!"

赵寄客用手指着天醉额角:"杭天醉,我告诉你,你迟早得栽在黑白不分是非不明上,到那时可别怪我救不了你!"

"我不指望你救我,"杭天醉也指着赵寄客额角,"你也别跟着栽我便是了。"

赵寄客从未见过这样糊涂的人。打又打不得,一怒之下,也顾不得明日就要结伴远行,愤愤一跺脚,便扬长而去。

赵寄客刚走,杭天醉就后悔了。他这个人,天生的心血来潮,来得快,去得也快。现在,连他自己也不明白,赞美西湖的诗,数不胜数,干吗他就偏记住了奸臣严嵩的《题西湖景画》?平日做人,少根弦也就罢了;既然决定跟寄客去东洋闹革命了,凡事便不可再凭性情。想到革命,他突然明白他刚才为什么会突发其火,他是冲革命发火呢。他发现自己,并没有这样真正想浪迹天涯的热情,只是事到如今,不得不浪,箭在弦上,不得不发罢了。

一想到明日将远行,他就立刻把心思扑回到了西湖,也就顾不得赵寄客发不发火了。随他去,今日良辰美景,先去湖上逛荡一番,再作理论。

这么想着,便打开抽屉,数也不数,往兜里抓了几把银圆,出了房门,蹑手蹑足地侧过了他那些宝贝花儿,径直,便往涌金门去了。

涌金门外春水多,卖鱼舟子小如梭。实在涌金门是不仅仅只有那些采莲、捕鱼及卖花的瓜皮船的,杭城交通船的总埠,便设在那里。

杭天醉换了一身浅蓝色杭纺长衫,手中捏一把舒莲记扇子,紧赶慢赶,来到埠头,一见他家那艘船边,已经没有了赵家同系的小划子,不由得沮丧地叫一声:“寄客,你真先走了。”

原来杭九斋死后,林藕初见了“不负此舟”就来气,一时性起,便唤了吴茶清,商量着,要把它卖掉。

倒是少爷杭天醉,此时表现出十分的执拗,一听说要把船卖掉,倒在榻上,便哭开了,还闹了一顿绝食斗争。

茶清琢磨半晌,才对林藕初说:“我听说,你们杭州人,前朝有个叫孙太初的,专门做了一条船,供人游乐,人家投的租钱,用来养鹤,所以,这条船就叫作鹤舫了。”

“那也不是人家说的,九斋嘴里,整天就是这些。”林藕初答。

吴茶清淡淡一笑:“正是。”

“可惜我也无心养鹤，学那孤山的林处士；我也不要那几个出租钱，乱我的心思……”

“夫人倒不妨在船上再挂一块忘忧茶庄的招牌，广而告之。船上设各等名茶茶具，贮虎跑水，辟为茶舫。至于租钱茶资嘛，除了给老大工钱，湖上每日有斋船，布施给他们就是了。”

林藕初听了，转闷而喜，说：“想不到，这又是个挣钱的主意了，就照你的意思去办。”

吴茶清这才又去了杭天醉处，说：“船不卖了。”

杭天醉擦了眼泪，从榻上站起，没一会儿，便又欢天喜地起来，说：“茶清伯伯，明日你带我湖上玩去，可好？”

吴茶清摇摇头，说：“不好。”

“怎么不好？”杭天醉很吃惊。

“误人子弟啊。”他扔下这么句话，便走了。

杭天醉有了那么条私船，在湖上，便常常聚集些同学少年，专取了名茶来享受。同学羡慕，有那富家子弟的，便也争相效仿，照着那“不负此舟”的样子，大同小异地制作。只有赵寄客，偏又别出心裁，制作一叶小舟，两旁装车轮，舟顶设棚，以脚牵引，快速如飞，进退自如。他且又有自家主张，说：“我造舟，与尔等风花雪月辈，大不相同。一为健身强体，雪东亚病夫之耻；二为熟习兵器，他日必驰骋用之。”

众人便笑：“若说西湖亦可成战场，普天之下便皆为战场了。”

赵寄客也冷笑：“亏你们好记性，咸丰辛酉年，太平军万人舟筏入湖，与旗营西湖水军激战，莫非就忘了？”

众人复笑：“这种事情，记它作甚。来来来，喝酒！”

赵寄客便摇头，深叹国人之精神堕落萎靡，脚踩飞轮，越加专心，且为他的小舟取了个他一向崇拜的绿林好汉的名字——浪里白条。

这“不负此舟”与“浪里白条”，平日倒也相生相克相辅相成，夜夜停泊一处。杭、赵二人有时兴起，便也互换着乘坐。像今日一般，“浪里白条”顾自去了，倒还是头一次。杭天醉一时竟也拿不定主意，站在湖边，用黑纸扇子遮住初夏的日头，在那片泛着白光的湖面上寻寻觅觅，用目光搜寻着“浪里白条”。

一阵风来，夹有腐臭之味，杭天醉侧目一看，身边不远处有一衰败老妪，邋遢至极，再往上一看，杭少爷吓了一跳，那老妪口鼻俱烂，眼睑红皮外翻，躬腰屈腿，衣衫褴褛，形如糜烂的死虾。杭天醉下意识地就往旁边一躲。

谁知，烂虾般的女人竟朝他咧嘴笑了，满嘴的坏牙所剩无几，一股死气，扑面而来。

杭少爷心慌，从兜里掏出几枚铜板，隔得远远，扔在那女人身边。

女人摇摇头，不用她那鸡爪一般的手去捡。杭少爷不明白，是不是她还嫌太少？他干脆掏了一个银圆，扔了过去。

女人嘶嘶地笑了起来，咿咿呀呀地说：“和你父亲一个样。”声音很轻，但依旧像是声嘶力竭才迸出来的。杭天醉脱口问：“你是谁？”

老女人转过脸去，用手指着后侧一进院子，说：“那是什么地方？”

“水晶阁。”

“知道水晶阁挂过头牌的女人吗?”

杭天醉失声抽了口凉气,扇子便掉在了地上。

是小莲。

十年前,他听说过她,看到过她,虽然那时他小,但他知道,她是男人的尤物,西湖的尤物,他的父亲,就死在她的床上。

杭天醉别过脸去,额上汗水落了下来。

“是惨不忍睹了吧。”小莲继续沙哑着嗓子,说,“富家子弟,从前见了我,爱说秀色可餐。现在,不得已碰上了,就说惨不忍睹啊,惨不忍睹啊,哈哈哈……”

小莲的笑声,大概是惊扰了“不负此舟”上的老大,他出了船舱,向少爷问了个好,便厌恶地挥手:“去去去,整天赖在这里,恶不恶心!”

杭天醉止住了老大,侧着脸,又问:“你还想要什么?”

小莲伸出两只不像人手的手,说:“立夏了,从前这一天,你父亲都要给我喝一杯七家茶的,我渴,渴……给我口水吧……少爷,给我口水吧……”

“你等等。”杭天醉慌慌忙忙地上了“不负此舟”。老大乖巧,递给他一只粗瓷大碗,杭天醉摆摆手,自己便到橱里去找。找了好一会儿,看中一只青花釉里红牡丹缠枝纹盖碗茶盏,赶紧取出,用洁水冲洗了,又置了上好龙井香茶数片,亲自点了酽酽的一杯绿茶,双手捧着,又上了岸,放到小莲身边。

“香啊。”小莲那烂虾的身形瘫散开来。她蹲在地上,头凑到茶盏边去,急不可耐地啜了一口,烫得嘶嘶呻吟,像一条蛇。

杭天醉不明白,为什么她还不死?她这么活着,还有什么意思？可是他没法问她，只见她蹲在地上，手指掐入泥中，烂嘴咬住盏边，发出了嘶啦嘶啦的声音，吸着这喷香的茶叶，吸干了，又抬起头，朝杭天醉看，意思是还要。

杭天醉恶心极了，但还是一杯一杯地给小莲沏茶，直至一壶水全部喝光，小莲才心满意足地爬起，坐在地上，一副麻木不仁的样子。

杭天醉说："这只茶盏，是我祖上传的，还值几个钱，你拿去换了治病。"

小莲用烂眼睛翻了翻杭天醉，变了脸，好像不认识他了，一边哼哼唧唧地唱着小调："夜半三更我把门闩儿开，我的那个小乖乖，左等右等你怎么还不来……"

唱着，便躺下了。杭天醉想，她是疯了，所以才不死呢，疯子才活得下去。他把茶盏收了起来，谁知小莲一跃而起，抢过茶盏，吼道："我的，你滚！"

这一吼，把杭天醉吓得抱头鼠窜，跳进船里，便喊："快，快，快走！"

杭天醉是个耐不得寂寞的人，在他的"不负此舟"里猫了一会儿，想是见不到小莲的身影了，才放心又钻出到前面甲板上。

初夏天气，风和日丽，又值立夏，湖上倒也热闹，却大多是些私家的船，慢悠悠地荡漾在湖面上。因为不是竞渡龙舟的日子，看不出多少激动人心的场面，只有那暖风如酒、波光如绫、青山如蛾和游人如织的富贵山川图。

老大问少爷，要到哪里去。杭天醉惊魂初定，说："就想找个清静地方，眼里最好只有山水两色，别的俱无，才妙。”

老大笑了，说：“少爷，您这便是迂了，如今湖上，哪里还有清静的地方。若清静，只管待在船上，哪里也不去，喝这半日茶，便可以了。”

杭天醉吐了口长气：“如今的人，哪里还晓得那前朝人的雅兴。那张宗子眼里的西湖——‘大雪三日……独往湖心亭看雪。雾凇沆砀，天与云、与山、与水，上下一白。湖上影子，惟长堤一痕，湖心亭一点，与余舟一芥，舟中人两三粒而已！’那才叫露了西子真容呢！”

老大根本不懂什么真容不真容，倒是听进去了“湖心亭”三个字，便停桡说：“少爷，湖心亭有耍艺班，专门租了船杂耍、卖唱呢，听说还来了艘秋千船。荡秋千的女子，听说还是个绝色的。今日立夏，必定在那里杂耍卖艺，何不过去凑个热闹？”

杭天醉本来倒也不想去凑那份子热闹的，但一听有绝色女子可看，便来了兴趣。“不负此舟”在湖上荡了多时，此刻终究有了目标，便掉转船头，径直向湖心亭划了过去。

行不多时，果然见湖心亭绿柳荫下，泊有一中舟，舟竖秋千竿子，上飘两面绣旗，黄绿二色，风中猎猎有声。船上又置一八仙桌，用红布幔围了，上写黄色“金玉满堂”四字，四周早已围了一圈子大小舟筏，等着看戏。老大一看兴奋了，说：“隔壁戏！隔壁戏！”跑进舱里，便拎出两张凳子，一张给少爷坐，一张给少爷放置茶杯，自家便寻了个好角度，席地坐下，等着开演。

俄顷，一瘦削老汉，两目深陷，双肩斜塌，着旧夏竹布浅色长衫一件，身背一只土布深蓝色的口袋，手敲小锣，唱着武林调上了场：

山外青山楼外楼，西湖景致在杭州。正阳百官坝子门，螺蛳沿过草桥门，候潮听得清波响，涌金钱塘保太平……

那小锣“听当听当”的，敲得很卖力，老头声音却是哑壳壳的，不敢恭维。当中又夹以咳嗽，“吭吭呛呛”几下，扑地，就吐出口痰去，立刻便用脚蹭了。杭少爷更觉扫兴，老大却听得兴高采烈，且指导着少爷说：“知道吗？那是《杭城一把抓》。”

老头继续敲着小锣，连咳带念开场白：

……梅云西登仙，盐油丰回荐，柴府铁三新，望通黑稽仓，六部炭南梁，朱美洋海化，水小大通江……

原来这《杭城一把抓》，是要把杭州的大小街巷各个桥梁都一把抓地唱出来的，把个想看美女的杭天醉等得好不耐烦。

总算“一把抓”完了，老头又从布袋里拿出铁板、算盘、摇铃儿、钹儿、醒木、折扇、毛竹扇，一一亮了相，又说了一番“有钱的听个响，没钱的捧个场”之类的话，便钻进了布幔中。

杭天醉打了个哈欠，想，又是老一套：鼾声、走路、开门、上下楼梯，不过是用毛竹筒击桌罢了。接着是小儿啼哭、号叫，火烧起来倒也是惊心动魄的，无奈光天化日之下，谁都看得出是假。落雨、刮风、喷水，那是用手在算盘上摩擦，用扫帚在桌上扫；至于风声，也就是用钹儿轻重、快慢不同地摩擦。杭天醉支着脑袋，愁眉苦脸地等着那场布幔里的大火扑灭。待鼾声重新大作时，他几乎就要和那鼾声一道睡着了。

就在他两眼已经眯成一道缝的时候,一道红光闪过,他睁开双眼,见那艺船上,已经立着了一个红衣红裤的妙龄少女。

杭天醉一个激灵,竟从凳子上挺了起来。他突然明白他看到的是谁了。老大看在眼里,故意讨好地问:"怎么样?"

"不一样。"杭天醉自言自语。老大不明白"不一样"是什么意思。这意思,当然只有杭天醉自己明白。但他虽然心里明白,却又是说不出来的,这样盯着那女孩,心里纳闷着,便发起痴来。

这边,老大便叹起气来,故意说给少爷听:"这秋千女,艺名就叫红衫儿,前头那个老汉,是她的养父。说是从一个破庙里捡来的,那年闹火灾,估计她父母亲都死了,从小就吃苦,现在大了,全靠她挣钱养着那个干瘪老爹呢。你看看她瘦的,纸一样薄,赚一日吃一日,吃不饱啊。"

那红衫儿正在往自己身上检查绳子。绳子另一端,就高高悬在秋千架顶上的辘轳上。杭天醉目不转睛地盯着她,瘦削的瓜子脸,一根长辫子,一双含愁带悲的眼睛,小小的苍白的唇上,胡乱涂了些胭脂,刘海薄薄地披下来,把她那张楚楚可人的小脸遮得更小。杭天醉恍惚起来,突然"啊"地叫了一声,周围的人都听见了,连那红衫儿也抬头惊讶地看了他一眼,他却连忙进了舱里,沏了满满一杯凉茶对老大说:"你给我送到那上边去。"

老大知道少爷又犯痴了,连忙把那"不负此舟"往卖艺船边靠。刚刚靠停,杭天醉就恭恭敬敬捧着那杯茶上了对方的船,双手递给红衫儿,弓着腰,说:"姑娘若不嫌此物不洁,请笑纳。"

姑娘手足无措,手里还抱着绳子,一时不知说什么。倒是她养父段家生机智,上前点头哈腰,要接那茶杯,被杭天醉一缩手,又闪了回去说:“我那是给她的,小心脏了杯子。”

红衫儿犹犹豫豫接了杯子,大口大口喝了,脸上便渗出密汗,还了杯子,就深深鞠了个躬,杭天醉这才还了愿似的回了船。

一圈子的人,都不知道他为什么这样做,都不知道他刚才看到了什么,都不知道他注视着红衫儿的时候,那烂虾般的小莲,从红衫儿的身上,幻化出来了。

红衫儿喝了杭天醉的茶,用手背胡乱擦擦嘴角,又将两只小手叠在一起,向周围看客作一手揖,这个动作倒也像个江湖艺人。正午时分,湖上的风热了。杨柳枝哗哗地飞扬,像一把把绿头发。红衫儿朝柳枝儿望一望,杭天醉便想,那人和柳一样的,真是弱不禁风。

红衫儿穿着一双红绒鞋,蹬上秋千,使劲耸了两耸,也没见秋千飞起来。养父两手抓住了,一推,秋千荡了上去,杭天醉便白了脸。

众人都叫起好来。天蓝水绿杨柳青的,一架秋千在水上飞来飞去。那上面的人儿,红彤彤的,小巧巧的,一会儿坐下了,装出怡然自得的样子;一会儿站起,跷一只脚往后伸去,裤腿大大的,收口处拿带子缠了;一会儿头朝下,双手抓着坐板,双脚升向天空,还剪成个燕尾状。人们就起劲地叫好,往秋千架下扔铜板。那养父边作揖边捡钱,边高声地答谢。答得那么响,是为了给空中的人儿听到吧,那空中的人儿果然就听见了,晃啊晃的,飞得更高,突然两手抓住坐板,唰地滑了下来,整个身体,只有两手抓着秋千。人们“啊”的一声,齐齐尖叫,心就到了喉咙口。一会儿,那飞人又上了坐板，人们浑身筋骨一阵松软，满口的热气便吐了出来。谁知红衫儿一个跟头翻了下来，这会儿头挂在了下面，只剩那两只小脚挂在板上，人们又一阵“啊啊”的惊呼，心又提到了喉咙口，几乎就要吓得吐出来。偌大一个湖，惊吓得死了一般，只听到秋千架吱吱扭扭地绞响个不停。

杭天醉几乎没有用眼睛瞅那红衫儿，他的两只手按在心上，直直站在船头，只用余光感受着那团温润的红光。每当人们哄地尖叫时，他就紧紧眯住眼睛，好像只有这样，红衫儿才不会摔下来一样。

一会儿，秋千缓过劲了，越来越慢，红衫儿一个跟头，从秋千上翻了下来。落地之时，踉踉跄跄的，站都站不住了，前胸后背，湿漉漉一大片。

众人这才哄哄嚷嚷的，鼓起掌来，又往那红衫儿身上扔铜板，那红衫儿却大声地喘着气，人就靠在布幔上，手背在后面，一头垂发湿得沾成了饼，贴在脸上。钱，打在她身上时，她一动也不动，就像什么也感觉不到了一样。

杭天醉和别人不一样，他早早地钻进了船舱，坐在桌边，一心一意地磨起墨来，又找来宣纸，拿镇纸压得平平整整，便抄起了近日录得的一首诗：

秋千船立双绣旗，红衫女儿水面飞。……性命孤悬辘轳上。玉绳夭矫盘空中……座上有人发长叹。此生能得几回看，野鹤秋鸣怨夜半。吾邦赤子贫可怜，罂无贮粟囊无钱。一身飘荡朝兼暮，如上险竿长倒悬。人间只有秋千女，竿木随身无定所……

书至此，一气呵成之后，算是断了句。虽然如此，依旧是意犹未尽的，从舱内再向那秋千船望去，红衫儿已经独独地坐在船头，手撑着船板，痴定定，望着西湖。湖上，却是一片白光，竟反照得人也毛玻璃般了。

杭天醉蘸了墨，再补上两句：

回头四望生鱼烟，一霎仙乎撇波去。

这才算是大功告成，松了一口气，自己起身，又沏了一杯上好龙井，等着它凉了，好去献给红衫儿。偏那茶又不凉，用手背去贴那杯子，烫得缩手，急得杭天醉抓耳挠腮，不知如何是好。

正上火着呢，那边秋千船上便又热闹起来了。老大在外面叫着："少爷，少爷，你可出来管一管才好，可怜姑娘正病着呢。"杭天醉探出头，眼前黑压压的一圈大船，已经霸在水中央了。看船头龙头雕刻金碧辉煌的派头，谁都知道是州府的官船了。只是从船上踩着踏板，往秋千船上走的，却是手里提着鸟笼子的云大爷云中雕。

云中雕是个大个子，头发又黑又粗，盘在脖子上，一身短打，跟打手似的。众人都知，他是朝里有人的主，那些小舟小瓜皮船便赶紧退避三舍。

红衫儿的养父段家生，这头要迎上去，早就被云中雕轻轻一扒拉就拨开了一丈多远。红衫儿勉勉强强起了身，一只鸟笼就晃在她眼前。云中雕问:“红衫儿,你说它好看吗?”

红衫儿也不知云大爷什么意思,点点头,轻声说:“好看。”云中雕又说:“再好看,也好看不过你红衫儿,你在天上飞,那才叫好看。”

红衫儿说:“谢大爷夸奖。”

“这算什么谢?你给大爷再飞上那么一回,大爷有银子呢。”这边红衫儿却已经站不住,人瘫了下去,说:“我病了。”

云中雕的脸,顿时便黑了:“红衫儿,你就当着这一湖子的人,驳我的面子?小心你爹揍你。”

养父却已经跑过来,一把拎起了红衫儿便骂:“断命死尸,不要好的坯子,还不起来,伺候你云大爷!”

笼里那只八哥,被骂得提了个醒,便跟着骂:“臭淫妇,浪蹄子,杀头坯,婊子货……”

周围一干看客,原来同情着红衫儿,可是那八哥一插科打诨,又止不住地笑了起来。这一笑,红衫儿受不了了,呜呜地哭了起来,没哭几下,又挨了养父狠狠几个笃栗子,只得战战兢兢地往秋千架上走。坐在秋千上,已经没有力气起劲,养父过来,又骂:“装死啊,刚才还好好的。”便要使劲推,但没推起来,原来,杭天醉这里早就看不下去,搭了踏板充英雄,要来救美人了。

养父一看,一个俊俏青年挡着他,且是有身份的样子,正是刚才从忘忧茶庄“不负此舟”上下来的少爷,便不敢轻举妄动。云中雕却受不了,一只手照旧提着鸟笼,一只手却摸着个锃光瓦亮的大铁球,走过来,说:“杭少爷,这里没你的事,别看茶馆是你的天下,湖上却是我的天下了。我要她干什么,她就得干什么,你,找别的女人玩去,我跟你说白了,红衫儿,是我的。”

杭天醉气得嘴巴直打哆嗦,指着云中雕说:“光天化日之下,你还有没有法度?你是人,人家卖艺的就不是人?欺侮这么个有病的女孩子,什么东西!”

云中雕气坏了,也顾不得许多,用手肘一捅,喝道:“什么东西?我给你看看,你就心肝灵清了!”

云中雕原来只想把杭天醉往旁边搡一搡,谁知少爷单薄,一搡,竟扑通一声,搡到西湖里去了。只听“啊呀”一声,杭天醉便沉了底。一圈子船上的人,都尖声叫起,还没来得及往下跳,见旁边一小划子中伸出一只手,一下把少爷水淋淋地又擒上船。杭天醉一把抹了脸上的水,睁眼便说:“去!打翻了他!”

原来对面坐的正是他那个把兄弟赵寄客。赵寄客白衣白裤,轻轻一跃,就上了秋千船。云中雕心里虚着这个闻名杭州的赵四公子,嘴上却不得不硬,伸出两只手指,喝道:“你想干什么?”

赵寄客冷笑一声:“来而不往非礼也。”拉开胳膊,只轻轻一搡,好家伙,把云中雕弹得翻入丈把远的湖里,溅出一圈大水花打到看客身上。看客又是一阵尖叫,把那身子往后一仰,却无人遁去。说时迟那时快,赵寄客飞身一跃,如一条银鱼,半空中一闪,便唰地入了水中。

那水里的一阵好战!一白一黑,上下翻腾。杭天醉落汤鸡般坐在赵寄客的“浪里白条”上,攥着两只拳头敲着船帮叫:“打!使劲打!灌他!”这么叫着,还不解气,又拿起船桨凑着,去打云中雕的脑袋,打又打不着,对来对去,他竟比水里的人还忙。总算赵寄客把云中雕教训够了,才把他拖到湖心亭岸边一株水柳树下,侧卧搁在一块大石头上，让他呼哧呼哧往外吐黄水，又指着他鼻子说："这回是轻的，让你明白，什么叫你能文能武的赵大爷。你若再敢碰人家一个小指头，记得你大爷是个脑袋系在裤腰上的汉子，小心沉你入湖，喂了西湖王八。"

这头，杭天醉已回了"不负此舟"，叫道："寄客，上我的船。"那秋千船上当养父的，却膝盖一软跪了下来："两位少爷，你们闯的祸，小人承当不起，你们谁要就领了她回去，我是不能要她了，留她在船上，谁都没法过日子了。"

红衫儿早被刚才这一番乱仗吓得出了神，她又病着，头靠在秋千架上，迷迷糊糊的，任人摆布。

杭天醉打赢了这一仗，陡然生出许多豪气，便湿淋淋地又踩着踏板过来，连扶带拖地架着红衫儿往"不负此舟"上走，边走边说："这可是你说的，你不要了，我捡回来的。看见的，为我作个证。"

看客中有人叫好："杭公子，真英雄也。"

日落西山，湖上一片归帆。近帆背着阳光，黑压压的，像鹰翅。远的，被一轮红光笼罩，透亮，像鲜红羽毛，在湖上移动。

"浪里白条"拴在"不负此舟"身后，潇潇洒洒地漂荡着。杭天醉和赵寄客两个，坐到"不负此舟"的甲板上来，晒他们湿了的衣衫。

虽是初夏时分，湖水依旧凉。又兼日头已斜，湖上微风，冷冷清清，杭天醉身子单薄，便连声打起喷嚏来。

赵寄客说："有酒吗？唉，谅你这个开茶庄的，也生不出什么酒来。"

还是老大藏着半瓶臭高粱,先拿出来,让两个少爷对付。

两人嘴对瓶子咽了几口,心里就热了起来。杭天醉看了看湖上光景,只见天色不知不觉已变成了冬瓜白。白云边却又浓又青起来。山却是一下子地黑了。宝石山上,大石头坟坟然,像是在一心一意等着太阳下去,好恢复它们魑魅魍魉的本来面目一般。湖上荡起声声梵呗,那是从每日都在湖上云游的灵隐斋船上传来的。梵呗一响,游船便纷纷而归了。正是:一片湖光起暮烟,夕阳西下水如天。蒲帆影里千声佛,知是云林斋饭船。

杭天醉说:"今天痛快!"

"你又没动手,全是我干的活,你痛快什么?"

"我这是第二次晓得,把事情做绝了,竟有那么大的快乐。"

"第一次呢?"

"你竟不记得了?正是跟着你出逃三生石下!从此以后,你也不学郎中了,我也不做噩梦了。"

赵寄客高兴了,使劲扳杭天醉肩膀:"我还当你这种人,免不了临时又要变卦,终究走不出这一小洼,看来还行,你只迈出这一步,进了东海,你这人便有救了。"

天醉抱膝坐在外面,往船舱里头探探。他不知道红衫儿有没有醒来,更不知道这个女人从此便坐上他命运的小舟,再也纠缠不清了。他突发奇想:"把红衫儿带上好不好,给我们烧饭洗衣裳,准行。"

赵寄客连连作揖:"求求你了杭少爷,从此你只记住一条道理,或者女人,或者叛逆,二者必只居其一。"

杭天醉想那女人和叛逆,竟也如同鱼与熊掌一般地两难了,便说:“你赵四公子,杭州城里第一号大叛逆,不是夫人小姐脂粉堆里照旧谈笑风生吗?”

“我那是调侃敷衍,一阵风吹吹过的事,你杭大公子是什么?一粒种子。情种!哪里扎进,都要生根发芽的。”

“你何以知晓?”

“赵寄客何许人也,上知天文下知地理,通贯古今,入木三分。这一个西湖,鱼虾眼中汪洋世界,我眼中不过小小盆景耳。‘黄尘清水三山下,更变千年如走马。遥望齐州九点烟,一泓海水杯中泻。’”

天醉大笑:“赵寄客,你啊,日后必累于狂!”

“你却是眼下就累于情了。你倒是把这个姑娘如何安置了?”

“这有何难,先去撮着翁家山家,帮他老婆摘茶叶就是了。”

赵寄客这才说好,套了吹干的衣衫,上了小舟,解了缆,“浪里白条”就轻轻地荡开了“不负此舟”。

杭天醉在大舟上做游侠别离状,拱手曰:“明日拱宸桥,不见不散。”

寄客大声答:“老弟,此言又差矣。明日不见必散,散则必分道扬镳,各奔前程,从此远隔千山万水,弟兄难得再见。万勿失信。切切!切切!”

说话间,小舟箭般离去,破开湖上浓暮。须臾,烟霭沉沉,湖上一片混沌。无论杭天醉如何地定睛凝视,再不见赵寄客的身影了。

第九章

天气异常地闷热。夫人林藕初操心了一日，反倒坐立不安起来。她微张着嘴，在房间里走来走去，像一条缺了水的鱼。她的两只眼睛闪闪发光，一双精细的手在细果拼盘边摩挲着。拼盘里盛着时鲜的一大盆樱桃，周围又用小盒盛着茉莉、花红、蔷薇、桂蕊、丁檀、苏吉等香茶，一对哥窑青瓷杯用开水冲泡了，在烛光下闪着幽色，等着那个人来。

此时，吴茶清正放下手中灯笼，从厅堂外步入老板娘的香阁；此时，翁家山人撮着正气急败坏跟在后面，看见吴茶清那跨过门槛时掀起的青衫一角。撮着本来是要结结巴巴冲进去的，此时却想起少爷那双欲醉不醉的长眼睛。他转念一想，还是等一等，先告诉茶清伯吧，便蹲在了楼窗下面，抱住膝盖，抽起旱烟来。

立夏一日，撮着上了两趟山。

从吴山上下来时，天光尚明，他便拉着空车，到涌金门去等少爷的“不负此舟”。

不料竟从船上背下来一个姑娘，病得昏昏沉沉，面颊绯红。少爷二话不说，扶着姑娘就上车，挥一挥手说：“快走！”

撮着问：“去哪里？”

“自然是翁家山你屋里。”少爷说，撮着拉起车就跑。到了山外的口子上，车拉不上去，要背了，还是撮着的事情。少爷一边气喘吁吁地在旁边扶着，一边断断续续地把和云中雕如何一场水中大战，如何救下美女一名，统统告诉了撮着，唯一失实的，就是他把赵寄客单搏云中雕一场，变成了他和赵寄客两人。

撮着听了，恨恨地咬了下大板牙，说：“我要在，还要你们动手？你只需咳嗽一声。”

到了翁家山撮着家，撮着屋里的，已点了灯，哄着小孩吃饭。见撮着和少爷背一女孩来，吃一惊。杭天醉把身上银子全掏了出来，想想还是不够，便从内衣口袋里掏出一只准备带到日本去的祖母绿戒指，对撮着夫妇说：“这个，你也给她，不到万不得已，不要用。”

撮着说：“少爷不要把这个给她，明日从家里再取钱便是。”

少爷说：“只怕明日此刻，我已经不在城里了。”

撮着夫妻俩听了吃惊，说：“少爷又说浑话了，又要到哪里闯祸去？”

少爷笑笑，几分伤感，几分骄傲，不说话。

撮着老婆着急了，使劲推一把老公，骂道：“死鬼，平日夫人怎么教导着你，头一件事情，少爷要顾牢，明日少爷不见了，你怎么和夫人交代？”

撮着也急了，人一急就聪明，指着里面床上昏昏欲睡的红衫儿说：“少爷你不讲清楚，这个姑娘儿，我是不敢收的呢！”

杭天醉这时倒恨自己多嘴，但又没奈何了，便举着戒指说：“跟你们实说了吧，我明日就去东洋留学了，一早和寄客在拱宸桥会合。这只戒指,我也不给你们了,我就给这红衫儿了,你们可都看见的。"说完,走进里屋,抓住姑娘右手,往食指上一套,巧不巧,还正好呢。姑娘那双手硬糙糙的,叫人可怜,套上戒指,她自己也不知道,只是握紧了拳头,又翻了一个身,便睡去了。

杭天醉半蹲下来,摸着姑娘额头,说:"把你丢在这里,也是没办法的事情,只看你命大不大了。若是有个好歹,托个梦到东洋,我也好知道你的消息。这里人家倒是好的,比你在湖上荡秋千卖命强得多。我若不去东洋革命,或者还可把你安顿得更好一些,现在自家性命都顾不上了,哪里还顾得上人家。这一点,姑娘你是一定要多多包涵多多包涵的呢。"

这一番话,把撮着夫妻说得又伤心又着急。还是老婆机敏,把老公哄到灶下,说:"撮着,这件事情瞒不得夫人,回去告诉了,你我才不亏心。"

撮着咧了咧大板牙说:"用得着你交代?想好了,跟茶清伯说。"

这头,杭天醉已经出来告辞了,见着撮着老婆,深深作一个大揖:"婶子,拜托了。"

慌得撮着老婆膝盖骨都软了下去,说:"少爷,你这不是颠倒做人了?哪里有主子给奴才拜礼的。"

杭天醉说:"等我东洋回来,革命成功,还有什么主子奴才,天下一家,天下为公,人人有饭吃有衣穿,茶山也不归哪一家了,都是众人的,又有什么颠倒做人的说法?"

撮着老婆一边送他们出来,一边说:"阿弥陀佛!说不得的,说不得的,若说全是大家的,那这忘忧茶庄几百亩茶园,不是都要分光倒灶了？我们听了倒也无妨，夫人听了，只当是又生了个败家子呢。”

杭天醉笑了，说：“可不，我就是个败家子嘛！你们心里都有数的，不说出来罢了。”一股破罐子破摔的潇洒，竟扬长而去。

吴茶清没有抬起头来，便晓得立夏之夜的异样了。他听得出林藕初嗓音里一丝最微小的颤动。过去的许多年里，这种颤动，若隐若现，像游丝一般，总在忘忧茶庄的某一个角落里飘荡。吴茶清低下头，轻声道一个好，照常规，坐到桌边去。

林藕初轻轻问：“喝什么？”

吴茶清抬起头，便有些炫目，夫人穿一件淡紫色大襟杭纺短袖衫，领口的纽扣解开着，两片竖领便大胆地往旁边豁了开去。

茶清说：“随便吧。”

林藕初捡了一盒茉莉的，说：“还是喝茉莉吧，立夏的老规矩。”

“客气了。”吴茶清摇摇手。

林藕初把果盘推了过去，说：“按说，你也是和一家人一样的，不用客套。”

“到底还是不一样的。”吴茶清淡淡一笑，扔了一颗樱桃到嘴里。

林藕初便有些怅然了，两人这样闷闷地坐了一会儿，谁也不开口。

杭夫人林藕初，多年以来，一直被吴茶清那业已远离的激情所控制。并且，似乎吴茶清越企图摆脱她，她就越发纠缠于他。

她当然能够感受到丈夫死后吴茶清的颓然松懈，仿佛没有了情敌,情人便也不成其为情人。路过小仓库时,门虚掩着,里面仿佛依旧充斥着那危险足可致命的激情,在那数得清的暧昧的期待中,林藕初每次都有要死的感觉。而每次之后,吴茶清的脸都是阴冷的,似乎没有人色。

她始终不明白吴茶清为什么会对她突然冷淡下来,尤其是对她生的儿子天醉的冷淡。

而在她,仅仅有儿子,有儿子可以继承的茶庄,已经不够了。她是需要一个男人来牵制她,反过来,她也牵制他的。

牵制的缰绳,只可能是那姓杭的儿子,尽管他对她冷淡,但却始终没有离开一天。忘忧茶庄的人们,便在这生命的隐忍中,渐渐地老了。

一阵风吹来,吴茶清说:“要下雷雨了。”

林藕初看着吴茶清:“和从前的雷雨没什么两样。”

“只是人老了。”

“人虽老了,有些事情却是不老的呢。”

吴茶清捏着樱桃的那只左手的拇指和食指,轻轻一挤,一颗樱桃便被挤碎了。他随即站了起来,说:“趁雷还未打下来,我先走在前面吧。”

林藕初站了起来,两片衣领翻得更开,显得很浮躁的样子。

“亏你说得出这样的话,莫非那雷声,日夜只在我一个人心里头炸响?”

兀然一阵狂风,吹翻烛台,吹倒茶杯。茶清见林藕初口中含着樱桃,失声吐出:“好大的风!”

话音刚落,平空一道闪电,霹雳哗啦啦,爆炒豆子一般在天空跳滚，滂沱大雨，便从天而降了。

撮着没有听到林藕初的一声细叫，他什么都来不及想，抱头立刻就向外跑。跑了半截，头脑清爽了，又折回园中小亭。从那里，他看到老板娘房间四只手关窗子的模糊的身影。接着是关门。接着，便是哗哗的这天地间的洗刷之声。

撮着抱着肩头，在假山亭中团团地来回踱步。他心实，只看天，不看别的，直到大雨哗哗下了一个时辰，又渐渐小下去，才把目光收回。

这雨也怪，说停便停了。撮着心思重新收回。想到自己的重要使命，才去注意夫人的房子。夫人的屋门窗关得紧紧，一点声音也没有。一丝灯烛也没有。撮着有些奇怪：怎么，夫人睡觉了？那茶清伯呢？哦！他便打自己的脑壳，真是被雨浇瞎了眼，怎么没见茶清伯已经走了。又一想，茶清伯到底是有轻功的，这么大的雨走出去，一点声音也没有。再一想不对啊，声音可以没有，人影总不能没有哇！或者是我刚才眼花，茶清伯根本就没有来呢。正这么想着，烛光却又亮了，门吱呀地打开，一只绿莹莹的灯笼就先伸了出来，接着是茶清伯的身影，模模糊糊地背对着他说着什么。然后转过身走了几步，便见夫人的身影，像是给茶清伯掸抚衣衫。接下去一件事情撮着见了更不相信自己的眼睛，他看见茶清伯扶住夫人的肩膀，在她脸上靠了一下，然后便疾步如飞，走了。撮着不能明白的是那个矫健的身影。他想的茶清伯，走路慢慢的，手背在后面，见人说话，爱理不理，做起事情来倒一丝不苟。他一点也不懂，这是怎么一回事。他这么怔着牛眼发呆的时候，那边门已经关了，这边的人，风一样地飘走了。

撮着没办法了，他深一脚浅一脚地蹚着水，在铺着鹅卵石的小径上，失魂落魄地走。他脑子有点笨，但也晓得这件事情非同小可，一个人也说不得的。那么对少爷呢？一想起少爷，他突然像是当头一棒，他想到少爷明天是要走的，就什么也顾不得了，一边追着，一边叫着："茶清伯，茶清伯，你停一停，停一停！"

吴茶清这时已经走出夫人的院子，在西夹道里走，他一个回头，稳稳地站住，盯着撮着。撮着跑近了，站住，他看到茶清伯的两只眼睛，此时都是滴绿的。

撮着胸口当的一声，刚才的事情，一下子都跳了出来。

"深更半夜，你在哪里？"

"我、我、我……来找你。"撮着结结巴巴地说，见茶清伯的两只眼睛越来越绿，"少爷他、他、他说要去东洋了。"

"什么时候？"

"明、明日一早，拱宸桥。"

吴茶清闷声不响，黑魆魆地站着，两只布鞋鞋面还是干的，绿灯笼映得一地绿水。

"找过夫人了吗？"

"没有。"撮着自己也不知道，他怎么会这样回答。

"为什么不去？"

"下雨，躲在亭子里，太迟了……茶清伯，少爷要去东洋，我急煞了。"

吴茶清捻着胡子，他全明白了。浑身上下，先是一阵阵地凉，后是从脚底板升起的热。他再也不说一个字，一个转弯，就进了杭天醉杭少爷住的院子。

杭天醉发现自己又到了湖上，还站在“不负此舟”上，半空中荡下来一架秋千，杭天醉发现那上面坐着红衫儿。

那架秋千很怪，没有撑架，就像是从天上直接甩下来的。红衫儿吓得拼命哭，杭天醉看得见她的眼泪，却听不见她的喊声。他想呼救，可是发不出声音。他用手去捞那秋千，秋千晃悠着，又回到天上，成了又黑又小的一点。他五内俱焚，正不知如何是好，天上却又出现一张大脸，正是云中雕。他用两只大手使劲一推，不得了，那秋千就像子弹一样，嗖地向他袭来，把他狠狠一撞，就撞进了湖里。

湖水烫得很，像在洗澡的大池子里。杭天醉又闷又热，透不过气来，拼命挣扎。他终于喊出了口：“救命！救命！寄客，救命！”然后，他就醒了过来。

他模模糊糊看见两个人，又觉口中干燥，便说了一个“水”字，然后，他感觉有滋润的水流进胸口，舒服了片刻，他又昏沉沉睡去了。

吴茶清摸摸杭天醉的额头，发烧、咳嗽，可是发不出汗，便说：“是感冒。”

然后吩咐撮着，去管家处取了葱豉茶来。原来这茶是吴茶清照着《太平圣惠方》的方子亲自配的，内有葱白、淡豆豉、荆芥、薄荷、山栀、生石膏，再加紫笋茶末。方中，葱白辛温适阳，可发汗解表。服用荆芥，温散之力更著。淡豆豉，既助葱白、荆芥解表，又合薄荷、石膏、栀子而退热，再加紫笋茶有强心扶正之功，水煎温服可助发汗散邪。所以,忘忧茶庄一般伙计的头痛脑热,均服此药茶解之。

杭天醉服了此药,果然不再喊叫,浑身上下还出了虚汗,依旧昏昏地睡了。吴茶清唤了撮着出来交代说:“今夜你守着少爷,明日一早再禀告夫人。东洋的事情,不许再提一个字,明日五更,给我备了车,我去拱宸桥。”

撮着松了口气:“这就好了,这就好了。要不,那红衫儿放在翁家山,叫我怎么办才好!”

吴茶清沉下了脸,说:“这是少爷的事情。懂吗?”

撮着实在是不太懂,呆着双眼,半张着嘴。吴茶清挥挥手叫他走。走着走着,撮着明白了,为什么茶清伯的眼睛会发绿。茶清伯是叫他守口如瓶呢。

公元1901年,农历立夏翌日之晨,杭州名医赵大夫家四公子赵寄客,手提一只牛皮箱,站在拱宸桥京杭大运河码头,准备在此与杭天醉会合,然后搭乘小火轮,直抵上海。

天将五更,码头上流荡着一些小商小贩,有肩挂木袋、手托木匣的,那是推销清凉丸、“金刚石”牌牙粉的,还有带着铁板火炉做鸡蛋卷的。赵寄客知道他们都是自《马关条约》之后,来杭州的日本人。这些挑着担推着车的日本侨民先期而入,一面现烘现卖着鸡蛋卷,一边向杭州人学汉语,打听风物习俗。温文儒雅的被南宋遗风浸润的杭州小市民,正小心翼翼彬彬有礼地与大和民族的小商贩礼尚往来时,腰佩刀剑披头散发的日本浪人,却乘机拥入拱宸桥,与结伙行凶的黑社会大团伙青洪帮打成了一片。1900年秋的拱宸桥是东洋人和青洪帮的天下。当时，日本人在拱宸桥设置邮政所，兴办汽轮会社，在街头放映杭州最早的无声电影，把杭人着实都震了一下。拱宸桥也有东洋人开的茶馆，杭天醉曾嗤曰："这能算是茶馆？"原来日本人在拱宸桥搞了"五馆"政策：烟馆、赌馆、妓馆、报馆、戏馆。茶馆沾了这"五馆"的气，早就跑了调，像大马路洋桥边开的阳春茶园、二马路中央开的天仙茶园、里马路开的荣华茶园，几乎都成了勾结地痞流氓娼妓卖淫的据点，整个拱宸桥就成了公娼区。妓艺稍优的，多在福海里，有近二百户之多；次一等的，便多在大马路、里马路一带的茶园酒肆里晃荡；再有那三等的，便在拱宸桥西头。常有那浪荡的米商与竹木商人，在此间鬼混。

赵寄客单身一个男人等在码头上，来纠缠的妓女就没停过，听口音，又多是浙西农村的。赵寄客不好色，也没有杭天醉那份情调，就像昨日湖上事，把云中雕暴打一顿后他便扬长而去，不会有后来那么些粘连的，所以那些妓女一过来他心里就烦。"去去去。"他一边用手挥着，就像驱赶一群苍蝇，一边就在心里怨杭天醉，再过半小时，小火轮就要起航，不少人都已经上了船，这家伙究竟怎么搞的。心里正焦灼着，便听见身后有人喊他："赵四公子，赵四公子！"

他回头一看，竟是撮着。心里一喜，正要招手，后面过来一人，他要招的手就停了下来，脸上的欣喜，渐渐地转为冷笑。

吴茶清此时已稳稳站在他面前，作了个满揖。

"赵公子，杭少爷昨日湖上受寒，病卧榻上，不能与您一同东渡日本，老夫特来通报，免你牵挂。"

赵寄客淡淡一笑，也回作一揖，道："谢茶清伯。寄客无牵无挂,别人愿去愿留,悉听尊便,晚生告辞了。”

吴茶清一把抓住了赵寄客,一出手,赵寄客便知其是武林中人,不由一怔。吴茶清却从口袋里掏出一钱袋,说:“拿去。”赵寄客要推辞,吴茶清一掷,重重地入其怀抱,又道:“四十年前,老夫也是一条好汉!”说罢,摇身一晃,不见了。

杭天醉迷迷糊糊躺在床上生病时,同龄人吴升,正在隆兴茶馆和忘忧茶庄之间秘密地穿梭。每一次他都给吴茶清带去激动人心的好消息:万福良大小老婆为财产打官司了;万福良气病了;万福良气死了;隆兴茶馆落入小老婆的赌棍奸夫之手了;隆兴茶馆封门了;隆兴茶馆要出手了,好几个买家来看过了,价格太辣手,卖不出去了。

林藕初说:“当年三百两银卖出去,如今万家要卖五百两,且糟践成这样一个破破烂烂的模样,如数买下,岂不遭人笑话?”

吴升便垂下首低下眉言道:“那倒也是那倒也是。”

吴茶清沉吟片刻,耳朵侧着,像是有满腹的心事,说:“买吧。”

林藕初眉毛扬起来了,吴升便搓起手来。

“忘忧茶庄有钱。”吴茶清说。

吴升搓着手,不搓了。他恨这句话,他恨忘忧茶庄有钱,在这一刹那间,这小伙计甚至恨他心里热爱着的人。他像一个间谍一般来回乱窜,本意却是非功利的,他只是为着依恋那从小解救和抚慰过他的人,但他仇视忘忧茶庄。

他不知道该怎么去做这件互相矛盾着的事情。

林藕初从来没有听到过吴茶清嘴里说出过这样张狂的话,凡事从吴茶清嘴里出来，便都没了火性。她纳闷着，吴茶清却说：“该给天醉娶亲了。”

林藕初悠悠忽忽回到二十年前，她想起了她抱着婴儿坐在廊下时，吴茶清是怎么说的。他说，有了钱，把忘忧茶楼赎回来。

三雅园老板阿毛晚了一步，隆兴茶馆已易手他人，亦可说物归原主——忘忧茶庄。通风报信者吴升不但没有跌叫不已，反而暗自松了一口气，他自己也搞不明白，为什么他匆匆忙忙从忘忧茶庄跑出，又马不停蹄地朝三雅园奔去，仿佛他生活中最大的乐趣就是看别人鹬蚌相争，虽然他并非渔翁。

吴茶清陪着杭天醉上楼来时，留守的吴升毕恭毕敬地站在楼梯口，不停地说：“慢走，这楼梯板破得不能走人了。”

杭天醉几乎没有理他，他正在想自己的心事，吴升看着他的后脑勺，又开始恨他了。这个杭家大少爷，竟然不欣喜若狂，不笑，不说话，他竟然对呵护他长大的茶清伯无动于衷！

吴茶清开了茶馆楼上的窗扉，灰尘蓬蓬地向新来的主人扬起。中秋过了，十月小阳春，日光斜射进茶楼，七道八道地交错着，照得蓬尘发出了灰蓝的亮光。

凭栏看得见一片湖光。对面宝石山、葛岭和栖霞岭，被日光和湖光照得化成了一片薄薄的剪影。湖上的游船，在亮得像锡箔纸一般的水面上移过来移过去，因为很慢，看上去西湖就像是一幅凝固的画儿。

杭天醉眯起了眼睛。他想起了赵寄客的“浪里白条”。想起他说，一个西湖对鱼虾而言如汪洋世界，对他而言却不过是小小盆景的话。这么想着,尖锐的绝望和无聊突然就摄住了他的心,把它一直就提到了喉咙口,憋得他喘不过气来。眼泪就溢满了眼眶。

他不能想赵寄客,只要一想到他,他就有一种被噎住了要闷死了的感觉。他知道,那是因为他没有与他同行。而且,从此以后,他再也不能够与他同行了。

他用手指顺便在桌子上画了几下,指头沾了很厚的灰尘。茶馆北面那个小小的半人高的戏台上,蜘蛛结成了网。窗子一开,网儿在风中轻轻扬扬飘来飘去,看上去岌岌可危将要破损,但却始终也没有破。杭天醉茫然地盯着这舞台,他想,难道我还会因为你们给了我一个茶楼便快乐起来吗?

“还是叫忘忧茶楼吧。”他听见吴茶清这样说。

“随便,随便你们。”

“茶楼是你的,随便的是你。”

“我随便的,真的。”

“东洋去不成,你就什么都随便了。”

杭天醉一下子就不吭声了。关于这个敏感的话题,他们两人还从来没有单独交谈过。

杭天醉盯着湖水,好一会儿,才期期艾艾地问:“他、他……没骂我吗?”

“骂你干什么。又不是你不想去,天数!”

“……你也认命?”

“……认!”吴茶清斩钉截铁地说。

杭天醉耳根一下子烧了起来,说:“我是不想认天数的。难道要我成亲也是天数吗?我知道,这是你给我妈出的主意。我们忘忧茶庄大大小小的主意都离不开你。我被你捏在手心里了。你就是我的天数,你知道我多么……”

“……恨我?”

“不是的。”天醉背靠着窗框,每当他心情过分激动时,他就开始了口吃,“我是想、想、说……我、我、我是多么没、没、没有办法,离……开你,没、没、没有……办法……”他口吃得厉害,说不下去,眼泪都要憋出来了。

吴茶清看见了杭天醉的样子,薄薄的手掌就握成了拳头,手背上青筋暴了出来,然后,一扇一扇地去关窗子。茶楼一下就暗了。空荡荡的,掏空了心子,什么也没有了。

他们两人走过站在楼梯口的吴升身边时,吴升手里拎着一块抹布,觉得他们离他很远。他觉得自己既在忘忧茶楼之中,但又不在茶楼之中。他用手一摸,是空气的铜墙铁壁。他想,什么时候,茶楼会落在我手里呢?

第十章

杭天醉顺理成章地从求是大学堂退了学。这个喧哗热闹光怪陆离的世界，一下子就从他的眼前消失了。他百思而不得其解，一些朝夕相处的人事怎么能够结束得那么快，这种戛然而止的方式甚至有些像砍头——咔嚓——命运一刀两断。

现在，他平淡地面对着家人为他操办的婚事。仿佛他在这个五进的大院落，轮回结亲过许多次。

长兴人沈拂影虽作为丝绸商在沪上商界占一席之地，对庶出的女儿沈绿爱的婚嫁却听凭了留守老家的三姨太的安排。客人林藕初在沈府客厅刚刚坐定，主人用毛竹片烧燃的铜壶已经响开了水，鱼眼之后的蟹眼在水面上冒翻着，林藕初的眼前列列排排，堆满了一桌子的作料。有橙皮、野芝麻、烘青豆、黄豆瓣、黄豆芽、豆腐干、酱瓜、花生米、橄榄、腌桂花、风菱、荸荠、笋干，切得密密细细，端的柳绿花红。三姨太亲自取了茶叶，又配以作料，高举了茶壶，凤凰三点头，冲水七分，留三分人情在。又将茶盘捧至堂前，送与林藕初一干人，嘴里说着："吃茶，吃茶，这是南浔的熏青豆与'十里香'，你看碧绿。我们德清三合人的规矩，客人来了，先吃了咸茶，再说话。"

林藕初眼角嘴角都是笑，心里打量盘算着。女方是杭家世交，虽为庶出，但沈拂影对女儿却不薄。平日里，来来往往的，也把沈绿爱常常接了去沪上住。沈家妻妾成群，子女也多，这个叫绿爱的小姐，林藕初竟无缘见过。然见了这殷勤可人的母亲，女儿的风韵便亦可知几分。听说此女颇有几分野气，不缠小脚，一双天足，最爱在顾渚山采摘野茶。林藕初听了倒也欢喜，这沈拂影虽是做丝绸生意的，女儿却像是要吃茶叶饭。还有一句话众人知道了也不说，原来沈绿爱之母原本就是莫干山下一小茶贩的女儿，后来做了沈夫人的陪嫁丫鬟，进了沈家，上上下下的茶事，便由她一手操持。老爷从上海回来，见这丫头点的一手好咸茶，吃了喜欢，便留在屋里。那丫头也争气，生了绿村、绿爱两兄妹，便一心一意守着沈家在水口的那百亩茶园。操持得上下满意，沈家里外，竟也认了这个粗手大脚的三姨太。

杭沈两家缔姻，用的是“金玉如意传红”，男家用金玉的如意压帖，女家用顶戴压帖。订亲那日，杭家厅堂供了和合二仙神马，燃了红烛，吃了订婚酒。母亲林藕初严守祖先的规矩，聘礼送过去二百余元，在杭州也是上等人家的礼数了。女方留下了零头，把那二百元整数退回，表示有志气，有底气，不愿落下卖女儿的恶名。

发奁那一日，沈家出尽风头，所谓良田百亩，十里红妆，全铺房一封书，无所不有。因是湖州来的，前三日便先住在了杭州亲戚家里。

沈绿爱和杭天醉这对青年男女，过去从未见过面，杭天醉只晓得对方有双大脚。沈绿爱呢，也只晓得对方是个风流书生。花轿到了男家，早有男家赞礼者两人分列左右。只听右边赞礼者慢声长调高唱一句：“熨轿！”便有人手执熨斗，斗中燃芸香，绕花轿两圈。又听有人唱:“启帘!”有人便将帘除去,绿爱的眼前红晃晃地一亮,她知道,这下她是亮相了。临行前母亲交代再三,说那两只大脚要在裙子里头藏好的,走路要走碎步,像戏台子上一样,只见裙移,不见脚动。绿爱想,何必呢,躲得初一躲不过十五。这样想着,喜娘把她扶下了轿,果然便听得一阵的嗡嗡,绿爱有些心怯,但转念一想,待一会儿,揭了头巾,我叫你们再嗡嗡。由此可以想见杭家之有幸。三十多年前送来了林藕初,三十多年后又送来了沈绿爱。

与此同时,新郎开始被摆布了。杭天醉被三次请了登堂,他都很顺从地照办了,与新娘一起上香叩首,行三跪三叩之大礼,他都温温和和,心静如水。大家都想看新娘,仪式就改革了。当司仪唱“揭巾”时,新郎的心里咣当,很响的一声。他自己也不知道,为什么这时候,他会想到红衫儿,想到那个瘦弱的勉为其难地生活着的小女子。把她送到翁家山以后,他再也没有去见过她一次。只听撮着说她在山上还可以,毛病好起来了,帮着撮着老婆采茶呢,可是他竟没有心思再去牵挂她。自从赵寄客走以后,他日夜牵挂的,便是东洋了。他永远也说不清楚,为什么他只想要那不属于他的东西。

他转过身来,正面对着这个几乎比他矮不了多少的高个子新娘。他第一次注意到了这个属于他的女人,像一匹小母马那样健壮。即便穿着大红喜袍,她细韧浑圆的腰身,她结实的臀部也都遮掩不住地喷射春光。她高耸的胸脯威风凛凛,仿佛长得已经有点不耐烦了,这使得大病初愈的杭天醉脚下发虚。他希望他能不费力气地顺手牵羊,但是现在看来,她更像是一匹马,或者一只小母豹。他抬起手来,发现手指在颤抖。他不明白,还没注视过对方,为什么他就先害怕了。接着,他发现对方的胸脯也在一起一伏,他不知道他的女人并不是因为恐惧,她仅仅是因为迎接挑战而在激动不已。她在等待,等待,等待眼前红光脱去,白光降临,她深信她不会失望。现在周围万籁俱寂,不要紧,不要紧,不要紧……她闭上了眼睛,她感到头顶一阵轻松,像是刚从水底冒了出来。她睁开眼睛,听到周围一片哗啦啦的水声,然后,她看见她丈夫的惊愕的目光——她赢了!她的挺得高高的胸脯,唰的一下,松软了下去。

站在婚礼大厅里的男人和女人,包括最挑剔的寡妇和心理变态的尚未出嫁的大小姑子们,都发出了由衷的赞叹,这个新娘子,真正是光彩照人,美不胜收。

新娘子沈绿爱,并不属于那种越看越耐看的女子,她完全属于第一眼就美得触目、美得惊心的那类女人。眼睛又大又黑,长睫毛,鼻梁笔挺,如果不是那黑葡萄般的眼眸,这鼻梁就可以说是几乎过于挺拔了。她的皮肤倒也说不上特别的白皙,但细腻光滑的程度,足可与她家自产的绸缎相匹。也许她的唇并非真的红如樱桃,只是当她微微一启唇,露出一口洁白牙齿时,人们才明白,什么叫真正的唇红齿白。沈绿爱的一头黑发,又浓又亮,眉毛黑长,像老鸦翅膀,直插鬓角。可以说沈绿爱是一种南方女子的变异,一种例外。她长得的确不像南国女儿那种袅袅娜娜惹人怜爱的媚样儿。她美得堂堂正正,胆大无忌,照她的婆婆林藕初杭夫人看来,她实在是美得有点张狂。你看她头回做新娘,那不慌不忙、心中有数的样子,她一双大脚,无所顾忌的神情。杭夫人看着看着,有点恼火起来。她想,这个媳妇不会是一盏省油的灯。她又看她那个双肩略塌的眉清目秀、醉眼蒙胧的儿子,心里叫一声“作孽”,怎么跟当年的杭九斋一模一样了,把遗传了吴茶清的身架,竟然就压下去了。正那么想着,司仪已经在唱“行百年夫妻之礼”了,于是相对八拜。

最后是“传代归阁”,地上铺有盛米的麻袋,杭夫人见新郎在前,新娘在后,踏着麻袋进新房里,百感交集的泪花,终于涌上了双眼,以至于门口抛掷的喜果儿,她都看不清楚了。

后来知晓杭家根底的人们说起那一天发生的事件,都觉得神秘。人们无法想象两代人婚礼的骚扰究竟意味着什么。这里有什么前尘孽缘,有什么因果报应,又有什么未来的预兆。总之,三十年前降临到林藕初身上的命运又再度来临了,当撮着急急慌慌扒开人群,对着正在儿子身边张罗的夫人耳语一声“云中雕打上门来”时,新娘子发现坐在她身旁的丈夫杭天醉激烈地痉挛了一下,身体就绷直了。

“人呢?”她听到丈夫问,精致的薄嘴唇便惨白下去。

“让茶清伯挡在外面了。”

“动手了吗?”杭夫人问。

“动手了。”

“茶清伯怎么样?”杭夫人几乎有些失态地问。

“云中雕被打翻了。”

杭天醉站起来,要解那绕身的大红球,脸上泛起了怨烦,说:“我去看看。”

这边就慌得母亲和下人们一连串地阻挠:“大喜的日子你疯

了,不怕云中雕再把你搡到湖里去?"

杭天醉接下去的行动,叫新娘子沈绿爱小吃一惊,他居然一跺脚,说:"让他砸了忘忧茶庄才好,婚也不用结了,这不就是冲着我来的吗?知道寄客不在了,拿我开刀。我这就跟他上衙门去!"

他这么捶胸顿足地低叫着,却没有移动半分。沈绿爱冷眼看着,一动也不动,她不知道外面发生了什么,只觉得丈夫是个急性子,胆子却是不大的。瞧那么多人围着他的样子,使他看上去更像一个半大不大的男孩子。

婆婆对撮着耳语了一番,恢复了自信与平静,用目光暗示了一下喜娘,喜娘便引着新人拜家堂、拜灶司、拜见亲戚,沈绿爱"开了金口",一一地呼之,最后是拜见公婆,沈绿爱发现孀居的婆婆在微笑,额角的汗滴却冲淌下来了。

杭少爷大喜那一日,忘忧茶庄并未关门。林藕初说,成亲是自己家里的事情,做生意是店里的事情,两件事是鸡皮鸭皮不搭界的,茶清伯掌管着店里的事情,和往日一样。

上半晌还算平安,生意也做得比往日还热闹,不少小户人家上门来,买那三文铜钿一小包的茶末,顺便打探与贺喜。

快到午时,一个高头大马的汉子,着一身黑衣裤,裤管扎得紧紧,额头锃光瓦亮,晃着一根又粗又大的辫子,一手握着个大钢球,一手提着鸟笼,里头蹲着一只八哥,摇摇晃晃,朝羊坝头走来。他身后,跟着一群短打衣着的下人。众人见了都知道这是杭州一霸云中雕,刚从吴山顶上遛了鸟下来,吃饱喝足了没啥鸟事,正要滋生些热闹来解闷呢,便慌得都往旁边避让。

这个云中雕,在八旗中,也不过是个破落子弟罢了。因他有个哥哥在杭州府里做事,管着消火防灾这一摊,杭州又是个火城,故这个职位人们就不敢小觑,云中雕便也沾着点儿光。他自己生得凶猛霸道,三天两头惹是生非,久而久之,人家就怕了他,他也就纠众聚伙,越发得意起来。

立夏那一日,他被赵寄客一顿好揍,大伤元气,蜗居甚久,不敢轻举妄动。后来听说赵寄客去了日本,单留下那个杭天醉。而且,他们竟敢又吃下了他姑夫的茶楼,他就抖了起来,一心要寻机会报那一箭之仇呢。老天有眼,总算等到了杭天醉成亲的日子。

在吴山湖山一览亭喝足了早茶也逗腻了鸟儿,云中雕云大爷带着他的喽啰,便下了山,走过大井巷,进入清河坊。

这昔日的清河坊,是个著名的闹市区,名店比比皆是。一路数过去,方裕和南北货店,宓大昌烟店,孔凤春香粉店,万隆火腿店,张允升百货店,天香斋食品店,张小泉剪刀店,叶种德堂药店,翁隆盛茶店……名店竞相称誉,形成一条繁华街市。

一喽啰指着一家店堂门口高悬着的墨色青龙招牌,问:“大爷,是这里吧?”

云大爷看那迎门口的楹联,一边是“三前摘翠”,一边是“陆卢经品”,便摇着手说:“不是,不是,这是翁隆盛,我们不惹他们,我们只惹那姓杭的,叫他这爿倒灶茶庄,从此在我手里熄火,也晓得我云大爷是吃荤还是吃素的。”

那一伙喽啰便也狐假虎威地吆喝起来,周围行人侧目而视,不敢怒也不敢言,单就等着开打。

过了清河坊,便是羊坝头。忘忧茶庄很有气派,一看就晓得,一米来高的墙角，丈把高的青砖风火墙，门楼上镶嵌金光闪闪的四个字“忘忧茶庄”，上面一抹绿色瑞草招牌，两边的楹联，一边写着“精行俭德是为君子”，另一边写着“涤烦疗渴所谓茶荈”。

茶庄紧邻一座门楼，此时张灯结彩，喜庆锣鼓，人来人往。云中雕指着这边迎门，说：“就是这里了。”

刚说完这话，便有几个小喽啰张牙舞爪，摩拳擦掌，跃跃欲试地要去摘那楹联，周围便有行人迅速围聚，等着看个究竟。

云大爷把手那么一摆，说：“先进去瞧瞧，看哪里不顺眼，再收拾他们。”

一拨子人，吆五喝六的，就那么进了厅堂，以为就如同到了吴山顶上赶庙会。谁知跨进了门，便一个个噎了嗓音，手脚小心，不敢忘乎所以起来。

原来忘忧茶庄的店堂又高又大又深，左边是柜台，足有半人多高，上好的樟木料，用清漆罩了。柜台后面橱窗有各色贮茶瓶罐，有锡瓶、青龙瓷罐、景德镇的粉彩瓷罐，还有种种式样的洋铁茶罐，专门从上海定制而来的，一个个擦拭得纤尘不染。柜台后面的伙计，个个又干净得像那瓷罐子似的，穿着青布长衫，轻手轻脚，连笑声都是轻的了。

店堂右面一大块空地，便辟为客堂了。周围墙上，用红木镶的镜框里贴着名人字画。有金冬心的梅、郑板桥的竹，其中还有几幅，画的是紫砂壶与野菊花，署名九斋，正是过世的店主人自己的杰作。靠墙沿一溜，摆着红木雕花太师椅和茶几，那太师椅的靠背上，浮刻着各式的茶壶形样。两个墙角处又有花架，上面两大盆常绿灌木，仔细看了才恍然大悟，竟是茶蓬。长得新绿一片时，也是一番光景。虽然此刻已经入冬,但一团新绿,依旧分外精神。

最叫人们赞叹不绝的是客堂中央那一方花梨木镶嵌的白色大理石茶台,足有三张八仙桌那么大,稳稳安放在花砖地上,真气派!

喽啰们也不用人招呼,一个个就先在太师椅上坐下歇息了,只拿眼睛瞟着云大爷,看云大爷挑不挑头。

那云大爷倒还沉得住气,坐下了,也不说话。那边,便过来一人,五十出头,一撮山羊胡子,精瘦个头,双眼清和,笑微微地问:"云大爷有什么吩咐?"

云中雕也实在刁横,说:"没什么吩咐,坐一会儿就不行了吗?"

那人依旧笑着:"既然坐了,何不喝了茶去?"

说完,挥挥手,早有人递上茶来。

那茶,若是烫点,云中雕也好发难;若是凉点,云中雕也好闹事。偏偏这茶不热不凉的,叫人下不了手。

云中雕只好说:"伙计,有什么好茶,大爷也称二两回去。"

那个人不卑不亢,手往大茶台上一展,一条竹简平平地铺在了台上。每一根竹签上都是上等品牌,上是茶名,下是价格。

云中雕说:"大爷买东西从来不看只听,你拿这晃我眼睛,什么意思?"

那人依旧不改笑脸,说:"云大爷,你且听我说来。"

"先说西湖龙井茶。此茶淡而远,香而清,色绿、香郁、味醇、形美。有狮峰、龙井、云栖、虎跑四个品类。其中狮峰龙井为最,其色绿中显黄,呈糙米色,形似碗钉,清香持久,乾隆皇帝封十八株龙井为御茶,就在狮峰山下胡公庙前。此茶似乎无味,实则至味,太和之气,弥于齿颊,其贵如此,不可多得。

“二说武夷岩茶。此茶从武夷山三十六峰九十九岩而来，半发酵，绿叶红镶边，制成乌龙茶，气味奇异，别有风韵。唐宋年间，便享盛名。当今东洋西洋诸番，竞相运销，记得‘活、甘、清、香’四个字，武夷岩茶之精神，均在此间。

“三说庐山云雾。庐山种茶，始于汉朝，白云深处，有僧侣云集，竞采野茶，栽种茶树。此茶芽肥毫显，条索秀丽，汤色清澈，香鲜味甘，经久耐泡，医家有‘振枯还童’之说。全山茶园不过五十亩，数量极少。忘忧茶庄每年购得少许，只作精品，饱人眼福罢了。

“四说碧螺春茶。此茶产江苏太湖洞庭山。传说山中有一碧螺峰，石壁上生出几株野茶，生得茂盛，茶农上山摘得，竹筐已满，便放在怀中，不料异香喷发，众人皆呼‘吓煞人香’。康熙皇帝品了说味道极好，其名不雅，更名碧螺春。各位请看，此茶条索紧结，卷曲成螺，冲水再掷，照旧下沉，又与果园套种，嗅之有茶香果味，实为绝品。

“五说君山银针。此茶乃芙蓉国出，远在湖南洞庭湖君山岛。乾隆皇帝规定，每年进贡十八斤，官吏监督，和尚采制。诸位有看过《红楼梦》的吗？妙玉用梅花上的积雪来烹煮的老君眉茶，正是此茶。要说此茶妙处，全在烘制上，分初烘、初包、复烘、复包，需三天时间。冲泡之时最叫精彩，竖立如群笋出土，沉落像雪花下坠，诸位不妨一试。

“六说六安瓜片。此茶产自皖西大别山六安，形如瓜子，故名六安瓜片。采摘时间，却在谷雨立夏之间，所制名茶，古代多为中药，人称‘六安精品’，入药最效。传说唐代有个宰相，把此茶汤与肉封闭在一起，第二日打开，肉已化水，以此说明它能助消化，胃不安者,可试食之。

“七说祁门红茶。祁门红茶上市,不过十数年光景。二十五年前,有个叫余干臣的黟县人,从福建罢官回到原籍,设立起红茶庄,仿制功夫红茶,此茶全发酵,以高香闻名,茶师称之为砂糖香或苹果香,又被誉为‘祁门香’。夷人饮时,加入牛奶、糖块,以为时髦。冬日腹寒,看客不妨以红茶暖之。

“八说信阳毛尖。信阳乃中原地带,大清国产茶最北的一个地区。外形细直圆光,多有毫毛,冲泡四五次,还有股熟栗子香。一年中只有九十天采摘期。此茶炒时,先用竹茅扎成茶把子,来回锅中翻炒,不像龙井茶,全部手工。外形要紧、细、直、圆、光,最是磨人工夫。

“九说太平猴魁,那是烘青茶的极品了。产在安徽太平猴坑,是这一两年刚被人家发现、藏之名山人不识的好茶。年前南京销售尖茶的叶长春茶叶店去产地订货,路过猴坑,发现好茶,先取少量加工了,锡罐盛装,运往南京高价销售。因叶、杭两家有世交,特地送了一些来。信里还说了,此茶‘两刀夹一枪’,所以有龙飞凤舞、刀枪云集的特色。况且冲泡三四,兰香犹存,实不愧为魁尖了。”

说到这里,那人见里里外外已经围了几圈的人,才微微一笑,收了话头。

“云大爷,你要哪一种茶,只管开口,一手交钱,一手交货,忘忧茶庄,一向是来者不拒的。”

直到听完了这番话,那云中雕才醒了过来。闹了半天,这人是在奚落他无见识啊。云中雕脸涨得猪肺头一般红,嚷道:“大爷不要这些茶,大爷我偏不听你显摆!”

“悉听尊便。”那人收起竹筒,影子一般,就滑进了柜台。

周围一群看客,围哄至此,不禁会心而笑。这个云中雕,立夏那一日被赵寄客一顿教训,杭人一时传为笑谈。今日又不识相,看他又会落个什么好下场。

喽啰中有几个人识得刚才那个带着徽州口音说话的人,不是别人,正是忘忧茶庄店堂掌柜,兼杭家的管家,名叫吴茶清。谁知这云中雕死要面子活受罪,不肯在众人一片奚落中离开,上回已经败在杭家手下一次,这次若再败了,云中雕如何再在杭州城里做人?这么想着,他大吼一声“起开”,把左右喽啰推得丈把远,一只八哥也顾不上了,扔在大茶台上,手里只捏着那大钢球,走到了柜台边。

他东寻寻、西看看,一副破脚骨相。别人也不知道他能看出什么破绽来,各人自顾做生意,谁也不再理睬他。

可巧,这时来了一个老太太,拿了六文钱,要买两包小包装茶末。这小包装茶,原本是林藕初出的主意,吴茶清不同意。直到过了庚子年,才松了口。林藕初说:“从前你说卖小包装反而添乱。过了庚子年岂不更乱,不怕那些八旗官兵再来找麻烦?”

“天不变,道亦不变,天变道亦变,这不是常理吗?”

卖了小包装麻烦果然就来了。接待的伙计,好巧不巧,恰是临时拉来顶班的撮着。他说了:“阿婆,对不起了,这是店里招揽生意的亏本买卖,每人只能限购一包的。”

阿婆听了连连说自己老糊涂了,怎么把店里的规矩忘掉了呢?

正这么说着,云中雕两只大乌珠子一弹,使劲一拍柜台,喝道:

“我要做生意。”

柜里柜外一批人都怔怔看着他,不知他又要闹出什么名堂。

云中雕见别人都注意到他了,便更得意,把那大钢球子往半空中一掷,又顺手接住,说:“我要买这茶末小包装的。”

撮着取出一小包,又伸出三个指头。

“要多少?”

“三文。”

“哦,我还以为是三千文呢!”

“不敢的。”

“好,给我包上。”

“大爷看清了,这茶末本来就是包上的。”

“小二,你也给我听清了,我要的是一千包。”

撮着一怔,这才知道,已经上了云中雕的圈套,心中便也发急了,说:“店里规定,只能买三文铜钿的。”

云中雕说:“我也没说买四文铜钿啊,三文铜钿,买一千包,这么便宜的买卖,谁会放手?”

“我们一次只卖一包的。”撮着更急了,“你要买一千包,不是成心挑衅,不让我们做生意吗?”

“谁不让你做生意了?谁不让你做生意了?哈哈,一手交钱,一手交货。喏,三千文钱就放在柜台上,大家看见的。一千包茶,快点拿来,再敢怠慢,云大爷我就不客气了。”

撮着对杭家最忠心耿耿,喉咙便响了起来:“不卖!”

“你说什么?你再敢说一遍!”

云中雕乌珠弹出,和他手里那只钢球一般地大小,撮着竟有些气怯，怔着，不知如何是好。

店堂里此时聚集了许多人，都被云中雕的气势压得大气不敢出。

奇了，那个影子一般滑走的吴茶清，此时，背着手，又水一样地流到众人面前。他捻了捻小山羊胡子，温和地对撮着耳语，说："云大爷耳背了，你把刚才的话再跟他说一遍。"

有人壮胆，撮着立刻抖擞起来，大吼一声："不卖不卖就是不卖！"话音未落，便把台子上那一小包茶也收了回去。

云中雕大怒："你反了？我让你先尝尝云大爷的铁弹子。"他跳出两步远，右手一扬，一道寒光，那铁弹子扑面朝柜台飞去。众人大惊失色，一声"啊呀"！说时迟那时快，只见茶清伯伸出胳膊，大张五爪，就势一擒，那只钢球就稳稳地落在他的手中；而他的手，又恰恰在那撮着的眼皮子底下。

吴茶清也把那钢球往半空中一掷，又捏回自己手中，对众人作了个揖，道："今日情形，在座各位都看见了。云中雕拿我杭家人的性命开了打。常言道以牙还牙，钢球现在我的手里，我是不是也来拿云大爷你的性命作回报呢？"

云中雕那一拨子的人，此刻已被吴茶清不凡的出手怔得目瞪口呆，吓得一起往后退。只有云中雕蛮横，又要面子，便撑着架子张狂："你敢！你敢！大爷我倒要领教领教你这个柜台猢狲的本事！"

吴茶清冷笑一声，说："救人一命，胜造七级浮屠。今日我就饶了你。只是太宽宏了也不好，别人会以为我吴某人怕了尔等小流氓。好，我便也让你有点可记住的东西吧。"话音刚落，只见嗖的一道银光，咔嚓一声，那八哥已经吓得在屋角乱飞乱叫起来。

原来，吴茶清一弹，把云中雕那只鸟笼击得粉碎，却把那只八哥的性命留了下来。

云中雕受了这个气，众目睽睽之下，也只好性命不顾了，他一蹦而起："姓吴的，我今日叫你尝尝云大爷的厉害！"

他一头朝柜台冲去，眼睛一眨，柜台里却已空无一人，再回头一看，那个吴茶清早就轻轻松松跃出了柜台。

云中雕举着拳头，要杀个回马枪，被吴茶清一掌抓住手腕，那只手，连带全身，便都僵着不能动了，只好动口："你们上啊，都给我上啊！"

有几个胆大的，便冲了上去，和吴茶清交了手。那吴茶清却只用云中雕做了挡箭牌，把那几个喽啰碰得个惨。最后，吴茶清手一松，飞起一脚，云中雕竟如他手中弹子，被嗖地扔出了厅堂外面，里三层外三层的人，都是墙倒众人推的，齐声地叫着："好！"云中雕眼里望去，尽是笑他之人，他便再也没有战斗下去的勇气，结结巴巴叫了一声："你们等着瞧！"便连滚带爬地逃走了。

新郎杭天醉，并不知道忘忧茶庄在他成亲那一日焕发的光彩。在许多许多年以后，这一日成了茶庄发展史上光辉灿烂的一页，而掌柜吴茶清，也成了类似武侠小说中的曾经金盆洗手的武林高士。

不会有人知道，那一天对杭氏家族又投下怎样巨大的阴影。至少，对杭天醉和沈绿爱而言，那个夜晚是灰暗的、委琐的，是充满了悲剧意识的序幕的开始。

经过了一系列乱七八糟的礼仪之后，最后一个动作，是以杭天醉本人打破一只热水壶结束的。当时，洞房的门已经关上，新郎与新娘的神圣的结合已经拉开了序幕。突然的寂静使杭天醉心慌意乱，当他用余光乜斜新娘时，他发现他的媳妇沉着冷静，遇事不慌，正用一只手捡着扔在床上的桂圆、花生和红鸡蛋。女人的手不小，肥肥的，手背有几个小窝窝。杭天醉看了一眼，便有些气短。他又想起红衫儿的手，又黑又瘦，细细的。他又从新娘子的手背往上看肩膀、脖子、耳朵、鬓角、眉梢、眼睛。她的眼睛叫杭天醉心慌，太黑太亮，没遮没掩的，在这样的十二月的冬夜里，不顾廉耻地展现着欲望，杭天醉只好站起来倒热水。他害怕这样的短兵相接，也许，他就是害怕真正的女人的那种男人。他需要斯人如梦，但媳妇已不是梦了，是铁的事实，就坐在他的洞房里、床沿上，用手拾着花生，手背上长着小窝窝。

所以他去倒热水喝。然而，热水没有帮助他。那把大提梁壶用了几十年了，在新婚之夜，它迸然而碎。

杭天醉哎呀一声，那边，新媳妇问："怎么啦？"

杭天醉又吓了一跳，那简直就是铃声，嘹亮的铃声。女人懒洋洋地走过来了，杭天醉感觉她身上叮当叮当一阵乱响。

"烫坏了吗？"

女人大胆地提起了丈夫的手。这就是一种格局，主动的、关心的、内心有些厌烦的。

"没有没有，没有的。"

男人慌张抖开手，用袖口遮盖了发红的皮肤。这也是一种格局，回避的、遮掩的、内心有些逃遁的。然后，沈绿爱便拿起那把放在茶几上的曼生壶,送到丈夫身边:“水还热着呢,你喝吧。”

丈夫想,据说新婚之夜,新娘子是不能这样的。新娘子怎么能这样走来走去,还开口说话呢?

他说:“你喝吧。”

然而她竟然就真的喝了,她说:“我真的口很干。”便对着那把曼生壶嘴咕噜咕噜喝了一大口。

杭天醉觉得奇怪,他以为她会说“不”的,如果她这样说,他会对她印象更好一些。现在他该怎么办呢?

他只好说:“这把壶是寄客给我的。”

“寄客是谁?”

“是我最好的朋友。”

“今日来了吗?”

“不,早几个月,他就去东洋留学了。”

“噢。”沈绿爱抚摸着这把壶,读道:“内清明,外直方,吾与尔偕藏。”

“你识字?”杭天醉小吃一惊。

沈绿爱一笑,说:“这是把曼生壶,我家也有的。”

杭天醉闷坐了一会儿,想,是的,听母亲说起过的,这女人读过私塾,还在上海大地方待过的。

“你怎么没去?”女人突然问。

“去哪里?”

“东洋啊。”

“是说好和寄客一起去的,后来没去成。”杭天醉抬起头,说,“要是去了,婚就结不成了。”

“为什么?”女人看样子对这把壶有些爱不释手,“你只管去,我等你便是了。”

“寄客是革命党,我跟他去了,我也就是革命党,抓住,要杀头的。”

女人一愣,小心翼翼地把那把方壶放在茶几上,然后,抬起头,打量着丈夫,问:“你就是为了成亲,没去东洋的吗?”

“不是。”杭天醉摇摇头,走到床沿,“我病了。”

女人显然感到失望,她已经发现男人身上那些漫不经心的东西。对于一个新婚之夜而言,他们的对话真的已经是太多了。尽管如此,女人还是不想就此罢口,她最后一句话,说得很耸人听闻,她说:“我哥哥绿村也是革命党,在法国。”

那天晚上和以后的几个月的晚上,杭天醉一败涂地。他不明白,这究竟是怎么一回事。说美艳惊人的女人不能唤起他男人的欲望吗?不是。说他想起了从天上飞下来的坐在秋千上的红衫儿了吗?也不是。实际上他就是接受不了过于强大、过于生机勃勃的东西。比如当他抖着手去解女人的紧身布衫时,按照习俗和老人的口授,那女人的布带是扎得很紧很紧的。可是他一伸手,那布带子就自行脱落了。他一看到那对耀眼的胸乳,就吓得闭上了眼睛。他下意识地以为女人这样丰满是很不对头的,它们咄咄逼人地挺在胸口,就像是要吃了他似的。那女人身上喷出的热气,又是那样强烈,简直就像一道无声的命令——快过来,拥抱我!

杭天醉躺在被窝里,一动也不敢动,他一点欲望也没有,真的一点欲望也没有,先睡一觉再说吧。这样想着,他竟睡着了。

快天亮时他翻了个身,压在了一个软绵绵的光滑的东西上面。他醒过来,手接触到一丝不挂的女人的身体,心中失声惊叫——我成亲了。他一个翻身,压在了女人身上。突如其来的,什么都来不及做,热浪便过去了。他尴尬地翻了下来,很快觉得疲倦,昏昏地又睡去。

他再次醒来时,听到母亲在惊叫:“醉儿,茶清伯被官府抓走了!”

第十一章

决定罢市的会议，在柴垛桥的徽州会馆里举行；周漆吴茶潘酱园，杭州城里大小徽州商号，几乎都到齐了。

杭天醉作为忘忧茶庄的老板，杭城茶界最年轻的商人，出席了这次会议，且在会上慷慨陈词："吴茶清者，非忘忧茶庄之吴茶清，乃我杭城两浙茶界之吴茶清；非徽州之籍，乃汉人之籍，中国人之籍。数百年间，民族之间从无平等，只有奴役欺压，俱是有如云中雕一干的恶人横行乡里，败坏朝廷，以致维新不成，摇动国基。正要借此痛打这帮祸国殃民者的气焰，求得这兵荒马乱年代里的小小太平，读书人读书，商人经商，各个安心，从此地痞流氓再不敢轻举妄动，这才是我们这次罢市的目的。"众人听了，耳目一新，都道说得长远透彻，到底是大才子，大学堂里出来的。林藕初听了心生自豪，儿子没有像他那个扶不起的阿斗、捞不起的面条的"爹"一样，而是敢于拯救关在衙门里的茶清，这对林藕初而言，无疑是最值得告慰的事情。她甚至暗暗地以为，这是深藏不露的血缘在冥冥中显灵。

和沈绿爱的父亲沈拂影商量这事时一点也不费劲，他对女婿的这一行动十分赞赏，说："我明日便回上海去了，有什么事情可打招呼。我和北京孙治经、孙宝琦父子有点来往。孙治经也是杭州人，给咸丰帝当过太傅，这个你都该知道的。”

沈绿爱的哥哥沈绿村刚从法国回来，此时已是秘密会党兴中会成员，正在孙中山的麾下。中山先生通过这些人联络江浙财团，为革命筹款。他是个大高个子，受了西风熏吹，年纪轻轻，手里照样拄根文明棍，说话爱耸肩膀撇嘴巴，摊手，显出一种优越感。他给杭天醉出了一个主意：“天醉兄，我正要上京拜见孙宝琦，朝廷刚刚任命他为出使法国的钦差大臣，我去迎接他，你可写一封申诉信，我给你带去，不怕这个小小的杭州府不听。”

“我就是恨这个云中雕，此等地痞流氓，竟能搅出这么大祸水，寄客在就好了，哪里用得着我出面？”杭天醉恨恨地说。

“你是说东渡日本的那个赵寄客啊，蛮有名气的，我在法国也听说过。怎么，你跟他的事情也有来往？”沈绿村倒有几分留心了。

“我只跟他品茶听书，冲冲杀杀的事情，倒也不曾做过。”杭天醉说。

“你这不是冲冲杀杀了吗？”沈绿村拍着他妹夫的肩膀说，“这件事情办成功了，你在杭州商界的亮相，就是个满堂彩了。”

沈拂影也赞许地点着头。沈家父子的鼓励，使杭天醉骤添了几分底气，他想，他到底还是个七尺男儿，有英雄本色的，夜里那些不成功的沮丧，便也掩盖过去了。

杭州的市民，一觉醒来，突然感到小小的震惊。盐桥、清河坊、羊坝头、直大方伯、候潮门一带，到了早该卸门板的时候了，各家的商号却都静悄悄地封着门，人们簇拥在街头巷口，北方来的水客和山里来的山客，一时无事，又焦急又兴奋地挤簇在这中间，等待着罢市的早日结束。吴茶清不鸣则已，一鸣惊人，虽说关在衙门里，却成了杭州城里的风云人物。

由徽州会馆和茶漆会馆发起的这次杭州各大中小商号的罢市行动,声势浩大,惊动京城。二十年后出任国务总理的杭州人孙宝琦在赴法之前,专门差人过问了此事。也是活该那云中雕气数已尽,原来他哥哥管的那摊子防火,也是个衙门里的肥缺,早有人寻事要把他撬下来自己顶上去。这次乘了他弟弟闹事,正好做文章。原来吴茶清的被拘,也不是通过什么正式途径,是云中雕青一块紫一块回家与他哥哥哭诉了,他哥哥又去开了后门,未经上司批准便收审的。虽说这等草菅人命的事情司空见惯,但这次惹的是杭家,又触怒了商界,事情就麻烦了。义和团的事情刚过两年,大清朝风雨飘摇,草木皆兵,实在不敢再起风波。较量结果,是云中雕兄弟被逐出衙门,吴茶清无罪释放。

杭天醉以后经历过不少政治命运的转折关口,此次为最轻松最不痛苦的。不管他要不要这个世道,反正这个世道,是非拽住他不可。他就那么莫名其妙地成为茶界的一颗冉冉升起的新星。市民们纷纷拥向忘忧茶庄,使茶庄生意大振。茶界的先辈们互相议论说:“忘忧茶庄的振兴,是靠打出来的。”

茶漆会馆在状元楼摆了几桌酒席,一为杭天醉庆功,二为吴茶清接风。

那一天甚是热闹,不说茶界的要人们,连赵岐黄这样不太出面的名医大夫也驾到了。女眷们另外摆了一桌,婆婆林藕初和媳妇沈绿爱坐了一个正对面。

会长敬了酒,说:“这一次罢市成功,大长我们茶漆界的志气,大灭云中雕等一干地痞流氓的威风。这些人靠吃祖宗饭过日子，吃喝嫖赌，什么不干！早就该找个借口煞一煞他。茶清伯真人不露相，此番身手，倒叫我们开眼，原来茶叶堆里还藏着个英雄豪杰老黄忠！”

吴茶清淡淡地作了个揖，道：“不足挂齿，不足挂齿。”

赵岐黄倒是举了杯酒要敬与杭天醉，说：“此事原与我那个不肖子有关，如今他去了东洋，拍拍屁股把云中雕扔给了你。原来以为你是个手无缚鸡之力的人，又值大婚之日，没想到此时杭家有了挑大梁的人，掀起这么大的风浪。到我这里来看病的人，如今有谁不知道忘忧茶庄的厉害？有谁不知那个年轻的唤作杭天醉、年长的唤作吴茶清的？一文一武，撑着茶庄，杭夫人此生有望——自古英雄出少年啊！”

说完与杭天醉碰杯，一饮而尽。

杭天醉原本是个不胜酒力的男人，干了几次杯，便觉酒酣耳热。他从小并没有在生意场上摸爬滚打过，此番刚一亮相，就得了个满堂彩，少年壮志，不免踌躇。况且他本性善良，又好轻信，好妄动，好发石破天惊之言，好做标新立异之事，别人若没有看到过他沮丧泄气时的模样，只看他斗志昂扬之时的壮气，实在觉得这少年小觑不得，将来不知有怎样的前程。

杭州方言里，说人头脑发热，叫“事雾腾腾走”。杭天醉眼下就“事雾腾腾走”了。他脑门唰地一亮，一个主意就跳了出来，来不及细想，便全部汩汩地淌了出来。

“诸位前辈，晚生天醉承蒙各位夸奖抬举，不胜荣幸之至。天醉先父早逝，自幼好读书，不喜商务。茶庄生意，一赖母亲支撑，二赖茶清伯经营，三赖各位同人相助，方有今日局面。此番恶棍骚扰，竟黑白颠倒，丧心病狂，拘捕我家栋梁之柱，遂使茶清伯白发先生为我受累。中夜扪心叩问，自愧有辱先人，每每泪如雨下，几番不能入眠。家母再三督促，望子成砥柱中流，不肖子今日幡然醒悟，自明日起走马上任，接手茶庄一应事务，与在座前辈共兴茶业，以告慰我父在天之灵。”

众人听了他这番半文半白的忏悔自责加豪言壮语的演说，便大声叫好，鼓起掌来，把个老板娘林藕初听得措手不及。她对视过去，见新媳妇沈绿爱神采飞扬，双颊飞红，一双黑漆眼睛直直盯住了丈夫，一副崇拜的神情。再看看对面桌上的吴茶清，面目淡然，仿佛所有这一切都与他无关一样。

杭夫人乱了方寸，但表面上还要装得感激涕零，对那频频向她敬来的酒杯加以回报。她真没想到儿子会来这一手，实际上她一直就希望能和西太后一样垂帘听政的。她希望大小事务都由她和茶清来决策。儿子搭个架子，慢慢地干些鸡零狗碎的小事，再到外面闯一闯，当一当水客，也当一当山客，真正吃透茶叶饭了，再来当家做主。那时，我林藕初、他吴茶清也才算是真正老了，可以享清福了。

没想到天醉当着众人就自说自话，还说得这样感人肺腑，好像他继承这份家业，要斩断人间多少情缘一样，真是岂有此理！这痴憨小子有这样的能耐吗？林藕初用一种恍然大悟的目光盯住了媳妇，媳妇却对婆婆粲然一笑，亲自夹了一块醉鸡，孝敬到了婆婆眼前。

对这个新娘子，当婆婆的还没接触几天，就大吃一惊地领教了。新娘子过门三天了,始终没有亮出那块象征纯洁的带血白绫子帕,她旁敲侧击地打听了一下,没问半句,新娘子便很理直气壮地说:“妈,你怎的问我?你该问他呀!”

林藕初不悦,又不好发作,说:“我儿子可是没有做过男人的。头回做,你要顺着他一点。”

沈绿爱坦坦荡荡看着婆婆:“妈,我也是头回做女人的。”

林藕初听了,真正目瞪口呆。

新娘子甚至破了三天后要回娘家的习俗。因为夫婿不能陪她回湖州,要在杭州商议罢市营救茶清,她很赞成,说:“我回不回娘家不要紧的,总是自己家里的事情要紧。”

林藕初对媳妇这么快就把立场转到了夫家,又满意,又不满意,心里又惦着关在衙门里的吴茶清,心思一时混乱不堪。坐着轿子,通了关节,去看关在衙门里的吴茶清。吴茶清倒也没有吃多少苦,牢头禁子早就打点过了。问及家事,林藕初长叹一声,眼泪先掉下来,说:“只怕杭家又要断后啊!”吴茶清一听,顿时什么都明白了。

此刻,新媳妇就在众人面前这样亮了相。男人都把眼睛恨不得贴到沈绿爱身上,婆婆的风光被她夺去了十之八九。婆婆失落、伤心,强作欢颜却五内俱伤。婆婆的肚子里有了一口井,十五只吊桶在那里七上八下。

这里,林藕初正对儿子的夺权痛心疾首,那边,吴茶清站了起来,众人纷纷敬酒说:“老英雄,老英雄有何高见?”

吴茶清两只袖子卷了一个褶,露出两道洁白内衣袖口,轻轻作一个揖,才开了讲:

“诸位，我吴茶清，一介浪客，承蒙杭家老太爷不弃，操持茶庄三十年，终于盼来茶庄后继有人，茶清可以放心走了。”

众人听了，都道茶清伯你怎么啦，好端端的，怎么说出这样的话来？忘忧茶庄几十年了，还不都是姓杭的当老板、姓吴的当掌柜才发达起来？莫非杭少爷刚披挂上阵就要变卦？

杭天醉一听，也说：“茶清伯你要走的话头，谈也不要谈。没有你，我这老板当得还有什么意思？我这个老板也不要当了。”

吴茶清说：“正是要断了你靠我的想头，我才这么决定的。我也一把年纪了，还能撑多少年？你母亲也是含辛茹苦，做女人做得像她那样累的，又有几个？如今你成了亲，有了那么个开头，我趁你有势头之际，赶紧撤了，你自己挑大梁去，将来我们一口气吐出，你也有在这个乱世安身立命的资本。”

吴茶清不鸣则已，一鸣惊人，旁边那一桌的女眷们便开始抹眼泪，林藕初抖了半天嘴唇，一个字也吐不出来了。

众人又要欷歔，吴茶清却道：“这又不是什么一刀两断的事情，我只是想出来，在候潮门开一家茶行。各位若相信我茶清，出了股，等着收钱就是。那茶行的名称，自然是谁出的股最大，便随了谁。”

“那我家自然是要认了大股的。”杭天醉立刻说，“我们认了大股，茶清伯和我，还是一条绳上的蚂蚱，我反正是要依靠茶清伯的。”

杭天醉的表态，叫林藕初松了一口心气。一旁那几家茶庄，见茶清挑头，都晓得可靠，有利可图，便也当场认了股，这么一件大事，在饭桌上就定了。

此时,各位已经酒足饭饱,准备撤席,杭天醉突然又说:“各位前辈,晚生还有一个打算,不要各位出钱,只要讨个支持。”

原来杭天醉是要动忘忧茶楼的主意了……

林藕初见儿子今日一反常态,主意出了千千万,没有一样和她商量过,心里自然发急,可她一个女人家,能出来应酬吃饭就十分赏脸,哪里还有她吆五喝六的权力。没奈何,赔着笑脸说:“九斋活着的时候,倒是常常念叨这件事情,他是个好热闹、喜欢灵市面的人,日里皮包水,夜里水包皮,想把茶馆收回来,会会友,听听大书也便当,倒是叫我挡了。如今茶馆收回来了,只差吴升守门,也没想好了做什么用场。常言道,开茶馆的人,都是吃油炒饭的。”

那媳妇听了新鲜,便问:“妈,什么叫吃油炒饭的呢?”

“你哪里晓得这一行的艰辛!须得八面玲珑才是。如今开茶馆的大约总是两种人,有权有势的,或者便是地痞流氓。正儿八经的商人、文人哪里敢随便开茶馆?风险大,是非多,又要耐得痛,喝起讲茶来万一闹翻,桌子椅子朝天翻,你寻哪个去?”

杭天醉说:“我倒是想吃吃这碗油炒饭。别样事情,我一时也插不进手的,唯有茶馆这一套,我还熟络。各位要议个事情,也好去茶馆,推敲起来,终归是利大于弊嘛!”

赵岐黄已经擦嘴巴要走了,这时,才倚老卖老,对林藕初说:“弟妹,这件事情,天醉有兴趣,叫他做去就是了,总比他一时无从下手好吧。再说这一次这么一闹,倒也闹出牌子来了,杭州城里那么些个破脚骨,做事也须让三分了。我家那个闯祸坯不在也好,他上面三个哥哥,却是和茶清伯一样有分寸的。真正需要对付几个流氓,找他们便是了。你们一家子回去再从长计议一番,这里茶清开茶行，我是生不出资本，有心入股也没用，将来有一日用得着我赵某人来讲几句公道话，只管吩咐。茶清，你相不相信？”

吴茶清一笑，说：“原来是想一个人躲出去图个清静，看来真要清静，大隐隐于市，我是不可能了，恭敬不如从命吧。”

他眼睛在屋里扫了一圈，停在了门角，说：“吴升，我只向天醉老板要了你去，你答不答应？”

一屋子有钱人，这才把目光都射在了这小伙计身上。吴升因为被如此地重视着，几乎头昏目眩，瞠目结舌。天醉便笑着说：“别急别急，我自然放了你的。”吴升这才哧哧地笑了，一双黑白分明的大眼睛愣着，像个拾了元宝的淳朴的乡下人。

新媳妇沈绿爱，心旌从未如当日夜里一般摇动。她是一朵山野的花，有了阳光与风传送的异样的味儿，便如受了诱惑一样，经了挑逗一般地需要雨露了。她又是在大地方待过的人，读过诗书，不以男欢女爱为耻。一开始她对丈夫的印象不好，以为他娘娘腔太重，整日价风花雪月，真要温存体贴良宵一刻值千金时，他却又银样镴枪头。今日的表现，叫她开心，原来丈夫还是有英雄气的。喝了酒，神采飞扬的样子，很是让人心动。沈绿爱一个美丽的江南女儿，水一般的柔情，从未想过要去主动费心思，今天却羞怯动情起来。夜里，丈夫尚未回房，她却早早地向婆婆请了安，想着夜里的安排，头先就低了下来。婆婆心里却烦，见媳妇低着头要走，便问：“天醉呢？”

“和撮着去看大水缸了。”

“要大水缸干什么？好好地有着井，也没见人家开茶馆一定不让用井水的。"

"这个我也不懂。倒是昨日翻《茶经》,陆羽却是说了,山水为上,江水为中,井水为下的。"

媳妇比婆婆有文化,还能拿古人的话来压婆婆,这也叫林藕初很生气。人一生气,便尖刻,也顾不得那许多的脸面,便问:"只顾看那些书干什么?有心思,倒是想想你俩自己的事情。"

沈绿爱却是不吃婆婆这一套的,说:"妈,我成亲两个多月了,正要听娘的指教,天醉究竟是怎么一回事啊?知道的,像你我,倒也体贴不怪罪他;那些不知道的,里里外外斜着白眼,还以为是我的罪过了呢!"

林藕初听了媳妇这一番话,竟也无言以对,长叹了一口气,说:"这种事情,你们小夫妻最明白,怎么倒问起我这个守寡的婆婆来?要说吃药寻医,这两个月来又何尝断过!唉,我也不逼你,杭家几代的单传,绿爱,我是只有指靠你了。"

沈绿爱听了,不禁潸然泪下,对婆婆那些暗暗的不满,也早已抛至九霄云外,默默地点点头,便走进房门。

梳妆台前,红烛高照,她把她那一脑袋的花花头饰一件一件地摘了下来,最后连发夹都摘了,披着一头的黑发,长度及腰。她又一件件地脱了外衣,屋里生了炭盆,倒也暖和,本来穿着贴身小袄,是要立刻进被窝的。绿爱却舍不得她那好看的身子在镜中的窈窕,脱得只剩一条睡裤、一个抹胸,露出那上半截洁白透亮的肩膀胳膊,黑黑的长发瀑布一样倾泻下来,翻过她玉山一样的胸乳,垂挂着,摩搓到了小肚子,痒痒的,又往下,发梢挂在了两腿之间。些微的涟漪,就轻轻地泛了上来。

绿爱盯着镜中的自己——她不明白，她不美吗？没有女人的诱惑力吗？夜色幽暗，镜里的世界也幽暗。绿爱望着望着，对自己就着了迷，她轻轻地用力一扒，抹胸被扒拉下来，两只胸乳像欢奔乱跳的小兔子剥了出来，镜子里的红豆，便与红烛交相辉映起来。毕竟是冬天，羊脂上立刻就跳起了鸡皮疙瘩。绿爱用手掌去抚暖，手指便触摸着了浪花，浪花便簌簌地抖荡了起来，她不由自主地闭上了眼睛，镜中的世界一下子退得遥远了，那里面的人儿也小了，被目光挤扁了。她听到了自己喉咙口发出的喀喀的憋气的声音，她难受到了极点，竟不觉得冷了。接着，她觉得自己已经挣扎过了难受这一关。她松弛了双眼，镜子里的世界又近在了面前，镜子照着她松散的身形，就好像冰冷冷地照着一片大潮过后的泥泞的沙滩。

身后有开门声，她下意识地便用双臂抱住胸口，顺手扯了一件外套披在身上，杭天醉进了门，惊愕地发现了自己的神形怪异的妻子。

妻子的目光已经迷离了，忘情地半张着小嘴，喘着气向他一伸一缩的，红红的舌头半吐，像是濒于死亡，又像一条半透明的就要吐丝的肥蚕。她披头散发地向他走来，背后一片黑暗，又可怕又色情。妻子像中了邪似的缓缓走到他面前，喘气的声音像要催他的命一样急促。妻子的黑头发黑眼睛，使他想起《楚辞》中的山鬼。突然，妻子的手一松，两臂用力一掀，一道白光，他看到妻子的两腋下茂盛的黑丛，然后，两座小山便堆起在他眼前。山头，是急剧颤抖着的急不可耐的红樱桃。杭天醉使劲一弹，人便绷直了，直着眼睛，僵持在那里。妻子却越来越情急，喘出的热气直扑向他的脸，从她耀眼的身上放射出来的光,像是能把他当场烤焦。他的脸带着上身,一步步地向后退去,一直退到门墙,无路可退。妻子的双手像是捧了沉甸甸的瓜果,强送到他眼前。

杭天醉浑身上下如针扎一般,他觉得他已被眼前这团致命的欲火逼成了一座找不到喷发点的火山。他们两个就像两条相濡以沫的半死不活的鱼,被这障碍重重的欲火烧得奄奄一息。终于,杭天醉一把抓住了眼前的白光,手指甲死劲地掐了进去,沈绿爱尖声地压抑地狂叫了一声,不知是痛还是酣畅。而杭天醉也在这使劲中,喉咙口咔咔地挤出了垂死一般的声音。他的手一松,从女人的肚子上滑了下来,他的身体也随之瘫软如泥,双膝一软,便跪下来,双手撑在地上,脸便埋在了女人身下。昏昏然中,他没有见到女人脸上随之而下的两行冰冷的泪水,只听到女人略带疲倦的沉着的声音:"我们上床吧。"

天亮前,这对惶惶不安的新人又做了一次性爱上的垂死挣扎。当杭天醉从昏睡中进入蒙胧,他觉得自己被一件软绵绵的东西缚住了身体,他能感觉到脸上的热气一阵阵喷来。他顺手一搭,摸到一样光滑结实的东西,这东西让人激动,把他从梦乡中激灵醒来。与此同时,他的下体一热,被另一件东西钳住了。他吓了一跳,两条腿一伸,醒了。睁开双眼,一片漆黑。他突然明白是怎么回事,他被身边这个女人的肉体击中了,一个翻身就扑到了那片处女地上,女人在身下激烈地颤抖起来,像是火山正在酝酿爆发,呼吸声急促,又响又不可遏制,在黑夜中回响。女人把头欠了起来,摸黑中来回寻找着杭天醉的嘴,女人气喘吁吁地说:"给我。"

杭天醉不知道女人到底要什么,所有乱七八糟的关于做爱的道听途说的常识都涌了上来,使他无从下手。他几乎就要僵硬在女人身上时,眼睛直冒金花,上身一撑,叫了一声,斜身跌落在枕边。女人就势,就翻到了他的身上,他们来不及也不懂得接下去应该怎么做,只是当那女人违反常规地压在杭天醉身上时,杭天醉一阵痉挛,他失败了。

女人似乎被这一次的失败彻底击垮了。她呆了一会儿,翻身下来,侧身,背对着丈夫,一动也不动。杭天醉却彻底地醒了过来,尴尴尬尬地想,这是怎么搞的,莫不是我真不像个男人了?这么想着,半躺下身子,对着帐顶,便发起呆来。

他发现他又在想念他的朋友赵寄客了。只要有他在,没有什么事情是可以难得倒他的。他看看身边那团黑郁郁的隆起的肉身,突发奇想,要是我有寄客的魄力,我定把她狠狠整治了,叫她再不敢张狂。现在,他想起女人裸着半身咄咄逼人的架势,真是又屈辱又无奈。他伸出手来,在黑暗中抓摸着,却什么也没抓到,只留下了两手的空虚和孤独。他心里发慌,往床头柜上一伸,摸到了那把曼生壶,"内清明,外直方,吾与尔偕藏",他把它取了过来,捧在手里,紫砂壶慢慢地受了热气,暖了起来,他的冰凉绝望的心,也渐渐好受一些了。

吴茶清这一步跨出了忘忧茶庄,林藕初身上的担子,就不由得重了。

茶业行规定,女人是不能上前店的,故而老板娘只得带着新媳妇在后场张罗。后场的任务,购茶评茶已被吴茶清带出去,剩下的,一是重新拼配,二是贮藏。

说是重新拼配,也不是一件简单的活。龙井茶虽说采制高级,毛茶品质就好,但重新精制再卖出去,依旧少不了复火、筛分、风选、拣剔等作业。

新媳妇沈绿爱,对这一过程,充满新奇爱好。春茶收购尚未开始,她对许多工艺程序已经有了很多了解。婆婆带她见识了仓中那许多堆积的筛子,婆婆一前一后地平面磨墨一样转动筛子,在上面放了一把毛茶。毛茶在筛上平面旋转着,有的就落下了。婆婆问她什么留下,什么又落下了。

沈绿爱认真看了,说:“长的留下,短的落下了。”

婆婆又换了把筛子,一上一下地抖,又问她什么留着,什么落下。

沈绿爱说:“那粗的留着,细的落下了。”

婆婆说:“记着,通过筛选后,上面的茶叶叫本身茶,下面细小的,叫下身茶,还有这些不合规格的粗大的头子茶,叫圆身茶。这三种茶,要分三种分别精制,然后再重新拼配。”

“这么繁杂啊。”媳妇惊叹。

“茶叶这碗饭,哪里是那么好吃的?”婆婆告诫着媳妇,“我从三家村抬来时,公公说,茶业学到老,名称记不了。你想想,一辈子都记不了茶的名呢,多少事情要做啊!”

夜里梳洗完毕,坐在椅上,新娘子沈绿爱再也没有兴趣和丈夫做那徒劳无功的努力了,把那一腔的激情全部转移到了茶上。

她一边看着那些前人留下的关于制茶的木刻书,一边问着无事忙的丈夫:“天醉,咱们家里的龙井,为啥购来后要先放在旧竹木器里?”

杭天醉在院里堆着一大堆石砖,正一五一十地检查观看,还用刷子就着东洋进口的肥皂,细细擦洗着,说:“这是什么问话?新竹木器时间长了便旧,哪里有年年买了新的贮茶。”

“不对,”沈绿爱批驳他,“你看,祖宗这里说了,茶性易染,新竹木器有异味,所以必得用旧器,你连这个也不晓得吗?”

杭天醉从木盆里抽出两只湿淋淋的手,生气地看着他那个逞强好胜的媳妇,可是他不敢公开训斥她。她在床上,已经用绝对优势把他打得不战而败,落花流水。他每时每刻都好像听到她在说:“你还欠着我呢。”

可是他又不甘心这样被抢白了去,便伸出两只手,对女人说:“没看我忙着,给我卷一卷袖口。”

女人从藤椅上站起,把书扔在桌上,手脚麻利地给丈夫卷着袖口,像是在给儿子忙活,口里还怨道:“你这是干什么,挖那么多灶砖,今日厨房里烧火的杨妈说你把灶都要挖塌了,又不知走火入魔迷上什么了。”

“你们都知道什么,妇道人家!”杭天醉一听有人攻击他的宝贝,便奋起还击道,“这灶砖,几十年火里炼的,早就成精了,书上叫伏龙肝。镇在水里,苍蝇蚊子不敢再去。茶楼开张,辛辛苦苦虎跑龙井汲得水来,正要靠这伏龙肝来保佑呢!”

沈绿爱撇撇嘴,打个哈欠,回到屋里烛下,说:“我看你也不要一步登天,怎么制茶都不晓得,就急着卖茶显派了。还是实实惠惠跟茶清伯学一手,先把底子打扎实了,再去行那些虚的吧。”

杭天醉生气地扔了刷子,吩咐下人把那些伏龙肝都收拾了,回头又对妻子说:“你是要和我杭天醉过这一辈子呢,你可就记住了,我是求是大学堂出来的,不是铜臭气十足的商人。君子爱财,取之有道。我这‘道’里,性情第一要紧,第一条便是干我心里头喜欢的事情,不像你父亲那样做丝绸生意,第一是为了‘钱’字……”

沈绿爱已经铺被上床,听了此话,大不乐意,说:“你把我爹扯上干什么?我爹挣的是大钱,为人还是正派,不钻钱眼的,这些年来,他捐出去的钱还少吗?”

杭天醉一想这倒也是。沈拂影和他一样,都是同情革命的。只是他口里叫叫罢了,沈拂影却晓得往外掏钱,比他更胜一筹,便说:“好好,刚才是我言多必失了,我给你赔不是。只是你讥笑我的伏龙肝,实在不该。你没见张大复在《梅花草堂笔谈》中怎样说的:茶性必发于水,八分之茶,遇十分之水,茶亦十分矣;八分之水,试十分之茶,茶只八分耳。”

沈绿爱见她这个书呆子丈夫又摇头晃脑掉书袋子,苦笑一声说:“有了茶没有水,固然不好,但是有了水却没有茶,这又怎么说呢,开茶庄的,总还是茶在前头吧。”

杭天醉说:“其实没茶没水都不要紧,像寄客那样身外无物,心里边充实得很,有寄托,才是真正做人。我今日得了一张画,便是水里头有寄托的,我这就给你开开眼。”

说着,杭天醉擦干净了手,小心从书橱里取出一轴画,轻轻地展开了,二尺长、一尺宽的纸本,竟是项圣谟的一幅琴泉图。

这个项圣谟,乃是1597年至1658年间的明末清初人,擅画山水、人物、花卉,设色明丽,风格清淡。这幅琴泉图,无怪对了杭天醉的心思,原来图的左下方是几只水缸、罐缶、一架横琴,右上方则是一首题诗。杭天醉摇头晃脑地对妻子说:“这诗真是妙,我读来你听听?”

沈绿爱翻个身朝里床睡了,心里却想:要掩藏自家的怯了,便拿这些风雅事情挨时间,当我不知道你那颗胆子!

杭天醉不管,你爱听不听,我偏喜欢读,便拖长声音,像私塾老先生教的那样,一五一十吟唱起来:

我将学伯夷,则无此廉节;
将学柳下惠,则无此和平;
将学鲁仲连,则无此高蹈;
将学东方朔,则无此诙谐;
将学陶渊明,则无此旷逸;
将学李太白,则无此豪迈;
将学杜子美,则无此穷愁;
将学卢鸿乙,则无此际遇;
将学米元章,则无此狂癖;
将学苏子瞻,则无此风流;
思比此十哲,一一无能为;
或者陆鸿渐,与夫钟子期;
自笑琴不弦,未茶先贮泉;
泉或涤我心,琴非所知音;
写此琴泉图,聊存以自娱。

长长的一首诗读罢,像是发现新大陆一般,急不可耐地表明说:“喂,这下我可是按典行事了。你看前人有言在先——未茶先贮泉,就是在没有茶之前,要先把泉水贮好了。妙哇,妙哇,怎么竟和我如出一辙! 喂喂,你无言以对了? ……睡着了?”杭天醉叹了口气,“真是对牛弹琴!”

沈绿爱嘭的一下从床上跃起半个身子:“说清楚点,谁是牛?”

“没睡着啊。”杭天醉赔着笑脸。

回过头再揣摩画轴,心想,明日茶楼开张了,楼上雅座,便挂上此图。

第十二章

三星在天，杭州城守着西湖这颗夜明珠子，湿漉漉的，还未醒来。杭天醉悄悄起身，套袜子的时候，女人翻过身，迷迷糊糊地问："又上哪去出空，天还早着呢。"

杭天醉迟疑了一下，才说："虎跑。"

"不是撮着去吗？"

"我也想去。"

女人不耐烦了："去吧去吧，多穿件衣裳，春寒着呢。"

杭天醉就像做了贼一样地溜出去。他知道当妻子的不屑见他的那些水啊器啊，但对他杭天醉来说，这些事，都是他至关紧要的呢。

杭天醉说不清楚自己的水是属于谁的。在他的水里，总有一些模模糊糊朦朦胧胧的女人的身影在飘动，在水面，抑或在水下。是屈原的湘夫人，还是曹植的洛神，还是曹雪芹的绛珠仙草，或者是他自以为的浣纱的西子……杭天醉看不清楚。这些女人既然都隔着水雾，自然就是不清晰的。杭天醉想象她们都是美丽无比的，脉脉含情的，落落寡合的，又是神秘莫测的。

如果说杭天醉的水是关于女人的，他是并不否定的。他否定的只是具体的女人——比如他的妻子沈绿爱，在他的心里，不是水，是火。

这么迷迷糊糊地想着，撮着用洋车拉着杭天醉，便从羊坝头过清河坊、清波门，出了城门又过长桥、净寺、赤山埠、四眼井，直到虎跑。杭天醉一路只听到撮着两只大脚噼啪噼啪地响着，还呼哧呼哧喘着气。天色微明，丘岳显形，鸟鸣山幽。杭天醉有些心疼撮着了，说要下来走一程，撮着说快到了，还下来干什么。杭天醉不听，硬跳了下来，与撮着并排走，边走边呼吸野外的新鲜空气，说："我很久都没这么出来走一走了。上一回是立夏吧，这一回，又过了立春了。"

撮着也很兴奋，乘这个机会，他又可以回翁家山一趟了。

"上一回回去，你还带着个姑娘，我还以为你会再去看看她。哪里晓得，你连问都没有问起过。"

杭天醉心里头便有点发涩，说："我是不敢想这件事，想起来我就生你的气。"

撮着嘿嘿笑着，说："少爷自家生了病，误了去东洋，怎么拿我出气呢？"

想是事过境迁，杭天醉又是个生性不记仇的人，只是叹了口气，说："你知道什么？你这一告状，家里人便死活逼我成了亲。你想想，年纪轻轻的，一大家子就压在我身上，我原来是个最不要挑肩胛的人，如今也是赶鸭子上架了。"

"逼一逼也好的嘛，做人总不好那么轻飘飘的嘛。"

孰料撮着仗着和杭天醉关系近，竟然倒过来教训他了。

杭天醉不服气，说："我哪里还敢轻飘飘！你没见那个少夫人，一块湖州砖头，压得我喘不过气来，就像前世欠她的一样。"

“讲不得的讲不得的,”撮着慌了,“那么天仙一样的女人,含在嘴巴里都舍不得呢,讲不得的。”

杭天醉见他这个一口大黄牙的仆人,竟然还晓得天仙一样的女人,先就笑了起来:“撮着你给我带坏了,晓得讲女人了,当心我告诉你老婆去。”

撮着憨憨地笑着,指着前面山门,说:“车放在这里,虎跑寺就在上面了。”

杭天醉继承了中国古代的文人们对水的认识。他们大多是一些具有泛神论倾向的诗人。他们对自然界的一切,往往怀有一种心心相印的神秘感和亲和感。他们亦都是水的崇拜者。

虽然孔子以为水有九种美好的品行:德、义、道、勇、法、正、察、善化、志,但这显然是儒家的水;是可以濯我缨也可以濯我足的沧浪之水;是出山远行奔流至海的治国平天下的水了。

亦有一种在山之水,是许由用来洗耳朵的道家的水。在山泉水清,出山泉水浊。茶圣陆羽的唐朝的水,当然是在山的了。

他说:煮茶用的水,以山水最好,江水次之,井水最差。山水,又以出于乳泉、石池水流不急的为最好,像瀑布般汹涌湍急的水不要喝,喝久了会使人的颈部生病。还有,积蓄在山谷中的水,虽澄清却不流动,从炎夏到霜降以前,可能有蛇蝎的积毒潜藏在里面,若要饮用,可先加以疏导,把污水放出,到有新泉缓缓流动时取用。江河的水,要从远离居民的地方取用。井水,应从经常汲水的井中取用。

历代的中国茶人们,著书立说者倒也不少,其中较有名的,要数唐代的张又新,他是个状元才子,写过一篇叫《煎茶水记》的文章,把天下的水分为二十个等级,还说是陆羽流传下来的。

> 庐山康王谷水帘水第一,无锡县惠山寺石泉水第二,蕲州兰溪石下水第三,峡州扇子山下虾蟆口水第四,苏州虎丘寺石泉水第五,庐山招贤寺下方桥潭水第六,扬子江南零水第七,洪州西山西东瀑布水第八,唐州柏岩县淮水源第九,庐州龙池山顾水第十,丹阳县观音寺水第十一,扬州大明寺水第十二,汉江金州上游中零水第十三,归州玉虚洞下香溪水第十四,商州武关西洛水第十五,吴淞江水第十六,天台山西南峰千丈瀑布水第十七,郴州圆泉水第十八,桐庐严陵滩水第十九,雪水第二十。

杭天醉之水道,根本取法于陆羽,又承继明人田艺衡、许次纾,这两个人均为钱塘人士,前者著《煮泉小品》,后者著《茶疏》,前者去官隐居,后者一生布衣,都是杭天醉心里佩服的人。

那个田艺衡,原是个岁贡先生,还在徽州当过训导,后来辞官回了乡。朱衣白发,带着两个女郎,坐在西湖的花柳丛中,人来皆以客迎之。茶也喝得,酒也喝得,就像个活神仙。写的那部《煮泉小品》,倒是分了源泉、石流、清寒、甘香、宜茶、灵水、异泉、江水、井水、绪谈十目,尚可玩味。

比起来,杭天醉更喜欢许次纾。此人倒也是个官家子弟,其父做过广西布政使,老天爷却叫他跛了一条腿,从此布衣终身。杭天醉感觉这个许次纾和他很投契。《茶疏》中有许多精辟之见,比如杭天醉喜欢许次纾所说的喝茶的环境—— 一是心手闲适，二是披咏疲倦，三是明窗净几，四是风日晴和……他心里对这等放浪形骸天地间的幽人处士，总是不胜歆慕。从前赵寄客在时，一派治国平天下的儒家精神，每每他想说点老庄，便被他拦腰斩断，说："你没有资格退隐。"又说："兴中会说功成身退，是先要功成。如今你于国于民既无功可言，奢论逍遥游，岂不笑煞人？"杭天醉想想也是，只得收了他那风花雪月的摊子，和赵寄客勉强讨论革命。如今寄客不在，谁再来管他心里头喜欢的东西。他倒是蛮想再写一部茶书呢，题目都想好了，就叫《忘忧茶说》。

说话间便到了大慈山白鹤峰下。进了山门，石板路直通幽处。青山相峙，叠嶂连天，杂树繁茂，竹影摇空；脚下一根水成银线，琤琤琮琮与人擦脚而过。此时天色大明，野芳发，繁荫秀，杭天醉空着双手，提着长袍，撮着肩上扛一只四耳大罐，等着一会儿汲水用。

过了二山门，泉声越发响亮，杭天醉便也更加心切，跑得比撮着更快。撮着在后面跟着，一边思考和琢磨着问题，自言自语地说："奇怪也是真奇怪。哪里不好用水，偏偏说是这里的水好，真是老虎刨出来的？"

"哪里真有这样的事情，"杭天醉兴冲冲地往上登，说，"前人说了，西湖之泉，以虎跑为最；西山之茶，以龙井为佳。只是水好了，原本是山的功劳，人们却要弄些龙啊虎啊仙人啊来抬举山水，这就是埋没了这等好山了。"

杭天醉说得有理，原来这西湖的环山茶区，表土下面，竟有一条透水性甚佳的石英砂岩地带，雨水渗入，形成那许多的山洞和名泉。虎跑的一升水中,氡的含量指数有二十六,比一般矿泉水含氡量高出一倍,用来泡茶,最好。

说话间到了虎跑寺,寺不大,自成雅趣。中心便是虎跑泉。这里一个两尺见方的泉眼,水从石罅间汩汩涌出,泉后壁刻"虎跑泉"三字,功力深厚,乃西蜀书法家谭道一手迹。泉前又凿有一方池,环以石栏,傍以苍松,间以花卉;泉池四周,围有叠翠轩、桂花厅、滴翠轩、罗汉亭、碑屋、钟楼。滴翠轩后面,又有西大殿、观音殿。西侧,是天王殿和大雄宝殿,还有济祖塔院和楞岩楼等。杭天醉环顾四周山水,叹了一句:"当年野虎闲跑处,留得清泉与世尝。"便弯下身,以手掬水,饮了一口,口中便甘洌满溢,忙不迭地就叫:"撮着,我们忘了取水的竹勺子。"

说话间,一只竹勺便伸到他眼前。此时,天色大亮,山光水色清澈明朗,杭天醉接过水勺,抽了一下,水勺不动,他抬头一看,一缁衣芒鞋的女尼站在他面前,只是那一头的长发尚未剃度,看来,是个带发修行的女居士。

女尼眉眼盈盈,年轻。杭天醉连忙从泉边立起,双手合掌,对着她欠身一躬,口中便念:"阿弥陀佛,谢居士善心助我。"

说完,再用手去抽那个竹勺,依旧抽不动,杭天醉便奇了。抬头再仔细看,那女居士隐隐约约地带些涩笑,使他心里泛起几丝涟漪。

"少爷真的不认识我了?"

杭天醉手指对方,惊叫一声:"你怎么这副模样?"

原来,眼前站着的,正是大半年前救下的红衫儿。

撮着正从寺庙厨下寻着一只大碗过来,见红衫儿站着,也有些吃惊，便问："红衫儿，你不是走了吗？"

"正要走呢。"

"上哪里去？我怎么一点也不晓得！"

杭天醉大怒，抽过水勺就扔进了泉里："你给我说清楚！"

撮着也有些慌了，心里埋怨红衫儿不该这时出来。原来立夏之后，撮着老婆进城给杭夫人请安，女人嘴碎心浅，藏不住东西，便把红衫儿供了出来。夫人听了，倒也不置可否。直到天醉娶亲前，才把撮着叫去，如此这般嘱咐了，出了点钱，便把红衫儿移到了虎跑附近的寺庙，说是前生有罪，要在寺里吃斋供佛三个月。红衫儿浑浑噩噩的，听了便哭。她在撮着家里待着，人家也不敢怠慢她，山里人淳朴，她便过得安详，像一只在狂风骤雨中受伤的小鸟，总算有了个临时的窝。她走的时候哭哭泣泣，一百个不愿意，又没奈何，可是在青灯古佛前清心修炼了两个月，又觉得没什么可怕的，有饭吃，有觉睡，不用练功，更不再挨打，她想起来，就觉得赛过了以往的任何一天。

不料半个月前，嘉兴来了个老尼，说是来领红衫儿去的，还说她命里注定要出家，不由分说给她套了这身缁衣，又要剪她那一头好青丝。红衫儿又哭了，不过她也再想不出别的反抗的主意。红衫儿没有读过一天书，连自家名字都不认得，空长了张楚楚可人的小脸。不过从小在戏班子里待，苦还是吃得起的，面对命运，总是随波逐流。

三天前她随师父来到虎跑寺，说好今日走的。

早上洗了脸，梳了头，便到泉边来照一照，权当是镜子。女孩子爱美，终究还是天性。缘分在那里摆着，今日出来，就碰上了她的救命恩人。

杭天醉一听,家里人竟瞒着他,做这样荒唐的事情,气得口口声声叫撮着:“撮着,我从此认识你!哎,撮着,我从此晓得我养了一个什么样的人!”

撮着又害怕又委屈,说:“夫人警告我不准告诉你的!告诉你就要吃生活的。夫人也是为红衫儿好,说是住在杭州,迟早被云中雕抢了去,不如远远地离开……”

杭天醉不听撮着申辩,问红衫儿:“你这傻丫头,怎么也不给我通报个信,十来里路的事情!”

红衫儿就要哭了,说:“我不敢的,我不敢的。”

“你晓得你这一把头发剃掉,以后怎样做人?”

红衫儿摇摇头,还是个孩子样,看了也叫人心疼。

“你晓不晓得,老尼姑要把你带到什么地方去?”

红衫儿想了想,说:“师父说,是到一个叫平湖的地方,住在庵里。她说庵里很好的,还有很多和我一样的姑娘。嗯,师父说,那里靠码头,人来人往,蛮热闹的,比在这里快活多了。”

杭天醉一听,像个陀螺,在地上乱转,一边气急败坏地咒道:“撮着你这该死的,晓得这是把红衫儿推到哪里去?什么尼姑庵,分明就是一个大火坑!”

原来晚清以来,江南日益繁华,商埠林立,人流往返不息。杭嘉湖平原的河湖港汊,就集中一批秦楼娃馆,专做皮肉生意。《老残游记》中,专门写了有一类尼姑庵,也是明修栈道暗度陈仓,一边阿弥陀佛,一边淫乱无度的。刚才听红衫儿一说,无疑便是这样一个去处。

撮着和红衫儿听了这话，脸都吓白了，红衫儿摇摇晃晃地哆嗦着嘴唇，便要站不住。撮着也急得额角头掉汗，一边说："少爷，我真不晓得，少爷，我真不晓得。"

杭天醉见他们俩真害怕了，一股英雄胆气便油然而生，说："怕什么，我杭天醉，如今已是忘忧茶庄的老板，凡事我做主。你，撮着，"他指着撮着鼻尖，"你去和那老尼姑交涉，就说红衫儿原是我救下的，她爹不要她了，当了一湖的人送给我的。我这就把她带走，这几个银圆叫她拿去，权当了来回的路费。"他又回过身，用拇指食指拎拎红衫儿身上那件袍子的领："赶快给我脱了这身衣服去，好好一个女孩子，弄成这副模样，我不爱看。"

红衫儿再出来的时候，梳着一根大辫子，干干净净，一身红衣服。小肩膀，薄薄窄窄的，垂髫又细又软，挂了一脸，两只眼睛，像两汪柳叶丛中的清泉，向外冒着水儿。小下巴尖尖的，惹人怜爱。红衫儿个头也要比杭天醉矮上一截，杭天醉觉得自己只要胳膊一伸，就能把她一把撸过来，自己便也就伟岸得像一个强盗侠客。不像面对沈绿爱，如面对一匹大洋马，使他完全丧失拥抱的兴趣。其实他早已经在不知不觉地拿这两个女人做比较，要不是在佛门寺庙，他早就伸开臂膀一试效果了。

他想看看，红衫儿笑起来时究竟是怎么一个模样，便取了刚才撮着拿着的那只小碗，慢慢舀了一碗水，又掏出一把铜板给红衫儿说："红衫儿，你变个戏法给我看。"

红衫儿乖乖地接了那铜板，一边小心翼翼地蹲下，往那碗里斜斜地滑进铜板，一边说："少爷，你这戏法，我在这里见过许多次了，水高出碗口半寸多都不会溢出。真是神仙老虎刨出的水,才会有这样的看头。少爷,我是不懂的,我是奇怪死了的。”

杭天醉见女孩子如此虔诚向他讨教,眼睫毛上沾了泪水,像水草一样,几根倒下,几根扶起,心里便有说不出来的感动,便如同学堂里回答西洋教师一般地细细道来:

“你以后记住,这个大千世界,原来都是可以讲道的,不用那些怪力乱神来解释。比如这个虎跑泉水,因是从石英砂岩中渗涌出来,好像是过滤了一般,里面的矿物质就特别少。还有,水分子的密度又高,表面张力大,所以水面坟起而不滴。前人有个叫丁立诚的,还专门写过一首《虎跑水试钱》,想不想听?”

红衫儿连忙点头,说想听。

杭天醉很高兴,便站了起来,踱着方步,背道:

虎跑泉勺一盏平,投以百钱凸水晶。
绝无点点复滴滴,在山泉清凝玉液。

“怎么样?”他问。

“好。”红衫儿其实也没真的听懂这里面的子丑寅卯,只是觉得应该说好,“真没想到,水也有那么多的说法。”

杭天醉便来了劲,滔滔不绝起来:“水,拿来泡茶,最要紧处,便是这几个字,你可给我记住了,一会儿我考你。

“一是要清,二是要活,三是要轻,四是要甘,五是要洌。听说过‘敲冰煮茗’这个典吗?”

红衫儿摇摇头。

“说的是唐代高士王休，隐居在太白山中，一到冬天，溪水结冰，他就把冰敲开了取来煮茶，接待朋友。还有，听说过《红楼梦》吗？”

红衫儿点点头。

“那‘贾宝玉品茶栊翠庵，刘姥姥醉卧怡红院’，听说过吗？”

红衫儿摇摇头。

“那个妙玉呢？”

红衫儿迟疑了，皱起眉头，搜索着她那点可怜的记忆。

“就是出家人妙玉，在她的庵院里用雪水沏茶请客。雪是从梅花上掸下来的，埋在地下藏了五年，见了最尊贵的客人，才取出来喝。所以妙玉说，一杯为品，二杯即是解渴的蠢物，三杯便是饮牛饮骡了。”

红衫儿粲然一笑，说：“那我过去就是牛、骡了。我们跑江湖的，不要说二杯三杯，十杯八杯都是一口气的事，你没看我们流的那些个汗。”

“那是从前的，以后我不会让你流那么多的汗。你也就晓得，这茶怎么个喝法才是地道的呢。”

两人靠在石栏边，正有滋有味地聊着，撮着从大殿里出来，说：“少爷，那女尼想见见你呢。”

“钱收下了吗？”

“钱倒是收下了，说是还要和少爷交割清楚。以后人是死是活，她一概不管账了的。”

杭少爷一把扯起了红衫儿，说：“下山！”

“不见了？”撮着问。

“见那些男不男女不女的老太婆干什么？她们也算是女人，那就真正叫鱼目混珠了。”

撮着是老实人，不晓得少爷这话有一半是说给红衫儿听的，以此显示自己威严的那一面。下了山，杭天醉把红衫儿扶上了车，才对撮着说：“把车拉到候潮门去，我让茶清伯安顿了红衫儿，先住下再说，那里不正缺人手吗？”

车上坐了两个人，又放了一罐清水，比以往沉出了一倍，撮着呼哧呼哧地喘起气来。但他的喘气，并不是因为累，不知怎么的，他想起了那一日大雷雨中的事情，还想起了茶清伯的发了绿的眼睛。

有时，他也回过头去，看一眼坐在车上的这对青年男女，那罐清水就放在他俩的腿中间，杭天醉不时地把头凑下去，在水中照照自己，又叫红衫儿也凑过来照，两个脑袋凑在水前，嘻嘻哈哈地就笑了。

撮着不明白，为什么少爷和少奶奶却不能这样，他俩冰冷冷的，仆人们传说他们甚至不同房。难道少奶奶不漂亮吗？撮着眼里的红衫儿，倒着实要比少奶奶差远了呢。

他不理解他的少爷了。你看他平时在家中萎萎靡靡、哈欠连天，可是这会儿怎么这样气宇轩昂、神情潇洒了呢？你看他手舞足蹈、高谈阔论的样子。还有这个红衫儿，惶惶恐恐地笑着，正顺着少爷的心思走呢。她的手上，不知何时，又套上了那枚祖母绿的戒指。

撮着想：“回去后我怎么跟少奶奶交代呢？这个少爷，跟他的爹，真是八九不离十啊！”

第十三章

杭州东南，崇新门外的南北土门和东青门外坝子桥，八百年前的宋代就是茶市了。吴茶清在附近的候潮路候潮门望仙桥附近租了房子，雇了人，搭起班子，直等着清明一到，遣派山客，迎候水客。

明眼人一看就晓得，茶清伯不过是把忘忧茶庄前店后场中的一部分搬到外面来做。往年茶农是直接把茶送到忘忧茶庄后场，由茶清伯评茶定级收购，或者进山去采购了来。今年却是送到忘忧茶行去了，绕个弯，再送到茶庄，实际上，等于是茶庄又开拓了一爿天地。

林藕初叹口气，对吴茶清说："何必呢？一家人嘛！"

吴茶清捻捻小胡子，说："少添一点麻烦吧。"

"没想到，我就成了你的麻烦。"林藕初坐在太师椅上，一动也不动，眼里便有了幽怨。

吴茶清端起了盖碗茶，又放下，目光盯着女人，便直了起来，道："你是不晓得男人的厉害。"

"怎么个厉害？"

"男人要什么，便是要夺什么的。"

"我这里有什么不让你要的？几十年过来，还不是你在替我们杭家做主？"杭夫人说。

“谁说我想替你们杭家做主?”茶清说,“我若想替我自己做主呢? 店是我的,茶庄是我的,这个上上下下的家是我的,你!”茶清指着女人,“你是我的,天醉是我的。忘忧茶庄不姓杭,姓吴,你答应吗?”

杭夫人头低了下去,半晌,抬起来,双目炯炯有神:“十年前你为什么不对我这样说?”

“九斋死前,曾对我说,将来有一日我吴茶清归了西,要用十人抬棺,从茶庄前门送出去。”

女人听不明白了,不解地看着茶清。

“九斋是要我死在忘忧茶庄里呢。”吴茶清说,轻轻地,笑了。

“我们便是一起死在忘忧茶庄里,又怎么样!”林藕初激动起来,“我的心思,你又不是不知道。你不是天老爷给我送来的男人? 不怕九斋这死鬼在地底下听了咒我,这几十年没有你,我和他有什么趣味,这份家业,无非是你我顶了他的名义挣下的罢了。”

吴茶清长叹了一口气:“我这次要出去,并非因为和云中雕较量了一场,实在是思忖了很久的事情。在这里待久了,顶了杭家的名分做事,心里便生出其他念头。人心就是这样不知足的。如今天醉也成家立业了。长此以往,怕是我们两个对峙,你在当中为难,败了你一世的辛苦。你倒想想,究竟是不是这个道理?”

林藕初听着听着,呆了,然后掏出帕子,轻声哭泣起来。

吴茶清在女人身边站了一会儿,说:“你姓林,不姓杭,你为谁哭?”

女人老了,是老泪纵横了,女人说:“我为姓吴的人哭。”

那姓吴的老人腰弯了下来。两只手拇指和食指来回使劲地搓弄着,吭吭地咳嗽着。女人哭着哭着,见对方老咳嗽,头一抬,愣住了,吴茶清两只冰冷的眼睛雾气腾腾的,冒着热气。

吴茶清一向在茶界深藏不露却又名声远扬,他的举动,便成了人们效仿的榜样。自他迁来此地后,杭州的茶行逐渐地便多了起来。宁波的庄源润,杭州的乾泰昌,海宁硖石的源记、隆兴记,又有公顺、保泰,纷纷相继而设。候潮路口,茶市一时盛极。

自此,春夏两季,茶商云集杭州。东北,有哈尔滨的东发合,大连的源顺德;天津卫,有泉祥、正兴德、源丰和、义兴泰、敬记;北京有鸿记;济南有鸿祥;青岛有瑞芬;潍县有福聚祥;开封有王大昌;烟台有协茂德、福增春;福州有何同泰。

天南地北的来人多了,便分出了流派。一时,便有了天津帮、冀州帮、山东帮、章丘帮、辽东帮和福建帮。

往近处说,长江以南,上海、南京、苏州、无锡、常州的茶商,未等杭人春茶收购完,便直奔杭州候潮路,专门来此等候,采购了红绿毛茶而去。

这些以采购为主的外省茶商,茶业一行中,有个专门的称呼,叫“水客”。

有水客,便有山客。水客是买方,那山客就是卖方了。不过他们都是通过茶行再卖出去罢了。

山客从哪里来?

本省的有杭州、绍兴、宁波、金华、台州、丽水、温州;外省的有皖南的歙县、绩溪、祁门、休宁、太平、宁国,有江苏的宜兴,湖北的宜昌,还有闽北、赣东的茶客。

一时南星桥、海月桥,万商云集,钱塘江畔,帆船如梭。茶业在20世纪初的杭州,倒着实是鼎盛一时的了。

清明以来,吴茶清没有吃过一顿安生饭。从前在忘忧茶庄时,上上下下的人,都用得顺了,不像在这里,万事开头难。好在新近又添了个人手。在行里上下张罗着衣食住行的,恰恰是红衫儿。让她这个江湖上跑码头的女孩子干这等操心事情,本来并不合适,杭天醉也是一百个不愿意。吴茶清问:“这里谁说了算?”

杭天醉想想也是,这里是得茶清伯说了算,只得对红衫儿说:“你先住下了,等我忙过了这一阵子,再来安顿你。”

红衫儿心里有些害怕这个山羊胡子,不敢吭声。

吴茶清问:“会烧饭吗?”

“会。”

“记住了,烧菜,不准放生姜、大蒜、生葱,不准烧咸鱼鲞。”吴茶清见红衫儿不明白这意思,便解释:“吃茶叶饭,第一要清爽,人清爽,味道也清爽。活臭倒笼,一股子气喷得茶叶都染了‘腥’,这个生意还怎么做?不相信试试看,厨房里放一包茶,不出三天,一股油烟气。”

红衫儿明白了,使劲点头。

“还有,你这个名字,原来跑码头时用的,现在再用,不好。你还有什么别的名字?”

红衫儿说:“我从小就没名字的。我亲爹娘把我扔掉时也没给我取名字,后来跑码头,就叫红衫儿了。在寺里,师父说要给我取个法名,还没来得及呢。”

吴茶清对杭天醉说："你就给她取个名吧，你带来的人嘛。"

"《诗经》曰：有女如荼。荼通茶，就叫她小茶吧。古人曰：茶者，娇美意也。古人叫可爱的少女为茶茶、小茶。她又在茶行里了，你看如何？"

"这个名字倒还清爽。"茶清伯点点头。

吴茶清又对天醉说："你慢走，我给你见个人。"说话间，一个二十岁上下的小伙子从仓库里出来，此人，正是吴茶清新收的小伙计，安徽小老乡吴升。

吴升倒是长出个人样来了。小伙子个头不高，眼睛不小，低眉顺眼的。见了老板和股东，不停地欠身问安，脸一下子就红到了脖子。

吴茶清说："天醉，以后茶行到钱庄取钱，到茶庄报信都是他的事情。茶行和茶庄三天两头来往，吴升就跑腿了。你把他记住了，以后好使唤。"

吴升欠着腰说："只管吩咐，只管吩咐。"他穿一件土蓝布衫，头发盘在头顶上，一张脸倒方方正正。厚嘴唇，唇上一排黑密密的小胡子，冒着汗珠，皮肤黝黑。正在干活呢，脸上就油光光的。他一开口，白牙亮晃晃的，像个淳朴的山里人，只是他那双眼睛滴溜溜的，像是没地方看，他那副手脚也一样，不停地挪动，一副手足无措坐立不安的样子。

天醉上下打量了他一番，说："老相识了。"他想起了很久以前的事情。

吴升被吴茶清叫过来之前，他正在和几个外地水客交涉一批茶叶的价格,一会儿结结巴巴,一会儿张牙舞爪。他正跟着吴茶清学当行倌呢,也就是学习怎样评茶、开汤、看样、开价、成交挂牌。水客也欺他嫩,徒有发奋的志向和与生俱来的心机,有什么用?慢慢熬吧。

吴升很乐观,肯吃苦,不怕被人奚落。手勤脚勤,嘴却不像当茶博士那会儿那么勤了。他决心吃苦耐劳,有朝一日,打出一番茶清伯一样的天地。远大的理想,甚至使他心灵都纯洁起来了。

然而,他不得不承认,那一天他是有些反常了。倒不是因为买办李大带来了大鼻子英国洋人要压价,这事有老板顶着,他不怕;也不是见了大股东杭天醉怯场。杭天醉跟他年纪相仿,却家有万贯,这不稀罕,祖宗留的。他怯场,是因为他见到了小茶。老板要他把小茶安顿到楼上靠底那间房子,然后再带她去厨房。也就是说,小茶和他一样,目前都是下人。他几乎立刻就把小茶给认出来了。红衫儿就红衫儿吧,还叫什么小茶,他想。遇到了童年时的熟人,他既慌张又兴奋,他可不会记住他是怎么推打这个女孩子的事了,只记得那一串红色的跟头。他几乎想要欢呼跳跃,上前去凑近乎,可是他刚一抬头,便见到了杭天醉那与众不同的朦胧迷离的目光,他的心里便咯噔了一下,上不上下不下地搁住了。

况且,杭天醉又亲亲热热地把手搭在小茶肩膀上,说:“去吧,乖一点,干活要小心。我有空,会来看你的。”

吴升以为,这便是杭天醉无视他存在的重要证据,他竟敢去搭一个下女的肩膀,简直看不下去。

也许就为了给大股东当场出点难题,他低着头,用焦急的口吻说:“老板,刚才来的李大,带着西洋人,说你估的九曲红梅,开价高了,不到一级的。"

话音刚落,杭天醉就挂下了脸,说:"呸,轰那洋奴才李大出去。什么东西,他也晓得当行倌了。他能评茶,还要茶清伯干啥?"

吴茶清止住了天醉,挥挥手,让吴升和小茶都走了,才对天醉说:"这事,说怪也不怪的,你先看看这九曲红梅,到底上不上品。"

说罢,吴茶清从一锡盒里取出一撮茶样,放在八仙桌的一张白纸上。这茶形状也是怪,弯曲细紧,像一枚枚鱼钩,相互挂钩,色泽乌润,披满了金色茸毛。用开水冲了,那颜色,又鲜亮,又红艳,就像红梅花似的,煞是好看。天醉虽是开茶庄家的出身,但是,长这么大,从来也没喝过九曲红梅。想来,今日是用了心动了情地品吧,竟嗅出了一股高香。

"好香的茶,味道鲜爽。味中有香,香中带甜。茶清伯,你看这汤色红艳明亮,不会比祁门红茶差吧?"天醉说。

"这两句,倒是行话了。"吴茶清捻着胡子说,"我看的样开的价。几十年茶叶饭吃下来,会不如李大这个教堂杂役?"

原来近日也是蹊跷,来了几个西洋和东洋的茶商,又由几个李大一类的人陪着,在候潮路各个茶行,东转转,西转转,变着法子压价。又有一干本来茶行的老主顾,见着有人压价,便也作起了壁上观。茶行老板哪里晓得今年会翻出这么一张皇历,一开始从山客手里就购下了足足的春茶,只等水客一到,发货就是。这一压一拖,就惨了,茶行里茶叶堆积如山。况且茶这件宝贝,又是最耽搁不起的,时间越久越不值钱。自然,最苦的还是茶农。茶行不敢收山客的货,山客也不敢要茶农的茶,层层压下来,岂不殃及一年辛苦的山民。

整个这一带的茶行里,只有茶清伯独断专行,还在收购高档茶叶。同行不解,他冷笑一声,说:“你们要吃饭,种茶叶的人就不吃饭了？逼得他们没饭吃,你又怎么吃饭？洋人拿了他们的大烟,换了我们的茶叶还不够,还要换得铜钿。为了这点铜钿,就跟着当奴才了？”

茶行的老板听了,腰又硬了几分。天塌下来,有茶清伯这个长子顶着呢！双方就那么僵着,眼见着满仓满库的茶贮着,看谁投了降。

杭天醉这才知道,茶行业出了这么大的新闻。自然,他是无条件支持吴茶清的,说:“茶清伯,你只管见了好茶叶凭良心收,人家不买,我们忘忧茶庄全部包下了。”

吴茶清听了这话,心里一动。半晌,才回了一句:“难为你了,刚刚接手。”

“茶清伯,看你说到哪里去了。君子爱财,取之有道嘛。”

天醉心一动,突然发现茶清伯的眼神很熟。想了想,竟是他自己的眼神,他的心便一跳一跳了。

正说着,吴升又进来通报,说是洋人在外面等得不耐烦了。正说着,那叫李大的买办便走了进来,他是个胖子,见了吴茶清和杭天醉,很客气地行了个洋礼,说:“鄙人李约翰,乃英吉利茶商劳伦斯先生之代理,要见老板面议。”

“这不是住在天水桥耶稣堂弄的李大吗？向来在耶稣堂当杂役的,什么时候改了洋名,吃了洋饭？”杭天醉差点要说“放了洋屁”,到底还是读书人,把这一句就咽下了。

那李大见了杭天醉眼生,不知何人,初生牛犊不怕虎,竟敢顶撞洋人,正要问呢,就听对方说:“鄙人杭逸。”

李大这才一惊,想:怪不得市面上传闻忘忧茶庄少老板厉害,果然气焰嚣张。李大这个人圆滑,杂役出身的,见人人话,见鬼鬼话。见了这一老一少,晓得没啥天谈,便想找个台阶下台了事,他的主人劳伦斯先生,却手里一根“司狄克”(stick),“哈啰哈啰”叫着,就进了客厅。

那劳伦斯,这几日,也是天天到吴茶清茶行来磨那批九曲红梅。吴茶清和他语言不通,全靠李大用半生不熟的洋泾浜英语翻译,谁知他当中又搞了什么鬼。只听那主仆两个,一个“No,No,No”,一个“Yes,Yes,Yes”,吴茶清便不耐烦和他们纠缠了。他已和苏南一带城镇的老主顾说好,不日,他们就来提货的。不过吴茶清年纪大几岁,不亢不卑还是做得到的,不像杭天醉,一张帐子面孔,立刻就放了下来。

“久仰,久仰,”倒是劳伦斯先生给他们二位作了个中国揖,说,“杭先生,吴先生,好汉!”

这两句话,倒是用汉语说的。可是杭天醉在学堂里,洋人见得多了,他那口英语虽然不流利,比起李大却是胜出了几筹,故而也不寒暄,开门见山地便问:“二位有何见解,径直说来。”

那个劳伦斯见这年轻人能说英语,面有喜色,便说:“九曲红梅,原是浙江毛茶,为什么你们用了祁门红茶的价格呢?我们大英帝国的臣民,对祁门红茶那特有的苹果香是非常熟悉的。我以为,只有印度大吉岭的红茶可与它竞争,其他红茶,皆望尘莫及。先生用我们熟悉的情况来糊弄我们,不是太令人遗憾了吗?”

杭天醉听了这话,立时便没了底。他对这方面的常识,可谓一

无所知,可又不肯服输,硬着头皮,翻译给茶清伯听。吴茶清一听,端起茶先喝一口,润润喉咙,开了讲:

“先生有所不知,九曲红梅这个品牌,只产在杭州郊外湖埠大坞山一带。这大坞山高不过三四十丈,山顶上却有一块盆地,土厚地肥,周围又有山峦环抱,应了阳崖阴林一说。旁有钱塘江,江水蒸腾,云遮雾绕,是个种茶的好地方。

“天国期间,此地居民几经兵火,减了半数,故而,福建、温州、平阳、绍兴、天台一带,便有农民迁来,带便的,把南方武夷山功夫红茶的手艺也带来了。

“九曲红梅分的是大坞山真品,次一等是湖埠货,再次一等,便是三桥货了,先生现在看见的,恰是真品,外省茶人向来是以能买到这种茶叶为得意的,也不过点缀茶品花色之用罢了。”

那个李大李约翰,竟然问:“我们怎么晓得这是真品呢?舌头没骨头,我们又没法验证。”

吴茶清说:“吃茶叶饭的人,不晓得茶,除非死人一个。实话跟你说了,大坞山真品只在谷雨前后采摘,一年也不过几百斤,从今年开始,全部包给我们茶行了。你们想不想要是一回事,我们卖不卖还是一回事呢。”

这话说得出气,杭天醉译得也痛快。他刚刚译完,眼见那劳伦斯脸色就变了,他在杭州,怕还没有领教过几个有骨气的中国人,今日打了一个回合,竟叫他无言以答,二话不说,便退了出去。

杭天醉见他们走了,才得意地对茶清伯说:“茶清伯,你吃吃力力跟他们讲那些干什么,他们懂个屁!”

吴茶清看了一眼杭天醉,说:“我哪里有心思跟他们讲这些。”

杭天醉这才恍然大悟,脸便红了。原来茶清伯这些话,都是讲给他听的呢。

小茶性格绵软,忘性极大,倒是早把吴升从前欺侮过她的事忘得一干二净,甚至连眼都不熟了。只是从和吴升认识的第一天开始起,就觉得这个人很奇怪。

第一次吴升跑到厨房,从缸里舀生水喝,惊慌失措地瞟一眼小茶。小茶正在择菜,便说:“桌上有凉茶,喝生水肚子疼。”

他红着脸,喝了一口茶,把碗放在桌上,突然凑近小茶,说:“我知道你,你原来在湖上荡秋千的。”说完,扔下碗就跑。小茶被他说得一个顶头呆,站了一会,眼圈就红了。

下午他又来喝水了。小茶在铲锅灰,心里头就有些紧张,不知这个奇怪的安徽佬又会冒出一些什么名堂。

果然他又开始发难了,他说:“小杭老板到宜兴去了,你晓不晓得?”

小茶摇摇头,想,少爷怎么就去了宜兴了呢?

“说是去订一批紫砂壶来,开茶馆用的。”

他看着小茶,两只手指甲里全是茶叶末子。小茶勉强地朝他笑笑,她可不敢得罪他。上次他把她送去安顿时便告诉她,他是茶清伯的亲信呢。

“洋人也不是那么好吓的,是不是?”他问小茶。

“还没有人来买茶吗?”

“其他茶行都跌价了,都在卖了。”

“那我们怎么办?”

“小老板到宜兴去了,你说怎么办?”

“茶清伯不肯跌价?”

“小老板到底年纪轻。”

“你年纪不轻?”

小茶有些生气了,闷闷地回了一句。吴升笑了,露出一口白牙:“你跟小老板好,我知道的。”

“你走开!”小茶扔下了手中的工具。

“不要告诉他,我饭碗要没有的。”他恢复了惴惴不安的可怜相。

“我不告诉他,你也不要说那些话了。”小茶说。

“我认识你的时候你在隆兴茶馆翻跟头,现在要叫忘忧茶楼了。”

“你怎么认识我?”小茶吃惊。

吴升很生气:“我推过你的。”

小茶呆想了一下,说:“我忘了。”

吴升脸涨得绯红,一跺脚,跑掉了。

第二天早上,吃泡饭,小茶觉得很奇怪,她的饭碗里埋了一只咸鸭蛋。她惊慌失措地朝四周看看,吴升正在有点造作地吃早饭,声音唏啦唏啦的,像是掩饰什么。小茶想,咸鸭蛋是他的。

这样平安地过了两天,那天夜里,茶清和吴升很晚才从外面回来。这时,小茶正在灶间外面一个角落里洗脚,她以为没有人来了,谁知吴升闯了进来,很激动地说:“我看见小老板娘了,脚那么大!”他用手比画着,量出一大块空间。小茶吓得一使劲,木盆翻掉了,罩在她脚上。

吴茶清带着吴升这趟回忘忧茶庄，正是和杭夫人商量怎么对付这场买卖风波的。林藕初一见他就淌眼泪，咬着牙骂道：“真是人心隔肚皮，紧要关头就把你卖了。”

“倒也不能那么说，他们都来向我讨过主意的，我没松口。”

“那也不能甩下你一个，他们自己去降价啊。要咬住就大家一道咬住，都不是人！从前得过我们多少好处！”

“不要生气了。这种事情，迟迟早早，总要来的。”

“茶清，你倒出个主意，怎么办呢？我们这里全部吃下，一个是没那么多资本，再一个，卖到什么时候去？只怕明年这时候还卖不完呢。”

媳妇说：“不是说股东还要和茶清伯吃讲茶吗？可惜天醉不在。我看他就是会说，或许把他们都能说动了，齐心合力再抗洋人一阵。洋人不也就是和我们拼那一口气，我们就是不压价，他们有什么办法？他们总还是离不开茶的嘛。我哥哥绿村从西洋来信说，英国人就是穷得把西服当了，第一件事情还是要喝茶的呢。”

“他们哪里有这种眼光？吃讲茶是假，抽股份是真。”林藕初生气地说，“几十年茶叶生意做下来，从来也没有碰到过这种事情，吃讲茶，竟吃到卖茶的头上来了。”

“生意人，几个人眼睛不是盯在铜钿眼里，没有穷凶极恶抽股份，拿吃讲茶做扶梯落台势，已经是卖忘忧茶行的面子了，你还要他们怎么样？”

“那你怎么办呢？外头降价卖，里头又抽股份，这样内外夹攻，不是存心要我们死啊。”

“死不了，”茶清一笑，眼光盯住了绿爱，“绿爱，上回听你说山东、天津一带不少店家看中我家的货，只是转了几手，价格稍许贵了一些，有这样的事情吗？”

绿爱眼睛一亮，说：“正是，正是，我爹写信来告诉我的，还说要是有人直接运了过去，他会牵线的。只是怎么运过去呢？天醉又不知什么时候回来。”

说来也是巧得很，杭天醉早不来迟不来，偏偏这时候，风尘仆仆地从宜兴回来了。带着那些手下人，小心翼翼地往仓库里抬那一箱箱的紫砂茶具，口里兴奋得话不成句：“这趟我是开眼界了，这趟我是开眼界了。我订到一批黄玉麟的货，有掇球、鱼化龙、供春，还有邵友廷、陈绶馥的；这趟吃力犯得着，可惜银圆带少了——”

“否则这爿店都会给你卖光了，去买你那些中看不中用的壶呢。”林藕初生气地说。

杭天醉见了他们这副样子，说：“又有什么鬼惹着你们了？”

沈绿爱叹了口气：“我们刚才还在说北方要我家的茶，这里水客又顶着要我们压价，愁着呢。”

“还没有动啊！”杭天醉长眼睛变圆了，这才知道他和洋人那几句洋泾浜，到底还是虚招，不顶用的。

“茶清伯，这可怎么办呢？”

杭天醉一屁股坐在了太师椅上，发起愁来。他做老板才几个月，就碰上这么大的麻烦了，真够人受的。

“办法倒是有两个，”吴茶清不紧不慢地说，“一是跟着压价，马上就能卖出去。”

“不能压，不能压，”杭天醉坚决反对，“士可杀不可辱，哪怕倾家荡产,也不向洋人低头。”

“其实你也不必看得那么真,你既从大学堂出来,继承了祖宗的饭,你也就不是士,是商了。既是商了,进进退退,也就没有辱不辱的了。你说呢?”他媳妇故意说。

杭天醉连连摇手,说:“大丈夫能屈能伸,也要看对谁屈伸。对洋人,松口不得。况且我和茶清伯已经和他们过过招了,先头还胜了,正得意呢。这回又跪到他们脚跟底下,以后还要不要做生意?”

沈绿爱这才说:“刚才我们还出了个主意,自家把茶运到北边去,那里我爹有不少朋友开着茶庄,正要我家的茶呢。”

“那好哇。那就运吧!”

“可惜了没有一个押运的人。”

说完这句话,大家都盯着杭天醉看,杭天醉恍然大悟,绕了半天,是要他去干这个活啊。他的第一反应就是不行,绝对不行!接着,鱼化龙、贮泉听琴图、茶馆、虎跑泉、伏龙肝,心里哗地一亮——小茶,一大堆事情就涌上了心。他不假思索地顺口荡出一句:“费那么大劲干啥,邮包批发,寄寄过去好了。”

听了这话,大家都不响,杭天醉心里头就很惭愧,头都有点抬不起来。他想,老板真不是他做的。他想跑出去时,人家要锁他在家里;他要待在家里了,人家又要赶他出去。

他掸掸身上的灰,装作一副潇洒相,说:“我还没洗澡呢。你们且再坐一会儿,茶清伯,你多歇歇。”

吴茶清却站了起来,说:“不了,我这就去张罗邮寄的事情。”

“真的要寄啊。”杭天醉说,“从来还没有人做过茶叶邮寄生意呢!”

“从来没人做,我们才做得成。这条路好,只是茶行里大批的茶都要转到茶庄来,天醉你担不担这个风险?”

“什么风险不风险,”杭天醉潇潇洒洒下了台阶,“有茶清伯在,还有什么风险?”

“不怕一万,只怕万一。”

“万一就万一,我这里还有黄玉麟的鱼化龙,万一没饭吃了,随便卖掉一件,就够吃一个月了。”

说着,就要直奔他那些宝贝紫砂壶而去,被茶清伯喝住了,说:“天醉,明日讲茶,就在忘忧茶楼吃了。”

“什么讲茶?”杭天醉有些莫名其妙,“明日茶楼开张,我还请了钱顺堂来说《白蛇传》呢。”

“你们跟他说清楚,明朝叫他去对付他们,读了一肚皮的书,也只好打打嘴皮官司了。”

吴茶清指着杭天醉,对两个女人说。说完,掉头就走了。

所谓吃讲茶,本是旧时汉族人解决民间纠纷的一种方式,流行在江浙一带。凡乡间或街坊中谁家发生房屋、土地、水利、山林、婚姻等民事纠纷,双方都认为不值得到衙门去打官司,便约定时间一道去茶馆评议解决,这便叫作“吃讲茶”。

吃讲茶,也是有其约定俗成的规矩的,先得按茶馆里在座人数,不论认识与否,各给冲茶一碗,并由双方分别奉茶。接着由双方分别向茶客陈述纠纷的前因后果,表明各自的态度,让茶客评议。最后,由坐马头桌(靠近门口的那张桌子)的公道人——一般是由辈分较大、办事公道、向有声望的人担任,根据茶客评议,作出谁是谁非的判断。结论一下，大家表示赞成，就算了事。这时亏理而败诉的一方，便得负责付清在座茶客所有当场的茶资，谁也不能违反。

忘忧茶行的股东们选择吃讲茶的方式来调解商务纠纷，这倒真是破天荒之举。本来，实在要抽股份，按契约条律抽去便是，该罚该扣没得话说。然这一次事件非同小可，一是因为洋人逼着压价，二是吴茶清德高望重，三是忘忧茶行刚开张。商人也有商人的做人道理，要挣钱，又不能坏了名声，要两全其美，何其难哉！故而那领头的竟出了个吃讲茶的主意。一来还是想据理力争说服吴茶清顺应大势，赶快抛出那库压的茶；二是说服不了再抽股份，也算是苦口婆心仁至义尽，场面上说得过去。

真正应了赵岐黄赵大夫的那句话，果然，忘忧茶楼开张的第一天，赵先生坐到了马头桌旁，要他说公道话了。

这也是破天荒的事件，杭州五百多家茶馆，从来没听说开张第一天就吃讲茶的。原来讲茶吃到后来，没有不动口动手的，吵爹骂娘之后，约请的打手就上了阵，既讲不成，掀桌踢凳，来个全武行，所以不少茶楼门口都贴着“禁止讲茶”的标语，图个清净。

杭天醉在门口张罗着挂副对联。开张志喜，本来是要放爆竹的。因为今日吃讲茶，是严峻的大事件，免了。但对联是一定要挂的，昨日挑来挑去，费了一天的心思，到晚上也没定好，挑了几副，正在琢磨。有一副叫“为名忙，为利忙，忙里偷闲，且喝几杯茶去；劳心苦，劳力苦，苦中作乐，再倒一碗酒来”。俗了一点，但还实在。那另一副“诗写梅花月，茶煎谷雨春”，虽好，却是从龙井借得来的,不妥,不妥。左思右想着,沈绿爱过来了,说:“费那心思干什么,能比过《诗经》去吗?不如就用‘谁谓荼苦,其甘如荠’得了。”

杭天醉想,那不是《诗经》中《邶风》里的《谷风》吗?正是恰到好处!恰到好处!可惜不是对联。沈绿爱说:“世上的规矩,全是人定的。人说‘对’,‘不对’也可以‘对’;人说‘不对’,‘对’也‘不对’了。全看人的取舍罢了,哪有什么一定之说的?”天醉听了只拍腿,说:“这不是法无法吗?娘子机锋近禅!”抬起头来要谢娘子,娘子早就懒懒走开了。

现在,这“谁谓荼苦,其甘如荠”已制成一副木制对联,铜色底子,草绿色字,挂在茶楼大门两侧,立时引来了一群看客。有一孩子念道:“谁谓茶苦,其甘……”便被天醉打断了说:“是荼,不是茶。不过茶早先是可以叫作荼的,还叫作荈。杜育就有《荈赋》——厥生荈草,弥谷被冈……《茶经·一之源》就说:其名,一曰茶,二曰槚,三曰蔎,四曰茗,五曰荈……”

赵岐黄隔着雕花玻璃窗架敲着手指,催天醉:“开始了,开始了,人家都已经开讲了。”

忘忧茶楼分楼上楼下,面积各有二百多平方米。楼上有个小戏台子,又设台、桌、椅、凳,都用花梨木制成,八仙桌上还镶嵌大理石台面。三面开窗,打开便面对西湖,壁间又张挂名人字画,用的是一色青花壶盏。茶博士提着大肚皮的紫铜开水壶,满面堆笑来来去去。茶楼的总管由林藕初的一个远亲名叫林汝昌的做了,他正在上上下下地张罗着。那些发难的小股东你谦我让了一番,打头的就喝着虎跑水龙井茶,开了讲:

“列位，讲茶吃到这种地步，只有‘倒霉’二字好说。生意人哪个不想抬价的，于今却要因为压价来同董事长据理力争。要说理，也是没有什么理的，都只为洋人串通了一干水客，咬定了跌价方买。杭州城中多少茶行，哪里就肯听我们的！茶清伯为了山中茶农着想不肯跌价，却又有谁为我们这些股东着想？我们都是做小本生意的人，鱼虾一般，经不起风浪颠簸。原本投靠了忘忧茶行，为只为茶清伯做生意靠得牢，不会叫大家吃亏。如今茶清伯为了一口气，硬心不肯跌价。茶叶这个东西，列位又不是不晓得，日子一长，又出气又变色，哪里还卖得出好价钱？只怕那时再跌价，也没人来理睬。故而今日借此机会，请各位评个道理，寻条出路。”

说话的坐下了，大家都一下子莫名其妙地拘束起来。只因楼下茶桌，当中分开一条空道，一边坐着一干股东，另一边只坐着茶清伯、杭天醉二人，孤零零的，倒像是在声讨他们似的。那二人表情，又都是怪，那老的，半闭着眼睛，低着头，两只手拱在一起，看地上蚂蚁爬；那少的，翻着白眼，抬着头，朝天花板上看。众人等了一会儿，见二人俱不搭腔，只得朝坐马头桌的赵大夫使眼色，赵大夫心里向着这一老一少，便说：“忘忧茶行十成股份里忘忧茶庄占了六成，须得听听这大股东的意见。天醉，事情既已如此，你是赞成跌还是不跌？”

“自然不跌。”杭天醉这才把白眼翻了下来。

小股东们便七嘴八舌嚷嚷起来，都说：“小杭老板你好狠心！你赔得起我们赔不起，我们家锅儿缸灶朝天，莫不是统统到你家来吃大户？”……说个不休。杭天醉只问了一句：“你们要干什么？”

有人便乘机说与其如此僵着，不如退股。

“退就退吧，明说不就行了，何必弄场吃讲茶的戏，耽误了钱顺堂的《白蛇传》，真正可惜。撮着，快快备车接了钱先生来，就说杭天醉在门口候着他呢。”

那一干人都愣了，大眼小眼，又都瞪着赵岐黄。赵大夫一生大大小小吃过不少讲茶，像今日这样讲不起来的，他倒也是第一次领教，一时也不知如何是好，小心翼翼地问吴茶清：“茶清，你看这件事情……”

吴茶清半闭的眼睛一亮，射了开去，人就弹了开来，一挥手，说：“取钱去，一分也不少。”

人见吴茶清这样镇静，有几个便要打退堂鼓，说：“要不再等几天……”

还是赵大夫了解吴茶清：“等什么等？没听说人各有志不得勉强嘛，退了干净，省得我下趟再来坐马头桌。”

“那，这茶叶铜钿……”

“我请客我请客，”杭天醉作着揖，“各位走好，常来喝茶听戏，请，请，请……”他又拱手又谦让，巴不得他们快快走得一干二净。

第十四章

立夏前一天夜里，海月桥、南星桥一带的商肆酒楼，只听得炮仗声耀武扬威地爆跳了小半夜。有来往的商船，不知道这是杭人的什么规矩，好奇的人便问缘故，那被问的便白了对方一眼："忘忧茶行的爆竹，连这也不晓得。"

外人若再谦虚，检讨自己孤陋寡闻，果然不知发生何事，被问的才说："打了一仗茶叶大战，忘忧茶行赢了，开市大吉。"

"那也不必这么高兴啊，一年里还没过半年呢。"

"人家半年，就把一年的生意全做完了，价格不但没降，做邮包生意，还赚了呢。洋人到底在他们那里没捞到什么好处，也算是给中国人挣回了一点点面子。"

卖尽春茶放炮仗，是杭天醉的主意，忘忧茶楼开张时没放的炮仗，都存到这时来放了。他原来还主张在"聚丰园"大请客一次的，这也是茶行的老规矩了。吴茶清没有同意，说留点面子给那些落井下石的水客，明年见面还可以再做生意的。林藕初叹了口气，对儿子说："算了吧，你茶清伯做人，向来要留点分寸，不做满，也不说满的，就依他的。"

杭天醉一口气买了几百只炮仗，带着撮着去了候潮路茶行，和茶行大小伙计美美吃了一顿，连茶清伯都经不起人家劝，抿了好几口酒。上上下下,只有小茶在上菜张罗,吴升在旁边帮着她,只有他们俩没喝酒。

偏偏天醉这种少爷又是百无禁忌的。恰见茶清不在,小茶上菜,他就一把拽了她袖子,说:“小茶,你怎么也不陪我坐下喝几口,这样走来走去,晃不晃我的眼?”

小茶害羞,扭着身子,想挣脱了杭少爷的手,杭少爷又偏不让。周围的人,哪里晓得这两个人之间的夙缘,只当公子哥儿调戏姑娘,习以为常,不足为奇。杭天醉醉眼惺忪,说:“小茶,你陪我喝几口。我是心里头高兴。我……杭天醉……百无一用之人,原来,做生意……是把好手……”

小茶见少爷醉了,只得陪着他喝下了一盏酒。杭天醉原来还站着的,见小茶一口酒喝下去,立刻抽了筋一样,软瘫了下去。吴升在旁边见了,心里好不耐烦。这边吴茶清出来了,却说:“小茶,你照料少爷上楼,让他在你屋里躺一会儿,少爷要干净的。”

吴升和小茶两个就一边架着一个,把杭天醉往楼上拖。吴升一只手还端着一只烛台,另外一只手抱着杭天醉的腰。那一边,小茶肩膀上架着杭天醉的左臂,右手也托着他的腰。到了楼梯半当中,小茶的手被吴升一把抓住了,小茶便一声尖叫:“少爷!”

杭天醉糊里糊涂地抬起头,朝他们俩傻乎乎笑,脖颈断掉一样又掉下去。吴升更加死劲捏住小茶的手,眼睛奇怪地盯着小茶。小茶就看出了他的意思——你敢叫!我不怕!

小茶害怕了,不敢叫,连拖带拉,把杭天醉搬进她房间,躺在床上。小茶便去取水给少爷擦脸,吴升站着,也不走。小茶知道他心里头的意思了,她不明白,为什么她一点也不怕杭家的大少爷,可就是怕这个穷杂役。

吴升见小茶来来去去地给杭天醉洗脸，擦脚，叠枕头，又拿着把芭蕉扇子，吧嗒吧嗒给他扇凉，就说："小老板娘一双脚那么大。"

"你说过了。"小茶说。

"眼睛这么大。"他又比画了一下。

小茶没看，不理他。

"小茶，你当心！"

吴升又说，怒气冲冲。

"当心什么？"

"当心我！"

他几乎是咆哮地叫了一声，便冲下了楼梯。

他在楼下给人上菜端水的同时，一股怒气越来越不可遏制地从丹田涌上。他的同伙们都很高兴，有酒喝了，还可以多拿饷金。他本来应该和他们一样——老规矩了——小小年纪出来，挣了钱，到了年纪，回安徽老家结婚。终身大事办完，再出来挣钱，从此便过那种"三年两头归，一归三个月"的日子。碰到好的老板，回家还可以带足三个月的工钱。这样做到老了，打个包袱，里面是一生的积蓄，然后，滚出杭州城——你这个徽州乡巴佬，一辈子也就是打了个长工。

有几个，能像这山羊胡子的吴茶清？有几个？如果杭九斋不死，哪里有孤儿寡母倾斜的大厦，等待他去支撑？

五魁首啊，六六顺啊，七匹马啊……这些人，生来注定就是穷死的命。吴升不一样，他觉得自己与众不同，虽然在人家眼里，他是一钱不值的。他连怎么样讲话都没有学会，不是讲过头就是没有讲到位,比如他干吗要在小茶面前比画小老板娘的脚和眼睛呢?

此时,他还有些朦朦胧胧,他一头拴在了小茶身上。这个女子美吗?当然很美。小茶来以后,茶行的伙计们都变了样,有时他们像是被她灌了迷魂汤,走路像是在水上打漂,有时又像是注了兴奋剂,性情浮躁,生活与劳作却都灵动起来。不过,对吴升而言,这又都不是主要的。吴升觉得,他最满意的是他似乎是可以凌驾于她的,他喜欢仅仅在她一个人面前肆无忌惮,因为他在别人面前过于恭顺了。

吴升想到小茶坐在凳前,吧嗒吧嗒地给杭天醉扇扇子,手里的一只饭碗就失手打碎了。他捡碎片时,不假思索地便在自己手上轻轻割了一下。他哎哟一声叫后,血就涌了出来。然后,顺理成章地就上楼包伤口去。

他咚咚咚地跑了几步,象征着光明正大,然后突然一个煞步,他脱下他那双布鞋,蹑手蹑脚,贼步蛇行。他在走廊的一半地方就听到小茶房间的声音了,你说是呻吟也罢,是嬉笑也罢,这声音让吴升毛骨悚然。他用一只手死死卡住那正在流血的手指,一步步,在黑暗中往前摸去。他听得越来越清楚了,小茶的声音是不可遏制的遏制,害怕、战栗、惊慌失措,但又忘乎所以——这个婊子!但杭天醉的低声挣扎的话却叫吴升百思不得其解,他为什么一遍遍地说:“谁说我不行!谁说我不行!谁说我不行!”

接着,他终于把眼睛贴在了门缝间——他看见了一切:两个昏黄的身体,裸露着,被烛光照耀着,四肢和躯体一会儿明亮,一会儿昏暗,并且在极为有力地起伏着,弹跳着。吴升看见了仰起又倒下的小茶的小脸,汗水把她的头发粘贴在颊间。她的小嘴半张着,吐着气，像是就要死了。她的脖子软软地挂了下来，仿佛抽去了筋骨。

而从背后看上去，杭天醉多么英武有力。修长的裸背，绢黄，无一瑕疵，手和脚长长的，缠在女人身上。他在激烈地蠕动着，仿佛力量永无止境。他在不断地俯冲时，口口声声地咬牙切齿地说："谁说我不行！谁说我不行！谁说我不行！"将灭的烛光在他的说话声中爆跳着，一亮一黑，一亮一黑，在归于黑寂的一刹那，吴升听到那男人的长长的迸发出来的号叫——那声音几乎可以说是太响了，吴升那只血淋淋的手指头一下子塞进了他的牙齿打战的嘴中，一股血腥的咸味被他咽了下去。

吴升不清楚，自己含着血淋淋的指头，在门外的暗夜中，大气不敢透一声，究竟僵持了多久。

半夜前他一直不能入睡。他的伙伴们撤了饭局，开始搓麻将。他们叫他时，他谦恭地举着那只包扎过的手指头，说："痛。"

吴茶清也难得地要比伙计们早睡去了，见着独守在堂前的小老乡，和蔼地说："吴升，早睡去吧。"

他摇摇头，说："我再等等，杭老板还没下来呢。"

吴茶清像是想起了什么，站在楼梯口，朝上叫了一声："小茶，下来。"

吴升的心里泛上了一阵恶意，他那副厚嘴唇几乎有些激动地颤抖起来了。他没喝几口酒，可是却有一种酒后渴望发泄的委屈。他甚至有些热泪盈眶了，在昏黑的门角中，一张黑脸扭曲成了极其丑陋的小鬼样。

接着,他听到了小茶在楼上"踢拖踢拖"的趿拉着鞋跟的声音,慢悠悠的,像个疲惫的女人,像怀了孕的女人,像婊子一样慵懒的女人。吴升恨她,鄙视她,渴望她,心事万端地斜过头,像一只歪头的乌鸡。他看见穿一身水粉红衣衫的小茶,肆无忌惮地在楼梯口打了个哈欠,手指又套上了祖母绿的戒指。她不好意思地笑笑,说:"酒喝多了,困着了。"

烛光中的小茶,美丽得像一个粉红色的噩梦。她站着,幽红色,本身如同一支蜡烛。她甚至周身发出了毛茸茸的边光。吴升不可思议,一个女人被有钱人睡过了,就会变成一支红蜡烛吗?如果被他睡过,又会变成什么呢?

"老板呢?"茶清问。

"他还没有睡醒呢!"女人说。

茶清盯着小茶,足有那么一会儿,不知道是在想什么。

小茶呢,她站着,伸了个懒腰,在伸展开的一刹那,似乎又想到了自己的身份,恍惚地笑了,又收回了手脚,却不忘看一看手上的戒指。

"把少爷背到门口黄包车上。"吴茶清用下巴努一努。吴升不相信地问:"我?"

"你。"

吴升明白了他目前的地位,他谦恭地迅速地上了楼梯,三步并作两步。他的仇人半睡半醒躺在床上,一脸陶醉。吴升低三下四地半欠下身子,耳语着说:"杭老板,该回家了。"

"我不回,"老板赌气地翻了个身,"我就喜欢睡这里。"

吴升恨不得卡死他,那么细的脖子,卡死他很容易。但吴升还是赔着笑脸说:“茶清老板吩咐了,让我背你下去。”

他几乎是咬牙切齿地说出这句话,然后一个猛扑,像舸鱼一样揿住了杭天醉,把他掀在自己身上。把他往楼下送的时候,他觉得这家伙没什么分量,骨头没有几两重,往黄包车上一抖肩膀,那人就弹出去了。

小茶跟了出来,帮着扶正杭天醉的身体,用手绢擦他的脸,直到撮着把车拉走了,小茶在后面还叫了一声:“小心别掉下来,别让夜风吹着了。”

吴升瞪着木愣愣的大眼睛,看着这个发毛光的粉红色的女人。女人满不在乎地转了个身,消消停停,上了楼。

吴升忍不住叫了一声:“小茶……”

小茶斜眼看了他一下,问:“干啥?”

“你……做什么了?”他把“刚才”两个字咽了下去。

“不要你管。”

女人轻飘飘地说,“踢拖踢拖”,扬长而去。

那日的半夜,吴升去了望仙桥,招呼都不用打一个,鬼似的就被从巷子里蠕出来的那些做皮肉生意的拉走了。吴升在这方面毫无经验,但看上去好像是个老手。因为他喝得半醺,正可肆无忌惮却又不烂若湖泥。他被一个半老徐娘一把拽住,踅进了一条巷子。他一头倒在那张烂席前时,心里还有些明白,但接下去的事情,他就云山雾罩了。早上醒来,他那件土布短衫里,半年的辛苦铜钿不翼而飞。他吓了一跳,嗵地跳了起来,不知此身何处。看看天窗,方方小小的,从一人多高的破瓦顶上朝他翻着白眼,顿时头痛欲裂。

“有人吗?”他大叫了几声。

他明白,他这一生中的第一次,想买个地方出出气,结果却被别人出了气。他搞不清楚,昨夜是他要了人,还是人要了他。接着,那一幕就哗啦一声压在他眼前,把他推得一头就栽在破席上。他看到了烛光,光滑如黄缎子的两条身体,他的耳朵里便周而复始地跳跃着一句话:“谁说我不行!谁说我不行!谁说我不行!”

他怒气冲天地蹦下了破席,在这婊子的破窝里乱翻了一遍。他什么也没找到,现在他怀疑他玩的是个叫花子,或者玩他的是个叫花子。这使他更生气,便一脚踢开了房门,摇摇晃晃,回他的茶行。

正在前场忙碌的伙计们见他回来了,小声地说:“你到哪里去了?老板到处找你。”

吴升朝他们翻翻白眼,一个年纪大一点的,就做了个下流动作,说:“寻婊子去了吧?”

其他几个伙计就胆小而猥琐地笑笑,不敢笑响。

吴升罩着头,径直入了厨房。今天灶间人多,小茶在烧火,面孔映得红红的,脸上还有汗水下来。吴升瞪了她一眼,便就着竹筒里的生水咕噜咕噜喝。小茶没再像上次那样,叫他不要喝生水。他就越喝越多,越喝越火,咣当一声扔了竹筒,冲着小茶,大吼一声:“谁说我不行!”

小茶吓得拎着个吹火筒就站了起来,痴痴呆呆地也不说一句话。

“当我不晓得啊,谁说我不行!”他又朝她叫。

小茶一跺脚，把吹火筒扔了过去，尖声地叫了起来："疯子！"

茶清老板出现在他们面前，看着他们俩。半晌，挥挥手，对小茶说："把戒指取下！什么地方？"

小茶赶紧便去拽手指。

吴茶清又对着吴升，口气很重："干活去！"

忘忧茶楼开张后的日子里，杭天醉带着小茶旧地重游去了。临行前他灵机一动，约上了吴升。

"吴升，吴升，你不是隆兴茶馆小跑堂的吗？去，跟着一起去开开眼，看看我和这杀猪的开茶馆是怎样的不同。"

小茶就欢天喜地地坐上了撮着的黄包车，旁边有小杭老板陪着，一路拉过去，就有一路的人斜白着眼，撮着就未免难为情。小茶浑然不觉，一路小跑跟在旁边的吴升则气得咬牙切齿。

他百思不得其解，何以茶清伯会让这两个家伙胡作非为，而撮着也竟然以为顺理成章？难道这跑码头的女人，真的要一步登天？

然而夜里在梦中，她却早就是他独占的了，是他无论怎样地糟践都逆来顺受的他的女奴。只是你看她现在春风得意的样子，她跨过茶馆的门槛时想不起他曾经把她从门槛上推下来；她上楼梯时想不起她怎么样翻着跟头跳上去；她在楼上小戏台子上来来回回走了一圈，还啧啧地夸着雕梁画栏，不知她比戏子还贱，贱货！贱货！

但是那不长眼的有钱少爷却偏抬举她，那就是一对一的贱。你看他还小心扶着她坐在廊栏前，又买了瓜子、松子给她吃；她喝茶吃瓜子的样子——他妈的又贱又迷人。她还知道用那小瓜子仁儿喂廊下挂着的鸟儿,那样子又纯得滴水,叫吴升无法想象烛光下的淫乱。

奇怪的是吴升一方面气得头昏眼花,一方面却又一丝不苟地在那挂着名画的茶室里张罗,把天醉、小茶,甚至撮着,都安置得妥妥帖帖。

"吴升,我看我还是把你从茶行里叫回来开茶楼算了,你干老本行,看着都舒服。"天醉说。

"那是伺候人的活儿啊,"吴升说,"哪能干一辈子?"

"这倒也是,我看出来了,吴升是个有抱负的人。有抱负好,我会助你的。"

"谢谢杭老板。"吴升就欠着身子做奴才状。小茶在旁边看了,打了个寒战。现在,一下子,她什么都想起来了。许多年以前,少爷给了她松仁儿,吴升踩在泥地里,又挖出来给她吃。他还哭了呢,他为什么哭?

夏季的日子里,沈绿爱过得很平静。丈夫每天早出晚归,有时在茶庄,大部分时间,是在候潮门茶行。春茶生意过后,丈夫又开始张罗到桐庐收鲜枣,到塘栖收莲子,加工后,运销香港和广东。再有的时候,丈夫便是在茶楼中度过了。茶楼开了张,白天有人来斗鸟、吟诗,夜里听评弹和大书。丈夫常常半夜三更回家,有时甚至彻夜不归。回来了,见着妻子,很客气,小心翼翼地告诉她,到哪里去了。而她,大半是已经睡下了,听了他的解释,她连头也不回。

她对她依旧是处女的状况,也已经无可奈何地接受了。这一件床上的私生活,现在已经成了整个家族的公开的秘密。她的母亲和婆婆为此专门开过几次神秘的会议。接着,各种各样形色诡谲的郎中,开始出现在忘忧楼府。她的丈夫,开始吞吃各种各样的中药。

沈绿爱冷漠地看着这些人鬼鬼祟祟地窃窃私语,一段时间以后,婆婆问她,有没有好一点。

“没有。”

她硬邦邦地回答。

“你自己要上点心啊。”婆婆说。

“这不关我的事。”她漠然地说,心中怀着对这个女人的怨恨,瞧她生下了一个什么样的儿子。

“这种事情,两个人的,也难说哦。”婆婆微言大义地说。

终于,一个老卡卡的女人被一顶小轿子抬进了院子,她们把她和沈绿爱单独地关在了屋子里。

接着,沈绿爱便听到了她从来也没听到过,也想象不出来的许多古怪问题,她虽落落大方,也被问得面红耳赤,连连摇头。

那老巫婆又开始向她传授她的房中术,沈绿爱觉得又羞怯又好奇,她从来没有想到人生来还有这么许多乱七八糟的动作。她又蠢蠢欲动了。

半夜里,丈夫回到家中,悄悄地躺下了。她翻了个身,轻声问:“这么晚?”

“是啊,听金老大的《武松打虎》。”

她想再和他说几句话,把身翻了过来,丈夫像一只弓虾,头朝外,顷刻间,鼾声响起来了。

她叹了一口气,想,天亮时再说吧。

她几乎一夜没有睡，快天亮时，她小心翼翼地去碰她丈夫的背，丈夫醒了，把头斜过来，奇怪地问："天还没亮呢，你干什么？"

沈绿爱吃了一惊，丈夫的目光不再是胆怯、心虚和恼火。丈夫的眼睛里充满了陌生，仿佛在说，你是谁啊！

杂役吴升再一次进入忘忧楼府的时候，秋风已经起来了。

对吴升来说，没有一个秋天，比这个秋天更加伤感了。

夏末的时候，小茶去和吴茶清告别，她脸色不好，鼻翼上出现了小小的蝴蝶斑，她说："茶清伯，我要走了。"

吴茶清正在打算盘，噼啪噼啪，抬起头，看了她一眼，问："有地方住吗？"

"就住在——"

"——不要再说。"

吴茶清手掌用力一摇，挡住她的话："我晓得你活得下去就够了，别样事情，我不想晓得。"

小茶膝盖头一软，跪了下去："茶清伯，我不好再做下去了。"

吴茶清的目光，从她面孔上移下来，移下来，一直移到脖子下面、胸脯下面。他突然站了起来，又坐下了，松了口大气，把抽屉打开，一长条银圆包好，取了出来。

"拿去吧，总有用得着的时候。"

小茶哭了，杭天醉在吴山脚下租了一套小院，她得搬到那里去住。她怀孕了，这对她来说是无可选择的事情，至于她这算是妾，是外室，还是其他什么角色，她是不曾去多想的。

"起来吧，"吴茶清挥挥手，"过得好就过，实在过不好，再来寻我。”

小茶在进入自己的小院落前，还经历了一件事情。轿子抬到清河坊的时候，路堵住了，说是前面有个女叫花子死了，没人收尸，正横在路口呢。

天醉从轿上下来，一会儿就上了小茶的轿，说：“我手头没带银圆，你给我几个。”

小茶的那筒条子就打开了，银圆滚在地上，咕噜噜响，杭天醉取了几个。小茶看着杭天醉给人钱，有人抬起那叫花子，一颠，一包东西掉了下来，打开一看，是一只茶盏，侥幸没有打破。

老太婆那张脸，烂得鼻子嘴巴都分不清了，一看就是个生杨梅大疮的妓女，年老色衰，脏病染身，最后落一个暴尸街头的下场。

杭天醉捡了那茶盏，又撩起轿帘，要把它递给小茶。小茶慌得要推：“不要不要，讨饭佬的。”

“她是小莲，”杭天醉说，“这茶盏是我给她的。”

“小莲是谁？”

“给你吃松仁儿的人。”

“我可不认得她。”

“不要问了，收好。”

杭天醉突然不高兴了，小茶连忙接了那茶盏，抖抖簌簌的，也没地方放。最后，找了她的小包裹，把茶盏打了进去。

但是，她讨厌这只茶盏，许多年来，见到这只茶盏，那张腐烂的老脸就会从她的记忆深处浮现出来。

吴升一直跟在他们的后面，一直跟踪到吴山脚下。他亲眼看见小茶进了那个门口有一株狮子柳的小院子，白色的粉墙，圆的洞门，用瓦片叠成的墙窗。门是朱红色的，对开的，两个铜门环挂在那里，那么无动于衷，仿佛谁住在那里都与它无关。吴升走近了，贴着门缝往里望，他吃了一惊——他看见撮着在院子里搬着家具。他也知道了？那么还有谁不知道？难道杭天醉的那位大脚老婆，也允许了小茶的存在？

吴升知道，有钱人家三妻四妾是很正常的。那么，他吴升是败了，他悻悻然地往回走。

撮着拉着空车，走过他的身旁。吴升说："杭老板有乔迁之喜了？"

撮着吃了一惊，见是吴升，才说："我当是谁！草帽压得那么低。你怎么到这里来了？"

吴升便撒谎："正要到茶庄去取银子，卖家只相信你们茶庄用印子戳的银圆，路过这里，就见小茶往这个院子进来。新鲜，杭老板娶二房了？"

撮着再也不吭声了，闷着头往前面拉车，吴升心里那口恶气出不掉，是不肯罢休的，说："撮着，你跟着你家少爷，胆子也真大，什么事情都敢做。"

撮着把头抬了起来，很诚恳地说："吴升，你这个人，就是没有分寸不好，问东问西，问得太多了，要有祸祟的。"

吴升倒是被这个三十来岁的同行的一席话说得闷住了。他盯着撮着那副牛眼，黄的板牙，面孔瘦得刮不下半两肉来，脑后那根辫子盘在脖子上，像根烂井绳。吴升想，莫非我也有一个这样的将来？

“轮不着你来教训我!”他咬着牙齿,对撮着说。

“不是自家的东西,想都不要去想。”撮着继续说。

“轮不着你来教训我!”吴升咆哮了,跺起了脚。

“你要吃亏的。”撮着再一次认真地停下了车,“你这个人,要心太重了!”

吴升进了忘忧茶庄,账房先生是个胖子,见了吴升便说:“我这里没有现钱。”

“茶清老板说好了,叫我来取的,人家只相信你们这里的银圆。”吴升见了旁人,依旧是很乖巧的,尽拣一些好听的说。

“你?”

账房从眼镜上面对他看。

“押镖的在门口等着呢。”吴升又说。

账房说:“原来倒是准备好了的,前日被老板支走了。”

“老板的日用开销,还要到账上来取?”吴升装作不晓得,其实却明白了,这些钱派了什么用场。

账房说:“你这穷得叮当响的光棍,哪里晓得大有大的难处!拆了东墙补西墙的事情,再平常不过的。”

“那我们那头怎么办? 老板等着银子呢!”

账房见四周无人,才说:“我给你指点一个人。”

“谁?”

“你去找少奶奶。”

“茶庄不是一直就由杭夫人撑着吗?”

“如今杭少爷升上来主管了。他又不是个真正在上面费心思的人。挣得不少,花得也不少。杭夫人对他,也是睁只眼闭只眼。茶清伯又走了,这里上上下下,我看杭少爷也就对着少奶奶心里发点怵,别的还有谁在眼里?”

那账房因为和吴升熟了,又兼杭天醉自掌了事以来,常到账房处随便支银圆。有时,拉开了抽屉,有多少就拿多少,连数都不数。那账房要他等一等,他便说:“等不得,有三个买主盯着金冬心那幅《寒梅图》呢,就看谁先把钱送到了。”

“那也得数一数啊!”

“不用了不用了,自家的钱还不知道怎么用?”

这么说着,人和声音已经在外面了。

账房正愁着没有一个人替他传话,这个账,他是越来越没法做了。老天开眼,吴升,就给他把机会送上门来。

吴升见有机会去亲自面对少奶奶,激动得眼睛都亮了起来。他的心里有一团火在燃烧,不管三七二十一,他要冲上去。

然而他毕竟年轻,没有经验,没有尝试,他不知道告密的程序是应该怎么样的。他虽然生性能察言观色,又会弄虚作假,但毕竟是在杂役的生活圈子里,是在垫底的过程中翻些小浪花,这和大户人家富人们之间的耍心计,层次完全不一样。

吴升首先在第一条上就失败了,他连阵脚都没有稳住。重新见到少奶奶沈绿爱的第一眼,他的腿肚子就要命地发软。这种女人,艳若桃李,冷若冰霜。吴升见到她的时候,她正坐在廊前,茶几上放着一排的玻璃杯,足足有十几只。那女人穿一身浅色绿绸衣,正用茶炉煮开了水,往那十几只杯中倒水。天光很亮,把杯子倒影照在荸荠色的茶几上,长长地拉出一排。那杯子却像要透明地化入天光之中去,但又因了绿色茶叶的环绕升腾而显现了轮廓。茶在杯中的冲泡中起伏旋转,十足地像是一个长长绿袖的女人在舞蹈,在呻吟,在企盼。渐渐地,那些茶一根根地竖了起来,簇簇拥拥,争先恐后挤到水面,各自有各自的位置,便屏息静气地展示绿色。那光芒,真是如日中天。但是时间很短,光阴似箭,岁月如梭,齐刷刷地一排十几只杯中的茶,几乎同时下沉了。下沉了,一直沉入杯底。

沈绿爱在做这件事情的时候,全神贯注,不动声色,屏心静气。吴升在一旁晾着,便大气也不敢透。他一点也不明白,有钱人家搞这些东西有什么意思。但它的确是很好看的,很奇异的,而且,很香。

"说吧。"

她终于开口,她的眼睛又大又黑,蒙着一层冰霜。吴升心中一惊,他一下子就不明白,自己应该说什么,怎么说了。

"账房先生那里取不到钱。"他慌慌张张说。

"这不关我的事。"她开始拿起两杯茶,放在天光下比较它们的色彩。

"你看哪一杯水颜色更好?"她问他。

他胡乱地看了一下,指着一杯颜色偏绿的,说:"它。"

"算你聪明,这是沸水稍凉片刻再泡的。"

"是。"

"是什么? 是是是,你倒说出个道理来!"

"水太烫了,泡不出好茶。"吴升说。

少奶奶慢慢地用大眼睛盯着他,说:"讲对了,讲对了。"她站了起来,在走廊上走来走去,自言自语:“做人也一样的,懂吗?”

吴升慌了起来,想自己是不是碰上了一个脑子有毛病的人。

“账房那里取不到钱。”

“我不是跟你说过了,这不关我的事。”少奶奶有些惊讶地说。

“杭老板全支走了。”

“你怎么知道?”

“他支走了。在吴山租了房子,还养了一个女人。她叫小茶。是从我们茶行接走的。”

他想都没想,就咕噜咕噜地往外倒个底朝天。

“你说什么?”

“很长时间了。大家都晓得了,就你不晓得。”

沈绿爱轻飘飘起来。她想她是怎么啦,怎么有一种在半空中浮游的感觉,她嘴里吐出的字,一个个像气泡,可以在天上飞。她听见她自己对自己说:“你滚开!”

吴升想,少奶奶要昏过去了。他又兴奋又恐惧,又解气又心慌,他语无伦次地喊了一句:“他们睡觉,我门缝里看见了!”

然后,他便全身哆嗦着往回跑。他还期待着一声惊叫,但是没有。他从假山后面看见少奶奶坐在茶几后面,两只手要去掀茶几。吴升眼睛闭上,准备听那惊心动魄撕心裂肺的粉碎之声。他再睁开眼睛时,却看见少奶奶坐在烟雾升腾的热茶后面,捧着一杯茶,慢慢地,一口一口地,抿着。

第十五章

被冷水冲泡着的那杯绿茶，在几乎等待了整整四个时辰之后，伴着天光，并没有一分一分地移落下去。茶叶冷静地摊浮在水面上，不动声色。面朝上的那一层皱着脸孔，干瘪瘪的，仿佛下面托着的不是水，是透明干燥的空气。

沈绿爱几乎一眨也不眨眼地盯着那杯茶：天哪，天哪，这是怎么搞的？它们怎么不向下面沉？哪怕沉一片也好！她焦虑万分，在夏季的热风里，她竟然被骨子里的寒气侵袭得簌簌发抖。

她的心大片大片地塌落下来，她甚至能听到塌落时的轰响。先是一阵，过一会儿，又是一阵，间隔的时间越来越短，她的耳朵里，轰隆轰隆地便连成了一片。

她全神贯注地去盯着那杯死不肯下沉的茶水，是因为这样可以避免去想刚才她听到的事情。一意识到这件事情的存在，她就猛烈地恶心起来，她呕吐的样子，使她看上去倒像是一个孕妇。

怎么可以有这样的事情！这是绝不能够发生的！多么可怕啊！多么恶心！多么耻辱！多么丢脸！我竟然以为他……沈绿爱像是被雷击中了一样，惊跳起来，撑直了脊梁，脸一下火红火红……我镜子里的半裸的身形多么痴呆，就像个傻大姐！这是怎么搞的，刚才只觉得郁闷无聊，突然就裂开了一个大伤口，无边无沿无底的深渊般的大伤口。

在夜色朦胧之中,她仿佛看到她的陪嫁丫头婉罗在她眼前晃过,又好像听到有人叫她去吃饭。她厌倦地挥了挥手。天什么时候黑下来的,她不记得了,大概是在她的心也黑下去的时候吧,她听到了院落中寒虫的初鸣。抬头望望院子上空的夜,星稀稀落落,无精打采,仿佛不得已才显形似的。激怒的潮水,如此之快地漫了过去,现在是退潮后的虚无了。

婉罗又过来了,说:"夫人要见你。"

她一动也不动,随便来谁,现在对她都无所谓了,她活不下去了。想到活不下去,她的眼睛亮了起来,"死!"一个闪电劈入她的胸膛,她心里一阵轻松,她有出路了。

她腾地一下跳了起来,冲进房间,发疯一样地往梁上看,她想寻找一个挂上吊绳的地方,但是竟然没有。她着急了。屋子里黑乎乎的,她抓着那根冬天当丝巾的"上吊绳",团团地转。婉罗早就吓哭了,把汽灯点着了放在梳妆台上,便跪了下来,边哭边喊:"夫人,夫人,少奶奶要上吊了!夫人你快来啊!"

林藕初一头闯进了房间,她顿时明白了一切。

"下去吧。"她手里提着一把扑蚊子的团扇,轻轻说。

奴仆们都下去了,剩下婆媳两个站着发愣。

她们互相对峙了一会儿,最后,婆婆自己拉开了椅子,坐下,说:"要死,也等明白了再死。"

沈绿爱站着不动,说:"你们不是等着我死吗?"

林藕初听了这话,也不搭腔,对着灯芯,发了一会儿怔,说:"没啥大不了的事,天醉原是真有病,在你这里没治好。"

“什么病！恶心！我不活了。”

沈绿爱又想上吊，但已没有第一次的兴奋与激情。

林藕初叹了口气，说：“天醉是怕你三分呢，你一个女人，气是太盛了。”

沈绿爱不明白婆婆的话，她刚才的那种混混沌沌的表情突然没了，像是被她的婆婆挑明了，便说：“我再气盛，也气盛不过你啊！你气盛得丈夫都死在你前头了！我却是没你的福气。我就死在他前面了，让你们以后过清静日子去吧。”

林藕初气得手也发起抖来，却使劲忍住了，说：“绿爱，你是个聪明女人，说话做事，要凭良心。我问过天醉，他不是不想跟你过，是不能过，你吓着他了！”

沈绿爱气得也顾不着上吊了，问：“我怎么吓着他了？我怎么吓着他了？我什么都没有说，什么都没有做，我怎么就吓着他了？”

“大户人家的女儿，有几个像你那样。一双大脚不去说，胸脯挺得贼高，喉咙嘣响，人没到声音先到。你是山里头野惯了，还是城里头荡惯了？婆婆不要你三从四德，不过温顺贤惠总也要晓得。你看你这副吃相，上吊啊绝食啊，这都不是真本事。你有真本事，当一回女人生一回儿子，也叫我当婆婆的佩服一回！”

“你，你，你……”媳妇气得话都说不出来，“你们杭家没一个好人。”

“我不姓杭，我姓林。我抬进杭家，十年没有开怀，我吃的苦头，你一生一世也吃不光的。你这还没开始呢，抬进来还不到一年，你就跳蚤一样蹦上蹦下了，你跳给哪个看噢，当我会可怜你？笑话！”

婆婆一顿劈头盖脸的冷嘲热讽,把一意任性的沈绿爱骂得愣住了出神,她吃惊得嘴巴半张着,不相信自己的耳朵!

婆婆生性通情达理,上上下下都打发得周全,婆婆还识字断文,从不计较她的这副大脚。她从来没有想到,婆婆那么残忍,你看她手里拿着一炷香,黑魆魆的房间里,便只有她那个瘦高个黑影子,两个肩膀撑起,像一只停栖的黑鹰,手里那束散发奇怪香气的香在闪闪烁烁地挤着诡眼。

沈绿爱看到了她的命运的眼,向她挤着嘲弄的光,黑暗中到处是那光的同类!那是她的命,在冰冷冷地注视着她,等待着她上吊。

她又看到了那把"吾与尔偕藏"的曼生壶,它静静地放在古董架上,象征着杭天醉的生活。砸碎它!沈绿爱一把抓起壶来,便高高举过了头。没有一个人阻挡她,但所有的眼睛都盯着她。曼生壶在她手里颤抖着,等待着粉身碎骨的命运。沈绿爱也和它一起颤抖着,仿佛他们同病相怜,相濡以沫。

"不!"她竭尽力量大叫了一声,放下手来。她的声音又尖厉又刺耳,整个忘忧楼府的旮旮旯旯都听到了这个女人发出的拒绝声。这个声音很新鲜,有冲击力。五代单传的杭氏家族,还从来没有人公开发出这样的抗议!

三天以后,病倒在床上的沈绿爱终于起床了。这三天里她做了许多乱梦,但都没有记住,她起床时只看见了一件东西——她用冷水冲泡的那杯龙井茶。浮在层面上的茶叶终于舒展开来了,茶汤已经呈现出黄绿的色泽。叶片,正在一片片地用极其缓慢的速度,往下降落。

沈绿爱披头散发地靠在床头的梳妆台上,双手撑着下巴,呆呆地盯着这只玻璃杯。她把眼睛睁得那么大,目光那么专注,她看这个杯中世界的沉浮,几乎看得出了神。

婉罗走过来,小心翼翼地站在她旁边,不知如何招呼。

"我睡了几天?"沈绿爱问。

"有三天了吧。"婉罗不解地问,"小姐,你看什么?"

"茶真好看,"沈绿爱说,"我从来没有想到,茶会这样好看。"

婉罗想,小姐受刺激太深,脑子有毛病了,开口说话这么古怪。但沈绿爱却一掀薄衾,起来,轻轻松松地说:"我要吃饭。"

婉罗吃惊地为她的主人去张罗吃饭,不明白主人发生了什么事情,临走时她顺手端起茶杯,沈绿爱却叫道:"别碰它!"

"你是说它?"婉罗端着那只茶杯,"我去给您换一杯热的。"

"你给我放下!"沈绿爱说,"我就要这冷的,我喜欢看它。"

吃过早饭,沈绿爱到她的婆婆那里请安,她笑吟吟地坚定地向她的婆婆走去。婆婆此刻正在和茶清伯商量着茶庄的生意,见着了媳妇,除了面色有些苍白,依旧是光芒四射的神情,说:"怎么才躺几天就起来了?"

"病好了,自然要起来。"媳妇亲切地坐在婆婆身旁,"你和茶清伯上了年纪的人都在操心,我们下一辈的人怎好老是躺着?和你们在一起,多听听,也是长进嘛!"

吴茶清感觉到新媳妇的目光,像一把刀子在他眼前微笑着,寻找着下手的地方。他捻着山羊胡子,微微闭起了眼睛。

"我有一个主意,不知说出来有没有用。"

婆婆和从前的管家不约而同地盯着了她。她说:“咱们家春上是最忙的,秋季就闲了,不如趁这时间做杭白菊生意,一样是冲泡了喝的,有人还喜欢以菊代茶呢!”

“这主意从前也不是没想过,只是杭菊主要产在桐乡,谁去办这件事情?”

“我家有个亲戚,恰是在桐乡种杭菊的,一应事务交给他便是了。”

林藕初盯着媳妇看了片刻,又看着吴茶清,吴茶清只顾捻着胡子,不说话,林藕初便也不说话。

沈绿爱乖巧,便问吴茶清:“茶清伯,你看如何?”

吴茶清双手轻轻一揖:“免问,不怕我抢了你生意?”

沈绿爱站了起来,喜形于色,说:“茶清伯是说我能挣钱呢! 等天醉回来便与他商量了,由他定夺吧。”

沈绿爱刚走,林藕初便说:“她有本钱她去做吧,我是没钱给她的。”

吴茶清叹了口气,说:“作孽。”

“你怎么也说起这泄气话来?”林藕初说。

“天醉要难做人了。”

“什么难不难的,没有香火才是最大的难。你从前也不是和我一样地着急。绿爱不生,现在有人生了,生了抱过来,不是一样亲骨肉。家门总算就不断根了。”

“操之过急,后患无穷。”吴茶清说,“我在忘忧茶庄三十年,今天,算是看到你的对手了。”

“你是说她要和我作对?”

“岂止和你，我看，她是要和我们所有的人作对了。”

“她有什么本钱？连个伢儿都生不出的人，还哭哭啼啼要上吊呢。我说你吊呀，你倒是吊给我看看！”

“她再也不会上吊了。”

“你倒是还蛮看重她的。”

吴茶清露出了难得的笑容，说：“杭家亏了有你们这样的女人。三十年前头，你活脱脱就是一个她。”

林藕初也笑了，且说：“如此说来，我还要让她三分啰。”

“男人不惜女人，倒也罢了。女人不惜女人，好比自己劈自己巴掌。西方基督教是讲一夫一妻制的，从前太平军也有过这种规矩。”

“我也没有让天醉娶小呀。不过天醉没法跟绿爱同房，本来想悄悄生养一个，把那姑娘也好好安置了便是，哪里晓得吴升会去插这一脚！”

“将来坏事，怕就坏在这种人身上。”吴茶清说。

吴茶清把吴升叫去，把二十块银洋往他面前一放时，他就什么都明白了。

“茶清伯，茶清伯，你怎么可以这样做呢？你错怪我了，我一个字也没有吐，东家的是非长短，怎么轮得着我们伙计来多嘴多舌。实在是少奶奶逼得我没办法。她统统晓得了，只叫我点个头，我哪里知道会差点弄出人命来！还要丢饭碗！茶清伯，你发发善心……”

吴茶清把二十块银洋往前一移：“我留你不得。你心气盛，杀气也盛,留你便是留祸水。走吧,回老家讨个老婆,心思收回来吧。”

吴升手脚哆嗦起来,结结巴巴地说:“讨……老婆,还早……早……早着呢,我想都、都、都没有想到……过……”

“不要讲了,你肚皮里几根虫,我有数。”

吴升呆住了,膝盖一软,跪在吴茶清脚下,抱着吴茶清的双腿,呜呜呜呜,双手拍打着满地泥巴,大哭了起来。

想起他那个凌厉而漂亮的妻子,披头散发地要上吊,杭天醉就愁得头发根子倒竖。

说来,把小茶从茶行接出,也是十分无奈的事情。原来肉体的迷恋竟是这样的。杭天醉至今也说不出,为什么对小茶这样一个女子,他便会生出雄健豪迈的征服之心,这颗征服之心如此强大,竟然在他的胸膛里砰的一声,当场爆炸,而它的碎末又竟然游遍他的全身,左右了他的肉体。如果说,他在沈绿爱面前是想要强也要强不起来,那么,他在小茶面前,则是想软弱也软弱不下去了。

和小茶无休止地做爱,也许和那些乱七八糟的中药有关系,也许没关系。反正杭天醉知道自己是陷进去了,陷入了弱的泥淖。和百依百顺的小茶在一起,他成了一个吆五喝六的大老爷们儿,他喉咙响一下,小茶就会吓得目光抖一下。他很解气,很欣赏这种关系。他在妻子面前的表现恰恰相反,妻子稍微扬一扬柳眉,他就自己吓得目光抖一下。他以为自己做了亏心事,小鬼终究要在半夜敲门的。他无可奈何地等待着这一天的到来,这一天便终于给他等到了。

妻子寻死觅活的三天中，他无颜回家，便无可奈何地躲避在小茶的怀抱中，唉声叹气："我早该跟寄客去东洋的。"

"是啊，去东洋。"

"在那边无牵无挂，连性命都不用顾及的，只管想干什么就干什么，神往哦。"

"是啊，神往。"

"你晓得什么叫神往？"他便找小茶的碴子，"你连大字都不识一个。"

"神往就是想死了。"

小茶老老实实地说，她难看起来了，一脸的蝴蝶斑。

"是啊，我真想过那种日子，又通气又畅快。"

"都是我不好。"小茶说，"你回去好了，小孩生下归我养，你只要给我们一口饭吃，就够了。"

杭天醉盯着小茶，想不明白女人的无限奥妙，她怎么那么快便从一个少女变成妇人，连她说出来的话，都仿佛很旧了。

"你真的只要一口饭吃就够了？"

"真的。"

杭天醉长叹了一口气，又有说不出来的不满足。

是这样的女人太容易征服了？伸手一抓，便在掌心了，所以不过瘾？

那么回去，找那个光芒四射的妻——怎么样？

杭天醉浑身上下松松垮垮，便一点骨气也没了。

农历九月十八，林藕初派人挑了供香之物，给小茶送来，又给天醉发了话，说媳妇不闹了，避过这一阵便可回来。但农历九月十九是观世音生日，必得到“湖上小西天”三天竺去烧香，保佑杭家人丁兴旺。小茶既有孕在身，早一日去，省些喧闹，也是可以的，只是必得天醉亲自送了去，才是心诚。

原来观音菩萨在杭人心里是有三次诞辰的：二月十九、六月十九、九月十九，那三日，市人朝山进香，蜂拥鱼贯，摩肩接踵，直奔杭州西北的三天竺。前人曾有对联：“山名天竺，西方即在眼前，千百里接踵朝山，海内更无香火比；佛号观音，南摩时闻耳畔，亿万众同声念佛，世间毕竟善人多。”

杭天醉骨子里不信鬼神，态度倒是和孔子一致的，一是敬神如神在，二是不语怪力乱神，倒是想到能借此机会去三生石一趟。他与这块石头，真是久违了。

杭人向曰：韬光观海，天竺观山。游天竺，但为那数十里秀色山峦，罗列青峰，从下天竺至上天竺，一路有灵鹫峰、莲花峰、月桂峰、稽留峰、中印峰、乳窦峰、白云峰、天竺峰等。杭天醉和小茶要去的下天竺法镜寺，就在莲花峰前。这莲花峰与灵鹫峰相接，山虽不高但山形特美，山上有巨石壁立，顶上开散，犹如盛开的大瓣莲花，故有人吟“巨石如芙蕖，天然匪雕饰”之诗。那高约三丈、宽约六丈的三生石，就在莲花峰下，天醉让下人陪小茶入了法镜寺，自己则消消停停地来到三生石前。

现在，他又看到那首关于三生石的诗了：“身前身后事茫茫，欲话因缘恐断肠。吴越山川寻已遍，却回烟棹上瞿塘。”他很奇怪，先前一路上想象的再见三生石的激动，怎么一点也没有发生。光天化日之下的山林怪石藤葛茅草,看上去虽则多了城里没有的山意,但和许多年前黑夜中的三生石却是完全不一样的。在夜梦里,那是好像被罩了一层清漆的幽亮的地方,又深邃又不可知。他好久也不明白,为什么会发生这样的变化。直到他感到了隐于山中的那份孤寂,转身离开的时候,他才想了起来,从前的三生石有两个人,他拥有过两种完全不同的生活,如今的三生石却只有他一个人了。他结婚、偷情、纳外室,很快将有孩子,但他只有一份无可奈何的生活了。在这种生活里,他迷乱了一阵,然后,便是长长远远的迷茫。

巨大的命定的波澜,第一次不可阻挡地淹没了他。直到此刻,他才明白,他和赵寄客是完全不一样的人,他们已经完全不一样了。哪怕他此刻回过头去寻找,他赤着脚去追赶也无济于事了。这是谁让他落到这种境地的？谁在冥冥中把他的命运捏在手心中？杭天醉在那条长满了皂荚树的山道上怔住了。他被他自己的生活惊得目瞪口呆:去年此时,我还无牵无挂,今年此时,我竟然有两个女人了！秋日的阳光照在山路上,杭天醉的眼睛迷蒙了起来:前面白晃晃的是什么？是那个久远的银色之夜里的银色背影吗？那背影总也不回头,像青天白日之下一个固执的梦。他惊声问道:“你认命吗?”

那背影用他听惯了的熟悉的声音,斩钉截铁地回答:“认!”

从法镜寺出来时,山道两旁,蹲满了从各地赶来的蓬头垢面的乞丐们。观音菩萨的每一次生日,对他们而言,都是巨大的狂欢节,他们要靠观音的余荫来度过他们的饥寒交迫的余生。小茶走了几步,拉住了天醉的袖子,悄悄地说:"快走,我看见一个熟人。"

"谁?"

"吴升。"

"有什么可怕的?"

"我不知道。不过他倒是和那些叫花子混在一起。"

"真是他。可怜,茶清伯把他辞了。那也是没办法。他这个人心术不正,他一直在缠你,是不是?没关系,行了行了,瞧你脸红的,好像真的就有了什么事情似的。我们走吧,他是不是头上还扎着块破布?我看见他了。我们就装作没看见他,走过去算了,免得碰上了彼此尴尬。真想不到,他没有去他的安徽老家,他竟然混到讨饭堆里去了。"

十八日夜里,天醉携着小茶去西湖边放莲花灯。旗营各个城门,此一夜城开不闭,任人进出。杭人于十八日游夜湖,主要还是为朝山进香。善男信女早在数日前就已准备了,至诚者都是步行的,由钱塘门沿着里西湖,直到灵隐天竺,二十多里路,沿途寺宇林立,香客逢庙烧香,见佛即拜,湖边路上,一路香火逶迤连绵,忽隐忽现,幻影憧憧如明如灭,竟也映出了一个火树银花的不夜之湖。

那些不去西天拜佛的人,事先则预订了游艇,约定了晚饭后登舟,到湖上荡漾。大游船可容十至二十人,中有大舱,可开筵席。天醉家的"不负此舟"已经被家人用去了,天醉便雇了一艘瓜皮小艇,艇上除了舟子,只坐了他与小茶二人。

此时的夜西湖,杭人开始放莲花灯了。灯以纸制,状似莲花,下托木板,并立一钉,上插红烛;灯燃花放,浮于湖中,或多或少,但须得双灯，用暗线接在一起，以图吉利。

渐渐地，这黑丝绒一样的宽大的湖面上，莲花灯就布满了。微风吹来，心旌摇曳，花灯亦摇曳。红火微星，楚楚动人，时远时近，时谷时峰，星丸错落，辉煌烛天，水面又作一色相，正可谓夜静水寒，银河下凡了。

杭天醉那颗白天在三生石生起的惶惶不安的心，渐渐地，便被这强大的世俗的美丽化解了。他想，也不是非得和寄客一样才好的吧，认命不是也有认命的道理吗？比如认命便可以放花灯了。况且，在他看来，每一盏莲花灯，都是大有深意的，都是有一个人的魂儿，附着隐秘的欢喜与痛苦，化作了烛光，在这样自由的湖上和风中，无拘无束地荡漾着的。他仿佛听到从湖上传来的此起彼伏的众生的祈祷，阿弥陀佛……他被这种既美到极致又虔诚到极致的夜景感动得热泪盈眶。坐在另一头闲望的小茶，不明白少爷何以久久地不说一句话，又见他手忙脚乱地找蜡烛，便问："你找什么？"

"快，那边有一只莲花灯被风吹灭了，你瞧它多可怜，它怎么没有和我们一样成双成对地放着花灯呢？快，划过去，我至少可以把它重新点起来。一只孤单单的花灯，还被风吹灭了烛火，那放花灯的人儿该多么伤心。怕此人也是个孤魂吧，要不怎么就放了孤灯呢？再划近一点，让我把它先捞起来，我看看，那里面写着谁的名字。"

他一手捞起那盏花灯，往花心处看去，便一跳，怔住了。小茶问："看到了？是谁啊？"

杭天醉点了那花灯，把它重新放入水中。灯儿摇摇晃晃远了，汇入了灯海烛光,找不到了。

“你倒是说话啊,你哑巴了吗?”肚子里有了小孩,就好像打仗有了根丈八长矛,小茶说话,就有点不客气了。

“闭嘴。”杭天醉说,又对舟子打招呼,“回去。”

水影又滑又浓,倒映着荷花,如着了红妆。红光,一会儿连成一片,一会儿又碎成万缕千丝,有着一种说不出来的凄婉的幻象的美丽。杭天醉望着湖水。水下,便渐渐升上来妻子的面容。他真想问她,这也是命定吗?茫茫灯海中,为什么唯有你的这一盏漂向了我?你怎么也会写“莲心正苦”这样的字呢?妻子在水下凄然一笑,便消失了。

杭天醉还没走进自己的院落,就听到了一阵古琴声,这使他十分诧异,弹的偏又是杭天醉极熟的《西泠话雨》,这才发现,秋气渐深,秋雨绵绵了。

从雕花镂空的窗框缝隙中望去,幽幽一盏暗烛,烛下一个穿月白大襟衫的女子,一头长长的黑发梳成松松的一个大辫子,正在轻挑慢拢。音流凝噎,欲言又止,无限秋思,尽在这样一幅夜图之中。

杭天醉不禁黯然神伤,虚虚浮浮地便飘上来一种别样的幽情。站在门外,踌躇着不知如何动作,又见绿爱停了琴,别过脸来,似乎听到了什么。

他不好再站下去,也是不忍再看到她那张凄然的脸。这张面孔因为忧伤而沉静下来,不再那么热烈鲜明,在灯光的散落寻觅中,竟化为朦胧古典的了。

绿爱见了丈夫归来,淡然地一笑,说:“回来了?”

“回来了……”

杭天醉到底做贼心虚，虚虚地飘过一句，就想进书房。

却见妻子起来，用干毛巾为他擦头，以往也有这样的事情，总不免有几句怨言，但是今天却不一样，只是细细地用毛巾擦了他的头发，又一声不吭地走开。

杭天醉被妻子一反常态的温情弄得忐忑不安，正在书桌前，妻子却已把那把曼生壶双手捧着，递到他眼前。

“你……我自己来，婉罗……”天醉心慌，站了起来。

“别说了，外面寒，喝口热茶吧。”

天醉看看妻子的眼睛，看看妻子端壶的手，手指长长的，指甲干干净净，红红的嫩嫩的，像肉体的触角。

妻子却又反身去了客厅，又说：“我长久不操琴了，今日来了一点心绪，不知会不会吵了你？”

“哪里哪里，”天醉连忙说，“我也是最喜欢听琴的，只是你嫁过来那么长时间，竟不知你还会这一门技艺呢！”

“在上海的时候，父亲专门请了一位琴师，教我和哥哥。学的是浙派……”

“这个我刚才在门口就听出来了，清、淡、微、远，这个境界，竟被你体会出来，想来也是花了多年工夫的了。”

沈绿爱见丈夫有心，便接了话头，说：“我父亲说了，女孩儿学点琴，存一点幽情旷志，竟也是好的，比一味地学绣花要强呢。”

“你父亲毕竟不是一般的人物，知道琴韵，原也是有德、境、道的，让你学的浙派，也是极有道理。你没听古人有言：京师过于刚劲，江南失于轻浮，唯两浙质而不野，文而不史……”杭天醉心里一松,便信口开河起来,又见妻子只对他微微地笑,便作了一揖,说:“我是纸上谈兵,眼高手低,真正要操琴,还是得看你的吧。”

沈绿爱也不推辞,正襟危坐,焚香祝之,又弹了一曲《胡笳十八拍》,竟然把个杭天醉听呆了。曲调先是低沉徐缓,继而婉转哀怨,继而激愤,继而狂喜,继而哀痛,继而思绪万千,心如刀绞,最后把听的人和弹的人都裹挟进去,不能自拔。

半晌,杭天醉才从痴醉中醒来,说:“我怎么觉得,从前竟是不认识你似的呢?”

沈绿爱淡淡一笑:“从前我在乡下的时候,最喜欢往山上跑,家中佃户的小孩也喜欢跟我。父亲回来,怨母亲没把我调教好,生了一男一女,男的倒比女的文气。他哪里晓得,我妈自己也是三日两头在外面的,那么大的田庄,全靠她撑着呢!后来去了上海,父亲弄了两三个老师来调教我,琴就是那时学的。”

“怪不得你……”

沈绿爱不说什么了,浅浅地笑了一下,便去张罗着睡觉。杭天醉心里紧张着,不知她会弄出一些什么动作,却见她和往日一样,并无发难,铺了两个被窝,扁扁的两床夹被便是了。

天快亮时杭天醉醒来,见绿爱裹着夹被,朝他蜷缩着,吹气如兰,睡得正香,一头的黑发披散在枕间,煞是动人。一阵冲动便向他袭来,刹那间他发现床上的女人都一样,并不可怕。

当他与她做爱的时候,他甚至发现她的表情和呻吟也和小茶一样,这使他自信心大增。他不明白,从前他是怎么啦,怎么会这样恐惧?

第二天傍晚,他在小茶那里吃的晚饭,后来就开始心神不宁。

挨到掌灯以后，他说："小茶，我要回去了。"

"回去吧。"小茶说，两行清泪就流了下来。

他不敢再看她，扭头便走，一天的秋雨在门外等着他，他又想留下，又想回家。

第二夜不像第一夜那么生疏了，绿爱显得浓情蜜意，也不再像小茶那样的被动了。但这样的主动并不叫杭天醉恐惧，他觉得这一切原来都是可以接受的。

杭天醉留在家里的时间越来越多了，这叫他的母亲林藕初很不好理解。白天他也出去张罗一些事情，但夜里是一定回家的。林藕初派人去打探过那个叫小茶的女人，回来说肚子是一天天地在大起来了，日子倒也过得干净，没有因为男人的朝三暮四而发难。林藕初听了，脸上便有了笑意。但是，她继而也发现她的媳妇嘴角深处抿进去的东西，这种用意志克制住不让其爆发的东西，太重了，便在她那光艳照人的脸上砸下了一条裂痕，从鼻翼开始，浅浅地划向了嘴角，随着岁月又渐渐加深，像一条笑纹，也像一条苦纹。有时得意，有时又似饱经沧桑。

一九二九，扇子不离手；三九二十七，冰水甜如蜜；四九三十六，拭汗如出浴；五九四十五，头戴秋叶舞；六九五十四，乘凉入佛寺；七九六十三，床头寻被单；八九七十二，思量盖夹被；九九八十一，家家打炭墼。

冬至那一日，过小年，杭家大院照习俗要到郊外上坟。新媳妇穿得花花绿绿出去，杭人的习俗，称为上花坟。

临出门前，左等右等却等不来那对小夫妻，林藕初正生着闷气，杭天醉就慌慌张张赶来，说："妈，绿爱在吐。"

林藕初听了一惊，赶紧往后院赶。她们的目光一相撞，做婆婆的就明白了，她的眼泪哗地流了出来，说："天醉，你要当爹了。"

那天夜里，天醉正要回房躺下，婉罗说："小姐吩咐了，在书房里给您架了小床。"

杭天醉听了当头一棒，不明白这是什么意思，冲进卧房，要问个明白。一抬头，便看见了那张冷若冰霜的脸。杭天醉还是不明白，上去扶住她的肩膀，问："你怎么啦？"

沈绿爱轻轻地，像抹布一样地抹掉他的手，说："别碰我。"

"为什么？"

"我嫌脏。"

杭天醉站了起来，在地上来回走了几圈，想不明白，这是怎么一回事。

他再盯着妻子看，想从她的眼睛里，读出一朵"莲心正苦"的花灯来。他失败了，他读到的是两个冰冷刺骨的大窟窿。

"你就那么算计我？你就那么恨我？"他沮丧着抬起头，看着自己的女人。他的沮丧中还带有一丝侥幸的游戏心态，他竟然还希望这是个大玩笑。

"我倒是算计你来着，可我不恨你。"女人半倚在床上，头发长长地挂下来，"开始我真的是恨你的，后来我明白了，我就可怜你。你这个男人，我是看透了，你就是个可怜人罢了，不值得我恨的。"

杭天醉呆若木鸡，半晌，说："你这话说得好！你这话说得好！你这话，把我给说透了。"

他眼前的这个女人白里透红，黑发如漆。他看着她，咬牙切齿,又情欲勃发。他恨不得当场就干了这个女人,可是刚抬起手,他就一阵大恶心,恶心!恶心!

他摇摇晃晃地往外走,沈绿爱眼看着丈夫的背影,她解气了,大笑,又大哭。她知道她复了仇。但她不知道她要得到的东西,一点也没有得到。

杭天醉摇摇晃晃地出了门,没有一个家人知道,他也无所谓。外面灯火辉煌,是清河坊的夜市。他茫然地在这当中穿行着。卖古董的,卖字画的,到处是人。卖家都认识杭少爷,拉着他要看货,他置若罔闻。倒是街旁拐角有一长条形桌,围着一群人在起哄。那桌子黑布罩面,两端分插一红一白两面小旗子,又见两节竹管,管口相对,分置在桌子两端。艺人轻轻抽出了管塞,用手指在两节竹管的管口轻叩数下,蚂蚁依次爬出,在管口前面站成数行,排列成队。一队红,一队白。又见艺人手举一面小黄旗,将黄旗在条桌中间一探,红白蚂蚁列阵向对方扑去,两两相扑,拼死厮咬,顷刻间混战一团,难分难解。此时,艺人在一旁,取一竹筷急速敲打一只瓷碟,嘚嘚声急,很有趣味。杭天醉不由得瞥了一眼,他愣住了——那艺人,恰是被吴茶清赶出茶行的吴升。他破衣烂衫,一身黑灰,头上扎块破布条子,丝丝缕缕地挂在眼角,只有那一口白牙咬得紧紧,一双黑白分明的大眼紧盯着蚁阵。

只见蚂蚁相搏,煞是勇烈,虽折须断腿,亦不败退。一蚁倒下,另一蚁迅速扑上,杀得天昏地暗,你死我活。正在难分难解之时,吴升在那两队蚁阵前挥一挥小黄旗,立刻,蚁们便偃旗息鼓,转身返回竹筒。那身强力壮的,最快回归,其次便是那些伤残的,拖着断足，奄拉着脑袋，在它们的身后，是尸横遍野。

吴升取出一个木匣，将那些阵亡的蚁尸用手掌那么轻轻一拂，便拂入了匣中，然后，他取出一个小瓷碟，脸上堆满了谦恭的笑容，低三下四地朝观众收小钱，收到杭天醉时，他愣了一下，腰就伸直了，脸上的笑容刹那间收得无影无踪。他把小碟子朝天醉眼前横蛮地一伸，像个强讨饭的。杭天醉却哈哈地大笑起来——这人间的纷争，与这蚁群，又有何异！

他扔下一把铜钿便扬长而去，朝着回家的路。他嘭嘭地夯开门，走回自己的屋中。婉罗在外间，见他回来了，有些吃惊，正要叫，他不耐烦地挥挥手："去去去，在这里待着干啥，还没讨你做小老婆呢！"把个婉罗吓得一声尖叫，眼泪出来，便扑了出去。

他回到里屋，自己洗了脚，点了灯，在灯下又看了一会儿书，然后，对绿爱说："进去一点。"

绿爱盯了他一会儿，发现他好像气盛得有点不正常，僵持了片刻，终于退让了进去。那杭天醉便心安理得地靠在床上看起书来，然后，打个哈欠，灭了灯，倒头便睡，不一会儿便鼾声大作了。

第二年春夏之交时节，一大早，吴山圆洞门报信来，昨夜小茶生了，是个儿子。杭天醉一听，立刻备了车去。这边，沈绿爱很快听到这个消息，不一会儿，便肚子剧痛起来，晚上杭天醉回家时，已是两个孩子的父亲。那傍晚生下的一个只有七个月，小得像个耗子。

林藕初大祭祖宗一番之后，亲自去了吴山圆洞门。她本来以为，要抱回这个头生的孙子会有一番周折，结果发现很顺利。小茶温顺美丽，也听话，听说要抱回儿子，流了一番眼泪，便没有了主张。

孩子就养在奶奶房中，杭天醉给大的取名嘉和，小的则取名嘉平。作为父亲的杭天醉，就这样，顺理成章地开始了他下一轮的命运。

第十六章

当杭天醉娶妻生子，重复上一代的日子之际，他在三生石前模模糊糊意识到的完全与他目前的状况相异的生活，正在大相径庭地进行着。1905年，赵寄客在日本加入浙江反清会党光复会；同年底，在东京一间秘密民舍，他宣誓加入了8月刚刚成立的中国同盟会。赵寄客和从法国赶来的浙江同乡沈绿村，被孙中山先生同时秘密接见。他们无条件地接受了同盟会的纲领：驱除鞑虏，恢复中华，创立民国，平均地权。他们对天发誓：矢信矢忠，有始有卒，如或渝此，任众处罚。

下一年初，沈绿村回上海，赵寄客随侠女秋瑾回浙，重新寄住在南屏山白云庵，并入浙江武备学堂执教，任工科教习。

在蒲场巷，赵寄客曾经和他从前的把兄弟杭天醉不期而遇。当时，杭天醉坐在黄包车中，左边拥着嘉和，右边拥着嘉平。看见持剑弁旅的赵寄客，他猛地一惊，站了起来，头撞着了车篷。他的两个五岁的儿子惊奇地发现父亲面孔潮红，嘴唇发抖，热泪夺眶而出。因为这样，他们深深地记住了那个穿军装的英武的男人。“他的手里有刀！”嘉和事后说。“不！他的眼睛里有刀！”嘉平纠正说，他记住了这个男人深陷的目光中杀气腾腾的东西。

他们还记得父亲和那人没有说一句话，他们一个坐在车上，一个站在路中，相持了片刻。那男人一个转身，刮起一阵旋风，扬长而去。他的辫子又粗又亮，像一根大皮鞭，抽打着风。

那一年，杭州发生了一些从未发生过的事情。

四月，新城官山有黄道士、罗辉、洪年春等，率众数百，纵火入城，反对抬高粮价，旋被官兵驱散。

同月，官绅王文韶、葛宝华、沈家本等人，为自办全浙铁路，集股二百余万两，拟订章程，坚持路权。

闰四月二十一日，杭州下城各机户罢工，抗议清政府连续增税。

七月，汤寿潜、刘锦藻在杭州谢麻子巷创办浙江高等工业学堂。

十月，杭州商务会成立，樊慕煦为总理，杭天醉为理事之一。

第二年正月，杭州、余杭等地发生草索帮聚众抢米风潮。林藕初的娘家被这些腰里缚根烂草绳的饥民吃了大户，亲戚纷纷逃入城中忘忧楼府躲避，气得杭夫人怨天尤人。儿媳妇说："这种世道，吃大户还算便宜，没有杀了人就算太平。"

婆婆说："你家没人来扫荡，你就站着说话不腰疼！"

儿媳说："谁说没有？去年我家就被吃了两回。我娘要报官，是我父亲挡了，说过去算了，留人家一条活路。"

杭天醉说："吃光最好，吃光最好，落得个白茫茫大地，真干净。"

杭氏兄弟已经习惯了家中这种奇怪的不温不火的纷争。他们很好奇，不知道吃大户是什么意思，家中来了那么多乡下客人，又是什么意思。

同年3月17日，秋瑾与徐自华来杭，赵寄客暗中保护他们，同上凤凰山，把杭州的街道、路径绘入军事地图。在岳坟，赵寄客远远看见秋瑾久久徘徊，不忍离去。他还听见她对徐自华说："死后若能埋骨于此，三生有幸。"

同年，孙中山在广州起义之后，秋瑾再到西湖，在白云庵聚集光复会会员秘密准备武装起义。此次会议之后，赵寄客在杭州神秘失踪，而绍兴大通学堂，则多了一位名唤赵尘的教习。

7月13日，起义事败，秋瑾被捕，14日于公堂书写"秋雨秋风愁煞人"之千古绝句。此时，吴山越水，大夜弥天之中，匆匆行走着一腔血仇的独行侠赵寄客。次日凌晨，秋瑾在绍兴轩亭口就义时，赵寄客刚刚看到了晨曦中尚未醒来的杭州城。

1908年，光绪三十四年，光绪皇帝和西太后几乎同时"驾崩"，地保打着小锣敲开了忘忧楼府的大门，通告两件大事：一是三个月不准剃头，二是一百天内不准唱戏。

不准剃头，对两个孩子没有造成什么太大的心理压力；不准唱戏，对两个孩子的父亲来说，却是一件极为苦恼的事情。茶庄的事情，越来越被家中那两个女人瓜分。剩下的事情，也都由吴茶清吩咐人做了。他只是管着一个茶楼，茶楼又有个林藕初的本家林汝昌管着，他就靠在茶楼里听听戏过日子。原来还可以在吴山圆洞门和小茶解解闷，小茶却又生了。这次生的是个双胞胎，一男一女，取名嘉乔、嘉草。因为有了嘉和、嘉平，杭夫人觉得没有必要再抱回来了，便留给了小茶。小茶坐月子，身边有了一对儿女，喜欢得掉了魂一般，哪里还顾得上杭天醉。杭天醉新鲜过了一阵，便又开始无聊,像只没头苍蝇,两头瞎忙,没人把他当回事了。

过了年,天气暖和,太阳当头。杭天醉穷极无聊,便翻了他平日里聚藏的一些戏衣,到阳光下来晒。龙袍、罗裙、绣襦、青衣,摊得满园子花花绿绿。又有那些假发、头套、刀剑、头花等等,金光闪闪,耀得嘉和、嘉平两个睁不开眼。嘉和头发软软的,脖子长长的,眼睛也长长的,颇有其父神韵,他安安静静地坐着,看他的弟弟嘉平舞刀弄枪。

嘉平是个早产儿,脑袋大,身子小,眼睛圆,走路易摔跤,但又生性爱跑,是他哥哥的反面。他拖着一把洋铁片的大刀,大刀在阳光下闪出异样的白光,把他的圆眼照得左躲右闪。他又使劲把刀翻过来,刀片便丁零咣啷响动起来。嘉平举起刀,向空中一挥,口里喊道:“杀!”

嘉和则坐在屋廊下的椅子上,说:“啊,你看,爹是这样的。”

原来,杭天醉憋了一会儿,戏瘾上来了,套了一件水袖罗衫,便袅袅婷婷地在园中走起了碎步。然后,长长地一甩,袖口差点甩到了嘉和的脸上。嘉平提着把刀,惊奇地发现父亲这样一身打扮,嘴里叽叽咕咕地念着,走路像飞,然后一个亮相,停住了,看看天,看看地,又看看草木,便唱了起来:

> 原来姹紫嫣红开遍,似这般都付与断井颓垣。良辰美景奈何天,赏心乐事谁家院……

父亲又突然停住了,对儿子们说:“这一出是《游园惊梦》,说的是阳春三月,桃红柳绿,杜丽娘独守春闺,伤春悲怀,出来赏玩,忽见一美貌书生，于是，她呀……”杭天醉一个亮相，又唱开了：

> 则为你如花美眷，似水流年，是答儿闲寻遍，在幽闺自怜……是那处曾相见，相看俨然……

嘉和清楚地记得，妈就是这时进来的。他从小就知道他是姨娘生的，所以归奶奶管，但他和嘉平一样，叫沈绿爱妈。妈对他很好，但是不亲，从来不打他，倒是常要打嘉平的小屁股。嘉平也知道爹还有个家，叫吴山圆洞门。有时，他见爹走了，便上去拉住衣角，说：“带我去吴山圆洞门玩。”

倒是嘉和，从来不说。都是小茶催急了，杭天醉才带嘉和去一趟。小茶叫他叫，他叫：“姨娘。”

小茶哭了，说：“你是我生的，晓得哦？”

“晓得，奶奶说的。”

“你要叫我妈。”

“那，屋里的妈呢？”他惊奇地问。

“叫姨娘一样的。”天醉说，“叫什么还不是一样？好比这孩子不叫我爹，叫我兄弟，我一点也不难过。再怎么叫，还是我生的。名分这种东西，再虚伪不过了，谁去较真，谁就是天字第一号傻瓜。”

“那为什么不叫她姨娘，叫我妈？反正一样的嘛。”

多少年来，小茶斗胆还了这么一句嘴，杭天醉愣了，说：“叫我姨娘好了，行不行？我是姨娘，你们都是妈，这下摆平了吧？”

小茶笑了，说：“你还不是怕她？她是大，我是小，这点名分我还不晓得，还用你来摆平？”

嘉和睁着迷茫的长眼睛，他不能明白，什么叫“她是大我是小”。但他知道爹怕妈。你看，现在妈进来了，穿着紫红色的夹袄，鬓上戴一朵红花。妈真是好看煞了，嘉和看见爹正在舞弄的长袖僵在了半空之中，脸上渐渐浮出了尴尬的笑容。

“男不男女不女，是吗？”杭天醉自己给自己解嘲说，脱下罩在身上的罗衫。

“没啥，杭家从来就是阴阳不分的，没啥。”沈绿爱说。

“说话清爽点，少指桑骂槐！”杭天醉突然发火了。

但沈绿爱却沉着冷静：“你看，你在后院唱杜丽娘，我在前厅抛头露面，不是阴阳不分吗？”

“我这是抗议！”杭天醉罗衫半解，头上假发饰和花钿也来不及撤，便气急败坏地叫道，“宫里驾崩不驾崩的，关我们老百姓屁事？凭什么他们死人，我就不能修面唱戏。我这就偏唱给他们看！”

“你到西湖边去唱呀！我陪你去。”

“你说得好听！”

“是我说得好听，还是你说得好听？我看你也不过是在后花园里惊惊梦罢了。”沈绿爱看着这满园的花花绿绿脂粉气，又看看她这个胡子养得一寸长、头上却插花戴珠的丈夫，一股火气也上来了，高声道，“中国奇也真是奇了，那么多的男人，偏只有个秋瑾在出头挑事。难怪好女子命苦，在家的憋死，想当个女中豪杰，又被杀死。”

“你那么有志气，你倒也放下你那些春茶秋草，你学着秋瑾造反去呀！”

“哎,你倒是说到我心里头去了。我若能像她那样身从心愿,敢为天下先,也活出一番人样来了！我这辈子也值了。”

两人唇枪舌剑刚到这里,便听到后面有人鼓掌,且喝道:“好！巾帼不让须眉！”

嘉和与嘉平正听着父母吵嘴,听得有人洪钟般一声喊,两双小眼睛唰地往外望去,见一中等个头男人,长袍马褂,黑呢礼帽,戴一副圆圆的墨镜,一脸的络腮胡子。那男人把墨镜摘了,嘉和与嘉平两个不由得惊呼起来:“大辫子！”

沈绿爱从来也没有见到过赵寄客,奇怪的是一刹那间,她就认出了他。她对他的第一眼注视便是直接的、感激的、火辣的,因为他赞许她。他们两人在目光相接的同时都在心中怦然一惊,然后沈绿爱少有的一阵心慌意乱,便把目光移向丈夫。园子里原有的四个人中间,唯有杭天醉反应最为迟钝。他看着他的疏离多年的把兄弟,茫然地半张着嘴。

“怎么,真的不认识了?”赵寄客笑问,“你和弟妹这场精彩的对白,我倒是全听见了。”

“你还肯理睬我?”杭天醉这才清醒,傻问。

“岂有此理！”赵寄客大步流星走向前去,“自家兄弟,说这种见外话。”

沈绿爱这才主动打招呼:“坐,坐坐。您是赵寄客吧?”

“名尘,字寄客,东渡日本几年,得一号,曰江海湖侠。”

杭天醉却一把抓住了寄客:“说,为什么回了国也不来找我,见了我也不理不睬,我就认你这么个兄弟,你……”他眼里便要渗出泪来,嘴唇也哆嗦了。

沈绿爱已在廊下置了桌椅,招呼他们坐下,一边拽丈夫衣角,轻声说:“别说那些了,快把你这身戏装脱了去吧。”

杭天醉却大声嚷嚷:“你晓得什么?我和寄客像嘉和、嘉平一般大就互换金兰。要不是我病倒,早就与他一同去了日本了。”

赵寄客坐下了,才说:“我看你一点也没变,还是那么没头脑。你又不是不知道我是个朝廷见了要杀头挖心的人,何故牵累你?你现在和从前不一样了,又有家产又有儿女,牵连不得。”

沈绿爱正上了一杯好茶,听此言,心一惊,说:“莫非你和秋瑾、徐锡麟,亦是一起举事的?”

“正是。”

“不知是否与我兄长相识?”

“沈绿村先生,老相识了。”

杭天醉说:“这下你们革命党可以认亲戚了。”

正说着,那小哥俩就惊奇地跑过来,拥着这位伯伯。嘉平爬上他的膝盖,上去便掀他的瓜皮帽。嘉和在后面,细细摸那大辫子。

“你们这是干什么?”

小哥俩说,想看看辫子的真假,旧年大舅来,戴着假辫子的。

“辫子嘛,倒还是条真辫子。不过,该剪的日子,快到了。”

“听说你手一动,坏人就打到水里去了?”嘉平说。

赵寄客哈哈大笑,指着天醉:“你说的,是不是?”

杭天醉也笑,说:“再露一手,如何?让我妻儿开一回眼界。”

赵寄客想了想,说:“好吧。”

话音刚落,人却已经在院子里了。他环顾四周,相中了一株盛开的山茶花。他缩身一蹲,捡起地上一粒小石子,唰地放出手去,流星一般,人们再没见那石子去处,却见那朵大红山茶花应声落地。他轻轻走了过去,从从容容捡起,还像江湖中人一样,朝各位作个揖,茶花夹在手中,颤颤地抖。嘉和看得目瞪口呆,连话都说不出来。嘉平却扑了上去,抱住赵寄客的腿就往上爬,边爬边叫:“伯伯,你教我武功好不好?我有大刀。”

这边,沈绿爱拉着嘉和走过来,又抱过了嘉平,说:“乖,出去玩,伯伯和爸爸有事要谈。”

嘉平才扭了两下,赵寄客便放下孩子,又把手里的花给了他,说:“给你,好看吗?”

嘉平把花一把塞给了嘉和,说:“不好看。大刀好看。”他就要去背他刚才在玩耍的那把刀。

嘉和接过花,却细细看了,嗅了嗅,然后,拉拉妈的衣服,说:“妈妈好看,妈妈戴戴。”

沈绿爱接过花,嫣然一笑,朝外走去,两个孩子拉在身边。走到门口时,她把茶花插到了耳边。

那天傍晚时分,杭天醉和赵寄客两个,都喝得有那么六七分醉意了。沈绿爱在一旁坐陪张罗,才断断续续地晓得,赵寄客在日本读的是机械,入的是地处北九州的户畑町的明治专门学校。每年招收中国留学生的名额很少,考题难度也大,但他还是考入了,为的是将来专造武器弹药,杀尽清贼。他说着,便从怀里掏出一个黄金瓜来,说:“你们看它是个什么?”

沈绿爱好奇,想用手去碰,被赵寄客用手挡了,他的小手指无意触到了沈绿爱的手掌心，便一阵灼热，贼一般缩回去。

“这是颗炸弹。”赵寄客又把它揣入怀中，“这几年来我就没离过身，需要时，便可取义成仁。”

“我们那时候就准备这样。”杭天醉插嘴说。

沈绿爱看着酒酣后胆气开张的侠士赵寄客半隐半现在暗夜中，烛光照出他的半个轮廓，恰好勾出他笔挺的鼻梁和方方的下巴，煞是神秘迷人，心里头，一种从来未有过的冲动便涌动起来。她自己也已经喝了二三分的绍兴酒，两朵桃花涌了上来，与她耳边那朵茶花相互辉映，脸上便开了三朵花。赵寄客望去心中不禁生叹：怎么这么个奇女子，倒进了天醉这个优柔的男人的门？说着，却又拔出那把德国造的驳壳枪来，说：“你们当我今天来，有何贵干？我是有事来求你们了。”

“怎么，要绑票啊？”杭天醉早已酒上头，烛光中晃着身影，“不用绑，通通拿去便是了，最好把我也拿去。清朝要垮，革命要成功，迟早的事情。寄客，我也入了同盟会，把我这茶庄也一并入了，革命成功，天下大同，平均地权，贫富均匀，还要开什么茶庄？”

赵寄客正色说：“你要入同盟会，自然是好事，资助革命求之不得。此时便有一桩革命事要做，我要外出一趟，这把枪不能随身带了，先在你处一藏。如何，有没有这个胆量？”

“这有何难？别说藏枪，开枪又有什么不敢的？”

杭天醉说着，便把那手枪接了过来。谁知他酒喝到此时，已胆大包天，又恰好刚才赵寄客把那枪打开了保险。他举起手枪，对着门上那两块天窗，得意地嘴里喊着：“叭！叭！”

喊声尚未落，爆豆子般的两声巨响，清脆嘹亮，振聋发聩。接着是玻璃窗从上落地的破碎声,划破浓暮,震撼着这宁静的江南深宅。

赵寄客嗖的一下跳将起来,拔回手枪,一下塞入怀中,便蹿到门口。杭少爷吓得酒意全无,目瞪口呆。唯有沈绿爱在吓了一跳后,立刻冲进房间从柜中拿出一挂鞭炮,从屋里扔出门外,摔给赵寄客,说:"放!"

赵寄客明白了,跑到院中,抓起一串百子炮就放。噼里啪啦一阵,招来院中各处的人。林藕初也赶来了,问:"这是怎么说的,平白无故放鞭炮?"

沈绿爱说:"白日见园中有一只狐,怕它作怪,放了鞭炮吓跑它。"

林藕初抬头一看,是久违的赵寄客,拍着手笑道:"寄客,我当是什么狐,原来竟是你啊,多年也没见,我家媳妇放鞭炮迎你呢。"又转身对媳妇说:

"什么时候不好放,偏偏客人来了放!"

"天醉自是喝醉了,又不敢放,我也胆小,才求的赵兄长。"

林藕初看看没异样,才走,边走还边对赵寄客说:"寄客,你也看到了,我这个媳妇,花样多,一来就麻烦你了,一会儿过来和我说话。你爹病着呢,你去探过了吧?你这个没脚佬,哪里寻得着影子,不知哪阵风又把你从日本吹回来了……"

等人都走光了,沈绿爱才发现自己身上脸上凉飕飕的,一身冷汗。赵寄客此时酒也醒了,作了个揖,说:"吓着你了,弟妹。"

"我叫绿爱。"

"多亏了你。"赵寄客踌躇了一下,才说,"天醉只要和我在一起，就闯祸。我一走，他就好了。”

沈绿爱伸出那只白手，手指长长的，说：“给我。”

“什么？”

“枪。”

“这个……”

“我来替你保管。”

“这个……”

杭天醉捂着脑袋出了屋，说：“你就给她吧，没问题。”

赵寄客说：“这是件危险的事，一个女人……”

杭天醉哈哈地笑了起来：“你看，我的老婆，我都不怕，你怕什么？这么个大茶庄她都管得了，还能管不了一把枪？”

沈绿爱朝丈夫望一望，对赵寄客轻声说：“他喝多了。”

赵寄客在园子里走了两个来回，把枪给了沈绿爱。杭天醉一边拍手，一边说：“寄客，你等等我，我跟你一起走。这一次，说什么我也得和你一起走了……”

这么说着，人却瘫了下去，烂醉如泥。赵寄客和沈绿爱上去架着他进里屋。沈绿爱说：“赵兄长，你都看到了，醉生梦死。”

赵寄客只得不吭声。

“赵兄，你把他带走吧。”

赵寄客笑笑：“不行，他干不了。”

沈绿爱一愣，她明白了，再不说话。

赵寄客带来的那把短枪，被杭天醉糊里糊涂放响的那两声，强烈地震撼了嘉和与嘉平。这两个孩子对生活的记忆，仿佛就是从那一天开始的。他们对未来经历的一切,从此有了叙述的起点。

比如他们都不说看王文韶出殡是1908年,他们说是认识赵先生的那一年。那一日,杭州城万人空巷,从沪、甬、苏一带,拥来专门观看葬礼的人,京城派来三十六个抬棺材的人,但这三十六个抬棺材的人无一知晓,他们是在为中国封建王朝的最后一任宰相送葬,他们是在为大清王朝送葬,他们是在为有两千年封建史的封闭的王朝送葬呢!

出丧,从早上六点开始,自相府清吟巷出发,沿江墅路至凤山门,到十时,才走了三分之二。杭家的婆婆与媳妇带着孩子上街观看,回来说:"哎呀,开路神糊得比房檐还高,纸房子有三幢,纸元宝有十八箱。从来没有见过这样大的排场呢!"

好热闹的杭天醉却关在屋里斗蛐蛐儿,说:"那是,再过两年,宣统也坐不住龙椅了。王文韶是在给清朝送终呢,能不热闹?"

林藕初听了又心惊胆战,说:"孩子都四五个了,你这张嘴还这么臭,小心说了出去,要你的命!"

"妈,他哪有这个胆啊! 筒儿将军一个罢了!"沈绿爱不屑地宽解婆婆。

"他倒是没有,但寄客有。寄客这个闯祸坯一回来,我的两只眼皮就跳!"

嘉和与嘉平还记得,去艮山门看火车是1909年。他们说是认识赵伯伯后的那一年夏天。他们对这一童年生活中的重大节日印象极深,因为那一天,他们又见到了他。

杭州最早的一条铁路,与鸦片战争后中国发生的一切政治、经济、军事有关。总之,那条从吴侬软语的苏州开始,经过上海、杭州,终点位于宁波的苏杭甬铁路,最早的修建,的确是由英国方面向清政府提出的。一个叫盛宣怀的中国铁路总公司督办,当年就与英商怡和洋行,也就是忘忧茶庄的出口茶的经纪人,订立了一个叫《苏杭甬铁路草约》的东西。

其时,英方正急着在南非开辟殖民地,所以未定正约。这使得美国与意大利喜出望外,他们的接踵而至,给中国新兴的民族资产阶级敲响了警钟。在整整七年之后,也就是1905年,江苏和浙江两省决定自己建造铁路。

在浙江,领衔挂帅此事的,是一个名叫汤寿潜的萧山人。赵、杭二人都和他有过重要的接触。虽说在对秋瑾一案中他态度的暧昧,使赵寄客对他十分鄙视,但在保路运动中他的作用又使赵寄客对他刮目相看。这个封建末朝的两淮盐运使,正是在这一历史转折关口,成了隶属于资本主义经济体系的浙江全省铁路公司总理,为他日后光复后任浙江省首任总督埋下伏笔。

1906年11月,从杭州闸口至枫泾的浙段开工。在拉开杭州建造铁路的历史序幕时,汤寿潜又参与了另一个重大政治活动,成为当时的君主立宪制的热烈拥护者,立宪派的领袖人物。

1907年的大年初一,汤寿潜这个1856年出生于萧山的光绪年进士,在家中设宴欢迎女婿——日后的国学大师马一浮。席间,据说汤寿潜把沪杭铁路工程图给了女婿观看,女婿则愤而掷地,未来的国学大师道:“这不是给中国人造铁路,是给日本人造铁路。”

原来图纸标明,将车站设在艮山门,并有一条支线通往拱宸桥,这样,势必将杭城的市场引向日本租界。

据说汤寿潜听取了女婿的意见,在清泰门内设立车站,以穴城为便门。火车来去随时关启,这就是今日杭州城站的来历。

同年,铁路动工兴筑,正在南非忙于"殖民"的英商,状告清廷,要求停工。清政府除了言听计从,别无他法。浙江绅商及学界则坚决抵制,在成立"国民拒款会"时,杭天醉作为茶业行代表,着实也激动过一番,和怡和洋行的出口茶叶生意,从此一刀两断。

1909年8月13日,杭沪全线正式通车,火车驶入城门,声浪巨大,市人歌曰:

> 铁路蜿蜒几曲长,分支甬沪越钱塘。
> 奇肱飞舞超龙凤,分付夸娥凿女墙。

正式通车的那一天,杭天醉搞了个大动作,全家出动,到清泰门外,看火车这一庞大的怪物。

这一决定使杭氏门内的女人们激动异常。沈绿爱十分开心,早在十天前,她就开始准备下吃的、遮阳的东西。林藕初则专程坐了趟轿子去找候潮门的吴茶清,征询他的意见。吴茶清这几年辛苦,老得也厉害了,听了杭夫人的建议,淡淡一笑,说:"你们去吧。"

"你不去?"

"看不看倒也无所谓,用不用它才是要紧事情。"

林藕初何等地明白,感慨地说:"我回去交代他们,通了火车,茶叶生意好做大了。"

"这头,搞批发、邮包,有我撑着。倒是前日见了被我除名出去的吴升,到我这里批了不少茶。问他哪来的资金,他说他现在要吃铁路饭了。他走后我才想明白,他是要在火车上做生意呢。那么多的人,来来去去,多少人要喝茶!”

林藕初一听,看火车的事情也忘记了,急急忙忙就往家里赶,找到了儿子与媳妇,便和他们商量这件事情。儿子说:“败兴败兴,我们就不能不夹一点做生意的事吗?”

沈绿爱自从赵寄客来过后,人也是大变了。林藕初说不清楚,她到底变在了哪里。总之,她对茶庄的事情,不像从前那样上心了。倒是外面那些事情,什么拒款啊,办校啊,格外热心。听了林藕初的建议,她只是笑笑说:“妈,等看了火车再说吧。”

“等看了火车,你就什么也来不及了。”

林藕初便自己叫了把作,张罗着把茶分成极小的一袋袋,准备雇人到火车上去卖。儿子与媳妇见了,也不阻挡。很好,只要有事干,做娘的就安耽。

晚上,磨磨蹭蹭的,杭天醉也不走,沈绿爱很奇怪,说:“怎么还不走,不怕那边记挂你?”

杭天醉一笑,说:“我今日见了寄客了。”

沈绿爱眉心一抖,转身给嘉平打扇,问:“他好吧?”

“在汤寿潜开的高等工业学堂开课了,教的是机器。”

“噢,总算安耽了。”

“哪里的话,正在置办兵器呢。你猜他找我干啥?”

“我怎么知道?”沈绿爱脸一热,假作正经说。

“他介绍我入同盟会呢。”

“真的?”

“那还有假?介绍人要有两个,还有一个,你想都想不到。”

“谁?”

“你大哥,沈绿村。”

“真没想到。”沈绿爱放下睡熟的孩子,捏着团扇,在屋里走来走去,“我若是个男人,我也入了会,干出一番事业来。”

“还有你的事呢。”

“我能有什么事?”

“寄客要我筹笔款子,日后举事可用。”

沈绿爱摇着的扇子,便停住了,也斜着眼睛,问:“真的?”

“那还有假!”

沈绿爱想了想,说:“你还是到账房那里,每日搜去吧。”

杭天醉就跺脚,“你这不是出我洋相。我要有一点办法,何苦那样做?”

“找你妈去。你们杭家的事,现在挣钱归我,花钱归的是她。”

杭天醉就沮丧地瘫在太师椅上,说:“完了,我在寄客那里,还夸下海口呢。瞧,这是他的借条。”

杭天醉把条子给妻子,又说:“我还说呢,我们弟兄间,还要什么借条?他说,是给弟妹写的。唉,还真是被他说准了。”

沈绿爱接过借条一看,满纸四句话,一个签名,龙飞凤舞,像是要跃出纸外:“韩信点兵,多多益善。革命成功,如数奉还。”

沈绿爱见了字条,再不吭声,打开箱子,取出一个首饰盒,打开看了,全是金银首饰,又把手上一只玉镯褪了下来,全部摊在杭天醉面前。杭天醉见了,看看妻子,泪水就掉了出来,说:“绿爱,我不是东西。”说着,便用手使劲砸自己脑袋。

沈绿爱摇摇手,说:“你现在入了同盟会,和从前不一样了,你需要拿出男人志气来。这么哭哭泣泣,叫谁看得起?”

杭天醉一想,立刻收了眼泪,说:“我今日和寄客已商定了,茶庄的事务,以后我还得亲自来料理。娘这头的财务,该我管的,我还得管起来。手里没财权,一旦举事怎么办?”

“你这话,自我嫁过来,说了也不下十遍。”

“那是心里头空虚,挣了钱又怎样?我又不曾像我爹那样抽鸦片。钱这东西,要有个真正的去处,挣起来,才有奔头呢。”

“你挣了钱,养那吴山圆洞门,不是奔头?”

杭天醉听了这话,哑口无言。好半天,才说:“我晓得,我是跳进黄河也洗不清了。今日寄客也骂我,不该这样行事,我说不是我想这样活,是‘这样活’找上了我的门。算了,我反正是对不起你了,你也再不理睬我,我也只好这样过下去了。”

他抱着那个首饰盒往门外走,全然没有想到,他妻子的心只在刚才赵寄客那几句话上:原来赵寄客也同情她,晓得她的处境。沈绿爱少有地流下了泪水,对走到门口的丈夫说:“过几日看火车去,把她也带上吧。”

杭天醉几乎不敢相信自己的耳朵。

“你是说,她……”

“她也苦啊,嘉和都七岁了,娘还不让她进杭家的门。”

“绿爱,绿爱,”杭天醉扑了回去,“绿爱,你真是个好人。”

沈绿爱摇摇头:“我不好。说不定哪一天,我也会做出叫你大吃一惊的事情呢。”绿爱说了这句话,自己便先开始大吃一惊了。

1909年8月13日下午,骄阳似火,从清泰门外到艮山门车站,附近沿线空地挤满了杭州城里的市民。他们背着条凳,带着干粮和凉茶,头戴草帽,把收割前的络麻地踩得一片狼藉。体弱多病的女人们有的当场中暑,人们把她们抬到树荫底下。她们清醒一些以后,坚决不肯回家,躺着也要见一见火车。

挑着凉茶在人群中来回奔走卖茶的小商贩吴升,今天的生意很好。他被晒得又红又黑,衣衫褴褛,但身体健美,他比从前成熟多了,显得从容不迫,荣辱不惊。他的架子车上放着一个很大的篮子,篮子里盛满了一袋袋的小包装茶。等一会儿,他要从这里挎着篮子上车。

伴随着火车与杭州人的相识,吴升也重逢了久违的小茶。当时,他还舀了一勺水给买家,抬头一看,竟是小茶,她美丽成熟多了,见了他,吃惊地扔下勺子便走——唯有胆子没变。吴升还见到了和他一样拎着大篮子的撮着——他也是来卖茶的。好东西都让杭家占了,吴升顿时气愤填膺。但他立即消了气。他相信,上了火车,撮着不是他的对手。

杭天醉热烈地与他的入盟介绍人赵寄客和沈绿村握手,后二者正陪着总理汤寿潜视察,乘机便把他们的新同志引见给了汤寿潜。杭天醉优雅而又得体地向这位杭州铁路的创始者行礼。当汤寿潜说"后生可畏啊,将来各位都是中国的栋梁"时,他没想到后生真的可畏,两年之后,他们竟裹挟着他一跃而上了中国政治大舞台。

沈绿爱远远地便看见了她的大哥和大哥身边的赵寄客。大哥手提文明棍,戴金丝眼镜,赵寄客一身白色杭纺衣衫,杭天醉一袭长衫,一把折扇,三人如玉树临风,簇拥着汤寿潜,引得周围人们阵阵议论。

两个孩子，看见赵寄客，大喜过望，喊着叫着扑了过去，一人一条大腿抱住不放。沈绿村便说："你看，不认大舅，先认赵先生。真正岂有此理！"

杭天醉连忙命嘉和、嘉平叫大舅，嘉平敷衍了句"大舅"，便又一头扎到寄客身上，说："赵伯伯，你怎么老也不到我家来，我惦记得很呢。"

倒是嘉和大一点，恭恭敬敬给大舅鞠一躬，说："大舅好。"

沈绿村见嘉和小小年纪知礼通情，便高兴，一把抱起，说："读书了吗？"

"在家里读着呢。"

"读什么？"

"人之初，性本善。"

"就这些？"

"还有呢！大舅。'今天下，五大洲，亚细亚，欧罗巴，南北美，与非洲……'"

大家一听都乐了，沈绿村给他擦了一脸的汗，说："我便考一考你，好吗？"

嘉和赶紧爬下，站好，说："请出题。"

那一旁，汤寿潜见这小公子如此秀丽聪慧，便道："来个对课，行不行？"

嘉和歪着头想想，说："试试看。"

汤寿潜顺嘴说："火车。"

"轮船。"

大家一愣,都笑了,说对得好。

沈绿村说:“忘忧君。”

“不夜侯。”

沈绿村大惊,说:“这茶中的典故,怎么你就知道了?”

“奶奶教的。她说,忘忧君、不夜侯、甘露兄、王孙草,都是茶。”

沈绿村又道:“我考你一个难的,不是对课,看你能说出来吗?”

嘉和还是歪着头,想想,说:“试试看。”

“九溪林海亭有副对联,上联是——小住为佳,且吃了赵州茶去。那下联呢?”

“曰归可缓,试同歌陌上花来。”

“你可知为什么这么写?”

杭天醉得意一笑:“你这就难不倒他。”

嘉和皱着眉头,费劲地说:“赵州茶不是赵州的茶,是个和尚,叫赵州和尚。人家问他事情,他只说一句话——吃茶去。”

大家看这样个小东西,一本正经解释偈语,不由得又笑了。

“那下一句呢?”

“那是讲国王的。王后娘娘回乡下探亲,国王给她写信,说,田间的花开了,你可以一边赏花,一边慢慢回来了。”

沈绿村摸着孩子头,说:“天醉,我只可惜一件事……”

杭天醉连忙打发嘉和走了,才说:“你可惜嘉和不是绿爱生的。”

沈绿村叹口气,“我看嘉平日后难以守成,三岁看到老啊。”

那边,嘉平已经爬在了赵寄客的背上,骑上了他的肩,赵寄客正和沈绿爱说着话呢。

“弟妹，你给我的东西，我都变卖了。”

“卖就卖吧。”

“玉镯子没卖，得空还你。”

“这是何必。”沈绿爱的脸上就沁出了汗来，粉脸桃腮，煞是动人。

赵寄客看着看着，别过脸去，突然支起耳朵，说：“火车快来了。”

所有的杭州人，这时都一起从铁路两边冒了出来，他们踩平了两边的络麻地，自己却齐刷刷地插得比络麻还密。许多人站在条凳上，远远地看着那黑龙怪物呼啸而来。就在这时，小茶和绿爱，这两个女人，隔着铁轨，目光骤然相碰。凭着各自手里抱着的孩子，她们认出了对方。同时，她们都下意识地把孩子往怀里一搂。

什么感情都来不及表达，仇恨、忌妒还是宽容；什么感情都来不及表达，因为火车扑面而来了。这庞然大物，以雷霆万钧、摧枯拉朽的不可一世之气概，排山倒海而来，无人不被它吸引，无人不被它震撼，无人不被它征服。一片人声鼎沸——是欢呼，是惊叫，抑或是呻吟！

车上的人们在向下面招手，他们顺应火车，火车便带他们一日千里，谁若想阻挡它，死路一条。

嘉和与嘉平，被火车的巨大身影吓呆了，他们分头扎进了母亲的怀抱。但好奇心又使他们抬起头来。天上烈日如故，铺天盖地的车轮声和人们的呼喊声融成一片。这两个孩子终于也伸出了双手——他们是将与火车同行的一代人。

第十七章

吴升，一生都应该感谢那些他憎恨的人，是他们激励了他。当他在烈日下挑着竹篮去追赶火车卖茶时，并没有忘记向那些白衫飘飘、手摇羽毛扇、脸架金丝眼镜的人射去仇恨的一瞥，“我一定要……”他在心里把牙根一遍遍地磨损着，他的牙齿白厉厉的，磨成了两排尖刀。

下一年，默默无闻的小商贩吴升，在杭州挣扎奋斗了十几个年头之后，终于借助一个浪潮的翻滚，打上了亮相的舞台。

光绪二十二年的《杭州塞德耳门原议日本租界章程》规定，日本商民只能在拱宸桥租界内侨居营业。但一个正在扩张膨胀的民族自有自己的章程，哪里顾得了那许多的“板板六十四”的条文。

在城内开设药房和蛋饼店的日本人络绎不绝，顽强不息地要和杭州城里的小商人们争口饭吃。奄奄一息的清廷已经没有力气同时睁开两只眼睛，只好睁一只闭一只。但杭州的商人们却并不那么好惹，“杭铁头”这一光荣称号，不是白叫叫的，于是便直接行动了，忘忧茶庄附近的保佑坊重松药房和官巷口丸三药店，遂被捣毁。

这类民间过激行动，总要刺激官方。领事馆与市政府便交涉谈判。赔钱的事,似乎又总是属于中国人,日本人则做个永不践约虚晃一枪的保证。

至此,外商在杭城设有二十一家店行,日本人占三分之二。他们不再满足药品和蛋饼了,“打枪赌彩”,开始诱惑杭州人,抛卖“福利券”则使杭人趋之若鹜。

官方对此甚为恼火,再三照会,勒令停止,但日本人不听你那一套,他们有恃无恐,为所欲为,将事情推向了高潮。

小商贩吴升并没有多少明确的反帝情绪,打不打倒列强,对他个人也没什么太大关系。说实话,那日夜里,他摇摇晃晃地走向大井巷日本人开的福禄堂,并没有什么开心的事情。

他在穷极无聊之间,随随便便举起气枪,一枪过去,他不相信自己眼睛——中奖了!

这是一个大奖,他一时也无法计算出这奖相当于他几年辛苦劳作的总和。吴升对积累资产十分重视,中奖使他呆若木鸡,然后欣喜若狂。

吴升的突然迸发的暴发户式的欢呼,使日本商人多次郎不快。尤其是这穷光蛋,竟然一把抓住他干净的和服领子,大声地喊叫:“钞票拿来!钞票拿来!”

想到“钞票拿来”,多次郎一肚子的火,他摊摊手,说:“不算。”

“什么?”

“不算!”

“我中彩了!”

“不算!”

“你——日本矮子,说话好跟放屁一样的!”

“日本矮子”则一个大耳光过去:“巴嘎呀路!”

一个耳光清脆响亮,打醒了周围看热闹的人,霎时围了十几个人,说理评论。吴升被这一耳光打出了血,埋在心底的血性突然井喷似的涌了出来。他像头狮子般咆哮起来,要上去和日本人拼个你死我活。他这副架势确实也够吓人,像是要人命,便也有人去阻挡。谁料这时又冒出一个日本人,名叫前田,他手里拿了一支枪,对着吴升,喊出了一串杭州人根本听不懂的日本话。

“他要开枪了!他要开枪了!”有人便提醒吴升。

吴升气昏了头,哪里还顾得上这个,叫着便冲上去,只听叭的一枪,打穿他一只裤脚。吴升一愣,红了眼,再冲上去,一把抓住枪筒,一枪就打进了天花板。

当警笛划破夜空,巡警直奔鼓楼的时候,小茶和杭天醉正一人抱着一个孩子,共享天伦之乐呢。听到人声鼎沸,杭天醉放下了孩子,让撮着拉着车载他直奔现场。几千个人已经聚集在那里。吴升被众人抬得高高,正在声嘶力竭地陈述经过。

巡警一看事情闹大了,怕出人命,趁着风高月黑,决定赶紧把多次郎和前田带回巡警分局。但行至皮市巷口,市民愈聚愈多,沈绿爱和林藕初这些女人,也在下人的保护下拥出来,人多势众,大家叫着喊着,吓得前田不敢往下走,逃入万丰酱园店。杭天醉见了,爬上黄包车就叫:“冲进去——打!”

嘉和、嘉平两个远远地见着父亲在夜幕中的高高瘦瘦的身影,提一盏汽灯,一呼百应,十分激动,一边跳着,一边叫着:“妈、妈,爹、爹!”

沈绿爱见了也有些被感动了,没想到她这个风花雪月的丈夫,还有这样的胆量。只有林藕初，又惊又吓，嘴里念着："阿弥陀佛，东洋人得罪不得啊……"

"怎么得罪不得，照样打他们，又怎么样？"

"前世作孽，叫别人去出头好了，他去凑什么热闹？"

"事情嘛，总要有人去挑头的啰！"

"我晓得你不把男人当回事，你巴不得他出事情！"林藕初生气了。

"妈，你想哪里去了？你儿子光彩，你也光彩！"

这婆媳两个，一个手里牵一个孩子，斗着嘴，脚却不停朝人堆里走。走着走着，林藕初骂道："该死的东洋鬼子，不在自家屋里好好待着，漂洋过海到人家屋里来抢什么饭吃？强盗啊强盗！"

万丰酱园店，被杭天醉那一声喊，人群轰动起来，顿时被围得水泄不通。人们呼喊着，叫骂着，拥挤着，几次试图冲进店内。巡警没办法，只得让日本人从酱园店的屋顶爬进泰安客栈，再带回分局。

吴升一看日本人跑了，一肚子火，没处发泄。恰好这时，迎面走来一个穿和服的日本人，他扑上去就一顿好打。那两个耳光扇过去，吴升痛快极了。日本人名叫羽田，是在日租界开照相馆的，被这两掌打得眼冒金星，趴倒在地。吴升拳打脚踢仍不解恨，还是杭天醉过来了，问："是他吗？"

"不是他也要打，日本人，通通打死他们。"

"冤有头债有主，不是他，你就放了吧。"

吴升这才悻悻然放了他。羽田从地上起来，摇晃了半天才清醒，说："我叫羽田，在拱宸桥住，是进城看朋友的，谢谢你救了我。

您是杭天醉先生?”

“先生汉语讲得很好。”杭天醉说,“你怎么知道我?”

“日本人在杭州习茶道的,无人不晓杭先生。”

杭天醉很意外,他是专程赶来打日本人的,没想到,竟意外地救了个日本茶人。

羽田恭恭敬敬地鞠了一躬,说:“请允许我专程来向你致以感谢。”说完,转身踉踉跄跄地走了。

这一事件,以市民们的发泄完毕宣告结束。那天夜里,吴升带着众人,到处在日本商店内寻找肇事者,共计砸坏七家日本商店,直至半夜三更,人方散尽。

重新孑然一身的吴升在半夜里清醒过来。他累了,脸上又肿又痛,嗓子也哑了,腿也肿了,他不知道接下去该做些什么。依旧提着篮子,天天上火车站吗?

渺茫与空虚向他袭来,他一屁股坐在马路边。冥冥中,他觉得有人在注视他,一抬头,他看见了吴茶清。

“跟我回去。”老人在黑暗中说。

嘉和兄弟再次见到赵寄客,已是这一年的中秋之际了。这一年嘉和没长多少,嘉平却一个劲地往上长个子。细脖子顶个大脑袋,往哥哥身边一站,一样高了,嘉平就很得意。沈绿爱给他找了个武功老师,每日蹦蹦跳跳地舞刀弄枪,腰上系根皮带,煞是威风。

林藕初见了心里不平衡,就请了吴茶清,也教嘉和功夫。吴茶清却和二十多年前一样,只教嘉和吐故纳新,运气修身,五更静坐,不教嘉和学那些花拳绣腿。

这小哥俩一静一动,倒也有趣。

杭天醉这一年和往年不一样,忙忙碌碌的应酬特别多,又在商会里兼了职务,连茶楼也不大泡了。他本来就是两头跑的,现在,在吴山圆洞门待的时间更长了。连林藕初也有些看不下去,说:"这是怎么个名分,到底是哪里做大?"

倒是沈绿爱拦住了,说:"妈,说他干啥,牛不吃水强按头?"

杭天醉给她解释:"我这是忙着举事呢,要杀头的。少回家,少牵连你们。"

沈绿爱一笑,说:"你都在忙些什么呀?"

杭天醉就说:"那是机密,哪里好跟你个妇道人家说?"

沈绿爱心里好笑,其实大哥早给她交了底,杭天醉除了筹款、交际之外,什么都不知道。他在杭州当公子哥儿当出了名,和他在一起安全。

这么想着,她把一包小人衣衫给了杭天醉,说:"双胞胎也两岁了吧,这些衣裳是我给孩子准备下的,你送去给小茶。"

杭天醉不明白,沈绿爱这么个占有欲极强的女人,怎么转眼间变得这样通情达理了呢?他哪里晓得,沈绿爱现在活得快乐着呢。大哥在杭州开着绸庄,她常去那里,便常常见着赵寄客。赵寄客这一年来出没无常,在外面却背了三个机械专家的美名。大有利电灯股份有限公司专门请了他去验收进口机器,该公司有蒸汽引擎发电机组三套,锅炉两台,赵寄客是他们的座上宾。那一年,杭州人惊异地发现,大街小巷隔半里就竖一根三丈来高的木杆,上面挂拉着电线,又装上一盏路灯。沈绿爱惊奇,问:"不装油怎么就会发亮呢?"

赵寄客却说:“这不稀罕。中国人落后一百年了!”

“你不是最留心忙着你那些革命的事情吗?怎么还有心思顾及电灯呢?”

沈绿村挥挥扇子,对妹妹说:“你把你那爿茶庄顾牢便是了,造反的事情,不用你操心。”

赵寄客说:“推翻清廷,建立民国,平均地权,天下大同,就是要让国家强盛,民众幸福。将来,革命果然成功,我就去搞我的机械,在各国列强面前,国力民力均可平起平坐,谁还敢再欺侮中华。”

“寄客兄虽狂得出名,却就是这一点单纯可爱,深得中山先生赞许。盟内各派都能接受寄客兄,与兄的狂而纯分不开。”

赵寄客一笑:“绿村兄评价我狂纯,不如直说我鲁笨为好。绿村兄与陈其美乡党,我与陶成章共事,未必不知道他们之间心存芥蒂。只是绿村兄城府森严,我却襟怀坦白,恰好以此不变对万变。我俩各执一端,和平共处,只是因为大敌当前。倘若一日清朝消亡,我们两个倒不知怎么相对呢!”

沈绿村一听急了,对天起誓道:“我若是这样一个小人,天地共诛之!天地共诛之!”

说得绿爱与赵寄客都大笑起来。

在嘉和与嘉平的童年出游中,白云庵和接下去的观钱塘夜潮,给他们留下了永远不可琢磨透的神秘的印记。他们清楚地记得母亲提着一只烧香的篮子,里面盛满了香烛供果,过了长桥,神情严肃地下了轿,面孔因为苍白而显得目光越发深黑。母亲的异常神情影响了小哥俩的心境,爽朗的湖光山色和南山的红黄丛林又渐把他们引入佳境，一路之上，三人竟无声响。

下轿后母亲站着不动，却叫这两孩子先到月下老人祠中去看看，有无熟人。嘉和正是在那次出游中，记住了祠内厅柱上那副对联：愿天下有情人都成了眷属，是前生注定事莫错过姻缘。嘉平不认得“眷属”和“姻缘”四个字，也不明白这副对联是什么意思，便问嘉和。嘉和指指供龛中的塑像说：“你应该问他呀！”

供龛内供了个白胡子老头，手里拿根红线。嘉平实在忍不住好奇心，又问哥哥，老头是谁，拿根红线干什么？嘉和想了一下，说：“父亲说过，这个月亮下面的老头，拿一根绳子，拴住了一男一女，以后要让他们做夫妻的。你还小，长大就知道。我也是。我不明白，老头是见到谁就拴谁的吗？”他们下意识地看看自己的脚脖子。

这些关于大人们的话题，不能引起嘉平的兴趣了，他不想看庙中那些玩意儿，跳跳蹦蹦地就跑了出去，可是刚跑出门外，便又喜出望外地站住了。他看见了牵着一白一红两匹马，正从白云庵走来的赵伯伯。

赵寄客往祠庙里进去的时候，沈绿爱刚刚求得一签，曰：求则得之，舍则失之。

赵寄客轻声说：“怎么你也信这个？”

“命这个东西，信则有，不信则无，姑妄听之。”

“弟妹算的是什么命？”

沈绿爱轻声说：“我是在算革命呢！算一算你们是否成功。”

赵寄客觉得可笑，说：“这里是专司男女情爱的，不算革命。”

“情爱与革命，又有什么区别？我看差不多的，不信你算算看！”

赵寄客见沈绿爱那么认真，便也求了一签，此签写着：“一则以喜，一则以惧。”赵寄客的脸色就变了，说：“莫非义举，只有一半把握？”

沈绿爱见赵寄客也认了真，便笑着说：“一二不过三，我再来一次。”

这一次，沈绿爱求得一签，使赵寄客信心大增。签上写着：“子规半夜犹啼血，不信东风唤不归。”

赵寄客说：“这是说革命以来，多少仁人志士血洒江湖，不信平生志愿不能实现。”

正说着，沈绿爱悄悄把枪从篮子底下取出要塞给赵寄客，恰好给一头撞进来的嘉和看见。嘉和一下子愣住了，半张着嘴。他看见赵先生和妈向他射来的疑虑的警惕的目光，失声便说：“我不会和人家说的！我不会和人家说的！”

沈绿爱走过来，搂住这小小少年的肩头，说：“嘉和不晓得要比嘉平懂事多少。赵先生今日和你爹要带了我们去盐官看潮呢，今日不是八月十七吗？”正说着，嘉平也跑了进来，说：“爹来了。”

赵、沈二人连忙收住话头，便往隔壁的白云庵走。才走了几步，便看见杭天醉愁眉苦脸出来，见着这二人，便说：“正吵着呢。”

“谁？”

“还不是你大哥和陶成章的人。”

赵寄客直跺脚：“都什么时候了，还吵。”

原来，这白云庵始建于宋。清末，寺僧智高和徒弟意周，在此住持。他们为人好侠尚义,又同情反清革命,白云庵便成为革命党秘密机关所在地。赵寄客平时常在这里歇脚。灭清举事,自然以此为商讨地点。

杭天醉和赵寄客不一样,只当革命是一场宣泄,大家万众一心,只以反清为宗旨,不晓得其中还有那么多纷争是非,恩怨夙债,派系党争。几次舌战下来,他的头都大了。

“我哪里晓得他们湖州人和绍兴人有那么多不对路的地方。陈其美派人来说沪浙要联合行动,我说同意的,这边说我帮我的大舅子沈绿村,说绿村是陈其美的人,我哪里晓得还有这一层关系。这边还说陈英士靠不牢,陶焕卿从南洋筹来的款,全给他大嫖大赌用掉了。我想想这倒也的确犯难,此等品格,如何革命?好嘛,我才说了两句,沈绿村便斥我没头脑、软骨头、见风使舵。我现在是老鼠钻进了风箱,两头受气,这叫什么革命?我算是把它看透了。”

正这么大发牢骚,沈绿村也面孔铁青出来,冲着赵寄客便说:“赵某人,我今天跟你明说了,若是延缓了千秋大业,你们都是历史罪人,我要到中山先生面前控告你们。总有一天,你们要自食其果。”

绿爱从小任性,她喜欢的事情,容不得别人不喜欢,哪里受得了温文尔雅的大哥如此歇斯底里。她又心里向着赵寄客,整个人正被激情罩着,恨不得什么都献了出去,成就赵寄客的大事呢。她和丈夫一样,也是不甚懂革命的,只要赵寄客说好,她就说好,因此便道:“大哥,你有话好好说嘛,都是自家人。”

“你妇道人家跑这里凑什么热闹?”沈绿村大发雷霆,“天醉,你把你老婆领回去,夹手夹脚,女人也来多嘴了!”

老实说,杭天醉还真的没见过大舅子发这么大的火。或者说,他从来没有想到,一个人品性深处埋藏着的东西,一旦暴露,会这样地强悍。他一下子愣住了,求援地看着赵寄客,不知如何是好。

沈绿爱哪里受过那么大的委屈,又当着赵寄客的面,一下子眼泪就扑了出来,转身便跑,被赵寄客一把拦住。嘉和怔住了,面对骤然事件,他常常会这样怔住,说不出话来。倒是嘉平看见舅舅斥骂母亲,气得又跺脚又捶胸:“坏舅舅!坏舅舅!我不准你欺侮我妈!”

杭天醉也才醒过来,颤着嘴唇,轻声说:“你怎么可以这样?你怎么可以这样?她是不顾性命来给我们送武器的,革命怎么可以这样的,我不革命了……”

这边,他一手拉着沈绿爱,一手拉着孩子,就往回走。赵寄客心疼地看着他们的背影,对沈绿村说:“亏你我都是中山先生弟子、老同盟会员,这样说话行事,何颜对先我们而去者?秋瑾、徐锡麟若地下有灵,魂不能安。洪杨革命不成功,败在自相残杀。我们正开始筹划举事,就开始自相攻击了。我们究竟革什么命?我劝你眼光放远一些,不要自己人先就伤了自己人。”说着把枪一把塞进沈绿村怀中,往前赶了数步,一只手就捞起了嘉平,把他放在自己那匹白马的鞍上,对天醉说:“走,看潮水去!”

杭天醉激动、兴奋、混乱而又迷茫,结结巴巴地说:“曼殊答应了,待、待、待今日夕阳之际,乘一划子,夜游……西湖,还特、特告我,泛舟湖、湖上,任尔……东西……”

赵寄客跨上了马,大声说:“明日‘八月十八潮,壮观天下无’,

今夜夜潮，比之夜西湖，自然又别有一番大气象。不知诸位可有心领略？”

沈绿村阴着脸站了一会儿，挥挥手说：“一群狂生，无可共谋事，观你们的夜潮去吧！”

嘉和站在父亲的红马之下，眼巴巴地看着父亲。在他的印象中，父亲是只乘撮着拉着的人力车的，他从来没有见过父亲骑马。但是今日不一样了，父亲夹住他的双腋，一提，他就上了马。然后，父亲也上来了。原来父亲也是会骑马的。一匹枣红马，一匹白马，中间夹着一顶轿子。两个孩子骑在马上，又骄傲又惊喜，互相时不时地望一望，笑着，说不出话来。沈绿爱坐在轿中，尚未恢复那被震惊了的心情。她一会儿掀开左边帘子，看见了白马和白马上的一大一小，一会儿又掀开了右边帘子，看见了红马和红马上的一大一小。她激烈动荡的心，渐渐平复下来了。轿子一晃一悠，在她的感觉中，就仿佛他们已经安全地行驶在一浪又一浪的夜的大潮之上了。

浙江，又名之江、曲江、罗刹江，源于皖之休宁，西入浙省，蜿蜒八百吴山越水，纵览十万锦绣湖山，经两浙十一市县，出杭州湾入东海，于湾口喇叭形处，生雄犷浩荡、地动山摇、举世无双的钱塘大潮。这是赵寄客在远隔东瀛的梦中时常听到的潮声。

三千里外一条水，十二时中两度潮。往年，杭家一门也年年看潮。只是尽在白日，人山人海，不知看潮看人。像这样专程赶三十里来看夜潮的，也只有赵寄客这样的人才想得出。

大约半夜时分，嘉和与嘉平被他们的妈摇醒了。嘉和从陌生的床褥上坐起，才知道他们睡的是刚才临时歇息的盐官小客栈。小哥俩一下床身子就歪了，忍不住哎哟哎哟叫了起来。屋外赵伯伯说："走不动就算了，明日看昼潮，一样的。天醉骑了半日马，胯就痛得迈不开，起不了床，不能去了。"

嘉和、嘉平听了连忙说着不痛不痛，披着毛毯，一歪一斜地跟着沈绿爱出了门。

腥咸的江风从夜的深处刮来。月色横空，江波静寂，悠悠逝水，吞吐蟾光，大潮尚未来临，此一行四人，在镇海塔塔灯下抱膝而坐。塔下，亦有三三两两来观夜潮的人。月色既明，那呈弧形的鱼鳞大石塘在幽明幽暗中，便幻化得无限长远，仿佛没有尽头，一直砌到了天边。嘉平又冷又激动，一会儿跳起一会儿坐下，侧着耳朵时不时地问："赵伯伯，是不是马上就要来了？是不是？你们是不是已经听到潮声了？旧年我看过白日里的潮水，父亲带我来的。他怎么啦，骑马骑得屁股痛？要不要我赶回去把他拖起来？多可惜啊，多可惜啊，他再也不可能见到月亮下的潮水了！"

"你坐下，像你阿哥一样，别胡扯了。"沈绿爱生气地一把把儿子拉到身边，"你看嘉和，一声也不吭，老老实实等潮水来。你当想什么就有什么的？那是缘分。我们和夜潮有缘，你爹没这个缘分。要不怎么到了这里他还来不了呢？"

"弟妹莫不是怨我？"赵寄客笑了起来，"我这人向来不强人所难，凡事悉听尊便。天醉起不来，我有什么办法？"

沈绿爱闷了一下，低声说："我不怨你，我怨谁去？"

赵寄客别过脸，看了一眼沈绿爱，满脸月色的面容，叫他骤然一惊，他一下子竟闭上了眼睛，心中狂跳起来。他站了起来，向着大潮来临的方向,双手叉着腰。风色陡寒,远远地,海门潮起了。

嘉和始终抱膝坐着,一动也不动。他没有嘉平的激动,相反,这大潮来临前的万籁俱寂却使他小小少年的心升起从未有过的悲凉。他很难相信,这样无声无色的世界里,这样一片的苍茫甚至渺茫里,会出现巨浪滔天的大潮。这是不可能的?这是可能的?风这么凉!带着腥气和咸气,这应该是海上的风吧。我还从来没有见过海呢。可是我好像觉得自己马上就要看到大海一样。唉,大潮,还有传说中的潮神,究竟是怎么样的呢?真想知道!真想真想知道!由于过度的急切,又担心希望落空,嘉和拼命地用一种悲观的情绪来引导自己,一边却又竖起耳朵来听赵伯伯对嘉平说古。

"你说什么?潮神有没有?仁者见仁,智者见智。当然,我们既然到了这里,不妨以为是有的吧。春秋时吴越争霸,吴国打败了越国,越王勾践请和,吴王夫差同意了。大夫伍子胥极力反对纳降,夫差赐剑令他自杀。死前,伍子胥说:我死后,把我两眼挖出来,挂在都城东门上,我要亲眼看着越国兵士杀进吴国的城门!"

"真的,他真的把眼睛挖出来了?"嘉和问,气透不过来。

"当然,伍子胥是大英雄,只有大英雄才说得出这样的豪言壮语,划划西湖船儿的人是没有这等见识的。结果,吴王夫差把伍子胥的尸体装入一个牛皮口袋投到钱塘江中,伍子胥阴魂不散,化为潮神,朝朝暮暮素车白马卷涛而来。你听,你听。他来了!他来了!十万军声半夜潮。来来,都站起来,抱住我,小心被潮水卷了去!"赵寄客陡然激动了起来,把两个孩子一手一个搂在怀中。此时,沈绿爱满耳都是天雷一般的轰隆声,眼前一道白练,似清非清,势不可当而来。她满胸都被这白练塞住了,憋得透不过气来,一把从后面抓住了赵寄客的肘弯。

"不用怕,不用怕！有我赵寄客在。都抱住我,我抱住这镇海石兽的脚!"赵寄客大声地说话,但涛声几乎淹没了他的声音,"怎么样？怎么样？有劲吧!'他日素车东浙路,怒涛岂必属鸱夷。'谁的诗？是张苍水的,知道吗？张苍水,英雄！大英雄！不用怕。八月涛声吼地来,头高数丈触山回。须臾却入海门去,卷起沙堆似雪堆……看见碰头潮了吧？两龙相交,浪花喷溅……等一等,等一等,回头潮来了！回头潮来了！抓住我,回头潮来了!"

一阵尖叫堵住了他的声音,回头而来的潮水斜倾到他们身上。他们每一个人的身上都被潮神那巨大冰凉的湿舌头舔过,四个人湿淋淋地抱成一团。他们披着的毛毯被潮水轻轻一扬手,取走了。潮水从他们的半腰横过,把嘉和与嘉平没得只剩一个脑袋在外面,但他们狂喜激动,毫不畏惧,他们感到了从未有过的大刺激。

绿爱死死地抱住了寄客的后腰,赵寄客能从背上感受到丰满的惊颤的依附,从一片冰凉,到渐生暖意。他们的这个相依为命的姿势,一动不动地僵持了很久。绿爱从水中睁开眼睛时,有了一种前所未有的被荡涤过后的新生之感。她觉得,她成了另一个女人。这个女人没有从前,只有现在,经历了潮水的灭顶之灾,倚靠在一个真正的男人背上。她真希望就那么靠一辈子。赵寄客似乎也感受到了这女人的炽热情怀,他有些激动,但更多的是犹疑,他小心翼翼地松动着身躯,说:"过去了！过去了！不用怕,过去了……"

懵里懵懂的杭天醉拐着脚赶到江边时,吃了一惊,怔住了。他恍然如梦,梦中是那个泛着银光的背影——他不敢相信自己的眼睛——为什么那背影会无处不在,无以躲避?难道那背影附到寄客身上去了?他惴惴不安地走上前去,背影消失了,他松了口气,看着月光下这四个亮晶晶湿漉漉的人,问道:"潮水呢?潮水什么时候来?你们怎么啦,你们身上是月光还是水?"

那个晚上,吴茶清和往常一样,提着灯笼,从候潮门步行而来,专程拜访杭家。他手里提着的,还是那盏写着绿色"杭"字的杭家灯笼。和以往唯一不同的是,他的身后跟着小心翼翼伺候着的吴升。

他们一路都在商量着如何利用火车,把生意做大做活。行至太平坊,突然,眼睛闪电般一亮,耳根边喧哗的人声如潮般汹涌而来。吴茶清下意识地闭上眼睛,再睁开时,奇迹出现了——夜晚变成了白天。

此时,杭州城灯月交辉,上下天光。市民倾城而出,万人空巷。人们被挂在半空中的电灯吓住了。

吴茶清被这光明世界照耀得手足无措,不用灯笼,他反而不会走路了。他惊异地半张着嘴巴,仰起脸,看那木杆子上的鸡蛋黄一样会发光的东西。他有一种正在做一个关于光亮的梦的感觉。但是这种梦感并不长久,吴升一把夺过灯笼,三脚两脚踩扁了,嘴里还叫着:"不用灯笼了!不用灯笼了!"他狠狠地踩着印有"杭"字的灯笼,好像杭家就这样会被他踩在脚底下。他的白厉厉的牙齿,又暴露出来了。吴升欢呼雀跃着:"你看,你看,茶清伯,都在踩灯笼呢。有电灯了！有电灯了！从此,夜里就是白天了。”

对光明的欢呼使他忘乎所以。吴茶清没有再责怪他,他自己也被这个突然变成白日的夜晚蒙住了。

第十八章

公元1911年10月初，杭州郊外茶山的最后一季秋茶亦收获了。农历十月小阳春，秋茶的味儿虽少香气，却不苦涩。茶味清淡，汤色碧绿，向被称为小春茶。山客们虽然没有春上一般热闹和川流不息，但来来往往地也不比往年稀少。忘忧茶庄久已不做这夏秋茶生意了，秋天是他们收购杭白菊的日子。这一年他们和以往一样，日出而作日落而息，生活风平浪静。

殊不知此时，一支六十多人的敢死队，已由王金发、张伯岐带领，从他们的故乡——专出劫富济贫的“强盗”的浙东嵊县出发，秘密抵达杭州。与此同时，沪上也已秘密运来手枪共二百五十支，子弹三万发，银圆四千万。浙北海宁商团，借来子弹六千发——杭州举义，一触即发。

作为实际需要，也作为对上一次粗暴的道歉，沈绿爱被她的哥哥沈绿村，专门用一抬轿子，接进了珠宝巷沈府。她随身带的包里，裹着今年收上的最好的龙井明前茶和平水珠茶。沈绿村的家眷们都在上海，他需要他的妹妹帮他料理这非常时期的一些家务。他的妹夫杭天醉被留在忘忧楼府，看守那些已经藏匿在卧室后面夹墙中的秘密武器。

临行前，沈绿爱说：“把她和孩子接过来吧，过了这一阵再说。”

杭天醉不敢相信自己的耳朵,好半天才说:“只怕母亲不答应。”

林藕初倒是爽快的,说:“我有啥不好说的,你们通顺,我眼面前多两个孙儿罢了。”

于是这头,沈绿爱轿子抬出,那头,小茶带着嘉乔、嘉草就悄悄进了杭府忘忧楼。

嘉乔比嘉草先落地五分钟,但长得却十分弱小。三岁看到老,此时的性格,便有些冷僻了。缩着小手小脚,坐在小板凳上生闷气,嫌自己没有人抱。嘉和到底是大哥,过去抱了嘉乔,嘴里说着:“乔乔乖乖,哥哥喜欢,剥块糖果,嘴里甜甜。”

嘉乔左躲右闪地不让大哥抱,最后一头扎进小茶的怀里,蹬着小脚喊:“回家去!回家去!”

“这里就是你的家,还回什么家去?”爹说。

“不喜欢!不喜欢!”嘉乔叫着,还用小手打着他妈。小茶苦笑着说:“这孩子鬼着呢,见人都喜欢他妹妹,这么小就晓得生气。”

杭夫人见了嘉草,大大眼睛,红红小嘴,又乖又漂亮,又是四个孩子中唯一的孙女,便喜欢地搂过来说:“我看着阿草就顺眼,干干净净、文文气气的女孩家,来,阿草,奶奶抱抱。”

这边嘉乔就哇地哭了。杭夫人也不管,抱着孙女,带着两个孙儿就走。杭天醉就对小茶说:“这孩子怎么那么古怪,又没谁亏待他!你怎么调教的?”

小茶叹了口气,抱着嘉乔说:“小孩也是人,也有颗小心肝。这儿的,都有人专门宠了去。嘉和有奶奶,嘉平有他妈,嘉草有你,唯独嘉乔剩下了,没人心疼。”

“不是还有你吗?”

“我在你家，排得上老几？”小茶苦笑一下，“我自己明白，连孩子也明白。我那么疼他，他还嫌委屈了呢。”

就在他们叽叽咕咕，为家中琐事烦乱的当头，四百里外的上海却在11月3日光复。4日下午，十七岁的嵊县女杰尹维峻，率领一支敢死队，从上海来到杭州，当夜在沈府密谋举事，杭州几乎所有的同盟会党人都到齐。会议议定次日凌晨2时正式起义。当夜12时前，每人发给长一尺四寸、宽五寸的白布一条，缠于左臂。士兵刺刀，一律开锋，当夜口令为“独立”二字。

沈绿爱参与了布条的分发。她一直就处在一种女性才特有的近乎神经质的激动中。脸上或者是从未有过的肃穆庄严，或者是粲然的笑容。她那种仿佛在筹备重大盛典的神情，几乎感染了举事的所有的人，但在她身上，却完全没有矫情的做作的样子，一切都是从她的心底里喷涌出来的，她就是那种生来就具备着要为什么去义无反顾的女人，只是因为找不到目标而压抑和受着折磨。她在院子里走来走去的身影，就像是体内弹开着一只被压缩得过久的弹簧。

布条分至赵寄客时，她问：“你也加入敢死队？”

“我是参与负责启开艮山、清泰、候潮、凤山的城门和铁路城门，然后，占领军械局和电话局。”

“你们让天醉在家里守着，他也就只能干这点事情，跟着你，碍手碍脚了。是不是？”

“你不要这样笑话他。天醉走到这一步，已经十分难为他了。他本来不是一个干这种事情的人。”赵寄客又从沈绿爱手中抽出一条白布，“给他留一条吧，他在乎这个。”

兄长沈绿村走了过来,看见妹妹,皱了皱眉头,悄悄对着她耳朵说:“别那么爱凑热闹,我对别人都说你是来走亲戚的。万一不成功,我们没有退路,你还有退路。”

“不成功,便成仁!还说什么退路不退路!”寄客把开了锋的匕首递给绿爱,指指辫子,说,“替我割了!”

绿爱接过匕首,齐头皮一刀割去,那根粗大发辫便留在了她的手中。头发披散了开去,遮住了赵寄客的面庞。那一头的鬈发又使他看上去更像一头怒狮。他别过了头,又摇了一下,便要走,却被那只刚才剪辫子的手拉住了手肘。

“你会死吗?”

沈绿村警告说:“回去,拉拉扯扯干什么?寄客你不会在乎吧?女人嘛……”

“我不会死,向你保证。”赵寄客披着一头乱发。当他发现他的话中多了从未有过的口气,心里便很恼火,他就一把扯开了沈绿爱拉住他的手臂,一下子便消失在茫茫黑夜之中。沈绿爱回过头来,她很激动,眼眶中都是泪水,有些语无伦次地对大哥说:“我不问你会不会死,懂吗?因为你是肯定不会死的。懂吗……”

“不懂。”大哥皱着眉头回答,“你再任性多嘴,我就立刻把你送回去。”

入夜,杭府忘忧楼的门被人轻轻敲响。正静坐卧室独自看守着军械弹药的主人杭天醉一跃而起,激动得牙根发颤,穿着拖鞋便往外冲,迎面而来的却不是他想象中的敢死队员们。一个中年男人携带着一个十岁光景的女孩,身着和服,见了他,深深地鞠了个九十度的躬。

杭天醉十分惊诧，不知这突如其来的两个东洋人和他自己又有什么关系。正在纳闷中，那男人缓缓地抬起了头，说："冒昧，冒昧。杭先生还认得我吗？"

杭天醉看着这个留有人丹胡子的说一口流利汉语的日本人，似曾相识，却记不得是谁了。

"我是羽田，在拱宸桥开的照相馆。还记得吗？那次福禄堂事件。"

杭天醉恍然大悟，原来此人，恰是一年前他从吴升手下救出的羽田。连忙请他们坐了，羽田却不坐，介绍他身旁的女孩子说："她叫叶子，我的独生女儿。去年蒙你救命之后，我便回了国。这次，把叶子也带来了。今天她是专门来致谢的，感谢你救了她的父亲，她一定要来，我也就遂了她的心愿了。"

叶子看来还不懂汉语，但从大人的交谈中明白了意思，她突然跪倒在地，头额触在花砖上，嘴里一连串日语，倒把杭天醉吓了一跳，连忙去扶拉这日本小姑娘。叶子抬起头，杭天醉看见了她那张绢人一样的小脸上，满是泪水。

她继续用日语结结巴巴地说着，一会儿快，一会儿又说不下去了。她的父亲在一边替她翻译：

"叶子说，感谢中国叔叔救了我父亲的命，同时也救了我的命。我的母亲很早就死了，父亲把我寄养在人家家里，自己来了中国。去年我寄养的那户人家搬迁走了，说好要我父亲领了我去的。如果那一次我父亲被打死了，那么，我也就活不下去了。因为我在这个世界上，连一个亲人也没有。"

说到这时，羽田的声音哽咽，热泪盈眶，腰又深深地曲了下去。

杭天醉本来就是个性情中人，听了这话，深为感动，连忙请他们坐下，又叫婉罗去找隔壁厢房住着的小茶，让她把嘉和、嘉平带过来。

两兄弟同父异母同日出生，已经够戏剧化了，命运又安排在同一个极其特殊的夜晚，让他们同时相识一位异国的小小女郎。叶子长得异常清丽细白，又软又黑的头发，用一块丝帕扎了，挂在后脑，小小的和服，看上去十分有趣。小茶忍不住夸道："真像一个小绢人。"

羽田见了杭家的这二位公子，一个沉静温和，一个灵敏聪慧，再一问年龄，他们三个，竟然一般大，算起来，还是叶子小几个月，感慨了一声："真是柳绿花红啊。"

杭天醉心弦一动，说："先生此语，大有禅意。"

羽田问："杭先生平日也习禅？"

"真茶人者，无有不通禅的。"

羽田露出笑容："他乡遇知音了。"说完，对叶子说："好女儿，把你从日本带来的礼物，恭恭敬敬地献给父亲的救命恩人吧。"

叶子听了，赶紧从随身带的包袱中取出一个小包，打开了，又是纸包，纸包打开了，又是一块丝绸包着的东西，再把那丝绸也打开了，叶子小心翼翼地捧出了一只黑色的敞口笠帽圈足茶盏。背光处，看不甚清楚，父亲羽田拿过了烛台，自上而下，照耀着它。

真是神奇。那黑色的盏面上，胎厚色黑的釉中，竟然被烛光照耀出了细丝状的银色结晶，形如那洁白的兔毫。杭天醉见了，一激动，连鞋都顾不上拖了，赤着脚连声招呼："你们都过来看，你们都过来看。"

两个儿子把头也凑了过来,看着这只日本小姑娘手里的黑盏。

“还记得上回爹带你们在茶楼上见识过的那些茶具,凡那黑色里头夹银丝做的,叫什么?”杭天醉启发儿子们。

“我忘了。”嘉平说,“那么多,还有那些字画,我光记住了那个鬼,他也是吃鬼的。”嘉平坦坦荡荡说了那么多。嘉和补充说:“那是钟馗。”

嘉平对叶子说:“你叫我哥说,他什么都记得住,爹说什么他都知道。”

叶子就笑吟吟地面向嘉和。看到这样的笑,嘉平就有些发酸,为了掩饰发酸,他就更加笑,还催着嘉和:“快说呀! 快说呀!”

嘉和看看爹,说:“这是兔毫盏,是福建建窑的。让我看看,这盏底有没有字?”

叶子把盏翻了过来,烛光下照出了刻着的“供御”二字。

杭天醉一声“啊呀”,腿都要软了下去,连连地作揖,说道:“不敢当! 不敢当! 这是官窑之器,宋徽宗斗茶用的,这个礼太重了。”

羽田摆摆手,说:“礼虽重,毕竟依旧是贵国的宝物。不知前朝哪一代人漂洋过海,带去日本,如今又带了回来。此间的轮回往返,倒也是顺乎中国人心目中的天意了吧。”

说完,他叽里咕噜地对女儿说了一阵,女儿也皱着小眉头问了一阵。羽田又用汉语说:“我女儿想问问先生,她不明白,皇帝为什么喜欢用这样的黑色的碗?”

杭天醉一听,说了一声“你等等”,赤着脚就往书房里跑,小茶拖着一双鞋跟在他后面转,连句话都插不上。一会儿,他拿出一本木刻线装本,恰是蔡君谟的《茶录》,翻开他要的那一页,便摇头晃脑地读了起来:“茶色白,宜黑盏,建安所造者绀黑,纹如兔毫,其坯微厚,熁之久,热难冷,最为要用。出他处者,或薄或色紫,皆不及也。”

“懂吗?”他问小姑娘。

叶子不好意思地摇摇头,杭天醉大笑,对嘉平说:“你们两个,带妹妹去嘉平屋里玩去。小茶你照顾着他们,叫婉罗取今年上好的龙井茶两斤,就是少夫人带去她哥哥家的茶,用锡罐子装了备好。我和羽田先生说一会儿话,别吵着我们啊。”

等人都走光了,只剩下杭天醉与羽田二人时,杭天醉才毕恭毕敬,给羽田作了个深揖,说:“羽田兄,如果我不曾弄错的话,您定是茶道中人了。”

“杭先生不愧事茶世家,鄙人正是茶道中里千家家元的人,习茶半生。”

“怪不得你有如此贵重的器物世传。今日有闲,先生能否为我一解贵国茶道之谜呢?”

想必此时,杭少爷杭天醉早已把起义啊革命啊丢到了身后,满脑子都是他的玄乎其玄的茶道了。

偏巧杭天醉碰到了这位羽田君和他是一种类型的人物,不过整个家族更为没落罢了。明治维新的日本,与新兴的暴发户产生的同时,贵族中依旧有人一落千丈,他们保留着精致细腻的品味,同时又过着穷愁潦倒的生活,羽田就是其中之一。深厚的汉学根底和一手拍照的谋生技艺并未给家道带来中兴。漂泊异国他乡,对这个人到中年的男子,也是无可奈何的事情,把祖上遗留的宝物赠与杭氏,除了感激之情以外,还有更深的附托在后。不曾想到,中国还有一位才情横溢的青年商人,虽有万贯家财,却更向往玄妙的非现实生活。羽田到中国已有十年了,第一次侃侃而谈,向异国的人介绍本国的茶道。

公元815年,在中国,是唐代的宪宗当政,而在日本,则是平安朝的嵯峨天皇临朝了。

那一年的闰七月二十八日,一位去中国留学两年后归来的僧人空海,给天皇上了一份《空海奉献表》,其中说道:……茶汤坐来,乍阅振旦之书。

这便是日本人最早的饮茶记录了。

但是,在此之前的十年,另外有一位叫最澄的高僧,已经从中国带回了茶籽,种在了日吉神社旁边。

这便是日本最古的茶园了。

这两位大法师,前者创立了真言宗,后者创立了天台宗,他们和皇帝的关系很好。他们二人之间,本来关系也很密切,且一同去中国学佛,最澄还和他的弟子泰范拜了空海为师。谁知一来二往,泰范干脆不要自己师父,跑到空海那里去了。

最澄怎么办呢?他想到了茶。一口气寄了十斤,想以此唤回泰范。然而没有用,因为空海也有茶。

但是,写下日本饮茶史第一页的,还不是前两位,而是一个叫永忠的高僧。他在中国生活了三十年,和中国的茶圣陆羽是同时代人。他在中国的寺庙中品茶的时候,中国文人刚刚开始了手握《茶经》坐以品饮的茶的黄金时代。他回国后,在自己的寺院中接待嵯峨天皇,献上的就是一碗煎茶。

平安朝的茶烟,弥漫着高玄神秘的唐文化神韵。诗歌中这样吟哦着:萧然幽兴处,院里满茶烟。

人们崇唐迷汉,从中国大陆进口的一切东西,都让他们喜欢,相当稀有的茶,便成为极风雅之物。深峰、高僧、残雪、绿茗,弘仁茶风,为日本茶道提供了前提。

平安末期至镰仓初期,应相当于中国的宋代吧。日本文化,开始进入了对中国文化的独立反刍消化时期。

1187年,有个四十六岁的日本僧人荣西,第二次留学中国,在天台山潜心佛学。五十岁他回国的时候,在登陆后的第一站九州平户岛的高春院,便撒下了茶籽。

1214年,镰仓幕府的第三代将军源实朝病了,荣西献茶一盏,献书一本,题曰《吃茶养生记》。将军吃了茶,看了茶书,病也好了。从此,荣西被称为日本陆羽、日本茶道史的里程碑。

当时的寺院,有定期的大茶会,茶碗极大,一碗可供十五个人喝。平民百姓是喝不到茶的,他们对茶的态度是敬而远之的。

斗转星移,朝代更替,足利氏的室町时代,取代了镰仓幕府政权。在中国,已经是元代与明朝的纪元了。中国宋代的斗茶习俗,传到了当时的日本,武士斗茶,成为当时吃喝玩乐时的重要内容。

奢侈的时代,也有自行其是的高士。这一位高士,竟然是一名最高统治者,室町时代的第三代将军足利义满(1358—1408)。在他三十八周岁时,把王位让给了儿子,自己在京都的北边修建了金阁寺,北山文化由此兴起,武士的斗茶也开始了向书院茶的过渡。

九十多年后的1489年,王朝已进入了第八代将军义政(1436—1490)的统治时期,他仿效他的先祖,隐居京都东山,修建银阁寺,以此展开东山文化。

在这里,要特别提及一位杰出的日本艺术家能阿弥(1397—1471)。作为义政的文化侍从,他通晓书、画、茶,还负责掌管将军搜集的文物。他发明的点茶法,茶人要穿武士的礼服狩衣,置茶台子、点茶用具、茶具位置、拿法、顺序、进出动作,都有严规。今日日本茶道的程序,就在他手里基本完成了。

想象那一年日本国的深秋吧。将军义政,眺望秋空,聆听虫唱,不觉伤感。他对能阿弥说:"唉,世上的故事,我都听过了。自古以来的雅事,我都试过了。如今我这衰老的身体,也不可能再去雪山打猎。能阿弥啊,我还能再做些什么呢?"

能阿弥说:"从茶炉发出的声响中去想象松涛的轰鸣,再摆弄茶具点茶,实在是一件有趣的事情。听说最近奈良称名寺的珠光很有名声。他致力于茶道三十年,对大唐传来的孔子儒学也颇为精通,将军不妨请他来吧。"

就这样,村田珠光(1423—1502)成了将军义政的茶道老师。书院贵族茶和奈良的庶民茶交融在一起,日本茶道的开山之祖诞生了。

羽田有条不紊地侃侃而谈,把一部日本茶史讲得如此清晰连贯,把个杭天醉听得张口结舌,神思来去,恍若游丝。他的脑子里一会儿陆羽一会儿苏东坡一会儿许次纾,就是连贯不起来。羽田看出了灯下主人的恍然,这才停了下来,略有不安地问道:"杭先生,是否聒噪你了?"

杭天醉如醉方醒,连连摇手:"听君一席话,只觉他山之石劈面而来，直攻我山之玉，况且先生又讲得如此深入浅出，妙趣横生。贵国之茶道，倒是听出了一番庄严画图来，愿恭听之。”

隔壁传来嘉平大呼小叫的声音，夹着叶子一串串风铃一般的笑声，几个孩子玩得正开心呢。羽田放心了，继续了他的思路，又滔滔不绝地讲了下去。

室町时代的末期，也就是相当于中国的明代吧，在日本的民间，出现了一种由老百姓主办的茶会，人们把它叫作“云脚茶”。各种身份的人聚集在河边、大厨房、小客厅，喝酒、下棋、品茶，十分热闹，这就是被中国人称为下里巴人的饮茶了。

这种下里巴人的饮茶活动中，奈良的淋汗茶会，最引人注目。淋汗，就是夏天洗澡的意思。奈良有一家姓古市的家族，专门烧了水，请一百人入浴。洗完澡，便喝茶，吃瓜果等，大家又唱又笑，赏花品茗，十分开心。

古市家族中的澄荣、澄胤两兄弟，是奈良著名的茶人。他们的师长，便是村田珠光。

珠光十一岁时便入寺做了和尚，想来年少气盛吧，竟被赶出寺门。十九岁时，他进了京都的一休庵，跟着一休参禅，并得到了一休颁发的印可证书——圆悟的墨迹。这位明代禅僧的墨宝，便成为茶禅结合的最初标志、茶道界最高的宝物。

珠光把它挂在茶室的壁龛里，进来的人全要向它顶礼膜拜，以示禅茶一味的道路。珠光在京都建立的珠光庵，以“本来无一物”的心境点茶饮茶，形成了独特的草庵茶风。他在义政将军关照下，成为一名大茶人。晚年回到奈良，收了许多门徒。临终时，他说，日后举行我的法事,请挂起圆悟的墨迹,再拿出小茶罐,点一碗茶吧。

村田珠光曾经留下过许多至理名言,他说:没有一点云彩遮住的月亮,没有趣味。他还说:草屋前系名马,陋室里设名器,别有一番风趣。

听到此,杭天醉不由得拍案叫绝:“好一个草屋前系名马,醍醐灌顶之偈语!”

羽田也说上了兴头:“正是珠光,通过禅的思想,把茶道提升为一种艺术、一种哲学和一种宗教。这里,庶民为主体的乡土文化,战胜了东山为代表的贵族文化了。”

杭天醉听到这时,禅心大发,突然说:“羽田先生,我这里有上好的白炭,还有虎跑水,不如趁现在烹茶品尝一番,如何?”

羽田听了大为高兴,说:“入乡随俗,就照你们中国人的习惯来办吧。”

杭天醉这就叫来了婉罗,让她乘着月夜到户外去生炭炉。嘉和嘉平带着叶子也大呼小叫地冲到月下,手忙脚乱地帮着添乱。叶子蹲在地上,口对着炉口,吹着气,烟熏得她鼻涕眼泪直往下掉。杭天醉隔窗叹曰:“心为茶荈剧,吹嘘对鼎铴。”

羽田问:“这样的佳句,想必是贵国的某位诗人所作吧?”

“洛阳纸贵的左思,作《娇女》一首,其中十二句,说的是煮茶,那是遥远的晋代了。我们中国人做事向来无心插柳,星星洒洒,反不如贵国可以整理流传了。”

“愿听杭先生指教。”羽田连忙接过话头说。

杭天醉摇头:“今日难得羽田先生开讲,还是一气听完了,以后专门听我的吧。”

羽田也不再谦让,正襟危坐,又开了讲。

话说珠光去世的那一年,又一位大茶人武野绍鸥出生了。按照中国人对佛的理解,想必是有轮回的神秘天意在其中吧。

绍鸥是堺市人,地方靠海,城市繁华。他的父亲是个大皮革商。绍鸥二十四岁那一年,来到了京都,跟着三条西实隆学习和歌,同时,又跟着珠光的几位弟子习茶道。直到三十三岁,他一直作为一名连歌师,生活在京都。想来,有富裕的家庭经济背景,他便是一个自由自在的艺术家了。

三十六岁时,绍鸥回到堺市,三十七岁时,收下了小他二十岁的千休利为徒。浪漫自在的连歌生涯结束了。绍鸥成为一名严谨的茶人和商人。四十八岁那年,他获得了“一闲”居士号。他的茶道生涯,进入了黄金时代。

以歌的道理来参透茶道,开创新的天地,是绍鸥的贡献,请听这首和歌吧:

望不见春花,望不见红叶。
海滨小茅屋,笼罩在秋暮。

只有领略过壮丽景色的人,才能体会无一物中无尽藏的超脱。

把和歌裱装起来,代替茶室的挂轴,使日本茶道日益民族化,便是从绍鸥开始的。

必须告诉你们,第一幅被挂出来的和歌,是唐代时阿倍仲麻吕留学中国的思乡诗：

翘首望东天，神驰奈良边。
三笠山顶上，想又皎月圆。

绍鸥对珠光的茶道进行了改革和发展。素淡、典雅的风格进入茶道，高雅的文化生活又还原到日常生活。我们从绍鸥与茶花的故事中，或许可以领略一点精神吧。有一次，茶会正赶上大雪天，为了让客人们全心欣赏门外雪景，绍鸥打破了常规，壁龛上没有摆茶花，却用他心爱的青瓷石菖钵，盛了一钵清水。

杭天醉若有所思，说："就像现在，当我和你坐而论茶时，屋外是我们两国的孩子在月下共同煮泡香茶。这样相依相存，交相辉映，没有什么能比此时的情景更加美好了。"

来，让我们共同进入16世纪中叶的日本吧。这是一个激烈的战国时代，群雄争战，以下犯上，风潮四起，对生死无常的武士而言，宁静的茶室是灵魂的避难所。茶具在商人手中可值连城之价，争夺一个茶碗，也可以是一场战争的起因了。

就在这动荡的年代，武野绍鸥西归，千利休继之而起。

同样是堺市人的千利休(1522—1592)，也同样出身商人之家，拜绍鸥为师后，也继承珠光以来茶人参禅的传统，二十四岁时获"宗易"道号。后来，做了织田信长的茶头。织田信长死后，又成了丰臣秀吉的茶头。

秀吉与千利休,永恒的对立面,永恒的对峙,永恒的相互依存,也是我们后世茶人永恒研究的命题。

出身平民的秀吉,渴望天皇的承认。天皇身为傀儡,也不可能不承认用武力统一了天下的武士。为了庆贺这样的承认,秀吉举行了宫内茶会,先由秀吉为天皇点茶,再由千利休为天皇点茶。

在1585年的此次千利休主持的茶席上,秀吉在壁龛上挂出了中国南宋山水画家玉涧的《远寺晚钟》。大朵的白菊,插在古铜的花瓶之中,茶盒是名扬天下的"新田"和"初花"。茶罐,取名"松花",价值四十万石大米。

六十三岁的千利休,在这一生中最高级别的茶会上,获得巨大荣誉。

两年之后,权力与茶道再次结合。那一年,秀吉平定了西南、东国和东北的各路诸侯,便决定了在京都的北野,举行举世无双的大茶会。

千利休责无旁贷地担任了此次茶会的负责工作,而秀吉则发表了一个既专横又豁达,既炫耀自己又体恤民众,既向往风雅高洁,骨子里又是赳赳武夫的布告。

1587年10月1日,北野神社的正殿里,中间放置了秀吉用黄金做成的组合式茶室。一壁的金子,金房顶金墙壁金茶具,窗户上挡了红纱。这套黄金茶室,可说是秀吉独一无二的创举,在天皇面前炫耀过;搬到九州炫耀过;在中国明朝的使节面前炫耀过;也许,这次的北野大茶会,正是为了在老百姓面前再炫耀一次吧。

陪着炫耀的是中国画家玉涧的《青枫》和《潇湘八景》,看来,秀吉是特别青睐玉涧的了。

盛况空前的北野茶会,有八百多个茶席,不问地位高低,不问有无茶具,强调热爱风雅之心,推动了日本茶道的普及。

从六十岁到七十岁,千利休侍奉秀吉,整整十年。这十年之间,千利休的内心究竟是怎样的呢?弟子接踵而来,天下无人不晓,君王手中的剑,僧人杯中的茶,他们之间的潜在的内心冲突,究竟是怎么样不为人知的厮杀呢?

是千利休,使茶道的精神世界一举摆脱了物质因素的束缚,清算了拜物主义风气。他说:家以不漏雨,饭以不饿肚为足。此佛之教诲,茶道之本意。

是千利休,将茶道还原到淡泊寻常的本来面目。他说:须知茶道之本不过是烧水点茶。

当弟子们问千利休什么是茶道的秘诀时,他说:夏天如何使茶室凉爽,冬天如何使茶室暖和,炭要放得利于烧水,茶要点得可口,这就是茶道的秘诀。

杭天醉听到这里,捶胸顿足,连连说:"千古之音!千古之音!"

"还有呢,千利休的艺术境界,也可以援引一首和歌来表达:

莫等春风来,莫等春花开。
雪间有春草,携君山里找。

"这里的茶境是积极的,富有创造性的,是一种在绝对否定之后诞生的绝对肯定的美。

"茶道中原有的娱乐性,在千利休手中被彻底消除了,几个客人用同一个碗传着喝的‘传饮法’诞生了。下一位客人要在上一位客人喝过的地方用茶,不能换地方。也就是说,不能嫌别人脏。关于这一点,先生您能理解吗?”

杭天醉若有所思,道:“想来,与中国上古时的歃血结盟有着渊源吧!”

“先生所言极是,千利休正是一位主张人性亲和的大师。他的小茶庵,小得二三主客只能促膝而坐,以此做到以心传心,心心相印。千利休的茶具也别出心裁。从前贵国传来的天目茶碗青瓷碗,过于端庄华丽,表现不了他的茶境,他便用了朝鲜半岛传来的庶民们用来吃饭的饭碗——高丽茶碗,且以手工做成,形状不匀称,黑色,无花纹为最上等。”

“贵国的武将秀吉,未必能领略艺术大师的情怀吧?”

“岂止不能领略,实在是无法容忍的。用鱼篓子做花瓶、用高丽碗做茶具,怎么能被喜欢黄金茶室的秀吉接受?说来可悲,秀吉竟然命令千利休剖腹自杀!

“千利休于1592年2月28日,有三百名武士守护,杀身成仁。那一日,电闪雷鸣,大雨倾盆。临终前,他留下遗言说:‘人世七十,力图命咄,吾这宝剑,祖佛共杀。’”

羽田说到这里,长叹一口气,默默走向户外。院中泥炉正红,孩子们正静静等待那沸水的升腾。羽田说:“我们日本人,是愿意用生命来捍卫自己的理想的,无论用什么样的语言来赞美千利休,都是不过分的。”他转身,问杭天醉:“请问,贵国的大茶人,若是面临这样的时刻,又会怎样呢?”

杭天醉沉浸在对千利休命运的感叹之中,听了羽田的问题,才说:“在中国,是不会有这样的君王的。”

“听说,唐朝的皇帝也请过茶圣陆羽做太子的老师。”

“但陆羽却是不会去的。沧浪之水清,可以濯我缨;沧浪之水浊,可以濯我足。中国人明智也在这里,中国人虚无,也在这里了。”

几个孩子却跳跃着去找茶叶、茶杯,叶子迈着小步,从清冷月光下,跑到天醉面前,鞠了一躬,说了一串日语,又仰着头看父亲,羽田便解释说:“叶子说,能否用兔毫盏来品茶?”

“当然可以,而且还要用你们日本人的喝法,在喝过的口子上继续喝呢。”

叶子捧着兔毫盏,用清水洗涤了,小哥俩各不相让地抢那把婉罗拿来的竹勺,洗清了杯子。叶子又要一张席子,话音未落,小哥俩箭一般冲回房中,抽了铺下的席子,拖抱着出来,叶子把席子铺好,让大家都跪坐在地上,然后,她悄悄地冲点好了一盏叶茶,恭恭敬敬地端到叔叔面前。

月光下的这个小女孩,晶莹剔透,美丽得像一个小小的梦。杭天醉身心如洗,神清目朗。他抿了一口,转给羽田,羽田抿了一口,又转给嘉和,嘉和抿了一口,没有转给嘉平,却反过来,转给了叶子。他看见叶子在他抿过的盏边启开她的小嘴时,浑身上下,发出了从未有过的颤抖。叶子喝了,又转给了嘉平。嘉平对着叶子喝过的地方,喝了一大口,接着,咕噜咕噜,把一盏茶喝得精光,把茶盏伸出去时,还如释重负般地说:“我真的口渴了。”

听了男孩如此天真的话,大家都笑了起来,笑声未落,大门嘭嘭嘭,被凶猛地敲响了。

这是杭州封建地方政权苟延残喘的最后一夜。那一夜月光如洗，当杭天醉与羽田月下谈禅、席地品茗之际，一墙之隔，光复军领导的敢死队员们，已经箭在弦上，一触即发了：

张伯岐率领的二十名敢死队员，已经在西辕门埋伏完毕；

孔昭道已经做好了抚署全部卫队的倒戈准备；

由赵寄客参与的工程营，在各个城门等待炮响；

驻笕桥的新军做好了包围旗营、抢占杭州制高点的全部准备；

驻馒头山的步兵准备割断电话线；

张伯岐、董梦蛟、尹维峻率领的敢死队，将正面进攻抚署衙门。

此刻，长夜未央，万籁俱静，沈绿爱带一群兵士再也顾不上左邻右舍的非议，带头砸起自己家的大门。杭天醉大梦初醒，高呼一声："来了！"便从席上一跃而起，直冲大门。

异国的父女惊慌地坐起，问道："什么东西来了？"

嘉平兴奋地握紧小拳头，说："革命来了！革命来了！"

叶子用日语问："什么是革命？"嘉和听出了她的意思，拉住她的小手，说："不要怕！不要怕！"

正在手忙脚乱地收拾，那一队兵士已经进来了，杭天醉带头，顾不上脚下的席子。他一脚踢翻了水壶，沈绿爱又一脚踢开了兔毫盏，边走边问："他们是谁？"

"东洋人。"

"怎么到这里来了？"

"品茶。"

"什么时候了，你还——"

"——别说了，快让他们进去拿。"

那些士兵拖着枪支从卧室里出来，把院子踩得一团狼藉。不过一刻钟，枪都被背走了，沈绿爱匆匆忙忙跟着要走，杭天醉说："我怎么办？"

"大哥让你在家等着，马上有车来接，明天还得让你起草公告呢！"

"你呢？"

"我得回去，万一伤兵下来，要我照应。"沈绿爱匆匆看着两个男孩子，还有那个把头埋在父亲腰里的女孩，说，"别害怕，到明天就好了。这位先生就留住我家，千万别出去了。"又对嘉和说："嘉和，你是老大，你要看顾好弟弟妹妹。"

说完，头也不回，径自跟着队伍又走了。

羽田愣了半天，才说："你是革命党？"

杭天醉点点头。

"她……你内人也是？"

"革命党的老婆。"杭天醉摊摊手，半是自豪，半是无奈。

小茶已经为孩子们铺好床褥。刚才，她一直不敢出来，现在才赶着孩子睡觉去了。院子里只剩下两个男人。泥炉残红，草席玷污，瓦壶半损，羽田捡起兔毫盏，递给杭天醉。

他们谁都没有心思再说话了，但又无法入眠。他们都不敢相信，刚才的清饮、说禅、事茶，全都是真实的。

轰的一声巨响，抚署门口，十七岁的绍兴女杰尹维峻扔出一个大炸弹。霎时，火光冲天，杭州人惊醒了。

杭天醉捧着兔毫盏，对着半空中的火光，喃喃自语："革命开始了！"

第十九章

在这个千年不遇的黑夜就要过去的时候，杭天醉被人用马车急速地送往起义总指挥部。马蹄在石板路上敲响的声音，比白天放大了许多倍，与时骤时稀的枪炮声相互呼应着。在那些扑面而来的深巷中，杭天醉看到了不计其数的一面面高耸的石灰山墙，它们板着面孔，灰白色的粉脸僵死着，黑色的墙顶盖瓦如残眉，像梦中那些披麻戴孝没有知觉的魂灵，沉默地破败地阴森森地等待着他，冲过去一面，又迎上来一面。倏地，半空轰的一下就红了起来，火光冲天，使人心惊。狭小细长的巷子，挟持着马车上的主人。在这样变幻莫测的难以预料接下去后果如何的夜晚，他们要把他送往哪里？

到了目的地，杭天醉才知道，起义将领童保暄已自封为“临时都督”，让沈绿村请个人为他起草安民告示。杭天醉悄悄对沈绿村耳语：“什么，他能当都督？”沈绿村也跟他咬耳根子：“急什么，让他过半天瘾。”还朝他狡黠地挤了挤眼睛。

杭天醉不喜欢这种说话和动作的神情，好像他和这种神情本来就有着千丝万缕的默契似的。他也不喜欢这种神情里包含着的不可告人的计谋，但他无可奈何。他只得铺开纸，研着墨，正慢慢琢磨着，眼前那只“吾与尔偕藏”的曼生壶出现了，他抬起头，是夫人绿爱,浑身上下,血污淋淋的。杭天醉跳了起来,要喊,绿爱一把把他按了下去,说:“没事,给伤员包伤口沾的血。”

说着从一只小锡罐里直往曼生壶里倒茶。茶滚圆,墨绿,饱满,棱棱有金石之气。天醉说:“你知道我从来不喝珠茶的,太杀口了,快给我换了龙井。”

“正要杀杀你的口呢。”绿爱不由分说地往里冲滚烫开水,“龙井能熬得过夜去?这一屋子的人,全靠平水珠茶吊着精神呢,喝!”

杭天醉看看老婆,觉得她已变成另一个人。他苦着脸,抿了口茶,又酽又浓,香俗得很,精神却为之一振。正要低下头再琢磨,眼前亮闪闪的,他又吓了一跳,绿爱拿着把雪亮大剪刀,在他眼前晃。

“是剪辫子吗?我自己来。”他扔了毛笔,说。

“你写你的,我来。”话音未落,杭天醉觉得脸颊一热,痒痒的,断了辫子的头发一起扑到脸上来了。又见眼前一条黑鞭闪过,扔进屋角一个大箩筐里。

杭天醉的脑袋,一下子轻了,突然就来了汹涌文思,铺纸写道:

为出示晓谕事。照得本都督顷起义师,共驱鞑虏,原为拯救同胞,革除暴政。唯兵戎之事,势难万全,如有毁及民房,俱当派员调查,酌予赔偿,以示体恤。查杭城内有积痞借端抢米,扰乱治安,实属目无法纪。现大事已定,本都督已传谕各米商即日平价出售。自示之后,如再有滋扰,定当执法。且吾浙人民素明大义,如能互相劝诫,日进文明,尤本都督所厚望焉。为此出示晓谕,其各懔遵。特示。

写到此,他抬起头来。他想望一望窗外。

黎明已经到来了。天蒙蒙亮,这肯定将是一个与众不同的早晨了,杭天醉这样想着,顺手就推开了窗子。

灰暗的天渗着光明,裹挟着11月深秋空气中氤氲着的成熟的气息,还有那种新鲜的从未有过的硝烟气息,一下子扑面而来,寒冷而透着小刺激。杭天醉一个激灵,紧握毛笔的手竟然颤抖起来——他不能理解这样突如其来的颤抖。

他从小就熟悉的这座城市,正在一种青灰色的调子中渐渐地显影出来。一开始和以往一样,泛黄的,旧了的,但它很快就清晰起来了。在杭天醉的视野里,只是小半个院落和一大块天空。两丛黄灿灿的菊花沉重地支着脑袋。昨夜它们流了太多悲欢交集的眼泪,此刻依旧珠泪涟涟。天空中响起了鸽哨,一群灰鸽子盘旋上去了,依附在稀薄而又柔和的天空的羽翅下。

杭天醉定了定神,凝笔署明时间:黄帝纪元四千六百零九年九月十五日。

同一个这样的黎明时分,老实巴交的翁家山人撮着在家里过了一夜后,准备回城了。前日老婆捎了口信来,说茶花已经开得闹猛,回来看看,也该给茶蓬施肥了。杭夫人自己吃茶叶饭,知道艰辛甘苦,立刻便同意了撮着回去。撮着是个下死力气干活的人,白天劳作一日,夜里便半张着嘴,打一夜的鼾。快天亮时老婆推醒他,说:“昨夜你有没有听到响声?”

撮着说:“我困得像死猪,哪里听得到响声?”

“昨夜乒乒乓乓有声音,打仗一样的。”

“不要乱讲,要么你做梦打仗吧。”

撮着起床,肚子里塞了两口冷饭,挑起担子就往城里走,担子里盛着撮着老婆头年打的年糕,杭天醉喜欢吃的。担子挑着,一根辫子甩在后面不方便,老婆便给它往脖子上绕了两圈,边绕边说:“不是说皇上已经发了话,官民自由剪发吗?”

“你倒是听得进这种歪道理。”撮着在老婆面前,显得很有权威,“这种年头,假冒圣旨的还少吗?少爷都留着头呢,你比少爷还聪明?”

撮着是一直走到了清波门下,才发现昨日夜里,城里已打过仗了。好几个当兵的,袖上扎着白布条,其中一个手里拿把大剪刀,从城里出来的农民,出来一个,就被揿着头皮剪去一根辫子,城门边那只大竹筐里,已放着小半筐剪下的辫子,看着瘆人。

还有几个识字的,正围着贴在城墙外的“安民告示”看呢。

撮着不识字,涎着脸问人:“这上面,写着什么?”

那人白了他一眼,说:“光复了,你晓不晓得?”

“什么是光复?”

“阿木林。‘光复’都不晓得?昨日夜里城里打了一夜,你没听见?”

“我困着了。”撮着老老实实说,“昨日茶山上忙了一日,夜里困不醒。”

“到底是农民,世事不问,”那人讥笑一声,说,“皇帝被赶下龙庭了。这下你总清楚了吧!”

“你是说宣统皇帝啊?晓得的晓得的,皇帝小是小了一点,那新皇帝还好吧?”

"什么新皇帝？没有新皇帝了！"

撮着放下了担子，觉得相当茫然。没有新皇帝是什么意思呢？可惜少爷又不在身边，没人肯指点他。正纳闷着，肩胛上两只大手按了上来，撮着回头一看，正是那两个当兵的。

"你们要干什么？"

"干什么？我问你还想不想进城？"

"想。"

"剪辫子！"

"让我回去再说，让我回去再说。"撮着拼命挣扎。

"让我回去再说，让我回去再说……"一群小孩子模仿着他那笨拙的样子，边叫边笑。那两个当兵的也忍着笑使劲按他的头皮。这使得撮着在恐惧中更感到屈辱，他不顾一切地挣扎起来，嘴里却叫着："我要回去！我要回去！"

当兵的却不耐烦了。一把把撮着按在地上，另一人明晃晃的大剪刀就上来了，吓得撮着大叫："我不剪！我不剪！"话音刚落，头一轻，他晓得，头发已经没有了。当兵的一拉，脖子上的辫子滑了两个圈，辫梢最后毛刺刺地刺了头发的主人一下，然后，便扬长而去，物以类聚，入了那只辫子筐。

撮着趴在地上，抱头痛哭，有生以来，他还没有那么哭过。他哭着想着，想着哭着——我怎么站起来往城里走呢？我怎么进杭家忘忧楼的门呢？我没有了辫子，以后还怎么做人呢？

当兵的，显然也被他哭得不耐烦了，一把拎起他，便把他搡进城门，顺手在他头上压了顶破草帽，说："别哭了，再哭就是奸细！"

撮着也不晓得对奸细会怎么处置，但破帽遮颜，他终于可以过闹市了。他便挑着年糕担，擦着中年男人的泪水，躲避着人群，羞涩地朝羊坝头走去。

忘忧茶庄此时已经乱了套，上了排门，生意也不做了。林藕初早上起来，到天醉的院子去一看，地上又是席子又是炉子，正门敞开着，地上拖着深深的痕迹，花花草草的东倒西歪，竟像是被打劫过一般。林藕初急了，跑进了房间，看看倒是没少什么，只是夹墙的门被打开了。再回过头，吓一跳，一个男人，东洋人的模样，靠在客厅那张美人榻上，竟睡着了。

林藕初跑到院子里，才叫了儿子媳妇两声，便见小茶趿着鞋跟披头散发从厢房里冲了出来。林藕初见了她这副模样，心里不高兴，问："日头都一丈高了，家里人都哪里去了？"

小茶说："都革命去了。折腾了一夜呢，孩子们才睡下。"

"那屋里的男人是谁？"林藕初问，"怎么跑到你男人屋里去了？"

小茶一按额头："是羽田先生吧？少爷的朋友。昨日带了女儿来拜访，外面就打起来了，出不去。"

"天醉现在哪里？"

"说是被接到舅爷珠宝巷去了。"

林藕初急得乱转，正不知如何是好，羽田却又一头撞了出来，嘴里说着："打搅了打搅了，万分抱歉，万分抱歉。"

小茶说："羽田先生，也不知外面乱成什么样了，我们女人又不敢出去。"

"我去，我去！"他掉头就往外走，走了几步又回来，鞠九十度的大躬,"叶子,暂时就托付给您了。"

"叶子是谁?"林藕初问。

"鄙人的女儿。"

"你放心去吧,"林藕初倒也热情,"有我们照应,你女儿没关系的。"

羽田刚走,从圆洞门外又进来三个人,小茶暗暗地吃了一惊。原来,那个拉推着撮着的,正是吴升。前面捻着山羊胡子的,则是吴茶清。

林藕初问:"你们三个人怎么凑到了一起? 外面怎么样了? 你看我们这个家,兵荒马乱的,儿子也不在,媳妇也不在,统统都去革命了! 这是个什么世道?"

话音刚落,撮着扔了草帽,哭倒在夫人脚下:"夫人,我这副样子,没脸见你了!"

大家这才看清楚,撮着一头乱发,齐根剪掉。剪得又不整齐,的确又滑稽又难看。小茶抿住嘴,忍不住要笑,死死地才忍住。

吴茶清缓缓地说:"不太放心,到府上来看看,吴升要陪我。巡抚署,一把火烧光了。刚刚去看过,巡抚增韫,逃到后山,刚刚抓牢,关在福建会馆。走到门口,喏,我就见撮着蹲在墙脚边,不肯进来。说是没脸皮,呆——徒!"

吴茶清说到这里,对小茶说:"去,拿把剪刀!"

林藕初问:"你也剪辫子?"

吴茶清一笑:"跑到这里来革命了,我这个老发鲜!"他少有地幽默了一下。

他反过手去,一刀剪了头发,四下看一看,出其不意朝夫人扔了过去:“夫人处置了吧。”

林藕初握着那根花白辮子,眼泪在眼眶中转:“茶清,我是现世报了,你看看这还是不是一户人家?妇道人家不守妇道,到外面胡天黑地地闯。还有天醉,这么大一爿茶庄,他是老板,平常不管也罢了,这种要紧时光也不管,还晓不晓得这条性命在不在呢!”

小茶一听这话,立刻吓得呜呜咽咽哭起来了。没哭几声,被夫人喝住:“你号什么丧?本事一点没有,只晓得哭!”

吴茶清皱了皱眉头,对小茶说:“孩子管牢,其他事情有我。”

吴茶清要去珠宝巷打探杭天醉的消息,吴升也要跟着一块儿去。吴茶清对撮着交代了一应事务,林藕初说:“你放心好了,我会照应好的。”吴茶清叹口气,说:“你啊,最最要硬气,最叫人不放心。”

林藕初听了他这样说话,心里感动,又要哭,说:“外头多长只眼睛,子弹飞来飞去,吴升,你跟紧点,茶清伯走路快。”

“有数的。”吴升说。

“见着这对冤家,叫他们快快回来!”

林藕初千叮咛万叮咛,就是没有想到,吴茶清会走着出去,抬着回来。

杭天醉被困在了总司令部,没完没了地起草文件,书写公告,写传单,写标语,困了就打个盹,醒过来再继续干,没人拉他去开什么紧急会议,连赵寄客要去上海见汤寿潜也没和他商量。他自己也搞不清在这里忙了多久,过了一夜还是两夜,还是根本就没过。赵寄客回来,二话不说,端起那把曼生壶就咕噜咕噜地一长口,然后拍拍杭天醉的脑袋说:“到底剪掉了。”

杭天醉也拍拍他的头,说:“彼此彼此。只是小心旗营还没攻下,这次革命若不成功,你那辫子,岂不又剪早了?”

赵寄客用拳头一捶桌子,说:“我带一个炮队上城隍山,对着将军署一阵轰,看他们投不投降?”

正这么说着,有人来报,说门口有人找杭天醉。杭天醉倒是觉得新鲜,这种时候,还有人找?正纳闷着,吴升打头,吴茶清跟着进来了。

赵、杭二人,均为晚辈,见着吴茶清,白发苍苍一个老人,也剪了辫子,且闯进了革命大本营,都吃惊地站了起来,说:“茶清伯,这么危险,你怎么也来了?家里出事了?”

“你娘不放心你,在屋里头哭,说是你被官府打死了。我说,哪里有那么便当的死法,你要不放心,我去看看,打探一下,便是。”

“我总不能撇下茶清伯一个人,外头乱得很,还有人抢米店呢!”吴升说。

“怕什么?大不了再来一次太平天国,长毛造反!”

人们这才想起来,茶清伯是太平天国的老英雄了。杭天醉从小在吴茶清膝下长大,还从未见过茶清伯有今天这样的兴奋,一双寿眉下,两只眼睛炯炯有神,人倒是瘦,但腰板笔挺,神清气朗。

说到半个世纪前的事情,晚辈们不由得肃然起敬,尤其是赵寄客,很认真地问:“茶清伯,您还记得起详情吗?”

老人用手掌盖着茶盏,另一只手指着墙上挂着的地图,就开了讲。

1861年11月，整整五十年前，李秀成带着太平天国将领，包围了杭州，吴茶清当年二十出头，是李秀成卫队的亲兵。12月29日早晨，太平军分别从望江、候潮、凤山、清波四个门攻入杭州外城。当时的浙江巡抚王有龄，可没有今日这些人识时务，上吊自杀了。

“李秀成也和今日民军领袖一样，不想扩大战事，殃及人民，便亲书一信，致杭州将军瑞昌劝降，说：‘言和成事，免伤男女大小性命。’还答应了可以让旗人自动离开杭州，愿给船只。‘尔有金银，并可带去；如无，愿给助资，送到镇江而止。’”

“茶清伯真是神了，记得那么清爽。”

吴茶清淡淡抿一口茶，说：“我就是那个送信的人啊。”

众人啊的一声，统统站了起来，不相信自己的眼睛。特别是杭天醉，半张着嘴，愣了半晌，才说：“我都搞不清我们是不是太平军还魂了？怎么做出来的事情一模一样！”

说着，递过了早已拟好的都督府布告，那上面写着：

> 旗营已缴枪械，军府担任保护，宣布共和主义，绝无自背人道。痞徒乘机造谣，及有滋扰情事，一经当场拿获，必按军律不贷。现在旗营归命，枪炮尽行缴出，所有驻防旗人，一律编入民籍，此后共乐升平，杀机可期永息。凡我农工商界，各自安心营业。

吴茶清扫了一眼布告，说：“没有用场的，瑞昌根本不听，过了两天，我就跟亲王杀进了旗营。”

“那个瑞昌呢？”

“自杀了。”

“您老人家看,今日这个贵林会自杀吗?”绿爱问。

“今非昔比了。大清国也不好和五十年前相比。真正应了一句话,叫作土崩瓦解。当年王有龄自杀,亲王将他的尸体厚殓,派了十五只船,三千两银子,一张路条,五百亲兵护送棺木回乡。今日巡抚增韫呢,改头换面,拉着老娘逃到后山,被人抓住,一歇歇,解到羊市街,一歇歇,押到蒲场巷,还肯写信劝降,哪里还有从前的气势和骨气?如此说来,大清朝,是死定了!”

老人家说话响如铜钟,面发红光。天醉恍恍惚惚,简直不认识他了。

“我们吴家是被清兵满门抄斩的,妻儿老小,无一幸免。我孤身一人,流落异乡几十年。常言道,君子报仇,十年不晚。我是君子报仇,五十年不晚啊!”他哈哈哈哈地大笑起来。

笑音刚落,沈绿村冲了进来,这个斯斯文文的人此时也已弄得蓬头垢面,不顾修饰,只管焦急万分地说:“增韫又写了一封信给贵林,上回那封信有没有送到他手里也不晓得!旗营中人,因传闻武汉等地有旗人被杀,在城上架起大炮,准备玉石俱焚,用以泄愤。这次要靠你们推荐个可靠的人去晓之以理,要熟悉那里面地形的。另外,寄客你准备上城隍山,这次再不成,轰他个精光!”

话音落下,一片寂静,不知为什么,大家的目光,都盯住了刚才那位放声大笑的老人。

老人不慌不忙地拿起桌上那根白布带子,不是扎在臂上而是扎在了腰间,又撩起长袍一角,塞到腰上,说:“赶得早,真不如赶得巧,这件好事,看样子,是非老夫不可了。”

赵寄客不同意:“还要派什么人去冒险！一炮轰翻了了事。老伯这么大年纪了……”

“不过走一趟罢了。”

收了信,整好鞋子,吴茶清便往外走。走到了门口,回头拱一拱手,说:“万一回不来,寻不到人就算了,寻到了,随便哪株茶蓬下,埋了便是。”

杭天醉扔了毛笔就上去,说:“茶清伯,我同你一道去!”

他自己也不知道为什么会冒出这样一句话来,在此之前他可是想都没想到过。妻子绿爱在一旁看得几乎惊叫,她第一次发现丈夫和茶清伯原来那么相像。

老人头就低了下来,勉勉强强地笑,目光却水亮。他说了一句令人费解的话。他说:“难为你有这样一句交代。”

杭天醉的耳朵,突然之间就轰鸣了起来。他头昏恶心,两脚发虚,双目晕眩。他心痛,但他不明白他为什么心痛,他哆嗦着嘴唇,又喝了一大口平水珠茶,便挥挥手,要往外走。

“当真要跟我走?”

“是!”

吴升刚才一直就没有说过话,谁都不知道他是怎么想的。此时,他却一手挡了杭天醉,喝道:“你走开,这里没你的事。该我去的。”他走到了吴茶清面前,说:“我们光棍一条,什么事情做不得?”

吴茶清看着吴升,眼圈少有地红了红,说:“阿升,你年纪轻啊!”

“横竖活过了。”吴升说。

老人不说话了,停了停,才开口:“到底,还是我们吴家门里的人。”

话音未落,众人眼睛一亮,老人一个腾空,已倒跳到门外院子里,再一反身,又一跃,人已不见了。

嘉和与嘉平,后来不止一次地听他们的母亲沈绿爱叙述这件目睹的事情。随着时间的积累,茶清爷爷的传奇,在他们的童年中占有了越来越重要的地位。

沈绿爱一次次地重复说:“那两个钟头,真的是比一日两日的时间还要长。左等等不来,右等等不来,过了两个钟头,你们的寄客伯伯真正是等不住了,要冲上山去指挥开炮,你们的爹也沉不住气了。他开始不停地流眼泪,说茶清伯此去凶多吉少,怕是回不来了。你们都晓得,妈是最讨厌男人流眼泪的,妈也讨厌你们的爹流眼泪。妈不晓得,他流眼泪是因为他生来有预感。我和你们的舅舅一个按住一个,不让他们乱想乱说,就在这时,门外,冲进来一个血人。”

“吴升!”两兄弟低声叫了起来。

“是吴升。背上背着茶清伯,他背后中了一枪,浑身上下血淋淋的,他还没死,见着我们,说了一声,信送到了,就昏了过去。”

“大家都不晓得,茶清伯对贵林说了一些什么,为什么他们要在他已经走出旗营时从城墙上背后开冷枪。可是大家都说,茶清伯拿命来告诉大家,清兵是不好相信的。”

民军领袖们在总司令部召开军政紧急会议的同时,赵寄客顾不上脱下戎装,星夜兼程,抵沪上汤寿潜府第。

此时汤寿潜与他的一班谋臣，正在商讨南通张謇来函。函曰：杭民六万户，使阖门而战，一朝可烬，公能独不救之耶？

原来贵林喜古文，曾多年问学于汤寿潜，故声言：愿受汤先生抚，否则力抗。

赵寄客的突然到来，使汤府上下骤然哗然，如临大敌。

"寄客，你想干什么？"

赵寄客唰的一下抖开手中的白缎子布条，说："民军通过紧急政令，推举您老先生为浙江都督。"

汤寿潜两只搭在桌上的手缓缓颤抖起来，许久，他端起青花盖碗茶盏，吸了一口。

"还有谁与我共事？"他问。

"八十二标标统周承菼为浙军总司令，褚辅成为民政长，沈钧儒为杭州知府。"

汤寿潜站了起来，扫视了一遍赵寄客带来的全副武装，手一招，说："汤寿潜不是黎元洪，不会爬到床底下用枪逼着当都督。"

听到这里，大家都笑了，赵寄客手一挥，后面的卫兵便都收了枪。

"我知道汤先生会有这么一天。"赵寄客说。

"我也知道你赵寄客是个革命党，给我！"他的手一招，赵寄客手中那条白布飞了出去，落在了汤寿潜手中。

血淋淋的吴茶清抬进忘忧楼大门时，所有的孩子，包括叶子都看见了。女孩子们顿时就吓得尖声叫了起来。杭夫人林藕初一见到这个血人，便摇摇晃晃，翻了白眼，先昏了过去。

吴茶清时醒时昏，又熬了几天，赵大夫也陪了几天。他临终前的一个手势使杭家几乎所有的人都百思不得其解。他伸出手指，指指自己的心，再指指林藕初的心，然后，再指一指杭天醉的心，接着，再竖起指头。杭夫人望望吴茶清，望望杭天醉，拿手绢捂了自己喉头。

然后，他就开始死死地盯住了杭天醉，大家也都顺着吴茶清的目光，上上下下地打量天醉。天醉也惊恐地打量着自己，又痛苦又茫然又不明白。大家这样看着他是因为什么？因为他没有流泪吗？

吴茶清最后的遗言，从此改变了杭氏家族的命运。是好是恶，难以评价；是清醒还是糊涂，其人自知。他睁开双眼，目光在杭天醉与吴升之间，打了好几个来回，一会儿亮上去，一会儿又暗下来，最后，手指终于指向吴升，断断续续地说："茶行，归……归……归……"

吴升当下就扑通一声，跪下，眼泪和惊骇把他的嗓子眼都噎住了。喉咙口咕噜咕噜，只发得出模糊不清的声音。

茶清伯这才看着天醉，说："他……救我……"

杭天醉其实一点没有明白世界发生了什么，他只是一个劲地点头。

茶清伯最后的一眼，却是看着那几个孩子的。嘉和与嘉平，都感受到了他的对视的目光。嘉乔和嘉草小，吓得直哭，被婉罗抱开了。

"茶……"他最后断断续续地翕张着嘴巴，先还有声音，最后越动越慢，"茶……茶……茶……"

天醉心急慌忙地去倒茶，母亲一声低叫："毛峰……"

毛峰泡在了曼生壶里，烫得很。林藕初一边用嘴吹，一边说："等一歇！等一歇！等一歇！"

当她用壶嘴对着吴茶清半张的口时，注进去的毛峰茶，已经原封不动地又漏出来了。

林藕初"噢"地叫了一声，就朝前栽去。那把曼生壶失手就倾倒在吴茶清身上，翻了几个跟头，被在对面跪着的绿爱一把接住。

突然，吴升大声地号叫起来，随着哭声，所有的人都同声地放声悲号，连嘉和、嘉平和叶子，也被大人的强烈悲伤感染了，大声哭了起来。

只有林藕初从吴茶清身上抬起头，眼泪水却流不出了。她翻来覆去地说："老爷交代过的，葬在杭家祖坟里。要从正门抬出去，要从正门抬出去，要从正门抬出去……"

一个军官模样的人披头散发地冲进天井来，手里还挥着一把枪，手舞足蹈地吼着："大清王朝要完蛋了！我把汤寿潜从上海接回来了，汤寿潜要任总督了。听到了没有，天醉，走，汤先生找你——"

正欲开始痛哭的人们，莫名其妙地看着这个半疯狂的人嘴巴一张一合，他刚才叫的话，他们一句也没听进去。差不多同时，赵寄客的脸上，结结实实挨了他父亲赵岐黄一巴掌。

"狂生，人都死了，你还叫什么！"

老大夫突然呜呜呜地哭了起来。这时，整个杭氏家族的人才恍然大悟，重新一起跪下，齐声痛哭。只有杭天醉心窍迷塞，仍旧痴呆呆站在那里，盯着那个也依旧站着的刚刚挨了一巴掌的把兄弟。他竟不能明白茶清伯死了的时候,为什么、又怎么会突然冒出一个姓汤的当总督?他太痛苦,以至于感受不到痛苦,反而觉得荒唐。就在他被“荒唐”这种感觉像麻醉药击中的时候,一声清醒的号叫爆发:“爹啊,我的那个干爹啊,你怎么一句话都不交代就走了哇!爹啊,那日旗营路上你怎么跟我说的啊!你说一笔写不出两个吴,同个祠堂的人啊!你说,从今往后我就是你的亲爹,你就是我的亲儿子啊!爹啊,亲爹啊,那子弹不长眼怎么就偏打了你啊!你说过从今往后我的就是你的,你的也就是我的。如今我还能有什么给你?我只能给你在棺材前面摔孝盆啊,爹啊爹……”

他以头叩地有声,叩出了一摊血,然后,他竟然昏了过去。

吴升那突如其来的颠号,着着实实地把悲戚万分的杭家人又吓了一跳。人们在悲悼着杭家实际的顶梁柱轰然而倒的同时,又忙不迭地拥向了那突然冒出来的昏死过去的“干儿子”。杭天醉手忙脚乱地吩咐着让人给吴升灌水,两个女人从地上抬起了泪眼,相互对视了一下。只有这样的婆婆和儿媳,才会在此时此刻,用这样的悲绝之外的目光说话。

杭嘉和在大人们的一片混乱中,惊异和宁静地守护着茶清爷爷。大概只有他注意到黄昏来临了,昏黄中的茶清爷爷被蒙上了脸,整个人就好像要被暮色化去了一样。他躺在灵床上,薄得依旧像一把剑,一把终于出鞘的血迹斑斑的孤剑。五十年前他从山墙一跃而入忘忧茶庄,今天,他终于要从正门被抬出去了。杭嘉和盯着他,盯着他,惊惧地握紧拳头,塞住自己的嘴。他看见蒙在茶清爷爷脸上的桃花纸,轻轻吹动起来了。

第二十章

入殓了。茶清伯躺在棺底，很宽松，让人觉得还可再躺一个进去。他的左肩上放了一包黄山毛峰茶，他的右肩上放了一包杭州龙井茶。他的嘴里本来应该含一枚铜钱。可是杭夫人林藕初不让，她说茶清伯生来不爱钱，然后她竟往他嘴里倒了一勺藕粉，她说他喜欢吃藕粉。来参加丧事的人都说林藕初有点疯癫了，凡事都没有规矩。棺底本来是要垫铜钱的，如今却厚厚垫了一层茶叶；入殓时本来长子捧头次子捧脚，茶清伯无儿无女，既在忘忧茶庄活了半辈子，当由天醉来行使这权利，结果却只捧了脚，头却让吴升捧了去了。

“吴升真有心机啊，”妻子绿爱对天醉说，“买水称衣也归他了，茶清伯的衣裳鞋袜都被他装箱上街，井边上烧化了纸钱，连浴尸也归他了……”

“你说什么？你怎么有心思讲这些，这有什么好讲的？”

“天醉，你真不该那么无所谓，连小茶都哭个不停，你就在旁边靠来靠去的，你什么事也插不上手。”

“我无所谓？我？无所谓？你们这些人啊，你们这些人啊……”

当家的棺匠顺着推榫，将棺盖推合在棺身上。人们又开始哭了。棺匠手里拿着斧头,开始用斧背来钉棺材上的"子孙钉"。许多人怀着不可告人的心情看着林藕初,看她会不会哭号,看她会不会叫着"我跟你去",那一般总是丧事的最高潮了,但是没有。茶清伯整个入殓的过程,只有吴升一个人在哭天抢地,其次便要算是小茶了。他们在悲哀中的所作所为奇怪地表现得非常配套。林藕初始终呆滞着脸,由绿爱一会儿扶到东一会儿扶到西,看上去她似乎没受太多打击,但又似乎已经完全被击垮了。

当家棺匠开始敲钉了。他站在棺前的扶头正中敲头只扶头钉,他唱道:天星星,地星星,月亮婆婆看得清,鲁班师傅敲新钉,太公在此无忌禁……

然后,他走到了棺后的扶梢正中敲第二只扶梢钉:新钉敲在红扶梢,脚踏荷花步步高,上山一步高一步,下山步步后天高……杭天醉听到吴升在和别人说话,"这个棺匠是我专门请来的,你看看,三五下,钉子就吃进了,也晓得规矩,没有双记头的,统统是单记,你看,你看,吭!好,煞平。"

众人的喝彩使那当家棺匠十分得意。现在,他来到了死者左边的脚中间部位,开始钉他的左脚钉:"新钉敲在左脚边,亲男亲女发千年,做做吃吃用勿完,日脚越活越是甜。"接着,他一鼓作气地钉上了右脚钉:"左边敲完右边来,一朵金花着地开,茶庄茶楼子孙开,本轻利重赚下来。"

杭天醉一下子就悲从中来。他想,谁都是在借别人的名义做自己的生活吧。一个人的死,可以换得另外一些人的表演机会。谁不知道吴升是在出风头呢?还有老实的小茶,连她都晓得要在这样的场合上争个名分。她的悲哀本来是非常率真的,因为掺入了那样的成分,便显得造作了。还有你,绿爱,你很有分寸,很矜持高贵,大家都说你得体,但是悲痛哪里是可以有分寸讲得体的呢?所以你不过是没有太多的悲痛而已,又恐被人发现,便装作了克制悲痛。杭天醉把目光移向了母亲,心里说:我已经知道你是最悲痛欲绝的,但你还有这样的本事掩盖真相,这是一定要这样做的,我很小就晓得你们关系非同一般。我只是装作不晓得罢了。你现在还当我们不晓得此事,你在硬撑,你在作假,你却不晓得,你作假时,人家也在作假……

当家棺匠却已经敲到第五只右肩钉了:"新钉敲在肩上肩,荣华富贵万万年,鱼肉鸡鸭盘来搬,绸缎绫罗用不完……"

第六只腰中钉也钉下去了:"新钉敲在半中腰,南极仙翁寿年高,赛如王母献蟠桃,子孙都吃状元糕。"

人们开始因为当家棺匠的高超技艺而兴奋起来,说:"棺钉敲成折,拳头巴掌有得吃;棺钉敲得直,双倍工钿定要塞。就看最后这颗钉子直不直了。"原来,盖棺中最犯忌的是把铁钉敲歪曲,说是"触霉头",丧家与棺匠常要闹得不可开交的。

第七只左肩钉并没有辜负众望——七只新钉敲到头,男女小辈要造楼,楼阁上面栽金花,子孙万代出人头……

杭天醉站在啧啧称赞的人群后面烛光照不到的地方。直到现在,他才开始为躺在棺材中的没有了知觉的茶清伯流泪,七只棺材钉就可以换来人们的快乐,就可以让人欣慰,人是什么东西啊!我是个什么东西啊!

杭家祖坟在双峰村的鸡笼山中,原是一片茶园。茶园外沿,是一大片一大片的青青翠竹,深秋阳光从中穿过,倒是沾了秋露似的,染着绿色了,斑斑驳驳,又映在新土坟上。

有鸟声在叫。细细瞅了,茶蓬开了白花,微乎其微地动弹,鸟儿在茶蓬的心子里。杭天醉看一看新坟,眼花了,想:这是一个大茶蓬,茶清伯就是茶心里的鸟儿。

鸟儿似乎大半生都未叫过一声似的,直到藏进了这茶蓬的心子里了,才悲啼起来,啼出了血。杭天醉捂住了自己的胸,他骤然感到茶清伯在黄土下向他伸来的细瘦而又犀利的手指。他想起了许多年前的那些梦,梦里的那个背影,渗出了血。他吓得发起抖来——那么说,多年前,这个人的死就已经被这样注定了！接着,脑子里一道白光闪过,他蹦了起来,为自己近乎亵渎的想法而恐惧,他眼前的坟上有发亮的羽白透明的茅草在摇曳着,他的心也摇了起来。

他问撮着,何以父亲去世前交代了让茶清伯埋在杭家祖坟里?

撮着眦着牛眼想了想,说:“老板好,不让茶清伯孤老死在外面。”

杭天醉叹了口气,站了起来,给新坟又添了几把土,便回了头。他不想告诉任何一个人,刚才他产生了怎么样可怕的想法。他竟然以为自己是茶清的儿子,而那名义上的父亲其实什么都已经知道,他之所以要让茶清埋在杭家祖坟,是要让茶清为杭家世代的忘忧茶庄的名声做到死呢。

赵寄客来迟了。他的白马跑得汗水淋淋,他自己那头鬈发也被风和汗水搅得乱七八糟。看上去,他就更像是一头狮子了。

他甚至没有在茶清伯的坟前下跪磕头。他深深地鞠了个躬,在新土前沉默了一会儿。看上去，他很想快点把这段不说话的时间打发过去。他的确还有许多话要对杭天醉说。杭天醉手里捏着一枝茶花，用它来回晃了一下，说："你不用解释，我晓得你是真忙，否则你不会不来。让我安安静静在坟前坐一会儿。我耳朵里一天到晚嗡嗡地响。让我安静一会儿……"

可是赵寄客不让他安静。他脚上绑着绑带，手里提着马鞭，来来回回地在杭天醉面前晃着，并不停地说："我实在是太忙了，太忙了。你晓得汤寿潜任浙江军政府都督了吧？还有，褚辅成当了政事部长。陈汉弟你知道吗？让他当民政部长，他竟然不当，汪曼峰推上去了。庄崧甫也是，叫他当财政部长，他不当，便宜了高子白。你在听吗？你得知道这些。我知道你这几天办丧事太忙，山中数日，世上千年。汤尔和当了外交部长，傅修龄当了交通部长。还有，沈钧儒当了杭州知府。你怎么了，你干吗把头低下去？你要节哀，死了的人已经死了，活着的人还要再奋斗下去——"

"——你别那么走来走去的好不好？你这样子让我想起了西洋钟表，你让我头疼……好了，你爱那么来回走就那么来回走吧，茶清伯不会烦你的，他心里一直就赏识你，不说出来罢了。我算什么，我在他眼里……真不是个什么东西……你刚才都说了些什么？谁当了这个官，谁当了那个官，你怎么没有提我那位妻兄，他可是真正想当官的。"

赵寄客把手里的鞭子垂了下来，坐在杭天醉对面的茶蓬旁，说："我晓得你不太舒服。我才不是什么东西，在你面前提那些人事。你刚才说的沈绿村吗？走了。去上海谋职了，陈其美在上海嘛。哈哈，都有靠山。只有我赵某人独行侠一个。"

杭天醉抬起头来看看老朋友,说:"你不服气?"

"不说这些,从前在中山先生面前发过誓的,功成身退,只是现在功还未成罢了。我准备随朱瑞、吕公望的援宁浙军支队,攻克南京去了。"

杭天醉听了这话才明白,赵寄客急急忙忙跑来,又要告辞而去了。

"天醉,我这番走了,也不打算叫你与我同行。我们能够这样同路一场,已经大大难为你了。再说,你们这个忘忧茶庄,从前全靠茶清伯里外撑着的,现在倒是要靠你了,你好自为之。"

杭天醉抱着膝盖,想了一想,突然问:"不和绿爱道个别?"

赵寄客黑红的额头亮了起来,摆摆手说:"走就走了,你看茶清伯,生当作人杰,死亦为鬼雄,哪里有那么些啰嗦事?"

风一下子紧了,惨淡了鸡笼山的枯竹败叶,白茅草一大片一大片地卧倒了,没有阳光,看上去它们便是僵白的,像披麻戴孝的颜色。一只不知名的鸟儿突然停到了天醉对面一蓬老茶树的根上。它一个踉跄,但没有掉下去,便心慌意乱地朝四周望望,一下子和对面那个僵硬了的人,碰了个顶头呆。各个的,四目相视,彼此大气不透。一会儿,那鸟一声尖叫,直冲竹林,撞得竹叶乱响。杭天醉一个翻身,跪在新坟旁,伸开双手,上半身就贴到了坟上,半个脸附在黄土上,紧张得全身都颤抖起来。

"寄客,你可死不得。"他说。

寄客额上的亮光逝去了,心头一紧一松,拍拍天醉的肩膀:"你这个人啊,拿得起,放不下。痴人,痴人,所累太多。我生又如何,死又如何,大丈夫生死皆不足惜,况生死之外的东西。"

杭天醉依旧伸开双手，拥抱着那堆新坟，他颤抖着，他又开始结巴了："生、生……怎能不、不足惜？死又如何不、不、不令人惧？情谊友……爱又如何不不不足……使人魂牵梦……萦？茶清伯为、为什么要死？为为为谁而死？你你你说的革、革命在哪里？这这这个人为革命死了，革、革、革命没有一个人来送葬。你来迟了。为为为什么？为、为那些人分官封爵……他、他、他们和我们，有什么关系？我想不通。人、人、人都死了，就躺在下面，你还要给我讲这些豪言壮语……混充英雄……你去南京建、建功立业吧……你若死、死了，我饶不了你……"

他终于号啕大哭起来，抓得两手都是黄泥，让赵寄客看了，又生气，又难过，又无可奈何。

杭夫人林藕初没有被这样极度隐秘的巨痛击垮。她的魂灵此刻整个儿都在发炎红肿了，但她看上去依旧心智清晰，她坐在客厅的八仙桌前太师椅上，一言不发。

如果说吴升面对吴茶清合上的老眼时突然意识到自己的命运之星已经升起，那么他接着再对视林藕初那双怨毒的恨眼时，几乎能够听到他自己的血液在全身澎湃时的哗啦啦的潮声了。他感受到了从未有过的挑战的激情。

他一点都不担心林藕初是怎么盘问他的。关于吴茶清认义子于城垣的传奇，早已在茶馆里添油加醋，传及全城了。所以，当林藕初一边喝着参汤一边说："吴升，你把谎撒到忘忧茶庄来了，是不是也太狂了一些？"

吴升便说："狂什么，忘忧茶庄莫非就干干净净，没有一点见不得人的地方?”

吴升说这话时却是深思熟虑的。果然,林藕初脸变了,站起端着碗愣了好大一会儿,瓢匙指着吴升,口吃起来:“你、你、你说什么?”

“别假作正经,忘忧茶庄这点根底,杭州城里谁不知晓?”

实际上他并不知道林藕初有什么把柄,虽然他也模模糊糊听说天醉长得越来越像年轻时的吴茶清,但他根本不愿意相信这个。他只是想吓唬杭家一下,叫他们以后不要再把他当仆人使唤。不料那林藕初站着站着,眼睛不相信地盯着吴升,嘴唇哆嗦起来。

“你说什么?”

“我说什么!我什么也没说,还不是听来的。”

“你听到什么,你说!”林藕初面孔铁青,手掌在红木桌上使劲一拍,参汤碗落地,砰然而碎。

吴升心里一惊,但他把自己的表面控制得很好。他蹲下来收拾了碎瓷碗片,又轻手轻脚地放在桌上。他的样子和店小二没两样,但口气却完全不同了:“杭夫人,你别发火,平生不做亏心事,半夜不怕鬼敲门。你们那点见不得人的事情,我即便听了也不会外传。我在茶行主事,是茶清伯临终交代的,你也不要横空变卦。迟早不用你赶,我也会离开忘忧茶行的,不过不是这会儿。这会儿,我用得着茶行,茶行也用得着我呢。”

说罢,他就轻手轻脚地走了。

小茶懵里懵懂的,一点也不明白婆婆为什么突然会气成这个样子,她把她叫来时口气都变了。

“你自己说,你什么时候认识的吴升?”

“……七八岁吧。”小茶皱起眉头,想了想说。

“我听说你们在茶行干活当下人那会儿,他看中你了。有那么回事吧?”

“……”小茶有些惊异,抬起头,不明白婆婆怎么会问出这样的话来。

“你对他都胡说了些什么?”

“没有哇……”小茶委屈地说,“我跟他连话都不说的……”

“话都不说,那哭丧起来怎么就那么夫唱妇随呢?吴升冒认了个干儿子,你莫不是想巴结个干儿媳妇,你这不要脸的败坏杭家门风的东西!”

小茶吓得一下子跪在地上哭了起来:“妈,你说什么呀!妈,妈,我说了什么呀,我真不知道我说了什么……”

林藕初被刚才的吴升弄得又气又吓又疑,头脑发昏,整个忘忧茶庄,也唯有拿小茶出气:“你自己说了什么,你心里明白,你须记得你跟吴升这名字搅在一起,你就得死在他上头……茶清,茶清啊,你可不是死在这小人上头了!他是要把我们杭家一口口生吞活剥吃掉哇……你走!你快回你的吴山圆洞门去。我不要看到你这个祸水,你走——”

林藕初歇斯底里地大叫起来,吓得小茶跪在地上眼睛发直,不知所措。她想,莫非婆婆悲伤过度发疯了?

“你不走,你木在这里干什么!”

小茶又哭了,说:“妈,妈,我也是杭家的人,我也为杭家生了儿女啊……”

这话不说犹可，一说，真像是点着了林藕初的哪根筋，她又叫了起来："你说什么？你算杭家什么人，我才是杭家人，明媒正娶嫁过来的！箱子底下压了茶叶过来的。我才为杭家生了种，续了香火！没有我哪有杭家的今天？杭州城里随便拉住哪一个问一声，没有我林藕初，哪有忘忧茶庄的今天！"

小茶实在是弄不懂，婆婆这样竭力要表白的到底是个什么意思。听上去倒是更像要洗刷什么似的。直接说茶清伯和婆婆的事情，她倒没有听见过。但是说天醉甚至说嘉和像茶清伯的倒都有。她想，说就说呗，我又没说，为什么只拿我出气？莫非是那大的在婆婆面前挑了我的是非？她呜呜呜哭着，站起来向外走去。她想，不就是要叫我走吗？那我就走吧。与其在这里名正言顺地受气，还不如回吴山圆洞门名不正言不顺地过安静日子呢。

现在是嘉草在哭哭泣泣的了，她不愿走，抱着嘉和脖子要留下，气得她的双胞胎哥哥嘉乔翻着细长眼睛捏着小拳头打嘉草的屁股，边打边宣誓似的说："回去！回去！回去！"

嘉平和叶子见嘉乔打了妹妹，就生气。这时，叶子的汉语已经学得不错了，她说："嘉乔，你怎么好打妹妹！妹妹小啊！"

嘉乔就跺着脚，呸呸地吐叶子，骂道："东洋佬，滚！滚！"

嘉平见这小不点儿孩子话都说不清楚就晓得打骂人，又见叶子眼圈一红，要哭的样子，便来了气："嘉乔，你过来。"

嘉乔晓得他要挨打了，便满院子地跑，且先拉警报似的长长地尖叫了一声："妈——二哥打我！"

嘉平本来倒并没有想到要打嘉乔的，只是想抓住了细细教训一番罢了。嘉乔一叫一跑，急得他就满院子老鹰抓小鸡一般地乱追起来。那孩子的母亲们便都掀了门帘出来,自然是要护着自己的儿女的。小茶眼见着嘉平就要抓住嘉乔了,手一搡,嘉平朝后噔噔噔地退去,一个踉跄,就扎进了母亲沈绿爱的怀中。嘉乔大叫大哭起来,嘉平却愣住了,两个母亲便都无限愤恨地对视着,把多日来的节制忍让都扔到了九霄云外。

到底是沈绿爱盛气凌人,且占了理,那女人目光的战争,便以小茶的败北而告终。小茶便噙了两眼的泪水,呜呜咽咽地蹲了下去,紧紧抱住了嘉乔,哽咽地说:“乔儿,跟妈说,哪里痛了,妈给你揉揉。”

家里闹成这个样子,杭天醉不知道。杭天醉浑浑噩噩地在街上逛着,沿街的房子,楼上东一面西一面挂着各色五彩旗,还有各种标语贴在沿街店铺间,有“拥护共和”,还有“反清复明”,有“平均地权”,还有“天下为公”……什么口号都有。满街走的男人,十有八九都剪了头发,散乱在肩上,弄得男不男女不女。

除此之外,杭天醉实在看不出革命带来了什么。

河坊街的“皇饭儿”照样门庭若市,门板照样一字排开。旁边的板凳照样向里的两脚较矮,向外的两脚略高;店堂内照样两口大锅,一口锅里的饭照样堆成塔形,另一口锅里的大杂烩,照样是猪下脚,鸡鸭头爪,笋之老根,剔尽之骨,照样佐以青菜、豆腐、萝卜、油渣……杭天醉看见一个熟人,正用口咬掉碗中饭的塔尖,他走过去,拍拍他的肩膀,说:“还在吃门板饭啊!”

吴升回头,便看见了东家少爷,他愣了一下,说:“引车卖浆,贩夫走卒,不吃门板饭,吃什么?”

杭天醉指指楼上,说:“走,我请你吃木郎(大鱼头)砂锅豆腐。”

楼座衣冠中人,头发剪掉了,长衫不剪,照样是长衫帮。也有几个新军的士兵,灰衣灰裤,腰里扎根皮带,头发从大盖帽下挤压出来,乱蓬蓬披在肩上,正吆五喝六地猜拳。跑堂的看着他们就赔笑,这就是天醉所能看到的唯一的革命气象了。

杭少爷是食客,点的菜,俱为“皇饭儿”名菜,有皮儿荤素、春笋步鱼、生爆鳝片、清炒虾仁、虾蟹。虾蟹是蟹未上市时,用旺季所剔蟹肉加油熬煎成块者,价格贵,色香味无逊于鲜货。又有狮子头、乳汁鲫鱼汤、红焖圆菜(甲鱼)、蜜汁火方,一大桌子独步钱塘的名菜,琳琅满目,却只对着一长衫一短打。满楼的人俱惊,不知这杭城有名的忘忧公子,又闹出什么新玩意来。

吴升心惊肉跳又馋涎欲滴,不知杭天醉搞什么名堂,不妨开吃再说。天醉要了陈年老酒,吴升不肯喝,说是怕坏了舌头,品不出茶来,只弄些清淡菜吃,天醉便一个人吃开了闷酒。

天醉渐醉渐恍惚,吴升心松胆大,说:“东家,何故请我?”

杭天醉笑了起来:“你不是当了茶清伯干儿子吗? 可喜可贺。茶清伯和我家什么关系! 从此你只管放手当你的茶行老板去吧。”

吴升不知杭天醉此话何意,想来讥讽为多,便也借着酒意说:“干儿子再好,也不如亲儿子好呀。我若是茶清伯亲儿子,真能在杭州这个茶叶堆里翻出几个大跟头呢。”

“哦,还没上台就想翻跟头了,我倒是要拿这绍兴老酒洗洗耳朵,听你道一番见解呢。”

“做生意,门槛要精,心要狠。该松的松,该紧的紧。我看茶清伯吃这碗茶叶饭,倒也已经差不多吃得滴水不漏了,可还是很有漏掉之处。你看杭州城里如此之多的茶行,人家凭什么要卖茶给你?人家凭什么又定要来买你的茶?说千道万,无非一块牌子。牌子要立得稳还不够,定要立得新鲜大胆才好。比如茶行的规矩,样茶每袋抓一把,我们为何不能三袋抓一把?人家的水佣是百分之二三,我们何不只取百分之一?看看是吃了点小亏,那大便宜就滚滚地进来了……再有,茶行只顾收了卖,不够,要收得好茶叶,就得种得好茶叶。忘忧茶庄龙井山中那几百亩茶地,一入冬不可撒手不管,要专门有人去对付……"

吴升说得兴奋起来了,一张嘴张张合合,唾沫子就喷到了天醉脸上。天醉却已喝醉了,眼里晃着几个吴升,心里在感慨:还是……酒比……茶好哇……你看这个吴升……茶清伯……才几天,他的那个……算盘珠子……他这么想着,就笑了起来,吴升见他笑了,愣住了不说。杭天醉连忙摇手,说:"我不是笑你,我不是笑你……我是笑'革命',怎么革了半天,茶清伯命都革掉了,却跟没……革了似的……你还照样跟我讲水佣啊,抓一把啊……"

"那……你以为革命是怎么样的呢?"吴升倒有些迷茫了,关于这个问题,他倒想得不多。

"我还以为……天下一家,你我不分,人家到我茶庄来取茶亦不要银洋,我到此地'皇饭儿'吃饭,亦不要付钱……真是荒唐!荒唐!荒唐!"

他这么摇头,突然噤住,热泪盈眶,一下子,满脸流得都是泪水。吴升真没领教过这样一会儿哭一会儿笑的人,又不知对方想到了什么,举着筷子发愣。天醉说:"一下子想到……茶清伯,我心里头真正难过得要死。茶清伯……肚皮里多少东西……说不出来……我告诉你也不要紧……我晓得茶清伯相信你……我小的时光,看见过茶清伯坐在雨里,背脊里流血……”

“什么时候?”

“夜里……梦里……”

吴升说不清楚,对这个没啥用场的杭家少爷,是同情还是鄙视。他心里很乱,一会儿想应该因势利导乘机把他搞得家破人亡;一会儿又想应该仿效茶清伯受命于危难之际,扶大厦于将倾之时;一会儿看着这张醺醺酒气泪涟涟的脸想无毒不丈夫,我从现在开始要一步步逼他入了绝境,谁叫他把小茶给我夺了过去?一会儿又想,算了吧,何必把这个女人看得太重,日后要有大气象,还离不开忘忧茶庄。突然,眼前一个炸雷闪电:莫非天醉真是茶清伯的亲儿子?……这么乱纷纷地想着,脑子里突然一亮,站了起来,说:“东家,我们不喝酒了,我带你去个地方,包你忘忧!”

出了“皇饭儿”,不远的鼓楼有烟馆,杭天醉有生以来第一次吸大烟。忘忧茶行的新老板吴升亲自揭开了盒盖,拿烟签子在水晶“太谷灯”上开始打烟泡。他右手举着个类似牙签的东西,左手取了个小砧,挑着烟膏,凑在火上,一面打,一面卷,片刻间打成了一个又黄又松又高的大烟泡,然后装在斗门上,递到了睁着眼惊奇地盯着观看的杭天醉手中。

“没见过?”吴升问东家。

“见过,没想到你也会来这个。”

“我可不会,也没这个钱,我是伺候你呢,杭少爷。”吴升笑了。

忘忧楼府天井院中正哭闹之际,酒足烟饱的杭天醉恰恰气壮如牛地回来了。见了这样两军对垒严阵以待的样子,晓得又有纠纷。又见这边母子俩哭成一团,那一对则怒目金刚,便以为哭的受了屈,大喝一声:“乔儿,谁打你了?”

“二哥打我——”嘉乔便告状。杭天醉上去二话不说便给嘉平一个耳刮子,把嘉平又打木了一回,叶子顿时就捂住了脸,哭了。

沈绿爱这样一个要强的人,见天醉一巴掌竟然打了亲骨肉,简直不敢相信自己的眼睛。

“你……你竟敢打人!”

“打!”杭天醉叫了一声,“我以后但凡不顺心,就打,打出我的顺心来!”

嘉平这才回过神来,大叫:“我没打乔儿,是乔儿打了嘉草,不信你问大哥!”

大家的眼就一直盯着嘉和。嘉和看看两个弟弟,又看看小茶,说:“三弟打妹妹了,二弟正要教训他呢,姨娘推开了二弟。”

叶子拼命点头:“是这样的,是这样的。”

杭天醉火冒三丈,走到小茶身边,吓得嘉乔直往母亲怀里钻,杭天醉顺手就给小茶一巴掌,说:“你教的好儿子!”

这一掌把小茶打蒙了。接着,她拎起嘉乔,就往院门右边那口古井里冲,吓得嘉和放下妹妹就去救姨娘,连绿爱和嘉平也急忙过去拉小茶。

小茶哭得气也背过去了,翻来覆去只有一句话:“你……也打,打,打我了……”

嘉平边拉边说:“姨娘,爸也打我了!爸也打我了!我们一人一下,平了,好不好?”

绿爱说:“小茶,回去,别闹了,小孩子面前,能忍就忍吧。”

谁知小茶一豁出去,就收不回来了,且哭且往井里冲,还叫着:“我恨你!凭什么你要欺侮人!我恨你!”

“我知道你恨我。我倒是也想恨你来着,可惜顾不得恨了。我跟你只说一句,三岁看到老,你可得把嘉乔带好了,他是杭家人!”

“我生的孩子不要你管,你把你自己的管住了就谢天谢地!反正杭家再少我们两个也不缺!我和嘉乔都死在你们眼前算了。”

说完继续要往那井里冲,老太太来了,喝了一声:“都不要拦她,是死是活随她的便!”

大家一愣,都松了手,小茶也被镇住了,不再往井台上冲。大家一齐朝杭夫人看时,都不能相信,老板娘怎么会老得那么快!

院子里此时一片静寂,杭天醉看了看这一大家子的老老小小,突然想到曾几何时,这里可都是一片的花花草草。他再看看那披头散发掉了一只鞋的小茶,他不敢相信,这就是从前他为之付出过全部热情,并使他成为一个真正的男子汉的女人?

他强烈地感受到一种命运的戏弄。可是他拿这女人却再也没有什么话可说,便迁怒地指着绿爱的鼻子叫了一声:“你仔细地把你要藏的东西藏好了,别分心来管人家的事情,没意思透顶!”

沈绿爱眼睛睁大了,耳畔就像打了个霹雳。她顿时明白了,这孱弱的男人何以会摔盆子打碗,出不完心里那股气。原来他嫌她动了赵寄客的曼生壶呢。她便红了脸,哼哼地冷笑了起来:“杭天醉,你那么记挂他,你何不跟了他去?打我们女人小孩,算什么本事!”

杭天醉跳了起来,嚷道:“我要去哪里,不用你管!撮着,撮着你给我备车,我要去吴山圆洞门。”

他又一跺脚,对着小茶吼:“还不快给我收拾了东西走人。”

子夜时分,天醉悄悄地起来了。傍晚时他写了三封信,一封给绿爱,一封给小茶,还有一封给母亲。这一次他接受了十年前的教训,他连一个人也没有透露,甚至他连赵寄客本人也没通知,他准备给赵寄客一个惊喜。

赵寄客的家在皮市巷,离吴山圆洞门不算太远。天醉只往口袋里塞了几块银洋,换了短衣短裤,还扎了个绑腿。他做这些事情时心里又兴奋又平静,还有一种扬长而去的快感。早该走这一步了！他自己对自己说,不管这革命有没有带来新的变化,至少把那一成不变的旧日子给打破了。从此以后,没有什么茶庄茶行背在他肩上了,他是可以真正“忘忧”了。即便如茶清伯一般,被一粒子弹打死,又有何妨？死就死！他突然觉得寄客的话才是大真理——我生又如何？死又如何？大丈夫生死皆不足惜,况生死之外的东西——他使劲捶了自己胸口两下,他想他从前是个太贪生怕死的花花公子了。

外面的世界依旧黑魆魆,今日夜里没有月亮,没有星星,没有夜行人。无数高墙狭巷分兵把关,严阵以待,试图要把这个下定决心投奔革命的瘦弱的茶商吓回他的店铺。可是他不怕,他想通了,看透了——只要我一走,便一了百了。没有我,他们还会活得更起劲。至于儿女——儿女是什么？孔融不是说过吗,母亲是瓶子,儿女不过是瓶子里倒出来的东西……

他的心里热气腾腾,翻腾着希望的泡沫,又从胸腔中呼出,氤氲着被寒气侵袭的面孔。他的整个脸上,便也就热气腾腾了。他从来没有听见过自己走路的声音会这样孔武有力,坚定豪迈。石板被他的脚步震撼着,发出了叮叮咚咚的声音。走出羊坝头的时候,一个盲人乐手边走边拉二胡,接着,那石板的音响向他缭绕而来。别了,这样像二胡一般来来去去纠缠无尽的日子。他掏出了所有的银洋,放进这个凄婉孤独的盲人的背篼。刹那间,他差点又要跌入从前的伤感,但他牙齿一咬,挺住了。他昂首阔步,继续前行,和乐手背道而驰,曲终人不见,江上数峰青。快到寄客家时,他的高涨的情绪几乎就要裹挟着他那颗心夺门而出。就在此时,赵家的大门打开了,他本能地躲到了一边,他看到了那两个他自以为无比熟悉的人。

他听到他们在告别。

"回去吧,不要再生气了。生气也没用,对你来说,这是很难改变的……除非你是秋瑾。"

"我为什么就不可以是秋瑾?我这次随你们去了南京,我不就成了秋瑾……"

杭天醉听到那男人笑了,用他从来也没有听到过的亲昵的口吻说:"说出来的话,也不想想有多傻。如今茶清伯也没有了,天醉又不善理财,你婆婆也老了,忘忧茶庄要看你了,你想当秋瑾也当不成。"

女人用大氅遮着全身,头上那个银夹子闪闪发光,杭天醉想到了她同样闪闪发光的牙齿。

"哪里真如你说的那样?还不因为我是天醉的女人!你晓得,我是……他的什么……女人……"

那女人的哭泣声立刻被一只手扪住了，杭天醉眼睛发昏了起来，他只能凭想象晓得他们现在是什么光景。可是他不能想，一想他就全身摇晃，瘫软下去。

"好了好了，今天夜里你也哭得够多了。人家听到还当什么事情。明日一早我就随军去南京——"

"我只求你把我顺便送到上海。我就自己去找我大哥，再也不要你管！"

"不行不行！我一个当兵的，出生入死，哪里好婆婆妈妈顾及你们这些女人的事情。不瞒你说，我在日本也有过女人，还有了一个儿子。回国时她哭哭泣泣要跟着来，被我挡了，花了一笔钱安置了他们，又何况你，朋友的妻——"

接着是清脆的噼啪两声，杭天醉惊得一下子捂住自己的脸——这个无法无天的女人，她竟敢挥人家的耳光！而且是赵寄客的耳光！她疯了！杭天醉把自己贴到墙角落里，眼睁睁看着这个盛气凌人的女人从他身边走过。他还来不及想赵寄客会怎么办，他就听见他从马厩中拉出了马的声音。借着微弱的天光，他能看见那身披黑大氅的女人高挑的身材，急匆匆向小巷深处走去，像是赌气，要和黑暗同归于尽。天哪！原来她是这样的！原来她是这样的！又孤独又傲慢，碰不得说不得！跟天神似的不可侵犯！又狂得像个女皇！这还了得？她竟敢——噼啪！杭天醉眼前一阵风过，是赵寄客的白马！他像山中的寨主来城里抢劫一样，飞身向前，一只手紧握缰绳，侧过身子，另一只手顺手一捞，那穿黑大氅的女人，就被他捞到了马背上。他们两个，就骑在同一匹马上。马在原地来回转着圈子，不耐烦地打着喷嚏，它不明白它的主人在它的身上干什么！杭天醉远远地看着他们，他也不明白他们这样紧紧抱在一起是干什么，甚至于那两个被激情击中的人，他们自己也不知道他们是在干什么。马儿终于被松开了缰绳，一下子就撒开了蹄子，在这个弥黑的无人知晓的城市里，狂奔起来。杭天醉一阵眼花，梦中的背影向他的心袭来。他的眼前便是一片的背影，晃得他头昏目眩，然后再一眨眼，便听马蹄声碎，风驰而去。杭天醉就什么也看不见了……

杭天醉不晓得那个后半夜他是怎么过来的。他真的记不起来了，只觉得自己腿肚子发酸，迈不动步子，想必是走了许多的路，耳朵里来来回回地尽是那个盲人拉的二胡曲子。撮着告诉他，一大早小茶哭天抢地送了那三封别书来，他就拖着车子满城地跑，到火车站去看待令出发的赴宁军队，根本没有他的影子。最后倒是在旗营一个瞎子拉二胡的墙根下问到他了。听那瞎子说，他跟了瞎子半夜了，一句话也不说，就是跟着瞎子走，瞎子坐下他也坐下，瞎子跑他也跑，着实把那瞎子吓坏了。

吓坏的不止那瞎子一个。林藕初躺在床上，听说儿子回来了，挣扎着坐起，把下人们全打发了，一把握住儿子的手，老泪流了下来，嘴就凑到了儿子的耳根：

"儿啊，你姓吴……"

儿子一点反应也没有。杭夫人看了看儿子，又说："晓得吗，你不能离开家，你姓吴……"

儿子站了起来，不耐烦地说："姓吴就姓吴，这有什么稀奇？猜猜也猜出来了……"

当娘的吓坏了，叫了起来："不，你姓杭，姓杭！姓杭！"

儿子叹了口气，把娘扶回了被窝，说："晓得了晓得了，我姓杭！姓杭！放心了吧。"

杭天醉走进卧房时，沈绿爱正在揩那把曼生壶。白天的女人，没有披黑大氅，穿件绿呢小袄，大艳大俗的样子，没有昨夜的神秘高贵了。天醉几乎不敢相信这是同一个女人——会不会搞错？两人目光一碰，几乎都读出了对方眼里的惊问：你怎么还没走啊！

接着，杭天醉就看到了曼生壶上的那行字：内清明，外直方，吾与尔偕藏！

他哈哈哈地大笑起来，边笑边指着那壶说："我笑……我笑……我笑这曼生壶呢！我笑这'吾与尔偕藏'呢！"

他笑得止不住，咕咚跌坐在美人榻上，上气不接下气，满眼泪花，活像一根捞不起的面条，一个扶不正的阿斗！

汽笛响了，汽笛声仔细听来，真是撕心裂肺，声嘶力竭。他一个弹跳扑向门口，呆在门槛上。想了想又回来，给自己在曼生壶里倒了茶，又躺到美人榻上，拿狗皮褥子盖了腿脚，静静听了一会儿。火车轮子的声音很重，轰隆轰隆，震得玻璃窗轧轧响，甚至震得那些在光影中飞舞的尘埃也上下飞速地飘动，很久以后，一切才平静下来。杭天醉抱着曼生壶，对那个沉默高傲的女人慢条斯理地说："他走了……"

第二十一章

来年清明,江南又是莺飞草长杂花生树的季节了。杭州今年春来较早,满山的采茶姑娘,已经采摘过了那形如雀舌鹰爪的黄金之芽,此刻,正在收获一芽一叶俗称“一枪一旗”的拣芽。

鸡笼山离南天竺近在咫尺,茶事正旺正盛。连茶清伯的青冢上,也是新绿一片。齐根斩平的老茶树根上,细细斜斜地抽出了新枝。三年前种下的一些新茶苗,像注了魂一样,早已暴出了新芽,因为还得再过一年才能采摘,所以小心养育着。新茶蓬不经人采,便速速地养成了浓绿,又深深遮掩着新坟,生死,便也各个有了点缀。杭州城内,忙碌的生者,为着郊外的死人,便也纷纷激动起来。

候潮门新兴暴发的青年茶商吴升单枪匹马,裹挟在浩浩荡荡的扫墓大军之中,与浓妆艳抹前往上花坟的小茶不期而遇。

小茶只带了她的小儿子嘉乔。大儿子嘉和一直住在羊坝头,一切活动也都随了正室,偏房的小茶与他是两个等级的。况且林藕初自茶清伯死后,便一蹶不振,病恹恹的,身旁离不开嘉和陪伴。恰巧嘉草也病了,躺在家中,只有嘉乔陪着她来上坟。嘉乔皮得要死,到了坟前,把她摆出的清明团子和枣裹姜豉吃得乱七八糟。小茶依次给杭家祖宗上了坟,最后在茶清伯的坟前加添了几铲新土,插上青竹枝,挂白幡,燃香烛,焚纸钱,少不得叩拜哭泣。

抬头一看,坏了,嘉乔背着那青竹枝正在茶地里且欢且奔呢。小茶气得要骂,一屁股坐在黄泥地里,沾了一手新土:“嘉乔,你这小猢狲,你在祖宗面前没规矩,你要气死我!”

嘉乔根本不理睬他妈,青竹枝上挂着白幡,呼啦啦呼啦啦,风里吹着,天上飘着,嘉乔正玩得开心。回头一看,妈气喘吁吁地近了,横眉竖眼的,样子可怕,便扔了竹枝抱头鼠窜,一头撞在一个男人身上。嘉乔叫道:“走开走开,我妈要打死我呢。”那男人一把就抱起他,说:“不怕,有我,你妈听我的。”

如果说赵寄客是嘉平心中的大英雄,那么吴升就是嘉乔眼里的救世主了。谁说世界上没有无缘无故的爱?当嘉乔张开双臂跃上吴升的臂膀,他的小手天使翅膀一般拥住吴升时,早已在徽州乡下娶妻生子却至今未把他们接到城里来的吴升眼眶一热,他想,这孩子,本该是我的。

小茶无可奈何地与吴升相会在鸡笼山下茶园之中,她一下子就手足无措起来。吴升看她的眼神,完全如狼,欲念燃烧,暴露无遗,如果这里不是光天化日之下,小茶知道这男人会扑上来把她吞下去。小茶狂跳的心平息不下,头便低了下去,她拼命地要去回忆另一双似醉非醉,曾经浓情蜜意,此时逐渐漠然的迷茫的冷眼。但,冷的眼和热的眼,此刻都使她茫然空白。她只模模糊糊地意识到,如果她不赶快走掉,她就将走不掉了。

她叫道:“嘉乔,快回来,我们回家。”

吴升面孔通红,连眼白都红了,说:“不回家!”

嘉乔便也理直气壮叫:“不回家!”

吴升一侧身放下嘉乔,拍着他的小屁股,把他搡出好远,说:

“去，一边玩。”

小茶要上去抓，嘉乔早跑远了，吴升拦在当中，一把抓住小茶一只手腕，两只眼睛若无其事看着周围动静，细黑的小胡子上渗着汗水，牙根咬得紧紧，话便是从那齿缝里钻出来了。在小茶面前，吴升渴望把自己的狠劲淋漓尽致地发挥，在小茶面前，吴升是不讲章法的。

小茶扭着手腕，惶恐地四望：“你要干什么？”她问非所问，她一时也想不出别的话来。做了杭家十几年的偏房，她依旧是个灶下之婢。

“你得跟我睡觉！”吴升咬牙切齿地说，他的脸上，多了一种从前没有过的自信的狰狞，少了曾经有过的店小二式的猥琐。这完全可以说是受益于眼下那个躺在黄土中的老人的。老人曾经从容过，自信过，城府森严过，静如处子动如脱兔过，这一切吴升都要一一继承过来。

这样一种光天化日下的强横竟然平添了吴升几分男人外在的魅力，这个吴升便再也不是那个稀饭下压咸鸭蛋，比画着女人脚有多大的小伙计了。小茶却只是更瘦弱罢了，骨子里的懦弱把她的魂儿越压越小。吴升把她手腕捏痛了的时候，她却不敢呼叫，她气痛得眼泪都流出来了，一边轻声骂着：“破脚骨，你放开，我要告诉天醉去了！”

破脚骨从容不迫地往下一拽，小茶便被甩蹲在茶丛中，半人多高的茶蓬便遮住了他们的身体。小茶使劲地挣扎着，吴升便把她的手一下压到泥里去了，四只手和二十个手指甲便烂泥糊糊地乱作了一团。

“放开我，你到底要干什么？”小茶哭了。在女人的哭声中，男人笑了，说：“我得把你睡了，我才解心头之恨！”

“我告诉天醉去，他会让你当不成老板！”

无耻男人朗声大笑：“是谁不让谁当老板，啊？哈！哈！你以为茶行里还有多少忘忧茶庄的股份？早就让你男人抽大烟抽得差不多了。还有你，打扮得花花绿绿上花坟，怕不是要盖住你那张沾了烟气的青面皮吧。哈哈！”

小茶哭得更厉害了，这个从前的店小二已经控制了天醉和她，她挣扎着，却忍不住打了个哈欠。这个随波逐流的女人，只是想着要替丈夫烧烟泡，却不知不觉地滑向了命运的深渊。

女人的眼泪更使男人仇恨起来，他一边把女人的手往泥里按，一边骂着：“婊子，烂婊子，你记着你男人怎么睡的你，我也便十倍百倍地如何睡你，我让你死在我肚皮底下才晓得我吴升的厉害。我十来年等的就是这一天。是我的东西不回到我手里，我死都不会歇手。烂婊子，我叫你明白你跟的是什么烂污男人，我叫你明白——”

噼啪，清脆的两下，吴升的脸热了，又辣了，女人的手僵在半空中，黄泥沾在了男人面颊上。男人也愣了，这女人竟给了他两巴掌。他一下子便对她刮目相看，刚才满口的污言秽语被打得无影无踪。

那极弱的女人，想来也是被自己的动作吓呆了，一下子跪在地上，半张着嘴，眼泪也吓了回去。男人与女人之间，一根游丝在明明灭灭地晃动，一只蜜蜂在茶蓬间嗡嗡地飞。

山坳是被那噼啪的两声劈哑了，它显出非同寻常的宁静。一个孩子尖厉的叫声划破了突然凝固的空气,这孩子只来得及叫出一个“妈”字,那下一个“妈”字,便被闷住了。小茶像一根弯紧的青竹,嘣地弹得笔直,惨叫了一声“乔儿”,便朝前扑去。

与此同时,被打蒙的流氓破脚骨男人也一跃而起,三步两步,便把女人甩到脑后。待女人赶到出事地点时,男人已经大半个身子淹在粪坑里了,正托着沾着一身大粪的嘉乔要往上扔。女人见了,顿着手脚就要歇斯底里,被男人一声喝住:“还不快给我接住!”便吓得闭住嘴。嘉乔被接了上来,放在草地上,女人又要哭,男人大吼一声:“还不拉我一把!”女人便又不哭,两只手都去拉男人的手,一使劲,臭气熏天的男人被拉了上来。他一把拎过了满头大粪的嘉乔,两人便直往山涧边跑,边跑边拿手拽了山道旁的箬竹叶,又用嘴巴一口咬下了满嘴巴的茶叶,使劲咀嚼着。到了溪边,吴升倒拎了嘉乔,屁股朝天头朝下,只往水里浸,吓得嘉乔哭不出来,满脸憋得通红。小茶叫着:“你别这样,孩子要冻坏的!”吴升说:“走开走开!我要脱衣裳了!”

他脱得只剩一条短裤,跳到了溪坑里,扑哧扑哧像头大打喷嚏的牛。嘉乔被他吸引住了,不再害怕了,他抬头看看明晃晃的太阳,便接二连三地大打起了喷嚏,又皱着鼻子埋怨:“臭……臭死了……”

女人和小孩被轿子抬走的时候,吴升光着脊背,嘴里咬着满口的茶叶,目送着他们的背影。他浑身上下脱得只剩下一条短裤,其余衣裳在山涧里洗了,正晾在茶蓬上。日头浓亮,晒得背脊发痒,刚才他用溪水把自己一身好肌肉冲得透红,缀满鸡皮疙瘩,现在暖洋洋的。他一直在接二连三地打喷嚏，打完了，很舒服，便手脚摊在草地上，双眼明晃晃，金闪闪，心里轻松，好像刚才不是跳进粪坑救孩子，而是已经把那女人生吞活剥干了，浑身的燥热冰消了，多年的夙怨一笔了了。

他手脚摊在阡陌上，高声吼着《闹五更》：

一更一点白洋洋，一个情郎，依呀呀得喂，
一个情郎，情郎思想大姑娘，
招招手，夜夜想，吃不凑成双。
依呀呀得喂，吃不凑成双。
……

吼着吼着便声音轻了下去，困着了，竟还有梦。他成亲了，新娘子自然是小茶，从前他也常做这样的梦，每一次小茶都是笑着的，心满意足地跟着他拜堂。这一次却不是，小茶像一条失水的鱼儿半翕着嘴，欲说还休的样子，两行清泪，慢慢地从她的面颊上爬下来了。

吴升醒来后发了一会儿怔，天色灰白了，他打了一个大喷嚏，青草气从身下一涌而上，晾在茶蓬上的内衣已干，马甲还潮着，吴升都套上了。收拾得整整齐齐，到茶清的坟上去跪别：干爹，干爹！他嘴里叫着，心里已不再怀疑吴茶清究竟是否认过他这个干儿子。不管怎么样，我得做你的儿子，唯一的儿子。我要做杭州城里最好的行倌，还有，我得把老婆孩子接到杭州来了。

当他想到他得接老婆时，他跪在干爹的坟上，委屈地哭了。斜阳照在了茶园与坟地之间，所有那些人间无法言传的深刻的欲望和无法实现的占有之心，便被脉脉地笼罩在温情伤感中了。

杭天醉沉迷于大烟的那一年，也是吴升发奋图强的那一年，也是赵寄客正跟着黄兴在南京密谋反袁独立的那一年。此时，距杭州光复已经有两年多了。时局停滞着，又爆发着，在宋教仁被袁世凯暗杀的日子里，杭天醉的两个儿子，已经虚龄十二，他的那对双胞胎也已经过了五周岁的生日。

两年多来，他得不到赵寄客的任何消息。他糊里糊涂地，自己也不知道是怎么回事，就和吴升厮混在了一起。吴升逢人就吹他家少爷在辛亥义举中如何勇敢，天醉听了，有时得意，有时肉麻，有时无聊。吴升不管，三天两头往吴山圆洞门跑，在这突然虚空了的杭家偏院中胡说八道，唾沫横飞，使杭天醉又看不起他又离不开他。

小茶对他心存戒意，但从不在丈夫面前提醒。她的想象力远远低于吴升的行动。她也无法理解，这个男人为什么一边高呼不把她睡了誓不罢休，一边又飞速回了一趟老家，立刻接了黄脸老婆和一堆孩子来。小茶松了一口气，现在吴升已经是一个有家有业的体面男人了，她和丈夫也都已习惯了吴升定期为他们送银圆来了。

只有嘉乔对吴升的喜爱充满了儿童的纯真。现在，他常常坐着吴升的包车去候潮门，有时还住在那里。吴升和他在车里并排坐着，摇啊摇，吴升说："嘉乔，你认我做干爹好不好？"嘉乔眼睛都不眨，立刻叫道："干爹！"

小茶听了这消息，神情恍惚起来，叹了口长气。杭天醉从鼻头孔里嗯了一声："这个吴升，人家老婆讨不到，讨个儿子也好。"

这话刻薄，小茶心惊，眼睛少有地一亮，嘴便抖了起来。

"我……没有……"小茶说话便结巴了起来。

看着小茶木兮兮的样子，杭天醉心里就烦了起来，说："没有就没有，我就见不得你这养媳妇一样的嘴脸，倒过十多年，吴升要我就让给他了……"

小茶一听，木愣了半晌，全身抖得像个筛子，拳头塞着嘴巴，欲哭无泪，嘴里却呃呃地发出了哭嗝。杭天醉一看，不好，小茶当真了，便去拍她的背，说："好了好了，说句笑话，也好当真？"

小茶一撸他的手，眼泪这才流了下来，趴在床上哭："笑话……好、好……这样讲的……"

"我晓得乔儿认干爹，不关你的事，这是他的命，谁叫他跌粪坑去呢？"杭天醉说罢，便上了烟馆。待他回到忘忧楼府时，沈绿爱气得直骂："整天抽大烟，你还管不管茶庄的事情？"

"这你就是不知道鸦片的好处了。云里雾里的，天大的事情都是芥子般小了，人生如梦，烟里春秋嘛。"

沈绿爱恨得直咬牙。婆婆一病不起，大权却还是不肯旁落，一大串钥匙，依旧还在枕下，每日要垂帘听政，主事的却是她。她一个人，撑着这么大的一个茶庄，实在是有些力不从心。

丈夫也觉得自己是理亏了，想了想，说："要不我还是回来住吧。我只是不知道回来能干些什么。"

"你不戒了鸦片，休想进门。"

"那我就没办法了。"杭天醉摊摊手，说，"或者干脆聘了吴升，顶从前茶清伯掌柜那只位子。”

“你怎么不说把茶庄送给这个中山狼？不是他怂恿，你有钱抽鸦片吗？”

杭天醉又被说得哑口无言。原来他抽鸦片的钱，都不是从茶庄上支的，沈绿爱看得紧，不是她答应谁也不敢给钱，他只得偷偷摸摸卖字画。还有，就是上忘忧茶行，支茶庄那些股份的钱，杭天醉自己也不知道，他家的那点股份，正作冰雪化呢。

“要不，叫小茶回来，也好帮你一把。一家子人分两下住，能不费钱吗？”

两个孩子此时正从学校回来，刚好听到父亲的这段话，嘉和看都不看他父亲，立刻对绿爱说：“妈，可不能让姨娘这样回来，姨娘也抽上烟了。”

“你说什么？”沈绿爱头嗡的一下，站起来又跌坐了下去，两只耳朵尖声叫了起来。

“我那日去吴山圆洞门，亲眼见的。爹抽烟，让姨娘烧泡，姨娘就跟着抽会了。”

沈绿爱发起怔来，她想张口，又不知说什么，她对丈夫已经完全丧失了信心，她站起来，两只眼睛茫然寻觅了一番，寻到了嘉和，她的一只脚使劲一跺，说：“嘉和，嘉和，你这个亲娘，叫我怎么办？”说着，一屁股坐在太师椅上，就哭了起来。

现在，杭天醉的三儿子嘉乔开始受到了另一种教育。他骑在干爹的膝上，正在听吴升和龙井山中来的那个山客吵架，严格地说，是听那山客在唱独角戏呢。

吴升,现在已经是候潮门一带茶行中屈指可数的后起之秀,老板兼行倌了。

所谓行倌,便是评茶人,也就是评定茶叶品质高低的行家。茶行,原本就以代客买卖为主,往往新茶上市,山客便携小样来布样,也就是让行倌看是什么等级,能卖什么价钱。行倌定个数,又征得买卖双方同意,就成交挂牌。也有先开了价购进,挂牌后水客再购进的。

当然,成交后,货还要运到茶行对样,符合要求,方能过秤成交。茶行可拿九五扣佣、九八扣现和九九扣样。山客净到手时,每一百块钱,也就只有九十二元了。茶行也向水客收水佣,一百元收五元,实际上只收二到三元,其余的,都做了回扣。

茶行还有一项额外的收入,便是对大样时每袋拿取一把茶叶,作为样茶。这茶是专门拿来分给茶行中人的。上至经理、行倌、账房,下至职员、栈司、学徒,人人有份。

这样积少成多,收益竟也颇厚。如忘忧茶行附近的公顺茶行,每年光样茶就有一百多担呢。

吴升接管了茶行,既做老板,又做行倌,他晓得,这评茶的饭,是绝不好吃的,对茶行来说,几乎起着决定命运的作用。

原来评茶定级,千年以来,至20世纪上半叶,完全依靠的是感官。

首先是用眼睛来观察干茶的形状和色泽,以及开汤后汤色的明暗清浊和叶底的嫩度整碎,此为“看茶”。

其次是用嗅觉和味觉来感受茶的香味,此为“闻茶品茶”。

还得凭借触觉和听觉。用手去翻动茶叶时,就能感觉到它的老嫩和轻重,以及水分含量的多少。好的行倌,用手捻,用牙咬,都能辨别高下。

一个优秀的评茶人,谁又能不说他是一个敏感的审美者?评茶人多忌吸烟喝酒,吃辛辣腥气的东西,更不用香水化妆品。他们能够辨别出千分之一浓度的味精,他们能够嗅出百万分之几的香气的浓度,上苍给了他们一颗敏于感受之心,等于给了他们一条荣光的活路。

吴升珍惜这一条路。他早就在茶清的教诲下不抽烟不喝酒,他引诱杭天醉抽大烟,但自己却坚决不抽。他还知道,一个好行倌,不仅要评得好茶,还要眼观六路耳听八方,能预见行市趋势,对各路茶类要尽可能地做到了如指掌。

当时杭州市面上的样茶,也就是评茶时的实物依据,大体上分为烘青样板、大方样板、黄汤样板(即建德、分水二本)、青汤样板(即东阳、义乌、武义等路烘青),吴升均已烂熟于胸。

他的评茶房设在楼上朝南的大屋里,光线柔和,照着一尘不染的地板,进屋得换鞋子。为了避免阳光直射,窗口还装了黑色遮光板。

屋里又有两张评茶台,漆成黑色的那张靠窗口,评干茶;漆成白色的那张放评茶杯碗,评湿茶。

这些,原本都是继承了吴茶清的,没什么新创意,吴升接手后的大胆革新则是立刻叫人刮目相看的两桩:一是样茶每袋抓一把减少成三袋抽一把;二是水佣从百分之二三减到只取百分之一点五。

山客水客争相传颂,纷纷拥来,吴升看似亏了,实际赚了。同行中人便气愤,说是破了做生意之规,茶漆会馆要开会声讨。吴升理都不理:“开会?妈爸个贱胎!开会去呀!你们会开完,老子茶叶老早卖光了!”

茶漆会馆竟拿这流氓老板没办法,只好去找忘忧茶庄。沈绿爱这头在做邮包生意,顾不过来,便去寻天醉,天醉挥挥手,说:“随他去,吴升这个好佬,胸脯拍得嘭嘭响,图个好听,山客水客也多辛苦,这口饭让他们吃得爽快一些也好。”

杭天醉没有想到,他一进茶行,就有山客朝他吐唾沫星子了。

山客骂着吴升:“你当你是个好东西,骗过了众人,骗得过我?你和茶清伯比脱头脱脚了!茶清伯会把一级龙井评成二级?”

吴升一只手撸着嘉乔,一只手拿着一根茶梗,问:“这茶梗哪里来的?”

“茶梗明明是你放进去的,你要加害于我啊。”

“你叫孩子说,小孩不说谎话。孩子一直在旁边看着呢。”

嘉乔眨眨眼,说:“我看见干爹从那里面拿出来的。”

众人一听,便都笑骂那山客,自家货不好,反诬别人,那山客气得话都说不出来。

那山客的茶,原本评一级没问题,晦气的是吴升从样茶中挑出一根茶梗。一根茶梗,一级就变二级了,山客能不暴跳如雷吗?

天醉见了这样的纠纷,便出来圆场,说:“你们也不要吵了,评一级,茶行吃亏;评二级,山客吃亏,不如就评一级半吧。”

吴升冷笑,放下手中孩子,说:“看在老板面上,就这样办了,吃亏在我吧。”

那山客升了半级,心里有余气,再不敢发。想抽身不做,又怕一级半也卖不出去,哎哎地叹气,只好作罢。

谁知山客前脚走出,嘉乔后脚就跳起来,抱着吴升头颅问:“干爹,我答得对吗?”

吴升便说:“干爹今日要奖你,你说要吃什么,只管点来。”

倒把个亲爹反而听糊涂了,问:“你们串通一气搞什么名堂?”

童口无忌,说:“干爹手指缝里夹着茶梗呢。没有人晓得,只有我一个人晓得的。”

杭天醉听了,一盆冷水浇到头顶,顺手给嘉乔一个巴掌:“你这不成器的东西,我叫你从小就做伤天害理的事情!”

这一巴掌打狠了,嘉乔惨哭,跺脚叫着干爹,钻进吴升怀里。吴升也上了火,喝道:“这里是你耍威风的地方吗?滚!”

杭天醉简直不敢相信自己的耳朵,从小到大,他就没听人对他说过一个“滚”字,何况是这样一个下三滥的地痞。

“你弄清楚,谁是这里老板,谁叫谁滚!”他也喝道。

吴升哈哈大笑,一本账簿劈头盖脸朝杭天醉扔过去:“你自己乌珠弹出看看,你还有几个铜钿,配到这里来吆三喝四?忘忧茶行这块牌子,一个月前就好摘下了。最大的股份是我吴升的了,如今你吸大烟的钱,都是倒挂在我账上的,不看在我干儿分上,我立刻就叫你滚他妈的蛋!”

杭天醉几乎木了,心里头只转了那四个字:小人得志!小人得志!小人得志!原来小人得志,嘴脸就是这样的。

但他不知道小人得志后他该怎么办了。他茫然失措地四处望一望,一切都陌生了,他盯住小儿子,连小儿子也陌生了。

“嘉乔,回去!”他说。

“不回去!”儿子别转了头。

他便一个人失魂落魄地走了出去,咚咚咚地下了楼梯,出了马路,也不知去向何处,脑子里一片混沌,竟混沌得舒服。不知多久,撮着拉着车气喘吁吁地追了上来,见了主人,停下车,便往口袋里掏银圆,掏出几个,递给少爷,说:“吴升说,再也不给钱了,没股份了。”说完,一下子蹲在车把前,龇开了大黄板牙,呜呜地哭起来了。

正月正,麻雀飞过看龙灯;
二月二,煮糕炒豆儿;
三月三,荠菜花儿上灶山;
四月四,杀只鸡儿请灶司;
五月五,糖糕粽子过端午;
六月六,猫儿狗儿同沐浴;
七月七,乞巧果子随你吃;
八月八,大潮发,小潮发;
　　　　圣地菩萨披头发;
九月九,打拋老菱好过酒;
十月十,蚊子脚儿等立直。

转眼间,冬至将近。杭人向有“冬至大如年”之说,早在半个月前,绿爱就嘱人买了大白菜,摊开晾干,几个孩子忙忙碌碌帮她搬白菜,又用盐腌了,压在大缸里,嘉和、嘉平两人,用香胰子把脚细细洗干净,又用烫水浸得通红,然后两人站在大缸里,铺一层菜撒一层盐用脚踩踏一阵,准备冬至那一日开缸,炒肉片祭祖宗。

林藕初躺在床上,什么也干不了了。沈绿爱忙着冬至那一日替她做一双鞋袜,这也是杭人的习俗了,为古人的“履长”之意。

冬至傍晚,林藕初见媳妇送了鞋袜来,靠在床档上,呛了一阵,说:“想来想去,是对不起你……”

沈绿爱晓得,婆婆是因为看到她送了鞋袜,想到小茶没有送,心里自怨当年不该怂恿天醉收了小茶,便说:“小茶病着了,不是不孝顺……”

“你不用替他们遮挡,从前我那死鬼生的什么病,他们这对活鬼生的也是什么病……”

沈绿爱见婆婆什么都知道了,只好默然。婆婆又吭吭吭呛了一阵,问:“祭祖的菜蔬都准备好了吗?”

沈绿爱说备好了。

“报来我听听。”

“有猪大肠,为常常顺利;有鱼圆肉圆,为团团圆圆;有鲞头烧肉,为有想头;有春饼裹肉丝,为银包金丝;有黄豆芽,为如意菜;有落花生,为长生果;有黄菱肉、藕、荸荠、红枣一道煮,为有富。妈,你看还缺什么?”

林藕初想想不缺什么了,慢慢起身,换了新鞋袜,又让媳妇帮着梳了头,然后,从枕下摸着钥匙,要出房门。媳妇说天黑了,直接去厅堂吧,婆婆叹口气说:“取了烛台,你一个人,跟我来。”

婆媳两个出了房门,林藕初脚颤得很厉害。她们一声不响,烛光在暮色浓郁之中摇曳诡谲,闪忽不定。走到那株大玉兰树下,婆婆把头慢慢地抬了起来,媳妇把烛台也举高了,便照着了高高的山墙。扑啦一声,一块壁灰掉了下来,没有人,风却紧了。

她们就那么站了一会儿，然后，林藕初开始一进院子一进院子地走，走一进，开一道锁，便把那钥匙留在了媳妇手里，媳妇要还给她，她摇摇头，说："归你了。"

沈绿爱的心又激动又压抑，她对这个偌大的庭院，怀着极度矛盾的心情，她既想一把全部捏在手心，又想全部撒开不管。但是，不管她怎么想，她手里那串从前松松的钥匙圈，此刻叮叮当当，越来越满了。她跟着婆婆走了不知道多少房间，她真的想不到，这五进大院子，有那么多的房间。她能猜出哪些房间对婆婆是充满记忆的，在这些房间里，婆婆总要恋恋不舍地四处张望好久，有时又闭上眼睛，仿佛要把这看到的一切关进心里，带到另一个世界去。烛光照着婆婆的身影，映在墙上，巨大，恍惚，仿佛她已经在那个世界里了，此刻见到的是幻影一般。

五进院子走完后，沈绿爱以为婆婆要回大厅祭祖去了，谁知她又打开了边门，她们还要到茶庄去。

后场很空很大，两旁铺着木板，从前一到春天，这里就坐满了来拣茶叶的姑娘，多时要到近百个呢。后来，越来越少，越来越少了，梁上便结满了蜘蛛网。婆婆径直穿过了后场，轻轻推开了堆放茶筛的房间，她在房间里站了很久，沈绿爱不明白，为什么婆婆拿起了竹筛，凑近眼前。她要看什么？她看到了什么？

最后，婆婆走出了后场，却往前店走去了。绿爱迟疑地说："妈，不是有规矩，女人不准上前店吗？"

婆婆不理媳妇，打开了门。两个女人，有生以来，第一次进了前店。

她们举着烛台，先在柜台里面照了一遍，走了一圈。那些白天在后场她们亲手触摸过的茶听茶盒，整整齐齐放在这里，她们觉得好奇。然后，她们又到柜台外，绕着那张巨大的评茶台，轻轻走了一圈。大理石面又凉又硬，反映出了烛台，甚至反映出她们这两张女人的脸了……

茶庄真大啊！真了不起啊！这个厅堂，真宽敞啊！原来前店就是这样的……

现在，她们两个终于来到了大厅。厅堂上挂了祖宗遗像，又有各个牌位，牌位前摆了丰富的祭品，林藕初看了，皱着眉头说："怎么少了一副碗筷？"

婉罗说："没有哇！都齐了。"

绿爱使了个眼色，婉罗明白了，连忙又去置了一副来。

林藕初亲自点了龙井茶，香香酽酽，一盏一盏，敬在牌位旁。那副没有牌位的碗筷前，她敬了一盏黄山毛峰。大家都明白她在祭谁，也明白她这样祭的意思。大家就朝人群里找天醉，却不见他的人影。

嘉和就站在奶奶的旁边，他是和奶奶一起跪下去的。他站起来的时候，奶奶依旧跪着。他站了一会儿，又恍然跪了下去，再站起来，奶奶依旧跪着。大家等了一会儿，不好意思，又跪了下去，再站起来时，奶奶依旧跪着。一种从未有过的从黑暗深处涌上来的恐惧，突然摄住了嘉和，他边蹲下边叫："奶奶，奶奶！"

奶奶全身硬硬地摇晃起来，头却依然顶着地，不吭声。

嘉和一抬头，看到灵台上放着一杯茶，一根花白辫子，嘉和吓得大叫："奶奶！奶奶！"

他使劲地一推奶奶，奶奶倒了，咕噜噜，像一截木偶，头和膝盖碰在一起,两只手撑开着,脸上一副虔诚的神情。

接着,整个忘忧楼府都听到了一个男孩子的凄厉的尖叫:“奶奶! 奶奶! 奶奶!”

无论男孩的父亲,还是男孩的母亲,都没有听见这象征着忘忧茶庄一个时代结束时的叫魂之声。当他的母亲以僵硬而又虔诚的姿势,用她临终的祈祷来要求亡灵护佑这个杭城著名的茶叶家族时,杭天醉用他在忘忧茶行支取的最后一枚银洋,换得芙蓉烟,再一次地不可自拔地陶醉在了从未有过的虚无的迷幻之境中了。

第二十二章

长子嘉和的脸上，过早地呈现出了一种心不在焉却又当仁不让的神情。这是他的父亲和他的爷爷都不曾有过的，如果人们记忆犹新又观察入微，会在长毛吴茶清的身上看到依稀的影子。

他沉默寡言，身材瘦削得亦如一把薄剑。他身体并无疾病，但脸上总若隐若现着某一种无可言说的痛苦。人们对他既为长子又为庶出的特殊地位予以理解，但他似乎并不在乎这种理解。一放学，他总是先到妈处问安，然后再问有什么事情可以干。他已经可以写出一手漂亮的毛笔字了，用来书写借据、款单、凭证等等，绰绰有余。

大弟嘉平恰与他的个性相反。嘉平是无拘无束的，快乐的，直言不讳的。他对一切来自自然和书本的知识，都抱有强烈的实践的兴趣。然而，由于他的过于好动，他对生活的态度又带上了浮光掠影的应接不暇。一年四季他都有走出墙门外的理由，尤其是夏日。叶子喜欢跟着大哥二哥，在晨光熹微之前，穿过断桥，来到西泠桥，这里有苏小小的墓。叶子想，她是中国古代的艺伎吧。这里又有林和靖处士的墓，叶子不明白什么是处士。嘉和说："处士，就是一天官也不当的人。"

"一天官也不当，有什么好纪念的？你看岳飞，当了大元帅，有千军万马，才好当大英雄呢！”

岳王庙就在西泠桥斜对面。他们也是常去那里的。庙里的岳飞手里举着个牙牌，穿着宽衣朝袍，不像个将军，使嘉平隐隐有些失望。比起来，倒是秋瑾墓让他更有联想力。他一遍一遍地对叶子说：“这个女人跟赵伯伯很认识的，她一次有五斤酒好喝，手里拿一把刀，骑在白马上，女扮男装，你看墓碑上的字……”

叶子借着晨光，费劲地读着：“‘秋风秋雨愁煞人……’秋风秋雨，为什么愁煞人呢？”

“为什么？”嘉平就盯着嘉和，他认为嘉和应该知道这一切。

嘉和想了一想，说：“因为‘悲哉，秋之为气也。’”

他们三人都还不能明白，何谓“悲哉，秋之为气”。现在正是盛夏，是芳香的希望的季节，满湖的荷花，天微明时开放了一会儿。叶子把装了一小包茶叶的白纱袋放进了花蕊，又用一根细绳把花瓣轻轻缚拢了。此时，天已大亮，他们三人从城里跑到这里，也都有些累了，便在放鹤亭下的藤椅上躺下。这儿有新冲的粉红色的藕粉和新沏的碧绿色的龙井茶，是从三家村和忘忧茶庄进的货。店家认得这几个孩子，免费请他们吃，吃饱了，他们便在藤椅上昏昏地睡着了。

总是嘉平最爱睡。嘉和与叶子醒来，便到湖边去解开荷花瓣，取出茶叶。微风吹来，荷花红红白白，颤动不已，像是仙人从水中升起。嘉和等着，等着，看看叶子，看看荷花，心里说不出来的痒。叶子安安静静说：“为什么要把茶叶放到荷花中去呢，大哥儿？”

杭人口语中多儿化音，叶子不太会用，就到处加“儿”字。嘉和听她这么叫他时，心更痒了，全身哆嗦起来，说：“茶性易染啊。荷香染到茶香上,我们就能喝花茶了。"这么说着时,荷花就一朵朵地开了。嘉和盯着荷花,被它天光中的美丽迷惑了,一伸手跨腿,便掉入了西湖。叶子低声尖叫起来,嘉和站在齐腰深的水里,说:"没事没事,比钱塘江的潮浅多了。"

他浑身上下湿漉漉的,清清凉凉的感觉。叶子催着:"快起来快起来,婶婶知道了,要骂我的。"

叶子害怕那个整日挂着钥匙走来走去的女人,叶子不敢跟别人说。她觉得,中国的男人要比中国的女人好,甚至在她眼里,那抽大烟的天醉伯伯,都要比勤快操劳的绿爱婶婶亲切呢。她这么想着,伸手去拉大哥,大哥却撑着堤岸,轻轻一跳就上来了。

这边,采莲的女郎们摇着小舟,捧着刚折下的荷叶,里面托着新切的生藕片,过来做生意了。这些生藕片,切得一样厚薄,用手取来吃时,一片一片地连着,这才叫藕断丝连呢。况且吃完之后,又可将荷叶倒过来戴在头上,那便是一顶漂亮的凉帽了。

嘉和掏了零用钱,买了一片荷叶的藕,那卖藕的女郎笑微微地说:"小郎倌真心疼你的小养媳妇啊,自家不吃省下来给屋里人吃……"

嘉和一下子面孔通红,耳朵根子都发了烧。叶子不明白什么叫小郎倌什么叫屋里人,但是猜这神情,似乎与她有关,便也羞答答地红了脸。正不知如何是好,嘉平大呼小叫,也捧着一张荷叶过来了,上面放的却是蒸熟的藕。藕孔中填满了糯米,再行切片,又撒了亮晶晶的白糖,又松又软,又糯又香。嘉和问:"你也是买的?"

"才不是呢,店主送的。吃!"他把他的那份伸到叶子鼻下,说,"你闻闻,香不香?"

叶子笑了，左手一片，右手一片，那卖藕的女郎惊呼起来："这个姑娘好福气啊！两个男伢儿欢喜你呢！"

绿爱渐渐地与嘉和这个没有血缘关系的杭家长子亲密，开始于那年初冬的一个下午。当她报着账目，并让这个早熟的孩子记账时，她奇怪地听到了啪嗒啪嗒的声音。接着，她看到账簿数目字被水浸酥了。她抬起头，吓了一跳，她看见嘉和那双长眼睛中，饱噙着眼泪。

"怎么啦？"她问。

"叶子……要死了……"嘉和痛苦地说。一闭眼，眼泪就流成了条。

绿爱坐在太师椅上，愣住了。

"好好的，怎么就要死了？"

"她不停地流血，不停地流血，肚子痛得要命。她自己说的，她要死了……"

绿爱绷紧的变了色的脸，缓过来了，脸上就有了诡谲的笑意。

"为什么不先告诉我？"

"她害怕的。她怕给你添乱。"

"这是谁说的？"绿爱倒有些不快意了。

"她说的。"嘉和停了笔，朝绿爱看了一看，"我也这么想。"

绿爱认真地看了孩子一眼，明白了。孩子是说，我们都不是你生的，我们很知趣。然而这暗示却叫绿爱难受，仿佛一道谴责。她叹了口气，便从太师椅上站起，问："叶子现在在什么地方？"

"她躺着，不让我们动。嘉平正给她喂云南白药呢！"

绿爱大叫一声:“胡乱干什么?你们这些不懂事的小鬼头!女孩子的天癸,你们捣什么乱?”便一路小跑往外走。嘉和跟着一溜小追,问:“妈,叶子会不会死?”

“死不了,等着长大做你们的媳妇呢。”绿爱又气又笑,一把撸过这瘦弱孩子的肩膀,孩子的脊背一热,脸就红起来了。

那日晚上,小哥俩躺在了一张床上,他们同时被女人这种奇怪的异性迷惑住了。他们又兴奋又固执,都有一种不解开女人这道谜誓不睡觉的激情。

“大哥,你没见到那么多血啊,还有一股腥气,真的。”

“你怎么知道?”

“你去算账时,叶子让我看的。”

嘉和一下子从被窝里挺出了上半身,结结巴巴地问:“你、你、你看到什么啦?”

嘉和扑通又倒回被中。嘉平突然大悟,狠狠踢大哥一脚,说:“大哥十分下流!”

嘉和脸绯红,嘴里咕哝:“我以为……我以为……”他的声音越来越低,头就钻进了被窝,他不知不觉地便深感自己的确十分下流了。

他的小他几个时辰的大弟此刻却兴奋起来,又踢踢嘉和的脚说:“大哥,大哥,我告诉你个秘密,你可不许和别人说。”

两兄弟都从被窝里伸出手来拉了钩。嘉平才说:“那日我路过叶子房间,窗没关紧,我见叶子洗澡来着。”

嘉和一下子又全绷紧了,呼吸紧迫起来。

“只看到半个背,光溜溜的,像把团扇。”

“别的你都没看?”

“有啥好看的。”嘉平大大咧咧地伸个懒腰,“子曰,非礼勿视。”

“你也知道孔子?”

“怎么不知? 还有‘唯女子与小人为难养也’。你看叶子这个女人多难养,流那么些血,妈还说该流,不该吃云南白药。”

“你懂什么! 那是天癸。”

“什么天癸地癸,不吃药,光流血,流死了怎么办?”

“不会死。”嘉和便宽他兄弟的心,“妈说叶子长大了还要做我们的媳妇呢。”

嘉平一听叶子果然很安全,便也不急了,打个哈欠要睡,突然又想起了什么,跳起来说:“叶子得给我做媳妇!”

“为什么?”嘉和愕然。

“我得跟她去东洋看看。我早想去那儿看看的,坐着大船去。”

“那我呢?”嘉和很生气,“我也想坐大船的。”

嘉平一听,叹口气,又把手从被窝里伸了出来,说:“那就石头、剪刀、布吧。”

这是他们兄弟俩解决问题的一贯方式。每当这种多少带有赌徒心理的抉择摆在他们面前时,嘉平总会立于不败之地,这一次也不例外。嘉平三局二胜,未来的东洋媳妇归他了。他心满意足,倒头便睡,不一会,便有了轻微的鼾声。

那另一位早熟的少年却彻夜难眠。他无法排斥自己去想象那个如一把团扇般的女孩的脊背,这种偷偷摸摸的想象有一种犯罪的愉悦。天快亮时,他睡着了,他梦见一位穿和服的少女,手里拿着一把团扇,朝他一扫,便消失了。

从第二天开始，他便不能够和叶子正常说话了。叶子身上的一切都叫他激动。她低头时毛茸茸的发根，她面对阳光时极薄的半透明的耳廓，她盛饭时跷起的小手指，她说话时嘴角下方极小的酒窝，甚至她身上定时散发的稀薄暧昧的血腥气。

叶子似乎对这一切都置若罔闻，她依旧和从前一样地与这兄弟俩交往。只是她的身体却开始圆润起来了，面部有了少女的光泽。嘉和鬼鬼祟祟地细心观察着叶子的动静的时候，叶子渐渐地发现，从前那个沉静平和的大哥，现在对她越来越古怪冷漠了。她一走过去，他就心烦意乱，他们之间的关系，开始有了少男少女们惯有的矫揉造作。他们仿佛同时开始踏进了成人世界，却把嘉平一个人扔在儿童时代里了。

与此同时，大西洋彼岸的一个重大历史事件却改变了东方一个小小茶叶家族的人们的命运。1914年，沟通太平洋和大西洋之重要航运水道——巴拿马运河，已经全线凿通。美国政府为了庆祝巴拿马运河的建成，决定于下一年5月在旧金山市举办“巴拿马国际博览会”。中国也在被邀请之列。国民政府为此成立了“巴拿马赛会事务局”，出生在浙江青田的陈琪担任了局长，他点名请了他的浙江老乡沈绿村，作为代表团二十个成员中的一个。

此次赛会规定，展出物品的评奖标准，一是质量，一是数量，而每一类物品则只能发一个大奖。

中国的参赛品种虽然很多，但斟酌来斟酌去，最可胜者，为丝、茶两项。而此两项间，丝质虽极佳，然制作却不及法国与意大利精美，唯有茶叶一项，尚有在世界称雄之可能。

丝绸业出身又混迹于政坛的沈绿村,便这样出现在杭州忘忧茶庄的大门口。

沈绿村是这样一种类型的中国男人:要他动怒,就像要他狂喜一样艰难;而他的颓丧,就像他的激进一样罕见。连推翻清政府这样大的事情,也仿佛是他和他的父亲在命运这架算盘上精打细算出来的。既然大清朝必倒无疑,既然中华民国必然万岁,干吗不跟着“万岁”跑呢?出大钱资助革命是一件一本万利的事情。谁做生意不舍得下大本钱,谁就成不了大气候,而沈绿村是决定要成大气候的。因为无论他的父亲还是他父亲的父亲早就成为江南丝绸业的基石之一,作为一个长子,他别无选择。

虽然他从小也读四书五经、唐诗宋词,但他骨子里透出来的精明使他根本不可能成为一个赵寄客式的侠客式人物,或者有杭天醉式的道家风骨。简单地说,他就是个生意人。虽然他留学法国,跟随中山先生多年,虽然他架金丝眼镜,拄文明棍,穿西装,系领带,虽然他通英语、法语和日语,但文化知识对他并无感化作用。他仿佛天生地不知廉耻,也无法体验背叛的羞辱和灵魂被抛弃的恐惧。这一切足以使人格分裂的人性基因,沈绿村都没有。他性格统一,意志坚定,温文尔雅,寡廉鲜耻;他是一个没有性情的人,无论真性情假性情,通通没有。

因此,他便成了一个不可捉摸的乏味的人物。他不抽鸦片,不喝酒,不看闲书,不嫖女人,冷静地沉着地朝金钱和权力的既定目标前进。当人们为他的投靠袁世凯而大吃一惊时,他却在为人们的大吃一惊而暗自冷笑。他认为世上只有两种人——生意人和非生意人。这两者的区别,仅仅在于生意人看得见每个人身后的利益的影子,而非生意人看不见。他们的生活,就像盲人瞎马一样地受制于不可知的命运。

鉴于这样一种把非生意人在智商甚至种类上看贱的视角,他对他们又不免滋生一种优越的泛泛的怜悯。因此,他从来不在骨子里生杭天醉和赵寄客的气。在他看来,杭天醉只是一个没有头脑只有心肝的胆小鬼,而赵寄客则是一个头脑和心肝里都埋着炸药的莽撞汉——总有一天,炸药会把他自己炸得粉身碎骨,烟消云散。

他倒是生过绿爱的气,那是因为亲情,他们毕竟还同着一个父亲,但是绿爱在他眼里,不过是一个忽冷忽热的神经质的女人罢了。

他们这些人全部加起来,统统都不是他的对手。所以,他从北京回到杭州时心情平和,从容不迫。先回到珠宝巷,梳洗干净,吃午饭,再午睡,让仆人准备好礼品。然后,下午起来,套上了铁灰色缎面的灰鼠皮袍,头戴黑呢礼帽,架金丝夹鼻眼镜,从容不迫地看了怀表,不多不少,正好两点半,这才笃笃定定地坐上人力车,向羊坝头而去。

小妹绿爱的家境却不免叫他暗自吃惊。她和他分别也不过三年,但是看上去,她却明显地有了几分沧桑感。沈家大族子女甚多,把这个小妾的女儿体面嫁出去,在他们看来已经够可以了,要再来接济,却是不大可能的。况且忘忧茶庄,在沈家看来,也是够得上殷富人家的,弄得她大哥倒有点不大明白,一个深宅大院里的女人,还能辛苦到哪里去!再问她这几年过得怎么样,绿爱没好气地说:“要倒灶了。”

“气话,气话!”沈绿村打着哈哈。

“怎么是气话?忘忧茶庄这点底子,一半嘛捐给革命,一半嘛捐给了鸦片,我现在是寅年吃着卯年的粮,硬撑着罢了。”

沈绿村这才知道杭天醉和他的如夫人,双双抽上了鸦片。这件事情因为超出了他的想象,所以叫他也不免浮浅地生出一点气来。他说:“赶快去把他从圆洞门叫回来,看我教训他!”

沈绿爱打了个哈欠说:“你叫他有什么用?你跟袁世凯做官,他还不愿理睬你呢。”

沈绿村这才简单地把来意说了一遍,最后说:“离赛会还有半年,天醉若能带上好的茶叶品类,再把鸦片戒了,我保证带他去美国参加赛事。”

沈绿爱听了,心里便有点动弹,但想起他现在这个骨瘦如柴的瘾君子像又没了信心,说:“大哥,我对他是没啥盼头了,你想试,你自己去试吧。”

绿村叹了口气,摇摇头,说:“你们两个,天生不是一对,没天谈。”说完站起来要走。不料斜刺里钻出个嘉和,朝他深鞠一躬,说:“大舅,烦你在这里等一会儿,我立刻就去吴山,一定把爹拖回来见你。”

嘉和这一年长得高,十三岁的男孩子,有模有样了。绿村拍拍他的肩膀,说:“好孩子,读书了吗?”

“再一年要去报考师范了。”他说。

“不当老师,读师范干啥?”

"我跟嘉平说好了,去师范,读书不要钱。"

"你这个孩子,你家没钱,你大舅有。供个孩子读书,还供不起吗?"沈绿村感叹了一声。

嘉和低着头,面孔就白了,此时他痛恨自己对人说了"钱"字,因此口气变得生硬:"我和嘉平商量好的。我们自家的事情自家来管。"嘉和边说边往外面跑,边跑边说:"妈你放心,我一定把爹拖回来。"

嘉平正站在门外石径上,拿着一根三节棍,砰砰嘭嘭地玩。叶子坐在院子里那架老紫藤绕起的座架上,边看边鼓着掌。

绿村问:"嘉平,你怎么不和你大哥一起到吴山叫你爹回来?你们一起去,你爹就更动心了。"

谁想这孩子收了棍,一本正经地说:"就算把他唤回来,又有什么用?这么大的中国,有多少人在抽鸦片,要改变他们,就得从根本上做起。"

绿村真没想到,小小一个男孩竟然说出这样一番议论时局的话来。

"怎么,你想学林则徐虎门销烟?"

"那是七十年前的事情,我想学黄兴、李烈钧,把袁世凯打下台,孙中山当总统,国家强盛了,列强就不敢给我们鸦片了。没了鸦片,像我爹这样的人,就自然而然戒了烟。"

"那要等到什么时候?"绿爱朝儿子白了一眼,心里却充满了自豪和慰藉,到底是自己生的儿子,别看愣头愣脑,却是真有见地的。

沈绿村却皱起了眉头,说:"这是从哪里听来的?你们学堂敢教这个?"

“是我自己想的。”嘉平拉着叶子,说完这句话就跑了。

沈绿村对妹妹说:“你得管管他,否则日后给你闯祸的,不会是别人。”

绿爱无精打采地织着手里的毛衣,说:“我哪里还有心思管他,我一天到晚想着的是怎么样拆东墙补西墙。”

沈绿村站了起来,他已经完全没有了刚才来时路上盘算好的那一腔兴致。在忘忧茶庄,他是弄不到什么可以拿到美国去的东西了,他拍了拍手里的白手套,说:“小妹,实在不行,你带着孩子回娘家吧。”他又想了想:“把茶庄变卖了,总比给他们抽光了要强。另外,把嘉和也给带上,我看这个孩子,倒是比嘉平更能助你一臂之力。”

“你不等他回来了?”

“你都不相信他了,我和他又隔了一层,还能相信他?”

沈绿村这么说着,心里多少有些遗憾,爹的这笔投资没弄好,在嫁女儿上亏本了。

嘉和在吴山圆洞门见着的是一幅奇异的场景。嘉草正靠在右边山墙上呜呜地哭,两只脚并拢,两只手平伸开,手背上放着两个小酒盅。嘉草的头顶上也放着一只大瓷碗,嘉乔正站在旁边的凳子上面,手里捧着个酒瓶,咕噜咕噜地往里面倒水,倒得满满的。水又往嘉草脸上流,嘉草一边哭,一边又不敢动弹,嘉乔还在旁边斥着她:“不准哭!不准哭!”

嘉草一见大哥进来了,哭得更响,两只手往下压,一只酒盅掉到了地上,嘉乔立刻在她耳朵上狠拧了一下,且骂道:“小娘生的丫头片子！号什么丧!”

嘉和简直不敢相信自己的耳朵,这么复杂的下流话,嘉乔是从哪里学来的？而且骂得还那么地道！再一看,妹妹哭成这个样子,又不敢动弹,眼睛盯着大哥,嘴巴一抿一抿的,只盼他来解救。

嘉和气得上去一脚把嘉乔那凳子踹了,然后拎了仰面倒在地上的嘉乔,狠狠揍了两屁股,嘴里骂道:“我叫你欺侮妹妹！我叫你欺侮妹妹!”

嘉乔被打得也哇哇直哭起来,嘴里只求说:“大哥别打我,大哥别打我,以后不敢了!”

“说,是谁教你的坏勾当?”

“干爹带我去茶行,那里的人教我这样玩来着。”

嘉草丢了碗,一头扑到大哥怀里,抬着小脸告状:“大哥哥,小哥给我吃笃栗子！头上一块块,痛!”

嘉和摸上去,果然头发里疙疙瘩瘩的,气得又要打嘉乔。嘉乔却早已躲到了一边:“大哥我不敢了,大哥我不敢了。”

“大哥哥,小哥把我头发也剪掉了。”

嘉草转过头,果然,后脑勺上短了一截头发,齐齐的一小撮发根,贴着头皮。嘉和把手又高高举起来,嘉乔就往后院子跑,边跑边叫:“妈,妈,大哥打我,大哥打我!”

嘉和抱着嘉草走,厢房门虚掩着,嘉乔推门进去,见爹和妈一人一头,靠在床榻上,正过烟瘾呢。

嘉乔就去拖妈的脚,说:“大哥来了,打我呢。”

小茶披头散发地坐了起来,发了一会怔,才对男人说:“唉,你是爹,你管。”

杭天醉说:“该打!该打!我不管。”

正说着,嘉和抱着嘉草进来,冲着小茶就吼:“你还是个当娘的?你看他把我妹妹欺侮的!”

小茶过了烟瘾,胆气也就上来了,说:“你这是跟谁说话?你是谁身上掉下来的肉?”

“你还好意思说这话!有像你那样当娘的吗?”嘉和怒吼起来。

小茶吓了一跳,蒙了,然后便哭了起来,说:“我的命怎么那么苦啊,生个儿子都不叫妈啊……”

杭天醉烟瘾足了,坐起来,说:“我看看……”

不看犹可,一看来气,伸出一脚,把嘉乔踢出老远。这一脚真踢痛了,嘉乔哭着往他妈怀里扎,小茶和他立刻就哭着抱成一团。

杭天醉这才问大儿子干什么来了。听说沈绿村让他过去商议明年去美国送茶叶的事情,听也不要听:“美国有鸦片吗?不去!”

儿子固执地站着,不肯走。天醉生气地说:“还不快回去告诉你大舅,就说我不想见他。”

儿子还是不动。

父亲说:“一会儿天黑,小心人贩子拐了你去。”

儿子突然直直地跪了下来,说:“爹,我求你回去。”

杭天醉吃了一惊,拉起了儿子,心绪茫然,眼泪却流了下来,说:“儿子,别学你爹的样,爹是完了。”

嘉和看着这个尘污满室、烟熏火烤的房子,一跺脚,抱着嘉草就走出了圆洞门。

小茶一见嘉草被嘉和抱走了,这才着了急,大叫着:“天醉,天醉,你还不快追,你就回去一趟吧……”

嘉乔见大人大喊大叫,更害怕了,大哭大叫起来,抱着小茶的一双脚,缠着不让他妈走。杭天醉看着这大人哭小人叫乱成一团的样子,这才懒懒地套上了鞋子,摇摇晃晃地往外走去了。

使杭天醉感到意外的是,他没有见到他不喜欢见的沈绿村,却见到了久未见面的日本友人羽田。

同样是一个初冬的浓暮时分,羽田这一次却穿得完全欧化了。西服、领带,还留起了漂亮的人丹胡子,头发抹得光光的,亮可鉴人,与面如焦土的杭天醉一比,年轻得多的杭天醉竟然还老出了一截。羽田见了老朋友突然变成这副模样,吃了一惊,他立刻就明白了,杭天醉染上了恶习。

倒还是杭天醉见了老朋友,十分高兴,而且吸足了烟,他现在也能够抵挡一阵了,所以眼睛又亮了起来,拉着羽田的手说:“哎呀,我的东洋老兄,你把女儿扔在这里,自己跑到哪里去了?光收到你的信,知道你在东京什么里千家家元习茶道,莫非一个茶道,还需要花费那么些工夫?还是千利休说得好:须知茶道之本不过是烧水点茶。”

羽田恭恭敬敬地坐在太师椅上,微微一笑,说:“杭先生,烧水点茶固然是平常事平常心,但最难却又在这里。人,最不容易活得平易啊。”

杭天醉心里有愧,神经就容易过敏。羽田这几句话,原来也未必有心,但听者却以为是实有所指的,不免就面带羞色起来。心里又想着不能冷场,便寻着话头说:“先生这次回中国,是否重整照相馆啊?”

这下轮到羽田面有沮丧了，说：“杭先生此言，照中国人的话说，是哪壶不开提哪壶了。”

“此话怎讲？”

“拱宸桥日租界的情况，莫非你就一点不清楚？”

“听说是极为繁荣的。”

“岂止是极为繁荣，恐怕是过于繁荣了一些。烟馆、妓馆，都开到我照相馆头上来了。更可笑那些妓女，嫖客拉得不够，竟到我这里来勾搭，真是岂有此理！”

杭天醉看着羽田先生的尴尬样子，笑了起来，说：“不过叶子也的确是需要一位新母亲的了。”

羽田摇摇头，说：“后娘养的孩子，苦哇。这个，东洋、中国都一样的。我是决计不再结婚了，这次来华，就是想把女儿接回东京，继承我的事业，从事茶道。”

杭天醉很吃惊：“叶子要走？住在这里不好吗？”

“照中国话说，叫‘梁园虽好，却非久留之地’。再说，你们也艰难哪。”

杭天醉讪讪地笑，抬起头说：“说来也是，自家孩子都带不好的人，怎么还配带别人的孩子？”

“千万别这样说。”羽田站起来点头哈腰，“无地自容的，当是我羽田。”

两个男人同时为自己的不负责任感到内疚，继而满腹心事地沉默下来。婉罗及时地生起了白炭炉子，火红瓦壶黑，水响了起来，一直悄悄站在旁边的叶子，双手端上来一只黑色茶盏。天醉噢了一声，两个男人同时说：“是兔毫盏啊……”

想来他们接下去不可能不浮想到数年前的那个茶与革命的夜晚，心潮有了几分起伏，却又觉得不好意思，便克制住了黄昏中油然而生的关于岁月和别离的伤感，再一次地悄无声息了。

嘉和与嘉平陪着叶子，坐在门口。嘉平吧嗒吧嗒，互击着他的三节棍，问："叶子，你真的要走了？"

叶子点点头，一副要哭的样子。嘉和生气地指责嘉平："你吧嗒吧嗒地敲什么，心不烦？"

嘉平和叶子都很吃惊，他们从来没有看见过嘉和用这样严厉的口气说话。

"兔毫盏送给你们了。"叶子想了想，说。

"送给谁？父亲、嘉平还是我？"嘉和依旧有些生气，不悦地问。

"我们还是石头、剪刀、布吧！"嘉平又要赌运气了。

嘉和站了起来，他感到失望。还有无法言传的，他自己也说不上来的那种实际上应该被称为离愁别绪的忧伤。

客厅里的男人们被别离的生疏控制了，也是为了打破这沉默吧，杭天醉问："明年巴拿马的万国博览会，你听说了吗？"

谁知羽田一下子站起来，说："你也听说了？"

"沈绿村还让我弄点好茶叶，一起上美利坚呢。"许是为了迎合羽田的话题，或者，因为残存的虚荣心依旧还会作怪，天醉竟用了这样一种口气叙述此事。

"哎呀，那我们明年5月，就要在旧金山见面了！"羽田大喜，说，"我作为日本代表团茶道成员，也将出席这次赛会。你我两国，少不了就有一番较量呢。"羽田微笑着说，口吻在客气中透着一丝矜持。

“论武力,中华暂居贵国之后。论茶、丝,东洋人怕也只有甘拜下风的份了。”天醉轻轻一挥手说。

“那倒也未必,”羽田竟有几分认真起来,“日本茶销美的数量最多,折桂也是极有可能的。”

杭天醉一听,不知不觉中也认真起来:“万国赛会,又不是美利坚一国之会,怎能局限在美国一国间评定?我中华民国有四万万人民无不饮茶,且华茶远销欧美,产量之大,饮用之多,毋庸置疑,夺魁一事,当之无愧。”

“贵国向外售茶虽多,却以红茶为主,本国却以绿茶为本。即便贵国实有夺标之心,绿茶皇冠在日本人头上,应该是当仁不让的。”羽田的口气,开始叫杭天醉焦躁起来。

“岂有此理!”杭天醉声音也响了起来,“中国诸多省份皆土产绿茶,凭什么大奖却要颁给弹丸之地的日本,世上哪有这等的强盗逻辑?”

这“弹丸之地”和“强盗逻辑”之语激怒了刚才还文质彬彬的羽田,致使他几乎勃然而起——自己软弱无能,却道他人强盗;自己贪生怕死,却道沧浪之水;自己自暴自弃,却忌他人图强。这就是你们华人!他几乎就要冲口而出的时候,看到了他的女儿叶子,手里捧着那只茶盏,正在点茶。他的眉眼一松,学着中国人的样子作着揖:“老弟,言之过重了,言之过重了。用‘弹丸之地’和‘强盗逻辑’这样的字眼,也许不符合中国茶人中庸、平和、精行俭德的风范吧。”

杭天醉自己也没想到他会在不经意中,突然把话题单刀直入插到了极致。现在他觉得自己也不太好收场了。但是摆着一屋子大大小小，却又不愿就此落台，便哈哈哈地笑道："羽田先生，言之过重，固然冒昧，却也事出有因。况且中庸、平和、精行俭德也不能囊括中国茶人之风范。如我想来，茶圣陆羽虽没有像千利休那样去辅助朝廷，千利休也未必像茶圣陆羽那样，葛巾布衣，叩杖击树，临溪而泣，浩哭于旷郊野外呀！"

"我不明白您的意思。"

"我父亲的意思是说，中国人比东洋人更知道不妥协。"嘉平解释。

"可是在我看来，日本人的确要比中国人更懂得和平。我们到贵国来开工厂、开药店，经营商业，我们把和平繁荣带给你们。中国人散漫，不团结，形不成核心，在每一个领域都是这样，包括在茶的领域。是我们，才把中国的茶礼茶宴这样世俗的规范，上升发扬成日本的茶道精神。你们没有理由忌恨我们的超前胜利，我们大和民族，是最讲和平的民族。"

"我们不要你们的和平，你快带着你的和平回日本吧。"浓眉大眼的嘉平风格与其兄截然不同。他们这番由温和亲切、感恩戴德开始的对话，发展到现在这样愈来愈尖锐、愈来愈势不两立和剑拔弩张的地步，是双方都始料未及的。在此之前，他们以茶会友，仿佛是没有国家的人们，而此刻，他们一个个地都成了最最热烈的神圣不可侵犯的爱国主义者。而且，他们现在要争辩的东西也越来越大而无当，和巴拿马国际赛会几乎已经挨不上边了。

"等我们强大起来，我们自然会欢迎你们来和平的。我们没请你们，你们自己打上门来，怎么是和平呢？"嘉平说。

"你说什么，等你们强大起来？"羽田显然是被嘉平激怒了，一把拉起女儿，托住她的下巴，把她的脸拧向天醉，“看一看吧，这就是一个中国父亲的强大。在中国，乡村、城市，到处都是这样的父亲，他们强大吗？”

话音刚落，杭天醉手起盏落，兔毫盏啪地砸在地上，裂成两半。所有的人都愣住了，这不可收拾的分裂，让人不知接下去如何是好。

始终没有说一句话的叶子，只做了一件事情，她蹲了下来，捡起了破裂的茶盏，给嘉和的那一半，底部有个“供”字，给嘉平的那一半，底部是个“御”字。

水又煮沸了，欢乐地嘶响着，冒着热气，给每一张愤怒而又茫然的面孔蒙上了面纱。炭火正旺着，正是“寒夜客来茶当酒，竹炉汤沸火初红”的冬夜的意境。但是这点异国茶人之间曾经有过的温情和慰藉，却在一场突然爆发的爱国口舌中被砸得个稀巴烂了。

杭天醉自己也不明白，是因为羽田侮辱了中国，侮辱了中国的绿茶，还是侮辱了他这个做茶叶生意的人，他才把这中国的兔毫盏砸成了两半。羽田默然地看了他一眼，这一眼仿佛在说：你砸的可是你自己的东西啊！

令人惊讶的是这日本的父女俩还能在吵得这样不可开交之后，向杭天醉深深地鞠躬。这是因为感谢几年来养育叶子的恩情吧！这是一个多么注重形式的国度！多么严酷地控制着自己情感的人！对杭天醉来说，可争辩可不争辩的事情，在羽田这里，却是非争辩不可的！这种仇恨、蔑视和感激的心情分门别类地包装收藏在他们这些灵魂的各个抽屉里，竟能互不相扰，这是杭天醉这样一切情感混淆一气像打鸡蛋一样打得混沌一片的人所不能接受的。

也就是说,当羽田侮辱过他和他的国家后,再来向他举行感激的仪式,是他所不能接受的。

羽田却飞快地安静下来。他牵着女儿的手,走过嘉平身边时,丢下了一句话:“孩子,你还年轻。我们会有机会再来讨论和平的。”

叶子在万分惊愕中离开了忘忧茶庄,老实说,她真的什么都来不及想,甚至来不及整理东西。她迈出大门的时候曾经回头看了一眼。在黑暗中,她看见有人向她举起了手,她看不清楚是嘉和还是嘉平。但是,凭感觉她能知道,这一定是嘉和。在这个家族中,叶子知道,只有嘉和一个人会对她这样做。

叶子哭了,说:“我还没有向婶婶拜别呢。”

羽田叹了口气说:“走吧,走吧,你不会忘记,实际上你始终是个日本人吧。”

在浓暮苍茫的忘忧楼府门外,小小的叶子站住了,她望着那扇欲关未关的大门。大门里面,是两个中国男孩的一晃而逝的身影。一会儿,一张脸贴在门隙中间了。叶子知道,那是嘉和。

沈绿爱完全没有搅和到杭天醉与羽田这场有关茶叶的爱国大争论上去。她正在拆一个从云和寄来的邮包,那上面的字,像是赵寄客写的。绿爱连剪刀都来不及拿,便去用那一口的白齿来咬断邮包上的缝线。她用力一挣,邮包散了,一堆茶叶撒在桌上,茶叶中露出一张三角字条。绿爱拆开字条,读毕,把脸一下子埋在了那堆茶叶中。此茶外形紧缩,茶叶饱满,色泽有些绿中带黑黄,茶毫披满了全芽，还有一股子山中的花粉香。绿爱贪婪地嗅着香气，再抬起头来时，脸颊、嘴角和鼻翼，都沾着茶叶片子了。

这正是赵寄客从云和景宁惠明寺寄来的便信。

信写得很简单：

天醉吾弟，别来无恙，兄自参加攻宁支队开往南京，计有三载，南京战役后复又投李烈钧麾下，去年战事伤一臂，辗转于浙南瓯江上游景宁畲区。此地山明水秀，草木葱茏，尤有赤木山茶品味绝佳，惜藏于深山人未识。近读《申报》，知旧金山万国赛会将近，奉寄样茶，望弟有暇前来，共识瑞草。长话短说，企盼重逢。

兄江海湖人　寄客

这位重任在肩、腰中一串钥匙叮当响的妇人，心火热烈地燃烧起来，她的脸上，也就有了一种毅然决然赴汤蹈火非她莫属的神情了。

第二十三章

自南星桥上船，出杭州湾，入东海，浙江省的黄金海岸线，便出现在他们的眼前。

三人中，除绿爱做姑娘时从上海坐船回杭州看见过大海，其他两个男孩子，都从来没有经历过海洋，他们只在他们父伯辈的传奇生涯中一而再地听说过它。在梦中，海是一片放大的白汪汪的大湖。

因此，当他们在甲板上眺望大海的时候，两个孩子的心，都被这辽阔的海天景象震慑住了。

他们还不能够用言语表达出他们内心和世界合拍的东西。对他们而言，大海依旧大出了他们的梦想，使他们在身临其境时，陷入某种时断时续的过于激动后的窒息状态。

嘉和注视世界的方式是沉默，其中有着深藏的惊讶，以及因为孤独而带来的忧郁和无穷无尽的思考。他趴在栏杆上的样子少年老成，他那一双酷似父亲的长眼睛，目光疑疑惑惑地痴吸着大海。有这样目光的少年，注定将会有心路崎岖的命运。他们的智慧总会伴随着怀疑成长，导致性格的多重性。因此他们的一生注定将无法摆脱不平凡。他们竭力想摆脱这一与众不同的生涯的努力，到头来只呈现出一种做人的克制。这种克制作为手段在巨大的命定面前完全无能为力，只不过使他们保持了灵魂的某种高贵的均衡和常人难以隐忍的隐忍罢了。由于这样的气质日积月累，沉积堆砌，他们的脸上，便有了受难者才有的神情。

嘉平则属于另一类人——大大咧咧，浪漫无私，来去无影无踪，性情如火如荼。他又是一座资源丰富的矿山，宝藏多得别人不来开采就憋得难受。因此他敞开胸怀，招兵买马，吆喝着人们前来享受。然后，出于某一声呼唤，他会突然消失，剩下那些不上不下的人，并使他们陷入无头无尾的苦苦等待之中。和嘉平这样的人，做一个速战速决的道途朋友，演一场轰轰烈烈的露水爱情，想来大概是最合适的。此刻，在这不长不短的海上旅行中，他也没有停止过自己的浪迹。他几乎可以说是上蹿下跳大喊大叫地一路呼啸在甲板上。他一会儿上顶层，一会儿下底舱，在这样极短时间和有限空间里，结交了一大群三教九流的朋友。他又拼命地说话，白沫翻飞："妈，底下五等舱……有个小孩……生病……没药……给他一点……藿香正气丸吧……"看那样子，他恨不得把心都掏出来给那穷孩子。他的这种扑心扑肝不知保留为何物的神情，使那生病的穷孩子得到了包括藿香正气丸在内的一大包药物。

但他同情心之谷并未就此而填平，一会儿，他又找到了嘉和："大哥，前面有个拉二胡的瞎子，好可怜。去不去听？"

嘉和摇摇头，说："我不去，我陪着妈。"他给了弟弟几个铜板。他很了解他的弟弟，甚至比他的母亲更了解他。他晓得嘉平对音乐从来不感兴趣，他只是发了施舍瘾了。

绿爱说："嘉和，你去吧，妈一个人站一会儿，没关系。"

嘉和却固执地摇摇头。他从上船以后，就寸步不离绿爱。绿爱太美了,穿着驼绒里子的深绿灯芯绒夹袄,外面罩着薄呢大衣,简直是贵夫人中的贵夫人。从她上船后,身边就没有停止过搭讪的人。绿爱为了表示身份,身边也就没断过小保镖。但嘉平却是个守不住的孩子,所以,留在绿爱身边的便总是嘉和了。

这会儿,残阳就要入海了,甲板上的人都回去吃饭了。海上的风,冷了起来,但已经不再是凛冽的了。绿爱想着要和这沉默寡言的孩子说说话。

"惠明茶究竟是一种怎么样的茶呢?要是得到它,中国真的能到美国去拿第一吗?……还有,爹有了惠明茶,会戒烟吗?……还有,姨娘怎么办?她也能戒烟吗?……还有,嘉乔呢,他被吴升抱走了,我真后悔,我上回打了他,因为他欺侮小妹……"

绿爱吃惊地挽住嘉和的肩,说:"嘉和,你想得太多了。怪不得你过了一个年,一点也没有胖,小人心思不可太重的……"

"我没有办法的,"嘉和苦恼地说,"我昨日夜里做了一个梦,我梦见寄客伯伯……"他迟疑地看了看绿爱,"我梦见他……浑身上下都是血,我还梦见他,一只胳膊没有了。"嘉和严肃地瞪着妈。

绿爱闭上了眼睛,好一会儿,才睁开,说:"那是你白天想得太多了。你看嘉平,就和你不一样,他就不胡思乱想。"

嘉和歪过了脑袋,他戴着学生帽,穿着学生服,挺像个小伙子了。

"我从小就知道,我们是不一样的。"嘉和望着大海,"我第一次见到姨娘时,心里就很委屈,不知道这是为什么。奶奶说我那一天哭了很久,我说我忘记了,其实我一直都记着的。"

"嘉和,妈对你不好吗?"绿爱用手臂搂住了嘉和,仿佛怕他说出不好的话来。

“妈对我是好的。妈同情我,因为妈看不起姨娘,心里就觉得欠了我了。我也……看不起姨娘,我还恼恨她,连自家儿子都留不住。我恼恨她的时候,我又心疼她……”嘉和望着苍苍茫茫的大海和海平线上的铅灰色浮云。落日如大红灯笼,郁红阴亮。他的眼眶中渐渐有泪水浮滴,“我过去想到姨娘这副样子,心里就烦,可是,现在这样看着大海,和你说话、和你说话的时候,太阳又一点一点地落了下去,我心里头就心疼着姨娘了,我是……很想很想她的。我还从来……从来没叫过她一声妈呢!”

嘉和的嘴唇哆嗦起来,泪水已经无可奈何地爬满了清秀的面颊了。绿爱惊得差点要叫起来,嘉和此时的样子,多么像他的父亲,真是太像了,太像了!

嘉平此时,刚刚分完了他口袋里的最后一粒糖果,弄得浑身上下弹尽粮绝,才心满意足地从底舱爬上了甲板,看见了泪流满面的大哥,大吃一惊,然后,生气地瞪着母亲,说:“妈,你骂大哥了?”

“没有,”绿爱一手一个,搂过了这两个孩子,说,“你哥在为你爹和姨娘不肯戒烟犯愁呢。”

“这有什么好犯愁的?”嘉平翘着下巴,昂着脑袋说,“我早想好了,这次回去,叫寄客伯伯把爹锁在房间里,给他吃饭吃药,就是不给他抽鸦片,关上半个月,肯定好了。等爹好了,再关姨娘,再关半个月,两个人全好了,一个月时间什么事儿都没有了。”

“然后呢?”绿爱听儿子说得那么轻巧,不禁破涕为笑。

“让爹把茶送到美国去啊!”嘉平大惑不解地说,“不是都说好了吗? 到美国去拿第一!”

“我们能拿第一吗?”嘉和小心翼翼地问。

“大哥,你怎么啦?不拿第一,我们跑到那么远的地方干啥去?”嘉平实在是有些不明白了,他对着浓暮之中的大海,扯开了嗓子,大叫了一声,“一、二、三,中国第一!”

许多人都从船舱里出来了,纷纷地问:“什么第一,谁第一?这孩子叫什么了?”

从温州到青田的这段瓯江,再没有大风暗涌。早春过了,梨树白绿相间,嵌在两岸,过冬的麦子也郁郁葱葱。嘉和见着那些茅舍竹篱,十分可意,说:“我将来长大了,有了钱,便到这里来住,看看书,种种茶,很惬意的呢。”

嘉平却说:“你就不怕地主来收了你的租子。这些地,又不是农民自己的,要是年成不好,自己饭都没得吃,还要卖儿卖女呢!”

“你怎么知道?”母亲嫌他多嘴,反问。

“咦,我怎么不知道,菜市桥那边有专门卖人的。头上插根草,上回还卖到我们茶楼来了,一个小女孩,四个银圆,爹说便宜,就买下了。”

“买下了?”绿爱倒是吃了一惊。

“不是真买,是给了四块银圆。爹说他们是湖州人,发大水冲的,地主把地又收了回去,爹说那地主很可能是外公呢,我们替他赎点罪吧。”

绿爱听了,又好气又好笑,想反驳,又没有理由,便说:“你以为地主就好当?年成不好,农民腰里束根草绳,就到地主家里吃大户,翻仓倒柜背了米就走,弄得官府又不安耽,要给农民吃官司,又要到大户人家打秋风,日子才不好过呢!”

“那好,以后大哥发了财,我就腰里缚根索儿去吃大户。我另外东西都不背,我就背袋茶叶回去。卖了有钱,不卖自己也好吃的。”

嘉和却认真地说:“若是你来了,还要你抢?我就全部送给你了,省得你再吃官司,我还要被官府打秋风。”

绿爱打断了两个孩子关于强盗生涯的幻想,说:“好了好了,说得跟真的似的。什么不好想,要去想着做强盗!”

旁边有人听这两个小孩一对一答说的,听了就笑,搭腔道:“这位夫人,你还真的不晓得。我们这里可是专门出土匪强盗的。明朝手里有王景参,前清手里有个叫彭志英的,烧炭的人,也晓得造反;再有太平军石达开、李世贤,也来这里奔走。这遭民国里头,还有个叫魏兰的,光复会的头儿,也是我们这里人呢。”

这么一说,两个孩子吐吐舌头,再也不说了。

到青田,又过了一夜,第二日再去景宁。船是越坐越小了,先是海轮,后是江轮,现在倒是搭了人家的一只竹筏了。直到这时,绿爱才是真正地有点后悔了。一个女人,两个孩子,这乱世的年头,这月黑风高、人烟俱息的山乡,怕不是强盗出没的最好地方吧。

催使沈绿爱长途跋涉前往赤木山的外在理由,是十分充足的。1915年的年关令沈绿爱悲喜交加。腊月二十九日那一天,老板吴升着锦衣,冠貉帽,坐马车,在冬日的朝阳里亲往羊坝头忘忧茶庄,马蹄轻快地敲打着小巷的青石板和大街的灰泥路。吴老板看见了枣红马浑圆屁股后的长尾巴弹跳飞扬,在阳光下忽明忽暗,他觉得自己就如那马尾巴一样,身轻如燕,弹跳自如。他踌躇满志,可不是去拜大年的,他要名正言顺地向忘忧茶庄的实际东家沈绿爱宣告,忘忧茶庄在茶行已经没有一分钱股份了,取而代之的最大的股东现在是他吴升了。从明年开始,茶行将顺理成章地易名为“昌升茶行”。

“你家老太太在世的时候我就说过,我不会赖在忘忧茶庄不走的,只是时间没到罢了。到了该走的时候,想留我也留不住了。你说是不是,小老板娘?”

沈绿爱抖动着握在手中的鸡毛掸帚,心中又震惊,又平静,说:“和你这种人搅在一起,迟早会有那么一天。”

吴升笑了,说:“只是没想到这么快吧,我自己都没想到。”

沈绿爱用掸子头灰扑扑地指着吴升:“不是你下的毒手,引得吴山圆洞门乌烟瘴气,天醉何至于此?杭家几代,还真没碰见像你这样寡廉鲜耻落井下石的小人!”

吴升对这些外强中干的文绉绉的骂人话完全无动于衷。他对这个女人说不上有太大的重视,拼得过就爬到人家头上当祖宗,拼不过就趴在人家裆下当孙子。他没有一点思想包袱,便笑嘻嘻地说:“老板娘,你可不要好心当作了驴肝肺。你自己穷凶极恶,把老公堵在小老婆那里,眼看他们抽得山穷水尽,你倒是死活不管,家中锅儿缸灶冰凉,下人逃得活脱精光,我账上还有一大笔欠账挂着。是我看不过去,送去米面不说,还把嘉乔接了回去过年,你倒骂起我来,你还说的是不是人话?”

沈绿爱气得发昏,骂道:“哪个要你把嘉乔带走的,告你一个拐骗儿童罪也不为过。快快给我送回来,否则我一张状纸告你到法院,大家都不要过年!”

“告我哪里那么容易?现在我有钱了,又不是从前被你们使唤来使唤去的下人!再说我好歹还是革命功臣,官府见我也要让三分的。真要告,无非告到你老公头上,我把他儿子抱走,他还倒过来说‘谢谢你’呢!”

绿爱气得眼冒金星,她倒还从来没有领教过一个流氓的真正嘴脸,她压低着声音叫道:“你给我滚出去!”

“我要是不滚呢?”

吴升坦坦定定坐在客厅里,打量着四周,仿佛正在盘算花多少银子把它买下来。不过他立刻就伸直了腰杆,不敢再造次。杭天醉那两个同父异母的儿子,长得已经很是人模人样了,正怒目圆睁地盯着他。尤其是那小的,一双豹眼,手里又拿着一副三节棍。吴升有些发憷,脸上便挂一点笑,说:“我也不为难你们,大户人家,瘦死的骆驼比马大,你随便撸出一点还了我的账,否则连本带利,将来大家面上不好交代。”

沈绿爱也不理他,只管自己掸灰尘,吴升便作了个揖说:“我也晓得今年你们生意不好,也不逼你们,老板娘若想个明白,把忘忧茶楼卖给我,我给你个好价钱。”

沈绿爱听了,忍不住大笑,声如银铃,这古旧老房子的尘粉便扑扑地往下掉。吴升听了心一惊,想,好大的声音,跟打钟似的,这个女人有力气。

女人笑了半晌,拿鸡毛掸子在八仙桌上又狠狠地敲,一团尘雾飞扬,问两个少年:“何谓沐猴而冠?”

两少年听了会意,看着穿戴一新神气活现的吴升,大笑。嘉平就捅捅嘉和,说:“大哥,讲经说法,那是你的事,你说。”

嘉和也就故意漫不经心地答:“不就是猴子戴了顶官帽,以为自己做了人里面的大官了?”

吴升起先还不知什么沐猴而冠,一听这解释,倒也不生气,告辞着出去,说:“这有什么好笑的。你们自以为是人,不是照样被人当猴耍吗?”说着笑着,竟扬长而去。

嘉和、嘉平见吴升走后,母亲便神色大变,呆呆地坐在祖宗牌位前不吭声,知道家里又有灾难降临。这一两年来,两兄弟对这样的神色已司空见惯了。

现在,即便公开地去寻找赵寄客,沈绿爱也不怕别人说闲话了。忘忧茶行已属他人,忘忧茶楼也岌岌可危。杭家的败相已现,死的死,抽大烟的抽大烟。沈绿爱为此还专门去了一趟赵家,赵老先生已经过世,他其余的几个儿子都是规规矩矩、藏头缩尾的好人家,他们对那个亡命天涯的兄弟一点不感兴趣,这给了绿爱更大的机会。她甚至连天醉也不通告,有这丈夫比没有这丈夫更加自由,只是为了堵人口,也为了杭家下一代见世面,她安排好家务,带着两个孩子就上路了。

撑筏的是个山里的老人,从前跑过码头,能说几句官话,比画着问绿爱,是到哪里去。听说是惠明寺,便连连说,晓得的晓得的,然后不知哪里去弄了点锅灰,叫绿爱涂在脸上,又叫脱了那昂贵漂亮的薄呢大衣,包好,塞进一个破麻袋里,放在竹筏上的柴火堆上。

从青田往景宁,水路叫小溪。因为是逆流,还有几个纤夫,全是老人的儿子,那最小的叫蓝根根,和嘉和、嘉平也就差不多大,一双青蓝大眼睛，一口龅牙，初春时分，脱壳穿件破棉袄，背着纤，和哥哥们一样，头低着，走着走着，热了，就赤着背。嘉和兄弟看了，都说像是撮着的儿子小撮着。

两岸的风光，却是越来越清佳。一会儿宽泛了，河滩上，有牛在漫步，有鹅鸭在寻寻觅觅，还有花花绿绿破破烂烂的床单，洗干净了，晾在河滩的大石块上。溪滩的上面又有庄稼，黄色的山茱萸，白色的梨，红色的桃；间或山间又有白云烟火，穿着大袖口大裤腿的女人在溪涧汲水。男人的腰间，则插着一把刀子，肩上挑的却是柴火了。

竹筏行至窄僻之处时，两崖高耸，直插云天；深潭叵测，阴气逼人。纤夫只能在露出水面的岩石上头跳着拉那竹筏。嘉平看着，说："我日后有了本事，便到这里来，把河滩挖深了，用轮船航行，再也不用这样的竹筏子。"

"竹筏子不新鲜吗？城里的老爷，专门要到这里来乘竹筏子呢。"

"我们坐在筏上，你们在岸上背纤，看看都是很可怜的呢。"嘉和也说，"都是人，为什么那样地不公平呢？"

"命呀。"老汉说，"比如说这满山遍野的草，为什么有的生在山顶，有的生在山脚呢？"

嘉和顺着他的手指一看，眼睛亮了，说："妈，山坡上有茶呢，怎么和我在龙井看到的不一样？"

老汉顿时也神采飞扬起来，说："要说茶呀，你算是问着人了，赤木山的茶，真的很香很好喝的，我就是赤木山的人啊。"

话说赤木山,就在畲族人聚集的景宁山中。山有惠明寺。相传唐朝大中年间,有个老人,名叫雷太祖——一听这姓,就知道是畲族人,带着四个儿子,从广东逃难,到了江西,又从江西流浪到了浙江。说来也是缘分,在江西,他们认识了一个云游的和尚,都是出门在外人,相处和洽,便交了朋友。一路同行到浙江,把他们带到了自己寺里。

原来这和尚,就是赤木山惠明寺的开山祖师。

这里古木森森,荒无人烟,倒是流浪汉的安身栖息之处。雷家父子便在惠明寺周围辟地种起茶来。

渐渐地,惠明茶便在赤木山区流传开了。当然,最主要的产地,还是赤木山东北山腰的惠明寺和西南山腰的漈头村。你想,山高一千五百米,茶园却在半腰间,与白云亦可比邻了。春秋朝夕,立高山远眺,山下茫茫烟霞,众山唯露峰尖,犹如春笋破土。至于冬季,雪积山高,经月不散,实乃借玉为容了。

如此,养在深山人未识的惠明茶,却被原来对茶事不甚关心的革命侠士赵寄客在不经意间发现了。

话说当年,赵寄客跟了吕公望上了南京。南京一仗血战,其中浙军最勇,歼敌最多。赵寄客留在了南京,追随陆军总长黄兴先生左右。此时,他已发现辛亥革命并未实现他心中的国富民强的目标,倒是给另外一批投机分子提供了上场表演的机会,真是乱哄哄你方唱罢我登场。直到此时,他才前所未有地想起他那个弟兄杭天醉来。他突然觉得,杭天醉那貌似颓唐的心里,有些东西,比他似乎要看得更透。

虽如此,赵寄客的造反生涯却迟迟结束不了。1913年7月,李烈钧在江西宣布独立,二次革命开始,赵寄客匆匆往来于江西、上海之间。在沪上战役最激烈的向市内大军火库发动的五次猛攻之中,他失去了一条左臂。他当时的样子,正是后来嘉和在船上梦到的血淋淋的样子。

他在一家医院整整藏了半年之后,他从前的会党朋友,把他秘密转移到了这山高皇帝远的密林古刹之中。在惠明寺中,他已经度过了将近半年时光。

当他远远地从山道上望见三个身影,一个女人和两个小男孩时,他无论如何也不会想到,这次见到的会是那个他在梦中多次见到的女人。直到他们几乎就站在了他面前时,他才惊讶得几乎跳了起来,空袖口就在半空中怪异地飞扬了一下。那后面的脖子细长的男孩子,便失声尖叫起来,说:“妈,你看……”

前面那个男孩虎头虎脑,豹眼环睛,却已一个箭步跑上来,拦腰抱住了赵寄客,大叫:“寄客伯伯,我们可找到你了!”

赵寄客被这孩子摇晃着,心里却惊诧得不得了,问:“怎么是你们,天醉呢?”

绿爱累得一屁股坐在山石上,喘了半天气才说:“怎么,我们就不能来?”

赵寄客这才晓得,阔别几年,杭天醉已经成了一个货真价实的大烟鬼!

在惠明寺下榻,他们梳洗完毕,又睡了一觉,赵寄客便来叫绿爱和孩子们看茶树去,见两个孩子都呼呼地睡得很香,绿爱说:“算了，让他们睡吧，我和你去。”

话音刚落，嘉和就睁开了眼睛，说：“我也去！”

赵寄客笑着说：“嘉和倒是个有心人。”

嘉和很认真地抬起头说：“我喜欢茶，很好看的。”

下午，春暖花开，惠明寺周围茶园，一片山野花香之气。绿爱恍然大悟，说：“无怪我们喝着你寄来的茶，怎么一股子的花香，却又不是茉莉、玳玳和玫瑰，原来是这满山的野花香。”

“不是说茶性易染吗？”寄客笑笑，回答说，“我们龙井茶也是有花香的，一股子豆奶花香罢了。”

绿爱也笑笑，说：“原来寄客兄也是懂得《茶经》的，我还以为你只会革命呢！”

“这也不是势不两立的事情啊。不要说革命成功了可以安心种茶吃茶，即便革命尚未成功，亦可一边革命一边种茶嘛。”

“吔，几年不见，寄客兄文气多了嘛，从前你可是火烛郎当的。”

“是这山里的水土滋润的吧。”赵寄客长吸了一口气，“将来回去，我倒是真想做点事情了。”

绿爱看看寄客，他披着一件灰黑呢大衣，围巾是小方格子的，还松松地围在脖子上，头发长长地披在了肩上，胡子倒是剃得干干净净，他还是那么爽朗明快，到底眉宇间有了一些别样的东西了。

说话间，赵寄客指着一株高六七尺的茶树说：“看，用这种叶子制茶，当地人说是最好的。”

他顺手摘下了一片，新叶长约莫六寸，宽约莫两寸半。

嘉和抬起头来，吐着舌头，叫道：“这么大的茶树啊，翁家山可是没有的。”

“这算什么？云南那边还有十来丈高的呢。茶和人一样，也有长子矮子和不长不矮的。这个树，也只能算是不长不矮的吧。”寄客说。

这倒是连从小在茶乡长大的绿爱都未曾碰到过的事情，世上竟还有这么大的茶树，便说：“从前读《茶经》，开篇便说，‘茶者，南方之嘉木也，一尺二尺乃至数十尺，其巴山峡川有两人合抱者。’我还以为早就绝了迹，没想到真有这么大的。”

“和这里的土质也有关系吧。”赵寄客说。

绿爱蹲下来抓了一把土，黄土，还有青灰土。她想起在娘家茶山上的少女生涯了，便叹了一口气。

赵寄客一一指给他们看，什么是大叶茶，什么是竹叶茶，还有多芽茶、白芽茶和白茶。多芽茶煞是有趣，茶枝条上每个叶腋间的潜伏芽同时迸发，而且，芽梢可以同时齐发并长。茶叶圆圆的，厚实又隆起，却又嫩绿不老，实在是看看都香。

正说着笑着，嘉平一脸委屈跑来了，大叫着：“好哇，你们就这样瞒着我自己玩去了。为什么不叫醒我？”

“看你睡得像死猪，不忍心呗。”嘉和说。

嘉平却也得意地抹着脸上水珠：“我才不在乎你们冷落我呢。你们不跟我说，我自己有好玩处，偏不告诉你们。”

赵寄客说：“看你这一头水，我就晓得你在哪里了，跟我来！”

说完，他带着他们，弯弯绕绕地便走到离寺不远处的一口泉旁，那泉倒也不大，但很是清澈甘洌，掬一掌入口，甚甘。赵寄客说：“惠明茶南泉水，这一带最有名的呢。”

绿爱把头往泉上一探，倒影中就亮出一张明艳的脸。接着，缓缓地移过来另一张脸，长头发，狮鬃一般挂下来，头一低，那围巾一头也挂了下来，绿爱下意识用手去接，便碰到了那另一只手，彼此有些尴尬，有些心动，目光在泉底便碰撞了一下，却又幽幽的，无声，沉浸在那里。最妙不可言之时，那两兄弟却在大呼小叫了：“快来看啊，快来看这大木桶啊！”

原来，这兄弟俩沿着架接在泉水旁的毛竹，一路寻寻觅觅，来到寺后的灶房前。见那里，一溜的大木桩子，两个人合抱真的还抱不过来。中间却是被挖空了，便用来盛水，经年累月的，桶壁内外，生满青苔。绿毛茸茸的，像个蹲着的野兽，却是十分的野趣。

赵寄客说：“我见了这个桶，便想，天醉来了，不知又会怎么样疯魔？”

“在这里住了半年，你倒生出性情来了。”绿爱说。

赵寄客感慨起来：“从前总训斥天醉是玩物丧志的人，现在想想，倒是给他想出几分理由来了。这样的天地山水，钟灵瑞草，谁若无动于衷，谁就少了人气了。”

说话间，庙里便有和尚出来，请他们到临时搭起的棚间看茶农炒制茶叶。和尚说：“寺里知你们要收购，特意请了制茶的能手来，要制白毛尖呢。”

制茶这个活，这几个城里人都是见多了的，但是一方水土养一方人，百里不同俗，千里不同音，所以绿爱听了很上心，赶紧就凑了上去。

但见临时搭起的茶灶上，搁着一把锃亮的铜锅。灶下柴火烧得均匀，一个中年和尚正用筛子把那一芽一叶、芽头肥大且芽又长于叶的嫩茶徐徐地往锅里掀，然后，便用手翻炒起来。拌炒得均匀,茶叶热了,水汽徐徐地便蒸了上来,夹着一股子草青气。嘉平闻了那味儿,便转过脸,鼻子里发出声音:“哃……”

嘉和小声地告诉他:“记住,这叫杀青。”

这样炒了一会儿,茶叶就起锅了,重新摊在筛子上,晾一晾凉。

绿爱便问那和尚,这手艺哪里学来的。和尚倒也谦虚,说:“我们这一带,有个叫雷承女的,有最好的技术。我们都跟他学的。”

嘉平也不明白地问:“干吗不接着炒啊?还没炒好呢。”

绿爱说:“就是你不懂又多嘴。带你们来,就是见识这个的,不凉一凉,这么炒,能不炒焦吗?”

说话间,那和尚却又把茶叶放回锅中,这一回是轻轻地搓揉,条形子,也就搓揉出来了。

炒到这个时分,却又起了锅,放到一个炭火已全部烧红、外面又压着炭灰的焙笼上,烘焙。嘉和觉得这样很奇怪,便问:“老师父,这样干什么?”

“烘烘干。”

“哎,炒干不就行了?何必再烘呢?”嘉平大大咧咧地说。

“烘干和炒干是不一样的。”那炒手就解释道,“烘干是烘干,炒干是炒干呀!”

“怎么个不一样法呢?”嘉和倒是问得仔细。

师父眨了下眼睛,他一时不知道怎么告诉这城里来的男孩子烘与炒的区别。赵寄客拍拍嘉和的头说:“大小伙子了,自己想去吧。什么时候想出来了,什么时候告诉我。”

接下去,烘干后的茶又拿到锅里来炒了一次,师父说这叫整形翻炒。这样,茶就制好了,茶毫披满了全芽,白茸茸的,真香啊,但嘉平却有些心不在焉了。

如果嘉和与嘉平天性一样,那么,白天便是满眼的春气、茶的香味、木桶的苔绿和泉水的清洌了。嘉平甚至还抓住了一只不知名的山鸟,但黄昏时他又把它放了。小鸟飞翔,融入淡蓝的天空时,嘉和有些伤感,嘉平却丝毫没有。嘉平就像那鸟儿一样地快乐。

晚饭时嘉平吃了满满两大碗米饭。香菇、野鸡、金针菜、香喷喷的豆腐干,简直使他处于幸福的陶醉之中。他的筷子毫不客气地伸到这里伸到那里,边吃边叫:"好吃!好吃!"把一桌子的人都说笑了。

但嘉和却被那"炒"和"烘"给困扰住了。他想不明白,同样为了"干",为什么要炒,要烘,甚至要晒,要晾呢?他不愿意再问任何人了,因为赵伯伯已经摸过他的头皮,要他什么时候想明白,什么时候告诉他。这使他感到问题重大。嘉和一直就感觉到赵伯伯更喜欢嘉平,也许,这和……绿爱妈妈有关?他这样想着,便朝这两个大人看看。他看见赵伯伯正在把一块大香菇往妈的饭碗里放——他恍惚地呆住了。他突然感到,他们是一家子。他们组成了完全自己的和谐的生活。但是这样一来,爹和姨娘呢?还有嘉乔和嘉草呢?

"来,嘉和,你也尝一块。"赵寄客把一块野鸡肉放到他的碗里,"吃饭,你要向嘉平学习,你看他,狼吞虎咽。"

大家看着嘉平的样子,又忍不住笑了,嘉和也笑了。他从恍惚中回来,一盏油灯摆在饭桌中央,曈曈然地照着大家的脸。模模糊糊的,真亲切啊!

夜里，嘉平醒来过一次，下床撒了一泡尿，便觉出山里的春寒，稀拉哈拉往床上被窝里钻，突然听见有人在擤鼻涕，是嘉和，便问：“大哥，你也冻着了？”

嘉和齆着鼻子，抽泣似的说：“没有……”

嘉平更奇怪：“大哥，你怎么啦……”

嘉和不吭声。

“大哥，你哭了？”嘉平有些紧张。

嘉和又抽泣了几下，说：“嘉平，你闻闻被子，什么味儿？”

嘉平闻了一闻，说：“没有味。”

嘉和坐了起来，拿棉袄披了上身。山里的月光从小窗射入，方方正正切在他身上，黑头发亮闪闪的，月光在这少年的发梢上凝滴了下来，流进了眼睛。两只长长的眼，便是两个小小的朦胧的月了。

嘉平睁大了眼睛，说：“大哥，你怎么啦，你变成山里头的月亮了？”

“你没有闻到太阳味吗？白天晒过被子了呢！”

嘉平使劲闻了一闻，果然。但他依旧大惑不解：“有太阳味就有太阳味，你干吗哭？”

嘉和抱衾而坐，下巴搁在膝盖上，说：“刚才，我想到茶清爷爷了。他来过这里吗？……他被子弹打死了，他就永远闻不到太阳晒在被子上的香气了。他也不能见到大海，不能见到河两岸的桃花和梨花；他也不能用手去采茶，用嘴去品茶；他也没有床了，没有热乎乎的感觉，不能说话，连嘴也没有了。他就躺在冰凉的地底下，谁都不知道，永远、永远……”嘉和显然被这种关于死亡的恐惧笼罩了,他急不可待地发问:“那么人还有没有灵魂呢?如果有,会转成什么呢?像阿爷奶奶坟前的茶树吗?”他犹疑地盯着嘉平,仿佛他是先知先觉者。

嘉平发愣了,嘉和突然思考的一切,都不是他思考的。他充满激情,他也狂热,但他从不虚幻。他也不明白嘉和怎么会在这样一个山间的清月下面想到死与灵魂。他说:“我不知道人有没有灵魂。如果有,我想还是转为人更好,你说呢?”

嘉和轻轻躺下了,说:“睡吧,我不说了。我想变成一丛茶蓬也好,变成茶蓬里的一只鸟也好……我不想死的事情了。睡觉了。”

嘉和再一次醒来的时候,并不知道几点几分。是刚睡下不久,是半夜,还是快天亮了?但他能听到旁边弟弟的鼾声大作。真奇怪,一切到这里,都加重了,山更青,茶更大,饭量更大,连鼾声也比城里响了。他突然心里一动,一个鲤鱼打挺,跳了起来——他想明白了——炒茶和烘茶有什么区别:炒茶是很快地干,烘茶是慢慢地干,就是那么简单!

他一个翻身下床的时候,甚至没有注意到睡在外间的绿爱妈妈不见了,他当时所有的心思都在那西厢房里,他想起了赵寄客的话:“什么时候想出来了,什么时候告诉我。”

他甚至连袜子都没有穿,拖着那双棉布绒鞋,身上披件小棉袄,就往庭院里冲。他看到对面的窗户上有烛光,想:“赵伯伯还没有睡觉呢。”

接着,他听到了另一个熟悉的低沉的声音:“我不管,我什么也不管了,我就是要和你在一起!”

另一个声音也激动也犹豫,它甚至变了调,完全不像白天听到的声音了。

“绿爱，绿爱，你听我说，我在日本娶过亲，我有个东洋妻子，还有了儿子……”

“……我不要听，我不管，我只晓得，你是想要我的。你说，你说你是不是从见着我那天起，就想要我了？你说！”

“不要这样……不要这样……”那个声音却是又激动又惊慌起来。另一个声音却狂热得不可遏制：“我晓得你要我的。他要不要我算什么？你不晓得，他不要我，他不喜欢我。他娶了我，心却在那个女人身上，他和她能同房，和我不能……”

“你不要恨他……不要恨他，他胆子小……”

“难道我不漂亮？我不好？我不配有人来喜欢？你睁开眼睛，你看我一眼，你哪怕看我一眼……”

嘉和的心狂跳起来，头像是要爆炸了，全身上下，只觉得噼里啪啦地冒火星。他想逃走，却挪不开步，相反，他迅速地把目光凑近了窗隙——他感觉眼前一道白光，天上有仙花飘落下来。

他一生都不再能够摆脱这种幻象——一个女人，微微仰着脸，黑发像瀑布一样垂下，半遮住她敞开的半裸的胸乳。她站着，脖子像垂死的天鹅，在颤抖，衣服脱到了脊梁，又套在臂上，一个男人面对着她却是半跪着的。看不见他的脸，但是却能感受到他在激烈地颤抖着，而她的胸乳却已经被男人的脸庞、男人的嘴和手疯狂地埋没了。偶尔露出了极白的和朱红的一点，宛如珍贵的古代的陶瓷碎片。

这一幅幻象构成了嘉和漫长一生中对女性的痴迷和崇拜——对一切非理性的彻底情感的事物的隐秘狂热和半跪的姿态。

屋里的烛光灭了,嘉和听到了一种他从未听到过的男人和女人的声音。它似乎是没有内容的,但这是欢呼!这欢呼里又有极度的呻吟!这声音像是埋在地心一般地压抑着,一旦迸发后又是那样松软和疲倦,接着,便是小溪流水一般的微妙而又丰富的呢喃,温柔,温柔,温柔……

十四岁的少年离开了窗隙,他摇摇晃晃地往回走,刚才狂躁的灵魂訇的一声爆炸了。他回到床上,躺下。嘉平依旧鼾声如雷——一切都变了,永远不再有从前。十四岁的少年想。窗外有月光进来,照到了少年的无声的清泪。

第二十四章

从前的忘忧公子杭天醉在进入中年之际，简直被他的仇人和亲人们逼上了绝路。仇人吴升居心叵测地诱惑他吸上了大烟，而亲人小茶甚至把他藏在墙角缝里的最后一块烟膏都偷出来抽了。为了这最后的大烟，他们俩不得不大打出手。嘉乔已被吴升接走，家中用人保姆跑得精光，他们打到东打到西也无人拆劝，这凄惨堕落的景象叫杭天醉自己也不敢相信。他搞不清是小茶已经不是小茶了，还是他自己已经不是他自己了。他气喘吁吁地斜倚在烟榻旁，看着一脸鬼气的小茶，他欲哭无泪扪心自问：难道因为不敢正视自己的胆小怯弱就可以抽大烟吗？难道晓得了他不姓杭乃姓吴，本为长毛一私生子就可以抽大烟了吗？难道知道了自家老婆与把兄弟有私情就可以抽大烟了吗？他本来以为那些内在的无声息的崩溃事件足以让他逃避到云山雾罩中去，结果却发现没有什么罪孽比陷入抽大烟的深渊更为罪恶的了。他一面捶胸顿足涕泗俱下地痛斥自己，另一面又搜肠刮肚地寻思到哪里再去弄点钱来换了大烟。寻思来寻思去角角落落都寻遍了，眼睛就在那把曼生壶周围转。他是不敢看这把壶，看了一面伤心伤骨，一面垂涎欲滴。他已经多日没有见到绿爱了，听说她带着孩子出门了。他想让撮着给他弄点字画来卖了。撮着哭了，多年来天醉第一次看到撮着跪了下来，抱着少爷的腿，老家人老泪纵横，说："少爷啊，少爷啊，茶清伯建的茶行，没了，让吴升给吞了。少爷啊，他这是在吞你的命啊！"少爷心软，没办法了，只好苦自己，东拼西凑，心惊胆战，抽了上顿没下顿。他也记不得他和小茶有多久没说过正话了。他们俩为抽大烟吵得嗓音嘶哑，灵魂出窍，面目全非，这个样子下去，他怎么还受得了，他还不如一头撞死在墙角算了。这么想着，他就一头朝墙角撞去，软绵绵的，他使不上劲。小茶睁开蒙眬的双眼，看了一下丈夫，表情木然。她心里一片片的，栽的全是罂粟花。杭天醉骨头里透出一股寒意——完了，完了。他眼花缭乱，满目金星，突然，他在金星中看见了黑乎乎的一块，是他刚才撞墙撞出来的。他喜出望外，欣喜若狂，斯文早已扫地，再扫一回也无妨，爬上烟榻就点烟泡，美美地过了一把瘾，他长嘘了一口气——活过来了。

接下去该怎么活呢？他缓过气来，愁肠百结。他无人可依，依来依去也只好依在小茶身上。他就这样抱着小茶，摸着小茶的面孔喃喃自语："小茶，我们该怎么办呢？我们该怎么办呢？"小茶的两行浊泪就下来了。眼泪使骨瘦如柴的女人重新楚楚动人，女人说："走吧，不要管我了。"女人的话使天醉热泪盈眶，原来堕落也会产生相依为命的情爱，不是谁都能够伴着他进入这么深的深渊的。现在想来，他们送儿卖物、互相殴打的丑陋之举，真是显出悲剧的惊心动魄来了。他这么突然情深意长地想了开去，想来想去，眼睛便又张开盯在了曼生壶上。牙齿一咬，脚一顿：罢罢罢！你这浪迹天涯的赵寄客，谁晓得你又在谁的麾下奔走效劳！你是专为天下活不为亲朋好友活的人物！连女人送上门来都要送回去的大英雄！我在这里死守着你的信物，殊不知我上刀山也罢下火海也罢，都不会有你半点音信来慰藉！你为那看不见摸不着的天下南征北战，心里哪里还会有我们这等血肉之躯？你既不记挂我，我又何须记挂你！他顺手抄了曼生壶，对小茶说："等着我，看我给你带什么回来！"

他摇摇晃晃地出了门，见了天空一轮银月，清风徐来，杨柳如发，街市繁华如旧，不禁黯然神伤。这一切如今和他又有什么关系呢？所有那些外在的事物——革命也好、发财也好，为什么和他个人都建立不起通道呢？何以忘忧？唯有大烟——到哪里去找比大烟更好的灵丹妙药呢？爱也爱过了，恨也恨过了，伤心也伤心过了，革命也革命过了，没有用，没有用，没有用……他这么想着想着，就愣住了，这人是寄客吗？这只有一只手的男人，是赵寄客吗？

在羊坝头忘忧楼府和寄客重逢，叫杭天醉甚是惭愧。从前的美人榻、红木太师椅、梨花木雕花案桌、明清的青花罐子、那一尊青田玉雕观世音、满壁的字画，屋子里值钱的东西，没有一样还在，真正是荡然无存了。杭天醉也知道自己把家抽穷了，但穷到这样家徒四壁的地步，却也是他不曾想到的，想问问绿爱，又不敢问，悄悄地招来嘉平，问那些东西，是不是都卖了。嘉平说："嗯，妈说不让你看到那些东西才省心。"

赵寄客说："到这个份上你还有心记挂那些？真正叫作江山易改，本性难移！"

话毕，绿爱亲手端了两杯茶，恰恰是用惠明茶泡的，汤色明黄金亮,又清醇,细细一口下去,杭天醉闭着眼睛,揣摩半天,说:“这才真正有了可以和龙井较量的茶了。”

绿爱倒也不特别以为然:“其实我们水口的紫笋野茶,还有径山的香茗、开化的龙顶,都是绝好之茶。我们浙江要说茶,还是好的多。”

“你这就不大晓得,外国人吃牛羊肉,口味重,须得高香,滋味醇厚的方才品得出来。故而武夷的功夫、祁门的红茶,洋人特别喜欢。要说龙井这样纯之又纯雅之又雅者,也只有我们这等国人中的闲雅之人才配品得了。”

赵寄客见天醉又把他那纨绔公子的一套搬了出来,便说:“我看还是言归正传,你看这个惠明茶究竟行不行?”

“怎么不行?不是说了,我那大舅子正报到美国去,过几日就动身了呢。”

“可惜了你这身体。”

“无所谓无所谓,”杭天醉倒也是会自我解嘲,“咱们兄弟两个,一残一败,倒也算是患难与共。日后,找个机会,一齐去趟美国,什么博览会也不弄,玩自己的。”

“你这就玩了半辈子了,连大烟都给你玩上了,你也该是悬崖勒一勒马了吧?”

杭天醉作了个揖,道:“小弟我正要听你一番指教。你看像我这样一个无用的人,文不文,武不武,商不商,革命不革命,又有什么用处?再看这个世道,国不国,法不法,家不家,又有什么活头?我倒是真不明白你们这帮子人,穷折腾,倒让沈绿村这样的人折腾上去了。也不见得你丢了一只胳膊,就给你封个安邦大将军,从此一展宏图，救国安民。想起你来，我就想哭一场。中国哪里要你那样的热血男儿？更不要说我这样的废人败家子了……”

门外窗棂上，靠着嘉和。他眼一眨不眨地盯着爹，胸膛满满的，被痛苦和怜悯胀得痉挛了起来。嘉草见了爹，要进去，被他抱住了，说：“小妹，这半个月，我们都不要去叫爹，爹要受一次考验呢！”

“什么考验？”嘉草问。

“大哥，你和她说什么，”嘉平也盯着屋里，却不满地对嘉和说，“让爹知道了，咱们的计划就不行了。”

那边屋里，赵寄客说：“我在山里，认认真真想个明白。中国的事情，要与西方接近，政体上的革命，固然是极重要的，好比一个人，总要有个脑袋，但是双足和双手也总是少不得的。民众比如说是躯体，军队、司法是其双手，那么，双足又是什么？”

“你这个说法倒是有些新鲜，照你看来，那双足又是什么？”

“一为实业，一为教育。”赵寄客伸出两个手指头，“唯其国富民强，方有立足世界民族之林的能力；唯其开启天资去其蒙昧，方有与各国比肩进步之智慧。没有这两条，今日孙中山，明日袁世凯，百姓管他孙下袁上，还是袁下孙上？”

杭天醉听了倒是依旧有几分犹疑，说：“这般教育救国、实业救国的理论，我倒也是耳朵里刮到不少。立言者众，而行言者寡，不过清谈罢了。”

“正是要你我抓紧行之方有效嘛！”赵寄客说到此时，方才要入港了，“天醉，你我二人，不妨各选一足，为国为民为己，再拼搏一场，你以为如何？”

杭天醉有些茫然,说:“你看我这副样子,还能选择哪条足?”

“此言差矣。我赵寄客断其一臂,不能再挥戈阵前,尚不能刀枪入库马放南山,何况老弟尚有实力,胸有热肠,打起精神,开出一番天地,也是有可能的。”

这一番话,便把天醉煽动起来了,醉眼一睁,目光便火花一般闪耀起来,问:“老兄你说吧,你要我怎么干,我就怎么干。”

“实话告诉你,我已选择了从事教育,你自然便只能从事实业了。干实业,也要立足一点,放眼全般,我看,你还是干你的茶叶老本行吧。”

杭天醉笑了,说:“果不出我所料,我知道你兜了一个大圈子,还是要我吃茶叶饭的。”

“莫非你真是吃厌了这碗饭?”赵寄客笑问。

“既然命里注定了要吃,也就谈不上厌不厌了。等我近日把身子调养好了,再来从长计议,赵兄以为如何?”

这么说着,他已经开始打起了哈欠。赵寄客晓得他这是烟瘾上来了,要找托词回圆洞门过瘾去了,连忙就站了起来,说:“天醉此言差矣,中国的事情,坏就坏在这从长计议上。这一从长,便从长了五千年。”

杭天醉站了起来:“好,就依老兄之见,明日便开始计议,行不行?今日你就住在这里,待我明日再来看你。”

赵寄客一把拦住了天醉,说:“明日复明日,明日何其多。哪一个回不了头的浪子不是毁在这明日上?我看倒还不如从今日做起,从此刻做起最好!”

杭天醉这才有点慌了,扶着赵寄客的一只手,说:“寄客,你这是做什么，莫非今夜要留我在这里了？”

赵寄客正色说：“天醉，这是你的家，是你留我，不是我留你。只是我这一番重新出山，不只是看在你的面上，是看在弟妹和两个孩子面上，便也就顾不上你留我不留！你留我也留，你不留我也留，什么时候，你把这大烟戒了，我什么时候再打道回府。”

“你、你们，你们什么意思？莫不是串通好了要我受罪？”

杭天醉生气了，发了大爷脾气。

“是商量好了，要来救你的命！”绿爱把一罐子吃的闲食放在桌上说。

“那也不能这样绑票一样把我堵在这里啊！让我回去一趟吧，我明天一定过来。”

赵寄客一把握住杭天醉瘦骨嶙峋的一只肩膀，说：“天醉，天醉，我已经弄不清，对你是恨之愈深，还是爱之愈深了。”

说完，一把拎起那把曼生壶，环顾四周，搁在墙角的一只壁龛上，然后，掉头就走。杭天醉听了此话，一愣，人倒反而是僵立在那里了。半晌，清醒过来，听到咔嚓一声，这才知道，他已经被家里人锁起来，强行戒烟了。

此一举，顿时使他百感交集，万般无奈，千种心绪，又对何人说？举目四顾，一榻、一桌、二椅，再看窗子，才发现窗子都已被大木条子钉了起来。

这不是活活地把他当了囚犯吗？想到这里，他不由得大吼一声：“绿爱，你给我过来！”

绿爱根本就没走开，说：“天醉，我就守在门外。你有什么话，就跟我说吧。”

天醉此时已经开始一把鼻涕一把眼泪地难过起来,便求她说:“我知道求你也是没有用的,你这女人心硬。我若求小茶,她必定就早早开了门,放我一条生路了。”

绿爱说:“我知你心里有她没有我,等你戒了烟,有能力养活她,也帮她戒了烟,你就一封休书休了我,我也不会怪你的。”

天醉便在里面顿脚,说:“你明知我不会休了你,这个家没有你,我们早就死定了。”

“你这话说得倒还算有良心。”绿爱说,“不过我倒还是指望你休了我的。”

天醉在里面已大犯烟瘾,一边叫着难过死了,一边又大叫:“寄客,寄客,你眼看兄弟要死,你也不来救兄弟一把,你莫非不晓得我要死在你手里了吗?”

赵寄客在外面说:“天醉,你安静一些。想想别的事情。实在难过,要打滚,要撞墙,也不要紧,只是小心着那把曼生壶。除非你把壶也砸了,我们俩才算是绝交了。你若熬得过今日,明日西医来了,会配合你戒烟,熬过了三天,就有救了。”

天醉在里面急得哭了起来:“我却是一分一秒都熬不过去的,你竟要我熬三天……我的天哪……”

他真的开始在里面拳打脚踢,滚地撞墙,鬼哭狼嚎起来,这才明白,这屋子怎么全没了名贵的字画瓷器,原来准备好了让他在里面撒野啊。

连他自己也不知道,他究竟打熬了多久,一头撞在墙头,号着叫着,血流了一嘴,还是没人来放了他。想想自己怕是真要死在这上头了,却听到外面有人在呜呜地哭,还听到有人说:“大哥你轻一点,别让爹听到了,又戒不成烟了。"

天醉听声音,知道那哭的是嘉和,劝的是嘉平,赶紧便扒着窗隙往外看。外面漆黑一片,什么也看不到,他嘶哑着嗓子叫道:"嘉和、嘉平,救救你爹,爹要死了……"

嘉和大声地喘息起来,说:"爹,爹,你忍一忍,你忍过了这一关就好,爹,我们全家都是在救你……爹,我们都是为你好……"

天醉费劲叫着,嗓子已经痛得发不出声音:"儿子,我求求你,放我出去,我求求你,让我一个人去死好了,不要救我,你爹是无可救药了……"

嘉平打断了他的呼救:"爹,你别尽想你自己,你想想妈,想想我们,你想想这么一大家子,都要靠你戒了烟,振作起来。你抽大烟不也迟早抽死,还不如现在多受一点罪,戒了它……"

"放屁,小畜生!你不是我的儿子!你这没心肝的小东西!你这石头缝里蹦出来的三不像!"

杭天醉便骂出一串平日绝不出口的脏话。嘉平满不在乎地说:"爹,你有力气,你就骂吧。你多骂骂我们,少想想抽大烟,你就有救了。寄客伯伯说了,无论你怎么骂我们,我们都当没听见。"

杭天醉只好再去求大儿子:"嘉和,嘉和,我的好儿子,爹心里最疼你,你心善,为人好,你不像你这没心肝的弟弟。你去对你妈说,让我走,忘忧茶庄一切家产,都归了她,她要怎样就怎样!儿子,儿子,我给你磕头,我求你……"

嘉和听到里面砰砰的磕头声之后,冷汗直流,眼冒金星,只听到弟弟叫了几声"大哥",自己就什么也不知道了。

杭天醉的求救,竟然把儿子嘉和逼昏了。

嘉平的大叫,把在外面厢房里各自打盹的绿爱和寄客叫醒了过来。他们急忙跑到窗下,绿爱生气地训斥嘉平:“谁让你们自己跑过来了?半夜都过了,准是你出的主意,你看你把你哥吓的!”

赵寄客说:“不要紧,孩子小,惊吓的。”

“我就没有!”嘉平说。

“你和他不一样。”赵寄客说着便带着孩子往回走。

绿爱这头看赵寄客抱着孩子走,那头,对着门缝说:“天醉,你听着,我给你跪下了,我嫁到你家十几年,今天第一次给你跪下。你把大烟戒了,以后想干什么就干什么。你不把大烟戒了,你就别想走出这个门槛,我沈绿爱说话算话,你可都听明白了。”

里面,好久都不再有声音。绿爱抬着发酸的脚回了厢房,刚跨进门,那边,号叫哭喊又开始了。沈绿爱终于忍不住了。她觉得一切都是没有意思的了,对一个不可救药的鸦片鬼,也没有什么可以再存幻想了。她拔腿往外走,又被赵寄客一把拦住。他生气地说:“你要干什么?”

“我把他放了,我走!”绿爱歇斯底里地说。

那边,又传来了变了调的咒骂:“赵寄客啊,我把你当亲兄弟,你把我往死里整啊,我早晓得你看中我的媳妇,我死了,你们俩好做一对啊!你心里这点东西瞒得过天也瞒不过我啊!你让我死,你让我去死吧,我死了好成全你们,你们两个骑在马上上天入地我也管不着了。你们两个畜生,为啥不让我去死啊……”

绿爱听着,脸都变了色,人就要瘫软下去。赵寄客转过了身,几步就跨出了院子,三两下打开了房门的锁。正趴在地上的天醉不知哪来的精神,一蹿而起,朝门外扑去,被赵寄客一把抱住了,两个就打成了一堆。

虽然此时，寄客已经只有了一条手臂，但发了疯的杭天醉依旧不是他的对手。他被赵寄客夹在那里，简直就如同夹了一张纸板，他再三再四叫也没用，浑身上下也没哪一块可以和赵寄客比力气，一发狠对准赵寄客的肩膀就是一口，顿时便流得满身满脸的血。见了血，赵寄客自己倒没吭一声，杭天醉却先昏了过去。

这边，绿爱和嘉平赶了过来，见赵寄客一脖子的血，吓得面如土色，不知如何是好。赵寄客呸地吐口血痰，说："拿根绳子来。"那两个人便慌着去找绳子，心一急，哪里找得到？倒是刚才昏过去的嘉和现在清醒了，巴巴地把绳子递过来。寄客把天醉拖到床上，又说："你们来拉住他的脚，我把他绑上，省得出危险。"

嘉和犹犹豫豫地站着不动，倒是嘉平爽快，一个箭步上去，按住了半昏迷的爹，这边三下两下，便把他固定在床上了。

绿爱一脸死灰，说："这样强做，有用吗？"

赵寄客指指墙角壁龛里那把曼生壶，说："壶在，我赵寄客在。你看他折腾一夜，也没去碰壶，杭天醉有救。"

嘉和赶紧上去捧了那壶，他担心父亲神志不清时把它弄碎了。

赵寄客又说："我去请了医生来，要配合治疗。绿爱，你弄些好吃的给他灌下去。你们两个，回去睡觉。还有两天好打熬呢。"

嘉和与嘉平拖着脚步，回了自己的房间，两兄弟少有地沉闷下来。半晌，嘉平问嘉和："你刚才听到爹那些乱叫了吗？"

"什么？"嘉和并不抬头看他的弟弟。

"就是爹说寄客伯伯和妈的那些话。"

"……听到了……"

"你……相信吗?"

"你呢?"

"我就是怕你相信!"嘉平直截了当地说。

"我也是。"嘉和把头又别开了。

"你不相信就好。"嘉平撸了一把汗,"我刚才冷汗都给吓出了。爹怎么会说出这样的话来?一个人抽鸦片,会抽得这样神志混乱,真叫人不敢相信。"

嘉和已经躺到了床上,盯着天花板,突然坐了起来,眼睛发直,面容恐惧。

嘉平也坐了起来,问:"你做噩梦了?"

"我不敢往上看,我不敢往上看,我只要一抬头,就看见姨娘吊在房梁上……"

嘉平便往房梁上看,当然,什么也看不见,他拍拍嘉和的肩膀,说:"大哥,你是被爹吓着了吧?以为爹过不去,姨娘就过不去。"他发现大哥在发抖,用力地拍打了他几下,"你看你,这不算什么,马上就会好起来的,爹一定能戒了鸦片。我相信的。"

"你怎么相信?谁告诉你的?"嘉和伸出手去,搂住他这位异母兄弟的肩膀。

"这里。"嘉平指指自己的心,"我自己告诉我的,我很相信我自己的心。我心里想能实现的事情,一定是会实现的。"

嘉和盯着他弟弟,像是盯着一个他不认识的人。嘉平意志里那些嘉和所没有的东西,甚至在他们少年的时候,便开始起引导作用了。

嘉和不睡了,披衣坐在床头,他在等待天亮,他要赶到吴山圆洞门去。这是属于他个人的极深极小的隐秘，心里的一片深远的希冀和夙愿。这一夜被搅得四分五裂的心，重新拼合起来了。他比任何时候都更渴望看到他的生身母亲。

从那一天早晨开始，杭嘉和开始把姨娘称为了妈。太阳升起来了，照在清河坊的店铺和招牌上，洒在走来走去的越来越多的人群中，像伸出硕大无比的金黄色的大舌头，温柔地抚舔着昨夜受伤的心灵。杭嘉和一想起他那瘦骨伶仃的母亲就痛彻心扉。昨夜她是怎样熬过来的，四周是这样的黑暗，心也是这样的漆黑一片，这双重的黑暗中，伸手不见五指，里外难以做人，妈是何等的绝望？妈！妈！杭嘉和迎着晨光向吴山圆洞门走去，自责和怜悯使他阵阵心酸——他发现他原来是这样刻骨铭心地爱着生身母亲，他多年来对妈的冷淡，乃是深切的委屈——原来他是这样地渴望和受苦受歧视的母亲在一起啊。

杭嘉和一面为自己的悔之晚矣的觉悟而痛苦万分，另一面又为这早晨的阳光所鼓舞，为那在光束尘埃中忙碌的背门板的店员们的身影而鼓舞。他走过翁隆盛茶店时，看见了衣衫整洁的人们正走进那扇芳香清爽的大门，他便想起自家的忘忧茶庄来了。他不由得挺了挺胸膛，觉得自己任重道远，前方山高水长。

而那个生性懦弱不可自拔的女人，亦比任何时候都更渴望获得大烟。她骨瘦如柴，家贫如洗。她已经把一切可以卖的都卖了。当她单独面对吴升这只饿虎时，巨大的瘾欲甚至使她忘却了恐惧。

她披头散发地趴在烟榻上，甚至失去了站起来为自己弄点食物吃的兴趣。丈夫被软禁在羊坝头了。儿子嘉和赶来,把这消息告诉她时,她竟然当着先头赶到的吴升的面,歇斯底里地尖叫起来,然后光着脚板,就往墙上撞去。没有丈夫在身边,她既弄不到钱,也弄不到烟,她不知道怎么活下去。

满怀着一腔温情依恋来寻找母爱的嘉和,被那样的狂叫震得目瞪口呆,有生以来他第一次晓得,一个女人疯狂时是这样的丑陋。他沿着清河坊金字招牌林立的商店忐忑而来,不停念叨的"妈"字,顿时被颠叫得烟消云散。他只来得及大叫姨娘,和吴升一起冲上去拉回母亲,把她按在床上。

健壮的茶行老板吴升一边死死按着小茶一边厌恶地想,何必再来理睬这个堕落的女人?她要吸大烟,让她去吸好了;她要变卖家产,让她去变卖好了。上一回她不是已经卖掉那副前清的青花盖碗茶盏了吗?她心满意足地吸足了烟,才告诉他,那副茶盏是小莲的。"是婊子的东西,你买下了。"她还有些高兴,她似乎已经不怕他强暴她了。也许她已经无所谓了,也许她已经猜到他对她已经无所谓了。她甚至敢奚落他——"这是婊子的东西!"他火了,把婊子的茶盏往地上猛地砸去,粉身碎骨。

"你以为我稀罕你这点东西吗?"他吼着,"你儿子都在我手里。"

小茶看着那只粉碎的茶盏,里面那张丑陋不堪的脸也粉碎了,小茶的心一紧一松的,多少年她都怕着这只茶盏呢,如今好了,到底让人给砸了。

"儿子在你手里好。"女人懒洋洋地说,她困了。

"我迟早得把你睡了!"他吼着,气得面孔铁青。

“你睡吧。”她说，然后她自己便一翻身，先睡着了。

但那都是他趁杭天醉不在时如期为她送来大烟的日子里说的话。今天他试图不再供应她了，她就歇斯底里地叫；她就当着十五岁大儿子的面，撕破自己的面皮；她就一声一声杀猪一样地催命：“给我——给我——给我——”

吴升不知道，究竟是他控制了她，还是她控制了他。

和吴升一起按着母亲小茶的杭嘉和精疲力竭，心力交瘁。他从来不会想到，对付了父亲，还得同样对付母亲。他茫然盯着母亲皮包骨头的脸，心里想着，是把她绑起来，还是不绑起来？……

弹跳着眼皮的眼睛却睁开了，离他那么近，那么近，近得不像是母亲的眼。陌生的，猜忌的，心怀鬼胎的，歹毒的，喜出望外的……小茶一下子跃起，抓住嘉和的领子：“你是我儿子？”

嘉和几乎要哭出来了，他被她抓掐得透不过气来，但他还能点点头。

然后，他感到自己一下子被抓住了肩膀，推到那个流氓老板面前。他亲耳听到他母亲说：“他是我儿子，我把他卖给你了，你给我大烟！”

他听到那流氓大笑起来：“你疯了！抽你的命去吧。”

然后，那只紧紧抓住嘉和肩胛的手便松弛了。嘉和不知道自己是怎么样从圆洞门狂奔出来的。他浑身冰凉，冷汗直冒，双眼发直，在人群里像一条死鱼，被弹到东又弹到西。当他看到忘忧楼府那扇剥落破旧的高台大门时，他一个寒噤站住了——他恐惧极了，恐惧极了！无论从那里走，还是从这里走，他听见的，都是歇斯底里的疯狂的叫喊，他恐惧极了。

那个叫小茶的女人现在还有什么呢？甚至那个名字"小茶"，也被罪孽抹掉了。每天吴升都要来圆洞门转一转。他捏着她的下巴，说："你是红衫儿！谁说你是小茶？你得给我回去——回到红衫儿那里去！"

这样穷凶极恶地吼叫时，他便心碎地哭了起来，脸涨得绯红，眼角沾着眼屎，拿手捶自己胸，胸膛上便一片红手印子。

"干爹啊，我好悔啊！我真不该啊！呜呜！你看她这副样子啊！死不死活不活，呜呜！她是我的人！是我的人！她是我的人啊！"吴升想起吴茶清，心被一阵阵地刺痛了。

"呸！"红衫儿麻木且凶狠地唾他一脸。

"我迟早得把你睡了！"他回过头来吼着，面孔铁青。

终于有一天，吴升再来时，几乎有些受宠若惊地看到这女人露出从前的小心翼翼的笑容。她把自己梳洗干净了，薄施了粉黛。她轻声慢气地招着手，说："阿升，你过来。"

吴升迷迷瞪瞪地走到她身旁，那女人就把右手往下一垂，手指下挂，那枚祖母绿的戒指就滑了下来。

"给你。"她把戒指放在吴升的掌心。

"这是你老公的东西，你也要换了大烟？"

"你给我去一趟羊坝头，你拿这戒指给天醉，你叫他快来救我，你跟他说，他再不来，我就要死了……"

吴升慢慢站起来，两只手却向女人脖子卡去，他想现在就卡死她！女人却不慌张，睁着一双绝望的眼睛，她想着死呢。

"他要是不来呢？"

“归你了,戒指,我不要了。”

“你不怕我骗你?”

“不怕。”女人又笑了,“你这个破脚骨,你对我是好的。”

吴升回来时,带来了两顶轿子,前面一顶坐着杭家正房沈绿爱,后面一顶是空着的,两个女人在圆洞门相逢。

圆洞门里静悄悄的,灯倒已经被点上了,但和没点也差不多,屋子里透着股死气。小茶倒是穿戴整齐了,烟具也被撤了下去,她就悄悄地僵尸一样地坐在烟榻上。两个女人相对无言的时候,只听见女仆婉罗在发出声响:“吔,啧啧啧,脏啊,蓬尘啊,哪里都是蓬尘,吔……这份人家,怎么在过的……”

沈绿爱一声不响,往外拿着年糕、挂面、糯米、腊肉、咸鱼、香菇、冻米糕、香瓜子……小茶见了冻米糕,一下子就往肚里吞了好几块,手爪黑乎乎的,绿爱见了心一酸,说:

“天醉送到英国人医院去了,他得戒毒,非戒了不可。他不能见你。”

“……知道了。”小茶想了想,说。

“你也得戒。”

“不!”

“你仔细想想……”

“不想。”

“你不把烟戒了,你就做不成杭家人!”

“我不要做杭家人。”

“你说什么?”

“我不要做杭家人。”

“我把轿子抬来了，跟我回去。戒了烟，你不要走了，我走。”

“我不回去。”

“你疯了！”

“我是疯了。”

两个女人的对话无法进行下去了。半晌，那站着的才又说：“你吓着嘉和了吧？”

靠在榻上的那一个，脸色青了，说：“嘉和靠你了。”

站着的愣了一会儿，劈头劈脑把祖母绿戒指扔了过去，尖叫起来：“你跟我回去！”

然后她就冲了过去，一把拖起那骨瘦如柴的女人。绿爱高大健壮，小茶就像她手里一只负隅顽抗的小鸡。但她似乎因为已经知道死期将近，便拼死挣扎起来。她尖叫着，缩着身体，腰一紧，裤子松了下来，上身的衣服被绿爱一拖，又缩了上去，便露出了肚脐眼和大半个脊背以及臀部。她的一双手指甲长长的，又死死扎在门框上，头发挂落下来，像个疯子。她叫着哭着，丑陋不堪，绿爱气得咬着牙往前拖，一起跟去的婉罗也跟着叫了起来：“夫人不可再拖，姨娘的裤子……裤子……”

绿爱长叹一声，松了手，自己也瘫在门槛上，喘着气，斜盯着小茶，半晌，伸出手，一把撸了她的头发，在她额头上狠狠一点：“你啊……你还叫不叫我们活！”

她就泪如雨下了。

那一天夜里好生奇特，吴升放下茶行按规矩请水客吃饭的大事，让行里的伙计们自行料理，匆匆忙忙地又赶到吴山圆洞门去了。平日里他也去，但夜里他却从来不去的。他掐算着，知道那女人的大烟又抽得差不多了。每一次他掏腰包为她付钱买货时，都心疼得心尖子直抖，但每次他都买，这一次也一样。

烟榻上点着蜡烛，女人梳洗得干干净净，穿了一件粉红单布衫，见了吴升，眼睛就亮起来了。吴升吃了一惊，嘴半张着，烛光下的粉红色！他的眼睛眯了起来——粉红色没有毛边了，不再是毛茸茸的了。

烛光召唤他回到那些一切不曾发生的夜晚，但一切依旧已经发生。吴升恼羞成怒，惯常的肆虐心理又像一只出山的豹子冲了出来。

"你看到了吧，瞧，我刚弄到的，东北货。你嗅嗅。想抽可不那么容易，你还有什么可以给我？我看你是没有什么东西可以给我的了。你身上只有一只戒指，这只戒指现在也归我了。你还有什么？你只有这幢房子了。你把这幢房子抵押给我吧，那就够你抽上一阵。可惜房子抵掉，嘉乔日后成人住到哪里去？莫非也和我一样七八岁到茶馆去当茶童，把老板的双面巴掌当早饭吃？不行不行，房子得留给嘉乔！那你还有什么？你倒细细想想，蚀本生意我吴老板是不做的。"

吴升半闭着眼睛摇头晃脑，手里掂着那一小块大烟，半得意半要挟。耳边一小阵窸窸窣窣的声音，他睁开眼睛——一下子又紧紧闭上——他虚幻了。他再次缓缓睁开夹紧的眼皮，放目光到人世来，他看见烛光下一具青里透白的皮包骨头的裸体，大腿和小腿一样粗细，胸乳如两枚僵硬的冻果，脖子扭转，像一小截千磨万拽的井绳。

吴升心惊肉跳从榻上弹跳而下，刹那间只想夺门而逃，然那僵尸一般的人竟说话了，“来呀，我有我呢！”

你有你？吴升把头别转——你还有你吗？他咬牙切齿地挤出几个字：“谁说我不行！”

然后他惊慌失措地想：“难道我真的不行了？难道我……”

“谁说我不行！”他吼了起来，饿虎一样扑向女人。他一跃而起时尚不知道自己究竟要干什么！是要强暴她还是拥抱她？结果却两者都不是。他扑倒在榻前时，看到的正是那双皮包骨头的脚，这双脚看了令人心碎。吴升双手抱住了女人的脚，一声不吭地流下了眼泪，咸水竟把女人的脚背打湿了。

现在他知道他已经对她无事可干了。他已经把她打得粉碎了，永远也不会再有那粉红色毛边的烛光下的女人了，他把她彻底给毁灭了。可是他毫无欣慰，他只觉得他自己的一部分，也被彻底毁灭了。他觉得他们两人同病相怜，天生的一对，相依为命，不是他毁灭了她，而是他们毁灭了他和她！时光不再，他再也没有机会向她证明他的力量了！“谁说我不行”的意思直到此刻，才被吴升破译了出来——可是破译得太晚了！应该被用来作证明的力量，却在那无穷无尽的生命折磨中消耗殆尽了！

我们再也无法知道这场漫长、奇特、扭曲的男女关系的尾声了。沉积着的过于复杂的历史再也提炼不出简洁明朗的生活。当杭氏家族的人们与吴升本人同时撞开吴山圆洞门时，当他们看见挂在梁上的女人又轻又小，挂在半空，如同一片轻烟时，双方彼此射出了无比仇恨积怨甚久的目光。尸体下有一张遗书,原来是一张房契,吴山圆洞门的房主是写在这女人名下的。她说,房子托吴升代管,待嘉乔成年后还给嘉乔。她对所生的其他两个孩子只提到了嘉草,那只她生前送来送去送不到位的祖母绿戒指,送给女儿。

对她的大儿子杭嘉和,这杭氏家族的长子继承人她只字未提。同样未提的是与她共同生活了十几年的丈夫——依旧还在医院里治疗的杭逸杭天醉,这个一生都无性格的女人在最后所表现出的巨大反叛巨大骚扰,犹如悬案与世仇,绵延至子孙后代,也再一次惹起杭、吴两家的新一轮仇恨。

被埋葬在鸡笼山茶园杭家墓地上的杭天醉之妾,坟墓位置在右下方,单穴。住在那里的村民,惊奇地发现这个女人被同时祭奠了两次。上午人多一些,由一个女人主持。下午却只有两个,一个中年男人和一个十岁左右的男孩。

杭天醉浑然不觉地在医院里度过了艰难而又平易的戒毒生涯。小茶的死讯,并没有使杭天醉疯狂昏厥。在忘忧楼府的书房里,他静静地待了三天三夜。没有人去打搅他,他也不去打搅别人。三天以后,才由绿爱陪同去了鸡笼山。他在小茶的坟前站了一会儿,突然问:“怎么没有种上茶树?”

绿爱说:“等着你来呢。”

两个人便从茶园中移一株新茶,种在坟前。天醉指着旁边一株问行不行,绿爱摇摇手,跑到正中央挖了一株。把茶苗往坟前埋时,杭天醉蹲着捧土,突然心痛如绞,“啊呀”一声,捧着心口,头上豆大汗珠就出来了。绿爱连忙问他要不要紧。他摇摇头,一会儿,好了。绿爱说:“你不要恨我没告诉你,我是怕你受不了。”

“我没有恨你。”

“我晓得你恨我。我去接过她了……我拖不动……”绿爱哭了。

“还是死了好。”杭天醉说,他的口气冰凉彻骨,冷漠无情。

绿爱转过头来,看了她丈夫一眼,她吓得一跳,离开她丈夫好远。这个男人完全变了,连他的容貌也变了,和躺在地下的茶清伯如此相像。特别是他的眼神——那种什么都明白、什么都不说的眼神。从什么时候开始,他变成了另一个男人了呢?

小茶之死,拉开了忘忧茶庄杭氏家族的告别之幕。从此以后,生离死别的一幕幕场景,便被连绵不断地搬上了杭家五进大院的人生舞台,乱纷纷你方唱罢我登场,忘忧茶庄便成了一杯天地间的无尽苦茶。

先是赵寄客接到了北京大学来信,邀他去北大执教。他很快就答应了,行前数日又秘而不发,突一日前来忘忧楼府,要接了杭天醉去湖上走走。杭天醉凝神半晌,长叹一口气:“又要走了?”

赵寄客淡淡一笑:“此时不走,更待何时?”

杭天醉便晓得赵寄客乃有所指,说:“那是我犯烟瘾时胡说的,何必当真!”

赵寄客正襟危坐,许久方说:“天醉性情中人,何必作假!”

这一次,他们和童年出游一样,去的又是南山。雷峰塔,夕照山,捧出了一番黄昏中的西湖。雷峰塔可真是又老又皱,身形歪斜，一脸憔悴，却依旧凌空突兀。塔顶生老树，残缺中它那特殊的风姿又挺住了四百年。暮色苍茫，枯藤老树昏鸦，颓塔败墙，然斜阳夕照，依旧十分风光。

两个弟兄在塔下盘桓，却见数名白发老媪正在挖那塔基脚。赵寄客笑曰："雷峰塔也是倒霉，说是镇了白娘子，大家就都咒它，又挖了它的砖去逢凶化吉，岂不又成宝贝？雷峰塔也是左右为难了。"

"何时你也有了这种雅兴来指点湖山？"杭天醉冲了他一句。

"你也不用牢骚满腹，我这次北上，你若有心，与我同去算了。"

黄昏里杭天醉的目光亮了一下，又淡了。半晌，才说："我是没劲了，两个儿子中你挑一个去吧。你挑谁生的我都没想头。"

"你这不是为难我吗？"

"你若说不出这句话，不妨我替你说了，你实在想带了她去，我也不拦。我已经想透想空了，你又何必遮遮掩掩……"

他的脸上立刻结结实实挨了一记大耳光！倒把他打愣了，打笑了，说："这倒像是因果报应！她打了你的！你便打了我的！哪一日我再打了她的，我们就算是一个轮回了。"

赵寄客一只拳头握得紧紧的，咬牙切齿说："你当我赵寄客不是血肉之躯，没有胆量？赵寄客什么事情不敢做？难为是你的……"他气得说不出话来，一口气就跑到塔下湖边，扎进西湖，用他那一只独臂在水里扑打起来。

他水淋淋地从湖里上岸时，暮色四起，只见天醉正坐在柳下等他。天醉手里还捧着那把曼生壶，见了他，举了举壶，说："内清明，外直方，吾与尔偕藏。"

“滚!”他吼道。

杭天醉道:“我想来想去,还是嘉平跟了你去,把嘉和给我留下吧。忘忧茶庄,日后靠的还是他,我是决计不管了。”

赵寄客理都不理他,管自己穿衣服,要走。被杭天醉拦住了,说:“就让嘉平去了吧。”

嘉平跟着赵寄客北上那一日,全体去了火车站送。嘉平高兴得什么都忘了,只记得那“北京”二字。嘉和微笑着,心里凄凉委屈,满腹愁肠。赵寄客拍着嘉和肩膀说:“你这孩子温文尔雅,心地善良,委曲求全,为人重信义,守诺言,是块当先生的好料子。只是忘忧茶庄将来怕是要你多担一点。嘉平跟着我这样一个江河湖海的人,将来又不知浪迹何处呢!”

嘉和迷茫地看着赵寄客,看着他说话时潇潇洒洒的神情。连那一只空荡荡的袖子都晃荡着,一副拿得起放得下的扬长而去的架势。他不由得再看看绿爱妈妈,她依旧那么冷漠高傲,她说话时热烈如火,不说话时却又那么冰冷似铁。她身上不见一丝离别的隐情,嘉和无法想象赤木山之夜了,他几乎怀疑自己是做了一个春梦。

突然,拿着《申报》的嘉平叫了起来:“获奖了!中国获奖了!获金奖了!”

大家乱纷纷地都凑到报纸上看,从旧金山传来消息,巴拿马万国博览会上,中国有七个茶品获得了金银奖,其中惠明茶果然获得金奖!

这巨大的喜悦,把黯淡微妙的生活一下子冲出了彩虹。别离之际的汽笛奏鸣着,听上去,也不再那么凄婉。这个世界不再是那么一成不变,随时都会有什么出其不意的新事件涌来——然而,除了静候等待,留下来的人们,还能干什么呢……

第二十五章

1919年5月4日，在北京，只是一个普通的星期天，凉爽刮风的日子，比中国北方大多数春天稍少了些云彩。

下午一点三十分，三千多学子聚集在了天安门广场。他们大多数人穿着前一辈文人学士的服装：带衬垫的短上衣与丝绸长袍，有的人还戴上了西方的圆顶硬礼帽。十三个学院和大学的代表们闹热了京都，最后到达的是来自北大的学生领袖们。他们因为被警察和教育部劝阻，竟耽误了赶来的时间。

广场上召开了群众大会，消息是昨日夜里在北大就公布过的，赵寄客和他的浙江同乡邵飘萍一起参加了集会。来自欧洲的消息警告中国人，山东省的主要港口和1897年以来德国的海军基地青岛，有被移交给日本的可能。法、英、日的秘密协定，使蒙在鼓里的中国青年震惊与耻辱之心爆发。

下午两点整，游行的学生向着外国使馆区出发，十七岁的江南少年杭嘉平激动万分地尾随其后，情急中掉了一只鞋子，他也顾不得拾了，赤着一双脚，喊得喉咙充血，眼睛出泪。他和他的朋友们举着的标语牌上写着“还我青岛”的口号。他们散发题为《北京全体学生宣言》的传单时热泪盈眶，使得他们面对市民呼吁时哽咽而不能言语。

仅仅过了八天,同样只有十七岁的杭嘉和,便也同样举着标语出现在杭州湖滨的公共运动场了。他标语上的内容,却叫“抵制日货”,和北京嘉平举的,倒正好是一对。

已经在浙江第一师范学校就读的杭嘉和,在杭城十四所学校的三千多名学生中,成了不大不小的学生领袖、新派活跃分子。而一向就有济世之怀的领袖欲旺盛的杭嘉平,则心甘情愿在遥远北方的青年海洋中充当一滴小水珠。

嘉和进入“一师”的前一年,任教美术与音乐的李叔同先生已经削发入山。在“一师”的大操场上,嘉和与他的同学们一起高唱“长亭外,古道边,芳草碧连天”,看着那个个子高高的说话慢腾腾的校长经亨颐走来走去,心里充满着完全与茶庄茶楼风马牛不相及的神秘的新鲜的气息。他开始写白话诗,画人体素描,接受各种主义的宣讲,还在学校勤工俭学。他的一位慈溪同学,把本家郑世璜所著的《乙巳考察印锡茶土日记》借给了他看,倒引起了这位热爱自然科学的五四青年的兴趣。

他对郑世璜这个人从前毫无了解。只知道1905年,当时的清政府南洋大臣、两江总督周馥派了他以及翻译、书记、茶司、茶工等人去了印度、锡兰,考察茶业,故有了《乙巳考察印锡茶土日记》一小册。册中有这样一段话,使杭嘉和大为欣赏,曰:“……中国红茶如不改良,将来决无出口之日,其故由印锡之茶味厚价廉,西人业经习惯……且印锡茶半由机制便捷,半由天时地利。近观我国制造墨守旧法,厂号则奇零不整,商情则涣散如故,运路则崎岖艰滞,合种种之原因,致有一消一长之效果。”

嘉和边读边喟然长叹,中西之一消一长,何止茶界,实在是国力的一消一长啊。

父亲杭天醉在家中把从前的书房辟为禅室，有事没事，在里面饮茶打坐，又为这禅室取一名，曰“花木深房”。嘉和没有多少心思去思考他的父辈——从前父亲是那样爱热闹，唯恐天下不乱。他那时倒仿佛不如现在这样离茶更近更亲切呢。

看到了放在红木桌上的郑世璜的书，杭天醉顺手一指，便说：“这个人，我晓得的。光复前四年，在南京霹雳涧建江南植茶公所。”

然而郑世璜在霹雳涧设立的江南植茶公所，辛亥之后便停了业。直到1914年，北洋政府的农商部商业司，将湖北羊楼洞示范场改办成了试验场。与此同时，云南有个叫朱文精的人，成为赴日本学习茶技的第一位华人；1915年，北洋政府又在安徽祁门南乡平里村建立了农商部的安徽示范种植场；1919年，浙江农业学校又派了上虞人吴觉农等去日本学茶。

杭州人氏杭天醉本人对这一中国近代茶业科技时代的到来，并非毫无知觉。他曾经给在北京执教的赵寄客写过一信，希望他在可能的情况下把嘉平送到国外去留学。赵寄客却急信一封前来寻访嘉平的下落。原来嘉平自从结识了一群无政府主义者之后，便三日两头不回赵氏公寓。五四运动爆发以后，他就干脆失踪了。沈绿爱一听，急得连喊带叫。沈绿爱随着年岁的递长，性格变得越来越焦灼，和杭天醉性格越来越沉默，刚刚走了一条相背的道路。沈绿爱越叫，杭天醉就越不屑于和她对嘴。直到她叫累了，才说：“你叫什么？问一问嘉和，不是什么都明白了！”

果然，嘉和已经接到嘉平的信，他正从北京动身回杭，决计做一把“运动”的火炬呢。

嘉和穿着长衫，卷着袖子，吃饭时风卷残云，说话又多又快，一副天下已经交给他们负责的神情。因为从未有过的激动把他搞得手足无措，看上去他甚至有些戏剧化了。他走进走出，手里老是提把斧头，目光从极似父亲的似醉非醉，变得炯炯有神。猛一眼看，甚至眼睛都变大了。他骄傲地举着利斧，说：“我们正在做木笼，谁还敢再卖日货，就叫谁站在木笼里游街示众！”杭天醉对着这个变了一个人似的狂热的大儿子说：“你不用找我，我家有日货，你只管烧了便是。”

嘉草捧着一堆衣服，说：“妈说这全是日本料子做的衣衫，怎么办？”

嘉和说：“这些我们家都不能要，嘉草，你快把我床下那双东洋产的皮鞋拎了来！”

嘉草说：“我记得这鞋是大舅送的，你一双，爹一双。”

嘉和便看看天醉，不吭声。杭天醉皱了皱眉，挥挥手：“我原来就说不要的，拿走了才清静。”

正说着，绿爱拎着个旧的柳条箱子出来，打开一看，手帕、草鞋、袜子、毛巾、肥皂、药品、鞋子……乱七八糟的一大堆东西。绿爱倒是去湖滨运动场看过热闹了，所以爱国热情陡然高涨，穿件单布衣，套件小马夹，身上还流汗，说：“不少东西，那还都是叶子留下的呢。”

嘉草好奇，往那箱子里乱翻，一翻，沉甸甸的，竟翻出了那已碎成两半了的叶子家送给杭家的兔毫盏宋代茶碗。

嘉草不知这是件稀罕之物，一手一爿拿起，举得高高地道：“什么日本破黑碗,我把它砸了!”

说着便脱手扔了出去。毕竟是件宝贝,自有上天佑着,当它从空中劈来时,被嘉和眼明手快,像扑足球一般地扑住,恰恰都接在怀中,就说:“这是国货,不是东洋货,只是早先到东洋转了一圈,现在又回来了。我和嘉平一人各得了一半,当古董留着,爹,你说呢?”

爹看了他一眼,脸上什么表情也没有,说:“分什么你我,人不一样,东西都是一样的。”

嘉和的脸立刻敏感地涨得通红,冲口而出:“爹的意思,那些东洋货倒还是留着让中国人用才光荣了?”

杭天醉倒是真的被嘉和从来没有过的口气震开了眼皮,一双似睡非睡的眼睛亮了一下,目光又黯淡了下去,才说:“我没有意思,我早就没意思了。”他顺手拎起门前的一把洋伞就扔了过去,“统统烧掉,眼不见为净。”

说罢,便自己进了书房。

嘉和与嘉草面面相觑,嘉和问:“怎么搞的,爹不是恨日本人欺侮中国人吗?和羽田就为这才闹翻的呢。”

绿爱把那一柳条箱的日本货递给了嘉和,说:“别理你爹,这事要放在从前,他早就自己忙着点火去了。”

嘉和、嘉草便都低下了头,他们想起了自杀三年的生身母亲小茶。自那以后,爹就再也没有缓过劲来,他对什么事情都没有特别大的兴趣了。

嘉和想起母亲,一时便有些沮丧,手里拿一把斧头,不知如何是好。再抬起头来时却不由欣喜若狂,同时又因为突然的惊喜而脸红了。

嘉草大叫了起来："二哥，二哥……"

杭嘉平穿着学生装，戴着学生帽，一步步走过来了，慢慢地举起拳头，对准大哥的左肩胛狠狠一拳头，用又大气又粗犷的与众不同的北方打招呼方式说："老兄，怎么，不认识了？"

他把帽子摘了下来。

当大哥的也大笑了，一把拽住大弟的手说："走，见爹去！"

两兄弟便雄赳赳气昂昂地进了杭天醉的书房。杭天醉正在平心静气地用小楷习字，嘉平叫了一声："爹，我回来了。"

杭天醉看看二儿子，长得比大儿子还高，宽肩细腰，广额直鼻，神采飞扬，心里便涌上了一些什么，又强压了下去。

"回来了。"他淡淡一说，便用毛笔去舔墨砚。难得地笑了一笑，说："到后场去见过你妈了吗？她正在进货包装。没事，去帮帮忙。"

"怎么没事？忙都忙死了，喉咙都哑掉了。"

做父亲的穿了件长衫，从头到尾审视了这个穿学生装的儿子一遍，才说："怎么，你也去火烧赵家楼了？"

"哪有我烧的份哇，那都是傅斯年、杨振声和罗家伦还有许德珩他们带的头，我在后面跟着，差点让警察抓了去。"

"听说章宗祥和他情妇被你们痛打了一顿？"大儿子插嘴问。

"嗯，直到警察到达，他还在装死呢。"杭嘉平毫不犹豫地在他父亲的洁净之地，愤愤地吐了口唾沫，"呸！真倒霉，三个卖国贼，陆宗舆海宁人，章宗祥湖州人，两个浙江人，真丢脸！"

"丢什么脸？已经被开除族籍了。"父亲淡淡啜了口茶说。

“爹，你也知道?”嘉和欣喜地问道，“你也关心这个?”

“我不关心，就不知道了?”父亲横了他一眼，“你大舅从湖州来信告诉你妈，他们和章宗祥恐怕还沾亲带故呢。”

“倒霉倒霉，倒霉透了!”嘉平直跺脚，父亲才突然想起什么似的问，“你回来干什么，不是说了，预习了功课，要上北大的吗?”

“爹，现在全中国，还有哪个学生安心读书? 都跑出来拯救山东了! 爹，国家兴亡，匹夫有责啊!”

五四运动在改变了中国的格局的同时，也改变了忘忧茶庄的人际关系格局。在北京推动杭州的日子里，杭家也不可能不是嘉平推动嘉和。在西湖一轮明月如期升空的初夏，明月下的内容，完全改变了。

兄长是瘦削的，长眼睛，微妙深奥的眼神，静静地坐在石凳上，总有一副迷茫的神色。

弟却是高大的，骨架宽广，浓眉大眼，灵动活跃，顾盼神飞。弟在不停地说，在宣传，在鼓动，在做新文化运动不自觉的播种机。在将来的岁月中，他也是这样不停授教于人的。他布道，他呼吁，他呐喊，直至死亡。而另一类人倾听，欢呼，举手，赞同或反对，那里面必有他的兄长。

“看过《城报》吗?”

“看过。英国人在上海办的。”

“看过那上面介绍的飞机吗?”

“看过，炸了故宫。”

“往故宫投的炸弹，我都亲耳听到了声音，那天我正在北海。”

“这个杭州知道,轰动全国的特大新闻。”

“那么列宁呢?”

“你是说俄国的过激党? 有杀人放火的照片,列宁看上去很凶。”

“我不相信。凡事自己不去做不去看,我就不相信。”

“你想去俄国?”

“想。你呢?”

“我想去所有的地方!”

“嚯! 真胆大。”

“我跟你们去!”

一个女孩子的声音。是嘉草,她给两个哥哥送点心来。

“你晓得我们要到哪里去啊?”哥哥们笑了起来。

“你们到哪里,我就到哪里。”

“你还是刺你的绣吧。”嘉平说,“我们把天下改造好了,你来享受。”

“那得多少年?”

嘉平叫了起来:“什么多少年,谁等得了多少年? 到你出嫁有多少年?”

嘉草伸出素手去打二哥:“二哥坏,二哥坏!”

“坏什么,到你出嫁,社会保证很好了。你一定很幸福了。大哥你说是不是?”

“肯定是。”大哥毫不犹豫地点了点头,肯定了这个连他自己也没好好想过的预言,转过脸又问:“你们读《新青年》吗?”

“怎么不读,最要紧的文章。”

“那你见过陈独秀吗?”

“怎么没见过? 陈独秀、李大钊、蔡元培,还有胡适之,我统统见过。有时是他们来找赵先生,有时是赵先生带了我去找他们。”

当哥哥的再一次沉默了,一会儿惊喜大于惊惶,一会儿惊惶大于惊喜。他第一次发现,他在精神上和知识上的大哥地位,已经切切实实地让给了阔别数年的大弟。他心里难免有些醋意,但他生来的宽和与心灵自觉趋向高尚的品格,又使他对他的这位异母兄弟由衷地敬佩和折服。他想,我要怎么样才能与嘉平共同拥有这个世界呢? 首先是要打开眼界,要跑出西湖这个小小的弹丸之地,要到广大的空间去,呐喊! 疯狂! 求得自由和科学! 还要和嘉平一样,结识许多伟大的名人——陈独秀、刘半农、钱玄同、李大钊……他想起了这些大学者,手里一直拿着的那把斧头用力往地上一剁,斧柄颤颤的,斧口就插入了泥地。然后,他叉着一只手,另一只手比画着,背诵道:

“大实在的瀑流,永远由无始的实在向无终的实在奔流。吾人的‘我’,吾人的生命,也永远合所有生活上的潮流,随着大实在的奔流,以为扩大,以为继续,以为进转,以为发展。故实在即动力,生命即流转。”

当弟弟的一把扑过去抱住大哥的双肩,使劲摇晃着,大声喊道:“从现在青春之我,扑杀过去青春之我;促今日青春之我,禅让明日青春之我。”

他们便同时放声大笑,像是接上了接头暗号似的。因为他们立刻明白,他们不仅是手足,还是同一战壕里的战友了。

接着,嘉平二话不说,便问:“咱们家上门板了吗?”

嘉和知道大弟的意思是茶庄参加罢市。他撇撇嘴，说："茶庄现在是撮着在当大伙计。他死活不肯关门罢市，说咱们家的茶是正宗国货，现在春茶刚刚下来，就要罢市，岂非蚀耗了。他这样讲了，爹和妈就没再说话。"

"那你呢?"嘉平便盛气凌人起来，"你就不能告诉他们，山东都要被他们日本佬吃去了，我们还心疼这一点点的春茶?"

"我是说了，"嘉和连忙分辩，"他们不听。他们说，劝用国货，反对日货，我们最欢迎。但茶是正宗国货，日本人的茶，我们吃不到，我们也不要吃的。不过中国人自己的茶，中国人要吃，中国人为什么不卖呢?"

嘉平便气得直拿自己右手掌心抵挡左手拳头，说："国家兴亡，匹夫有责，同胞速醒，全中国都闹得天翻地覆了。少吃几口春茶，又算得了什么？杭州人就晓得吃吃吃，怪不得吃成了一个亡国之都。"

杭嘉平坐在院落里灯光斜射到的亮处，他手舞足蹈口若悬河，倒映在地下的影子又大又黑。巨大的天外的思想武装了他，使他成为了一个别人眼中的巨人。现在，所有的人都对他另眼相看了。

绿爱多么想抱住她亲爱的儿子，像从前孩子小的时候那样，紧紧地抱住他，像抓命根子一样地抓住他，再也不松手。听说儿子暂时不去北京，她心里多么喜悦。可是儿子不让这种喜悦保留得稍微长一些，儿子非要母亲上门板罢市。

"我们卖的是中国货啊！不是说，世上所喝之茶，均为中国所产吗？不上门板就不行吗?"

“不行!”儿子坚定地说。

“你对你爹说去!”绿爱不想让儿子在她这里绝望,便把天醉推了出来。

“国家兴亡,匹夫有责。”嘉平走进花木深房,就那么开门见山义正词严地对父亲说,而父亲也当仁不让地回击说:“你的意思,是说国家现在眼看着要亡,而我这个匹夫却不愿意尽责啰?”

这未免尖锐的话,使三年未见父亲的嘉平一时噎住了话头。在他心目中那个神经过敏、心慈手软、性格懦弱的父亲,突然消失了。

大哥嘉和连忙打圆场:“大弟的意思是说,学生罢课,工人罢工,商人罢市,已是眼下的大势。”

杭天醉推开椅子,扔了毛笔,在房间里背着手走了几圈,才说:“我知道你们要跟我说什么,你们要罢市,要上门板,是不是?你爹我也是中国人,我不心疼钱。我甩手掌柜一个,辛苦的是你妈和你撮着伯,他们都不心疼钱,我心疼什么?”他有些生气了,说:“你们又不是不知道,杭天醉抽掉的大烟钱,就可以再盖一幢忘忧茶庄了。你们把我看成了什么人!”

杭天醉这几年连话都少说,突然发作,说了那么一串,叫嘉和心里不安,就不再回嘴。但嘉平却是见过大世面的人了,且跟赵寄客这几年也学得伶牙俐齿,兵来将挡水来土掩,什么也不怕的。刚才被父亲几句话怔住,现在缓过劲来了,便宣告:“听其言观其行,我一路南下,所到之处,工人罢工,商人罢市,已成风气,为什么到了杭州,连我们这么大的茶庄都不罢市呢?难道因为日本的茶叶没有侵犯我们茶庄的利益,我们就不用关心其他行业的命运了吗？如此推理，日本人要的是山东，与我们浙江又有何干，让他们割去，不就了事了吗？”

这下，轮到父亲要不认识这个三年不见的二儿子了。他还依稀记得，当年是大儿子递的绳子，二儿子按脚，赵寄客把他绑在床上，才戒的大烟的，儿子不简单。儿子不能小看，儿子迟早是要爬到老子头上去的啊。

他想了想，心平了下去，说：“你们跟我来。”

开茶庄的甩手掌柜父亲，此刻便带着两个热血沸腾的儿子，走出他的书房，穿过院子，进入夹巷，又进入后花园。花园有一小侧门，门打开便是忘忧楼府的右侧山墙。此刻，沿着山墙，尚有一辆辆黄包车接着挨着排着队，沿着黄包车向前，左转弯，依旧是车，一直往前，直到茶庄大门口旁停下。

杭天醉说：“看见了吗？”

儿子们答：“看见了。”

杭天醉说：“都是干什么的？”

儿子们答：“是到我家茶庄排队买春茶的。”

杭天醉说：“我好意思关门吗？”

嘉和张了张嘴，有些不好回答，便不吭声了。嘉平却奇怪地反问父亲：“为什么不好意思关门——是喝春茶要紧还是还我青岛要紧？”

父亲终于不耐烦，咆哮了起来：“你跟他们说这些大道理去！看你说不说得通！不要以为天下都是你们这批人在喷血，我也是过来人。你游你的行，他喝他的茶，老百姓永远是一样的。吃饭、睡觉、喝茶，样样少不了。不要鸡蛋乱碰青石板，不相信现开销！”

“现开销就现开销!”嘉平一点都不买爹的账,腾腾地几步就跑了上去。大哥嘉和看了一眼爹,便顾不着他了,也匆匆地跟了上去。嘉平这个初生的牛犊,一个箭步就跨上了茶庄门口停着的一辆黄包车上。他总算有了个机会,可以和北大的那些学生一样,大声疾呼了。

所有那些正耐心排队,准备品尝龙井新茶的市民,都被一个穿黑色学生装、戴学生帽、脖子上挂一条格子围巾的年轻人的一声振臂高呼,叫得个顶头呆。只见他呼啸一声,黄包车旁边一个穿长衫的瘦削小伙子就跟着应和一声:

“国家兴亡,匹夫有责!”

“国家兴亡,匹夫有责!”

“外争国权,内惩国贼!”

“外争国权,内惩国贼!”

“罢市罢工,抵制日货!”

“罢市罢工,抵制日货!”

两个人,此起彼伏地喊了一阵,市民们倒也不再觉得突兀了。因为这一向,学生们在拱宸桥、武林门、湖滨等地四处发表演说,又有“劝用国货会”和“日货检查会”在街上走动。市民们也是爱国的,每日在看报纸,晓得有人在卖国,大家要声讨。所以,口号喊到后来,便也有人跟着举手了。

嘉平站在黄包车上,见来来去去那么多人盯着他看,自我感觉就好极了。他放开喉咙,便开了讲:“同胞们,各位已经晓得,山东省的主要港口和1897年以来德国的海军基地青岛,已经被卖国政府答应了移交给日本,而且法国、英国和日本之间也已经对此作了秘密协定。眼看我们中国人自己的土地,却要由人家拿把刀来,想割哪一块,就割哪一块,世上哪有这样的道理?政府不但不为老百姓说话,不但不敢保护自己的疆土,还要和日本人秘密照会,私下里割了肉送了上去,我们中国人活得还像个中国人吗?同胞们,同胞们,中国存亡,就在此举了!中国的土地可以征服不可以断送!中国的人民可以杀戮不可以低头!国亡了,同胞们起来呀!"

说着说着,嘉平血气冲头,声泪俱下,在下面当听众的嘉和,也不由得情不自禁地热泪盈眶。他本是个内秀的不好张扬的少年,此时却忘乎所以地步着大弟的后尘,一个箭步也挤上这临时的演讲台,大声道:"同胞们,学生读书,工人做工,商人买卖,这原本是天经地义的事情。三前摘翠,春来品茗,也是我们杭州人古往今来的习俗。可是事到如今,忘忧茶庄只好以大失小,罢市而声援青岛,以尽匹夫之责了。敬请各位父老乡亲谅解。民一日无茶可,一日无祖国则不可!"

听了这半天,排队买卖的人方知,原来是要关门,不让他们进货了。大多数人倒还是晓得国难当头新茶吃不吃小事一桩的,但也有人不服,说:"你们这两个潮潮伢儿是谁,倒还来做忘忧茶庄的主!"

两个小伙子却已经七手八脚地关了大门上了大锁。

又有人说:"不知道啊,这是杭老板的两个少爷啊!"

人家便吐舌头:"这户人家了不得,有这样两个呼风唤雨的宝贝儿子!"

那被关在里头的撮着从后门出来进夹巷,再进绿爱的小院,对着太太就喊:"不好了,两位少爷把茶庄门关了,说是要罢市呢!"

绿爱一听,头就嗡了一下,首先便想到,天醉不知会怎么样。她急急忙忙地朝天醉的书房赶,婉罗却说朝后门去了,再循声问去,果然见那杭天醉站在山墙折角,斜着身子,拿一把舒莲记扇子遮着阳光。绿爱再顺着他的目光望去,远远的茶庄门口,杭天醉的那两个无法无天的宝贝儿子还在黄包车上上蹿下跳,一声声地叫着同胞们呢。

绿爱是个性急的人,一个箭步便要冲上去,被天醉拉住了,说:"随他们去吧,迟早的事情。"

绿爱生气得很,直骂自己生的那一个:"一回来就惹事!要罢市我们自己不会罢,要他当什么出头椽子?"

"你不用骂嘉平,嘉和是孤掌难鸣,他早就想这么干了。"

"这两个人碰在一道,就野了心肝。"绿爱无可奈何地说,"那么些新茶都订好了的,怎么办?卖不出去,就变陈了,可惜!"

杭天醉依旧若有所思地望着他那两个儿子,说:"中国都可惜不过来,还可惜这点茶?"

"那你怎么……"

杭天醉淡淡地瞥了妻子一眼,说:"可惜的是你白辛苦啊。"

绿爱一怔,眼圈便红了。

那边茶庄门口,杭氏两兄弟同胞长同胞短地叫了一阵,同胞们见茶不能买了,便通通散了去,唯有一个白衣黑裙的短发少女站在这两兄弟面前,笑着不走。

嘉平挥挥手说:"你笑也没用,反正我们是不卖茶了。"

"我已经买了。"少女指指她怀中那个布拎包,"我是最后一个。"

“那你怎么还不走?”嘉和站在黄包车上惊奇地问。

“你们说呢?”少女笑着,反问他们。这位小姐倒是落落大方,没有一般杭州市井里巷中人的忸怩作态。两兄弟有些愕然地盯着姑娘,不知他们有什么地方牵连着了她,使她站着不肯走开。

“你们不下来,我怎么走哇。”少女终于又笑着点破他们。两兄弟这才恍然大悟,原来他们权当演讲台的黄包车,乃是小姐她代步的“油壁车”哇。

两兄弟立刻就从黄包车上跳了下来,口里连说着对不起对不起,少女说:“什么对不起啊,国家兴亡,匹夫有责,刚才不是你说的吗？我们女子蚕桑学校,也参加游行的。今天是我父亲想喝春茶,要我来忘忧茶庄买那‘软新’。要不然,我也说不定在哪里发传单呢。”

两兄弟一见来了个女同党,便分外热情,也不管男女授受亲不亲的,三个人站在路口就开了讲。女孩子是个读书人,说话便大气得很,问:“你们参加烧日货吗？今天下午在城站,新市场上。”

“怎么不参加!”嘉和素来不敢和女人说话,见有大弟在,便有了胆量,热情洋溢地说,“我们学校还做了木笼,谁还敢私藏日货,就抓去游街!”

简直就跟为了印证嘉和的话一样,一阵口号锣声之后,从官巷口就拖来了一只装有四个轮子的木笼,笼子里果然站了一个人,那人戴着瓜皮帽,头发蓬乱,又闭着眼睛,也看不清楚面目。一群学生围在周围,大喊大叫着,周围又跟着一群看热闹的市民。那女学生说:“看,游街的过来了。”

“是我们学校的。”嘉和兴奋地说。

但那笼子也是行进得奇怪，一会儿停，一会儿进，还有个小孩哭哭啼啼的声音。再定睛一看，竟是一个十一二岁的男孩子，哭哭啼啼地倒走着，面对着那木笼子哭着：“干爹啊，干爹啊，干爹你可别死啊……”

那干爹睁开了眼睛，阴沉、仇恨、无奈、疲倦和耻辱，杭天醉已经转过身要回家，却用眼睛的余光撞到了这夙怨的枪口下。吴升！他的心不由得悸动起来。

那群学生见着了嘉和兄弟，便高兴地大叫，七嘴八舌地说：“你看这个不要脸的昌升布店老板，把日本人的布换上中国标签，还敢放到外面来骗国人买，被我们当场抓住了，又想赖账，不老实，就抓来游街！”

嘉平狠狠瞪了一眼吴升：“游得好。这个人，一肚子坏水，早就该那么游一游，煞煞他的威风了。”

嘉和一言不发，瞥了吴升一眼头便别开了。他厌恶这个人，又害怕见到这个人，哪怕他已经关在笼子里，他也不愿见到他。

吴升那双已经变得老奸巨猾的眼睛，被千万道皱褶过早地包围了起来，像是千万道栅栏锁住了目光。人们只看到他混沌的眼珠扫过嘉平、嘉和，最后扫到他哭哭啼啼的干儿子嘉乔身上。

“把眼泪擦了！”他说。

嘉乔听到干爹的话，像接了圣旨似的，唰地收回泪水，挥着小拳头，对嘉和他们叫道：“把我爹放了，你们这些坏货！”

“嘉乔！”嘉平有些惊愕地叫道，他还认得出这个弟弟，但嘉乔三年不见嘉平，却已经不认识了。他此时不顾一切地冲了上来，一头撞在嘉和身上：“把我爹放了！你这个坏货大哥！”

嘉平来了气，一把拉开了嘉乔，叫道："你还长不长心肝？谁是你爹？是他还是他？"

他指了指天醉，又指指笼里的吴升："你晓不晓得，他卖日本货，要当卖国贼，你认贼作父，就是小贼！"

嘉乔是个暴虐的孩子，听到有人竟敢说他小贼，一把冲上去，就咬嘉平，气得嘉平反手给他一个耳光。

孩子到底小，一巴掌打蒙了。嘉和连忙拉开了嘉乔，说："二弟，你不认识了，这是北京回来的二哥，你怎么敢咬他？"

嘉乔气得一脸泪水，鼻翼一张一张地看着笼里的吴升，叫了一声干爹，就趴在笼子上哭开了。

周围那些学生哪里弄得清他们家里那层复杂关系，大眼瞪小眼地看着，有人便问："还游不游？"

嘉平立刻说："游，怎么不游？杀一儆百，叫杭州人看看，卖日本货的下场！"

那少女小心翼翼地问："这孩子，是你家的弟弟吗？"

嘉平生气地挥挥被嘉乔咬伤的手："谁认贼作父，谁就不是我们杭家的人！"

"哪个要做你们杭家的人？我不姓杭了，我又不住在杭家！"嘉乔哭着哭着，竟然这么来一句。

"你不姓杭，你想姓什么？你想跟这个贼，姓吴吗？"嘉平又要暴跳如雷，嘉乔却大叫："姓吴，就姓吴好了！哪个要姓杭！姓杭的没一个好东西，我最好姓杭的一家门死掉！"

那边杭天醉正端着他那把曼生壶走来，恰恰听到这句话，手一抖，壶嘴里就抖出了水。吴升看到了茶壶，立刻就大声呻吟，说着：

“水啊,我渴死了,阿乔啊,你快给我喝水啊,阿乔你救救我啊……”

嘉乔泪眼婆娑,一下子就看到他亲爹手里的那把茶壶。他二话不说,跑上去,一把夺了过来,就踮起脚爬上车喂吴升。吴升喝着喝着,眼泪就下来了。嘉乔喂完了下来,也是二话不说,把壶一把塞进杭天醉的手里。

游街的木笼子又开始往前移动了,嘉和没有跟上去,他被他二弟的行动震撼了。

那少女也没有跟上去,她小心翼翼地指着那个喊口号的身影,问:“他也是杭家人吗?”

嘉和看看她,有些茫然地点点头。少女上了黄包车,沉思地说:“奇怪,杭家人也不一样。”

杭氏父子和绿爱都怔怔地站着,很久很久,绿爱才叹了一声:“作孽啊!”

“是我作孽,我给儿女作孽了,报应要来了。”杭天醉盯着嘉和,说道。

坐在黄包车上的少女,把她那双弯弯的笑眼睁大了,盯着这奇怪的一家人,然后,才若有所思地被车缓缓地载走。黄包车的车棚用布幔子遮了起来,从后面望去,有一个不大不小的“方”字。看来,这便是一位出身在殷实人家的五四新女性了。

第二十六章

忘忧茶庄忽然进入了一个混乱的时期,这个时期并不长久,但后人的议论却经久不衰。在那样一种叙述中,茶这个杭氏家族赖以生存的无所不在地渗透生活的主体仿佛不见了。是退隐了,消散了,还是被排挤了?没有人去关心它,人们把注意力集中到了杭家新生代。而新生代中,人们又把注意力倾投在了二少爷杭嘉平身上。

二少爷杭嘉平乃忘忧茶庄之“混世魔王”,一个不协调的捣乱的音符,一个温文尔雅的江南儒商之家的叛子逆孙。二少爷杭嘉平在北方学会了饮酒,故而在他身上散发的不再是茶的典雅和冲淡的清香。他浓烈、激昂,说话滔滔不绝,心潮逐浪而高;他极端、虔诚,一腔热血到处寻觅可以供他献身的地方。他对有关茶的一切话题,听都不要听,以为做生意这种事情,与他向往的信仰风马牛不相及。他本来是准备重返北京的,但家中发现几年不见的嘉平变得这样无法无天难以控制,又担心给寄客带去麻烦,便决定留他在家读书。然嘉平转入浙江第一师范学校之后,也根本没有好好地读过什么书,他终日琢磨着怎么样向劳苦大众靠拢,并救他们于水火之中。所以他虽没有好好地读书,却好好地在校园里卖了一阵自己办的油印小报,撰稿人主要是他和他的异母哥哥杭嘉和。小报名为《忘忧》,这是哥哥坚持的报名,他说唯其如此,方能从家中取得办报资金。杭嘉平在《忘忧》上所宣传的主张五花八门,有社会达尔文主义、工团主义、国家主义、社会主义。不过他最热心的还是无政府主义,这种主义很合他砸烂旧世界的激情的胃口。

“什么叫无政府主义?”刚刚听到这一主义称谓的杭嘉和感到很新鲜。

“一切权力都是罪恶,个人绝对自由,反对一切政府和一切权威,反对有国家,反对密谋、暗杀、暴动,反对建立一切政权——这就是无政府主义。”

“那不是无法无天吗?”

“就是无法无天!”嘉平又问,“你信奉什么主义?”

“我信奉陶渊明的桃花源生活。要说主义,就算是陶渊明主义吧。”

“不知有汉,无论魏晋,陶渊明主义,就是无政府主义。”嘉平斩钉截铁地说。

嘉和很是吃了一惊,闹了半天,陶渊明主义竟然就是无政府主义。不过他到底年轻,脑子转得快,接受新鲜事物也快。况且此时此刻的杭嘉和已经被他的弟弟杭嘉平彻底征服了。在他这样的年龄,思想这种东西,只要有力,摧枯拉朽,反叛一切,振聋发聩,耸人听闻,便必是光明的自由的科学的进步的。所以杭嘉和几乎没有经过什么思索,便立刻臣服于无政府主义。为了表示他的实践勇气,他听从了嘉平的建议:因为无政府主义是主张废除血缘关系的,所以,他们要做的第一件大事,便是把杭氏姓“无”掉了。

他们接下去的勇气和胆魄震撼了里里外外，1919年的整个夏天，忘忧茶庄和楼府，都被嘉和几个兄妹弄得目瞪口呆。一方面，他们不准他们的茶庄卖茶，另一方面，他们又万分诚恳地拿出自己不多的钱来，敬请撮着、婉罗这些所谓的“劳工阶级”到西湖边忘忧茶楼去品茗喝茶。“劳工阶级”们很生气，说：“别瞎胡闹了，今年的春茶到现在还不让卖，你们到底还是不是杭家门里的人？”

“我们早已不是杭家的人了。我们谁的人都不是。我们‘无’人。”

他们说出来的话，忘忧茶庄的“劳工阶级”们真是一句也听不懂，但他们不在乎。话说他们把家里的下人们赶得一个不剩都去逛了西湖，让他们的母亲沈绿爱下厨，并给坐在禅房里的父亲杭天醉送去一副水桶挑担。杭天醉朝他们白了白眼，便去了灵隐寺，在那里品茶，茶禅一味，心静。他的儿女们却心热如火，他们几个，包括小姑娘嘉草在内，则统统跑到忘忧茶楼里去跑堂，当店小二茶博士。他们免费让穷人坐茶楼，轰动全城。一时四方乞丐蜂拥而至，臭气熏天，污秽遍地，吓得老茶客们落荒而逃。茶楼老板林汝昌年事已高，本来就惨淡经营，勉力支撑，见一帮少爷小姐胡乱糟蹋家业，气喘吁吁地跑到羊坝头告状。

谁知羊坝头忘忧楼府的整个情况，比茶楼有过之而无不及。嘉平大开了后门，一群南来北往的小乞丐占据了偌大一个后花园。嘉草正指挥着他们在从前养金鱼和睡莲的池塘里洗澡。嘉和给他们在厢房里安顿地铺，他们打算建立一个孤儿院，来实践他们的无政府主义之理想。

嘉平跑到父亲的禅房，张开两只手掌：“天醉同志，请给我一些钱,不用多,只要够我们开办孤儿院就行。”

天醉手里拿了庄子的《逍遥游》,瞠目结舌了半天,才说:“你别跟我说话,找你妈去!”

“绿爱同志说得由您批准,否则她不给。”

“你叫你妈什么?”

“无政府主义者是只有同志没有爹妈的。”

杭天醉僵立了一会儿。他感到又气愤又荒唐又不知所措。没有人教他该怎么办,除非赵寄客在场。他倒也没有觉得儿子们的行为有多少大逆不道。在道德的叛逆上,他和他的儿子们至少在走向上相同。可是他需要清静、安心,他还需要一种适意的渐次有规律的生活,这是他对从前抽大烟生涯的彻头彻尾的反动。从前杭天醉一向讨厌有规律的生活,人到中年以后,却觉得这种静谧的生活滋养了他,他非常需要这样一种纯自然的生存方式。至于社会,他是背对着它的,来自社会的声音,无论欢呼还是抗议,对他个人灵魂的拯救都起不了决定性作用。可以说,此时的杭天醉,走向社会的独木桥已经抽掉了。他隔着深渊,用他的梦眼看着彼岸的喧哗与骚动。他也找不出语言来与儿子们对话。如果他用他自己的语言,儿子们根本不懂;如果他用儿子们的语言,他却完全地不会用了。“还是吃茶去吧。”他便想起了赵州和尚的偈语,这是他企图用悬置的方法来对待生活了。他突然发现他对从小浸淫在其间的“茶”,有了一种崭新的认识。原来不管你碰到万千烦恼,只需吃茶去,便一了百了。他为这进入了佛理的茶禅而快慰起来,脸上便有了几分和悦。

“我吃茶去了。”

“那办孤儿院的钱呢?”

“我吃茶去了。”

“你给了钱再去吃吧。”

“我吃茶去了……”

“你现在是不能走的。你看你老是吃茶吃茶,多少事情你都不管不顾了——”

父亲和儿子之间的对话没有能够进行下去,他们都被母亲绿爱突然的尖叫之声干扰了。接下去的场面实在是惊心动魄,只见一名衣衫褴褛的乞儿在忘忧楼府的院落与夹墙里上房下墙,奔走如飞,手里紧紧捧着那把赵寄客送给杭天醉的曼生壶。身后的绿爱则拿着一把菜刀奋力追杀,大喊大叫,头发松散,恰如一个灶下之婢;在她的身后,又是一群长发如草、墨面如鬼、爪甲如兽的乞儿穷追不舍,再后面,又是惊慌失措不知如何是好的嘉和、嘉草追跑。“怎么回事?怎么回事?”嘉平便拽住他的“绿爱同志”问。沈绿爱也实在是气疯了,哪里还有老板娘的半丝风度,指着嘉平就骂:“你这个现世报,我还有哪一点不依着你?由着你在家中上天入地。千不该万不该你把这批叫花子弄到家里来,你一个人哪里救得了那千千万万的人?你看他们做出来的事情!我正切着菜呢,这家伙捧着把壶就进了厨房,要倒水喝。我一看吓了一跳,那不是曼生壶吗?这还了得?这还了得!”她说到这里也顾不得再说,又要奋力去追杀了。再一看,那家伙却十分了得,抱着这把壶,竟上了房呢。

实际上这孩子也不是成心捣乱,他哪里晓得世界上还有什么慢(曼)生壶快生壶,他是被绿爱手里那把菜刀吓坏了,这才上了房的。下面的人用了各种的招儿,也没法让他下来。绿爱把刀扔了换了银圆也不行,嘉平用他那套无政府主义理论也不行,嘉草看着孤儿上房倒没哭,看着绿爱声嘶力竭倒吓哭了,但那眼泪也没有把房上那孩子弄下来。杭天醉一碰到这样的事情更是束手无策,他对乞儿可以说是一筹莫展的,但对亲人他却不断地冷嘲热讽,结果事情变得很奇怪,家人们骂着哭着教育着上房的苦孩子,杭天醉讥笑着嘲弄着他的家人们。不知原委的人倒还真的以为他和乞儿们同一阶级立场,恨不得也跟着那孩儿上房呢。

夜幕降临了,天空剪出了那乞儿怀抱曼生壶的剪影,使他看上去更像一个孤胆英雄。下面的人们说得精疲力竭,最后也都只好无言了。房上房下就大眼瞪着小眼不知如何是好。

突然,那孩子听到了呼唤,那是他们自己的声音,来自这座深宅大院的外部。乞儿坐得高看得远,原来他的“孤儿院”的朋友们都已经移到了院外,正在招呼他出来呢。

又见嘉和走了出来收拾残局。原来细心多谋的嘉和揣摩了良久终于找到了突破口:这吓傻的孩子除了自己同类的声音听得进去,别的一概没有效果。看来他们的第一次的无政府主义实践就只好破产了,因为孩子们根本不信任他们,也不知道这些人把他们弄进这大院里来究竟干啥,或者他们还会以为这些人是人贩子呢,把他们洗干净喂饱了卖掉。

结果,在这件事上,嘉和第一次没有请示嘉平,他开了后花园门,这些乞儿打哪里来的,也就打哪里走了。他们倒很开心,还有一种松了一口气的感觉,他们在后花园里厮混了一日,到夜里,他们开始怀念流浪生涯了。夏天的西子湖,六吊桥下,便是他们的房屋,他们才不稀罕什么“孤儿院”呢!

嘉和仿佛和那些孩子心有灵犀,他让家人们各自回房干自己的,然后他独自一人等候那孩子下来。嘉和身上天生有一种茶般的亲和力,使人们对他不设防;他还有一种安全感,与人平起平坐的样子,不像嘉平有救世主的精神,又有法官咄咄逼人的神态。总之,最后的结果是乞儿们作鸟兽散,重返流浪王国。而那只历经惊吓的曼生壶,也完好无损地重新安放到花木深房的禅桌之上了。

大厅里灯火通明,老板娘沈绿爱正在重整旗鼓收拾河山。行了,胡闹到此结束,什么挑水下厨下人们都去吃茶,这样的荒唐事情也就此罢休了。大家各就各位,该干什么干什么去。虽然瞎折腾没多久,但大家都有一种久别重逢的亲切,大家嘴里都翻来覆去地嚼着那个“茶”字。大家都觉得,这个夏天它被冷落了,大家都有一种负疚感。但是不要紧,明天就正常了。谁也不反对要回青岛,谁也不反对抵制日货。但茶是中国人的,要买茶,要卖茶,这是忘忧茶庄赖以生存的两大基本原则。从前,大家由着嘉平胡闹,是看在老板娘面上,如今老板娘发话了,谁还怕那初生的牛犊去?

那一年春节,是嘉平的异常落寞之节。在此之前,他的一些同道中人纷纷北上,寻求新人生去了。他因了家庭的经济控制而寸步难行,在家中恓恓惶惶的,倒像是一只丧家之犬。

嘉和平时也是落寞时多,激烈时少。不能说他对这个冬天的失落没什么感受,我们只能说是他对失落的承受力比较强罢了。在他看来,生活本来就是如此的沉闷,沉闷是我们一生都要感受的生活方式。不沉闷,不过是沉闷之间的亮丽的喘息之隙罢了。

所以他对自己的沉闷并非不可承受,使他越来越受不了的倒是弟弟嘉平的状态。弟弟不能承受苦闷的样子使他心潮难平。关键是他非常理解嘉平,他甚至理解到有了通感的地步。他也失眠了,他也为无所事事而暴躁了。他知道如果不是嘉平他不会这样,他是被嘉平急出来的。为了平息嘉平那种急躁不安的心绪,他曾经建议嘉平与他一起上虎跑寺拜访弘一法师,也就是没有教过他们的“一师”先生李叔同。嘉平一向对这种逆常规之举饶有兴趣。在他看来,一切标新立异之举亦都是反叛之举,而他当下的生命表现形式就是反叛。他已经不跟父母亲说话了,走进走出一张脸绷得像鼓皮,绿爱对这个心肝宝贝儿子一筹莫展。她不明白,儿子养到十七八岁,怎么倒越养越像是陌路人了。

话说嘉平跟着嘉和倒是真的上了一趟虎跑寺,他们在寺外山墙边绕了好几圈,嘉和犹疑来犹疑去不敢去通告山人吾辈来也。山风掠过山寺,风吹草动,梵音无声,一片的大寂。嘉和想,弘一法师不会走出这样的寂静的。嘉平倒是不耐烦了,他想山中的超脱安详,亦不过如此,不食人间烟火也未必能够给人带来什么出路。但他也不想为难嘉和,他对他的哥哥嘉和还是从心底里热爱的,他还把他看成他的亲密的叛逆战友。

最后嘉和被自己的犹豫不决折磨得终于败下阵来了,他们垂头丧气地在一片暮霭之中下了山。不料天空又飘起了小雨,在杭州的忧愁的雨巷中彳亍地行走着,没有丁香花,也够愁死人的了。小哥俩的黑浓的头发上缀满了小水珠子,他们你看看我,我看看你,都有一种没有出路的小布尔乔亚的伤感产生了。

2月是学生放寒假的日子,嘉和就跟着撮着伯去了茶庄。嘉平说:“大哥别去,那茶庄以后够你折腾的。还是跟我上学校。”

嘉和笑笑,说:“老二说话,到底和老大不一样。我要有你这份心境,我便也有你这份潇洒了。”

嘉平便捶着自己的胸膛说:“我还潇洒?我缩在这东南一隅里,都要憋出神经病来了!”

这么说着,他就一溜小跑地出了门。嘉和出神地看着大弟那穿着黑色学生制服的背影,他看到大弟跃出大门槛时,飞身一跳,学生帽一震就掉到了地上。那头发如杂草丛生冲冠而上,嘉和就看呆了。

撮着伯瞪着他那双老牛眼说:“你要实在想去,就去吧。”

嘉和摇摇头,开了后场的门。他想着要去接这个百年老店的班了,对他来说,这可真是命里注定的事情。他仿佛与生俱来地就有着那种自我克制的能力。半年前他还提着斧头走来走去,但他很快就明白,从大门口一跃而出并把学生帽震掉的,决不可能是他。

后场的那些大铺板上,厚厚地铺上了灰尘。他用手指刮了一下,一条黑印。老撮着说:“从前一开春,这个大场子密密麻麻地坐满了拣茶的姑娘儿,有百十来人呢,真叫热闹。”

嘉和站在那两大溜的铺板中间,他感到困惑——多少人啊,多少茶啊,岁月这种东西究竟是什么意思呢?深秋一过,茶就没了,这里就静悄悄的,还透着股凄凉。没多久,灰尘就像霜打一样地下来了。然后是春天,春茶下来了,那拣春茶的姑娘也来了,板子揩得光光的,干净得能照出人影来。那么年年岁岁的,永无止境。茶的后劲怎么会那么足呢？它那么采了发，发了采，怎么就没完没了，没有一个头呢？

茶可真是件怪事，永远也琢磨不透它。

撮着跟在嘉和后面絮絮叨叨的，骄傲中透着凄凉："你茶清爷爷在的时候，往这走廊上一站，百十来人，那是气都不敢吭一声的。他走路的样子，慢慢地，慢慢地，像是在水上漂；突然，嗖的一下子，就箭一样射了过去。嘉和，这个地方你要常来的。"

"为什么？"

"茶清伯的魂灵在这里飘呢。他是死不甘心的呢。"

"为什么？"

嘉和回过头来，撮着伯惊得一把就捂住了自己的嘴——嘉和那侧过脸来乜斜着眼色的神情，和那个死去的人太像了！

嘉和看着老家人吃惊的神情，不解地摸了一下自己的脸，一层幼稚的疑惑就附在脸上了。撮着伯松了口气，现在的这张脸叫他放心。许多年过去了，他依旧害怕那张眼睛发绿的脸。在忘忧茶庄，吴茶清的魂灵始终还在那梁柱间隐隐现现呢。

嘉平大喊大叫的声音就在这样的时候冲散了这不肯离去的魂魄，他手里拿着一封信，气急败坏地喊着："学校……来信了，经校长……被撤职了……走，走，同学们都去学校了……"

嘉和二话不说，跟着嘉平就跑。撮着伯木愣愣地看着两位少爷跑得无影无踪，空旷的大场子现在只剩下他一个人了。他愣了半天，对空中作了揖："茶清伯，我晓得你不放心，你走不开，你眼珠瞪着我们。茶清伯，我们是真不晓得怎么办了。茶清伯，你保佑保佑我们吧……"

1919年五四以后的“一师”，是教育厅和缙绅们的对头。经亨颐这个当校长的，竟也和嘉平一样地激进，因此便被取了个外号叫“经毒头”。

经亨颐的第一条罪状是废孔。其实说到废孔也很简单，学堂每年都要到孔庙去祭孔，谓“丁祭典礼”，原来杭州师范生是要参加“八佾舞于庭”队伍的，而经师则为重要的陪祭官，五四之后，清朝的遗老遗少们都在想，看你经亨颐来还是不来？经亨颐偏不来，他找了个借口，跑到山西开会去了，一时“大逆不道”，为日后的“倒经”运动埋下祸根一条。

经亨颐的另一条罪状是支持“四大金刚”搞教育革命。四大金刚者：夏丏尊、陈望道、刘大白、李次九。

五四前的文学革命，可以说是开了文化革命之先的，而文学之革命，则自革文言文之命始。

改授文言文为国语，原是“一师”教育改革的一项内容。经师以为“经史子集，不但苦煞了学生，实在是错了人生”，故废读经课，聘夏、陈、刘、李为国文主任教员。这在“之乎者也”满天飞的当时，犹如长衫堆里冲进个赤脚的短裤党。

聘请四大金刚，埋下了“倒经”运动的第二条祸根。

经亨颐的第三条罪状，便是“默许”施存统非孝了。

这篇发表在学生刊物《浙江新潮》上，被那些道貌岸然者惊呼为洪水猛兽、红头发绿眉毛的《非孝》，其中心思想，不过是主张在家庭中用平等的“爱”来代替不平等的“孝道”罢了。原来，施存统母亲生了重病，他赶回金华老家一看，一件破单衣，一些冷硬饭，没人医治,没人照料。家人宁愿把钱花在求神求鬼做寿衣上,也不愿给她添床棉被做件衣服穿,说:“活人要紧,她横竖迟早就要死的。”施存统再三恳求父亲,父亲不理。

施存统两夜睡不着,想:

我是做孝子呢,还是不做孝子呢?

我是在家呢,还是回校呢?

我要做孝子做得到吗?

我对于父亲要不要一样地孝呢?一样地孝是不冲突的吗?

我究竟怎么样孝法呢?我做孝子于父母有利吗?

我在家看到母死就算是孝子吗?

我能够忍住吗?我不会比母先死吗?我死了,于母亲又有什么利益呢?

施存统终于非了孝,三天以后“含泪抛弃垂死的母亲,决然半途回校”,并写下《非孝》一文。

文章发表一个月后,母亲死了。

施存统非孝,非了当局的祖宗,外号“琉璃蛋”的吉林人省长齐耀珊、教育厅长夏敬观双脚跳了起来,再容不得经亨颐了。他们一面查封《浙江新潮》,一面唆使议员们抛出“查办”案,沈绿村在其间,竟也起了关键性作用,告经亨颐“非孝、废孔、公妻、共产”,污蔑“四大金刚”不学无术,并撤了经亨颐的校长之职。

“一师风潮”,就在1920年2月寒假之中掀了起来。

2月10日、15日、19日,“一师”学生徐白民、宣中华连发三信,向在家度寒假的同学告知经师被免消息,并言,经校长之去留,关系吾校前途甚大,关系浙江文化匪浅。宁为玉碎,不为瓦全。自此,以“挽经护校”为号召,揭开了“一师风潮”的序幕。

3月13日,到校同学已达二百余人,嘉和、嘉平两兄弟自然便是中坚分子。同学大会一致通过决议:维持文化运动,坚持到底,无论何人不得有暴行;校事未妥善解决以前,无论何人概不得擅离本校;“留经”目的不达,一致牺牲……

3月29日晨,五百多军警包围“一师”,声称省长有令,要遣送学生回家。秀才遇见了兵,兵们拖着秀才就往外拉,三百多名学生迅速围坐到了操场,群情激愤,呼声迭起。

墙外,杭州学生联合会发动的全体学生,包括方西泠和她的女同学们,抬着面包筐,从墙上往墙里面扔馒头,只听得墙里面的声声呼喊:“我们宁愿为新文化而牺牲,也不愿在黑社会中做人!”

方西泠此刻也已热泪盈眶,不能自已,一边往里扔食物,一边跟着喊:“我们的学生犯了什么罪?你们这班警察这样虐待他们!”

方小姐的嗓子不喊则已,一喊就如金石裂帛,惹得路人都停住了脚步。说来也是巧,恰恰此时,方小姐那在司法厅工作的父亲方伯平也赶来现场,处理这愈演愈烈的局势,没料到“一师”的学生还没开始处理,倒要先开始处理自己的女儿了。他本是夏敬观的同学,又在政府部门任了要职,心里也是不满经亨颐这一干人的标新立异的,见了自己女儿站到对立面去,又气又急又不敢叫,一声不响走近了去,一把抓住女儿扔馒头的手,说:“给我回去!”

不料女儿在光天化日之下,竟如变了一个人一般,说:“不去!”

“你敢顶嘴?”

“国家兴亡,匹夫有责!”女儿猛地挣脱了父亲的手,便往“一师”的大门口冲去。

此时,“一师”操场已经大乱特乱,五百多名警察冲向学生,团团围住,警长高声喊道:“省长已经下了决心,再不走,我们可要动手了。”

一声令下,数百警察便扑向了学生。此时,一位围白围巾的少年突然冲了出去,叫道:“谁再敢上前一步,我就和他拼了!”

方西泠小姐身上的血,唰的一下全部冲向了头顶!那不是上半年在忘忧茶庄看到的杭家少爷吗?看他英姿飒爽,多么英武啊!

然而方小姐头上的血又一下子扑向脚心,因为她看到一群警察疯狂地向她心里的英雄扑去。但是他非但不跑,而且一个箭步上前,拔下警长的刀子架在自己的脖子上,喊道:“同学们,杀身成仁的时候已经到了!”

他竟要一刀往自己脖子上割去,方小姐吓得尖声叫了起来,这一叫,那刀犹疑了一下,立刻便被人夺了下来。方小姐浑身一片冷汗,一下就瘫坐在了地上。

此时,杭州城的中学生们背着铺盖,源源不绝地进了“一师”,以示声援。梁启超、蔡元培等纷纷来电斥责当局。声势浩大,群情激愤至此,当局如何想得到。

方小姐急着回家打铺盖,要与她那个心里的英雄共存亡。方伯平也不阻挡,见她真要出门,才说:“你也不用再去了,这回学生也算是体面了。”

方小姐这才知道,学生们赢了。当局推荐的校长,吓得不敢到任,解散“一师”的话题,谁也不敢再提了。

中学生们在杭州中河边学校大操场里静坐抗议杀身以成仁时,龙井村狮峰山的新茶绽开又被摘落,万物成长。

嘉和却陡然感觉到了一切事物的那种神秘的联系。为什么在他们兄弟俩最声气相投之时,来了北方的信函了呢?嘉平的在北方的同志们亟呼嘉平进京,共议大事。嘉平这一次进京和上次不同,完全可以说是出走性质了。行前只告诉了嘉和一人,匆匆忙忙,他们甚至什么告别的话都没有说。半夜里起了床,从后院小门中溜出,嘉平才想到要和嘉和握一握手,再交代几句。不料嘉和手先送过来了,递过半只沉甸甸的黑瓷碗:"是你的'御'字,带着做个纪念。"嘉平用手掌托了一托,笑着说:"你还记着这兔毫盏啊。"

嘉和也笑了,小心捶他一拳:"难说,或许这一走,你就去了日本,见了叶子拿这盏片一晃,就认出来了。"

"说到哪里去了,你这里还有那'供'字的一片呢。"

说到这里,两兄弟突然同时激动伤感起来,似乎这时才明白,他们是真的要分手。嘉平很想一把拥抱住嘉和说点什么,但是想到他的信仰的准则,便只是拍拍嘉和的肩,说:"全靠你了!"

嘉和没有回答他,他沉浸在自己的离愁别绪中。嘉平觉得有必要安慰他,便说:"我们一南一北,分头干吧。我在那里搞工读,你不是可以在这里搞农读吗?我能离开家,为什么你就不能离开家?"

嘉和拍拍大弟的肩膀,点点头。嘉平就笑得露出了白齿。他觉得整个杭家,只有他和大哥心心相印。

从忘忧茶庄后门出来,是一条小河,河上有古老的石桥,翻桥而过,便是南方那些密密麻麻的蛛丝马迹般的小巷,它们织就的迷宫使人在黑夜中感到深不可测,但嘉平决不怕这些拐弯抹角。他从小就在这样的迷宫中摸爬滚打,他从心底里蔑视这些绳子一样的小巷。他怀着"你休想缚住我"的勇士精神,大步穿越,向光明的火车站奔去。即便在黑暗中,他也像路灯一样通亮。这使送他上路的哥哥嘉和心中又羡慕又伤感。嘉和是多么向往那晴朗的万里无云的白雪晶莹的北方啊!但是他又知道,北方不是他的,是嘉平的,而他则只可能属于这迷宫一般的潮湿的南方。这一点弟兄俩心照不宣:一个不提出,一个也不邀请。在旁人看来,这岂不就是命运吗?那么,是什么力量迫使嘉和留在南方了呢?孤独一人从火车站回来的嘉和,并不清楚是谁把他留下了,他只以为是他的家族离不开他。从骨子里说,嘉和没有一分钟是无法无天的无政府主义者,这一点其实他也清楚,只是羞于承认罢了。

杭嘉和重新从后门进来时遇见了等候在门口的父亲,这说明他对儿子们的浪迹行为一清二楚。无论经受怎样的打击幻灭,都不能使杭天醉从此对生活麻木不仁,这可真是他要了命的悲剧性格。他眼巴巴地躲在暗处,看着儿子们收拾行装,吱呀一声开了门,宽宽的肩膀消失在南方浓雾升起的夜晚。那些雾发出了寒冷的蓝光,把他的心浸淫得一片玉碎冰消。

嘉和被父亲的眼神和举止吓坏了,他不知道该怎么向他解释,他结结巴巴地说:"嘉平……说,怕你们伤心……走了以后,再说。"

杭天醉摇了摇手,轻声地结巴地念叨着说:"我没没、没伤心……我没伤、伤、伤心,我没伤心、心……"

嘉和知道,这就是父亲伤心后的表情,恍惚而受惊吓的,否定着的,一步步退向黑暗深处;嘉平对这样的伤心总是心不在焉,无法介入。但嘉和却不是这样的,他正面地渗透到父亲的这种伤心里去,但他对这样的伤心却又无能为力。

就这样,他重新来到了她的身旁。就像一个梦游的人,一圈一圈地在幽冥处晃悠,不知不觉便又推开了自己家的门。他伤心透了,失望透了,他丧魂落魄极了,所以——他不再怕眼前这个女人了。

他嗨嗨地笑了几声,冒着傻气。女人醒了,吃了一惊,跳坐了起来,看出是他,一时怔住,两人便温和地胶着住了。现在他们彼此知道对方的心思,他们把对方的心病看透了。因为看出了对方和自己一样,都是别有一番情怀之人,他们又生出了从未有过的同病相怜和相濡以沫,这样一份相通,竟又生出了一份友情和怜悯来了。

女人的记忆力一定还深刻地印记着当年新婚时的耻辱,这使得她长久地不再把丈夫当男人看了。白天她甚至把他和嘉和弟兄们一起归类。但夜晚真是不可思议,况且是这样月色撩人的夜晚,这样突如其来的带有攻击性的遭遇。

“你来干什么,你不是不要我吗?”做妻子的便这样说。

杭天醉心里燥热起来,好像骨头架子里面打开了弹簧似的,撑出了另一副骨头架子。他一把抓住了绿爱,厉声说:“谁说我不要你?谁说我不要你!”

绿爱抬起的目光,已经有些迷离,天昏暗着,沉沉地就要将息,天醉看着这个一缕月光下照耀得如水一般的女人,他觉得不可思议。他为什么要怕她?为什么不敢征服她?他这么想着的时候,另一种痛便在心里暴跳。他狠狠地咬着牙根说:“谁说我不要你!”双手使劲地对着女人的领口,下死劲地一撕,女人月白色的大襟衫嘶的一声撕成了两半,他又对着胸口往下一扒,束胸被当腰拉断,一对胸乳便如白兔一样蹦跳了出来,在月光下颤抖不已。女人半低着头,闭上了眼睛,头发一绺一绺地缓缓地从上往下掉滑下来。杭天醉一口便咬住了女人的右胸乳,女人发出了略带嘶哑的一声尖叫,这叫声使杭天醉兴奋。他一把抱起了女人,就把她按在了床上。悲痛欲绝竟给他带来这样大的欲望和力气,却是他自己怎么也不曾想到的。

那天夜里,这对成亲快二十年的夫妻,第一次疯狂地放肆地做爱。一次又一次,无休无止,他们几乎一夜无话,呻吟与喘息取代了一切。刚刚平息下去的身心一次次地又被唤醒,推向高峰。女人被男人一次次征服之后,陷入了半迷醉状态。男人却前所未有地清醒,快天亮时他悄悄起身,取来一支蜡烛点亮了,站在床头,他朦朦胧胧地用烛光照耀着裸体的丰满的女人,唉……唉……他叹息着,他是多么痛苦啊,他能感受到骨肉分离时的那种痛苦,伤心伤肝,痛彻全身;同时他又感受到了一种牵肠挂肚的依恋。这可真是一种令他憎恨得要了他命的依恋哪!看着儿子远去的身影,他无法不想起他当年出走未遂的夜晚,而他对这样的往事,又是多么地不堪回首!唉,唉,他这表面上没有多大波折的生涯,骨子里却经受了多少惨烈事件,真是伤痕累累,不忍细说。当他费尽心机、千方百计想要摆脱对人世的一往情深时,实际上却始终无法摆脱他对人的一往情深——无论男人和女人。他热恋,他仇恨,他回避,他隐忍,他绝望,他冷漠,到头来,这一切却都是他离不开人的一种姿势和呼救罢了。

这可怎么得了啊！杭天醉想，他是深深地绝望地沉溺在人之中了。他依旧迷恋着烛光下这个女人的身体，同时，他也迷恋着那个夺去过这个女人之心的男人的友情。同时他再一次感到尖锐的痛苦，肉体的迷恋并没有消化这种痛苦，现在，是这种痛苦来撞击肉体的迷恋了。

女人醒来了，她看见了拿着蜡烛的丈夫，她有些难为情了，把自己更深地埋进了被窝。她说："小心着凉……"

丈夫摇了摇头。妻子仿佛感觉出了怜悯，有点警觉，妻子说："如果你觉得还是在禅房更好……"

天醉吹灭了烛火，不让绿爱再说下去。他感受到自己的生命，像是被暴雨袭击着的火把，冒着烟气和小火苗。他需要别人来烘烤自己，他已经失去了自己烘烤自己的能力。

黑暗中他再一次被忧伤击倒，他隔着被子一把抱住绿爱，不由得悲从中来，他沙哑着嗓子，痛切地喃喃私语："绿爱啊，绿爱啊，我们的儿子，他跑了……"

第二十七章

一个自由而混乱的阶段是不可避免的。当杭嘉平北上的时候,他一向崇拜的先生赵寄客南下了。赵寄客这一次南下的目的很明确,他在日本学到的机械知识再一次有了用武之地——朋友们将在杭州筹建汽车公司,并聘任他为总技师。

此一阶段的浙江省,恰由北洋皖系军阀卢永祥执政。为迎合社会舆论,以图长期控制,实行军阀割据,他也开始寻找"车同轨"的途径。赵寄客带着一条手臂从教育救国的战线上撤了下来,又进入了实业救国的行列。他孑然一身,无牵无挂,飘忽东西,爱骑一匹白马。和他同时代的人都已经渐老,长长的身影后拖上了一团团家业的浓荫,赵寄客没有。他依旧是杭州城里一股带有侠客风骨的自由风。人们看到他便不由得想到那十年前的义举之夜,他自己也对那段历史津津乐道。可以说此后他虽也曾经历枪林弹雨九死一生,但终无法和那最辉煌的辛亥革命相提并论。因此他开始沉浸在这样一种自我营造的英雄气氛之中了。

他虽已年过四十,且又少了一臂,但看上去挺拔精悍,风采不减当年。所以当他前往忘忧楼府拜访朋友之时,他的确心中暗暗地吃了一惊。他没有看到他的老朋友杭天醉,迎接他的是朋友的妻子——她浮肿疲惫,声音嘶哑。他出乎意料地发现她怀孕了,她的脸上布满了蝴蝶斑。

他一时踌躇,站在院中不知如何是好,他没有想到这样一种结局。唉,女人!他想,我也是为你回来的!想见到你呢,可不是这副模样。

绿爱见到了赵寄客便昏眩起来,这辈子她不指望他会回来了。有一刹那她真以为白日做了梦,然而不是。她笑了,说:“你看我变成什么样,丑死了。”

赵寄客看她笑时露出的洁白的牙齿,顿时心中恼火。他不理睬女人的笑容,淡淡地问天醉去哪里了,他要去找他。

沈绿爱看出来赵寄客生气了,这使得她长长地松了一口气,她为这久别重逢的“生气”而高兴。在赵寄客带着她的儿子远走高飞的那些日子里,她奇怪地怨恨着她的丈夫,她想,赵寄客就是因为她丈夫而远走高飞的。这种奇异的醋意随着时光流逝,竟转换为另一种东西了。当她的儿子出走而她的丈夫终于又上了她的床时,怨恨附到了眼前的这个人身上。她想,现在是你把我儿子的魂勾走了,你这我命里的冤家!然后她开始疯狂地和丈夫造爱。她心中怒气冲冲又得意扬扬,她想:不管怎么说,反正这下子他跟我了,这下你没有他了。你没有他了,我看你怎么办!

然后,连这样的怒气和得意也慢慢平息到岁月深处去了。沈绿爱为自己的怨恨付的代价,便是她那一脸让赵寄客看了不顺眼的蝴蝶斑和一个隆起的大肚子。与此同时,这怨恨就如搬起石头砸了自己的脚一样,回到她自己的身上。为了掩饰这怨恨,她就恢复了她一向有的高傲的神情,说:“你去灵隐寺找他吧,他‘出家’了。”

杭天醉并不是一开始就住在灵隐寺的。他断断续续地去那里,和庙里云游的僧人喝茶。白日人多,香火盛,他隔着门看人们对佛顶礼膜拜;傍晚时人少了,他便出了大殿,到飞来峰下走走,看那百多个石雕像呼之欲出却又永远不出的神情,心里便也有了一片凝固的感情。

从骨子里说,杭天醉对宗教是缺乏虔诚的,他天生地怀疑着西方极乐世界的存在,他也不能证明上帝和真主是有的。他原本应该是个不折不扣的乐生者,但结果却是他把他自己搅得一团糟。比如,当他在那个悲伤的骨肉离别的夜晚沉溺于床笫性爱之后,他就再也弄不明白男人和女人干吗要做这件事情了;为了证明自己能做——比如从前和小茶在一起,然而能做又怎么样?天下有几个男人不会做?那么为了忘却——结果什么也无法忘却!那么,就是为了生儿育女吧,但是儿女们终究要成为父亲的逆子,他自己也是这样——又何苦把他们生出来?他这样分析着自嘲着自恋着,但使他羞愧难当的是他竟比任何时候都渴望和绿爱上床造爱。这真是一件难以启齿的事情,和他的思考风马牛不相及的事情。当夜晚来临的时候,他们两人就如溺水者一般地把对方当作了救命稻草,太阳升起来时他们又不屑于昨夜的疯狂。这短期的混乱造成的结果,竟然是女人的再次怀孕。天醉也没想到女人的生命力还那么旺盛,到头来,天醉落得个坐撮着拉的人力车,走过九里松石莲亭进了禅寺来消灭人欲的下场。还是多喝一点茶吧,他想,茶是不发的,克制情欲的,我现在知道茶禅为什么一味了。

杭天醉暂时参禅的灵隐寺周围，一向就是优秀的龙井茶品种的栖息地。当年陆羽曾在《茶经》中记载，(茶)钱塘生天竺、灵隐二寺。杭天醉深以为然，他渐渐地又从绿爱怀孕的事件中摆脱出来了，他又开始想起了赵州和尚的"吃茶去"。在他想来，这大概就是把一切缠绕于心的人世烦恼苦难悬置起来，以空虚清明的心境去过日常生活吧。

当赵寄客骑着白马前来找他时，恰恰是他自以为找到了人生的真谛的时候，所以他和老朋友的见面是很愉快的，这种愉快看上去一方面是玄而又玄的，另一方面则又是极端自私自利的，极不负责的。他完全不问赵寄客从哪里来，要干什么，也不问问自己茶庄的情况如何，绿爱身体可好，他也不问一问他那个剩下的大儿子有没有新的动向，他也不让赵寄客问问他的近况如何，他就滔滔不绝地说着，让赵寄客当了一回听众。

"我现在越来越明白，茶禅何以一味了。一是佛门寺院普遍种茶，当然道院也有种茶的，不过不能和佛院比。'南朝四百八十寺，多少楼台烟雨中'，佛院比道院要多得多。另外，'农禅并重'是佛门一条祖训，道教就没有'农道并重'这一说。喂，寄客，你有没有听？"

"你讲吧，讲吧，我听着呢。"

"历来古刹建名山，名山出佳茗，大寺院中有一种茶僧是专司种茶制茶、生产管理之职。茶自然是极好的，比如灵隐寺的茶。又比如武夷岩茶，是武夷寺的和尚采制。我们上次获得金奖的惠明茶，便是惠明寺种的。所谓大乘教小乘教，无非茫茫苦海，是乘大船到彼岸还是小舟到彼岸罢了。国人想必爱热闹惯了，喜乘大船，故隔三岔五便群聚而来寺庙拜佛，庙中僧人自又免不了专门弄了茶来施舍。你看，这些寺庙一到节日，不就像个大茶馆吗？”

“还有第三吗？”

“当然有，没有这第三，第一第二就没意思了，那便是形成了佛的茶礼。从前庙里有规矩，和尚一大早起来，先饮茶，再礼佛，还要在佛前、祖前、灵前敬供茶水。举行茶汤会时，还要鸣鼓聚众，这面鼓就叫茶鼓了。另外，庙里还有专门煮茶的料理茶务的人，叫作‘茶头’。一天到晚，就是烧开水、煮茶这点事情。”

“你是不是也看中‘茶头’这个位置了？”

杭天醉这才明白过来老朋友对他这番话没有太大兴趣，便解嘲地摊摊手说：“尘缘未了，人家不要我啊。”

他们接下去想必是要有一段不长不短的沉默的过程。他们无言地走过春淙亭、壑雷亭、呼猿洞、玉乳洞，那百多个佛像或狰狞或慈善一律盯着他们不放。后来，赵寄客是必定要说汽车的事情的，他来找他，此事本来就是其中一件。

杭天醉从一片茶禅中这才明白过来，赵寄客要他干什么。

“你不是教育救国吗？怎么又在实业救国了？我还不知你下回又拿什么救国呢。”他决定反唇相讥。

“你别岔开了说话，我只问你一句，是不是你说的，开洋汽车有损西湖古朴风光？”

看着杭天醉一时瞠目结舌的样子，赵寄客倒笑了，拿他的独臂拍拍他的肩膀：“老弟，你想过没有，从湖滨到灵隐九公里长的风景线，一旦通了车，你日日来去多少方便？”

杭天醉说：“昔日有颜钧讲学，忽然就地打了滚，还说：试看我良知。我看你之所为,不过就地打滚罢了。"

赵寄客大笑起来:"就地打滚又有何妨?我赵寄客与你杭天醉的那些个禅啊佛啊素不相合,世界潮流浩浩荡荡,顺之者昌,逆之者亡,与时俱进方为我辈所择之上上策。躲在山中辗转反侧,以为精辟透悟,难道就不是就地打滚?你等着瞧吧,汽车一旦进山,此一处又将是新光景新气象了。我看你,再往哪里逃吧!"

说毕,扬鞭策马,飞身而去!

老家人撮着颠着老腿要去找沈绿爱,今年的春茶收不上来了,为的是茶庄付不出那么多的现钱,要给山客打白条。打白条山客倒也还能接受,关键是吴升他那个茶行不打白条。吴升做事情就是出手大,资金不够,他眼睛也不眨,就把那个布店卖了。绿爱的陪嫁丫头婉罗说:"卖掉好哇,眼不见为净,省得他看了这个店就想到他站木笼子游街。"撮着说:"我们还能卖什么呢?茶楼又是不能卖的,其他东西也已卖得差不多了。站木笼子若能站出钱来,我倒是愿意去站一回的。"

说着又要去找夫人,婉罗一边煎着那些中药一边说:"夫人都快生了,听不得这些烦心事。"

撮着愣了半晌,说:"那我找大少爷去。老爷不在,他就是最大的了。"

婉罗拿了扇火的扇子,遮着自己半边脸,凑到撮着耳边说:"你快别再提'大少爷'三个字,大少爷正晦气着呢。"

"怎么个晦气了?"

"人家赵先生和他大舅给他牵线做媒,对方小姐不答应,茶杯里放了三朵花呢!"

"什么三朵花两朵花?"现在是撮着一脸的迷茫了,"我们大少爷这样的人,打着灯笼到哪里找去?"

这些天嘉和哪里也没去,天天伏在书桌上看书写字。说好了嘉平一到北京就给他来信的,结果等了那么些日子也没见他寄回一个字来。倒是有人捎了口信,说嘉平和他那拨子同志正在筹划什么工读团、什么新村呢,忙得没心情,顾不上和南方的兄弟们对话了。

嘉平没有时间,嘉和却因了嘉平的出走而多出时间来了。况且近日他这里又发生了不少事情,便日日单相思似的给他那个兄弟写那些寄不出去的信,又编了号码,等着日后一起寄发呢。

1号

嘉平同志:

自你说了白话文的好处后,我写笔记、日记、作文,便也抛弃了文言文。我的朋友李君便成了我的对头,日日要来为我圈点,这里不对,那里不好,什么糟蹋国粹,强暴古文。偏偏他又是做了我朋友的,不肯就此做了对头罢休,便怂恿我们俩共同的朋友陈君来说服我,可怜这位陈君见了我的文字也觉得好,见了李君的文字也觉得好,当中做了骑墙派,又被我们俩骂煞,照他的说法,是吃双面巴掌。但是在我,却是乐此不疲的。

好在我们虽在语言上分了左、中、右三派,在对建设新村(听说你在北京也和我们一样地对此有着兴趣)的认识上,却是十二分一致的呢。为此,李君还专门从家中拿来了一本名叫《极乐地》的书,因为又叫《新桃花源》,所以极得我的欢喜。书里面有个白眼老叟,对他的妻子鲁氏,道了平生三愿:一是废掉金钱,消灭政府,合五洲为一家,合世界人类如兄弟姐妹,和合成一团,痛痒喜乐,各各皆相关。此一愿不得,方有二愿——会合二三同志,离开人群,隐在深山,钓鱼打猎,栽花插柳,种种田园。此二愿不得,又有三愿——离开世界间那些魔鬼,再不看见政府那些蠢贼,乘桴浮于海,高声呼天,低声叫地,大声歌唱,猛声骂贼……

嘉平同志,不知你以为三愿中哪一愿你最能接受?在我看来,自然是隐入深山最为现实的,故我近日已在龙井山一带寻找一理想之茶园来早日实践新村主张。

可惜天醉却来扫了我的兴,他见我读了《极乐地》,便道:"是不是那个什么鲁哀鸣写的?"我说正是鲁哀鸣所作。天醉便说:"这个鲁哀鸣,自家倒是跑到六和寺出家,六根清净,弄得后生者心血到处喷!"原来那个鲁哀鸣竟是做了和尚的。虽然如此,却也不能因此说《极乐地》便不好了。谁料天醉又说:"这种梦哪个没有做过?二十年前头我和寄客也玩过。你们看看我,便是前车之鉴。"

这倒是叫我十分纳闷,莫非天醉也做过无政府主义者?

致

礼

嘉和

2号

嘉平同志:

我已有一段时间没有给你写信,原因乃是我在这里出了一件不大不小的事情。这件事情一出,我去龙井的决心就更为坚定了。

事情是这样的。省里的一帮议员开了会,要求给他们自己加薪。那薪却挪用了教育经费。我们"一师"的学生便来"发难"了。我们赶到议会办公楼,把门都封了,不让议员们回家,我们还往院子里放了炮仗。一时兴起,我们又烧了毛纸往屋里扔,说:"你们不是要钱吗?喏,拿去。"这样闹到尽了兴,我们才放他们出来,不过每个人都要保证不加薪才能走的。

此时我实在没有想到,最后一个走出来的,竟然会是沈绿村。当时我手里拿了一根小棍的,一棍子便打在他屁股上,竟把他头上的礼帽也震落了下来,这才认出。沈绿村看了我半日方说:"这一棍打来,如果是嘉平我倒还相信,没想到你也做起这种禽兽不如的事情来!"

这件事情沈绿村迟早要告诉绿爱,绿爱又要告诉天醉的。他们虽然心里头都是不欢喜绿村的,但是绿村现在在省里也是当了钦差大臣一样的角色,他们也是不去得罪的。故而想来想去,只有一条出路,便是赶快到郊外去过新村的日子,从此种茶收茶,少见那些人的嘴脸为妙。你以为如何?

此致

敬礼

嘉和

3号

嘉平同志：

此刻夜深人静，万籁俱寂，我却心潮难平。明日，我和李君、陈君，便将一早离开这个腐败的城市，永远地斩断与旧世界的联系，到郊外的茶园中去创造新生活。

想到这个明天，我竟有些手舞足蹈。眼前是一片新生活园里的花儿、草儿、鸟儿和蝶儿的纷飞，还有，就是我一直梦寐以求的青青的茶园。现在清明将到，双峰山的龙井茶正在蓄着抽芽，我们赶去之时，正是茶芽绽开之日，新绿一片，郁香四起，好比是专门为了迎接我们的新生活而开放的一样。此刻我眼睛一闭，便是那片茶园伸出翅膀来向我招手，想到今后的新世界改造好了，整个地球就是一个圆形的大茶园，这便是我最高的理想了。嘉平同志，想到这里，竟又觉得这纸上的空谈是再也做不得了，只须赶快实行我们神圣的生活，才是最要紧的呢。

最近一段时间，绿村把你的母亲绿爱接到了上海的外公家里去住，天醉没有去，倒是独自去了灵隐寺，我便清静了一段时间，没承想他们在上海的一群竟然给我设下了一个圈套。绿爱回家以后，就说要给我们两人提亲的，又说我比你早生几个时辰，便是长子，既是长子便要先走这一步了。

这一件事情，实在是很好笑的。一来中国还没改造，“匈奴未灭，何以家为”；二来媒妁之言，本是最最残害青年之身心的最最封建的事情，如何还要把我等再往这火坑里去推，我等自然便是坚决拒绝了的。

只是绿爱本非我的生身母亲,对我却和对你一样地关怀,实在是不忍严词拒之,只得再去央求天醉。天醉这个人的习性,你是晓得的,一贯的名士风采,本来对此事便是泛泛地看着待着,近几年来却又变了一个人样,论道坐禅,书法丹青,世事不问。我去问他,竟等于不问。我说,这门亲事我是断断不要的。他便说:“那你为何不出了家,效你那个到六和寺为僧的鲁哀鸣,断了六根了事?”

我说我倒是不曾想过出家的,将来有了志同道合、共同改造旧世界又共同创造新世界的异性,我便是愿意与她一起,求一人生伴侣。至于家庭不家庭,倒也无所谓的,因为不要遗产,儿女又公共抚养,只要两个人有共同的志愿,便是最好的了。

天醉便大笑起来,笑毕,便又让我去问寄客,还说你只管听他好了,他比我更晓得这一层事情。

我便去找了寄客先生。寄客先生的态度使我大吃一惊。原来他是反对无政府主义信奉三民主义的,又说给我提亲的那一家的爹是他在日本留学的同学,现在省里司法部门任律师,是很被敬重的,姓方。至于他的女儿,又受了专门的女校的教育,且在女子蚕桑学校读过书,又要往南京金陵女子大学送的。与我匹配,一茶一桑,正是合适的呢。

孰知我听了这番的话,头都要大了起来。我们无政府主义者最要紧的头一条,便是消灭一切国家的机器,譬如军队、司法等一切机构,倘若我是要消灭律师这个行当的,我怎又好娶律师的女儿来当老婆呢？日后她若站在了她父亲一边，与我来吵架，我便如何是好？不要说改造中国，便是小小一个家也是改造不好的呢。

我原来以为此事不过酝酿而已，我既然坚决地反对了，想必那一干人也不至于再一意孤行。毕竟已是民国，又经历了五四。哪里晓得今日早上，他们竟然把我骗到忘忧茶楼上。

天醉早上来跟我说了有文徵明的《惠山茶会图》，要来茶楼辨认真伪。我还说，你去便是了，我哪里及得了你们的十分之一？偏偏天醉又说，你素在书画文字上承继了我的天分，不像嘉平，整日舞刀弄枪，你去开开眼界，将来这等事情，你就替我去了。他又哪里晓得，这等虫鱼花鸟琴棋书画之事，我是早就不弄习了的。

待我到了茶楼，真正吓了一跳，那手拿画轴的女子，你道是谁，竟然便是那日我们在街上演讲时用了她家黄包车的那一位！你还记得车后那个“方”字吗？我顿时便明白了他们要给我配的是一个什么样的女子了。

那女子见了我，竟然也十分地吃惊，好像不相信自己的眼睛。你晓得我的心里，自然是很乱很乱的了。那幅《惠山茶会图》究竟是真是伪我也辨不清楚了，只听得双方那些大人说来说去，勉强听到几句，才晓得方小姐一家是湖南人氏，也是喜欢和讲究喝茶的，还互相说了一番《茶经》，便叫我和小姐坐到靠窗一边的雅座上去。

我自然是紧张得要死，哪里还说得出一句话来？又头昏眼花的，竟然是看不清那女子的模样。只记得她穿白衣黑裙，白袜黑鞋,总之是学生模样,头发是短的,颜色又如裙子一般地黑。两只眼睛偶尔一瞥,也是黑白分明,总之看上去,竟有些如绿爱的模样。只是她总是笑嘻嘻似的,嘴随时地一弯,圆眼睛便成了细月。况且,她又是有酒窝的。虽然没有涂脂抹粉,她的面颊依旧是红得妍然。

我之所以把她描写得详细,乃是因为她和我坐下来后,所说的第一句话,便是:“那一个呢?”

我立时就明白,她指的是你了。

我简单地介绍了你的情况,看上去,她便有些心不在焉了。我们也就只好干坐。倒是隔壁这一干人说得蛮热闹,原来中国的儿女结亲,实在是亲家结亲,和儿女却是关系不大的。

这位方小姐虽然落落大方,却又是满腹心事的样子,眼里盯着盘子里那几颗雕出花来的蜜饯梅脯,只管发愣。过了一会儿,却又突然地问我:“您晓得今天他们把我们叫来凑在一起,是什么意思?”

我只好说我是晓得的,脸上汗都落下来了。

她又问我:“你看我盘里放的是什么?”

我说是雕花的梅脯。说实话,把蜜饯雕成这样一朵朵的小花,我是真的还没有看见过呢。

哪里晓得她就笑了,说:“我不晓得是你来了。我在湖南的时候,我们家的奶妈是苗族人,他们是有一道风俗的,蜜饯都做成了花样,对欢迎的客人,茶里泡的蜜饯就是成双成对的。”

我摆摆手说我晓得了，相亲大概也是一样的，你随便泡吧。

我就给她点了一杯上好的龙井茶，郁绿的，香极了。她看看我，便往杯里扔梅花脯，她扔了一粒，又一粒。然后，又是一粒。梅花脯是红的，被茶水一泡，发了开来，又被绿茶垫着，三朵红花浮在绿水上，美丽极了。

好了，我要说的，我想我已经都说了。

哦，差点忘了，那位方小姐的名字，叫方西泠，因她出生时，住在西泠桥下之故。袁子才有言，钱塘苏小是乡亲，我看这位方西泠小姐，才真正是苏小小的乡亲了呢。

此致

敬礼

嘉和

于忘忧茶庄最后的一夜

新村的建设，到头来落得个孤家寡人，倒确实不曾让嘉和料到。李君和陈君原本是最积极响应的，三人一行，还曾经到郊外专门来访探地址。从洪春桥南折入茅家埠，成片的茶园已经显现在眼前，煞是动人。李、陈二君便按捺不住了，说是要立刻找个地方住下，开始新村生活。还是嘉和老练，毕竟是茶庄的子弟，耳濡目染，沉得住气，便说："这算得了个什么？才刚刚开始呢！龙井茶的好地方多着呢，分狮、龙、云、虎四个字号，不把这些地方都看透了，怎么能选到风水最佳之地？"

李君父亲原是开小杂货铺的，做儿子的便也就有了开杂货铺的精神,听了嘉和的话,首先便叫苦:“嘉和君究竟是在找新村呢还是找块茶园惦记着日后生意呢?我倒是不大明白,若要那四处都跑遍,莫非跑断了腿骨不成?”

还是陈君做了和事佬,便说:“我有个姓都的同学,刚从甲种工业学校机织专业毕业,留校做了美术老师,恰是茅家埠人,不妨向他探访一番再作道理。”

这个姓都的,恰是日后名扬海内外的都锦生丝织厂创始人都锦生,那年二十三岁,正沉浸在用传统织锦技术织造西湖美景的设想之中。见那几个同样耽于理想与幻想之间的同学少年来了,自然是十分欢喜。况且嘉和又是个好书画的,见他家中挂着西湖十景的画,便分外地有了兴趣。都锦生见他喜欢,说:“这些都是我画的。”

嘉和遗憾地说:“锦生实乃天才,可惜原本不是一个学校的,少了交往,不然,也是交了一个同志朋友。”

都锦生这才说了,他一直幻想把他朝夕相见的西湖山水通过织锦描绘出来,那粼粼波光,绚丽云彩,空蒙的山色,用图案花纹表达出来,有可能吗?他可一直在揣摩着呢。

大凡美的东西总是相通的。嘉和听了都锦生的设想,眼里就放出光来,说:“待我们把新村建好了,第一件事情,便是来与你织这块缎子,日后的世界,就要真如锦绣河山一样的美好,那才不枉此生呢。”

都锦生这才知道,这是一群无政府主义者,虽然他本人是信奉实业救国的,但对这些潮涨潮落的其他主义,也并不反感,便说:“茶园的地点,倒是需要下一番工夫的。‘狮’字号,以狮子峰为中心，包括那四周的胡公庙、龙井村、棋盘山、上天竺等地，最佳；次是‘龙’字号的，乃指翁家山、杨梅岭、满觉陇、白鹤峰——”

“本地人称为‘石屋四山’的龙井，我倒是去过的。”嘉和插嘴说。

“‘云’字号远一点，在云栖、五云山、梅家坞、琅珰岭西一带。在那里建新村，交通不便一些。”

“太远了不妥，”李君也表示反对，“有什么事情，城里也叫不应的。”

“我们既然出来建新村，还和城里打什么交道？”嘉和便有些生气。

“那‘虎’字号的呢？”陈君连忙打岔，只怕他们又吵下去。

“‘虎’字号嘛，只在这虎跑、四眼井、赤山埠和三台山一带了。”

“那你们这里呢？”李君问，“我看你们这里倒是蛮好的。”

都锦生笑了，说：“我们这里，是排不上号的啰。像白乐桥、法云弄、玉泉、金沙港、黄龙洞，还有我们茅家埠的茶，俗称湖地茶，城里翁隆盛，还有杭少爷家的忘忧茶庄，不晓得会不会收的呢。”

这番话倒是听得杭嘉和要作起揖来，赞道：“锦生兄，实乃有心之人，我倒是想听一听，我们这几个志同道合的同志，究竟找一块怎样的地方建设新村为最好呢？”

都锦生沉吟了片刻，问：“诸兄如此诚恳，我也便从实相问，你们手头，究竟筹得了多少资金？”

这一问，便把三人都问得面面相觑。原来李君家做的小本生意，陈君的父亲则在乡下教书，唯有杭嘉和是个有钱人，却又和家中失了和。究起竟来，三人竟是不名一文了。

都锦生见此况，长叹一口气，说：“你们要无政府，鄙人也不反对，然鄙人是实业救国论者，相信要靠实力改造中国，称雄世界。鄙人正是因为家境小康，无力筹资添置机器，方落得壮志未酬。几位仁兄若也与我一般窘迫，天大的志向，又如何来实现呢？”

陈君便也急了，说：“照你那么说来，这世上我们也只有打道回府这一条路可走了？”

“那倒也未必。”都锦生摆摆手，“近处要买地建房虽是幻想，但远处亦有现成的。狮峰山下有胡公庙，相传乾隆皇帝在这里下马休息，封了庙前十八株御茶，那里倒是有空房可住。”

“哦，你这一说，我倒是想起来了，”杭嘉和敲打着太阳穴，说，“张岱的《西湖梦寻》中倒是有过记载的。那个胡公庙，旁边还有一口泉呢。”他便摇头晃脑背了起来：“南山上下有两龙井。上为老龙井，一泓寒碧，清洌异常，弃之丛薄间，无有过而问之者。其地产茶，遂为两山绝品。”

“是啊是啊。”都锦生也兴奋了起来，“那口泉，就在庙旁，岩壁上还凿有‘老龙井’三字，都说是苏东坡写的，谁知是真是假，倒是庙里有两株古梅，八百年轮流着落叶开花，花期达三个月呢。我倒是去看过的。”

“那庙里的和尚能让我们住吗？”陈君担心地问。

“庙里只有一个当家老和尚，你们帮他干活，他会答应的。”都锦生满有信心地说。

都锦生所说的胡公庙，与龙井寺相去不远。据史书记载，这龙井寺原建于后汉的乾祐二年（949），名叫报国看经院，想来这与吴越国时的大兴佛事有关。“南朝四百八十寺，多少楼台烟雨中”。到了北宋的熙宁年间（1068—1077），改了名，叫作寿圣院。有个著名的和尚叫辨才，又是苏东坡的密友，原来是在天竺庙主事的。这天竺山一带，陆羽的《茶经》中就已经记载了说是产茶的地方，到了辨才在天竺庙主事的年代，上天竺白云峰产的白云茶，下天竺香林洞产的香林茶都已经名声在外了。偏是那个辨才名气一大，是非也多，便干脆翻过了琅珰岭狮峰山间，来到了寿圣院，欲图个老来清静。

不料人出了名，清静也难。辨才至此，香火大旺，僧众达千人，寿圣院名声大振。狮峰山便开茶园以供院中茶事。据说这茶便是辨才从天竺山带过来的，只因此地有龙井泉，又有龙井寺，故茶也名龙井了。龙井茶之名，实实地起源于此了。

在这个官方称之为广福院，民间称之为胡公庙的山郊野寺，建立新世界新村，实现乌托邦的理想，到头来只落在了杭嘉和一个人的头上。

在那个朦胧的早晨，春雨打湿了地皮，而嘉和则从羊坝头走出，经过河坊街那间小杂货铺时，看见他的同志李君正在下门板，肩上还垫着一块毛巾。看见嘉和，古怪地用手指指那正和他一起在下门板的父亲的后脑勺，又指指自己，然后空出一只手来摆了几摆，便重新开始沉醉于下门板。

陈君倒是在门口久久地等着他，肩上背着胡乱扎成一团的被絮："我本来前天就要走了，为了送你我才硬留下的，我爹在乡下吐了血，捎信来让我去顶班教书，要不这一碗饭就吃不下去了。"

嘉和说："没关系，你快走吧，我自己一个人去，我识路的。"

"你看，说好我们三个人一起去的，现在只剩下你一个人了。"

“这有什么，一个人也有一个人的好处，我带着那么多书，正好到庙里去读呢。”

陈君陪他走出城门，停了脚步，说：“嘉和，昨夜我一宵没睡，我母亲得着肺结核，如今又染给了我爹，什么时候，我也得吐血。”

嘉和想了想，说：“赶快改造这旧社会吧，新社会一到，什么都好了。”

就这样，忘忧茶庄的长子杭嘉和怀里揣着写给大弟嘉平的那叠信，背上行囊里塞着陶渊明的《桃花源记》和鲁哀鸣的《极乐地》，眼里散发出新世界的光辉。光辉的中心，是一片朦胧温柔的绿色，毛茸茸地抚慰着他那焦渴的心。在绿色的中间，恍惚又有红瓦白墙，错落有致，明明灭灭，忽隐忽现。他一阵阵地心血来潮，便一个人向那绿色走去了。

第二十八章

嘉和对胡公庙的环境十分地满意。庙里果然就有两株宋梅，围墙之外，又有一片乌桕，开了春，新叶闹成了一团浅绿。胡公庙左侧的老龙井，清冽甘甜，又兼那满山的茶园，犹如浓稠的绿瀑从半空中挂了下来，映着嘉和，便一脸的绿了。

庙里的住持对嘉和竟是十二分地小心，专门打扫了厢房，倒也窗明几净，还说，吃饭可以专门为他做。嘉和听了连连摇手，说："那怎么行？我又不是来山里住着玩的。我可是来实践新村的。从现在开始，每日两餐，一碗白饭，一碗白开水也就够了。"

"那，杭少爷拿什么菜下饭呢？"

"榨菜、霉干菜也就够了。实在没有，酱油拌饭亦可，不劳动者不得食嘛。"他说着便皱起了眉头，"师父不要叫我杭少爷，我们已经主张废弃姓氏了。再说，师父又是怎么晓得我原来姓杭的呢？"

师父笑了起来，说："龙井茶区，还有谁不晓得忘忧茶庄哇！山前山后那一片茶园，就是贵府买下来的嘛，如今虽卖出去了，毕竟还是从前的主人。你一来，撮着早就打了招呼的了。"

杭嘉和听到这里，一屁股坐到新搭好的门板床上，半晌也说不出话来了。他实在是没有想到，孙悟空一个跟头十万八千里，到头来，还是没有翻出如来佛的手掌心。他泡了一杯上好的龙井，桌上摊开了《桃花源记》,读了几行就觉得不太对头,觉得他这个样子,和在忘忧茶庄里也没有什么两样了。

这样,他便消消闲闲地出了门。没有留声机,不可能给农民放音乐。没有农场,因为茶园已经卖给了有钱人家。关于新农村,他还能干什么呢?

站在他这个位置上,仰头看去,正是清晨时分,露水渐干,三三两两地,便有村姑村妇们在采茶,腰里还挎着个篓子,走来走去,倒像是在一带绿云之间嬉戏,又像是在一衣绿袖中舒展。天气又是晴得透明,看得见游丝在半空里隐现,昨日下过一场小雨,现在暖洋洋的,水汽正在从地心里往上蒸冒。野草野花,嘉和又叫不出名,只觉得看了眼中妥帖。天上,又有鸟儿飞过了,那是什么鸟儿呢,叫得那么动听?完全是新社会的鸟儿,却到旧社会里来歌唱了。

他便又听见村姑们咿咿呀呀地歌唱了。远远地看去,洋红和阴丹士林蓝的衣衫,土黄的笠帽,传来银铃一样的歌声笑声,和仙境又有什么样的区别呢?

三月采茶桃花红,手拿长枪赵子龙,
百万军中救阿斗,万人头上逞英雄。
……
四月采茶做茶忙,把守三关杨六郎,
偷营劫亲是焦赞,杀人放火是孟良。
……

十一月采茶雪花飞，项王垓下别虞姬，
虞姬做了刀下鬼，一对鸳鸯两处飞。
……

嘉和远远听了，喜得也顾不上礼节，大声叫道："你们停一停，且等我取了纸笔来。"

他便跌煞绊倒地往屋里取了纸笔，穿了一双圆口布鞋往山坡上冲。村姑们叽叽咕咕地笑成了一团，他冲到她们眼前时，她们却又戛然而止了。

"唱呀！"嘉和便催她们，"唱呀唱呀，我记下来。"

村姑们脸孔红扑扑的，鼻尖上流着小汗珠，互相之间就挤眉弄眼了一番。一个右耳下长有一粒黑痣的高挑姑娘说："我们晓得的，你是杭家大少爷。"

嘉和一阵泄气："怎么你们也都晓得？真是脱不了这个'杭'字的了。"

"哎哎，我们当然晓得啰，从前我们采的就是你们忘忧茶庄的茶嘛。"

嘉和摆手说："快别提那茶庄了，我已经脱离家庭脱离茶庄，实行无政府主义主张了。你们就叫我嘉和便可以了。"

村姑们没有读过书，也不知道山外还有什么无政府主义、工团主义，什么国家主义，只是觉得这个少爷眉清目秀，言语和蔼，像是从天上掉下来的一样，便也不拘泥起来。嘉和闲着也是闲着，便和她们有一搭没一搭地说话。他原来倒是一个极其拘谨的男孩，到这大自然之中，风和日丽，鸟语花香，便只觉得呼吸也畅了，心胸也开阔了,连话语也多了。

又见那些姑娘采茶速度飞快,特别是那个叫跳珠的高挑姑娘,采得情急,竟然两手齐下,鸡啄米一般的了,抖得茶蓬一阵阵哗啦哗啦响,叫他看得眼花缭乱。那茶叶一芽一蕊,雀舌一般的,新鲜得叫人爱怜。嘉和叹道:"真不知一斤茶叶,要有多少的芽头呢。"

"四万多个吧。"跳珠说。

嘉和听了,舌头都要吐出来了。

也许怕扫了嘉和的兴,旁边的姑嫂们都催跳珠唱歌。那年纪稍长、三十上下的叫作九溪嫂的少妇说:"跳珠是江西过来的,她唱的歌都是江西采茶调,跳珠你唱一个。"

跳珠便要挟:"我唱一个,九溪嫂你也唱一个。"

九溪嫂说:"唱就唱,又没外人,嘉和你说是不是?"

嘉和连忙说"是是是"。

跳珠破衣烂衫的,但脖颈长长,长眉星眼,丰润的双唇,比嘉和在城里见过的那些矫情的太太小姐漂亮多了。她亮开了嗓子,唱道:

温汤水,润水苗,一筒油,两道桥。
桥头有个花姣女,细手细脚又细腰,
九江茶客要来媒……

"要来什么?"嘉和没听明白。

"就是要来讨了去做老婆啊。"九溪嫂一说,姑娘们便哈哈笑成了一团。嘉和也跟着笑,笑着笑着便发了痴想,多么美好啊,一个到外地卖茶的年轻商人,看上了站在桥头的苗条少女,便决心去娶她,新社会也有这样美好的事情吗?没有的,新社会里茶叶统统都是分配的了,哪里还会有卖茶的年轻商人?

那边的姑娘们便都在催九溪嫂唱了,九溪嫂说:“我是龙井唱法,没啥好听的,都是伤心事体。不唱不唱!”

嘉和连忙说:“伤心事情也要唱的嘛,古人还说长歌当哭呢。”

“那我就唱一首《伤心歌》吧。”九溪嫂清了清喉咙,直着嗓子,就唱开了:

鸡叫出门,鬼叫进门;日里采茶,夜里炒青。
指头起泡,脑子发晕;种茶人家,多少伤心。
……

唱完,九溪嫂叹了口气,说:“我说不唱不唱嘛,越唱越伤心的。”

嘉和说:“你不唱我也晓得的,翁家山的撮着给我讲过的,每年要交贡茶,不好延误,茶商又要来低价收购,批了条子,又拿不到现款……”

九溪嫂连忙说:“凭良心讲,从前忘忧茶庄来购茶,都是付现款的,价格也还算公道。唉,山里茶农嘛,还有什么办法?外头人吃龙井,香喷喷,还道我们都泡在茶堆里呢!做梦,一口都轮不着的。”

这么说着,便又唱开了头:

龙井,龙井,多少有名……

那帮仙女一样的采茶姑娘,竟是都会唱这《龙井谣》的,便跟了伤伤心心呜呜咽咽地唱开了:

龙井,龙井,多少有名,
问问种茶人,多数是贫民,
儿子在嘉兴,祖宗在绍兴。
茅屋蹲蹲,番薯啃啃,
你看有名勿有名?
……

嘉和望着这群低头采茶又忧伤歌唱的女人,他的心被一种说不出来的东西打动了。这又不是一般的同情和恻隐之心,这里面有着对一切不公正的事物的强烈的愤懑,又有一种无法证明的认同和归宿感。最令嘉和惊悚的是,他竟然就在这样的时刻,想起了他的生身母亲小茶,他的目光恍惚了,在那群衣衫褴褛的女人中,他看见母亲挎着竹篓,半伛着身在慢慢地采茶,他一惊,背上的冷汗都出来了。

七天之后,他给远在北京的大弟嘉平写了第4号信件。

嘉平同志:

我在郊外狮峰山的胡公庙里,已经住了七天。白天跟着村姑们采茶,夜里到村子看男人炒茶,空闲的时光,就拿来读书。我已坚持一天两顿白饭,用萝卜干和榨菜当菜。村里没有学校,我想请农民们夜里到庙里来,我给他们讲解新村的主张,他们都不肯来,说是夜里要炒茶。妇女们又说要烧饭带孩子。女人很怪,白天采茶和夜里在家中,竟如两个人一般。有个叫跳珠的,是江西讨来的童养媳,老公是个傻的,她会唱好多歌,回到家里却是一声也不响。还有个九溪嫂,也会唱很多歌,昨天我去她家做宣传,她的丈夫正用草鞋底打她呢！她在破院子里逃来逃去,还是我阻隔了不让打。倒是很想跟他们讲解我们未来的目标,但是一切又从哪里说起?

我给你这样写信的时候,肚皮很饿,烛灯如豆,我很有点孤掌难鸣之感。而且我也弄不清楚,我这样做,到底算不算是改造旧社会、建设新社会了。

但是住在这里,对我们这样家庭出身的人,倒是真正地长了见识。说起来,我们也可以说是茶叶世家了,但是,龙井茶为何这样好,也是我来了此地之后才开始知道的。

原来西湖的山山相连,土壤倒是以黄筋泥土、油红泥土等土质为主,但水系却是有隔的。北高峰与狮子山又好像是一道屏障,挡住了从西北吹来的干风,又把东南方向的雾气阻隔住了,让它在山间回旋着。再则,从九溪十八涧进来的钱塘江江风和从东向西吹来的西湖气流,在狮子山(也就是我现在身处的位置)集结。相互斗争又相互交融,由此雾气缭绕、云遮气挡,阳光呈漫射状,真正应了陆羽《茶经》所说的阳崖阴林之言了。

说到龙井茶的形状和炒制,也是极有趣的。从前我们只晓得龙井茶之所以扁状,乃是因为乾隆下江南把龙井茶芽夹在书中送往京城给太皇观赏,因此,竟夹扁了茶,这自然是无稽之谈。照九溪哥的说法,龙井茶竟然是靠手一颗一颗摸出来的呢。九溪哥打老婆虽然很凶狠,但是他炒茶的功夫也实在是首屈一指。用手掌当了炒勺,直接在滚烫的锅里翻弄,这哪里是一般的人就敢于下手的?又总结了一下,竟有“抓、抖、搭、拓、捺、推、扣、甩、磨、压”十大手法呢。劳动的人民,原本智慧是极高的呢。

我之所以较为详尽地向你介绍了这方面的情况,乃是因为我近日认得了一个人才,此人名叫都锦生,对我的主张有甚大的启示。原来他是主张实业救国的,正在筹划着用锦缎织成西湖的风景,拿到市场上去,甚或拿到世界上去。因此,我便想到了龙井茶。中国实乃茶之故乡,把中国的好茶叶卖到外国,不是正好来解决民生倒悬的苦难吗?

况且这件事情,又是可以从一个人做起的,十分务实,不像我们目前实践的无政府主张,过分地遥远而不可行。不知你以为如何?我在这里闭塞失聪,真正地成了一个五柳先生,却又是不甘心就这样“好读书不求甚解”下去的。

不知你工读团行动搞成了什么样?倘若十分地理想,我亦不妨扔下了这破胡公庙,投奔你来了事。

致

礼

嘉和

第二天,嘉和自觉有些头昏眼花,便一头扎在床上,盯着帐顶发愣。

才一个星期下来,他已经有些腻味了。农民们并不像他想象的那样,说来就来。他们倒是更喜欢开那些粗俗不堪的玩笑,或者赌博,或者吹灯睡觉。

他和妇女们还算有点共同语言。他宣传了很多男女平等的知识,着重讲了卢梭的天赋人权,人生来就是平等的道理。女人们听了十分地诧异,九溪嫂说:"老话一直都说,男人生落是块玉,女人生落是片瓦,被你少爷说来,竟然都不是玉也不是瓦了。"

"正是这样说的。男人女人都是人,男人做的事情,女人也可做,男人想的事情,女人也可想的,人人都有自己的意愿,要做自己心里想做的事情。"

跳珠一直认真听着想着,这时方说:"自己想做的事情,自己就可以做得吗?"

嘉和便拍一拍自己薄薄的胸脯说:"你看我,想改造旧世界,建设新社会,我不是一个人就来了吗?"

女人们都十分崇拜地望着他。跳珠又说:"倘若世道真能像你说的那样,命就随了心,少爷就是胡公再世了。"

嘉和连忙摇手:"我和他不一样的,他是什么?封建官僚!听皇帝的。我呢?谁的话也不听,只听凭我自己这颗心。"

虽然那么说着,被女人崇拜,依旧是暗暗地得意。

第二天又去山上时,九溪嫂头上一个大包,半个脸都肿了。嘉和吃惊地说:"哎呀,九溪嫂,你这是怎么回事,上山摔的?"

“怎么回事，问你自己好啰。”九溪嫂也就顾不得高低贵贱，说，“都是你说什么男人女人一样的，男人做得的事情，女人也做得。昨日夜里，男人又打我，我便与他对打，哪里打得过他？他边打边说——呆都要呆煞了，女人也来动手动脚，今年茶叶若是惹了晦气，卖不出去，打死你！呜呜呜……”

九溪嫂就哭了起来，两只手却一停也不敢停地忙着采茶。嘉和见不得人哭，九溪嫂这一哭，他便觉得太阳都淡了，青天都白了，一眼望去的新绿都旧了。他又没有别的办法，自己一天只吃两顿，清汤寡水，正是长身体的时候，免不了阵阵头晕，见人哭，他就眼冒金星，说：“九溪嫂，你多歇歇，我去给你弄点水来，你且坐一会儿吧。”

九溪嫂哪里敢歇，边掉着眼泪边采着茶，说：“歇不得的，歇不得的，茶叶这个东西，早采三天是个宝，迟采三天是棵草了。”

说完用烂袖口子抹了一把眼泪，唰唰唰地采了起来。别的女人也不再搭理嘉和了，只管自己满腹心事地你追我赶起来，眼里，便再也没有了一个杭嘉和。

夜里，天上打起了闷雷，胡公庙被仲春的雨吞蚀着，窗外是一个漆黑的世界，说不出来的不祥，也不知深浅浓淡，就在黑暗中，向那些年轻鲜活而又战栗的心虎视眈眈着。嘉和点着的那一豆烛灯，莹莹地发的竟是绿光，他听着庙外山溪哗哗的涨水声，不知道自己该怎样才能继续坚持下去。

他便只好再拿了《桃花源记》来读：“晋太原中，武陵人捕鱼为业。缘溪行，忘路之远近。忽逢桃花林，夹岸数百步，中无杂树，芳草鲜美,落英缤纷……”

恰在此时,噼啪一声,墙上掉下一大块粉皮,半砸在嘉和头上,半砸在了《桃花源记》上。幸亏不大,因潮湿也没扬起灰尘,只是彻底砸掉了嘉和好容易鼓起来的这点读书的兴趣。他呆呆地看着那块被潮湿的气候浸软了的石灰块,喃喃自语:“真是落英缤纷啊。”便一把推开了书和石灰块。

呆坐了一会儿,却是无法平息心中的块垒,取出了纸笔,想一泄白天所见不公正且愚昧之事又无能为力的一肚子窝火。搜肠刮肚地想了半日,也是找不到一个字,没奈何,便抄了一段《富春谣》来平息自己。

富阳江之鱼,富阳山之茶。
鱼肥卖我子,茶香破我家。
采茶妇,捕鱼夫,官府拷掠无完肤。
昊天何不仁！此地亦何辜！
鱼何不生别县,茶何不生别都?
富阳山,何日摧?
富阳江,何日枯?
山摧茶亦死,江枯鱼始无。
於戏!
山难摧,江难枯,我民不可苏!

录罢,他呆呆地坐在木板椅子上,再也想不出还能干什么了。就在这时候,他突然听见窗栏咯咯咯地响了起来,黑暗中这个声音,格外地令人毛骨悚然。嘉和一个翻身,跳得老远,问:“谁?”

声音停止了,嘉和以为是风吹动了的响声,松了口气,走到窗前,孰料窗栏又咯咯咯地响了起来,嘉和一口气吹灭了烛光,问:“谁?再不应我喊人了。”

里外漆黑,伸手不见五指,哗哗的山雨,一个微弱的女人的声音:“杭少爷,是我,杭少爷,是我……”

那个声音凄婉无比,犹如《聊斋》中夜半出没的孤女鬼魂。

“你是谁?”

“我是……我是……”

只听门外咕咚一声,像是人翻倒了的声音,嘉和连忙点了灯,门一打开,一个湿淋淋的女人就跌了进来。

嘉和大吃了一惊,扶起一看,不是别人,却是跳珠。她是一身的泥巴,也不成个样子,脸又脏,露出苍白的脖颈,额角、耳根又是血淋淋的,像是被谁抓过了。嘉和把她扶在椅子上,也不敢再问她什么,赶紧就关了门,给她洗脸擦手,又给她倒了一杯热水喝了。好半天,跳珠才缓过气来。

嘉和才问:“怎么回事,你慢慢说来。”

跳珠就咕隆咚地又跪下了,额头磕在了泥地上,说:“杭少爷救我一命吧!杭少爷不救我,我是活不成了。”

杭嘉和连拖带拉地把跳珠又搬回到椅子上去,说:“你要再这么跪着,我就不理你了。”

跳珠这才安静了下来,流着眼泪,把前后的经过跟嘉和说了。

原来跳珠本是江西婺源地方人,家虽住茶乡,但父亲在外做小本茶叶生意,养了一家七八口的人。不料又飞来横祸,父亲和大哥在长江上遇着了风浪，父亲淹死了，大哥被救起，这个救跳珠大哥的人，正是此地山中的一个茶家，被茶商雇了去押船的。

父亲死后，一家人便掉进了苦海，长兄一是为了感激救命之恩，二是为了家里省口饭，便把十四岁的跳珠许给了恩人的傻瓜儿子做媳妇。

恩人家里也是穷，但是对跳珠一直都很好，那时她又小，见了白痴也不害怕。如今五年过去了，跳珠已经十九岁，在农村，就是个大姑娘了。前几年，家里的人便逼着她去和傻瓜圆房。傻瓜也是，别的事情不知，这件事情倒是记在心里，有事没事，人前人后，抓一把捏一把，口水鼻涕一齐流，吓得跳珠逃都没处逃。

近段时间，本是茶农的大忙时节，圆房的事情便拖了下来。跳珠也松了口气，以为又可挨过一年。哪里晓得，这几日，家里人又穷凶极恶地逼她圆房。今天夜里，二老竟然就把她锁进傻瓜房间，那傻瓜又咬又抓，和跳珠打成一团，逼得跳珠跳了窗子逃出来。大雨滂沱，黑夜弥漫，这样一个孤苦伶仃的女孩子，又能往哪里逃呢？

"睁开眼睛看看，我是没有一块屋檐可以藏身，杭少爷，我除了奔你来，实在是没有办法了啊。"跳珠呜呜咽咽地哭着，泣不成声。

杭嘉和在她的身边走来走去，紧握拳头，犹如一头困兽，嘴里也翻来覆去地念叨："太黑暗了！太黑暗了！太黑暗了！"

跳珠止了哭声，说："杭少爷，你白天在山上讲的道理，别看我嘻嘻哈哈，我全部都听进心里去了，我本来就不愿意认命，凭什么我跳珠就偏要和个傻瓜过一辈子？我现在已经晓得了，有个叫卢梭的人，也是讲过的，人都是爹娘养的，生下来命都是一样的，不分什么高低贵贱的，我跳珠就是死，也不肯和那个鼻涕阿三拜堂！要我的命,我就去死好了,大不了到阴间见我的爹去……”

她开始激奋,滔滔不绝地诉说。嘉和倒有些奇怪,看着这湿淋淋的村姑,问:“这是怎么一回事?现在是最忙的时光,女人要采茶,男人要挖笋,还要插秧,这种时候,他们为什么要来逼你成亲呢?”

跳珠气愤地回答:“因为你来了呀,村里的人说,你是到我们这里来妖言惑众的,还说你是不肖子孙,被你爹赶出来的,还说你整天泡在山上女人堆里,勾引良家妇女!我们家的人就怕了,说白痴不好和你比,我的心一比二比就比活络了,还不如趁早生米煮成了熟饭了事……”

嘉和听了这番话,先是发热,再是发冷,后来又是发热,一遍遍说:“哪里有这种事情!哪里有这种事情!我是来改造旧社会的,哪里会做这样伤天害理的事情……”

“杭少爷,我怎么办呢?”跳珠说,“求求你留我下来,让我做你的下人也好,我什么苦都吃的……”

“这怎么行?”搓着手的嘉和说,“我们的原则就是自食其力,第一就要消灭了剥削,平了这贫富的差距,你若做我的下人,岂不破了我的原则?”

“那我就和你一起建新村吧!”跳珠愁眉苦脸地说,“反正我是不回去了,你做什么,我就做什么。”

嘉和盯着这个水淋淋的无家可归的女子,想:“也好,这样,我就有一个同志了。”

这样想着,心里便亮堂了起来,说:“跳珠,你先换了干净衣服,在我床上睡一会儿,明天早上我们再商量怎么办。”

“那……你怎么睡?”

嘉和拿出几件自己的干净衣服,脸上发了烧,硬撑着头皮说:“我在桌上打个盹就是了,我们的规矩是不分男女,彼此都是同志。跟我们一起干,什么都变了,何况这点小事!”

话虽那么说,他还是一口气又吹了灯,让跳珠在黑暗中换湿衣服。接着,他听见了一阵窸窸窣窣钻被窝的声音,间或还有一两声的哽咽,但很快就平息了下去。他靠在桌上,也沉沉地睡了过去。

嘉和自己也搞不清楚,睡到了什么时候,就被咣当一声的门响再一次惊醒,斜雨裹着火把和人,一起冲进了他的小屋。那几个穿着蓑衣的男人,像几只张开刺的刺猬,立在屋里,滴滴答答流了一地的水。

“你们是谁? 你们要干什么?”嘉和问。

“跳珠! 跳珠你这不要好的坯子,你给我回去!”

那其中的一个男的就叫,理都不理睬嘉和。嘉和看见老和尚站在暗处,他什么都明白了。

跳珠却缩在床头,拼了命地直叫:“我不回去! 我不回去!”

嘉和冲到床头,拿手和身体挡了水刺猬们,说:“跳珠现在已经是我们的同志,脱离了家庭,再也不归你们管了,你们回去吧!”

那些男人愣了一分钟,火把熏得一屋子的烟。然后,有一个男人——嘉和听出来了是九溪阿哥在说:“死话! 不归我们管,归谁管? 拉回去!”

几个男人便上去,一把就推开了嘉和,拖起跳珠就走,跳珠又死死地抓住了嘉和的肩膀,叫着跳着,也没用,嘉和被这帮人一直拖到了院子里，一身泥水一身泪雨，最后还是夺不过他们。跳珠叫着哭着的声音就这样一声一声远去了。最后，什么也没有了，依旧是哗哗的雨，像是做了一场梦。

天倒是蒙蒙地有了一层亮色，却是无限扩展的灰色。嘉和抱膝坐在雨中，不知多久，他不想再在雨中起来。后面，老和尚低低地念了一声："阿弥陀佛……"

那一日天已放晴，空气中热烘烘的，草心喷发的暖意与涧水中散发的寒气交融，天空被映得像一块蓝玻璃。水草在水下长长地飘逸着。毫无疑问，这是一个春心萌动的季节，是大自然鼓动暗示人们男欢女爱的时光。老天既然有了这份心思，便也安排出人间的许多契机，使那些看似无意的邂逅扩大发展成了必然。

此时的龙井山中，便来了那方家的小姐方西泠。她的面色本来不好，被日头一晒，又被山野的气息笼罩了，便透出了红色，很好看的了。她又有一双很机智的眼睛，眼神乖巧，笑与不笑时，便像是两双不同的眼睛了。

你看她那么婷婷袅袅的可爱的小模样儿向胡公庙走去时，不由得要为那躺在胡公庙木板床上的杭家大少爷担心。像杭嘉和这样的青年，恐怕生来就是要受情爱折磨之苦的。你怎知这位可人儿会怎样地对待男人呢？女人可都是谜。方西泠小姐因为受了现代教育的熏陶，便更如谜中之谜了。

嘉和是躺在床上见她的。他得了严重的营养不良症，又受了风寒，然他坚决不肯破了一日两顿白饭过白开水的戒律，他已经没有别的可以实践的新村主张了，唯一可行的，便是饿自己的体肤。

方小姐见了嘉和面孔蜡黄的这副模样,吓了一跳,她又是懂一点医的,便去摸他的额头,还好没发烧,便又翻翻他的眼皮,就对专门带了她来的撮着伯说:"立刻弄两条大鲫鱼来,再弄一方火腿和春笋、香菇,还有生姜。"

嘉和就拼命挣扎,说:"我不吃我不吃,我死都不吃的。"

"你不吃就要死了!"方西泠生气地说,"你看现在就剩你一个人在干事业,你要死了,谁再来干呢?"

方小姐说话虽然尖锐,但也不无道理,嘉和就愣住了,一头又栽在了枕头上。

方小姐就笑了。一笑,很宽容的样子,说:"你看,我给你吃的也不是饭菜,是药啊,医书里一向就有食疗的呢!"

"方小姐,你怎么到这里来了?"嘉和才想起了这样问她。

"我怎么就不能来呢?"方西泠看看撮着伯,就又笑了。

撮着伯说:"大少爷你忘了,你们不是茶楼上定了亲了吗?老爷他们都是新派,让你们自由来往呢!"

嘉和一听急了,说:"那人家不是往茶杯里放了三朵花吗?"

撮着伯不解:"什么三朵花?"

"他们才不管你是单数还是双数呢。"方西泠冷静地回答,好像此事与她无关。

嘉和脑子一下子有些不够用了,就盯着帐顶,发起呆来。

撮着伯便取出信来,说:"大少爷,二少爷来信了。"

嘉和一听,又从床头上跳了起来,头也不昏了,抢着就要看,方西泠手一伸抢先接过了信,说:"你先答应了喝鱼汤,我再答应给你看。"

“答应答应。”

方西泠卷着袖子要下厨房了，又说：“你可一定要喝。我这是第一次给别人下厨房，你要不喝，我就白下了。”

嘉平的这封信，写得很是振奋人心：

嘉和同志：

一直没有联系，现在终于可以坐下来给你写信了。

工读团也终于建立起来了。这是首先要告诉你的，在你，听了此消息，在孤军奋战的江南，亦是一种激励。

在我们之前，已有几个团体可供效仿。他们住在一起，从事办食堂、洗衣、印刷、装订、制造小工艺品及贩卖新书报等一系列的活动，一面又分散在各个学校听课，特别是第一组的施存统和俞秀松，原来就是杭州“一师”过来的，都是老乡，见了很亲热。他们的原则三番五次地讨论，我也都知道的，现在让我来告诉你：

(1) 脱离家庭关系；

(2) 脱离婚姻关系；

(3) 脱离学校关系；

(4) 绝对实行共产；

(5) 男女共同生活；

(6) 暂时重工轻读。

我倒是觉得这些主张甚合我心意，岂料他们当中竟然有六个人不同意，最后还是自动退团了事。我见了自然便担心，想等一等再说，果然三个月便解散了。放了一个月的电影，所得仅三十几块钱；洗了两个礼拜衣裳，得铜子七十余枚；印刷方面，一月只赚了三块钱；至于食堂，直弄到八个做工的人也吃不上饭……

然我们却是不会重蹈覆辙的。因我们已经策划了将来的经济出路，那便是筹办一个茶馆，一来维持生计，二来团结同志。至于茶的来源和经营茶道，想来我还是有些优势的，这个优势，便是你了。请你速速帮助我广开货源，等我处粗具规模，即呼你北上，我们南北相迎，自然成功有望。

又，茶的品种，除了龙井之外，最好又有红茶，如九曲红梅，或茉莉花茶，北京人呼之为香片的。

别不赘言。

致

礼

嘉平

看完这封信，嘉和不知道自己是怎么喝完方西泠小姐端来的鱼汤的了，他喝得满头大汗，喝得头昏眼花、浑身无力，衣背都湿得贴住了脊梁，斜躺在床头直喘气。方小姐问："好喝吗？"

嘉和感激地点点头，却又心事重重，嘉平交给他的任务是这样的光荣和艰巨，他该怎么办？

出了一身汗，他昏昏地睡了一觉，醒来时已是午后时分，他感到浑身轻松。方小姐一个人坐在桌边，正翻他的《极乐地》呢。

没有旁人，两个年轻人倒是拘束了起来，特别是嘉和，竟然想不出有什么话可说了。

还是方西泠,大家闺秀派头,说:“走得动吗?”

嘉和就起来,说:“我好了,我只不过是有些饿罢了。这里景色好得很,我带小姐上山去看一看吧。”

才走到半山坡上,嘉和就后悔了,一群采茶女子都停了动作,直愣愣地盯着他们,眼里却不是好奇,而是惊异和冷漠。嘉和就慌了神,低下头去,又想起一个人,再抬头,便看见了跳珠。两天不见,人就变了形,木愣愣的,像是不相信眼前又多出了一个城里的女子。方小姐很大方,走过去撩一撩她的短头发,问:“你们采茶啊。”

那些女子就立刻低下了头,仿佛不认识嘉和,也没听见有人跟她们打招呼。嘉和有种做了贼一样的感觉,赶紧偷偷地就溜到了山头,背对着半山坡上那些采茶女子。

“这里真好。走着就能闻到一股子的茶香。”方小姐说。

“是吗?”嘉和心不在焉地回答。

“你好像有心事?”方小姐问。

“你不是放了三朵花了吗,你来干什么?”嘉和口气有些生硬。他自己也说不出来,这是因为什么。

“你这个人,这么记仇。”方西泠采了一朵野花,在鼻子上闻着,说着,“我原来对你没什么印象,那天回去后,倒是有些印象了,我没有想到你会因此跑到这个破庙里来。”

“不是因为你。”嘉和连忙声明。

“我能看看嘉平的信吗?”

嘉和便把信取了出来,他想借此证明,他有伟大抱负,绝不会为一个女人的三朵花遁入空门。

方西泠看了信,想了一下,笑了,说:“这有何难?”

“我一点钱也没有了。再说,即便我弄到了茶,谁给我送去呢?我又不能离开这里,否则我们的新村就完蛋了。”

方西泠麻利地从耳上摘下两个耳环,纯金的,放在手上,掂了一下,问:“够不够?”

“你可别这样!我又没有向你要钱。”

“茶买好了,我送到北京去。”方西泠若无其事地说。

“这事和你没有关系。”嘉和一着急,话也粗了,“你还是回家,安安心心当你的小姐去吧!”

方西泠乜斜着眼,看着嘉和,眼光很风流,很大胆,嘉和看着又害怕,又心热。害怕了,可是还想硬着头皮让她看,嘉和这么想着,便闭上了眼睛。再睁开,迷人的眼已在他的眼前又认真又好奇,又若有所思。

“真怪,原来你们两兄弟都很奇怪。”她说。

“你也很奇怪。”

“我是很奇怪。”她依旧自问自答,“父亲告诉我,要把我嫁出去。因为他实在管不了我了,说是要让个男人来管我。这很好笑,很好笑。但他说是杭家的少爷。我想,也许是他呢?所以我去了。我很失望,不是他,是你……你难过吗?”

“我早就猜到了。”嘉和把脸别了过去,心里一阵一阵地酸,然后便清明了起来。

“我在你的茶杯里放了三朵花,然后,我便开始想你的样子,真奇怪,想你的时候,非常清晰,想他却想不起来了……怎么办呢?”

嘉和完全被这怪异的女子搞糊涂了,他又开始心乱如麻,他说:“我一点也不明白,怎么办呢?”

“我要离开这里去北京,和这里的一切一刀两断。”她突然口气激烈起来,目光盯住了远处的山。

“那里的生活会很苦的,要给人家洗衣裳,做小工,你怎么吃得消?”

“可是我在这里更不好。我和父母已经闹僵两个多月了。从‘一师风潮’开始,就闹僵了,他们整天盯着我,千方百计地想把我嫁出去。我的一切人身自由,都被取消了。”

“你也参加了‘一师风潮’?”

“大家都参加了,我能不参加吗?”

“那么你就是我们的同志啰。”

“也可以这样说吧。我和嘉平信里提到的施存统、俞秀松,过去都是认识的呢。”

“原来我们是一家人啊!”嘉和伸出了手,握一握对方那双小小的手。他不再腼腆了,是同志嘛,就不再计较放了三朵花的小事件了。

五四少女方西泠要在许多年以后才明白自己当初并未迷乱在这杭家两兄弟的丛林之中,她是迷乱在自己的心绪的丛林之中了。

“一师风潮”大操场上杭嘉平抽刀欲自杀以告白天下的一刹那,唤起了方西泠小姐强烈的激情,这样的激情倾泻在一个异性少年身上,便不可能不是爱情了。

由清寒的湖南书生与杭州殷富的市民女儿结合而生的独生女儿方西泠,从小就继承了父亲的自强不息和母亲的虚荣乖巧。这两种不同品质的奇妙结合,弄得这个女孩子既聪明伶俐,又诡谲多变。然而此刻她还正年轻着呢,青春总是纯洁的,她的激情也是纯洁的。在她的身后已经站着了利益的影子,但她自己却尚未回过头去瞥它一眼。她的目光,一下子就为那封信而射向千山万水之外了。当她二话不说摘下自己的耳环献给远方时,在她身后站着的看不见的利益影子捶胸顿足大喊大叫,呼喊她悬崖勒马。但她充耳不闻。此时站在她眼前接着耳环的嘉和却完全被她的激情诱惑了。多么美好的女郎啊……可惜……他不愿意再往下想。"三朵花"事件,原来只是擦破了一点表皮,现在却成了一个伤口。

他跟着她回了几天城,替北方的尚在蓝图中的茶馆置办了数种茶类,其间他还来来去去地路过好几次忘忧茶庄,竟然没想着要进去看一看。方小姐那几日与他形影不离,充分享受了与激情风格迥然不同的温情。他便有些昏昏然。但他把她送上火车后他便看出来了,她的眼里并没有他。

"哎哟!我喝水的杯子也忘带了,真要命真要命!上帝啊……"

"你信上帝?"嘉和有些吃惊。

"那是从前的事了。"她用小香手绢不耐烦地揩着自己的小脸,心思全部聚焦在她火车上如何喝水的问题上,"从前我妈带我去洗的礼。哎呀,我的杯子怎么办啊!"她的天足轻轻跳了起来。

嘉和从口袋里掏出了一叠他封好的信,交给方小姐,说:"这是给嘉平的信,麻烦你转交给他。"

方小姐二话不说把信放进手提包,继续跳脚:“我的杯子怎么办?”

嘉和从口袋里取出了一只杯子,杯环和杯盖之间还拴了根细绳,以防失落分离。方小姐轻轻张开秀口叫了一声,眼眶一红,她就哭了。

把方西泠送上火车再回落晖坞时,又是漫天阴雨的日子了。下午,天如傍晚,他在村口碰见了九溪嫂。她的头上扎着根白绳子。两人见着时相互吃一惊。九溪嫂失声低问:“杭少爷,你怎么还没走?”

“我走到哪里去?”嘉和莫名其妙。

“跟你少奶奶回家去呀!”九溪嫂越发迷茫,“不是说了要回去了吗?”

“谁说的? 谁说的?”嘉和急了。

“不是你那个家人说的吗?”九溪嫂也着急了,“村里的人都那样说呢!”

“你是相信他们还是相信我?”嘉和收了纸伞,让春雨飘在他头上,“他们叫我回去我就回去了?”

“可是我们都看见你和那位城里来的小姐,双双对对上了茶山,说话一直说到太阳落山才回去。”

“那有什么? 人家是我同学,是同志,人家也要来建新村的。”

九溪嫂发了呆,半天,一屁股就坐进了溪坑,以手击腿大哭起来:“跳珠啊,跳珠啊,你是命太苦了啊。你哪怕迟去一天也好啊,你就不会走上这条阎王路了啊!”

嘉和呆得手里伞都掉了，他还是年轻，经受不了这个，但是他又得经受，他犹疑惊惧，他问："跳珠怎么啦？"

"她死了，她上吊死了。"九溪嫂哇哇地哭着，"跳珠妹子，你心里这点苦，我是晓得的啦！你是想跟了杭少爷去，做牛做马都愿意的啦！罪过啦，你那么一个黄花闺女，你是真正红颜薄命啊！你想不通你就慢慢地熬，你走那条绝路干什么啊，你啊！你这姑娘儿你怎么那么烈啊！你看你快走了一步，杭少爷回来你连一口苦水也吐不出了哇！罪过啊，做人苦啊，做女人苦啊……"

杭嘉和早就一屁股坐到了这九溪十八涧的石墩子上了。他两眼发黑，心智迷乱，可是他却一点感觉也没有了。天是立刻就要黑下来了，山水哗哗地淌，漫上了石墩，嘉和就坐在了水上。涧边不远处又有个亭子，那上面两排楹联被雨打湿了，看上去就特别清晰，其实不看，嘉和也能背得出来，小的时候他曾在汤寿潜面前背过。一句叫"小住为佳，且吃了赵州茶去"，另一句叫"曰归可缓，试同歌陌上花来"。他记得他和采茶女子在这里走过。在他看来，跳珠她岂不就是一朵明丽的"陌上花"？然而此刻他头昏眼花，眼前一片漆黑，一道从天降下的无边的黑幔，把他和另一种明亮的东西死死地隔开了。

"杭少爷，你不要响，跳珠的棺材抬过来了。"九溪嫂一把拉过了嘉和，说，"人家恨你呢，说不是你，跳珠不会去寻死的。"

嘉和说："是的，不是我，跳珠不会去死的，我现在欠了人间一条命了。"

"杭少爷，不要这样说，是跳珠这女子自家的命不好。你看人死了，屋里一天也不停歇呢！当天就得去埋掉。来了来了，罪过啊,送葬的人也没有哇!”

说话间,棺材就抬过来了。四个男人,阴沉着脸,啪啪啪啪,脚步又沉重又不祥,最后跟着白痴和白痴的娘。白痴的娘认出了嘉和,眼露怨气,白了他一眼,这便是小民的最大的愤怒了。那白痴什么也不知,头上扎根白布,朝嘉和龇牙咧嘴地一笑。棺材薄薄的,里面那个人唱过歌:“……桥头有个花姣女,细头细脚又细腰……”

村里的人依稀记得杭家少爷的回去。老人们还能说出,是一个独臂长须的中年人,骑着匹白马寻到落晖坞,又寻到了胡公庙。他们还记得杭家少爷是用担架抬回去的,这和两个月前他自己背着行李走来时判若两人。东西也都被带走了,剩下那本《极乐地》,不知主人是忘了,还是不想要了,便被九溪嫂拿去点了灶窝。杭嘉和很温顺地服从了命运的安排,上了担架,他看见天空又大又蓝,白云升起又沉落,两边的夏茶又该采摘了。山坡上,女人又像红云一样缭绕了。原来,什么也没有变就是什么都变了,嘉和叹了一口气。

赵寄客骑着马,陪在担架边,他现在是陪伴他人的人了。

路过鸡笼山时,人们不约而同地都停住了脚步。嘉和撑起身子来,望着很远的山坳,那里有一片茶园,包围着数个坟茔。那里有茶清伯,还有他的生身母亲。他望着望着,眼睛热了起来,一片绿色中泛起红色,一块一块的,又凝聚成房顶一样的东西,在那绿中隐隐明灭。那是什么?是那年到云和去时在江两岸看到的景色吗?或者,就是采茶女在茶山上又采茶了?渐渐地,又有白雾般的东西弥漫了开来，在红与绿之间缭绕着。赵寄客弯下腰，说："清明时再来吧。"

嘉和吃惊地问："你没看见？"

所有同行的人便都困惑地看着他。

"红的，绿的，白的……"

撮着伯叹了口气，对赵寄客说："大少爷一直在发高烧呢。"

"你真没看见？"嘉和继续问。

赵寄客含含糊糊地说："或许……我眼睛不大好……"

嘉和闭上了眼睛想，他们都没有看见，那就是只有我才能看得见的东西了……

这么想着，他一头栽倒，便昏迷了过去……

第二十九章

1920年,就在五四青年杭嘉和如堂吉诃德一般孤军奋战在龙井乡中时,来自中国浙江上虞的另一个五四青年,此时正坐在日本静冈农业水产省茶叶试验场的办公桌旁,潜心研究着世界各国的茶业文明。

此人长身大眼,性情爽朗,原名吴荣堂,幼年时曾目睹无力缴租的农夫被囚于县衙前铁站笼里,日晒雨淋,惨绝而死,故痛下振兴农业之决心。又因"佛者名觉,即自觉悟,复能觉人",故更名吴觉农。

在农业中,吴觉农选择了茶业,以为茶与丝一样,是国人在世人面前引以自豪的两大特产,也是振兴中国农业的两大法宝。中国本来有着种茶的得天独厚的自然环境,所失败者,盖"在科学发展强烈的世界中不思改进,只依恃着自然的一点天惠而自命不凡"。

吴觉农东渡日本学习茶业,乃是因为那时的日本绿茶已在国际市场上头角峥嵘。而1919年二十二岁的吴觉农,此时亦已在浙江省甲种农业专科学校毕业并已做了三年助教。作为一名官费留学生,振兴中华茶业的志向已在胸中酝酿良久了。

至此时,20世纪20年代,中国的茶业似乎亦无太大规模的长进。它从发展中的高峰,继续向一落千丈的衰落时期走去。究其原因,在内,是军阀多年混战离乱之苦,政局多变,经济衰退,民难乐业,且商旅不通;在外,华茶在国际市场上的竞争已经失败。当时的荷属东印度(即印度尼西亚)、印度、锡兰(即斯里兰卡)等新兴产茶国家相继崛起,科学种植,使茶的产量陡增,输出骤盛,加之机械制茶,品质优异,在国际茶叶市场上具有较强竞争力。而华茶却故步自封,不求改进,品质下降,成本增加,经营不善,致使英、俄等红茶市场渐为印、锡等国所夺,绿茶、乌龙茶市场又为日本所占,外销几濒绝境。

在东瀛,他看到了这样一些学术论文。

英国植物学家勃莱克在他的《茶商指南》一书中提出:"有许多学者提议,从茶的优越和茂盛上说,就主张茶的原产地,为印度而非中国。"

在易培生所著《茶》一书中说:中国只有栽培的茶树,不能找到绝对野生的茶树。只亚萨发现野生茶树曰 The Assamiea,植物学家都视为一切茶树之祖。

又,伦敦出版勃朗所著之《茶》说:在中国并没有野生茶树发现,而且古书中从来没有一种记载,主张茶树自生于中国的,这是印度说最有力的证据了。

《日本大词典》也说:茶的自生地在东印度。

可以这么说,自英国人开辟印度茶园制造印度茶叶以后,英国商人便把印度茶称之"Our Tea"——"我们的茶",议会政府对于印度茶的入口税,给予减去五分之一的特别优惠。

吴觉农著《茶树原产地考》那一年,恰好二十五岁,时为1922

年。论文开宗明义说:中国有几千年茶业的历史,为全世界需茶的生产地,凡平心地考究过中华历史的,谁也不能否认中华是茶的原产地了。但是因袭的直译式的学者们,抱着Imperialism(帝国主义)的头脑,使学术商品化,硬要玩弄文字,引证谬说,使世界上没有能力辨别的人们,认为中国不是茶树的原产地。他愤怒且悲凉地在异国他乡孤独地抗议着:"一个衰败了的国家,什么都会被别人掠夺!而掠夺之甚,无过于连生乎吾国长乎吾地植物,也会被无端地改变国籍!"

最后,他以一颗少年赤诚之心大声呼吁:中国茶业如睡狮一般,一朝醒来,决不至于长落人后,愿大家努力吧。

只是20世纪上半叶,对一个学有专长的中国农学家和茶叶专家,却是一个悲剧的时代。军阀混战,政治腐败,农村凋敝,农夫穷困,吴觉农的呼吁,便如一声罕有人听见的叹息。

这看上去又似乎是一种毫无内在联系的呼应——忘忧茶庄开始其下一轮历史。这条以茶铺成的绿色的险途,看来关山重重,嶂峦迭起,并无柳暗花明之预兆。杭嘉和自己也不能知道,他的婚姻能否算是这艰苦胶着时代的亮色。

公元1921年春节,年方弱冠的杭嘉和,与比他还大一岁的方西泠,在忘忧茶庄他的老宅里拜了高堂,结为连理。

方西泠的父亲方伯平律师,对这桩婚姻还算满意。他虽是一位留学海外的文人,但从政于朝,向来珍惜自己的名誉,尤其注重婚姻的良性循环效应。对他而言,与其说嘉和是忘忧茶庄的少东家,还不如说是国民党要员沈绿村的外甥。他对这个东床快婿的全部评价，都来自沈绿村的介绍。沈绿村说这个孩子坚毅沉着，外柔内刚，将来必有大作为。“不是我夸他呀，”沈绿村感慨地说，“嘉平和我才是真有血缘关系的，可是谁要嫁给嘉平，谁这辈子就完蛋。嘉平这个孩子，生了他，还不如不生，将来他怎样，谁都还说不准呢。”

方伯平把这些话都和任性的独生女儿说过，但女儿当初不听，女儿听别人把嘉平形容为撒旦，反而更加地迷恋起来，终于私奔了了事。

现在好了。女儿回来了，按照中国人古老的习俗，在大红大绿中三跪六拜叩了头，拜了天地。

杭家对这房媳妇的态度，当初是十分犹疑的，杭天醉态度最简单：“听嘉和自己的吧，嘉和还要她就让他要了。”

绿爱去对嘉和说这话时，嘉和淡淡地一笑，也不说话。绿爱说：“嘉和，你就由着你自己，千万不要委屈了，你虽然不是我亲生的——”

嘉和摆摆手，说：“妈，你别说了，西泠是非嫁过来不可的，不是嫁给我，就是嫁给嘉平，要不她可就嫁不出去了。”

绿爱听着，哭了，说：“嘉和，你心真是善啊，你要是我生的，我该多舒心啊。”

洞房之夜，方西泠小姐给新郎杭嘉和泡了一杯茶，嘉和见了茶，沉默了片刻，说：“一朵花。”

“加上从前的三朵。”新娘提示说。

“那就是两次的单数了。”杭嘉和若有所思。

“你喝不喝？”新娘撒娇和生气兼而有之。

嘉和默默地把那杯茶喝了。

忘忧茶庄的这一度婚姻,用“快刀斩乱麻”来形容倒也恰当。因为要说杭嘉和和他后来的妻子方西泠的再次相逢,已经是在他被抬下鸡笼山时看见幻境的三个月之后了。而几乎就在重见了她的第一天,杭嘉和就接受了命运的这个安排。

就像忘忧茶庄中所有的婚姻都蒙上了一层怪异的色彩一样,这一对年轻人的婚姻也多少显得有些不那么正常。对嘉和的妹妹嘉草来说,大哥的这个突然的决定,甚至是很神秘的呢。她还能够清晰地记得那个中秋节之夜,她到大哥的阁楼上请大哥下来吃月饼的情形。大哥自从建设新村失败之后,回家大病一场,很久不肯下楼,也不肯说话。那日中秋,绿爱妈妈挺着大肚子忙着张罗,想营造出一番热闹来,又是搬桌椅到月下,又是切西瓜端出瓜果碟子,又让嘉草去找嘉和。嘉草是个细心的女孩子,她知道绿爱妈妈之所以这样铃铛般地说话,和那缺了一条胳膊的寄客伯伯前来做客有关。嘉草也知道,寄客伯伯原来说好了要把在灵隐坐了禅的父亲拖了来的,但最终他还是扑了一个空——杭天醉不知何处“云游”去了。这样,寄客伯伯的脸上就有些不好看,绿爱妈妈的面色也变了调。她掸了掸椅背说:“天醉也真是,自己不要这个家了,倒也罢了,把兄弟也晾了起来,弄得人家想走又不好意思开口,也没听说入禅就会入成这个样子。”

寄客伯伯原来是真要走的样子,听了这话,愣住了,看一看这个大园子,月光下疏疏朗朗的几片竹影,顿了顿脚,坐下,说:“嘉草,你寄客伯伯今日夜里是要喝几口酒了。”

嘉草转身要去取酒，被绿爱妈妈一把拉住了，说："把你大哥叫来。"听她那口气，倒像是要把大哥拖了来一样。嘉草便去了大哥住的楼上。大哥瘦得薄薄的像是一片纸，躺在回廊的竹榻上，又像是谁顺手扔在旁边的一件夏布长衫。他也望着月亮呢。

嘉草说："大哥，你到院子里去坐一坐吧，妈请你去呢。"

嘉和说："我不去，你别来叫我。"

嘉草很难过。她不生嘉和的气。但她知道嘉和的确变了，从前那个大哥不见了。

"大哥，你不去，嘉乔也不来，爹在灵隐寺也不回来，这么大的院子，就剩下妈和我，多冷清呀！"

"要那么热闹干什么？"

"今日是中秋节啊。"

"那是你们的节日，和我无关。"

嘉草难过了，要哭："大哥，你别这样，妈难过着呢！爹要出家，你又不下楼，茶庄怎么办啊？"

杭嘉和躺着一动也不动，半天才说："嘉草，不要想着这些，无力回天的。"

嘉草不太听得懂嘉和的这些话，又担心妈在下面等急了，只得匆匆地跑了出去。

嘉草记得她回去的时候，寄客伯伯正和妈聊着天呢。

绿爱叹了一口气，说："我知道叫也是白叫，嘉和也不会下楼的。嘉平呢，连封信也没有，连带着那位方西泠小姐也没有了下落。方家原本想和我家做亲家，现在亲家不成，倒是成了冤家了。嘉乔呢，倒像不是杭家的人，活脱脱是吴家的子弟一般，连中秋节也不晓得回家团圆。再要说天醉,我看他是不会回来了,存心要出家过六根清净的日子,只把这么大的忘忧茶庄就扔给了我,你说叫我怎么办呢?"

赵寄客沉默了半晌,才说:"照你这么一说,倒还是我无牵无挂的更省心啰!"

就在他们这样说着话时,嘉草看见一个人向院里走来,身影步履,像是方家小姐。嘉草眼尖,凑向前去,叫了一声,那人果然应了,绿爱和赵寄客都惊异地站了起来,果然是方家小姐方西泠。

方小姐拎着一只柳条箱子,疲惫不堪,开口就说:"我刚从城站下来,吃力煞了。"

说完,一屁股就坐在了刚刚准备给嘉和坐的位子上。

众人见了她这副模样,心里都惊疑,但谁也没问她话。方小姐见了桌上西瓜,便说:"我口干死了。"抓过了瓜片,便狼吞虎咽,瓜子呸呸地往手心里吐。这样吃完两片瓜,她才喘过口气来,惊异地问:"咦,嘉和呢?"

绿爱却淡淡地问:"你回家了吗?"

"没有。我没想回家。"方小姐坐舒坦了,拿起把扇子就扇,"唉,嘉和呢?嘉草,快去告诉嘉和,就说我回来了。"

"等等。"赵寄客止住了嘉草,从方小姐手里取回了扇子。

"走,我送你回家吧。"

"我不回家,我找嘉和有事。"方小姐似乎看出大人们的敌意来,才说,"我真有事,我带着给嘉和的信呢。"

"谁的?"

"嘉平。"

“你见着嘉平了？他在哪里？”绿爱一把抓住了方西泠，激动得失了态。

“在上海。”

“在上海？”绿爱低低叫了一声，“在上海什么地方？”

“他不让说。”

“这个没心肝的东西，上海离杭州有多远，他也不回来看看！”

“伯母，你就错怪他了。”方西泠搁下了刚捧起的茶杯，“他也没时间，又走了。”

“走了，去哪里了？”做母亲的心又惊诧了起来。

“这回去远了，出国了！”

赵寄客不禁失声惊叹：“这小子可真会跑！”

嘉草年幼，也好奇地问：“西泠姐，你怎么没去？”

方西泠叹了口气，站了起来，说：“嘉和不是回来了吗？我去找他，我有话要跟他说呢。”

说完，一把撸过了嘉草，就让嘉草引了她去了。

绿爱掩面哭了起来：“嘉平，你这不懂事的东西，你哪年哪月才能回来？只怕你回来，忘忧茶庄也倒了，姓杭的也就算是破产了了事呢！”

方西泠再次看到的杭嘉和，冷冷清清地躺在竹椅上，身体削薄，他月光下的轮廓是那样地无依无靠，孤立无援。他躺着的样子，甚至透出了走投无路的沮丧。看见她站在他的面前，他也不惊奇，他也不仰起头，他只是睁开眼睛，半晌才说：“你？”

“我回来了。”

“你回来干什么?”

“我给你们带信来了。”

方西泠小姐看见了杭嘉和长眼睛下的黑眼圈,还有他的那双因了月光而更加渲染了的密密的眼睫毛,这样的睫毛,真该是生在女孩子身上才对。

“是嘉平的信吗?”

“除了他,还会有谁?”

嘉和从方小姐的口气中听到了一丝的不恭,然这样的不恭,又往往是和亲昵连在一起的。他因此而欠起了身子,伸出他的薄薄大大的手来。方小姐迟疑了一下,才知道他要看信。

这封信和以往写得大不一样,大概是因为写给父母的,口气中传统的恭敬又重新占了一席之地,夹在一大堆豪言壮语之中,显得不伦不类,令人又好笑又感动。看来,血缘关系又被嘉平重新承认了。

父母双亲大人:

儿在沪上向你们致以最孝敬的问候。

儿一别双亲大人半载,其中甘苦,不言而喻。儿现已抛弃无政府之主张,不日将赴欧法等国,实地考察学习,以图中国富强之途、成功之门了。切望父母双亲大人万勿伤悲。儿临行离家时携之兔毫盏半爿,实为儿对故乡父母的一片挂念。他日走到天涯海角,人与残片俱在,终是一点纪念。双亲既为社会奉献一子,也犹如地藏王一般“我不入地狱,谁入地狱”了。普救众生,菩萨心肠,当可瞑目矣。

若问何日为归期，须当中国富强成功之日，一家团圆，皆大欢喜。中国不强大，此生不复见。

致

颂

儿嘉平叩拜于沪上

方西泠看着嘉和手里拿着信纸簌簌发抖，烛光下，目光忽明忽暗，便问："都写的什么？我可以看看吗？"

嘉和一声不吭，把信给了方小姐，方西泠看了，淡淡一笑说："怎么一个字也没提我？这个嘉平。"

嘉和认真地看看方西泠，眉头皱了起来，觉得她陌生了。

嘉和的眼光，聪明的方西泠小姐是看出来了，便说："嘉和，你看了这些，自然新鲜，我是在那里和他们摸爬滚打了几个月，这些话，我却是耳上都听得起了老茧的了。"

嘉和这才想着要问："你们不是在北京开着茶馆吗？怎么又跑到上海去了呢？"

方小姐对着月亮，长叹了一口大气，说："我此刻坐在这里，吃着西瓜，看着月亮，与你说着北京的那个茶馆，简直就如同做了一场噩梦。"

"都是志同道合的同志，哪里会有那么可怕？"

"嘉和，你是不晓得。社会哪里是像我们想的那样仁慈，光是北京城里的地皮、房租这样昂贵，要靠开茶馆来维持半工半读的生活，怎么可能呢？"

"钱是一开始就缺的。只是据我所知，茶馆开得好，大约收支还是可以平衡的。”

方西泠那口细细密密的牙齿，在月光下一闪闪的，像一根根的小铲子，一边细细铲着平湖西瓜，一边长叹一口气，说：“从前我听人说开茶馆的人都须是‘吃油炒饭的’，我还不懂，这一次开了才晓得，你若没有那一张油嘴，如何摆得平这四面八方的来客。”

嘉和想了想，倒是忍不住极淡地一笑，说：“也是，我家开茶馆的，那张嘴总能说得稻草变金，白鲞会游。”

“这倒还不去说它。顶顶可怕的是吃讲茶，我们那个茶馆，开了不到一星期，就被砸了。”

嘉和就一下子坐了起来，拍打着自己的前额，说：“怪我没有提醒你们，开茶馆时，门上四处须贴了‘禁止讲茶’，要不然，地痞来了，一场混仗，你们这几个手无缚鸡之力的书生，怎么敌得过他们？”

“嘉平哪里有你的那一份子务实的心。他整天就跟做梦似的，张口都是大话。好不容易把个茶馆开了起来，一连四天，北京城里的学生都往我们那里拥，茶吃得精光不要说，茶盏也不晓得打碎多少只。什么工团主义、国家主义、科学救国、实业救国，还有列宁主义，统统都到茶馆里来辩论。累了就到角落里睡一觉，醒来再吵，声音大得邻居受不了，便去报了警察局。好嘛，警察局也聪明，弄了一批天津的青皮和北京天桥的地痞来茶馆吃讲茶，讲着讲着就开了火，桌椅板凳，统统砸了个稀巴烂。嘉平去劝阻，头上砸个大口子，茶馆没开成，医药费倒垫出去一大半，这叫什么事啊！”

方小姐说着说着，偶尔露出了几句北京话。嘉和觉得奇怪，怎么他过去从来没有发现方小姐那么会说，那么伶牙俐齿。

“你们就那么去了上海?”他好奇地问。

“到上海是为了去法国。”方西泠轻描淡写地说,“我劝嘉平别去算了,就在北大读书,他不听。他这个人,谁的话都听不进去的。”

她突然想起来了,嫣然一笑:“你快看他给你的信吧,你们两兄弟啊,鬼鬼祟祟的,还挺投机呢。”

嘉和我兄:

见信如见人。

今夜,是我在沪上的最后一夜,明日,我等同学少年,便将取道海上,去法国勤工俭学了。

我的思想之所以从实践转向欧洲,并非心血来潮。半年来种种社会之改造实践的虚妄,尤其我们这次在北京开茶馆进行工读互助的失败,究其原因,无非两点:经济的窘迫以及团体能力的薄弱。诚如你来信中所言,靠我们单枪匹马,在这风雨如磐黑夜弥漫之社会,不但拯救不了自己和他人,甚或殃及他人的前程和性命。你叙述的跳珠之死,给了我等同志强烈的刺激。我们日夜痛苦辗转不安,反复思考,寻求中国之出路逐渐明朗,晓得了社会没有改造之前来进行新生活试验,不论我的工读互助团,还是你的新村,终究是要统统破产的。须知要改造社会,终得从根本上谋全体的改造,那样枝枝节节的努力,到底是不中用的。故弟已抛弃无政府主义之学说,去寻求新人生与新的信仰,以求得国家的繁盛,民族的振兴。

嘉和我兄,此时此刻,我是多么盼望你能飞身沪上,与我共渡汪洋，亲临目睹与实践新的生活。然而，也是此时此刻，我已然明白，我们两人的命运，从此以后，便要截然地分开了。

因了我的献身于社会，我的家庭及父母的悲伤，只有由兄长嘉和你来抚慰了。我既已决定了青山埋忠骨之念，父母譬如说是白生了我这么一个儿子。汝若再与我同行，岂非痛煞他们之心。献身社会者也是血肉之人，每每念及父母，中夜涕不自禁，故嘉平叩拜嘉和，长兄如父。日后家中一切，全仰仗你了。

又，我随身带之“御”字残盏，系你亲手所赠，弟当如眼睛般护之。弟知你喜茶爱茶，倘若日后你继承了茶庄，经营亦必有起色，一来也是代我尽了孝心，二来也为社会富裕积累了资金，三来华茶本为中华民族之骄傲，待中国富强了，地球上人人杯中啜的都是华茶，不就是人生之大骄傲大成功？我兄如有一日，使世界上人个个知道杭州西湖之龙井茶，便也与弟殊途同归了。

又，此信请方西泠小姐转交，方小姐聪慧机智，活泼大方。我们合作，虽时有争执，但终不失为热肠之女子。因投奔理想而去，失落而归，弟愧疚不已，也只有一并交于我兄，妥善处之，万勿伤之。方小姐极其崇拜我兄，每与我争，必言：嘉和不是这样的！一笑。

别不多言。望兄振作，病体早康，他日会师杭州，“提兵百万西湖上，立马吴山第一峰”。

致

礼

大弟：嘉平

嘉和读罢此信，也不掩上，低着头，好久也不说话。方西泠觉得奇怪，只听得啪嗒啪嗒，似雨点打在叶子上的声音，在这样万籁俱寂之夜晚，十分地清晰和亲近。再仔细一看，是嘉和的眼泪，重重大大地砸在信纸上。

“嘉和，你怎么……”方西泠小姐十分吃惊。她是个性格变化多端的女子，很难体验心里最深处的那份情谊。如果说嘉和的内心最深处是一座情感的花园，那么她的内心最深处和她的父亲一样，是个执法官。她只是看上去狂热、任性，甚至神经质罢了。实际上，她是一个机敏的甚至有心机的姑娘。

这么剖析方小姐方西泠，绝对不是说她缺乏感情，天性冷酷。事实上，她亦是一个极易受感染的、很容易动情的女子，但那些情动得太易，便不深，所以改变也快。当她对某事做出最终裁决时，理智却又往往是带着感情跑，而不是感情带着理智跑的。

在对嘉和兄弟的感情上，她就是这样一只永不休止的钟摆。在忘忧茶楼相亲时，心里倾斜在那个在广场上欲杀身以成仁的弟弟身上；等到了北京和嘉平筹办茶馆时，钟摆又开始摆向在杭州郊外茶园里谈理想的哥哥。在上海和嘉平告别的时候，她还是哭了，嘉平大大咧咧的样子，一口一个西泠同志的叫法，伤了她的心。她满心希望在船码头告别时，嘉平能吻她一下，哪怕在大庭广众之下也没关系，方小姐要的就是这份惊世骇俗的独特的好感觉。

但是嘉平压根儿没想到，他挥着帽子兴高采烈向她说再见时，她眼里流出了委屈的泪水，心里却一下子轻松了，而且越来越轻松，她自己也不知道，告别了那些无政府主义、那些乱七八糟的学说,为什么她会那么高兴。实际上,她发现自己一点也不喜欢乱哄哄地凑在一起开什么茶馆、洗什么衣服,她根本就不愿意过劳工阶级的日子,那可真的是打心眼里不曾想过。

今天夜里恰好是中秋节,她恰好进了忘忧楼府。也许是几个月漂泊的生涯吧,她觉得忘忧楼府太好了,完全是她想象中的人家。当她看见嘉和流下了眼泪,她也觉得好,她被打动了,是被他流泪的激情打动,而并非被他为之流泪的那些内容感动。然后,她也哭了。她流着眼泪走到他的身边,想安慰他几句,但嘉和却一个转身回了房,并且插上了门闩,把方西泠方小姐晾在外面。

方小姐就坐在月光下流泪,一边哭,一边动心思。哭完了,心思也动好了。方小姐就拿着她的小白手绢下了楼,哀哀怨怨地朝绿爱和寄客两个走去。

“见着嘉和了?”刚刚哭过的绿爱问。

“见着了。”

“他怎么样?”

“他正在哭呢。”

赵寄客就长叹了一口气:“嘉和呀,到底是像天醉。”

方西泠却又拉着赵寄客那只空袖口哭:“寄客伯伯,我是回不去了。”

“怎么回不去?我送你。”

“我回不去了,我父母说了不要我了。”

“那是气话。”

“真的,我把我们的章程都寄给他们看了。我爸来信说,我妈气得昏了过去。”

“你们都弄了些什么章程？”

“有脱离家庭关系，脱离婚姻关系，还有男女共同生活……”

“什么？”他们两人都急了。

“其实一点事也没有，手都没碰过一下，我对天发誓……”

方西泠吓坏了，连忙声明。

“唉。”绿爱长叹一口气，“谁还会相信你呢……难怪你爹妈不要你了……”

“我们相信你的。”杭嘉和站在她的身后，喑哑着嗓子说。

一阵夜风吹来，老白玉兰树哗哗响，大家都朝着树梢往那山墙上看，想起当年那从墙外翻落下来的吴茶清了。

年底，绿爱这高龄的产妇生了一个女儿。那一日杭嘉和与赵寄客进了灵隐山中，把这一消息告诉杭天醉。杭天醉苦笑着说：“真乃尘缘未了，尘缘未了啊。”

问及取何名为佳，杭天醉说：“就叫寄草吧，女孩子嘛，寄养人间一场罢了。”

“你既看得那么轻，倒不如给我做了女儿。我倒是膝下无人呢。”

“一言为定。”杭天醉说。

儿子问：“爹，你还回不回去？”

天醉说：“回不回去都一样。”

“那你是说，来不来这里也一个样啰？”

天醉一惊，想，嘉和有慧根啊。

“回去了怎么样？不回去又怎么样？”

“回去嘛，我想专门给你辟个院子，做了你的禅院，你只在里面，做你愿意做的事情。茶庄的事情也不用你来操心，你愿意听便听，不愿意听，摇摇手就是。”

“我要是不回去呢？”

“不回去就不回去呗，只是茶庄的事情，你和妈交代了，要逐渐地交给我便是了。”

天醉捻着自己稀疏的山羊胡子。良久，他想他到底还是完了，他拔着自己的头发根到处逃遁，想寻找一处灵魂的避难所，却终究是不可能的。其实，即便人们不来请他，他也开始怀念那人间的烟火了。他明白自己不配做那些茶禅一味的高人。“尘缘未绝啊……”他叹息着回家了。

1911年的辛亥革命，给中国带来的究竟是中国民族主义运动的早期高涨，是一个充满活力的政治实验的时代，还是一个军阀主义时代的开始呢？

杭嘉和比他的父辈们对这段眼花缭乱的历史更为清晰，他要在每一朵历史浪花中寻找他弟弟的身影。统观这一个历史阶段，1916年到1928年的这段时间，不过十二个年头，但是在北京的政府却变幻无穷，七个人当过总统或国家首脑，其中有一人当了两次，所以实际上等于八个首脑。又有四个短命的摄政内阁，还有一次昙花一现的皇帝复辟。共计二十四个内阁、五届议会、四部宪法，把整个中国搞得手足无措。中华大地上的子民，笼罩在深刻而普遍的幻灭感中。

即便是偏安江南的浙江，也不得安宁。那八个首脑中就有浙人五位,其中杭人三位。而吴山越水锦绣田园,在一片军阀混战之中,亦不能免于兵燹。

从表面上看,在杭州的杭氏家族成员都未卷入政治。杭天醉的三个儿子,一个杳无音信,在地球上某些角落里跑来跑去;一个深藏不露,悉心钻研茶学;还有一个虽年少幼稚,却心狠手辣,目标集中单纯——把忘忧茶庄夺到手。

1924年9月,对许多人来说都至关重要。那一个月齐卢之战爆发。直皖两系争夺上海,盘踞江苏的齐燮元与盘踞浙江的卢永祥发动战事,相持不下。盘踞福建的直系军阀孙传芳率兵由江山仙霞岭入浙,浙江的老同盟会会员、此时的警务处长夏超,里应外合,卢永祥两面受敌,被迫下台。

那一个月,民国纪元当为十三年九月,对浙人尤其是杭人而言,它的确是一个非同寻常的月份。那一年赵寄客为平安汽车公司的出现和发展可谓费尽心机。汽车的技术问题尚难不倒以赵寄客们为核心的留欧留日学生,行驶路线也从开初的湖滨至岳坟,发展到了市内的官巷口、清泰街、清河坊以及环湖的钱塘门、清波门。赵寄客们没有想到的是人力车与汽车之间的矛盾,竟丝毫不亚于轿夫与人力车之间的争斗。汽车的发展,站头的缩短,自然抢了人力车的许多生意,人力车夫骂汽车、砸汽车以至于罢工闹事便也在所难免。

某一日木讷的撮着伯脸上笑嘻嘻,使嘉和很奇怪。撮着伯早已不拉车了,但他一生以车夫自居。撮着伯笑嘻嘻地告诉嘉和,汽车出事了。汽车开到白堤时,转弯太快,翻车了,还伤了不少人呢。嘉和生气地说:“伤了人你怎么还高兴呢?”撮着伯认真地说:

“大少爷,我们拉车的没饭吃,上吊的有好几份人家呢!”

一年多来,赵寄客就一直奔跑在汽车和黄包车之间。既要为挣扎在贫困线上求生的人力车夫开一条活路,又要为古老陈旧的中国辟一光明飞奔的前途,赵寄客竟觉得其中艰难一点也不亚于辛亥革命了。

杭天醉却在渐渐地老去了,他开始进入了宁静的失落时代。这种宁静的失落,当然,只是他自己的。他始终无法如赵寄客一般可以抛下属于自己的生活,去全身心地投入浪潮。他在岸上时站立不稳,掉入大潮中则有灭顶之灾。所以他现在开始离潮水更远了,他开始转到山的那边去了。但他依旧能听到潮水的声音。

那年9月25日下午,孙传芳的军队开进了杭州江干;与此同时,应了夕照山下青白山庄主人汪裕泰邀请,杭氏父子前往汪庄品茗调琴,他们特邀了赵寄客同去,以宽慰他近年来焦虑之心。

中国20世纪的上半叶,茶商界没有人不知汪裕泰的。杭州人晓得的上海茶商,一位是唐季珊,另一位便是这汪自新了。

汪自新,字惕予,别号蜷翁,风度翩翩,既为茶人,又为文人。安徽绩溪人。汪氏茶号在上海有七个分销处,差不多都设在市中心,汪氏茶庄在上海滩,便成了天字第一号茶庄。其次子汪振寰,和吴觉农一样曾去日本留学,回国后又专攻茶业,和唐季珊齐名,都是当时年轻有为的茶界巨子。

为打开外销渠道,汪振寰不仅派人去北非摩洛哥港口城市卡萨布兰卡设庄推销中国绿茶,还聘请上海圣约翰大学有外文基础的毕业生为高级职员,又雇用江西籍的外销技工开设制茶拼配厂,一时便与唐季珊的华茶公司在茶界并雄了。

杭州的汪庄茶号,就是在这样的角逐竞争下开设的。汪家父子商定在屏风山麓购地数十亩,耗资数十万元。据说当时因为侵占西湖湖面甚多,有杭人讼之于官。幸赵寄客找了方伯平为之周旋,汪先生又答应百年之后将庄屋捐赠地方政府,作为公用,故始免拆除。方伯平又介绍女婿杭嘉和与汪自新父子相识,从此两家便有些来往。况汪自新是个多有雅趣的人,极爱品龙井名茶,游西湖山水,好鉴赏书画以及徽墨端砚,善弹古琴,在最后一点上和杭家父子不谋而合。此一次汪家便是特意请了杭氏父子来“今蜷还琴楼”欣赏他自制的琴。

汪庄从陆路走由南山路进去,水路更为方便,坐船可直达汪庄上岸,上岸便可见茶号的“试茗室”,那里绿草如茵,花香扑鼻,竹树蔽天。室内敞明雅洁,陈设古色古香,有嵌铜红木茶匣,有竹器漆器茶具,有宜兴紫砂茶具,也有景德镇精瓷茶器,让你一面品啜龙井香茗,一面观赏、选购精美的茶器和名茶。买主则是游客兼茶客,三杯过后,伙计把包好的茶叶送到你面前任你挑选,付款取货。如此风光如此茶,安能不使人醉乎?

杭氏父子和赵寄客水路而来,坐的是比从前“不负此舟”要小得多的划子。三人一舟,各人说的是各人的话。

“你们倒还有心情听琴啜茗?听说孙传芳从江干进来的事情了吗?”

“怎么没有听说?卢永祥上吴山测字,测字先生是个秀才,姓金,我认识的。给了他两句杜诗:‘江流石不转,遗恨失吞吴。’是让他急流勇退方能后起有望,卢永祥可不就急流勇退了?”

“城里不少人跑掉避祸去了,我们几个倒有心情优哉游哉!”

“我倒是去过汪庄多次了。蜷翁那数百张名琴我也都见过。我这是专门带了你去见识的。有唐琴,龟纹断,色黄黑相间如龟板,其纹有形无迹,琴背有‘流水潺潺’四字,旁边还有一行小字:唐开元五年益州宣化道人为遐叔先生制。还有一把宋琴,流水断纹如浪痕,蜷翁题了十六个字,我倒是也还记得:梓桐古木,合器通灵,发音清邈,寄静宜情。”

“好一个‘寄静宜情’。兵荒马乱,军阀混战,哪里还可以‘寄静宜情’?”

“‘国破山河在,城春草木深。’不管军阀怎么打,茶叶在山里照样年年发,我们活着的人也照样年年要喝茶嘛！这不是‘寄静宜情’?”

“嘉和接了茶庄果然面目一新,别忘了汪庄亦是你杭家的对手呢。听说每年新茶上市,汪家那二公子总要亲自来杭州,住在汪庄,亲自验收郊区茶行代购的龙井茶,再度评审,择优进货。君不忧其取而代之乎?”

杭嘉和淡然一笑,说:“赵伯伯过虑了,连翁隆盛这样的茶号都不怕,我们还怕什么?忘忧茶庄近年来虽惨淡经营,但每天茶行收购运来的龙井毛茶,亦是当晚复炒,上簸去末,成品收缸。相比之下,汪庄茶号毕竟要稍逊一筹!”

赵寄客满心欢喜,看着坐在船头的英年华岁的杭嘉和,他也为自己往年在两个孩子中更偏爱嘉平而羞愧。在他看来,嘉和总不如嘉平更果断勇敢,敢作敢为。是他看错了?嘉和是那种需要细心琢磨的人,这点像他父亲,只是他比他父亲更能隐忍也更有主张罢了。

这是9月的初秋的一个下午，天气依旧炎热。湖面亮如锡纸，一会儿耀了这一片，一会儿又耀了那一片。热气熏得西湖昏昏欲睡，四周是一片懒洋洋的寂静。舟子划着船，连船桨机械地划入水中的声音也仿佛要睡着了，时间被热烤得凝固起来。但时间是绝不会真的凝固住的，巨大的激荡将接踵而至，只听轰的一声——面向南山而坐的嘉和猛然一跳，从船首站了起来，他半张着嘴巴，不敢相信他亲眼看见的现实。整个夕照山烟雾腾腾，魔气冲天，鸦雀炸飞，压黑了半个湖天。“雷峰塔倒了！”杭嘉和面色苍白，嘴唇颤抖，他的父亲则瞠目结舌，目瞪口呆。

那一年9月，尚有一个人的心机既不在卢，亦不在孙；既不在直系，亦不在皖系。在他眼里无军阀，他自己就是他心里那个独立王国的军阀。

1924年9月某日，昌升茶行的老板吴升就那么坐在自己刚刚落成的新茶行小客厅里沉思。手下的人一个不剩，都叫他打发开了，他要一个人坐一会儿。

这一幢砖木结构的两层楼房，专门设有大的厅堂和工场，供南来北往的茶商使用，光是厨房就设了好几处，为的是让信伊斯兰教的人方便。甚至楼上还有个小房间，设了卧榻、烟具，专门供人抽大烟的，又有专供人打麻将的。吴升自己，不赌不抽，甚至嫖都不嫖。这一恶习，改造在旧年游街之后。那一次的游街并未摧毁他的意志。他中夜醒来，不免悲壮地想到，现在，他在别人眼里，再也不是一个跑堂的抹布一样的东西了。他是一个对手，一个别人已经在认真对付的对手。

这些年来,他里里外外上上下下地努力,早已如十年生聚十年教训一般地卧薪尝胆,悄悄挣得了一批家产:开了布店、南货店,昌升茶行也经营得很像样了。

带着嘉乔,住在吴山圆洞门里,名声便不好,正是苦于没有脸面向茶界交代——怎么就对忘忧茶庄这样地忘恩负义呢?虽然现在忘忧茶庄的股份是完全没有了,但这幢茶行的房子,却是茶清伯在世时置办的,茶清伯自然用的是忘忧茶庄的钱。吴升多年来一直厚着脸皮充干儿子,为的就是要争口气。他想,现在好了,妈的,你的儿子游了我的街,可叫我抓着机会了。可是我偏含冤受屈地装孙子,我偏按兵不动,一切如常,我照样鞍前马后地在茶行张罗。人心就是这样,我越是装出受苦受难的样子,人家越是同情我,南来北往的山客和水客们都愤怒了,纷纷地写信来,要求我去天津、去福建、去广州做客。我呢?又偏不去,却派了心腹,带上嘉乔去一趟趟地送礼。礼是厚的,不怕送得重,以后会有机会重重地回来。嘉乔单单薄薄的小可怜样儿,见了人家又乖巧,又磕头又作揖,“阿爷阿叔”,一张嘴巴甜得出水,他们就想起我的好处:你游了人家的街,人家却养着你的儿。吴君者,真善人也,真君子也;杭天醉者,禽兽也,伪君子也,臭狗屎也。

就这样,时机成熟了,今年清明前,吴升在候潮门另立门户,开张大喜,鞭炮声响彻海月桥、候潮门。山客水客们全都拥向了新开的昌升茶行。老房子呢,吴升一转手竟卖了个好价钱,做了木柴栈。老撮着在老房子里眼睁睁地看着新主登堂入室,愁得直对他的儿子小撮着跳脚:“都是你,都是你,你跟着二少爷去游什么街?你看你看,人家是君子报仇,十年不晚吧。”

小撮着什么地方都很像他爹,但是门板牙要小那么一点点,暴眼珠要平那么一点点,厚嘴唇要薄那么一点点,衣衫要新那么一点点,小撮着从任何角度看,都要比父亲进化一点点了。

新伙计要找的便是他的新主人了。新上任的忘忧茶庄老板乃杭嘉和也。沈绿爱刚坐过月子,毕竟做产是件辛苦事情,徒有垂帘听政之心却再无这般的实力。嘉和赶到现场,恰巧看到人家往从前的忘忧茶行里抬木头。吴升就在对面的昌升茶行新楼上看着杭嘉和呢。他想:你杭嘉和还能够怎么样呢?我不但卖了你这幢楼,我还敢买了你的忘忧茶楼呢。

杭嘉和静静看了一看就回了家,直接便去问父亲这幢房子的产权应该属谁。父亲正在书房练字,听儿子问便说:"按理自然是我家的,只是吴升既然成了茶清伯的干儿子,那些乱七八糟的事情,谁有心思管?这些年我都没去过问,这会儿怎么又突然问了?他要卖就卖吧。嘉乔都在他手里呢!这个强盗坯子。"

嘉和再去找绿爱,绿爱说:"要说茶清伯买了房子该有地契啊。那地契上写着谁的名字呢?吴升说茶清伯把房契给他了。鬼相信!你父亲不让我问,说嘉乔给他们养着,别过分。他也不想想,他占了嘉乔,是占了吴山圆洞门呢!"

嘉和也不再听父母如何言说,就退了出来。他晓得再追下去,便要追到小茶身上去了。母亲死时一个字也不提父亲和他,那是怨恨着他们呢。现在怕不是报应吧……难道茶清爷爷真的会把房契给了吴升吗?不可能!那么,真正的房契会在哪里呢?他这么想着,不知不觉便跑到茶清爷爷从前住过的小房间再去寻找。小房间尘埃厚积,肃穆寂寥,嘉和心头一热,他觉得他在这里一定能够找到他所需要的东西,这就好比冥冥之中必定有人在护佑你一样。他闭上眼睛拉开抽屉,心情紧张。他张开眼睛时简直不敢相信这是真的,一只小扁铁匣,打开一看,安安静静,里面只有一份房契,房主是杭天醉的名字!就如茶清爷爷生前就已掐算好的一样,他等着有一天有人来求救于他呢!

拿着这张房契,沈绿爱什么都明白了。她带着产后虚弱的身子和嘉和一起去了昌升茶行。他们什么话也用不着说了,绿爱动了动下巴,嘉和挥了挥手,小撮着把那份房契往吴升眼前一晃,吴升就什么都明白了。可他同时又不明白了,这么多年,他占着这房子,也没见杭家来提房产问题。怎么突然真房契又冒出来了呢?这下他那个假房契可就露馅了。

"你们开个价吧。"他无可奈何了。他知道赵寄客和沈绿村回来了,杭天醉不抽大烟了,他一时又成不了忘忧茶庄的对手了。

老板杭嘉和表示不开价,因为他们根本就没打算卖,除了不打算卖之外,还打算跟他算一算这几年来的房租。吴升阴险地紧抚嘉乔之背说,你们不看僧面,至少也要看佛面啊。杭嘉和拉起了阿乔一只手说,得把阿乔带回去了。吴升这才急了,说由他抚养嘉乔这是小茶的遗嘱。嘉和淡淡一笑说,从法律上说,未成年孩子是不能离开亲属的,你算老几?我们不妨法庭上见。吴升一想这可就是祸不单行了,又要房子又要孩子,这个杭嘉和实在不可小觑。一旦嘉乔被要回去,这吴山圆洞门他们一家也住不成了。这么一想他双眼发红,一把抱住嘉乔,声音发颤问道:阿乔你想不想回羊坝头?谁料一提起"羊坝头"三个字,嘉乔就怒火中烧,一把甩开了大哥的手说:"谁跟你回去谁不是人!"

“那倒也不是由着你说说的，有法院呢。”杭嘉和耐心地解释。吴升晓得这下麻烦了，杭嘉和的丈人是律师啊。

没奈何，吴升只好厚着脸皮再去和那柴行老板说，好说歹说，总算把那房子重新要回来了。他和嘉乔站在对面楼上看着这重新归了杭姓的大房子。它此刻被一把大锁锁着，冰凉凉地板着面孔，仿佛随时都有可能一跃而起与他作对交战。吴升想象有朝一日此处茶叶商人们进进出出的情景，感到严重失落。早知如此，还不如赖在那里不走。看着身边的嘉乔，心里又被一种说也说不出来的温柔和心酸占领了。

“爹，干爹你怎么哭了？”

嘉乔用手擦着他心目中的英雄眼中的泪，他嘴唇哆嗦着，自己的眼眶中也开始渗出了泪水。

“嘉乔啊，我看见你妈了。”吴升说。

“她在哪儿？妈，妈，你在哪里？”嘉乔嘴唇一撇，眼珠子就朝房梁上翻。他永远也不会忘记母亲上吊时的那副样子，他都看见了。他一想起母亲死时的样子，他就悲从中来，恨从中来！他和羊坝头那一家就有不共戴天的冤仇了。

“儿子，她在你身上附着呢。”吴升用劲挤着嘉乔的脸，“儿子，我看见你，就看见她了。”

嘉乔明白了，说：“干爹，你是说我长得像我妈。”

吴升摇摇头，吴升没法告诉嘉乔，你妈不顺我，你妈她不肯做我吴家的人，哪怕我要把她干了她也不顺我。你妈怨恨着羊坝头的杭家人，怨恨你爹顾自己救命不理睬她了，这才把你和房子给了我。那是心里还牵挂着你那没用的爹呢！当我心里不清楚？你妈就是到死也不明白,她得跟我才对。她上吊不是因为别的,是因为她丢尽了脸。她想把魂儿留给自己,把身子抵押给大烟。我不干!我可把她给看穿了,我要干了我可就啥也没了,没了她的魂儿又没了她的身子,那粉红色的有着毛边的身子……好了,这一来她就只有死路一条了!她除了上吊还有什么别的出路?要说是我把她逼死的也不过分,谁叫她抽大烟来着?我是让杭天醉抽,又没让她抽……

吴升这么想着,一团怨毒揉皱了他的心——小茶你可就是死错了。你留下了魂儿,留在儿子身上了。这个儿子啊,崇拜我,信任我,对我言听计从,还与我风雨同舟患难与共。只要我手里握着你儿子的手,小茶,你就一辈子跟着我,你在地狱里,也得跟着我!

这么想着,他把嘉乔扳了过来,盯着他的眼睛,说:"嘉乔,你大了,你可都明白了吧,你羊坝头杭家,抢的不是我的房子,全都是你的!"

十几岁的少年再一次把头探了出去,对面那幢空荡荡的上了锁的大房子刺痛了他的眼睛。他想那是我的,一种蛮横不得的压抑的痛苦使他的眼睛憋出了一片泪花。

吴升一下子举起他的下巴:"你往远处看!"

他的视野一下子就对着窗外那个都市的天空了。远远望去,在一片黑瓦之中,有一幢精致的门楼。

"那是什么地方?"

"是忘忧茶庄。"

"记住,那也是你的!现在让他们占着,日后你长大了,你要把它们全都夺过来!"

“是的,我要把它们全部夺过来,把里面的人全部赶出去!”嘉乔的那颗小野心像一粒膨胀的种子,在腐烂的土地上钻出了芽芽,便开始了疯长的历史,“谁害死我妈,我就要谁去死!”

他咬牙切齿地发誓,他这样又稚嫩又歹毒的誓言,让吴升血液沸腾,他猛地抓住嘉乔的小薄肩膀,说:“嘉乔,好样的,配做我吴升的儿子!”

嘉乔则雄心勃勃地看着忘忧茶庄,说:“我夺回了忘忧茶庄,我要八抬大轿把爹抬进府里去,我要让爹住杭天醉的房子,睡他的床!”

突然,他们的身后轰隆隆的一声,天崩地裂一般,升起了小半个天空的尘埃。鸦雀们声嘶力竭地怪叫起来,压黑了这一大一小两个男人身后的世界。他们却似乎不为这天塌了似的险境所吓。什么雷峰塔倒了！它爱倒不倒,不关我们的事！我们有我们的大事要办呢！我们要复仇!

这两个没有血缘关系却又比父子还亲的一大一小,就这么任凭身后乱鸦齐飞,尘埃满天,就那么远远地注视着忘忧茶庄,一只眼睛闪耀着希望的光芒,另一只眼睛燃烧着复仇的毒火。

1924年9月的军阀入侵与雷峰塔倒塌,还对杭州城里另一个女人不起作用。方西泠方小姐现在已经是正儿八经的杭家夫人了。她在杭氏家族有了自己的历史。一方面她为杭家生下了一对儿女:儿子杭忆,女儿杭盼。一个是怀念过去,一个是面向未来,都是大有深意的。另一方面,她进入教会女中执教,重新成为基督教女青年会中的骨干成员。有了一位上帝可以信奉,方西泠女士那钟摆似的情绪便安宁多了。

如果她永远不再听到那些光荣的消息,那些非凡的、让人想起来眼睛就要发亮的日子,那么,她也许不会对她的丈夫怀有太多的遗憾。随着时光的推移,从前开茶馆的热闹中那些不快的因素早就消散了,嘉平作为一个潇洒的白马王子的形象,再一次在她脑中定格。不过,她也实在无法用想象中的那个虚幻的嘉平来打倒眼前这个实在的丈夫嘉和。尽管嘉和在她心目中早已是个平庸之辈,但她对他那永远是相敬如宾的态度,实在是挑不出刺来。

杭嘉和早已脱了学生装,换上中国商人习惯穿的长袍马褂,那是缎子铜钱花样背心和黑锦缎的袍子。有时卷起袖口,便是雪白的衬里。他也仿照时下流行的穿戴,戴一块怀表,甚至因为近视的缘故,他也戴上了金丝边的眼镜。他那副样子,叫妻子方西泠看了,又端庄又平庸。方西泠不喜欢,她喜欢他穿西装,那都是到娘家去时的行头。瘦削高个的嘉和十分绅士气派,举止得体,进退有度,在社交场上沉着寡言却使人刮目,这才是方西泠喜欢的嘉和。那样的晚上,方西泠就会格外地狂热和温柔,使同样年轻的杭嘉和又欢愉又难受。第二天,他就换上长衫马褂,他受不了妻子那种过于功利的情爱方式,他明白,他娶了一个虚荣心极重的女人。

现在,这个女人再一次被激情击中了,一看到信封上那叉手叉脚的大字,她就知道是谁写来的了。这封来自广州的短信读来振奋人心,嘉平不但还活着,而且活得很活跃。他从欧法转道日本,在日本待了好几年,结了婚,也有了一个儿子。现在,他在黄埔军校学习。他给嘉和的信很短——“国民革命一定成功,吾兄安能稳若泰山乎?尝忆当年投身社会改造社会之热忱,吾兄现尚存一二?”信写在一张戎装照片的背后,大檐帽,宽皮带,明亮的大眼睛,方方的下巴,宽宽的肩膀,笔挺的脊梁。已是两个孩子妈妈的方西泠女士见了嘉平的照片,陷入了沉思,钟摆又摇荡起来了。她的沉思是那么的深,那么的深,以至于雷峰塔倒了,震惊了整个杭州城,也没有把她从沉思中唤醒过来。

第三十章

1926年7月9日，国民革命军誓师北伐，杭家为嘉平能够回来而着实欢喜了一场，不料儿子嘉平没有回来，省长夏超却被孙传芳杀了。

这个夏超，1926年任浙江省省长时，与孙传芳的不和已经到达顶点。结果，在广东国民政府的秘密参与下，10月16日，他宣布了“浙江独立”，实行地方自治，响应国民革命，就任国民革命军第十八军军长，兼理浙江民政。不料22日，孙传芳的部将宋梅村率军攻入了杭城，夏超因此而被捕枪毙。

还在夏超星夜从嘉兴逃回杭州，隐匿在宝石山上英国人梅藤根的别墅里时，小撮着在外面听见了风声，便来通报绿爱。急得绿爱直奔花木深房，对天醉说：“听说宋梅村的部下要入杭城，挨家挨户搜查夏超，怎么办?”

“你说怎么办啊?”

“找个地方躲一躲吧。”沈绿爱说，“我已经让嘉草收拾了细软。”

“有什么可收拾的?”杭天醉说，“那么些茶坛搬得走吗？这么个忘忧茶庄搬得走吗？一把火烧个精光，不是照样什么也留不下!”

“那不是还有命吗?”

“要命干什么?”杭天醉翻翻白眼,“这条命在世上滚来拨去,还没活够啊?”

把一个绿爱呛得说不出话来。正不知如何是好,门房送了急笺来。原来是杭州商会会长王竹斋的亲笔信,要杭天醉赶快去开会,商量如何制止宋梅村洗劫杭城一事。天醉一直在茶漆会馆挂个虚名,多少年也不去开会。但资格摆在那里,商会照样让他做理事。天醉见了信笺,看都不看扔在一边,说:“又来烦我,不过是要钱,有多少钱,绿爱你都给了!大家省心。”

绿爱晓得,这种事情再跟天醉商量也没有用,便举着信笺去找嘉和,要嘉和替他父亲去一趟。

嘉和心里想,去迎合宋梅村,这种事情,我怎么好去做?便说:“妈,我算什么,商会会把我看在眼里?这是爹的事情。”

方西泠手里画着十字,说:“嘉和,你怎么那么说?现在乱糟糟的,谁出来替老百姓说话?还是商会,无党无派,只管做生意,到时候还好出出头。你想想看,万一这些兵痞流氓,真的一把火烧掉了杭城怎么办?这种事情,他们是做得出来的。”

嘉和一听,立刻穿上褂子,就往外跑,边跑边说:“妈,西泠,你们今晚都不要睡了,等着我回来听消息。”

等回来的可不是好消息:方西泠盼望的那种出风头的事情倒没有,却摊着让各家出资。

沈绿爱一听嘉和答应出三千也很吃惊:“别家出钱了吗?”

“都出了。是借的嘛!商会会还的。”嘉和疲倦地坐在太师椅上说,“吴升出了五千。”

“他出五千是他心怀鬼胎。他要用钱买他的名,买他的地位,你出这个钱干什么?”方西泠愤愤不平地说,“又不是给慈善机构,是给军阀!你开的是茶庄,又不是金庄银庄!你到哪里弄钱去?”

杭嘉和碍着绿爱的面子,也不好发作,便耐着性子解释:“话不能那么说,一城的人,都把希望寄托在我们身上,王竹斋明日就动身去嘉兴做人质,与宋梅村谈判。万一谈不好,他自己的命都搭进去了。我们出点钱,又算得了什么?”

方西泠说:“人家是人家,人家是大户人家,有钱。我们家是破落人家,出手哪里好这样大方?”

绿爱一听这话就不高兴,她本来就不喜欢这个儿媳,嫌她会来事,此刻就更听不下去了,说:“大媳妇有这样说话的吗?你说我家是破落户,你怎么就硬着头皮要往我们家嫁,要赶也赶不走哇?”

方西泠一听,如五雷轰顶,她到底是读书人家出身,又是独女,婆婆一直对她敬而远之,她哪里料得到婆婆是不鸣则已,一鸣惊人。

“上帝啊,”她尖叫起来,“上帝,嘉和你听到了没有?你听到她都说了一些什么?”

“别上帝上帝的假门假事了。”绿爱一上火,索性破罐子破摔,“上帝叫你见死不救了吗?只要杭州城不被烧掉,不要说三千,三万我们也出。”绿爱一撸袖子,摘下她那只和田玉镯子,“嘉和,当了,该干啥干啥去!”

“嘉和,你这没有用的东西,你说话呀!”方西泠大哭起来,闹得嘉草跑了过来,赶紧劝走绿爱。谁知西泠见婆婆走了,更加唠叨个不停:“嘉和,你还有没有骨气?轮得到她来教训我吗?我要挨训,也该是我亲婆婆来训。她算什么东西——”

话音未落，被嘉和重重地一掌桌：“你给我闭嘴，回屋去！”

这一下，倒也把方西泠吓住了。但是到底又是任性惯的，嘉和又从来没有对她说过一句重话，便一跺脚说：“好，不用你们杭家赶，我自己就走！”

这时，杭忆、杭盼一双儿女都吓哭了，只是杭忆哭得收敛一些，杭盼哭得放肆一些罢了。方西泠顺手捡着那个哭得狠的，抱起就走，边走边说：“杭嘉和，你听着，明日把我的东西一样不少送回我娘家！”

嘉草急了，拉住方西泠说：“嫂子，嫂子，你可不能这样走哇！有话不能好好地说吗？”

“干什么？放开！”方西泠大喊一声，声音又亮又响，震了这忘忧楼府，然后便腾腾腾地往外走。

“大哥，大哥……”嘉草急得又来抓嘉和的手，嘉和重重地放下了手里的茶杯，说：“让她走。”

方西泠抱着杭盼在夹巷里走时，只是气糊涂了，但是她叫门房开门的时候，还是想到再等一等，要是丈夫这时候来叫她，她还是会回去的。方西泠一方面相当神经质，另一方面也是很理智的。

然而，在从开大门到门房去叫车马的整个过程中，忘忧楼府都不再有声息，它静悄悄的，仿佛对她的发难不屑一顾，又仿佛毫不留情地就把她踢了出去。方西泠打起冷战来，嫁过来六年了，她第一次想到，忘忧茶庄，有时真的是一个寒气逼人的地方。

数日之后，杭嘉和与商界同人发动杭州社会各界去车站迎接军阀宋梅村,以保杭州免于兵燹。行前,他的丈人方伯平登门,单独会晤了女婿一次。

翁婿间一向客客气气,像有教养的买卖人在交易市场上。但那丈人心里却是早有了准备的。女儿抱着外孙女儿半夜三更哭回娘家时,当娘的便大吃一惊,和女儿同仇敌忾了一番,却又没了主意,见丈夫毫无动静,说:“你怎么一句公道话也不讲?我女儿什么人,被他们卖茶的一家,说气就气出来了?我们这样的人家,嫁到他们卖茶人家家里去,本来就是委屈透了的事情——”

丈夫喝住老婆说:“这是什么话!是有教养人家说的话吗?我不用问都知道,你看你把这个女儿惯成什么样了!”

“你就晓得捧姑爷。我倒看不出这个不阴不阳的姑爷有什么好。手指头一松就是三千!好像他还有几个三千好漏。这样下去,我看这幢楼府也迟早要被人家刮了去——”

“鼠目寸光!女人,就坏在头发长见识短上。”父亲这样说着,理都不理睬女儿,就走了开去,女儿太任性了,女婿教训教训她也好。

他没想到女婿竟教训个没完了。一连几天,方家都在等着嘉和上门,却一连几天都没踪影。那天上午,方大律师终于忍不住了,亲自上了门,却在门口,被女婿堵了回去,所以,他们的单独会晤,竟是在路途上完成的。

“你出门啊。”丈人说。

“出门。”

“那正好,拐个弯把杭盼就接回来了。”

“她们什么时候想回来,什么时候自己回来就是。”

“嘉和，”方律师有些不悦，“差不多了，该让西泠下台阶了。”

嘉和淡淡地说：“爸爸，这么多年，给她下的台阶还少吗？”

方伯平愣了一下，脸便热了起来，心中暗暗吃惊，原来这小子心里明白，他一直还记得结婚前后那场风波。他想，他是小看了女婿了。

“嘉和，我知道西泠任性。”

“不是任性。”

“那是什么？”

“她从来也不真正晓得我们杭家人。”嘉和说，眼睛一直就看着前方，“她把我们杭家人看错了。”

“言重了吧。”方伯平说。

“爸爸，我要去火车站，有事，咱们回头再谈吧。”

“你到火车站？你去迎接军阀？”

“这和迎接军阀是两码事，我是去接王会长。他被宋梅村扣了做人质，同车从嘉兴回来——”

方伯平悄悄一跺脚：“嘉和，你好糊涂！北伐军快打过来了。”

“可北伐军现在还没过来呀。”嘉和道，“那些人杀人放火什么事都做得出来，总得有人去挡住他们。”

“那也不该是你啊。”方伯平气得直拉自己的胡子，“国民革命军眼看着要打过来，你不好好卖你的茶，等着他们来，你去凑什么热闹？钱出了也就罢了，光天化日之下去迎接宋梅村——你啊，你怎么那么糊涂？”

“我不是去接宋梅村，我是去接王竹斋。”

“王竹斋我也不准你去接！”方伯平一喊，声音就响了。

嘉和被他岳父的声音吓了一跳,他从来没有想过,岳父有这样一副嗓子。原来女儿还是酷似其父。

嘉和掏出了怀表,看了一看,说:“我得去了。”

黄包车夫一使劲跑了起来,方伯平被甩在了马路上。这个当岳父的,今天才领教到了女婿的风采。

嘉和没有想到他一意孤行地要去迎接王竹斋,究竟有着什么说不出来的理由。仿佛命运就是这样安排的:它让你与西泠吵架,让西泠回娘家,让岳父来火上浇油,让你本来去不去火车站都可以的心情,变成了非去不可的决心。你去了,你却没有陪着王竹斋回商会。你在火车站见着了一个从未见过的男孩与一个一眼就认出来的女人。

看来,嘉和真的是变化很大了。也许是他过于衣冠楚楚,也许他神情肃穆,使人不敢认真地仰视。总之,那女人向他深深地鞠下一躬,并用纯正的普通话问他去羊坝头的车路怎么走时,完全没有想到,她所问的人,竟是当年杭天醉老板的大少爷杭嘉和。

嘉和却一眼把她给认出来了。说不出这是什么原因,他的头皮一下子就紧了起来,他的目光因为害怕触及什么而被压迫了下去。

但他还是抬起了头,他看着这个年轻女子。她穿着和服,纤手拉着的那个男孩子,看上去也不过四五岁。嘉和看见那个男孩子时,心里强烈地一动,一种感激与亲切又夹带着惆怅与辛酸的东西,猛地冲了上来。

“是要去羊坝头吗?”他轻轻地问。

“是的，先生。”女人说。

“是去忘忧茶庄吗？”

“是的，先生。”女人抬起头来，有些疑惑地看着嘉和。

嘉和默默地摘下自己的礼帽，摘下自己的金丝眼镜。年轻的日本女人便突然踩着碎步冲了几步，然后又优雅地停住，深深地朝嘉和鞠了一躬，便把孩子推上去，对儿子说了一串日语。那孩子便大胆地立正，掏出半只黑瓷茶盏，“御”字对着嘉和，用中国话清清脆脆地说：“大伯父，我叫杭汉，我的父亲是杭嘉平，我的母亲叫羽田叶子，我的爷爷住在中国忘忧茶庄，他叫杭天醉。”

北伐军军官杭嘉平这些年的经历，又坎坷又简单。1920年春“一师风潮”之后离开故乡杭州，屈指算来，有七年了。其间先在北京搞工读团，后去法国勤工俭学，再复转道日本东京进武备学堂。在此期间，重与少女叶子相遇。此时，叶子已在父亲所建的家园中学习里千家茶道数年。两个青梅竹马的青年，重逢也很有意思。那一日，原来是父亲带着叶子去相亲的，叶子低头踩着碎步走着，总觉得有个青年在后面跟着她，她忍不住回头一看，那青年几分面熟几分面生，她一时愣住了。

青年见她愕然，想了想，从随身的囊中取出一个纸盒，盒内半只茶盏，他把盏底有“御”字的那一面伸向她，两人就打作了一团。“嘉平是你啊！我都认不出你来了。”叶子说。

“我也真不敢认你。你竟然出落得如此花容月貌。”

他们俩热烈地说着话，羽田在一旁淡淡地应付，他对这个曾经拿着三节棍赶他的中国青年有一种提防，但亦有几分尊敬。

他不想打搅他们。结果等他过去拜见男方家人时，只剩下媒人了。媒人说："习茶道的女子，竟然和中国人闹得火热，我们都看到了。叫我的脸都没处搁呢！"

就那么意外地，把这门亲事给搅黄了。

嘉平和叶子实际上是私奔的。整个过程又传奇又浪漫，不像是发生在日本国。羽田先生觉得丢尽了脸，连茶道师也不愿再做下去。他事先一点也没有想到，叶子竟然会私奔，嘉平只是来向他简单地求了一次婚，甚至连正襟危坐都没有做到。他穿着武备学堂的校服，站在露院里，突然说："羽田先生，请允许我娶叶子小姐为妻。"

羽田先生很吃惊，说："你们中国人都是这样求婚的吗？"

嘉平一笑，露出洁白的牙齿："不是我们中国人都这样求婚，是作为中国人的杭嘉平就这样求婚。"

羽田回去便对叶子说："以后不要和嘉平来往了，我不会允许你嫁给他的。"

"为什么，父亲？因为他是中国人？"

羽田摇头，说："因为他无所畏惧。"

"无所畏惧，不好吗？"

"无所畏惧，会把自己和亲人带到地狱里去的。"

"父亲，我不明白，千利休不是无所畏惧吗？"

"所以他切腹自杀了。"

叶子静静地想了一下，突然说："父亲，我明白了。你不是真正的茶人。"

羽田吃惊，又很恼火。叶子不像是一个标准的日本女孩，她在中国待的日子太长久了。杭家肯定是中国少有的家族。在这个忘忧楼府中,女人很有力地生存着,男人却温文尔雅,不施暴力,但心灵自由,不受约束。也许,他们就是这样,滋长出了在大事面前的无所畏惧。羽田很爱他的独女,但总为她过于坦率和情感上对中国有意无意的倾斜而伤感。

他无论如何也没有想到,叶子如此神速地便和嘉平私奔了。其实他们就住在一个城市里,但羽田见不到叶子。他也不想见到她。

嘉平做什么事情都这样胆大妄为、不知害怕。他把叶子安顿了下来,两人快快乐乐地结了婚。那天夜里,叶子羞怯了,不知如何是好,嘉平洗了澡出来,跪在叶子面前,说:"让我看看,让我看看,长成什么样了?"

他就左边一撸右边一撸,把叶子的衣肩撸了下来,光滑的肩背,闪闪的,缎子一样,胸乳像小兔子,白白的,长着红眼睛。

嘉平禁不住惊叹了一声:"叶子,你长那么大了。"

叶子本来羞怯着呢,此时也忍不住笑,说:"坏东西!你什么时候看到过的?"

"你在我们家时看到的呀!你洗澡,窗没关严,我就看见了。小兔子还很小呢。"

"什么,你真看见了?"叶子跳了起来,又捂住脸,"你骗我!"

"怎么是骗你?我叫嘉和也来看的。"

"他也看到了?"

"当然看到了。"嘉平还很得意,"不过他这个人太复杂,看了一眼就不让我看,关紧了窗,还一本正经地拉钩,不让我说出去呢。"

“哎呀呀，哎呀呀，你们呀，我怎么办啊。”叶子捂着脸，半裸着身子，便倒在了榻榻米上。

“还有什么办法呢？除了嫁给我，一点办法也没有了。”

嘉平就扑了上来，和叶子闹成了一团。他从来没有做过爱，也不知做爱是怎么一回事，他甚至从来就没碰过女人一个小手指。当然，这并不是说他没有握过女人的手。他和方西泠小姐互称同志的日子里，没少握手，有时方西泠小姐还冷一阵热一阵地发颤，嘉平很奇怪。嘉平知道方西泠小姐看中他。但他对她却一点感觉也没有。不像是对叶子，他见着叶子，就想把她一口吞下去。

两个不会做爱的纯洁的年轻人，又笑又闹又紧张地折腾了一夜，总算把男人和女人是怎么回事弄明白了。他们交颈而睡，像两只天鹅，他们不管明天还会发生什么事。

杭汉一岁的时候，嘉平回国去了广州，临行前说：“叶子，你等着，我会来接你的。”

叶子跪在榻榻米上，不说话。嘉平已经了解她了，她的不说就是说，想了想，摸出那“御”字爿，说：“见物如见人。”

杭汉四岁的时候，叶子收到了嘉平的来信，原来北伐就要开始了，原来嘉平还活着。

叶子是在离别日本的前三天，才抱着自己的孩子，去看望父亲的。她步入露院的时候，父亲身着和服，正往胸前搭着一块湿布，在鹅卵石铺成的地上走来走去，拿那块湿布来吸空气中的灰尘。这动作叶子看得很熟悉。

羽田看到女儿，站住了说：“回来了？”

女儿把孩子推到膝前，紧张地说：“这是我儿子。”

“我知道这是你儿子。”羽田身上搭着的那块湿布掉了下来。他走过去,就一把抱住了杭汉。

“叫外公。”他说。

“外公。”杭汉说。

“像他的父亲,”羽田对女儿说,“胆子大。”

女儿又说:“我要回杭州去。”

父亲又怔住了,捡起了湿布,贴在胸前,在院子里走来走去,也不说一句话。

“京都的远亲,要来会一会呢。”他说,“我想搬到京都去了。”

女儿沉默了片刻,说:“去那里也好,有人照顾你啊。”

羽田叹了口气,问:“一定要去杭州吗?”

“一定的。”

“你……喜欢这个中国人什么呢?”

“……无所畏惧吧。”女儿说。

羽田想了一想,说:“他可能会使他的儿子成为孤儿。”

叶子也想了一想,抬起头来,说:“是的,可能的。”

“那么,我就没什么要交代了。”

父女俩就在龛室前跪了下来。案上一大盆清水,盛在一只瓦蓝色大浅洗盆中,里面盛了一底的鹅卵石,看不见一点绿色。

他们行了一次茶道。父亲把茶盏双手捧给女儿时,女儿在父亲啜过的地方贴住了唇,然后,又叫过她的儿子,在她啜过的地方贴住了唇。

1927年,无论如何都可以说是一个特殊的年份。甚至那一年的自然界也受到了来自社会的暗示,作为一种相辅相成的呈现,它给了那一年心火如潮的杭州人一个意外温暖的春天。杭州郊外的茶山茶蓬铁绿的老叶上,提前绽了芽,吞吞吐吐地终究张开了雀一般的舌头,一夜春风,便密密麻麻浅绿了一片,一朵一朵地连成了波浪,在十里琅珰岭上,铺泻开一条绵延壮阔的巨长茶带,绿袖长舞,直抵远方。

那一年2月,从表面上看,是杭家大媳妇方西泠情绪最高昂、社交活动最频繁的岁月;从内里看,也是她心乱如麻佯作镇静的难挨时光。她忙于组织女青年会的姑娘们制作标语和彩旗什么的,忙得像一个女社会活动家。但还是没有忘记回家来,拉住叶子的手,心情复杂地问:“你就是嘉平的妻子?”

叶子很羞怯地低下了头,她已经长成了一个标准的日本妇人。中国虽然没有榻榻米,使她无法按照传统的日本茶道礼仪来向家人献茶,但她还是一本正经地用中国的盖碗茶盏点了一杯茶,举案齐眉地捧给了方西泠。方西泠这几年品茶也品出水平来了,问:“这么绿糊糊的,什么茶?”

“是日本带来的蒸青茶末。嫂子,你尝一尝,不成敬意了。”

方西泠喝着,便想,这个叶子是乖巧,瞧她说的话,婆婆一定喜欢,还有嘉平。虽然青梅竹马,但跑到日本去寻真理,竟然娶一个不知真理为何物的东洋女子做老婆,也是绝了。方西泠想到嘉平便有些心酸,放下碗盏说:“我走了。”

叶子看着那剩下的半碗茶,什么也没说,便默默地弯下半个身子去,说:“走好。”

方西泠走到了门口,回头一看,见那日本女人还弯着腰,低着头。她的心又一酸，想，她就是靠这样把男人弄到手的呢，她那英雄般的丈夫，可是要凯旋了。

她问都不愿问自己的丈夫干什么去了，不是在茶庄卖茶，便是又到哪里张罗着送钱去了，总之是唱配角的料。心气倒是高，自她回娘家后，竟然一次也不来叫，弄得方西泠没办法，只好自己把杭盼又送回去。送回去也好，有那东洋女人看着呢，杭忆、杭盼，加上一个杭汉，杭家也算是热闹了。方西泠就杭家住几天，娘家住几天，两头跑。杭家的人也不管她，嘉和对她爱理不理，去书房搭了一张铺，这也是一件叫方西泠难以理解的事情。他们过去并无大的争执，磕磕碰碰之时，嘉和不说话，事情也就过去了。不料一旦放下脸，就那么执拗，事情越僵，彼此倒越客气生分。幸亏他们两人，现在都很忙。只是方西泠虽忙，却是忙得很失落。她是女人，一刻也少不了男人的关怀，她不理解一向温和的嘉和，怎么在对她的态度上那么不通融？她那么聪明一个女人，却不懂嘉和，也是命里不让她懂了。她不知道像嘉和这样的男人，在感情上十分苛刻，一道裂缝也不允许产生的，嘉和又是一个心里面很记事的男人。那“三朵花”和“一朵花”的事件，在方西泠看来，不过显示自己的待价而沽；而在嘉和看来，则是无爱情的象征了。方西泠小姐很聪明很有能力，但她的心机又很大众化，她在本质上也不是个很特别的人。

所以她只可能平庸地想了开去。她想，男人的原因总是出在女人身上。但她没有想自己也是个女人，她却想到叶子头上去了。从前她听杭家的人经常说到这个日本女孩，现在见了，才明白，她没见她之前就防她了。她越美好，她也就越防她。因此她想,嘉和是因为有了叶子,便不再想着把她接回来的了。

嘉和究竟是怎样想的呢? 除了他自己,谁也不知道。

老撮着那一天跑进忘忧楼府,只见到婉罗带着几个孩子在后院中玩。叶子文静,杭汉却皮得像猴子;西泠厉害,杭忆却纤弱得像株风中的草。几个孩子在假山上爬上爬下,全是杭汉带的头,气得婉罗直骂:"汉儿,你这个小日本,你要累死亲妈了。"

"小日本,小日本!"杭忆和杭盼就叫。

"我不是小日本,我是中国人! 我叫杭汉,汉族的汉! 听见了没有?"他一把就抓住杭忆的小胳膊说。

"听见了,听见了!"杭忆就吓得直叫。

"忆儿,你也真没用,给你汉弟那么拧一把,你就跑了?"婉罗就怂恿。

"我打不过他的。"杭忆一边从假山上往下爬一边说,"他很凶嘞!"

正说着,老撮着气急败坏地跑进了后花园,叫着:"人呢,人呢,人都上哪里去了?"

婉罗急得直摆手:"轻一点,老撮着,老爷在房里坐禅呢,要保佑二少爷平安回家,今日能够见着。你要是搅了老爷的经——"

"哎呀,你不要给我说三道四了,你倒告诉我,人都到哪里去了?"

"家里除了老爷和这几个小爷,全都进城了,说是寻二少爷去了呢!"

老撮着更急了,摊着手说:"怎么办呢? 怎么办呢? 火烧眉毛的事情叫我怎么去和东家交代呢?”

婉罗看老撮着急得眼泪水都流了出来,不免奇怪,说:“老撮着,你哭什么?有话慢慢说嘛。”

老撮着一听,也算是触着了痛处,蹲下身子,捂住面孔,呜呜地哭了起来,说:“婉罗,你不晓得啦,如今的世道儿女白养啦。辛辛苦苦拉扯大,儿女要造爷娘的反啦!小撮着要打倒我呢!把我从店堂里赶出来了。”

婉罗一听也大吃一惊,说:“这是怎么说的,你管的店堂,他在茶行,哪里有他来赶你的道理?”

“你一墙门关进,晓得什么?小撮着现在是茶叶工会主席了。”

“是个官吧?”

“官不官的我倒也不在乎他,千不该万不该,他说我是资本家的走狗,要打倒我呢!”

“你算个什么资本家?”婉罗撇撇嘴,“你一没钞票二没田产,你当资本家,我也好当资本家了。”

“我原来也不算资方,算在劳方的。难为了这两天大少爷实在是忙不过来,店堂里的事情,要我多多操心。哪里晓得小畜生人在候潮门,那边生意都被吴升抢了去,他不去想想办法,反倒荷叶包肉骨头——里戳出,要加工资,还要八小时工作制。唉,你说我好不好答应小畜生的要求?眼看着新茶就要上市,拼配、装缸,抢的就是个时间。茶叶这碗饭,他又不是不晓得,抢的就是一个新。每日每夜做,还嫌人手不够。这小死尸当了天把主席,口气蛮蛮大。我理他?我不理他。哪里晓得,呜呜呜,今早一天亮,他们门板上上,说是罢工,到街上迎北伐军去了!我一个人,抓抓这个抓不住,抓抓那个抓不住,我只好哭到东家门里来啊……呜呜呜……”

婉罗听到这里,才晓得事情的确严重。平白无故上门板,除了1919年嘉和、嘉平闹过一回,那就是现在了。但嘉和、嘉平是杭家的少爷,你小撮着算个什么?杭家的小伙计一个,你也上起门板来,还要打倒你的爹!婉罗就也搓起手来说:“这便如何是好?人都走光了,就剩一个老爷在打坐。跟他说等于白说……”回过头来,便吓得不敢再说。原来杭天醉已经站在她背后,一只手还领着一个孩子。

这倒还是杭忆他们到禅房里去报的信。小孩虽小,但也晓得阿爷和撮着爹爹最好,便去叫:“阿爷,阿爷,撮着爹爹在呜呜呜。”

杭天醉这几日就没有好好地安心过,脑海里老是有嘉平这双大眼睛扑进来。他突然觉得自己从前没有好好地爱过他,这个儿子就那么稀里糊涂地长大了。他的闯荡江湖,与他的忽视有没有关系呢?有时夜里做梦,他会梦见一个面目不清的年轻人浑身是血,手里还提着一顶血帽,一声不吭向他走来、走来,把血糊糊的帽子伸给他看,是叫他报仇,还是告诉他,他已经死了?杭天醉不知道。他还看见那人的眼睛里滚出血珠来,鲜红鲜红……他吓醒了,再也无法入眠,便在禅房里来回地走。这时,他总见着他的妻子绿爱也坐在蒲团上闭目念经。他叹口气说:“怎么你也来啦?”

妻说:“唉,我做了一个梦,吓死了……”

两人就不说了,连互相看一眼都不敢了。

杭天醉一听撮着在哭,头发都倒竖了起来,赶紧扑了出去。倒是听到了最后那几句话,一颗心哗地松散了开去,说:“这有啥好哭的。”

撮着看看老爷，他不敢说，老爷是越长越像茶清伯了。人也长得像，脾气也像，什么事情都不放在眼里。

“他们要涨工资呢，小畜生！”老撮着控诉道。

“要涨多少？”

“四成。”

“四成就四成嘛。”

“他们还要一天只上八个钟头的班。”老撮着气得直哆嗦，“从古到今，哪里有这种道理？”

“撮着，你急什么？偌大一个杭城，人家都八小时了，我们敢不八小时吗？人家不八小时，我们敢八小时吗？”

老撮着也听不明白这些绕来绕去的话，但意思还是懂了。总之，便是随他们闹去的意思。他心疼地提醒老爷：“老爷，这样八个钟头弄起来，新茶统统都要变陈茶了。”

“新茶要变陈茶，也是没有办法的事情。”

“要少卖多少铜钿啊！”

“少就少吧，这有什么办法呢。”杭天醉说。

“你！”老撮着眼泪也急没了，“你啊！我找夫人去！”

杭天醉轻轻笑了起来：“撮着，真难为你，跟着杭家一辈子了，还这么想不通。”转头就往回走。

撮着听了这句话，呆住了，半晌才对婉罗说：“皇帝不急，急煞太监。”

婉罗则说：“锅子里不滚，汤罐里乱滚。”

回头一看，几个小孩一眨眼不见了，连忙追出夹墙，到夹巷里去寻。却见到几个小孩，正围着两个穿灰军装戴大盖帽的军官，好奇张望呢。

那其中一个,摸摸这个头,摸摸那个头,说:“我猜猜看,谁是杭汉?”

杭汉就急不可耐了,叫道:“我是杭汉,我是杭汉!”

那军官一把抱住了他,半天不说话。旁边那一个,胳膊上缠了白纱布的说:“真像,真像,我一看就猜出来了!”

那军官便把帽子脱了下来,问:“你们看,我像谁啊?”

那几个小孩就奇怪了,左看右看地想看个明白。婉罗一看,气都透不过来,转身就对老撮着说:“你,你,你快过来看……”

老撮着一看,腿骨发软,撑住了,往回便跑。“老爷,老爷,”他边跑边叫,直冲花木深房,结结巴巴地说,“二少爷……回来了……”

杭天醉一抖,手里那一支王一品的狼毫笔,啪嗒一声就落了地。他也顾不得再捡,心急慌忙地往外赶。赶到小门口,他就站住了,他眼前站着两个威武的军人,一个年轻一些,胳膊上绕着绷带,另一个年长一些,一脸络腮胡子,手里抱着杭汉。杭汉见着阿爷,就说:“阿爷,阿爷,他说他是我阿爸。”

那军官见了杭天醉,便有几分不安,把孩子放了下来,半低下头,有些不好意思,然后对旁边那个军官说:“林生,他是我爸爸。”

那叫林生的军官便上前敬了一个礼,说:“伯父,你好。”

嘉平才叫:“爸爸,我回来了。”喉咙便有些堵,赶紧抱起杭汉来使劲地亲。

杭天醉却呆着不知如何是好,旁边两个老仆人,一个只会叫:“老爷,老爷!”一个只会叫:“二少爷,二少爷!”

杭天醉终于松了口。他合着掌吐出了几个他近来常念的字:

“阿弥陀佛……”

金风玉露一相逢，便胜却人间无数。1927年是金风玉露一相逢的年代，是全中国四万万同胞中最优秀最有作为的男女青年们的革命加爱情的最辉煌的最悲壮的最高潮的最低谷的年代。

杭嘉平的副官林生看上去羞怯英俊，一张孩子般的脸，未语先红，皮肤细腻，睫毛细长，鼻梁挺直，还有两片血色红润的嘴唇。如果不是战争给他的身上留下了硝烟气息，如果不是又黑又亮的细密的胡子把他的下巴涂成一片青灰，人们有理由怀疑他是个女孩子。若是他静坐的时候，他是静如处子的人，甚至当绿爱抱着儿子的肩膀失声痛哭时他也没有动弹，甚至当后来独臂的国民党元老赵寄客前来大讲这次他们汽车公司为支援北伐被军阀破毁了汽车的事件，也没有使他怒形于色。他跟着嘉平一仗一仗从广州一直打到杭州，他自己出生入死，又眼看着一座座城市在战争中被摧残，他逐渐能够以一种静观的态度来面对他亲手参与的一切了。

他甚至有些疲惫，伤口又隐隐作痛，他已有几天几夜没怎么睡觉了。战争嘛，一直就是这样。不这样的是，他现在来到了杭营长的家。真大！真是非同寻常。他在这一进一进的院子中参观时想，杭营长竟然是从这样的人家家中出来的，真看不出。他想得很多，说得很少。他对杭家所有的人都微笑，目光坦荡，只有仔细研究他的目光，方能看出里面的“动如脱兔”来。

现在是杭嘉和的妹妹杭嘉草过来了，她对着他捧了一杯茶，低垂下眼帘，说：“这是永嘉的乌牛早，前日刚有人从温州带了来的。山里的茶，有股子兰花香呢。”

他一下子呆住了。嘉草看他伸出手来但不去接杯，朝他一看，她便看到他的眼睫毛在急促地飞抖了，像蜻蜓的翅膀。她想，怎么那么眼熟啊，像我认识的人似的，像我认识的什么人呢？林生也吃惊地想，怎么那么眼熟，像我认识的什么人呢？

嘉草的美丽是人所不知的美丽。这倒并不是说她不美，乃是因为美得霸道的绿爱和美得凄婉的小茶，无论生死，始终盘旋在忘忧茶庄的院里院外，使得人们一时难以承认新的美丽的诞生。那么嘉草的美丽实在是要依赖于1927年的革命了。革命为忘忧茶庄带来了金童林生，玉女嘉草便也应运而生。他们二人显然是一见钟情了。他们接下去对旁人的应酬和寒暄便有些心不在焉了。

杭嘉草在此之前几乎从未显现过个性。个性是属于沈绿爱和方西泠的，她们实在可以算是20年代的女强人，一个富有激情，而另一个多有心机，她们是忘忧楼府中各具千秋的鲜花。与她们相比，嘉草和她的名字一样就属于草木之人了。如果定要把她往花上靠，她倒是有些像初冬开花的山中茶花。茶花碎小，白瓣黄蕊，细看洁净无比，清香万分。人多赏茶，鲜有赏茶花者，故群芳谱中未必有它一款。此刻她被慧眼一赏，感恩戴德之心油然而生。她朝林生的伤口上一看，轻轻地一招手，说："你过来。"

林生便随她走了过去。

嘉草小小心心地用目光盯着他的伤手，说："你的伤口要烂了。"

"你看出来了？"林生很吃惊。

嘉草又轻轻说："我在红十字会里当护士呢。来，到我屋里去，我给你换药。"

嘉草和寄草这两姐妹住着一间里外套间的厢房。这会儿寄草正在客厅里热闹着,嘉草胆子就大一些,说:“小林,你叫小林吧,我听二哥这样叫你。你坐着啊,我给你洗洗伤口。我都闻出味儿来了。”

小林也不好意思,说:“一路打过来,在桐庐负的伤,子弹从这头进去,又从那头出来,没伤着骨头,痛就痛一点吧。没想到捂着就烂了呢。”

嘉草找出了一些陈茶,用开水冲进脸盆里,稍微再放一点盐,化了凉着,说:“医院里有药,明日你到我医院换药去。今日只好将就了。”说着,就用那凉了的茶水蘸湿了棉花,轻轻地在小林胳膊的伤口上揉拭。

小林伤口红肿着,被这软软的手摸拭着,痛得舒服,忍不住闭上眼睛,轻轻哼了起来。

嘉草害怕了,连忙问自己是不是下手重了。林生就说:“没有没有,我看你们杭家一屋子的人,就你最轻声轻气,走路说话风飘似的。”

嘉草听了,心里也高兴,说:“那还有我大哥呢。”她突然想起来了,小林眼睫毛颤抖的神情,像大哥。

“他是男的,不算。”

嘉草脸就红了。她长那么大,还没单独和一个青年男人说那么长时间的话过,她又好羞,想到小林把她当一个女人看呢,心里很激动,薄薄的胸脯都升浮起来。

嘉草的呼吸一紧张,林生的呼吸也莫名其妙紧张起来。两人都不说话。空气中便有了诡谲和暧昧。林生究竟是男人,找来找去地要找话说，便随便找了个话题："你们家到底是做茶叶生意的，干什么都和茶有关系，连治伤口也用茶水。"

嘉草见有了话说，呼吸才正常："茶是最最清爽的东西，从古到今，都是药呢。不要说洗伤口，其他治感冒，治眼疾，胃痛，头疼，都好用茶来治的。"

"我们在战场上要消毒，没有酒精，就用烧酒，可没人用茶的。"小林说。

"打仗嘛，那是什么时候？和平时不好比的。用酒消毒，快是快，就是痛。用茶呢，慢是要慢一点，但是性子温和，就是凉飕飕的，还解痛呢。你要快，还是慢呢？"

小林看着嘉草那一头的软发，低首时挂到面颊，抚着极白的肌肤，心里就说不出地痒了起来，说："战场上嘛，自然是越快越好。在这里，我就不想再痛了。"

嘉草抿嘴一笑，朝林生惊鸿一瞥，在她，也是自然的流露，在旁人眼里，便是千种的风情了。嘉草轻轻地走动，轻轻地来去，尽量不动声色，但效果恰恰相反。林生一下子就被杭营长的这个大妹妹迷住了。

正就那么痴痴地呆看着，由嘉草在他胳膊上施展着仙力，只觉得一缕幽香若有若无，吹过了他的脸，忽听门外一声"得"，跳进来一个六七岁的小丫头，大叫："好哇，原来你们两个，在这里说悄悄话呢！"

嘉草一吓，手里棉花团都掉在了地上，白了一眼，就说："寄草，你咋呼什么？我这是给小林哥哥换药呢！"

寄草就也白着眼过来，说："怎么就你一个人可以给小林哥哥换药啊,我也要换。小林哥哥,我给你换药好不好?”

嘉草脸一红,要恼:“你这是干什么,瞎闹。人家正经负了伤呢。”

“小心眼,小林哥哥,我的嘉草姐姐心眼可细了,最会生气了。”

气得嘉草直跺脚,只是没有声音:“寄草,你出去,讨厌!”

寄草见嘉草真的生气了,才说:“好好好,算我捣乱,我只跟你说一句话,妈叫你过去呢。那个什么嘉乔来了。”

嘉草嘴角一抖,说:“别又来骗我,嘉乔,恨都恨死我们了,还会来?”

“真的,我不骗你,”寄草睁大了眼睛,“就是他嘛,和你长得一模一样。”

嘉草一听,扔下手里的东西,说了一声“我看看去”,便跑了。

小林很奇怪,问:“嘉乔是谁?没听杭营长说起过嘛。”

“和嘉草姐姐是一对双胞胎,住在我们仇人家里,很坏很坏的。”寄草直言不讳地说。

“那不就是你小哥了吗?”小林更奇怪了。

“我才不叫他小哥呢,生出来到现在,我还没见到他几回呢。”寄草这样回答了林生。

昌升茶行的老板吴升在北伐军即将入城的前夕,便安排了他的养子嘉乔加入国民党。嘉乔说:“干爹,我不入那党,我听说杭老二入了呢!我不和他在一个党里。”

“杭老二入得,杭老三就入不得?”吴升说,“你们毕竟是一个爹生的嘛。”

“那也不入，倒不如入共产党，和杭老二的国民党争个高下。”

吴升轻轻地啜了一口从家乡送来的六安瓜片，欣喜地望着他的这个养子。多年来的调养，嘉乔已经成为他的一只最凶猛的鹰枭，一条最忠实的走狗。他对他，也可谓处心积虑，煞费苦心。家里几个子女中，唯独捧着他。大儿子吴有二十多了，已染得一身的铜钱味，心里不服，对爹说：“爹，你偏心眼，娘要活着，可不会让你那么抬举他。”爹便动用眼睛剜他一刀，说：“你这乡巴佬笨熊，眼光一尺远。你记恨他什么，他要你一根茶叶梗了吗？”

吴有说：“谁知你以后还会不会给他？”

吴升冷笑着，说：“我给过谁什么了，我谁也不给，我死了扔下这份家产，那也是你有福气捡的，不是我吴老板给的。要想发财，统统自己挣去！”

吴有听了便松了口气，晓得了两点，一是遗产迟早还得归他，二是不会给嘉乔一根针。

但他还是不明白，父亲为什么会对嘉乔那么好。吴升摇摇头，对着那几个乡下黄脸婆生的儿女叹口气说：“你们自己说说，你们几个中，有哪一个比嘉乔更孝顺我？”

“那是。他杭嘉乔连姓都不要，要改了姓吴呢！”女儿吴珠哼着鼻孔说。

“幸亏爹明白，不让他改。”吴有搭话。

“那是怕别人说闲话，不是怕吴家这点产业。”吴升说，“你们啊，怎么那么笨，那么算不过来呢？不都是生意人吗？仔细算一算，他在我们吴家，不就多吃一口饭，多穿一件衣吗？将来成大事，继承杭家那个名分，那份产业，你说那是谁的？是我们吴家的，还是他杭家的?”吴升说,“他又小,杭家的庶出,家里人又不好好待他。你们对他好一分,将来他就对你们报十分。这点道理,怎么算也是算得过来的嘛！再说了,我们现在住的,是谁的房子,还不是靠着嘉乔吗?”

吴有、吴珠两个,从此恍然大悟,便把嘉乔当成未来的财神供养爱护。嘉乔从前在小茶面前就养成了刁钻古怪、任性阴毒的性子,到了吴家,反而没有了这分可能性,他几乎是要干什么吴家人就让他干什么,又没有大哥二哥来打他骂他,只有吴升的悉心调教。吴升对他越好,他就越听吴升的。

吴升开导他说:“好儿子,共产党入不得,我打听过了,共产党是穷光蛋入的,别看现在国民党和共产党联手,迟早有一天得对打。要入,还得入国民党。和你二哥一个党怕什么,一个党里照样作对。国民党里,现在不是有着左派,还有着右派吗?”

嘉乔说:“那我就入国民党了。杭老二当左派,我就当右派;杭老二当右派,我就当左派。”

“我给你打听过了,他可是左派的铁杆分子。”

“那我就当右派了。”嘉乔豪迈地宣布。

听说嘉平随着北伐军回了杭州,吴升乱了方寸。他原来以为杭家这个不肖子孙,不会再回来了。谁知上天竟让他带了兵打回来,况且以后还会不会走也说不好。吴升以往对杭天醉的态度,是以仇视为主,此刻却感到需要调整,需要通融了。

杭嘉乔便是带着这样的使命,硬着头皮,回到了阔别多年的忘忧楼府的。

一家人见了突然闯进来的嘉乔,都吃了一惊,可以说,惊奇大大地超过了欢喜。

嘉乔长得又瘦又高,眉目传情,又像天醉又像小茶,也是风流倜傥的坯子,谁见了都说是杭家的血脉。

然而毕竟在吴家这种暴发户人家熏陶久了,衣着打扮,脱不了商贾之气。

进得门去,嘉乔原来也是想得体寒暄一番的。不料越往里走,那眼泪就越往外流,往事历历不堪回首。等到见了年过半百的杭天醉,早就涕泪横流,说:"爹,我妈灵堂还在吗?"

杭天醉只看了一眼嘉乔,就别过脸去,不愿再说一句话。

嘉乔就跺起脚来:"爹,爹,我妈灵堂还在吗?"

"出去!"杭天醉低声说,他不愿见到这个儿子。

还是绿爱,过来拉拉嘉乔,说:"嘉乔,你跟我来。"

绿爱把他引到了杭天醉的花木深房,说:"你爹每日对着你妈的相片,念经呢。"

嘉乔跪下来就哭,头撞着青砖,撞出了血。哭声隔着一进院子,隐隐约约还是传到了客厅。大家面面相觑。偏这时,嘉草进来了,问:"嘉乔呢,我三哥呢?"

大家都一起看着嘉草,仿佛这时候才想起,嘉乔和杭家真的是有血缘关系的。嘉乔和嘉草是孪生兄妹啊。

嘉草被大家看得奇怪,说:"二哥三哥都回来了呀,你们怎么不高兴?"

方西泠这才插得进一句话:"这么多年也不回来,我和你大哥成亲那年发了帖子都没来,怎么今日连个招呼都不打就回来了?"

“你们算什么,二哥是北伐军呀!”寄草说。寄草童言无忌,又是最小的,也是家中宠女,什么都敢说。

“我看,他是善者不来,来者不善。”杭嘉平说。

“不管怎么说,是姓杭的兄弟回来了。回来就好,杭家,也算是大团圆了。”还是大哥打了圆场。

那一夜杭家吃上了有史以来规模最大的一次晚宴。绿爱使出了浑身的解数,上了龙井虾仁、茶香鸡、茶叶蛋。嘉草也端出了从德清传来的杨坟咸茶,那还是向沈绿爱学来的。茶里有橙子皮、野芝麻、烘青豆、豆腐干、蚕豆瓣、黄豆芽、笋干、胡萝卜、番薯干、橄榄、酱瓜、花生米、卤桂花,花花绿绿的,放了一大茶盘。众人见了,不由得惊呼起来。

一时间茶香氤氲,酒香扑鼻,笑语欢声。座上宾赵寄客举茶杯说:“茶庄人相聚,先以茶代酒吧。来,嘉平,为北伐胜利干杯。”

嘉乔也举起杯子,说:“二哥,为我们在同一个党内的奋斗干杯。”

绿爱也举起杯子,说:“别这党那党的,还是为全家团圆干杯吧。”

林生坐在嘉草旁边,悄悄问:“你为什么而干杯呢?”

“都让你们说了,我没什么可说的了。”

“那我要为认识你干杯,你愿意吗?”

嘉草苍白的耳廓通红了,她点点头,悄悄地和他碰了一下杯。

寄草叫起来了:“你看小林哥哥怎么吃的茶。”

原来林生喝光了茶汤,见了半杯的作料,一时心急,便用手指夹着去吃。

众人见了又笑,却都不告诉怎么个吃法。还是嘉草,举起那只杯子,说:“小林,你看简单得很,杯口对着嘴巴,一只手敲着杯底,东西就到嘴巴里去了。”

林生恍然大悟,说:“简单得很嘛。”

他把杯子底朝天翘着,头朝上接着杯口,一只手旋着杯子,一只手敲着杯底,他的白白的喉颈露出来,拉长了,密密的黑胡须从下巴上布散开去,喉结一升一降。嘉草不知不觉盯着那喉结,怔住了。

寄草却又叫了:“阿姐,你多嘴!”

嘉草一个激灵醒了过来,面孔就红到了脖子,说:“你才多嘴,没见你停了磨牙。”

寄草指着对面说:“我们都说多了,大嫂二嫂还没说过呢。”

方西泠说:“我有啥好说的,又不是我夫妻团圆,让叶子说吧。”

叶子一听,也不多说话,四顾着要找茶盏。嘉和递过去一个笠帽形的黑盏。叶子吃惊地把头抬了起来——那不是摔成两半的兔毫盏吗? 竟然被锔好了。嘉和见叶子吃惊,淡淡一笑,把碗翻了过来,“供御”两字,现在又拼在一起了。嘉和瘦瘦长长的手指,敏感地跳动着,弹跃着,精致有力,像哑语,像暗号,把两兄弟和叶子的青梅竹马翻译出来了。

方西泠看在眼里酸在心中,却笑在脸上,说:“叶子,你看嘉和真是个有心人啊,还知道把个古董茶盏锔好了,一声不响地给你送上来。等我什么时候也砸个东西,让你家嘉平给我修好了送上,嘉平,你肯不肯?”

杭嘉平大声笑了起来，指着方西泠说："都做了我嫂子了，还敢向我挑战，你以为还是当年北京开茶馆的时候！"

叶子也不搭腔，用那绍兴花雕酒瓶，满满倒一碗酒，细细碎步，跑到嘉平跟前，齐眉举案叽里咕噜一串日语。寄草急了，说："讲中国话，讲中国话！"

"这有什么可保密的，"嘉平一口气喝光了碗中的酒，拍拍叶子的脸，"我老婆说，夜夜盼郎归，郎君终于归来了。"

话音刚落，叶子就激动得掩面哭泣起来。不知怎么的，方西泠也跟着哭了起来。

寄草却说："别哭，别哭，还有我呢。"她高高举起酒杯，"你们怎么都不为革命成功干杯啊？"

嘉平拍拍她的肩，说："寄草年纪最小，革命觉悟最高，将来也是个女革命家！"

一圈子的人都喝过来了，才发现杭天醉悄无一言。嘉和站了起来，说："爹，你也说几句吧，你又不喝酒，说几句吧。"

杭天醉坐着，想了想，问绿爱："还有龙井吗？"

绿爱赶紧取了来，说："今年的新茶还没下。啥时下了，再来喝茶宴。"

她专门替天醉泡了一杯茶。杭天醉举着杯子，说："喝茶，喝茶。"

寄草小，嘴快，问赵寄客："干爹，我爹啥话也没说啊，怎么就叫我们喝茶？"赵寄客拍拍寄草的小脑袋，"怎么没说，不是让我们喝茶了吗？你以为只有像你那么穷啰嗦才是说话！叫你喝，你就喝吧，喝吧！"

那一天深夜嘉乔打道回府，半醉半醒，坐在车里，一路流泪，一直流到吴山脚下。他在刚才的家宴上时而坦荡时而悲伤时而尴尬，坐立不安了很久。也许是酒的缘故，他后来的感觉却开始妥帖平静下去了。他比平时的任何时候都深刻地感受到他和羊坝头这个茶叶家族的隔膜竟这么坚硬，几乎没有话可说。同时他却又比平时的任何时候感到他是一个姓杭的人，他是这个家族出来的，他们说话的口气、手势、眉眼，和他自己是这样地相像。现在，连他自己也说不清，他还恨不恨忘忧茶庄的这些姓杭的父老兄妹了。

多年来杭氏家族的唯有的一次大团圆，在经历了一番轰轰烈烈的茶宴后，现在是昏黄灯光之下的热烈宣泄之后的沉默了。这是一种妥帖惬意的、有点伤感但又不乏心满意足的大团圆。大家的目光都因为经历了生离死别的洗礼而显得纯洁温柔。有几个人，还在这纯洁温柔之中暗藏着的激情。这激情又因为按捺不住而在目光中若隐若现，女人们因此秋波更为盈盈，而男人们，便也因此显得天真激活了起来。

因为一时的无话，大家的目光就都对着寄草正握在手里把玩的那只重新钉锔的兔毫茶盏。它厚厚敦敦地在灯光下显现着藏在深处的兔毫，一会儿亮出了一丝，一会儿又亮出另一丝，看上去，那碗盏竟也如通了灵性，满腹心事似的了。

方西泠和叶子，看着这只碗盏便想到了同一个男人。嘉和与嘉平兄弟久别重逢，亲热中又有了一份岁月的隔膜，两人目光惊喜中还在不时地冲撞。嘉草和林生也在暗处不时地交换着他们会心的微笑。赵寄客因为高兴而突生孤独之感，竟然喝醉了，被杭天醉和沈绿爱架到了客房里。那么，此刻，这一屋子的人便只有寄草如一只快乐的小鸟而无忧无虑了。这个杭氏忘忧茶庄的小女儿有着一双格外天真纯洁的眼睛，她继承了母亲爽朗明快的个性，且又因为充满着童心而特别饶舌，她翻来覆去地对着兔毫盏下面那两个字，念着："供——御，供——御，供——御……"嘉草有些心猿意马，这女子是个有着绕指柔肠的姑娘，胆小而聪慧。她乘机说："寄草，别吵了，跟姐回屋去。"

"回去干什么？"

"你不是要给小林哥哥洗伤口吗？"

寄草一听很对，扔下那宝贝茶盏就拉着林生哥哥的手说："走，该换药去了。"

林生有些不好意思，他不知道自己该不该就这样走掉。嘉平说："去吧，去吧，多换几次。"

方西泠也笑着说："寄草，你别瞎凑热闹，这可是你嘉草姐姐的事儿。"

说着，就一把拉住了寄草。嘉草脸红了，拔腿就跑，林生安静地站在那里，说："我一会儿就回营里去了。"

嘉平站了起来，叶子也紧张地站了起来，嘉和看见了，也站了起来，说："小林，营长今天能留在家里吗？"

"怎么不能？"小林的脸红了，"我回去会说的。"

他转身就走了，受过训练的步伐在这温文尔雅的茶人家族中显得格外与众不同。方西泠不由得赞叹了一声："好一个英武的小伙子！"

嘉平凑近了嘉和的耳边，轻声地说："看不出来吧，他可是个地地道道的共产党员。”

这是寄草一生中第一次接触到这个词。在此之前，她从来没有听到过这样一种奇怪的称呼，而在此后，只要出现了这个词，她的眼前就出现了小林哥哥。

此刻她对这个词却充满了好奇。她不由得向大人们连续发问：“什么是共产党？共产党是什么？”

然后，她的嘴就被大哥一把蒙住了：“就知道乱叫，不能少说几句。”

嘉平摸摸这个他从未见过面的妹妹的头，说：“我可真没想到，我还有一个这么小小的可爱的妹妹啊！”

嘉平似乎没有发现嘉和的眼神有些发直，整个夜晚，这样的神情出现过好几次，这是叶子作为杭家的媳妇刚来杭家时所没有过的，那时嘉和要心平气和得多。那时他知道，叶子是他的弟媳妇了，而现在，他是感觉到或者说是体验到叶子是他的弟媳妇。这种体验使他浑身发烧，满嘴发苦，使他在重逢的欢乐之中时不时被某种东西猛烈地撞击一下，心便痉挛地一弹。他没想到他会那么难受，但他依然认为有能力克制，如果叶子这时不是在灯光下朝他们走来。叶子双手端了两个盘子，一只盘子是一段藕断丝连的生藕，旁边放着一匙白糖；另一盘是冒着热气在灯光下发着银光和洇红之色的藕蒸糯米，也是一片片切得薄薄的，上面浇着金黄色的蜂蜜。嘉和的喉口一下子噎住了，直到他看见叶子低眉顺眼地把生藕放在他眼前，把熟藕放在丈夫面前。然而这并未使嘉和松弛，他痛苦地盘桓着一个念头。那不过是偶然的，是偶然的，是偶然的。就在他这样顽固地敲钉子一样往自己的心隙里敲入这些乱七八糟的杂念时,他的那个小妹妹寄草一把拖过了他眼前那只盘子,抓起几块就大嚼。叶子悄悄地拉开了她的手,说:“寄草,乖,我们找汉儿吃去。这是给你大哥做的,我那儿还有呢。”说着,便把那只盘子推了回来,拉着寄草就走了。

嘉和一下子通顺了,胸腔和头脑热烘烘的,暖意使他目光迷离。嘉平用筷子头敲了敲盘子,说了一句什么,嘉和没听见,问道:“你说什么?”

“我说,我这个媳妇,怎么样?”

嘉和一笑,说:“是杭家的媳妇啊!”

方西泠沉默一下,便不告而辞了。

嘉平看着大嫂的背影,解嘲说:“她还是老脾气啊……”

嘉和推开了茶杯,说:“我们再喝点酒吧。”

……

第三十一章

现在，人们通常以为的那叶承载着安详与闲适的茶之小舟，不再有它从前的从容不迫、平和和平、温文尔雅、节操如山中晶莹之雪了，有铁的寒光和血的腥气缭绕于茶烟之间。

那些日子，山客和水客都没有了往日的劲头，他们的心思，都叫杭州城里那些热闹的游行勾引了去。只是忘忧茶庄的年轻老板杭嘉和，依旧陷在茶叶堆里，忙得人都脱了形。他从前的助手小撮着现在却因为八小时工作制而轻松了。他看着忙不过来的嘉和劝道："少老板，别忙了，跟我去总工会见见世面，林生现在也到那里干了。林生这个家伙，细皮白脸，看不出，是条汉子呢。"

"是啊，听说是共产党嘛。"

"共产党好哇，我也入共产党了。"

"你也入了？"嘉和倒是吓一跳，看着小撮着。

"你要入也行，我介绍。"小撮着拍拍胸脯，又拿目光打量了一下茶庄，"不过你得把这茶庄献出来给党才行。要革命就得要无产，林生说的。"

嘉和倒也心平气和，说："小撮着，你们革命我不反对，我要卖好茶叶，你也不要反对。我们谁也不反对谁，好不好？"

小撮着走开了，想，我可不和你这资本家多说什么。

老撮着跟在后面骂："小畜生，茶叶饭你还想不想吃？"

"不想！"儿子干脆地回答。

"世道真是变了！世道真是变了！"老撮着便到天醉那里去诉苦，"都爬到太岁头上来了。"

杭天醉不说话，只是看看皱起眉头握着拳头的二儿子嘉平。他不知道嘉平会怎样看待这个越来越不可捉摸的时代。儿子变了，从前那个目光如燃烧之铁的儿子，如今目光冰冷。儿子在想什么，他惶恐地思忖着。他很想了解他们，但又唯恐他们嫌他啰嗦。想到自己竟然生出讨好儿子们的心思，他又生自己的气。为了掩盖自己的这份心绪，他就拿更为温和的大儿子来发话：

"嘉和，你再忙，也不用自己当行倌啊！"

嘉和笑笑，没说话，他正在那张梨花木大理石面桌上用毛笔写画着什么，林生和嘉平都在旁边。林生捡起一张纸，好奇地说：

"我看看，你写的什么标语？"

"什么标语都不是，是给茶庄写的广告词，准备印在包装纸上的。"

只见那纸上写着：

一碗喉吻润，两碗破孤闷。
三碗搜枯肠，唯有文字五千卷。
四碗发轻汗，平生不平事，尽向毛孔散。
五碗肌骨清，六碗通仙灵。
七碗吃不得也，唯觉两腋习习清风生。

林生很有兴趣地说:“这不是卢仝的《走笔谢孟谏议寄新茶》吗?”

“正是,做了忘忧茶庄的广告词,最好。”

“没想到大哥对茶庄的广告还那么痴迷! 大哥真是一个尽心的人。”林生很敬佩地对嘉和说。

“这个你就没有我内行了。”嘉和兴致勃勃地解释,“中国人在国际茶叶市场上打了败仗,不知道利用广告,是个重要原因。你看人家锡兰,把出口茶抽来的税费,全部用来做了广告,二十五年消费总数在一千万卢比以上。日本只是在美国一个地方花的广告费,每年也不下十万元。又有耻笑中国的洋人,专门画了图画,四处去张贴,上面画了梳辫子的中国人,用脚踩着制茶,且对他们的人民说:看,这就是中国人用脚踩出来的茶,你们敢吃吗?”

“大哥真是一片爱国热情!”林生禁不住赞叹。

“我也不过是想先在国内试试各种振兴茶业的办法罢了。”嘉和觉得话多了,便收了回来。

“只是太辛苦了。”

“有什么办法? 都飞出去参加纠察队了。贵党,也实在是太喜欢舞刀弄枪了。”嘉和半开了一句玩笑。

林生听了此话,看着大哥,想了想,脸色正了下来,说:“大哥,莫非你不知道,我们共产党正是给国民党逼的? 我们这是叫有备无患。”

嘉和说:“疑神疑鬼。党派之争,古来有之,也不至于就要闹到剑拔弩张的程度嘛!”

“大哥难道还没听说,国民党右派成立了杭州职工联合会一事吗?”林生依旧微笑着说。

“我不知道什么是左派,我也不知道什么是右派。”嘉和突然有些心烦起来,“我不过问政治。”他添了那么一句。

林生一时愣住,脸就红了起来,朝嘉平望了一望。嘉平站了起来,一摊手说:“林生,你不会介意大哥的话吧?大哥本质是诗人,说话喜欢隐喻。他的意思是说他很关心政治,他不是左派,不是右派,他是中间派。”

“但中间派是没有的。”林生激烈地开始表达自己的观点,“中间派是必定要分化到左右两大阵营中去的!”

嘉和有些吃惊地看着这个有几分神经质的林生。他觉得眼前这个人和他第一次看到的那个小伙子完全是两个人了。他的微笑,是狂热的微笑;他的沉着,是狂热的沉着;而他的信仰,此刻,也就变成了狂热的信仰了。

嘉和放下毛笔,说:“我不是伸出两只手把你们推开,自己站在中间的中间派。我是把你们一边一个拉起来打碎了再化成的中间派。大情之现,必以中和之声。故嵇康有言:‘至和之声,无所不感。’什么是‘和’,就是老子说的‘大音’。什么是‘大音’?大音希声,它不是那么吵吵闹闹火烧火燎的,从前我也吵闹……如果我不那么吵闹,跳珠就不会死——”他突然愣住了,松了手中的毛笔。他想,他都在野马跑缰似的信口雌黄些什么?他干吗要把这些终夜不眠、折磨自己的思想和往事,用这种方式透露给他人……他这么想着,张口结舌,一言不发。他这一番的话,倒叫林生目瞪口呆。林生是个坚定的空想共产主义者,但林生说不出什么原因,有点崇拜嘉和。嘉和沉稳,内敛,节制,年纪轻轻,但看上去胸有成竹。他没想到他那么能说,他说的那一些话,古奥冷僻,但大有深意,林生吃不透。

倒是嘉平显得很放松,他目光里多出了一丝热讽,坐着,手指敲打着茶几,说:"大哥,嘉乔入职联会了,还是队长。"

嘉和重新捏着笔说:"入就入吧,反正你们每个人都有出路了。"

"可是还得麻烦大哥找个机会告诉他,别和林生在的总工会作对,别碰林生一根头发。林生是我的朋友,战场上救过我的命。所以,我这个国民党不管他是不是共产党。嘉乔要是碰了林生,从此我就不是他二哥了。"

嘉和一屁股坐在靠椅上,把毛笔一扔,说:"说绝话就是痛快!"

嘉平则站了起来,和林生使了个眼色,说:"我今天到这里来,就为了让你们听这几句绝话。我也总想不偏不倚,温文尔雅,但这是不可能的。我们北伐军一路杀到这里,哪一天不是血光里开路?革命是喝酒,不是喝茶!"

杭嘉和愣了半天,才说:"照你这么说,迟早有一天,我们杭家的这一部分亲戚和另一部分亲戚要互相残杀,这才算是革命了?"

听了这话,那几个男人便都沉默了下来,不知该怎样继续话题。杭天醉半天也没插上一句话,此时呆想了一阵,站了起来,说:"你们坐,我吃茶去了。"他再想不出用什么话对付儿子们了。

杭天醉前脚走,嘉草后脚就赶到了。她把她那垂髫般的长发一刀剪了,看上去,倒是添了几分英姿飒爽之气。爱情使她一叶障目,眼中除了林生便再也没有了他人。"林生,林生,快来,我有话和你说。"她兴奋地招着手,林生极白的面孔便绯红了,眼睛中的光芒和腼腆便同时放射了出来。他迟迟疑疑地站了起来,几乎用几分乞求的神情看着两位兄长。现在他身上迸发出来的一股煞气又缩退回深处去了,他看上去便又是个不谙世事的纯情少年了。嘉和很吃惊林生身上的这种奇特的变化。在他想来,这也许是因为有主义和没主义的人到底不相同吧。这么想着,他挥了挥手,林生脸上便露出了粲然的笑容,一晃,就不见了。

现在,两兄弟面对面地坐在忘忧楼府的大客厅里了。自他们兄弟重逢之后,几乎没有时间坐下来推心置腹地谈过。他们现在也不知道该从哪里谈起。嘉和看出了嘉平此刻心事重重,便勉强笑一笑,说:“林生是你相信的人,你和嘉草觉得他好,他必定便是好的。”

“你呢?”

“我……看他,就像看站在河对岸的人。我不理解他的主义。你呢?”

杭嘉平慢慢地站了起来,在大厅的红木桌椅之间转着圈子,突然说:“大哥,你知道,那么多年,我最佩服你的是什么?”

“……”

“你总能明白这一点和那一点之间的区别,就像你总能喝出龙井和毛峰之间的那一点点不同的茶味。你若从政,你倒是分辨得出三民主义和马克思主义的根本区别……”

这两兄弟隔着大茶桌坐着。因为偶有人来买茶,所以,他们把话讲得轻轻的。嘉平两只手掌的手指对握住,那样子像是在祈祷,这是嘉和从来也没见到过的神情。他记忆中的嘉平永远自信,自信中还透着骄横。眼前这个嘉平的自信却嵌入着怀疑，不免使他落落寡合。这神情，恰是家族的标志。这忧郁的目光，它终于不可避免地从嘉平身上显现出来了。

“你现在处境很难?”嘉和问。

“我从来不怕处境有多难，我无所畏惧。可是我缺乏判断力，这真是一件可笑之事，一个人越见多识广，越怕出差错。所以我欣赏林生。”

“他像当年的我们。”

“我本来想……要是有机会，我也要回到茶叶上来。”

“你?”嘉和睁大了长眼睛，“我知道你一向讨厌茶叶——”

“如果你也和我一样，在法国和日本待过几年，又一路从南方冲杀过来，你就知道怎么样重新看从前定论过的事情了。”

杭嘉和搓着手说：“好极了好极了，我一直就是那么孤掌难鸣。关于茶种改变、茶叶出口、茶叶机械制作，还有农业合作社，还有……反正有许多大事情可做。你肯和我一起做，太好了！真是天助我也!”

“我没说我能和你一起做。”嘉平止住了嘉和狂奔的思绪，“我有我的使命!”

嘉和挥挥手依旧兴奋地说：“这没什么，我可以等你；七年都等下来了，还在乎这一年半载的？我相信你会有机会把事情做好，你会到我身边来的，这可真是太好了，太好了……”

杭嘉平看着兴奋得像一个少年郎一样的大哥，突然觉得时光飞逝反而使大哥他幼稚了。大哥的单纯使他感动，隐隐也有些心酸。他很想告诉大哥，他现在的使命是去迎接流血，是去牺牲，说到底，这还是一种毁灭，以毁灭自己的生命为前提，才谈得上以后的建设。但是他不想再和大哥他深谈了。一个茶人和一个革命人，说到底是很不一样的，你能指望一个真正的茶人心里装得下一个悖论吗？

方西泠女士就是在这样的时刻撞进门来，她气急败坏心急火燎地把这两兄弟推回忘忧楼府，紧插门闩，这才告诉他们一个惊人消息：明天的游行，警方要镇压了。“你怎么不知道？”嘉和问嘉平，“你不是城防部队的吗？”

“他们早就对我封锁消息了，怕我通风报信！”

方西泠女士没有想到嘉平听了明日可能有流血事件心里很兴奋，倒好像他是巴不得就要流血似的。

“你听的消息可不可靠？”

“是公安局的人说的。”方西泠看着嘉平炯炯有神的大眼睛，那里面的血丝也叫她心动，脸便红了，说，“跟你说实话，其实我父亲，还有你那大舅，都是策划者。”

嘉平推开了椅子，兴奋地在屋子里走来走去，两手握拳，说：“好哇，好哇，总算有一天，能在民众面前暴露他们的狼子野心了。司马昭之心，路人皆知。光是知道还不行，还得让他们暴露，暴露在光天化日之下，任人唾骂和抛弃，让历史的车轮无情地从他们身上碾过去，让人人都知道，反革命就只有这种下场。好哇，好哇……”他搓着手自言自语，像一匹正要出征的马，急不可待地跑着蹄子。

他那种沉醉于血火之间的神情叫方西泠看得又崇拜又恐惧，全身就像过了电似的发起抖来，说：“可是……可是……要流血，可能还要死人……”

“流血怕什么？牺牲怕什么？”嘉平直逼方西泠，“谭嗣同戊戌变法还说，变法流血，可自他始。今天是什么年代了？为国民革命的真正实现，流血牺牲，完全可以自我杭嘉平始。”

方西泠呆若木鸡地钉在椅子上，又狂热又冷静。她被迷住了又被吓坏了，她自己也不知道接下去她该怎么办。是该奋不顾身地扑向血火，还是夹起尾巴抱头鼠窜？她又面临七年前的老问题了。可是她不能暴露她的那种激烈的心灵拉锯战，她只好面带微笑，貌似敬仰地倾听着，心里却开了锅似的想：我该怎么办？我该怎么办？我该怎么办？

她的丈夫嘉和也被嘉平突然的激昂怔住了。他闹不明白，究竟哪一个大弟才是真实的大弟：是向往茶的嘉平，还是向往血火的嘉平？

这时叶子托着一杯茶进来了，安安静静地朝方西泠一欠身，奉上一杯茶，说：“嫂子，请用茶。”

方西泠站了起来，说：“不了，天也那么晚了，你们歇着吧。明天还有大事呢。”

叶子又深深朝嫂子一笑，送她出门，方西泠点点下巴，算是回答。嘉和跟在妻子后面。他心事重重，预感到什么不祥的事情就要到来了。

看这对夫妻走远了，叶子才回过头，丈夫却早将她一把搂进了怀里。

“她不喜欢我。”叶子说。

“她呀，谁都不喜欢。”丈夫说。

“她喜欢你!”叶子突然说。

丈夫睁大豹眼,说:“你吃醋了?”

“没有。”叶子一笑,“你不喜欢她。”

丈夫使劲拍一下妻子脑袋:“叶子真聪明。”

那天夜里,丈夫在叶子身上很努力,叶子呻吟着,说:“别……别……明天你还要,嗯……”

丈夫不听。在床上,丈夫对叶子一贯横蛮,丈夫把叶子吻遍了,一边用力地耕耘着,一边断断续续地说:“从明天……开始,不要……出门,不管发生什么……不要……有事求嘉和……带好汉儿……”

叶子呻吟着,啜泣着。床在响动,小杭汉醒来了,他听见了隔壁父亲和母亲的所有动静,可他听不懂。

小姑娘寄草被母亲锁在五进的大院子里,让她陪着杭忆、杭汉等人玩。她比他们的确也大不了几岁,但她很不屑与他们为伍。她知道他们是她的小字辈,得叫她小姑。因此她放弃了和他们在后花园捉迷藏的游戏,宁愿选择一个人在阿姐嘉草的闺房外间举着小旗子喊“打倒列强”。

喊了一阵,他看见撮着爷爷神色慌张地冲了进来,大声叫着:“老爷,老爷,梅花碑在、在游行,嘉乔、嘉乔要打死嘉草呢!”

话音刚落,只见天醉拖着一双鞋,手里一串佛珠还捏着,慌慌张张赶了出来,结结巴巴地问:“在、在、在哪里,去看看……寄客……寄客……”他下意识地就先叫起他的把兄弟来,叫着,拖着鞋,扔了佛珠串子,两人就搀扶着不见了。

梅花碑街口，游行的人和警方已经打成了一团，其中冲锋在前的人中有杭天醉的三儿子杭嘉乔。他拿着一截木棍挥来挥去，一棒把他的双胞胎妹妹打出丈把远。这可把一直护在嘉草面前的林生气坏了。“嘉草——”他狂叫一声扑过去，嘉乔才知道混乱之中打到了妹妹。嘉草被打得头破血流，亏她这么个文静女子，一指嘉乔，尖声叫道：“打——”

林生就无所顾忌地冲了上去，劈头盖脸就是一棍子，嘉乔一下子就被打青了眼，这一下，也把他打得怒从心中起、恶向胆边生，跳起来就要往上冲，但早就被他妹妹一把挡住了，叫道：“你敢下手！你先把我打死了吧！”

嘉乔举在半空中的手僵在那里，只得喊道：“姓林的，我记得你，小心你的脑袋！”

一会儿工夫，杭天醉和老家人撮着也赶到了。但见枪声大作时众人大乱，如猿如豕，突奔而行。杭天醉傻乎乎站在原地，一动不动。撮着见天醉不动，自己便也不动。只听叭一声，天醉头上的礼帽飞了。回头一看，老远。过去拾，才发现帽上一个洞，便想：真开杀戒了。

这么想着，地上已经躺了不少的人，猩红的血沾在他的衣衫上。又见三儿嘉乔手举一支短枪，冲啊杀啊，直直逼他而来，他便想，嘉乔他要干什么？这么想着，嘉乔手举枪响，杭天醉身边一个人哇的一声，倒下了。杭天醉眼一闭，好了，嘉乔要打死我了！却听见嘉乔在喊：“别开枪！别开枪，这是我亲爹！爹！你这老不死的，你在这里干什么？你还不快给我滚！滚！滚！”

杭天醉干脆紧闭眼睛蹲了下来,他根本挪不开脚,在四处的枪声中也不知逃向哪里。突然,一只有力的手拽着他便直跑,边跑边吁吁喘气:“啊呀呀,你,蹲在这里干什么?还不给我快跑!”

是老友赵寄客的声音。他这才睁开眼睛,泪水立刻就流了出来,一边往回缩着一边喊:“撮着啊,撮着啊,撮着被打死了。撮着啊……”

寄草看见的小林哥哥和嘉草姐姐,两人几乎抱着进了屋。他们面色苍白,脸上衣服上有血。他们的神色尤其反常,看到寄草就跟没见到一样,砰的一声就关了里屋的门。小姑娘寄草觉得很奇怪,小林哥哥和嘉草姐姐他们两人好,家里人也都看见了,没人说闲话,可他们一声不吭地把门锁上干啥?

“姐,开门,开门给我搽药,我手上弄破了,疼。”

里面暗得很,窗帘拉着,灯关着,嘉草和林生两个人紧紧抱着,一声也不吭。

听见寄草在外面叫,林生动了一下,嘉草箍在他脖子上的手一使劲,不让他动弹。

林生就不动弹了。

林生说:“嘉草,我刚才差点被嘉乔打死!”

“我看见了,他朝你举枪呢。”

“大概我是要死了。”

“林生,我从心里头爱你。”

“我真觉得我是要死了。”

“林生,我从骨头里爱你。”

“我也是。”

林生把嘉草抱得更紧,他们俩身上都有血腥味。林生把手伸到嘉草温暖的小小的胸乳上。他们两个一点也不害怕,好像在此之前,他们已经这样相拥相抚一千次了。

“头还痛吗?”林生的耳语。

“不痛。”

“嘉草,你怎么那么好哇?”

“你好,你的手真好。”

连嘉草自己都奇怪,她怎么会在这样乱枪血火之后,大胆地说出这种应该感到羞怯的话。

那双手就开始小心翼翼地抚爱着她的胸口,一边说:“你记住我的好手,我要一死,手就没有了。”

嘉草便开始奇怪地颤抖起来,一边颤抖,一边说:“你的……手……真……好……”

寄草在屋外,见姐姐不理睬她,有些生气。正要走,门却打开了。寄草一看,两个人血淋淋的,她就吓得尖叫起来。

“别怕,是游行打死人了。”嘉草说,“我们帮着抬伤员呢,溅的血。”

“你们怎么还不换衣裳啊?”寄草说,“怎么也不洗洗脸?妈看了多怕啊。”

嘉草摸摸她的头说:“寄草真懂事。”

嘉草取了热水来洗脸。嘉草和林生两只手在水里握在一起,他们脸对脸地相互望着,又把寄草给忘掉了。

寄草便问:“你们怎么不说话啊?”

嘉草说:“寄草,姐要求你做一件事呢。”

“你说吧,我能做吗?”

“你能做的。”林生说。

“什么事啊?”

“是这样,寄草,我要和你林生哥哥成亲。”

寄草一听,愣了一下,笑了,老三老四地说:“噢,我明白了。你害羞了,是不是? 让我去告诉妈?”

“不是。”

“那是什么?”

“我要和林生成亲。立刻成亲。现在就成亲。”

“为什么?”寄草害怕起来,“我太小了,这是大人的事情。让我想一想,你们明天再成亲吧。”

“我们现在就要成亲。”

“为什么? 喜糖也没有,新嫁衣也没有,还有,聘礼呢? 还有,媒人呢?”寄草想起她有限生命中参加过的那几次婚礼,她记住了那些金光闪闪的大喜大闹的内容。

“来不及了,寄草,林生说他快要死了。”

寄草“啊”地尖叫起来,一头扎进嘉草的怀里,偷眼看林生,看他好好的,撇撇嘴说:“你们想成亲就成亲好了,干吗说死啊?”

“寄草,给我们当个证人吧。将来有一天,我们说我们成过亲,你就是参加我们婚礼的人。”

嘉草两行细泪就流了下来,样子很古怪,和寄草平时见的姐姐完全不一样了。

“我去跟妈说，就说你们要成亲，现在就成亲，妈会答应的。”

“不会的，他们会以为我们疯了呢。”

寄草的小小心儿里乱了套。她闹不明白，干吗姐姐和林生非要此刻成亲？但她又觉得这事有些重大、神圣，而且只有她一个人知道，很刺激的。

她说：“好吧。”

既然当了证婚人，她也就履行起职责来，让他们回房间换了干净衣裳，又找来找去想找个菩萨可以跪拜，却没有。她想起从前到茶馆里玩时，到灶间拿过一个小瓷人儿，他们叫它陆鸿渐，生意不好，伙计就拿开水冲它，生意好，就拿出来拜。这个小青瓷人儿，跪着，两手还捧着一本书呢。寄草觉得好玩，就拿回来了，这么想着，就把那个陆鸿渐找了出来，放在桌上，又在旁边插了两根香。

嘉草见了，呀了一声，说：“那是茶神啊。”

“茶神好，拜了茶神，和拜了天地一样的。”林生紧张认真地说。

嘉草突然想起了什么，回到房中，把母亲给她的那只祖母绿戒指，第一次隆重戴上。寄草却发愁地说：“还有喜酒呢？没有喜酒，怎么成亲？”

嘉草说：“用茶吧。以茶代酒，古代就有的。”

寄草便一本正经地倒了三杯茶，一杯给姐姐，一杯给林生，一杯给自己。

“一拜天地！”

“二拜……茶神！”

“三拜……寄草我——”

那两个大人一本正经都拜了。寄草觉得有趣，嘉草却不停地流泪。

“干杯!”寄草说。

三个人把那杯中的茶全部喝光了。

“要入洞房吗?”寄草问。

“当然要入。”

“那你们入洞房,我干什么?”

“你在门口守着,有人来,你就说姐头疼,睡着了。”

“好吧。”寄草撩开门帘,“新郎新娘入洞房……”

那一天,寄草在洞房门口听到了一些奇怪的声音,好像笑,又好像是哭,好像是欢叫,又好像是呻吟。寄草不明白,但她严肃地执行着自己的使命,认认真真地守在门口,谁过来问她,她就说:“我姐头痛,睡着了,我给她守着门呢。”

不久以后,四百里外的上海城闸北、虹口也响起了枪声,两个穿灰色哔叽长袍的男人,三十岁出头年纪,恰好路过宝山路鸿兴路口。细雨绵绵,空气中火药味正浓,薄暮中雨后的路面上流淌着道道血水。高个子的那一位回头一看,一串血脚印,不禁小声惊呼:“血!血!”

他是吴觉农,另一位是他的同乡、总角之交胡愈之。

恰是同一年,吴、胡二人与章锡琛、夏丏尊等人,共同发起创办了开明书店,那一日,4月13日傍晚,他们正从章锡琛家出来,他们成了目睹这一重大历史惨案的见证人。

第二天,在三德里吴觉农公寓书房,茶人吴觉农取出成立于1917年的中华农学会的信笺,递给三十多年以后成为中华人民共和国出版总署署长的胡愈之。胡愈之开始书写给最高当局的书面抗议书。

子民、稚晖、石曾先生：

自北伐军攻克江浙，上海市民方自庆幸得从奉鲁土匪军队下解放，不图昨日闸北，竟演空前之屠杀惨剧。受三民主义洗礼之军队，竟向徒手群众开枪轰击，伤毙至百余人。三一八案之段祺瑞卫队如此横暴，五卅案之英国刽子手如此凶残，而我神圣之革命军人，乃竟忍心出之！此次事变，报纸记载，因有所顾忌，语焉不详。弟等寓居闸北，目击其事，敢为先生等述之。

四月十三日午后一时半闸北青云路市民大会散会后，群众排队游行，经由宝山路。当时群众秩序极佳，且杂有妇女童工。工会纠察队于先一日解除武装，足证是日并未携有武器。群众行至鸿兴路口，正欲前进至虬江路，即被鸿兴路口二十六军第二师司令部门前卫兵拦住去路。正在此时，司令部守兵即开放步枪，嗣又用机关枪向密集宝山路之群众，瞄准扫射，历时十五六分钟，枪弹当有五六百发。群众因大队拥挤，不及退避，伤毙甚众。宝山路一带百丈之马路，立时变为血海。群众所持青天白日旗，遍染鲜血，弃置满地。据兵士自述，游行群众倒毙路上者五六十人，而兵士则无一伤亡。事后兵士又闯入对面义品里居户，捕得青布短衣之工人，即在路旁枪毙。

以上为昨日午后弟等在宝山路所目睹之实况，弟等愿以人格保证无一字之虚妄。弟等尤愿证明，群众在当时并无袭击司令部之意，军队开枪绝非必要。国民革命军为人民之军队，为民族解放自由而奋斗，在吾国革命史上，已有光荣之地位，今乃演此灭绝人道之暴行，实为吾人始料之所不及。革命可以不讲，主义可以不问，若弃正义人道而不顾，如此次闸北之屠杀惨剧，则凡一切三民主义、共产主义、无政府主义甚或帝国主义之信徒，皆当为之痛心。先生等以主持正义人道，负一时物望，且又为上海政治分会委员，负上海治安之最高责任，对于日来闸北军队所演成之恐怖状态，当不能恝然置之。弟等以为对于此次四一二惨案，目前应有下列之措置：

(1) 国民革命军最高军事当局应立即交出对于此次暴行直接负责之官长兵士，组织人民审判委员会加以裁判。

(2) 当局应保证以后不向徒手群众开枪，并不干涉集会游行。

(3) 在中国国民党统辖下之武装革命同志，应立即宣告不与屠杀民众之军队合作。

党国大计，纷纭万端，非弟等所愿过问，唯目睹此率兽食人之惨剧，则万难苟安缄默。弟等诚不忍见闸北数十万居民于遭李宝章、毕庶澄残杀之余，复在青天白日旗下，遭革命军队之屠戮，望先生等鉴而谅之。涕泣陈词，顺祝革命成功！

郑振铎、冯次行、章锡琛、胡愈之、周予同、吴觉农、李石岑同启

四月十四日

方伯平在梅花碑的寓所，这几日出出进进的，各色人等川流不

息,每有人来,方伯平就叫他的女儿出来奉茶。也不管别人寒暄不寒暄,都要介绍:“这是我独生女儿,这几天时局不安,被我锁在家中,只给来往客人倒倒茶,连教堂也不让她去了。”

有知道方家底细的人便喝茶,说:“老方,你怎么吃的依旧是旧年的老茶?女婿新茶也不送来?”

“不要他送!免得把晦气也一道送了上来。”

方西泠家本来就住在梅花碑省党部附近,事发之日,打开窗子,她全看见了。到底是嫁出去的女儿了,心里还是向着婆家。方西泠急得心如火焚,说什么也要往羊坝头冲。西泠妈左劝右劝也劝不好,气得拉张椅子坐在当门口号啕大哭,边哭边说:“你好死不死,你要现在送上门去死,你是还嫌我们方家儿女多啊?”

女儿拎着小皮箱也哭:“妈,你就让我回去吧。我嫁到杭家,就是杭家的人了。他们家都上了门板,茶叶也不卖了。撮着伯被打死了,我连个照面也不打,我不就是没脸见人了吗?妈,上帝不会宽恕我的。”

“罪人啊,罪人啊,千不该万不该,我不该把你往杭家那个火坑里推啊!我原来想,清清爽爽吃茶叶饭的人,也好来往,哪里晓得,竟是这样一份火烛郎当的人家啊!”

就那么僵持着,方伯平一脸杀气地回来,见着那架势,他轻轻一喝:“你起来。”

方夫人嫁给方伯平那么多年,头一回见丈夫这样铁青着脸,吓得也不敢违抗,赶紧就让开了道。

方伯平把那藤椅往边上重重地一甩,藤椅竟然就断了一条腿,他又把手往外面狠狠一指:“你要滚,你现在就给我滚!不过你要记牢,再也没有你回来摸得着的门!”

他那有史以来从未有过的咆哮把方西泠的眼泪吓得一滴都没有了,半张着嘴盯着她的父亲。

“你不要头脑不清,以为杭家门里就这样小乱乱!实话告诉你,这才刚刚开始呢。他们这碗茶叶饭吃不吃得下去还难说呢!要讨饭有没有嘴巴也不好估呢!”

“你听听你父亲的话,我们老了,吃苦的是你。”

“不是那么说的,”方伯平又喝住了妻子,“这次牵连上了我们,弄不好就要杀头。”

“什么?”母女两个都被这危言耸听吓得面无人色。

方伯平一看女儿扔了皮箱,不像是要走的样子,才重重一声叹,一屁股坐到椅子上,说:“你们晓得什么?政治这个东西,碰都碰不得,碰碰就要出血的。我是没办法了,陷在这里头了。你年纪轻轻又何苦来?弄到今天这个地步,茶庄保不保得住不去说它,性命保不保得住都说不好了。西泠,你此去不是飞蛾扑火,又是什么呢?”说到这里,重重一声叹息,眼睛便湿了。

倒是方西泠,突然一经棒喝,便恍然大悟,她刹那间一个念头跳了出来——和杭家的缘分,看来到此为止了。她也长叹了一声,说:“妈,你先别忙着哭,快快给我去了杭家,把杭盼给我抱回来,她小,离不开我照顾,杭忆,只好先放一放再说。”这么说着,又想哭,却忍住了,接着说:“家里问起来,就说我病了,要在娘家歇几天。”

“不!”方伯平说,“就说我方伯平把我女儿关起来,不让她再见杭家的人了。”

“爹,你就一点后路也不留?”方西泠问。

“哎呀！我的女儿啊，”方伯平又叹息又跺脚，“你怎么还不明白，我们已经没有后路了。”

10日夜里，方家来了两位不速之客，开门的恰是方西泠，进门来的那两位和她打了个照面，方西泠就怔住了。

吴升与从前相比，是越发地从容自若，原先残存的小伙计的气味，现在已经被有钱人的那种气派成功地掩饰起来了。他既无不安也无做作的热情，只是矜持地作了揖，问方女士父亲在吗，是否允许昌升茶行的老板拜见。

方西泠很纳闷这位杭州商界显贵何以会来拜访素无交往的父亲，正那么想着，旁边闪出那个小伙子的玉体长身，微微欠了一欠腰，说：“嫂子，你好。”

方西泠乍一听声音，再看那人身形，几乎要叫，两兄弟真是越长越像了。嘉乔怎么连声音都像了他大哥呢？轻轻柔柔的，像是有教养的读书秀才，哪里有半点杀人放火的痕迹呢？

就为了这一点说不清道不明的相像吗？方西泠一侧身，就把这两位让进了厅堂。

方伯平在和吴升闲聊的时候，方西泠才断断续续地明白，吴升刚刚从宁波来的伙计那里听说，那里这两天不太平。

“吴老板做生意的人，打听这个干什么？”方伯平疲惫地坐在沙发上，对此表示不满。他和吴升不熟，也不明白，方西泠何以要把这个有点江湖流气的老板放进来。

“是这样，我正有一笔货要发到宁波去，新下的茶叶，路上耽搁不起，若是那边不太平，我就不准备往那里发了。”

倒也听不出什么破绽来。方伯平却暗自惊叹吴升耳目的灵敏，便说："不管太平不太平，宁波人总要喝茶的，你还是按部就班地做自己的生意去吧。"

吴升淡淡地一笑，说："只怕生意要做不安耽了。"

方伯平心里有事，不想和吴升多搅，便说他很抱歉，吴老板茶叶饭吃不好，方某人爱莫能助，因为方某人和做茶叶生意实在是挂不上钩，虽然小女……方伯平突然明白了，这个吴升！这个吴升，绝不是平平常常就来串一下门的，他要干什么呢？敲诈我吗？

看上去倒也很中肯，好像是既为我想也为他自己想，生意人大多有这种本事。吴升说："你看，嘉乔虽然在我跟前长大，但毕竟是姓杭的，和嘉平虽然不是一个娘，但也是一个爹。巧不巧，他和嘉和倒是一个爹娘。这份人家也是，三个儿子三样生，时局真要乱下去，你得给我们作个证，我可没掺和他们杭家的事。老实说，做茶叶生意，争一争，让一让，我这个人都是做得出来的，可这世道一乱，我就不敢说话了。嘉乔刚才说了，明天他们纠察队要和军警活动。我怎么办？我是叫他去好，还是不叫他去好？方律师，我倒是要来讨教讨教的了。"

方伯平的确很吃惊，他没想到这姓吴的嗅觉那么灵敏，他似乎已经提前嗅到了血腥味。他并不希望以后看到他自己的手里有血。这么想着，倒是抬起头来，没想到在对方的目光里也看到了同样的心思。

原来对方也不希望看到自己的手上有血。

这么想着，他重重地一声叹息："吴老板，我实在是无可奉告哇。"

吴老板也不接口,半天才说:“懂了。”

他站起来要告辞,叫了几声嘉乔,嘉乔不应,嘉乔被他的大嫂叫到里屋去了。

回家的途中,两人与来时一样,坐着一辆马车,默默无言。马车行驶良久,嘉乔还没有从心烦意乱中清醒过来。他被嫂子刚才那番话搅得六神不安。他讨厌这个女人,他不明白,这个女人为什么偏要他去给杭家通风报信?林生的死活,跟他又有什么关系?他还巴不得他死了呢。

“你为什么不去,要去你自己去好了!”他还曾这样对她说。

“我没办法,我被我爹关起来了,我出不了门——”

“他们不会相信我的,我打过他们。”

“你不要管他们会不会相信,你要告诉他们,快去,快去,不要让自己的手上心上都沾血。沾了血,一辈子……上帝啊,宽恕我吧,天哪,这太可怕了。”

方西泠属于那种最会制造氛围的女人,这也是最有魅力的地方,此刻她却不是制造氛围,是被她所能感受到的氛围吓坏了。她甚至不用睁开眼睛,就能看到黑暗中鲜血在喷射,她突然面对挂在墙上的十字架耶稣,就拼命地画起十字,口中不停地祈祷:“上帝啊,上帝啊,上帝啊……”

……

马车停住了,吴升轻轻地掀开门帘,说:“你下去吧。”

嘉乔头一探,愣住了。两盏橘黄色的灯笼,上面用绿漆写着“杭”字。

“我不去！”杭嘉乔犹疑着，嘴很硬。

“去吧。”吴升挥挥手。

“干爹，我恨他们！”

“那是私仇，不用公报。”

“干爹……我，我已经公报了。”杭嘉乔垂头丧气。

“那不一样。”吴升叹口气，“我不硬叫你去，今晚我本来想让他家的媳妇回一趟婆家。她不去。人啊……我本来以为，我够狠的，看来还是狠不过他人。山外有山，领教了。你去不去，随便。我是担心你日后受不了，反过来恨了干爹……”

“不会，不会！”杭嘉乔激动得热泪盈眶。

“……要死人的了，你懂吗？”吴升把眼睛逼到嘉乔面前，这双眼睛黑白分明，灵动自如，深藏着无限丰富的人生阅历，杭嘉乔相信这双眼睛。

他跳下了车，自己安慰自己，是我干爹叫我去的。

杭嘉和在夜梦中行走，多年来他总是重复这样一场梦景，以至于他甚至在梦中都会意识到，自己又做梦了。

在梦里，他总是看到天边有一片绿色，他就知道，那是郊外的山中，但是山很远，他脚下是一片沙漠，走一步都很艰难，要跑简直就不可能，他累得要死，甚至不想再走向那里，因为他已经预料到他到了那里以后会看到什么。但是每当他产生了不想再去那片茶园的念头时，他就置身在那里了。还是和往常一样，九溪嫂和跳珠她们，一边在阳光下采茶，一边唱着情歌：

温汤水，润水苗，一筒油，两道桥。

桥头有个花姣女，细手细脚又细腰。

九江茶客要来媒……

他就和她们唱着唱着，突然，他知道他又该到说那句话的时候了。其实在梦里他也知道他不能说这句话，可是他止不住，好像命里注定似的他就要冲口而出：

“跳珠，你不是已经死了吗？怎么还在这里采茶？”

果然，跳珠面孔惨白，大叫一声就仰面而倒。

接下去的场景，嘉和也已经熟悉得不能再熟悉了。但是每一次都依旧那么恐惧凄惨：九溪涧边，山洪下来了，天落着大雨，雷声四起，闪电四射。他像一只落汤鸡，半浸在水中。然后，他看到远远的风雨凄迷的小路上烟雾腾腾中，一口棺材抬来了，很慢很慢，像是云里面托浮出来一样，还有呜呜呜的哭声。棺材向他飘来时，他每一次都会惊愕、恐惧和困惑，他总会在心里问，这是谁死了？谁躺在里面？然后他发现雨停了，棺材上覆了一身的绿叶，全是茶叶；突然，茶叶中就开出白花，黄的蕊子，白色的花瓣，又嫩又白，茶叶像藤条一样地挂下来，从棺材里喷涌出来。每当这时，他就大叫：谁在里面！谁让茶叶开了花，谁在里面……

然后，他就醒了。

可是今夜的梦却进展极其缓慢，无论他在沙漠里怎么跑，他就是跑不动，而且他听到前面总有个声音叫他——快点，快点！快跑，快跑！他后面又有个声音叫他——站住，站住！别动，别动！

他既跑不动，也不想停住，他也搞不清那两个声音是谁，他就低下头来拼命走。突然，他怔住了，他发现，他踩过的每一个足迹都是血印。他慌了，蹲下来看，是血印，而且血还在从沙漠中渗出来，喷涌出来，咕噜咕噜的像血泉一样。他抬头往远处看，前方依旧是一片绿色，像个祭坛似的，隐隐约约地有仙子在绿色中浮动，歌声也便忽忽悠悠地飘了过来：

温汤水，润水苗，一筒油，两道桥。

……

他咬咬牙就往前走，他不管血迹的存在了，但是后面那个声音却叫得更厉害了——站住！站住！站住，再不站住我开枪了。"嘣！"

嘉和从梦中被打醒了过来。他听见他的窗棂在嘣嘣嘣地被敲响着，有人叫他快开门，他听出来了，是嘉乔。

嘉乔告诉他的那些话就如一个贼说的话一样。他告诉他这些话时的动作神情也完全像是一个贼。他几乎是咬牙切齿地在嘉和身边挤出那些阴谋，牙齿磨得咯咯咯地响："我实话告诉了你，我是看在大嫂分上才把这些告诉你的。我手里提着我的脑袋呢。我恨你们，我干爹说了'私仇不用公报'我才来了。明日再见了面你是你我是我，对得起你们了。"他站起身就要走，被嘉和一把拖住："你把爹气得吐血了，你差点杀了他，知道吗？"

嘉乔一愣，说："是我救了他，谁叫你们把他弄到那种地方去的？"

“谁让你们开枪舞棍的？你把嘉草脑袋都打伤了。撮着伯被你们的人打死了。你还是不是个人？”

嘉乔顿足：“你还是不是个人？他们把妈逼死了，把我赶走，你还护着他们，你还是我亲哥呢！不就是想霸这份家产吗，连亲兄弟也不要，你还问我是不是人？我要不是人，上这里来干什么？”

嘉和愣了：“你说什么，是谁逼死妈？是你那干爹你知道吗？嘉乔，你要是愿意回来，做我们杭家的儿子，我把这份家产都给你，我让你当老板！”

嘉乔也愣住了，他没想到大哥会那么说，愣着愣着，悲从中来，说：“当老板有什么用？妈没有了，妈的命回不来了！”

这么说着，一闪，就不见了踪影。

在这样巨大的厚重的夜晚，杭嘉和没法也没脸再说一己的个体的事情。一切的一切在这样一个时代，剑拔弩张的夜晚，都变得微不足道了。嘉和记起了把嘉乔的话传给大弟听。嘉平跳了起来，说：“走，赶快告诉嘉草，大家分头去通知，先隐蔽一段时间。”

“你也要走？”嘉和有些茫然，“你又不是谁的对立面，你站在中间，不走也没关系。不穿这身军装就是了，”他突然有些激动了，抓住大弟的肩膀，“正好，正好，你正好可以乘机脱了军装回茶庄来——”

嘉平第一次让大哥看到他有些无奈的笑容：“大哥，你知道这是不可能的，我手里拿着枪，不是打嘉乔，就是打林生。我倒是想一枪崩了嘉乔，可是通风报信的又是他，他让我下不了手。既然我现在谁也不打，我就只有远走高飞了。”

叶子回到屋里，看见嘉平一副要走的神情，手就抚在胸口上，睁着眼睛，不问嘉平，却问嘉和："又要走？"

"马上就走。"

他想了一想，就让叶子把那只兔毫盏取来，塞进他随身带的包里，还笑嘻嘻地说："看样子，这次又得带上这个护身符了。过去是半片，如今大哥成全了我，又是个完整的了。好了，跑到哪里，都不会忘记你们的。"

叶子惊慌失措地一头扎在嘉平怀里，说了一连串的日语，嘉平也用日语回答她，然后叶子又冲回屋中抱出了杭汉，硬要塞进他怀里。嘉平有些不好意思，看看大哥，说："没那么严重，没那么严重，我会回来的。"

嘉和却把头别了过去，他无法承受这种目光，他也不知道，明天会怎么样。

杭汉睡得迷迷糊糊，根本不知世界上有什么生离死别的事情，嘟哝了几句，就又睡着了。

当着嘉和的面，嘉平把叶子拉到胸前，说："大哥，叶子和汉儿，交给你了。"

嘉和心一阵狂跳，为了掩饰，说："别说这些，一家人。"

他们两兄弟悄悄摸进嘉草住的小院子时，开门的却是小妹寄草。

"你阿姐呢？"

"她睡了。"

两兄弟就去敲门，门一开，床上干干净净，根本没人。

"说，你阿姐上哪去了？"

寄草看大哥二哥都变了脸,自己就吓得要哭,说:“别骂我,阿姐成亲了。”

两兄长就骂她:“你开什么玩笑? 说实话。”

“真的成亲了,嫁给林生哥哥,我们三人,用茶当的喜酒。”寄草一本正经地说。

“真是疯了! 真是疯了!”嘉和急得直打转。

“没疯!”寄草说,“林生哥哥说,他就要死了,再不成亲就来不及了。嘉草姐姐也说,真的他们可能都要死了。嘉乔那天打了她一棍子,差点没把她打死呢。”寄草这么说着,自己就害怕得哭了起来,“大哥二哥别告诉妈,姐姐不让我说。她说妈要伤心的……”

两兄弟这才想起来,这段时间,嘉草和林生果然都有些反常呢。

嘉和亲自把嘉平送到门楼口,嘉平心里有事,转身要走。突然,右手被嘉和拉住了,嘉和有些慌不择言,说话便幼稚起来:“嘉平,嘉平,很好笑的,我刚才做了一个梦,有血……”

嘉平使劲握住他的手,说:“血不是梦,是现实。大哥,你真是一个梦中人,该清醒了!”

他想走,但发觉嘉和依旧不放手,明白了,说:“你别担心,我还没喝上今年的新茶呢。”

一使劲,挣脱了大哥的手,就消失在茫茫夜色之中。

第二天,公元1927年4月11日,杭嘉乔跟随着军警冲入市总工会,就在大门口碰到了手拉手正往工会门里进的林生与嘉草。杭嘉乔看见那男人竟和他的双胞胎妹妹在一起,原先的宽宥之心烟消云散，陡然升起一阵歹毒之心：好哇，冤家对头，竟敢来勾引我妹妹，指着林生便吼："他是共产党！"

军警上去时，要把嘉草也一起绑走，被嘉乔拦住了，一巴掌把她推出老远，说："她不是，她是拱宸桥茭白船上下来的婊子，我认识的。"

林生也不反抗，似乎早就等着这一天呢，对嘉草说："你走吧。和你无关的，该干啥就干啥去！"

嘉草没走，靠在墙上，她惊得目瞪口呆，刚才十分钟前，他们还在院子里亲吻拥抱，林生的手还在她胸口移动呢，怎么这么一会儿就铐起来了？这么想着时，林生却已经被带上囚车，呼啸着，一眨眼就不见了。

很多年以后，寄草想，她的嘉草姐姐就在那时候走向疯狂了。她是那么样的一个弱小的女子，情感却是那么的深邃，真是像幽兰一样的女人啊，天生只配生在空谷中的女人。把她捧回家的山中猎人突然就被虎狼吞没了，你叫她怎么还活得下去？她痴痴呆呆地靠在床头，握着寄草的小手，一会儿微微地说："你的手真好……"一会儿眼睛发直，声音急促："要死了！要死了！要死了！"

小寄草知道，嘉草姐姐说的是小林哥哥要死了。她这小小的人儿，因为姐姐和林生，真正是愁得心乱如麻。她在这五进的大院子里乱窜一气，得想个办法。大哥二哥都不见了，大嫂也不见了，二嫂在屋里抱着儿子哭，爸在禅房里吐血。撮着爷爷一死，爸就开始吐血了。她想来想去只有去找妈，可是妈正抱着嘉草姐姐哭呢。嘉草姐姐好像没听见，只是卡着妈妈的双肩，咬着牙细声细气地叫:“要死了……要死了……”

妈一边抱着嘉草,一边对她那不谙世事的小女儿说:“怎么办呢,寄草,你说我们怎么办呢?茶庄关门了,茶叶卖不出去,没有钱,怎么把你小林哥哥赎回来呢?”

寄草想来想去,便想到了干爹。她想干爹他骑着一头白马,威风凛凛,谁都敢骂,干爹会有办法把小林哥哥救回来的。她要去找干爹,一个人去。她拔腿就往大门外跑,在门口看见了赵寄客。干爹他拄着一根拐杖,急匆匆走来。她惊异地问:“干爹,你的白马呢?”

“卖了。”干爹说,“想拿这钱,换你小林哥哥的命呢。”

沈绿爱一听赵寄客把白马也卖了,急着说:“你也真是性急,我让嘉和找他大舅去了,让绿村活动活动,小林准能放回来,他们能不买绿村的面子吗?”

赵寄客想拿话驳沈绿爱,看着嘉草痴痴呆呆的样子,就不吭声了。又听门口有人轻轻咳一声,知道是嘉和回来了,赶紧跟着嘉和进了花木深房。

杭天醉坐在蒲团上,紧闭着双眼,像是预感到不好的消息而不忍倾听,又无法回避似的。嘉和看着爹这副样子,张了张口,就闭上了。

“快说,你大舅怎么样?”

“他说,不要说林生不是我们家的女婿,就是我们家的女婿,他也不会管。再说,嘉草又不是绿爱妈妈生的。”

“这话是他说的?”绿爱不敢相信自己的耳朵。

“你以为他不会说?”赵寄客说,“你们去找他就错了!”

“这个畜生!”绿爱骂了一句。

杭天醉看看绿爱,心里想,为什么他们也会是一个爹生的?

“他还让我传话给嘉平,让他回来赶快重新登记,再不回来,他要保嘉平也保不住了。”

听了这话,大家都不吭声了。寄草哭哭啼啼地跑了过来,说:“嘉草姐姐在拿头撞墙呢,她说她要和小林哥哥一起去死呢!”

绿爱便又慌慌张张往嘉草房里跑,一边说:“赶快另外想个办法吧,有钱能使鬼推磨,凑了钱去托路子,再不要提‘沈绿村’三字,好比我这个大哥已经死掉了。”

杭嘉和便再回过头来看着父亲,他知道,只有一个办法可以弄到钱了,可这个办法又是他无法开口的。虽说忘忧茶庄他当了家,但这件事他却不敢当家。这么想着,便眼见着父亲站了起来,说:“你们陪我去一趟茶楼吧。”

嘉和的眼眶一下子热了,父亲看上去便成了一个模模糊糊的影子——他知道,父亲是要卖茶楼了。

两个仇人,恩恩怨怨的一辈子,现在可是都老了,一个气息奄奄,一个也两鬓如霜了。坐在楼上栏廊上,面对着西湖,他们却都不约而同地往那歪歪斜斜的楼梯口看。唉,那团又旧又脏的小红火,可是再也翻不上跟头了。真是斗转星移物是人非啊,可西湖却还是那么不顾一切地美丽。这简直就是一种令人痛苦、令人愤怒的美丽了。要知道,有人要死了,有人要发疯了,西湖,你的水怎么还可以这样温柔,你的杨柳怎么还可以这样飘逸呢?

而且,送上来的这两杯龙井茶,你怎么依旧这样芳香呢?

杭天醉一抬头,看见了《琴泉图》。它一如既往地保留着从明代传至今日的诗章:“自笑琴不弦,未茶先贮泉;泉或涤我心,琴非所知音……”它倒是不动声色。可是它怎么可以不动声色呢?

他用手指指墙,嘉和一声不吭地把《琴泉图》取了下来。

“你真的要卖茶楼?”吴升又追了一句,他跟做梦一样,不敢相信这突如其来的消息。

杭天醉点点头。

“我出双倍的钱!”吴升一股豪气夹着怜悯同时冲上胸膛。

杭天醉眼睛一亮,盯着吴升,吴升手心就出了汗:他敢答应吗?他杭天醉若答应,那他可真是完蛋了!他的魂灵可就被我踩在脚底下了。小茶啊小茶,你要活着多好,你要活着,看着我扬眉吐气多好……

可是,杭天醉却把目光收了回来,又放开到了楼下,他亲眼看见了他的三儿子、他的小仇人杭嘉乔在摘下那一副联子——谁谓茶苦,其甘如荠。他看着看着,微微笑了,轻轻点了点头。而吴升,在他的对头点头的一刹那,唰的一下,热泪就夺眶而出了。

林生到底还是被作为共产党武装暴动的一名重要案犯,与他的同志们在松木场被公开处决。他被处死的形式,本来还算文明,枪毙而已。但是,每当刽子手把枪举起来瞄准他时,嘉草就挣脱母亲绿爱的手冲上去,抱住五花大绑的林生,每一次行刑队又都不得不放下枪把她拖下来,这样重复几次之后,行刑队长就很不耐烦,想不如就那么一起枪毙掉算了。旁边有人便在他身边嘀咕,说这女子是沈特派员的外甥女。行刑队长发着牢骚,说,怪不得这女子胆大包天不怕死，拖下去！便又拖下去两回。绿爱一个人哪里拉得住披头散发发疯一样的嘉草。她原来是想一个人来收尸的。嘉和外出去打听嘉平的消息了，杭天醉吐血吐得厉害，赵寄客因为写信骂国民党，自己被软禁了起来，结果杭家竟也只有绿爱这妇道人家出面。

致命的劫难使嘉草完全变成了另外一个女人，杭家人血脉中的那份痴迷呈现在悲痛欲绝的嘉草身上，使她完全歇斯底里。她死活要上刑场，绿爱只得把她反锁在房中，没想到她从窗口翻出，直扑刑场，又接连几次冲上法场，还声嘶力竭地叫道："我不想活了，我不想活了，我和他死在一起！开枪吧！开枪吧，你们开枪啊！"她一把扒开胸膛，使劲用拳捶打胸脯，林生三番五次被嘉草抱着，这时才清醒过来，也喊："妈，妈，你快把她拉走，快把她拉走……"

旁边有一队手提鬼头刀的刽子手，原来刀片白光闪闪，红缨垂垂，一路咣当咣当，卖个杀人的威风罢了，并不真正用刀的。都民国十六年了，杀人也改进，不作兴杀头，作兴枪毙了。然三番五次枪毙不了，刽子手们就不耐烦，其中一个上去，还没待嘉草再一次冲上来，一脚踢倒了林生。那林生正要扭头，刀下血飞，一颗头颅早已滚下落地，一腔的血直冲向天空，身子往前使劲一蹿，就扑倒在地。滚动的头颅上眼睛却还张着，嘴就一口咬住了地下的黄土。

这场景惨绝人寰，幸而绿爱根本就没有看到，因为她一抬头，嘉草已经翻身一头栽倒了。人群嗡嗡叫着："杀头！杀头！"嘉草咬紧了牙关人事不省，待七手八脚灌了水苏醒过来，人也走得差不多了。嘉草一醒来，眼睛睁得滚圆："头！头！头！"她尖叫着，跪在地上,摸爬着一把就抱住那颗尚未冷却的口含黄土的头颅,一边用手摸着,一只手就在林生的口腔里往外掏泥,还掏出手帕来擦。身上沾得血糊糊一片,突然明白过来似的问:"林生,林生你身子呢?"然后回头看到那还绑着的身子,立刻便抱着头颅边哄边说:"别急别急,我立刻就给你生上头去。"一只手便去拉林生那五花大绑的绳子。

绿爱看嘉草是疯了,可是她自己也几乎是疯了。她冲过去帮着嘉草解开林生身上的绳子,用手把手脚扳直了。嘉草拼来拼去地想把林生的头颅接上,一边拼一边还安慰着说:"等一等,等一等,马上就好,马上就好……"然而那头颅断了,颈怎么也拼不上。绿爱看看不把这头颅生上去,嘉草是不会再走的,心肝肚肠就烧得要化了似的,身上乱拍,却拍出了一团针线,连忙取出,用针线把身子和头颅缝在一起。那嘉草把林生的身子抱在怀里,像哄小孩子一样,只说:"乖乖,就好,就好,马上就好……"

头和身躯勉勉强强连在了一起,绿爱又用嘉草的手帕围住了那疤口,牢牢地缚住,林生看上去就如睡着了一般。

从刑场回来后,嘉草彻底傻了,她总是做怀抱情人状,嘴里只说一句话:"乖,乖,就好,就好,马上就好……"

绿爱回到家里,立刻发了高烧,迷迷糊糊地昏睡了好几天。家里只有靠叶子张罗了。

杭天醉咳血也更厉害了,但看上去倒反而有了一种绝望中的安详,他每天都要去看躺在床上的嘉草,站得远远的,说:"好女儿,我得肺病了,我就在这里看看你,你心疼就会好一些,我不能走近来的。你可不能再死。好女儿,我们家的人,死得太多了……”

这么说着时,赵寄客就对天醉说:“天醉,你养出来的女儿,真正是血性,在刑场里哭着,两根肋骨就自己砸断了。”

绿爱也勉强能起来了,听了赵寄客的话,流着眼泪说:“林生还在四明会馆里呢。入土为安,不入土,嘉草不会好的。”

天醉听着,摇着头,眼泪就跟着直流。

“不要哭了,一份人家经不起这么些的眼泪水了。”赵寄客又说,“总算还有件事宽心,嘉草怀孕了。”

天醉眼睛一亮。

天醉就说了:“撮着也还没下葬呢,把他们葬在茶清伯旁边,他们也算是我们一家人。”

气候依旧温暖宜人,茶芽便催发得格外茂盛,往鸡笼山杭家祖坟的山道上,又来了一支送葬的队伍。他们在半人高的茶园中忽沉忽升地走着,像是要显现大自然生老病死的永恒规律,因为这对每一个人都如此公平的规律,死亡和葬礼便显得温情脉脉。没有外人会想到这个躺在棺材里的名叫撮着的翁家山茶农,杭家的老家人,是被人当胸一枪打死的。这仿佛是偶然的死亡,甚至连那死亡的人也无法接受。临咽气前他想到了那句遗言都仿佛是偶然的了。他说:“少爷,以后……谁听你说……心里话呢?”

仿佛是在说完了这句话后,他才真正意识到他要死了。他那双临死的牛眼,又温柔又善良,蒙着眼泪,大滴大滴,从眼角流到耳根,天醉从他的眼睛里看见一只风筝——那是只有他们俩拥有的天空,在很远很远的可望而不可即的地方。

现在,是杭天醉送着撮着上路了。从前,可总是撮着陪着天醉上路的。杭天醉已经记不清他们这样相随着上过多少趟鸡笼山了。他甚至不时地产生一种错觉,仿佛棺材里躺着的是另外一个与他无关的人,而老撮着一声不响地正跟在他身边,他用眼睛的余光便能看见他呢。他又想着撮着一直在担心汽车这个庞然大物,真应该多宽宽他的心……杭天醉突然惊慌失措地站住了。他被痛苦刺激得头发都要倒竖起来——是的,撮着是真的死了。他看着送葬的人们,人可真不少,悲哀地哭着。但杭天醉觉得,天地间只有他独自在送撮着。所有其他的人,都是与他们不相干的人。只有他和那个此刻就要埋在新坟之下的老实人,那个和他心照不宣守着秘密的翁家山人,才是自己人呢。

杭天醉也心疼林生的死。但比起他把茶楼都卖掉想换回林生的生命的心情,他此刻的悲痛就不算是极致了。他不太了解这个漂亮的小伙子,听说他是党派中人,但杭天醉对党派却是早不关心的了。他和寄客不一样的恰是对政治始终产生不了满腔热情的关注。他总觉得那是些外在的东西,怎么变幻也解决不了他灵魂里的痛苦。然而此刻,当他看着抚着棺材痴呆了的嘉草时,他想,也许我错了,我女儿为什么会变成这样?是谁让她变成了这样?难道撮着不是被外面射来的子弹打死的?为什么我还要苟延残喘活下去?为什么人家还不来送我——就像现在我送人家一样?

林生下葬的时候,嘉草也没流眼泪,翻来覆去依旧一句话:“乖,乖,马上就好,就好……”

一看那棺材入了土,她就发起脾气来,说:“怎么挖得那么小,叫我躺到哪里去?重新挖!”

大家都不知如何是好,嘉草又纵身一跳,跳进坟坑,贴着棺材躺好,说:“林生,你睡里头,我睡外头,我和你做伴的。”

她摇摇晃晃,神思恍惚。嘉和看得心疼,立也立不住了,连忙跳下去,把妹妹抱了出去,边抱边说:“嘉草,我把坟坑挖大,来,你先上来,你先上来。”

倒是寄草还聪明,手里突然举起一个茶神像,说:“阿姐,你还要替林生哥哥生小宝宝呢,我让茶神先陪陪他吧,茶神认识林生哥哥的。”说着就让嘉和把茶神放在棺材盖上了。

嘉草这才罢了,由着大哥把她再托出坟坑去,她什么都不明白了,唯有说到生林生哥哥的小宝宝时,她才心里清爽一些。

杭家的族坟,现在,埋着的人越来越多了。坟前的茶蓬,因为有着坟亲的照料,也就长得格外茂盛。撮着和林生的坟坑,就在茶清伯的坟附近。天醉在他们的坟前,亲手挖了两株茶苗种下,又指着茶清伯旁的地方说:“这里不要占,留着给我。”人们心里都暗自吃惊。接着,人们又听到了一句使他们更大吃一惊的话:“让我一个人躺在地下,我和他们做伴就够了。”

尾　声

那年冬天，嘉草的肚子日渐沉重，她父亲杭天醉的身子，却像一张薄纸般地消瘦下去了。

他开始越来越像一个幽灵，他古怪沉默的行动，也越来越有一种寓意的象征。他完全模仿吴茶清，留起了一撮山羊胡子。当他悄悄地往人们后面一站时，人们的后脑勺也开始有了一阵阵的凉意。

甚至他和他的总角之交赵寄客的关系，也在不知不觉中起了变化。冥冥之中，似乎不是精悍的赵寄客，而是虚弱的杭天醉，控制了他们的友情。

那一年隆冬，杭州下了大雪。西湖上一片迷茫。天空像是扯着一块巨大的雪花布，一触到湖水就钻了进去，消失得无影无踪。南方的雪，终究是温柔的啊。

杭天醉要赵寄客陪他去湖上一游，绿爱惊叫道："你疯了，这么冷的天……"又看了看赵寄客的神情，便不吭声了。

杭天醉却颇有兴致地说："我的'不负此舟'虽破旧不堪，却依然尚存，就跟我这人一样，虽奄奄一息，却尚有精神。就不知寄客这独臂还能不能撑得起那'浪里白条'了。"

赵寄客一笑，说："敢不敢一试？"

那一天下午，两只船一大一小，消失在雪越来越大的湖面上。

赵寄客话很少，一只臂膀和两只臂膀到底不一样了。他像绍兴人划乌篷船一样，用两只脚来踏，手，只是用来把把舵罢了。

杭天醉因为船上有老大，所以拥衾坐在船舱窗口，和赵寄客说话。他的舱里热着老酒，他就从窗口递了出去，给赵寄客。赵寄客一饮而尽，俄顷，面孔转红，呵气如雾。

杭天醉却背起了张宗子的文章："……大雪三日，湖中人鸟声俱绝。是日更定矣，余挈一小舟，拥毳衣炉火，独往湖心亭看雪。雾凇沆砀，天与云、与山、与水，上下一白。湖上影子，唯长堤一痕、湖心亭一点，与余舟一芥，舟中人两三粒而已！……"

赵寄客说："天醉，这样的雅致倒是多日没有了……"

杭天醉大笑，说："寄客啊寄客，你教训了我一辈子，也没弄清要教训的是什么东西。你看这'湖上影子，唯长堤一痕、湖心亭一点，与余舟一芥，舟中人两三粒'，哪里是什么雅致……"

"有何见教？洗耳恭听。"

"不就是落得个白茫茫大地真干净吗？"

赵寄客听到这里，停桡驻桨，说："天醉，你看这么大一个天地，就你我二人，你想说什么，就直说吧。"

杭天醉倒愣了，半晌，叹了一声："我有迷魂招不得啊……"

两只船，一大一小停在湖心，赵寄客看见了杭天醉的眼睛。他叹了口气，开始不慌不忙地解自己的衣扣，脱得赤条条只剩一条短裤，断了的左臂难看地裸露在了大雪之中。

"你要干什么？"杭天醉问。他想起那年的夏天。多么遥远啊，那时雷峰塔还没倒呢。

“不知寄客从小就在冬季里习泳吗？拿酒来！”

赵寄客咕噜咕噜喝了一大碗酒，用一只独臂把自己身上一阵好擦，站在大雪中，发出了巨大的急促的声音，然后便扑通一声，跳到西湖里去了。

与此同时，百感交集的老吴升，带着他的义子，重登忘忧茶楼了。茶楼因为易了主人，关门已有许多天，桌椅蒙上了厚厚的灰尘。七星灶冰凉冰凉的，老吴升用手提起了铜茶壶，一滴眼泪滴进了乌黑的灶口，他用他的泪眼看到了蓝色的火苗和白色的水汽，他听到了人声鼎沸的叫卖声问好声弦歌声乐声……他看见人来人往占着位儿喝茶听戏的身影。这一切，当终于全都可以属于他的时候，却已经全都不属于他的了……

墙上白一块灰一块的，那是杭家把画儿给摘走后留下的痕迹。吴升一边伤感一边欣慰地想，没关系，以后再买便是。他打开窗子，冬日的西湖像一块青色的冰块，呈现在眼前。野鸭在湖心盘旋着，湖对面，是连绵温柔的北山，在冬日阴覆下显得苍凉默然。而在这一切之上，是纷纷扬扬的漫天大雪。那可真是下得动人心魄啊！吴升对嘉乔说：“阿乔，不给国民党干了吧！”

“为什么？”嘉乔很惊愕。他近期动了报考黄埔军校的念头，正要和干爹商量。

“国民党缺德，”吴升说，“以后要倒霉的。”

他回过头来打量着阿乔，信心百倍地说：“阿乔，我替你想好出路了。到上海洋行，给大班做买办。把我们茶行的生意，一直做到外国去……”

与此同时，黄浦江口，汽笛一声，愁肠将断，嘉和、嘉平两兄弟又要握手相别了。他们的青春，为什么总在一种为了告别的聚会之中呢？

嘉平的目光中，一只透露着坚毅，一只透露着迷茫，这属于青春的迷茫，也属于杭氏家族的特有的神情，使嘉和第一次发现在性格上他和嘉平的血缘认同。过去，他从来不曾想过嘉平会有与他共同的痛苦。

“大哥，你得和叶子说清楚，我这次离开，是必须这样选择的。我只要不回去，我就是一个自由者。我一回去，我就陷在泥沼中了。”

“这个你不用说，我明白。”嘉和拍拍他的肩，“只是你以后的路该怎么走呢？”

“先离远一点，再给我一点时间。我想再看一看，这么多年，我是行动太多了一些，思考太少了一些。大哥，你就是这样想我的？”

嘉和微微愣一下，眼眶潮热了，为了掩饰心里那份震动，便故意轻松地说：“到底是讨了老婆的人，说话分量不一样了。”

“大哥，那么多年，你是否就是这样想我的？”嘉平却咬住这个话题，不放松地问。

嘉和掸了掸手上的礼帽，极淡地笑了：“换句话说，我和你相反。人是生来要行动的，而我却总是在想……”

汽笛声催动了旅人的愁肠，又是一艘驶向大洋彼岸的海轮。嘉平转身要走了，突然不好意思地说：“叶子和汉儿就交给你了，不管在什么情况下，请……”嘉平被突如其来的情绪噎住了，他一下子涌上了巨大的无法言传的内疚,他已经多少次地拜托大哥了呢?他说不清了。

“对不起……”

嘉和对大弟突兀的道歉很吃惊,他想用惯常的轻松岔开这个话题:“自家兄弟,说这个干什么?”

“我是说……我是说方西泠。我不该把我不要的推给你……”

不久前,方西泠带去口信,要嘉和去一趟方家,嘉和去了。方西泠见着他说:“怎么不把杭忆给我带来,我想他呢。”

嘉和闷头坐着,半晌,说:“做母亲的想儿子,还不简单吗?去看他就是了。”

方西泠只好一声也不吭了。她一眼看见嘉和,就发现他老了,变了,变得冷冰冰的了。

“嘉平还没有消息吗?”

嘉和摇摇头。方西泠知道,就是有,丈夫也不会告诉她的。

“店里的生意呢,好不好?”

“还可以。”

两人这样冷了半日的场,方西泠晓得,今日还是得她先说。

“嘉和,你心里要明白,不是我不肯回来,是我父亲把我锁起来了。”

“我明白的。”

“我父亲昨日又跟我谈了。他的意思……是要我不再回忘忧楼府了。”

“噢。”

嘉和机械地应了一声，可以说是一点反应也没有。

“你说呢……”方西泠试探他。

“这是你的事。”

“我还是想回来的，我已经和你生了一双儿女，我嫁到杭家已经有七年了，我——”

“你还是不要回来的好。”嘉和突然站了起来，说。

“你——”方西泠又气又惊，她没想到嘉和会有勇气说这样的话，她一直以为只要她放得下自尊心，她还有操纵嘉和的能力的。

“你怎么说出这样绝情的话？别忘了那日夜里，是我叫嘉乔来通知你的。我冒了多大的风险你知道吗？”

“那是两码事。”嘉和看着窗外，说，“我早就想告诉你了，我们两个人，根本就没有情，所以也谈不上绝情！”

方西泠哭了，说：“嘉和，我是真心爱你的。我从来没有想到，你是这样一个冷酷的人。我爹再不容我在杭家了，可我还是想让你带我回去，我以后再也不会一个人跑出来了……”

嘉和很难过，心肠几次要软下来，但他太了解西泠了，他晓得像西泠这样的女人，如果在这个世界还有男人可以征服，她的这颗心是永远不会平息的。只是她的判断有了失误，她以为两兄弟中，只有嘉平是不可征服的。也许现在她开始意识到这一点，但一切都已经晚了。

此刻，嘉和没想到嘉平会说这个。因为措手不及，他被击中了，愣住了，两兄弟手握在一起，嘉和发起抖来。他真想放声大哭，在大雪纷飞中放声大哭。周围都是人，他使劲噎着涌上来的委屈，觉得双眼泪水哗哗地直流。嘉平也忘情了,热泪盈眶,说:“我知道你喜欢的是谁——”

“别说了!”嘉和大叫一声扭头要走,被嘉平死死拉住,两个人停顿了片刻,几乎同时分手。眼花缭乱的大雪把这兄弟俩隔开了。看上去,他们各自的背影湿淋淋,又模模糊糊,彼此越来越看不清了……

杭天醉坐在漫天飞雪一叶孤舟之上,他依稀感到这个世界似曾相识,也是那么寂静无人,晶莹剔透,雪白明亮,跟做梦一样,恍恍惚惚,悠悠忽忽……这是在哪里呢?他眯起眼睛,往北山望去,毛茸茸的山峦起伏着,在那山峦的后面,有这样一个地方,那个地方有一块三生石。在那里,他和寄客曾经变得晶莹白亮,头发一根根的,亮晶晶的……“身前身后事茫茫,欲话因缘恐断肠。吴越山川寻已遍,却回烟棹上瞿塘……”他呼唤起来:“寄客,你可得上来啊!”

赵寄客从水中冒出头来,大声应:“你叫我上来,我就上来吧。”

那年春节刚过,嘉草就开始肚子疼了,两天两夜生不下孩子,杭天醉自己就先倒在了他的花木深房。家里人一开始心思都在难产的嘉草身上,并没有太在意这条病病歪歪渐入老境的残命。直到他躺在床上,突然脸上露出了羞怯的神情,叫绿爱去把正在厅前忙于张罗的寄客叫来时,绿爱还不明白是什么意思,转过身对正在帮着煎药的寄草说:“寄草,你去找你干爹,我在这里陪着你爹。”

赵寄客进来时,绿爱却发现这对老朋友几乎什么话也没说,赵寄客面孔从来没有像今天这样苍白过。如果寄草再细腻一些,准会发现那苍白里还有不同寻常的赭红。

杭天醉让寄草向寄客磕一个头,说:"寄草,赵先生身边无儿无女,你做赵先生的亲女儿吧。"

寄草虽然小,却很懂事了,不禁就流下泪来,对着赵寄客磕了个头,叫了一声"爹",便大哭了。

杭天醉又叫寄草把那把曼生壶取来,又叫寄草念那刻在壶身上的字。

"内清明,外直方,吾与尔偕藏。"寄草边哭边惊异地问,"爹,这是赵先生送你的壶啊,你让我拿着干啥,你要喝茶吗?"

天醉指指绿爱,说:"送……给你妈……"

绿爱突然明白了,面孔腾地通红,她一把拉住丈夫的手,人就跪了下来。

赵寄客说:"天醉,你听我说——"

杭天醉费劲地摇头,几乎是恐惧地说:"不要说,不要说……"

赵寄客便倒退着要往外走,杭天醉又发出了急切的请求:"别走……别走……就站在门口,别走开。让我看得到你们……"

嘉和的眼泪唰地流了下来。他一直悄悄地站在旁边,不多说一句话。他也一直控制着自己不能开的那扇悲痛的闸门。他比任何人都更能理解父亲那颗心,多年来是怎么被来来去去的日子锯拉得血肉模糊的;嘉和比任何人都明白,父亲把属于他的内在的生活弄得不可收拾,没有人来拯救他的灵魂……

他凑近到父亲的耳边,轻轻说:"嘉平托人带信来了,他很安全,很好,他还和从前一样,什么也不怕。爹,你养了一条好汉……”

杭天醉的眼睛亮了起来，一种骤然发亮的光彩，一种从前只在嘉平眼睛里看到的光彩，嘉和不知道这光彩是父亲传给嘉平的，还是嘉平给予父亲的。但嘉和明白了，父亲在临终前赞许了他的二儿子。

嘉和的眼泪，一大滴滴在了父亲的额上。他听见父亲对他说：“……指望……你们了……”

就在这时，杭天醉听到了很远的地方传来猫叫一样微弱的哭声……

现在好了，再也无所牵挂了，杭天醉闭上了双眼，他觉得他是可以离开这个完全出人意料的世界了。他在这个世界里所过的不长不短的一生，就如一场眼花缭乱的大梦。他渐渐地失去了其他一切的知觉，他的喉咙口却突然觉得干渴无比。是地狱到了，地狱之火在烧着他了，还是升了天堂？原来天堂里也有烈火。模模糊糊地，他看见了那个熟悉的身影，在他前面，引导着他，走向那不可知的深处……他听到一个声音大声叫道：“生了！生了！生了！是个儿子！天醉睁开眼，看看，看你的外孙，快看、快看一眼……”

他突然睁大眼睛，猛地从忘川中醒了回来，那反弹的力量之大，几乎使他的肩膀颤动。他看见眼前一个模模糊糊的红肉团，他听见有人说：“他看见了！他看见了！”

他还能分辨出儿子嘉和的呼唤：“爹，爹，给取个名字，给取个名字……”

但是火焰就在那个背影上燃烧起来了，背影被烧化了，眼前一团红光，他再一次觉得喉咙口如焚，腥血甜腻，人们听见他最后的一声呼叫:“忘忧……”

这两个字是随着一口血花一起喷出去的,他上身一个踉跄,几乎趴在婴儿身上,半压住了他。这个刚刚被命名为“忘忧”的孩子大声啼哭起来。这是一个多么奇异的新生儿啊,他雪白雪白,连胎毛也是白的,连眼睫毛也是白的。他的哭声又细又柔,却绵绵不绝——这是一个多么奇异的新生儿啊!

而那个半卧在他身上的身体,就逐渐僵冷下去了。

此时,乃中华民国第十七年早春未萌之际,大雪压断了竹梢,鸟儿被冻住了婉转歌喉。

杭州郊外的茶山,一片肃穆,铁绿色的茶蓬沉默无语,卧蹲在肃杀的山坡上,仿佛锈住了盔甲的兵士阵营。

连一枚春天的茶芽都还见不着呢……

它们被压在了哪一片雪花之下了呢……

1994年9月5日17时25分初稿

1994年12月3日19时25分二稿

1995年2月15日11时55分三稿

1995年8月5日11时15分四稿

1995年9月10日11时30分五稿